dtv

Die Baden-Baden Wine Challenge steht vor der Tür. Über hundert europäische Weinexperten sind geladen, um viertausend internationale Weine zu bewerten. Zum ersten Mal mit dabei ist Henry Meyenbeeker, in Spanien lebender deutscher Weinjournalist. Henry liebt Kaiserstühler Burgunder, und so ist die Einladung zum Weinwettbewerb hochwillkommen. Star unter den Juroren ist der britische Weinkritiker Alan Amber, dessen Erscheinen bei der BBWC mit Spannung erwartet wird. Doch Amber taucht nicht auf. Er liegt tot in seinem Hotelbett. Und Meyenbeeker wird erpresst: Findet er den Mörder nicht vor der Polizei, steht seine berufliche Existenz auf dem Spiel. Das Wettrennen beginnt …

Paul Grote, geboren 1946, berichtete fünfzehn Jahre lang als Reporter für Presse und Rundfunk aus Südamerika. Dort begegnete er der professionellen Seite des Weinbaus und entwickelte sich zum Weinexperten. Seit 2003 lebt er wieder in Berlin und widmet sich dem Schreiben. Sein Gespür für Wein, sein Wissen und seine Erfahrungen spiegeln sich in allen seinen Romanen wider.
Mehr unter: www.paul-grote.de

Paul Grote

Sein letzter Burgunder

Kriminalroman

Deutscher Taschenbuch Verlag

Von Paul Grote
sind im Deutschen Taschenbuch Verlag erschienen:
Rioja für den Matador (20930)
Verschwörung beim Heurigen (21018)
Der Portwein-Erbe (21082)
Der Wein des KGB (21160)
Der Champagner-Fonds (21237)
Ein Riesling zum Abschied (21319)

Ausführliche Informationen über
unsere Autoren und Bücher
finden Sie auf unserer Website
www.dtv.de

FSC
www.fsc.org
MIX
Papier aus verantwortungsvollen Quellen
FSC® C019821

Originalausgabe 2012
2. Auflage 2012

Umschlagkonzept: Balk & Brumshagen
Umschlagfotos: mauritius images/imagebroker/Daniel Schoenen (oben)
und Fotosearch.de
Gesetzt aus der Minion 10/11,75'
Gesamtherstellung: Druckerei C. H. Beck, Nördlingen
Gedruckt auf säurefreiem, chlorfrei gebleichtem Papier
Printed in Germany · ISBN 978-3-423-21391-2

»Hab Acht, wie du hineinkommst, wem du traust,
lass dich nicht täuschen durch des Eingangs Weite.«

Dante Alighieri: Die Göttliche Komödie

Am Morgen danach …

Es war spät geworden. Kaum einer der Juroren war an diesem Abend vor Mitternacht ins Bett gekommen. Henry Meyenbeeker hatte das Spielcasino erst kurz vor ein Uhr verlassen, an den Spieltischen war allerdings noch rege gesetzt worden. Besonders der Roulettetisch, wo Alan Amber weiter spielte, war umlagert gewesen, als er gegangen war, weniger von Spielern als von Neugierigen. Sie brannten darauf zu erfahren, ob der Brite hier sein Waterloo erleben oder das Verlorene zurückgewinnen würde, und das war nicht wenig. Einige mochten es dem Weinkritiker gewünscht haben, aber bei der Mehrheit der Schaulustigen meinte Henry, Häme oder sogar Schadenfreude bemerkt zu haben. Es hatte ihn nicht gewundert. Die Unsterblichen des Olymps sollten ruhig mal richtig bluten. Einige Tausend Euro würden Amber nicht schmerzen.

Von der Spannung der vergangenen Nacht war bei den Juroren, die in der Morgensonne jetzt dem Kongresszentrum zustrebten, nichts mehr zu bemerken. Knapp die Hälfte von ihnen waren Deutsche, sie gingen zusammen, der größere Teil war den Statuten nach Ausländer, auch die hielten sich an ihre Landsleute. Henry lebte im Ausland, war aber von Geburt Deutscher, seine Mutter Spanierin. Also – was war er dann? Deutscher Ausländer oder ausländischer Deutscher? Folgte ihm hier etwa der Schatten des Migranten? Den hatte er in Barcelona nie bemerkt.

Unter den Juroren wurde er als Deutscher geführt, obwohl er seit fast fünf Jahren nicht mehr im Land residierte, wo er immerhin die ersten fünfundvierzig Jahre seines Lebens verbracht hatte, von vielen Auslandsreisen abgesehen. Er selbst betrachtete sich als eine Mischung, deutsch-spanisch. Er fühlte sich in beiden Ländern gleichermaßen fremd und heimisch.

Henry spürte die Frische eines jungen Tags und die Wärme der leichten Junisonne auf der Haut und dachte mit Blick in den supergepflegten Park, wo er sich gern ins Gras gelegt hätte, an die Prozedur der Einweisung. Sie war glücklicherweise zu einer menschlichen Zeit angesetzt worden. Die Leitung der Baden-Baden Wine Challenge wusste, was sie den Weintestern zumuten konnte, im Wissen, dass die Nacht davor lang geworden war. Der Anruf des Hotelweckdienstes hatte Henry zumindest nicht mehr aus dem Tiefschlaf gerissen, und die Nacht war lang genug und dunkel genug gewesen, um den Eklat bei Ambers Rede zu vergessen, fürs Erste jedenfalls. Mit einem Nachspiel allerdings musste er rechnen. Er war gespannt, wer ihn ansprechen würde, denn er war verantwortlich, er hatte für das Debakel gesorgt. Das würde Verlagschef Heckler ihm nicht verzeihen. Henry konnte sich durchaus vorstellen, dass man ihn bitten würde, abzureisen. Aber zu ernst durfte er die Angelegenheit nicht nehmen. Gehörte ein schöner Eklat nicht auch zum Unterhaltungsprogramm?

Für ein Frühstück war genügend Zeit geblieben. Nur eine Tasse Kaffee hätte Henry nicht gereicht, wenn bis zum Mittagessen mehr als dreißig Weine probiert und bewertet werden mussten und danach noch mal knapp zwanzig. Der Kopf musste klar bleiben, wie die Sinne und die Urteilsfähigkeit.

Einzeln, paarweise und in Grüppchen schlenderten die Juroren aus Holland, der Schweiz und Österreich durch den frühsommerlich erblühten Kurgarten, auch belgische Weinexperten waren hier, Griechisch sprach man und Französisch, Weinkenner aus Japan, den USA und Australien gehörten zu den Gästen ebenso wie ein Chinese und ein Mann aus Chile. Sie alle verhielten den Schritt auf der Brücke und starrten hinab ins flache Wasser der Oos und wünschten wohl, sich jetzt auf eine der Bänke ans Ufer setzen zu können, sich zurückzulehnen und den Sommertag zu genießen. Aber alle hatten ein gemeinsames Ziel – das Kongresshaus: Hatte es am Abend zuvor den Eindruck vermittelt, von innen heraus zu glühen, so war es jetzt im Inneren der schlichten Konstruktion, deren Glaswände dem Beton- und Stahlbau aus den Sechzigerjahren die nötige Leichtigkeit verliehen, dunkel. Die großen Glastüren standen weit offen, und erst im weitläufigen Foyer fanden sich die Juroren gemeinsam vor den Tischen wieder, wo Namensschilder und Formulare für die Reisespesen ausgegeben wurden. Wer die Anwesenheitsliste unterschrieben hatte, hängte sich das Band mit dem Schild um den Hals, auf dem neben dem Namen auch Nationalität, Beruf und Jurygruppe vermerkt waren.

An manches Gesicht erinnerte sich Henry aus der Nacht im Casino. So wie er schielten auch andere Teilnehmer auf die Namensschilder derer, die plaudernd am Fuß der Treppe neben ihm warteten. Die Neugier, zu erfahren, wer zur selben Jurygruppe gehörte, war groß, immerhin würde man vier lange Tage eng beieinander sitzen, Ellenbogen an Ellenbogen, sozusagen auf Tuchfühlung, und würde gemeinsam an die zweihundert Weine probieren. Und jeder hoffte, dass nicht irgendein Großmaul, Besserwisser oder Klugscheißer am Tisch mit seiner Meinung die Stimmung verdarb.

Weiter vorn in der Schlange standen der Fotograf und seine schöne Frau, die Winzerin Antonia Vanzetti, die sich gerade das Band mit dem Namensschild über den Kopf streifte. Henry sah sie die Arme heben, die Armreifen rutschten auf ihren gebräunten Armen nach unten, und sie drückte ihr volles krauses Haar zusammen, denn das Band hatte sich verheddert. Ihr Mann, Frank Gatow, schaute belustigt zu und grinste, als er Henry erkannte. Der Fotograf gehörte nicht zu den Juroren, aber er wich nicht von der Seite seiner Frau, außer wenn er fotografierte – heimlich, nur von Henry bemerkt, wie letzte Nacht beim Roulette.

Kurz bevor Henry an der Reihe war sich einzutragen, bemerkte er in der übernächsten Reihe einen Spanier, der ihm die Laune verderben konnte: Patricio Mendoza, Autor und Publizist. Sie waren mehrmals aneinandergeraten, weniger in Sachen Wein als in Bezug auf Politik. Henry hielt ihn für bösartig, und er war schwarz bis auf die Knochen, seiner Einstellung nach gehörte er entweder dem rechten Movimiento Social Republicano an oder der Falange Auténtica, beides Organisationen der extremen Rechten. Mendoza hatte ihn noch nicht entdeckt oder wollte ihn nicht sehen. Henry musste jede Konfrontation vermeiden. Sollte Mendoza ihm wieder mit ausländerfeindlichen und antisemitischen Parolen auf den Wecker gehen, würde er ihm zu gern …

Marion Dörners Lächeln unterbrach den finsteren Wunsch. Ihr war anscheinend die Aufgabe zuteilgeworden, die Hostessen bei der Ausgabe der Namensschilder zu kontrollieren. Im letzten Monat in Andalusien, wo sie sich kennengelernt hatten, hatte sie mit dem Pagenkopf mehr dem Typ des jungen Mädchens entsprochen. Heute gab ihr das hochgesteckte Haar einen Hauch von Noblesse, was ihr auch gut stand. Der Eindruck wurde von ihrem offiziellen Auftreten im dunkelblauen Kostüm unterstrichen. Hatte sie bisher mit verschränkten Armen zwei Schritte hinter den Tischen gestanden, so griff sie jetzt selbst nach den Schildern, um Henry das seine umzuhängen – und um ihm möglichst nahe zu kommen? Das wäre ihm nicht recht gewesen und verbot sich hier von selbst. Er nahm das Schild mit der ausgestreckten Hand entgegen, aber um ein Bussi kam er nicht herum. Aus den Augenwinkeln bemerkte Henry, dass es Frank Gatow, der belustigt die Augenbrauen hob, nicht entgangen war.

Das hatte er schon gestern in der Spielbank getan, als Marion ständig in seiner Nähe geblieben war.

»Wir sehen uns beim Mittagessen?!«

Ob Marion das als Frage oder bestätigend gemeint hatte, war ihrem Tonfall nicht zu entnehmen.

»Ich werde mich meiner Jurygruppe anpassen müssen, wahrscheinlich machen wir nach dem dritten Flight Pause. Dann hätten wir nur noch einen Flight von zehn oder fünfzehn Flaschen vor uns und können es ruhig angehen. Heute Abend sehen wir uns bestimmt.« Es wäre undiplomatisch, ihr Ansinnen gänzlich auszuschlagen, obwohl Henry sich bedrängt fühlte.

»Ich hoffe es«, gurrte Marion und zog sich mit einem charmanten Lächeln auf ihre Position zurück, denn Oliver Koch war aufgetaucht, finster wie immer und so wichtig wie am Abend zuvor.

»Sie haben unseren Gast ziemlich alt aussehen lassen, zu alt!«

»Das war nicht ich, das war die Roulettekugel«, erwiderte Henry. Bevor Koch auf das andere Thema kommen konnte, wandte er sich der Treppe zu, wo Frank Gatow auf ihn wartete.

»Du lässt deiner Frau den Vortritt?«, fragte Henry und legte ihm freundschaftlich die Hand auf den Rücken.

Gatow war der Typ Fotograf, mit dem er als Journalist sich vorstellen konnte, auf eine lange Reportagereise zu gehen. Auf der kollegialen Ebene hatten sie sich sofort verstanden.

»Man hat mir ausnahmsweise gestattet, als Ehemann einer geladenen Jurorin unentgeltlich an den Events teilzunehmen. Doch seit gestern darf ich nirgends mehr mit der Kamera rein«, antwortete Gatow mit gespieltem Bedauern. »Der da«, er neigte den Kopf in Richtung Koch, »hat es verboten.«

»Der kann nicht anders, er spielt sich auf, das ist seine Lieblingsbeschäftigung. Er ist der Einpeitscher des Verlags oder der Kettenhund vom Chef. Nehmen Sie ihn nicht ernst.

Aber ich muss jetzt da rauf, in den Saal. Sehen wir uns später im Hotel?«

»Es gibt viele wunderschöne Ecken hier in Baden-Baden, ich werde mich ein wenig dort umsehen, wo die Russenmafia investiert hat. Angeblich hat sie einige kleine und große Hotels gekauft, auch der ›Europäische Hof‹ ist in östlicher Hand, die beste Art, Geld zu waschen, dann gehören ihr bereits an die achtzig Villen …«

»Ihr Italiener kennt euch mit der Mafia aus?«

»Auch mit der Cosa Nostra, der Sacra Corona Unita, 'Ndrangheta, Camorra … Ach, Unsinn, ich verstehe nichts davon, es wird viel gemunkelt – aber wir treffen uns bestimmt.«

»Auch beim ›Fidelio‹ im Festspielhaus?«

»Nein, dafür sind die Karten abgezählt.«

»Ich gebe dir meine, angeblich lieben Italiener die Oper. Ich hasse sie. Das Gesinge macht mich krank, ich kriege Eurodermitis davon.«

Frank Gatow prustete los. »Du meinst Neurodermitis!«

»Wieso? Was habe ich gesagt?«

»Eurodermitis …«

Henry schloss sich dem Lachen an. »Passt auch, daran leiden nicht nur unsere griechischen Kollegen. Zwei oder drei von denen sind heute dabei, damit sie sich mal wieder richtig satt essen können, aber jetzt muss ich wirklich los. Eine Frage noch.« Er beugte sich Gatow zu. »Den Angriff auf Amber hast du fotografiert – und was ist mit den Fotos aus dem Casino mit dem Burgunder?«

Gatow zwinkerte ihm zu. »So was macht mir am meisten Spaß.« Er wandte sich zum Gehen.

»Paparazzo!«, warf Henry ihm nach, und Gatow drehte sich winkend um. »Sehr richtig. Aber sag es nicht noch einmal. Das hat schon mal jemand gesagt, und der ist jetzt im Knast.«

Wie schnell man durch ein unbedachtes Wort den wunden

Punkt eines Menschen treffen konnte, dachte Henry, als er den halbdunklen Saal betrat, unschlüssig wie viele andere, wo er sich hinsetzen sollte. Wer einen Platz und einen gesprächigen Nachbarn gefunden hatte, probierte natürlich sofort das Mikrofon zwischen den Sitzen aus, aber Koch, um die Verspieltheit seiner Branchenkollegen wissend, hatte die Mikrofone ausgeschaltet. Hecklers Kettenhund bezog mit finsterem Blick am Fuß der halbhohen Bühne seinen Posten, wichtige Papiere unter den Arm geklemmt, und tat, was er allem Anschein nach am liebsten machte, er gab Anweisungen.

Henry ließ sich weit hinten in einen der blauen Sessel fallen, stellte sich dem neben ihm sitzenden Portugiesen kurz vor, und man sprach über die Unannehmlichkeit der weiten Anreise.

Koch durfte den Moderator spielen. Er begann mit der Laudatio auf die Baden-Baden Wine Challenge und insbesondere auf seinen Chef, Verlagsdirektor Dirk Heckler, der unter höflichem Beifall die Bühne betrat und das Wort ergriff. Er freue sich über die große internationale Bedeutung des von ihm ins Leben gerufenen Wettbewerbs, über die Beteiligung der weltweit besten Weinerzeuger, die ihre Weine zu dieser wichtigsten Prüfung in Deutschland angestellt hatten. Das Medienecho der unter Ägide der OIV stehenden Veranstaltung sei gewaltig, und man sei stolz, dass die Internationale Organisation für Rebe und Wein, die achtundvierzig Länder repräsentiere, wieder die Schirmherrschaft übernommen habe. Besonders glücklich sei er natürlich über die Anwesenheit von Alan Amber, dieser herausragenden Persönlichkeit der internationalen Weinwelt, und er bedauere, dass er aufgrund wichtiger Verpflichtungen nicht an der gesamten Challenge teilnehmen könne. Den Skandal des gestrigen Abends überging Heckler. Henry war sich nicht sicher, ob Heckler ihn als Rädelsführer der Aktion vom Vorabend begriff. Koch tat es sicherlich. Stattdessen freute sich der Verlagschef, gute Laune versprühend, dass die hier versammelten Experten aus fünf Kontinenten mit ihrem Fachwissen, ihrer Kompetenz und ihrer Hingabe an den Beruf die Veranstaltung zu einem großartigen Erfolg werden lassen würden.

Das Lob der Menge kam immer gut an, der Beifall war entsprechend. »*I love you all*« hätte nur noch gefehlt. Dann sagte er einige Sätze zu den »wichtigen und in der Branche hoch geschätzten Publikationen« des Verlags und zu ihrer Bedeutung für die Weinbranche, diskret das Zusammenspiel von Redaktion, Anzeigen und Preisverleihung noch einmal hervorhebend, nicht ohne gleichzeitig doppelzüngig an die Unvoreingenommenheit und Verantwortung der Juroren zu appellieren.

Koch trat aus dem Hintergrund, er kommentierte die in Gold, Silber und Bronze gehaltene Präsentation, in Anlehnung an die in den nächsten Tagen zu verteilenden Medaillen. Die Organisatoren und das Präsidium wurden vorgestellt, Koch selbst würde als Koordinator der zwanzig Teamleiter fungieren, die am Tisch mit jeweils sechs Juroren den ordnungsgemäßen Ablauf der Proben garantierten und für die Dokumentation der Bewertungen sorgten.

Er wird es so eingerichtet haben, dass wir möglichst wenig zusammentreffen, dachte Henry. Nach den schlechten Erfahrungen auf unserer Weinreise durch Andalusien wird er mich kaum in seiner Nähe ertragen – und nach dem gestrigen Abend wird er jede Gelegenheit nutzen, um mich bloßzustellen. Aber er weiß auch, dass er trotz seiner Selbstüberschätzung keine Chance hat, und doch kann er mir schaden.

Einhundertvierzig Juroren kamen hier zusammen. Jemandem die Kompetenz abzusprechen wäre Unsinn gewesen, jemandem den Willen zur Manipulation zu unterstellen ebenfalls, höchstens den Veranstaltern, nur sie hatten in alles Einblick und die Möglichkeit dazu. Wo die Schwachstellen waren, würde Henry sicher entdecken. Wer die OIV-Schirmherrschaft beanspruchte, musste sich den Regeln dieses zwischenstaatlichen Verbandes unterordnen. Einer ihrer Vertreter würde als Beobachter den gesamten Wettbewerb begleiten.

Als Heckler darauf hinwies, dass es auf die fachliche Einschätzung eines Weins und nicht auf persönliche Vorlieben ankam, »wir sind ja vorurteilslos und unbestechlich und legen objektive Kriterien an«, konnte Henry sich das Schmunzeln nicht verbeißen. Was war objektiv? Nur industriell hergestellte Produkte ließen sich objektiv bewerten, für sie konnte ein Hundert-Punkte-Schema gelten. Beim handwerklich oder künstlerisch gemachten Wein kam es immer auch auf die Empfindung an. Auf der Weinreise durch Andalusien hatte Henry erlebt, wie Koch probierte, und seine Vorliebe für konventionell gemachte Weine bemerkt. Nun gut, es war nicht sein Problem, er würde sich an die Vorgaben halten.

Es folgte eine Übersicht der Weine, die sie bewerten würden. Unter »Stillwein« gab es die trockenen und halbtrockenen Roten und Weißen, desgleichen beim Rosé. Liebliche Weine entsprachen nicht seinen Vorlieben, aber er würde sich bemühen … doch bei Süßweinen zog er gern mit. Nur wenn sie schlecht gemacht waren, wenn kein Körper die Süße stützte und wenig Säure den Wein pappig machte, schmeckten sie widerlich. Genau um das zu bewerten, war er hier. Schaumwein war wie alles, das prickelte, in der Beurteilung am schwierigsten. Man benötigte Übung, um an der Kohlensäure vorbeizuriechen.

Nachdem die Nummerierung der Flaschen erläutert worden war, wurde der Bewertungsbogen vorgestellt, den man zu jedem Wein vorgelegt bekam. Der organisatorische Ablauf wurde besprochen, wie die Bewertungsbögen zu handhaben waren, dass sie unterschrieben und an den Chef des Tisches weitergereicht werden mussten, der sie auf Vollständigkeit zu überprüfen hatte und sie abzeichnen musste. Es war ein höllischer Aufwand. Henry überschlug kurz, dass bei zwanzig Teams und maximal fünfzig Weinen pro Tag in vier Tagen insgesamt etwa viertausend Weine zur Beurteilung anstanden. Wenn er diese Zahl dann noch mit der Startgebühr von hundertvierzig Euro je Flasche multiplizierte, kamen fünfhundertsechzigtausend Euro zusammen – war das ein gutes oder schlechtes Geschäft für den Veranstalter? Seine alte Freundin Dorothea, die beim konkurrierenden Wettbewerb in Hamburg mitmachte, hatte berichtet, dass die Preise dort niedriger waren und Winzern Rabatte eingeräumt wurden, damit auch die weniger starken sich das Vergnügen leisten konnten, eine Medaille auf ihre Flaschen zu kleben.

Nach der Vorstellung des Programms für die nächsten Tage ging das Licht an, und wie nach einer Kinovorstellung schoben sich die Önologen, Sommeliers, Großhändler, Einkäufer, Marketingdirektoren und Weinjournalisten durch den Ausgang. Man ging zum Hotel zurück, wo die viertausend Weine der Verkostung harrten. Den wichtigsten Prüfern schüttelte der Verlagschef die Hand, weniger wichtige wurden von Koch begrüßt.

Unter den Anwesenden war außer Mendoza niemand, den Henry zu kennen glaubte. Er sah sich nach Alan Amber um, er reckte den Hals, er musste mit ihm reden, das Interview mit ihm war für den späten Nachmittag angesetzt, seine persönliche Sekretärin hatte es arrangiert, aber der Star unter den Prüfern ließ sich nicht blicken. War ihm der Spätburgunder im Casino nicht bekommen? Der Mann musste Derartiges gewohnt sein, und wenn der Wein schlecht gewesen wäre, hätte er es sicherlich auf einen Meter Entfernung von der Flasche sofort gemerkt – das zumindest wurde von ihm behauptet.

Für Henry war es überraschend, in dieser großen Gruppe von Kollegen außer Mendoza kein einziges bekanntes Gesicht zu finden. Doch, da war der kantige Kopf mit grimmigem Gesicht auf dem massigen Körper, und der gehörte zu

Aguirre, dem Zorn Gottes, wie Henry Jacobo Arienzo, den spanischen Önologen, nannte. So grimmig, wie er aussah, war er auch, aber er war ehrlich. Außer ihm gab es sicher noch weitere Spanier, mit Sicherheit sympathischere Typen als den Widerling Mendoza, der sich großspurig »Publizist« nannte. Henry hatte bei seinen Besuchen spanischer Weingüter mehr mit Winzern, Kellermeistern und Weinbauern zu tun und nicht wie hier mit Vertriebsleitern und Geschäftsführern, mit Marketingdirektoren und Weinberatern. Von denen bekam man sowieso meistens ähnliche Vorträge zu hören.

Ja, da war noch Antonia Vanzetti, sie stieg vor ihm angeregt plaudernd inmitten eines Trupps bestens gelaunter Italiener die Treppe hinab. Zwei ihrer Begleiter meinte er gestern bereits im Gartenrestaurant des »Il Calice« gesehen zu haben, die Valianos, ein Winzerehepaar aus Süditalien. Leider sprach er zu schlecht Italienisch, um sich ihnen anzuschließen.

Henrys Französisch hingegen reichte, um mit dem Herrn, der neben ihm auf der Brücke über die Oos stehen geblieben war, über den Concours Mondial de Bruxelles zu plaudern, an dem Pierre Faudot teilgenommen hatte, wie Henry dem Namensschild entnahm, das an dessen Hals baumelte. Brügge, Belgien, Weinkontrolleur, Jurygruppe neun. Also gehörte auch er nicht zu Henrys Team der Gruppe dreizehn. Monsieur Faudot war genauso gespannt wie er, wie er durchblicken ließ, mit wem er die nächsten Tage zusammensitzen würde, und betrachtete das spärlich fließende Rinnsal.

»Wenn einer da ertrinken will, muss er schon volltrunken sein und mit dem Gesicht nach unten liegen«, meinte der Belgier.

Diese Art von Humor konnte Henry teilen, und er stimmte in das Lachen ein, fragte sich allerdings, wer darin ertrinken solle, als Koch alle Nachzügler mit ausgebreiteten Armen vor sich her zum Hotel trieb.

Beinahe als Letzter betrat Henry die Lobby und spürte sofort, dass sich etwas verändert hatte. Die Stimmung hatte sich gewandelt. Die Leichtigkeit und Fröhlichkeit des Neubeginns waren verflogen. In der Lobby herrschte eine gespannte Stille, die Menschen an der Rezeption flüsterten. Sie sahen nicht wie Hotelgäste aus. Ein besonders großer Mann fiel ihm auf, und niemand trug das Namensschild mit dem Zeichen der BBWC. War eine neue Reisegruppe eingetroffen? Ohne Gepäck? Reisende benahmen sich anders, waren aufgeregter, ausgelassen. Niemand füllte ein Formular aus. Der Ernst und die Haltung des Personals verunsicherten Henry, da war nicht ein Lächeln im Gesicht, nicht einmal das auf der Hotelfachschule eingeübte.

Irritiert folgte Henry dem belgischen Kollegen hinauf in den Verkostungssaal und ließ seinen Blick über die weiß gedeckten Tische streifen, wo sie die nächsten vier Tage zubringen würden. Hier war die Stimmung gänzlich anders.

An seinem Tisch, dem mit der Nummer dreizehn, waren bis auf seinen alle Stühle besetzt, und erst jetzt wurde er wirklich gewahr, welche Zahl man ihm verpasst hatte. Ihn an die Dreizehn zu setzen konnte nur Kochs Werk gewesen sein. Die Dreizehn ist keine gute Zahl, sagte er sich und sah die schwarze Katze vor sich, die in jener Nacht in Laguardia die Straße vor ihm überquert hatte, bevor der Önologe Jaime Toledo ermordet worden war. Nein, das hat damit nichts zu tun, sagte er sich, schüttelte im Geiste die Erinnerung ab und ging auf fünf neugierige Gesichter zu, von denen bis auf eines alle lächelten, als er die Hand auf die Lehne des freien Stuhls legte. Die Dreizehn bezieht sich nicht auf mich, sagte sich Henry, hier ist keiner böse – doch, einer schaut hinterhältig.

Statt sich zu setzen, trat Henry zu der farblosen, ungeschminkten Dame mit dem Fransenschnitt und dem grauen Kleid, das zu den grauen Augen passte, und gab ihr die Hand. Er kannte sie – vom Foto her. Das Eleganteste an ihr war die echte Perlenkette. Isabella hatte eine von ihrer Mutter geerbt und ihm gezeigt, woran man die Echtheit erkannte.

Isabella – Henry durchzuckte der Gedanke an die Drohbriefe, die sie erhalten hatte, inzwischen waren es drei …

»Mrs. Josephine Rider, aus London, wie ich vermute?« Er gab ihr erfreut die Hand. »Von Ihnen habe ich viel gehört, nur Gutes – und gelesen. Sie schreiben für das britische ›Decanter Magazine‹? Ich halte es für das beste Weinmagazin überhaupt, und zwei Ihrer Bücher stehen in meinem Büro.«

Das dankbare Lächeln Mrs. Riders strafte ihre Erscheinung Lügen. Keiner ist, was er scheint, dachte Henry, wandte sich der anderen, elegant, aber konservativ gekleideten Dame zu und deutete eine Verbeugung an.

Es war die Schweizerin Beatrix Stöckli aus Winterthur. »Ich verkaufe unseren lieben Mitmenschen das, was sie glücklich macht.«

Henry lächelte und war gespannt, wo sich ihre Bewertungen decken würden.

Der Nächste, dem er die Hand schüttelte und der fest zugriff, war der Winzer François Dillon von der Loire. Er kam aus Sancerre. »Sauvignon Blanc ist meine Spezialität«, sagte er, und Henry fragte sich, ob die Weine eines groben Winzers fein ausfallen konnten. Gleichzeitig merkte er, dass er der Begrüßung des blonden Mannes am Tisch auswich, der ihn über seine randlose Lesebrille hinweg aus blauen Augen beobachtete. Er trug, anders als der hemdsärmelige Winzer, einen Anzug mit karierter Fliege und hatte sein Haar zu einem Zopf gebunden. Nichts passte. Henry war gespannt auf die Stimme.

Mehr als ein sonores und dabei distanziertes »Good Morning« kam nicht, nicht einmal der Name. Henry musste sich hinunterbeugen, um den Namen auf dem Schild zu lesen, das Bram van Buyten neben der Mappe mit den Verkostungsbögen abgelegt hatte. Er war Wein-Großhändler aus Rotterdam. Die Abneigung war spontan und gegenseitig.

Der Italiener Paolo Castellani war von anderem Kaliber. Der Önologe aus Meran in Südtirol, dunkler Anzug, weißes, offenes Hemd, stand auf und hätte Henry fast umarmt.

»Sie sind auf dem Weg zur Weinmesse in Verona oder an die Adria sicher bei uns vorbeigekommen, durch unser wunderschönes Tal gerast, ganz bestimmt zu schnell, auf dieser schrecklichen Brenner-Autobahn.«

»Das stimmt, man fühlt sich zwischen den Leitplanken wie eingesperrt, zum Weiterfahren gezwungen, einen Zwanzigtonner im Nacken, dabei möchte man bleiben …«

»Autobahnen sind eine deutsche Erfindung.«

Mrs. Rider unterbrach sie auf Deutsch, der für Engländer typische Akzent gefiel Henry, ihm lag ihre bescheiden snobistische Art. Er wunderte sich sowieso, dass er der einzige Deutsche war und alle anderen die Sprache ebenfalls beherrschten.

»Meine Herren, wir werden in den nächsten Tagen sicher ausführlich Gelegenheit haben, uns auszutauschen, aber jetzt sollen wir arbeiten. Vor Ihnen liegt Ihr persönlicher Aktenordner mit den Bewertungsbögen. Es gibt einen für jeden Juror und jeden Wein. Die Flights, also die zuvor …« Sie suchte nach dem richtigen Wort.

Henry half ihr aus: »… in Gruppen nach gemeinsamen oder ähnlichen Merkmalen zusammengestellten Weine …«

Sie nickte ihm vornehm zu. »… sind von einem grauen Zwischenblatt getrennt. Alle Bögen sind nummeriert. Es lässt sich also genau zurück … *well* … nachprüfen, wer welchen Wein wie und mit welcher Punktzahl bewertet hat. Oh … *well* … ich muss erklären … dass ich nur ersatzweise eure Teamleiterin, Vorsitzerin des Tisches bin, weil …«

Sie war endgültig aus dem Konzept und ins Stammeln gekommen, denn sie hatte sich von Koch und seiner Hampelei ablenken lassen. Er war mit erhobenen Händen in den

Saal getreten, als stünde jemand mit einem Revolver hinter ihm, und ging zur Fensterfront, das Licht im Rücken. Er bat um Ruhe. Das Gemurmel verstummte nur widerwillig, und erst in der absoluten Stille ließ er sich oberlehrerhaft herab, das Prozedere zu erklären, wobei ihn Verlagschef Heckler von der Tür aus beobachtete.

Alle gemeinsam würden jetzt den Referenzwein probieren, die Ergebnisse der Beurteilung in den Musterbogen eintragen, und der Vorsitzende des Tisches würde das Ergebnis vor dem Auditorium präsentieren. So könne man die Bewertungen harmonisieren und das eigene Urteil hinterfragen.

An der fensterlosen Längsseite des Saals standen die Tische mit Batterien verhüllter Flaschen. Die Eleven der hiesigen europäischen Hotelfachschule, ganz in Schwarz mit langer weißer Schürze als Kontrast, warteten mit auf dem Rücken verschränkten Händen auf das Signal zum Einschenken. Jeder Tisch hatte seinen eigenen Mundschenk. Die jungen Leute würden flitzen müssen, denn nach jeder Probe verlangte jeder Juror ein sauberes Glas. Natalie, die junge Frau, die am Tisch dreizehn bediente, hatte es leichter, denn ein Juror fehlte, der Inhaber der Weinwerbeagentur Önostyle aus Wien, der den Vorsitz hätte führen sollen, war nicht erschienen. Das waren etwa zweihundert Gläser weniger für Natalie.

Der rote Referenzwein war gut, interessant in den Aromen und sauber gemacht, Henry hatte keine Schwierigkeiten, eine entsprechende Punktzahl zu geben. Für ihn war es eine französische Assemblage aus den Rebsorten Mourvedre, Carignan und Syrah, etwa zwei Jahre alt. Aber er hielt sich mit dieser Äußerung zurück.

Gastgeber Heckler freute sich nach dem gestrigen Fiasko über den gelungenen Auftakt. Sein Kettenhund strich an den Tischen vorbei und schaute, ob auch alles zu seiner Zufriedenheit ausgeführt wurde, dann bat er laut um die ersten Resultate. Die Punktzahl bewegte sich in der oberen

Hälfte der achtziger, also wäre es eine Goldmedaille geworden, nur ein Tisch machte wegen der extrem niedrigen Punktzahl von sich reden.

Ein unwilliges Gemurmel erhob sich, da stürzte ein grauhaariger, elegant gekleideter Herr mit lachsfarbener Krawatte in den Saal, dem ansonsten sicher eine vornehmere Gangart zu eigen war. Hektisch sah er sich um, seine Augen flogen über die Tische, er entdeckte Heckler, hob den Arm und drängte rücksichtslos durch die Tischreihen, sodass der Unmut jetzt ihm galt statt dem Urteil. Es war ihm gleichgültig. Atemlos beugte er sich zu Heckler, packte ihn bei den Schultern und raunte ihm etwas zu.

Heckler hatte mit offenem Mund zu ihm aufgeschaut, er wirkte entsetzt, seine angewinkelten Arme fielen herunter wie die eines vom Zug der Strippe erlösten Hampelmannes. Er schüttelte den Kopf und hob beide Hände, flehend oder um etwas Unangenehmes fernzuhalten. Dann strich sein entsetzter Blick über die Köpfe der Juroren, von denen einer nach dem anderen von der Stimmung erfasst wurde. Das Gemurmel erstarb.

Koch huschte eilig zwischen den Tischen hindurch – Heckler legte ihm eine Hand auf die Schulter, als müsse er sich festhalten. Jetzt wiederholte der Bote einer anscheinend schrecklichen Nachricht das Gesagte, und Koch schaute nach anfänglicher Verblüffung noch finsterer als in seinen dunkelsten Momenten, wie Henry empfand. Dann verließ das Trio mit fliegenden Jacketts den Saal, aber die Unruhe blieb, wie die Bedrohung, die jeder spürte.

Fragende Blicke wurden am Tisch ausgetauscht, gepaart mit hilflosem Achselzucken. »Wissen Sie, worum es geht?« »Nein, woher auch?« »Irgendwas muss passiert sein …« Aber da es keine Antworten gab, erhielten die Hotelfachschüler das Zeichen, mit den Flaschen auszuschwärmen und die Gläser zu füllen, und nur mühsam fanden alle zu einer brüchigen Konzentration zurück.

Der erste Flight für Tisch dreizehn bestand aus dreizehn jungen trockenen Weißweinen.

Schon wieder diese Zahl, fluchte Henry im Stillen und ärgerte sich über seine Unfähigkeit, seinen Aberglauben zu überwinden. Mühsam richtete er seine Aufmerksamkeit auf den Wein. Farbe, Klarheit, Duft und Geschmack standen zur Beurteilung, die Harmonie, das Verhältnis von Süße und Säure. Ihre Einbettung in die gesamte Komposition war ein spezieller Punkt. Henry, der zwischen der Engländerin und dem Italiener saß, merkte, dass der Holländer auf die Bögen seiner Nachbarn schielte und seine Punktzahlen korrigierte, bis er bemerkte, dass Henry ihn beobachtete.

Sogar beim fünften Wein war kaum jemand richtig bei der Sache. Die Reaktion der Veranstalter war zu heftig gewesen, um vergessen zu werden, und als sie beim siebten Wein angekommen waren – mit Besprechung dauerte das Verkosten einer Probe zwischen fünf und sieben Minuten –, betrat Heckler erneut den Saal, ernst und gefasst und in Begleitung des Grauhaarigen und eines elend langen Mannes, den Henry an der Rezeption bereits bemerkt hatte. Sofort wurden alle Gläser abgesetzt.

Die Lautsprecheranlage knackte, der Grauhaarige mit lachsfarbener Krawatte griff nach dem Mikrofon, das Koch ihm hinhielt.

»Meine sehr verehrten Damen und Herren! Ich bitte dringend um Ihre Aufmerksamkeit. Mein Name ist Horowitz, ich bin …«

… ein Namensvetter des Pianisten Vladimir Horowitz, dachte Henry, auch einer, den deutscher Größenwahn nach dreiunddreißig aus dem Land getrieben hatte.

»Ist das nicht ein jüdischer Name?«, fragte Bram van Buyten leise und giftig.

»… ich bin der Geschäftsführer dieses Hotels.« Horowitz' Räuspern war seiner Aufgeregtheit geschuldet und machte die Spannung bedrohlicher. »Statt Sie herzlich zu begrüßen, wie Sie es verdient hätten, habe ich eine schreckliche Pflicht. Ich muss Ihnen eine … entsetzliche Nachricht … äh … überbringen. Der von uns allen … hochgeschätzte Mister Alan Amber, ein Wein … experte von … äh … internationalem Ruf und … äh … Ansehen, ein großer Mann, eine Persönlichkeit von Weltruf, wurde heute Morgen tot in seiner Suite ….«

Da brach der Tumult los.

Tisch dreizehn, dachte Henry, verflucht, und dann noch dreizehn Flaschen, so ein Dreck. Es musste so kommen, sie werden ihn umgebracht haben, an Herzschlag ist er sicher nicht gestorben. Und er wunderte sich, dass sein Entsetzen sich in Grenzen hielt. Statt schockiert zu sein, erinnerte Henry sich an den Moment, als Frank Gatow heimlich das Foto von Amber am Spieltisch gemacht hatte. Er hatte ihn vor Augen, als man ihm die Jetons zum Weiterspielen zusteckte, er sah nur die Hände dessen, der sie ihm zugeschoben hatte, er sah Hände, dann ein Tablett, darauf die Flasche Spätburgunder mit dem Glas – es wird sein letzter gewesen sein, dachte Henry und hörte wieder das helle Klicken der Jetons auf dem grünen Filz …

1

Hecklers Kettenhund

»Nimm das nicht auf die leichte Schulter!«

»Ach was. Man darf derartigen Unsinn nicht überbewerten. Da spielt sich jemand auf.«

»Schon möglich, aber in diesem Fall glaube ich das nicht. Für mich hört sich das nach einer sehr konkreten Drohung an. Da meint es jemand ernst. Der Name des Absenders sagt dir nichts?«

»Welcher?«

»Na, der Absender dieser E-Mail. Wieso fragst du?«

Als Isabella zögerte, kam Henry ein Verdacht. Er blickte sich um, die Sonne war längst untergegangen, und er war der einzige Gast auf der Terrasse des »Parador« von Granada. Trotzdem drückte er sein Mobiltelefon fester ans Ohr und sprach leiser: »Gibt es mehr als diese eine Mail?«

Isabella schwieg einen Moment zu lang, um seinen Verdacht zu zerstreuen. Ihre Antwort kam ein wenig kleinlaut.

»Ja … die gibt es.«

»Wie viele?«

»Es ist wirklich erst die zweite, Henry. Ich weiß, ich hätte dir besser nichts davon erzählt. Mach bitte keine große Story daraus. Dahinter ist nichts, wirklich!«

Henry war zu besorgt, um sich zu ärgern, dass Isabella ihm die erste Drohung verschwiegen hatte. »Wie lange ist das her? Wann kam die erste?« Er spürte, dass er die Frage zu hart und auch zu barsch gestellt hatte, sofort tat es ihm leid. Ob Isabella die Sache wirklich so leicht nahm?

»Eine Woche erst …«

»Und – diese erste Nachricht – hatte denselben Inhalt?«

»So in etwa.«

»Was heißt das, so in etwa?«

»*Bueno*, es ging auch darum, dass ich aufhören soll, mich in diese Sachen einzumischen.«

»Und das tust du einfach so ab? Diese Leute sind gefährlich, Isabella. Wer war als Absender angegeben?«

»Beim ersten oder zweiten Mal?«

»Bitte, *por favor*, stell dich nicht an, du bist doch sonst nicht schwer von Begriff. Nimmst du das wirklich nicht ernst, oder überspielst du deine …« Henry hatte »Angst« sagen wollen, aber er wusste nicht, ob Isabella wirklich Angst hatte, und wenn dem so war, würde sie sich weiter sperren. Er jedenfalls nahm die Drohung ernst. Wenn es um die Exhumierung der Leichen des Franco-Regimes ging, kannten beide Seiten kein Pardon, weder Isabella noch ihre Gegner. Er empfand es als grotesk, dass sich sogar noch siebzig oder mehr Jahre nach den grauenhaften Ereignissen zwischen den Gräbern die alten Gräben des spanischen Bürgerkriegs auftaten, die alten Feindschaften aufflammten und die Angehörigen der Opfer mehr Angst hatten, offen darüber zu reden, als die Nachkommen der Täter von einst.

»Wie heißt denn nun der verdammte Absender?«

»Es war ein Komitee, ich habe den Namen bereits im Internet überprüft …«

»Im Internet steht auch nicht alles«, unterbrach er sie.

»… ich finde nichts dazu. Niemand kennt die ADP – Asociación para la Dignidad de la Patria – den Verband für die Würde des Vaterlandes. Es ist unglaublich, mit welcher Frechheit die auftreten. Wir sprechen über Europa, und die reden übers Vaterland. Aber das sind die letzten Zuckungen des Faschismus.«

»Solche Zuckungen können sehr schmerzhaft sein, Isabella, Sterbende schlagen um sich …«

»Wer sagt, dass sie sterben? Schau nach Ungarn, nach Italien und Le Pen in Frankreich, die Morde in Deutschland …«

Henry stand nicht der Sinn nach einer politischen Debatte. »Und die E-Mail von heute?«, fragte er. »Von wem stammt die?«

»Xavier Blaspiñar ist der Name, die gesamte E-Mail-Adresse lautet xavier.blaspinar@teleline.es. Blas Piñar – so hieß General Francos Nachfolger bei den Falangisten.«

»Wie ich vermute, gibt es auch hier keine Rückschlüsse?«

»Richtig, Henry, ich habe es selbstverständlich gleich ausprobiert. Wie man den Weg dieser E-Mail zurückverfolgen kann, zum Absender oder zum Server, das weiß ich nicht.«

»Über die sogenannte IP-Adresse.«

»Da könnten wir einen Spezialisten mit beauftragen, unser IT-Berater …«

»Wenn du dich so weit reinhängst, nimmst du die Drohung also ernst!«

Isabellas Schweigen bestätigte Henrys Vermutung. Es gab nichts dagegen einzuwenden, dass sie als Historikerin neben der Arbeit in der Kellerei ihrer Familie, Bodegas Peñasco, die Toten des Bürgerkriegs ausgrub und mit dem Verband der Angehörigen die Opfer zu identifizieren versuchte. Im Gegenteil. Nur war sie kürzlich einen Schritt weiter gegangen, sie war auf der Suche nach den Verantwortlichen, sie bemühte sich, das Schweigen zu durchbrechen und die Täter zu finden. Damit hatte sie sich Feinde unter den Ultrarechten und dem spanischen Klerus gemacht. Es könnte zum Boykott der Kellerei in La Rioja führen. Und genau das bereitete Henry wie Isabellas Vater Sebastián, dem Firmenchef, Sorgen.

»Ich gebe diese Arbeit nicht auf!«, sagte Isabella in ihrer trotzigen Art.

Davon war Henry überzeugt. Von einer Sache, die sie sich einmal in den Kopf gesetzt hatte, war sie nicht abzubringen. Diese Eigenschaft war, als sie sich kennengelernt hatten, wesentlich ausgeprägter gewesen; für ihre Verhältnisse war Isabella inzwischen geradezu entgegenkommend und zugänglich.

»Ich meine nicht, dass du klein beigeben sollst«, sagte er, ihren Protest vorwegnehmend. »Ich will nur, dass du die nötige Vorsicht walten lässt. Mir drängt sich ein ganz anderer Gedanke auf: Könnte es sein, dass Diego dich drangsalieren will, seine späte Rache auslebt?«

»Wie soll er aus dem Gefängnis heraus Drohbriefe schreiben?«

»Das wohl nicht, aber dein Bruder könnte jemanden damit beauftragt haben.«

»Aus dem Knast heraus?«

»Was spielt das für eine Rolle? Möglicherweise hat er jemanden draußen damit beauftragt. Geld genug hat er. Du, dein Vater, ihr alle arbeitet für ihn, in gewisser Weise sogar ich. Er wird mit jedem Jahr seiner Haftstrafe reicher. Er ist längst Millionär.«

»Glücklicherweise hat er kein Stimmrecht, andernfalls sähe es mit seinem Fünfundzwanzig-Prozent-Anteil böse für uns aus.«

»Setz dich auf jeden Fall mit Salgado in Verbindung. Er wird wissen, was zu tun ist.«

Henry seufzte, er wusste, dass Isabella es bei ihren Vorbehalten gegen jede Art von Staatsdiener und staatliche Institutionen ungern tun würde. Ach, »Vorbehalte« war das falsche Wort, es war das zutiefst empfundene Misstrauen, das in der Krise auch zigtausende anderer junger Spanier auf die Straßen trugen. Sein eigenes Verhältnis zum Staat war ähnlich. Aber Capitán Salgado war zuverlässig, er hielt Wort, und obwohl er Polizeioffizier war, war er überzeugter Demokrat.

»Bis wann seid ihr unterwegs?«, fragte Isabella unvermittelt. »Du fehlst mir.«

Henry erklärte ihr, dass die Reise zu den Weingütern in den Alpujarras und den Bergen um Malaga am Freitag endete, er würde abends wieder in Barcelona sein und sich gleich nach Durchsicht der Post ins Auto schwingen.

»Die Autobahn kannst du dir sparen, *querido*, ich bin am Wochenende in Madrid und stelle unsere Weine in zwei Restaurants vor.«

»Wieso macht das nicht dein Vater, wie sonst auch?« Henry wusste, dass sie Weinpräsentationen vor dem Publikum hasste, denn je mehr Sterne ein Restaurant besaß, desto überheblicher war häufig der Besitzer und desto mehr war das Publikum von sich eingenommen, um nicht zu sagen arrogant. Anders als er es aus Deutschland und Frankreich kannte, bedeuteten die Köche in Spanien wenig, die Inhaber der Restaurants dafür umso mehr.

»Sebastián kränkelt, er arbeitet zu viel, sein Arzt hat ihm eine Pause verordnet, und dann springe ich ein, ich fresse den Frosch.«

»Du meinst, du schluckst die Kröte.« Henry lachte über ihre Art, wie sie die deutsche Redensart abwandelte.

»Aber am Sonntagabend bin ich zurück. Wann fliegst du nach Deutschland? Du kommst doch vorher hier vorbei?«

Es war nicht die Bitte in ihrer Stimme, die Henry seine Reisepläne nach Baden-Baden und zum Kaiserstuhl umstoßen ließ, es war auch der Wunsch, sie zu sehen. Eine Wochenendbeziehung war kompliziert genug. Und wenn ein Wochenende ausfiel, weil er gerade in Südspanien unterwegs war, sahen sie sich zwei Wochen nur über Skype. Damit war es für Henry klar, dass er zuerst bei ihr in Logroño vorbeifuhr und dann von Bilbao nach Frankfurt fliegen würde.

Sie sprachen noch eine Weile über ihre Kellerei und Sebastiáns Gesundheitszustand. Sebastián war nur fünf Jahre älter als Henry und damit mehr ein älterer Bruder als ein

»Schwiegervater«, wie Henry ihn manchmal scherzhaft nannte. Isabella war zwanzig Jahre jünger als Henry. Und seit sie in der Firma mitarbeitete, ein paar Anteile besaß (weniger als ihr krimineller Bruder) und mit Henry zusammen war, hatte sich das Verhältnis zu ihrem Vater in eine kollegiale Richtung entwickelt.

Zuletzt wagte keiner von beiden, das Gespräch zu beenden, auf den Knopf zu drücken oder den Hörer aufzulegen, denn in der Stille danach spürten sie das Fehlen des anderen besonders. Die Leere ließ sich greifen. War diese Einsamkeit ihrer beider Freiheit geschuldet, ihrer Individualität, oder war es Angst vor der Nähe und die Furcht, sich darin zu verlieren?

Henry steckte das Mobiltelefon in die Tasche seines Sakkos und hob den Kopf. Hatte er während des Telefonats auf die Büsche vor dem Geländer der Terrasse des »Paradors« gestarrt so sah er jetzt das nächtlich flimmernde Granada unter sich, dahinter einzelne Lichter in der sich öffnenden andalusischen Ebene und den allerletzten Schimmer der untergegangenen Sonne über den Wolken, die genauso gut ein Gebirgszug sein konnten. Die gewaltige Sierra Nevada stand dunkel hinter ihm. Darüber glitzerten die ersten Sterne. Henry erhob sich aus dem Korbstuhl, reckte sich und trat ans Geländer. Er schaute nach rechts hinüber zum Generalife. Weich und erhaben leuchteten der Torre de Ismail und der Mirador, versteckt dahinter lag der Patio de la Acequia, wo sich einst die Kalifen von Córdoba und heute er von der Hitze des Tages erholt hatten.

»Du weinst wie ein Weib um das, das du als Mann nicht verteidigen konntest«, soll die Mutter des maurischen Königs Boabdil bei der Flucht vor den spanischen Truppen aus der Stadt zu ihrem Sohn gesagt haben. So jedenfalls hatte es ihm Isabella erzählt, und wie Boabdils Mutter über ihren Sohn dachte sie über ihren Vater und ihre Familienehre. Nach fünf Jahren in Spanien verstand Henry allmählich, was mit Ehre gemeint war und wie sehr sie missbraucht werden konnte.

Aber der Duft der Rosen aus dem Patio de la Acequia verdrängte düstere Gedanken, das feine Plätschern der Springbrunnen dort drang an sein Ohr sowie das Gefühl eines kühlenden Luftstroms auf der Haut. Anders als die je nach Tageslicht oder von Scheinwerfern in Ocker, Gelb oder Beige getauchten Backsteinmauern und Türme der Alhambra waren die Bauten dieser wundervollen Gartenanlage weiß gestrichen, daneben still die Schatten riesiger Zypressen. Er dachte an das eilig fließende Wasser in den Handläufen der Geländer dort drüben und lächelte.

Es war schrecklich. Je länger Henry den Anblick genoss, desto mehr fehlte ihm Isabella. Lange vor ihrer Zeit war er hier gewesen, da hatten japanische Kameras diese Motive noch nicht entdeckt, da hatte niemand gewagt, eine leere McDonald's-Packung im Löwenhof fallen zu lassen. Dann waren sie beide auf ihrer ersten gemeinsamen Reise hier gewesen, und Henry hatte zum ersten Mal nach einem zu eilig gelebten Leben überhaupt die wesentlichen Dinge der Welt mit einer Frau geteilt. Er wandte sich ab, wagte nicht einmal, in die Sterne zu sehen, dann hätte ihm Isabella noch mehr gefehlt. Er holte sich ein Glas kühlen Albariño von der Bar und setzte sich wieder. Die Ruhe, die ihn jetzt umgab, würde er in den nächsten Tagen nicht mehr finden, wenn die Journalisten eintrafen, mit denen er reisen würde. Für ihn war die Tour ein Heimspiel, die Kollegen hingegen bewegten sich im Ausland, und er war vor drei Jahren beim spanischen Wettbewerb um die Nariz de Oro, die Nase aus Gold, Sieger geworden. Er hatte in jenem Jahr am besten die Rebsorten, Jahrgänge und Herkunft aus den Weinen herausgeschnüffelt. Manchen focht es an, dass ein Ausländer das geschafft hatte, andere bewunderten ihn, und diejenigen, denen das völlig schnuppe war, waren Henry die liebsten.

Oliver Koch kam mit gezielten Schritten durch die Hotelhalle auf sie zu: angespannt, den Kopf im Nacken, herablassend der Blick aus dunklen Augen, lauernd die anderen betrachtend, indiskret eindringend und gleichzeitig für sie verschlossen. Er schien sich nicht auf die Reise zu freuen. Kellereien zu besuchen und Weine zu probieren war eine harte Aufgabe, eine Pflicht, der man sich in seiner Position unterziehen musste, und er schätzte es anscheinend auch nicht, mit interessanten Kollegen im Gebirge der südlichen Mittelmeerküste Winzer zu treffen. Bei Weinfabriken, wie Henry die Großproduzenten bekannter spanischer Marken nannte, hätte er diese Haltung verstehen können. Aber sie waren unterwegs zu Winzern, um sich anzusehen, was diese mit Herz und Sachverstand und auch Pioniergeist so auf die Flaschen brachten. Kochs Blick zeigte, dass er einer harten und schweren Pflicht entgegensah. Seine Augen lagen tief in den Höhlen, ließen seinen Blick brennen.

Vier Tage würden sie zusammen reisen, dann würde Henry wissen, was da brannte. Dieser Blick ließ ihn auf der Hut sein. Koch hätte Araber sein können, einer jener historischen Assassinen, Fundamentalisten des arabischen Mittelalters, die für einen politischen Mord gerne mit dem Leben bezahlten, weil ihnen dann das Paradies offen stand.

Koch war ein hagerer Typ mit schwarzen Locken, mager mit hervorstechenden Gesichtsknochen, einer großen Nase, was bei seinem Beruf als Weinjournalist sicher ein Vorteil war. Aber die schmalen Lippen hoben den Vorteil wieder auf, denn Henry fragte sich, wie man ohne die Fähigkeit zum Genießen den Genuss beurteilen wollte. Jede Regung an diesem Mann, der die vierzig erreicht haben musste, wirkte kontrolliert, jeder seiner Blicke zog seine Bewertung nach sich, und es würde kaum jemanden unter ihnen geben, der vor ihm Bestand haben würde.

Er begrüßte alle mit Handschlag. Seine Kollegin aus dem

Heckler-Verlag, Marion Dörner, bekam ein Kopfnicken mit einem angerissenen Lächeln.

»Und Sie sind – dieser Spanienexperte, die Goldnase, wie man mir berichtet hat?«

Oh, Koch war so wichtig, dass ihm »berichtet« wurde? Henry legte sein verbindlichstes Lächeln auf. »Genau, der bin ich. Exakt, Herr Koch, Nariz de Oro, wie wir das in Spanien nennen.«

Koch war allem Anschein nach auf Krawall gebürstet, er brauchte jemanden, den er übertrumpfen konnte.

»Da bin ich ja mal gespannt, wie wir die Weine auf der Reise bewerten, Sie – mit diesem – na sagen wir mal familiär-spanischen Hintergrund. Könnte es sein, dass Ihnen dabei die nötige Neutralität, die in unserem Beruf geboten ist, verloren geht?«

»Interessanter Blickwinkel«, sagte Henry mit einem Lächeln und einem Seitenblick auf Hecklers Kollegin Dörner, »aber bei welcher Bewertung lässt sich das eigene Interesse völlig ausschalten?« Er wusste, dass Koch seine Retourkutsche richtig zu deuten wusste. Der Heckler-Verlag bewertete Weine in seiner Zeitschrift Marktplatz Wein und finanzierte sich über Anzeigen eben auch jener Kellereien. Wollte man objektiv sein, verlor man Kunden, war man parteiisch, verlor man seine Glaubwürdigkeit. Es war ein Eiertanz.

Koch machte ein wichtiges Gesicht. »Wer das Verkosten professionell betreibt, versteht, den eigenen Geschmack außen vor zu lassen.«

Sie wurden von Rudolph Schneider unterbrochen, der die Reise im Auftrag des spanischen Handelsministeriums organisiert hatte, und aufgefordert, endlich den Bus vor dem Portal des Hotels zu besteigen. »Sie können diese sicher sehr interessante Debatte unterwegs fortsetzen ...«

Die Koffer wurden verstaut, jeder suchte sich in dem Kleinbus einen Platz. Enttäuscht sah Marion Dörner, wie sich Henry zu dem Kollegen setzte, der in Mainz bei der

Zeitschrift Wein & Terroir arbeitete, seinem früheren Arbeitgeber. Für ihn hatte er als Chefreporter gearbeitet bis er, nicht nur Isabellas wegen, nach Barcelona übersiedelt war, ein Entschluss, den er niemals bereut hatte. Aber mittlerweile wich er der Stadt aus, er war zufrieden, wenn er im Inland von Bodega zu Bodega unterwegs war und die Wochenenden mit Isabella in La Rioja verbrachte. Logroño war weniger anstrengend. In seiner Wohnung hielt er sich nur bei der Arbeit an seinem Newsletter VINOS IBERICOS auf und wenn er Freunde traf.

Sie verließen Granada über die Schnellstraße in Richtung Mittelmeer, links ließen sie die Alhambra hinter sich, weit überragt vom Mulhacén, Spaniens höchstem Berg. Auf der einen Seite stützte ihn der Caballo, das Pferd, auch im Sommer mit weißer Mähne. Auf der anderen gab ihm der Cerro Pelado den nötigen Halt, der Nackte Gipfel. Der weiter im Osten liegende Cerro de Revélez war schon deutlich unter dreitausend Meter. Aber diese Berge, noch mit Schnee bedeckt, die nördliche Grenze der Alpujarras, waren nicht ihr Ziel. Sie überquerten bald den Guadalfeo und schlängelten sich auf schmalen Bergstraßen an den Falten der Contraviessa hinauf, dem eigentlichen Küstengebirge gegenüber der Sierra. Sie erreichten den Treffpunkt, eine Kneipe an der einsamen Straße. Die Mandelbäume waren längst verblüht, aber der Ginster leuchtete noch strahlend gelb. Dort wartete im warmen Hauch von Rosmarin und Thymian Hilgard, ein deutscher Winzer, auf sie, ein ehemaliger Frankfurter Weinhändler, der gelassen dem Einfall der Journalistenhorde entgegensah.

Er stieg in seinen alten Landrover und fuhr voraus zu seinen Rebbergen. Sie lagen auf dreizehnhundert Metern Höhe, dem Scheitelpunkt der Contraviessa. Tief unten im Süden schimmerte das Mittelmeer. Afrika, das jenseitige Ufer, hüllte sich in Dunst. Im Norden hingegen öffnete sich das atemberaubende Bergpanorama der Sierra Nevada, es ließ dem Himmel nur wenig Raum. Und wuchtig, als wolle sie den Zugang verwehren, erhob sich im Osten die Sierra de Gádor. Hexen soll es dort gegeben haben, erinnerte sich Henry und fand es gar nicht so abwegig.

Hier standen sie jetzt auf einem der höchsten Weinberge Europas im trockenen Staub. Bis Oktober würde kein Tropfen Regen fallen, doch vierhundert Millimeter Niederschlag im Jahr ließen die Weinstöcke überleben. Sie wirkten gesund, üppig und grün. Vierzig Grad erreichte die Temperatur hier, im Schatten, wie der Winzer anmerkte, aber die Kühle der Nacht, vielmehr die Unterschiede waren das, was die Rebsorten Tempranillo, Cabernet Sauvignon und die wenigen Stöcke Merlot auf Hilgards acht Hektar schätzten. Sie standen auf Schiefer, von Lehm und Ton durchsetzt. Nach diesen Erklärungen fuhr man bergab, wenige Minuten nur, um in der kleinen Kellerei Los Barrancos das oben Gewachsene zu probieren.

Henry merkte, wie Marion Dörner ihn verstohlen beobachtete, aber sie lächelte jedes Mal, wenn ihre Blicke sich über dem Tisch trafen und sie dann wieder das Weinglas vor sich betrachtete. Henry war irritiert, beim Probieren ließ er sich ungern ablenken, auch nicht von einer gut aussehenden Frau, denn was Hilgard ihnen vorsetzte, war ausgezeichnet.

Bei einer vertikalen Probe durch die Jahrgänge rückwärts ließ sich wunderbar erkennen, was der Boden hergab, wie ein Önologe damit umging und wie sich der Wein im Laufe der Lagerung veränderte. Der Corral de Castro, eine Cuvée aus Tempranillo mit einem Anteil Cabernet, der ihm Struktur und Gerüst gab, war durchweg harmonisch, intensiv im Geschmack, fühlte sich weich an und zeigte ein schönes Beerenaroma. Der acht Jahre alte Wein gefiel Henry am besten, der neun Jahre alte verlor nicht nur Geschmack, sondern änderte auch die Farbe. Der Cerro de la Retama mit einem höheren Cabernet-Sauvignon-Anteil war Henry zu wenig spanisch, dafür war der Los Felipes genannte Wein, ein Mischsatz eben dieser Rebsorten, grandios. Deutlich unterschieden sich die Aromen von Beeren, Kirsche, Leder und Tabak, ein Hauch Schokolade kam hinzu. Das Geschmacksbild war klar und doch vielseitig, der Wein war kräftig, aber nicht schwer, und die Tannine verliehen ihm die nötige Härte. Bei der Hitze hier oben hätte Henry marmeladige Weine vermutet, schwer und satt machend, aber der Los Felipes war es nicht. Er setzte einen Standard, er war ein Maß, an dem sich die ihnen in den nächsten Tagen präsentierten Weine würden messen lassen müssen.

»Es ist selten, dass man gleich zu Beginn einer Weinreise den Schrittmacher vorgesetzt bekommt«, sagte Henry und erntete von Koch einen bösen Blick und von Marion Dörner ein Lächeln. War das Zustimmung, oder bedeutete das etwas anderes?

Er hätte sich gern länger hier aufgehalten, mit dem Winzer gesprochen, wie er es auf seinen eigenen Reisen tat, aber der Reiseplan, Rudolph Schneiders »Zeitfenster«, was für ein dämlicher Ausdruck, trieb sie weiter. Die nächste Probe fand unter dem Strohdach eines Landgasthofs statt, dort warteten bereits zwei Winzer mit ihren Gewächsen.

Cristina und Paco Calvace präsentierten ihnen den Weißwein Blanco de Alboloduy aus der Rebsorte Jaén Blanca. Sie war zugunsten roter Sorten aus der Mode gekommen.

Ein sehr feiner, frischer und fruchtiger Weißer war das, reife Aprikose schmeckte Henry heraus, Mango und Apfel, eigentlich behagte es ihm wenig, in seinem Newsletter das Geschmacksbild in Einzelteile zu zerlegen. Ein deutscher Weinwettbewerb hatte den Wein mit einer Goldmedaille prämiert – zu Recht, wie Henry empfand. Kochs Augen wanderten derweil von Marion Dörners Ausschnitt zu ihren Notizen – und er hatte offenbar etwas zu meckern. Es störte ihn keineswegs, dass alle anderen es merkten.

Anders als die französischen Roséweine waren die spanischen Rosados herb statt süß, so auch dieser Syrah oder Shiraz, den der Winzer und seine Frau ihnen vorsetzten. Auch diese Trauben waren oberhalb von eintausend Metern gewachsen. Erdbeere, Kirsche und Himbeere schnupperte Henry heraus. Der fast schwarze Wein zum Schluss war konzentriert und gehaltvoll und blieb dabei unerwartet leicht, er machte weder satt, noch kratzten seine Tannine am Gaumen, und in der fünfjährigen Reifezeit hatte die Süße der Holzfässer ihr dominantes Aroma glücklicherweise verloren. Einen solchen Wein hätte Henry hier nicht vermutet, aber je mehr er sich mit Spaniens Weinen beschäftigte und ihre Gleichförmigkeit beklagte, wofür er den Weinguru Alan Amber und sein Geschmacksdiktat nach dem Hundert-Punkte-Schema verantwortlich machte, desto mehr entdeckte er Weine, die sich dem sperrten, und Winzer, denen diese Bewertung gleichgültig war.

»Das ist nicht dem Selbstbewusstsein der Winzer zu danken«, merkte Koch ungefragt an, »bei den geringen Mengen, die diese Leute produzieren, gelangt kaum eine Flasche davon nach Deutschland!«

Spira hieß der nächste Wein, den sie vor dem Essen noch probieren sollten. Im Guia Penin, Spaniens wichtigstem Weinführer, hatte er in den letzten Jahren mal neunzig, dann einundneunzig, neunundachtzig und zuletzt wieder einundneunzig Punkte erhalten. Wie sich diese Bewertungen zusammensetzten, ob gezielt gemogelt, ob die Punkte gekauft waren oder ob eine »objektive« Jury dem Wein eine Goldmedaille verpasst hatte, war Henry egal, ihm kam es darauf an, wie er den Wein betrachtete, wie er ihn empfand, was er ihm sagte, wozu man ihn trinken konnte und wie er seine Entwicklungschancen beurteilte. So hatte er es damals bei der Zeitschrift Wein & Terroir gehalten, so hielt er es heute. Und zu den Weinen der Bodega seiner Freundin äußerte er sich nicht. Maßgeblich war sein eigenes Urteil und nicht das anderer, mochten sie nun Alan Amber oder

Robert Parker heißen, Hugh Johnson oder GaultMillau, auch wenn man sich der Bewertung anderer stellen musste. Galt das nicht für Menschen ebenso? Wichtig war zu wissen, nach welchen und wessen Regeln gespielt wurde.

»Sie sind auch nach Baden-Baden eingeladen«, sagte Koch beim anschließenden Essen, »da bin ich auf Ihre Bewertungen gespannt.«

»Wie wollen Sie die beurteilen?«, fragte Henry.

»Wir prüfen die Weine nach den Regeln der OIV, der Internationalen Organisation für Rebe und Wein, da lässt sich hinterher feststellen, ob Sie für die Farbe vier, fünf oder sechs Punkte gegeben haben.«

»Und das bekommen Sie zu sehen?«

»Klar, wenn ich will«, meinte Koch selbstgefällig.

»Und wenn ich es anders sehe als Ihr Verlag, der den Wettbewerb ausrichtet?«

Sofort herrschte Stille am Tisch, auch die anwesenden Spanier bemerkten den Stimmungsumschwung, sie verstummten.

»Dann werden Sie kaum wieder eingeladen!« Koch überspielte den scharfen Ton mit einem Lachen, doch die Kollegen wussten, dass es ernst gemeint war. »Wie gefällt Ihnen der Wein, den wir zuletzt probiert haben?«, fragte Koch provokativ.

Danach war nur das Klirren der Gabel zu hören, die Henry genervt auf den Teller legte. »Sehr warm, sehr dicht, ein Wunder bei dem geringen Alkoholgehalt von nur 12,5 Volumenprozent. Es ist ein korrekter, sehr moderner Wein …«

»… die Trauben werden bei Nacht gelesen …«

»… er ist aber nichts für Entdecker, Spaß macht er nicht, er trifft lediglich den gegenwärtigen Geschmack.« Damit schloss Henry seinen Kommentar, schlug die Kladde zu, in der er seine Beobachtungen notierte.

»… und den Geschmack gewisser Verkoster, die auf Massenprodukte setzen«, hatte er noch anfügen wollen, aber er wollte die Spannung zwischen sich und Koch nicht weiter erhöhen. Der Mann hatte ein Problem mit seinem Ego, irgendwann würde es knallen, laut und vernehmlich. Das minderte seine Vorfreude auf die Reise nach Baden-Baden. Dort würde es zum Knall kommen.

Im Bus nahm ihn Marion Dörner beiseite, sie setzten sich nach hinten, sie neigte sich Henry zu, so weit, dass ihm ihr unaufdringliches, nach Veilchen und würzigem Holz duftendes Eau de Toilette in die Nase stieg. Henry hatte einige Fragen zur BBWC.

»Ich kann Sie beruhigen. Koch ist nicht der Organisator des Wettbewerbs, dazu wurde eigens eine Tochtergesellschaft gegründet. Aber als verlängerter Arm von Heckler wird Koch die ganze Zeit über anwesend sein. Manche nennen ihn den ›Kettenhund‹«, sagte sie schmunzelnd hinter vorgehaltener Hand, »er knurrt und beißt. Unangenehmes wälzt der Verlagschef auf ihn ab. Ich bin zwar nicht berufen, gute Ratschläge zu geben, aber legen Sie sich nicht mit ihm an.«

Henry betrachtete fragend ihr von der Sonne leicht gerötetes Gesicht, ihre feinen Züge, ihre Zartheit, blickte ihr in die braunen Augen, die sie sofort niederschlug, und dachte, dass besonders sie sich vor Koch in Acht nehmen musste. Ihm hingegen war es gleichgültig, wie Koch zu ihm stand.

»Er hat ein Problem mit mir, nicht ich mit ihm!«

»Sie dringen in seine Domäne ein. Er hält sich für den absoluten Spanien-Kenner. Diese Geschichte mit der Nariz de Oro nagt an seinem Selbst, er nennt es spanischen Marketing-Quatsch. Gerade dass Sie den Wettbewerb gewonnen haben, so sagte er auf dem Flug hierher, sei ein Indiz dafür. Dabei wäre er gern selbst die Goldnase.«

Ein mitleidiges Achselzucken reichte Henry als Kommentar. Ob man ihn im nächsten Jahr wieder nach Baden-Baden einlud, brauchte ihn nicht zu interessieren. Er wollte lediglich wissen, wie diese Veranstaltung ablief, ob alles mit rechten Dingen zuging, ob und wie man schummeln konnte und ob die verteilten Medaillen, ob nun Silber oder Gold auf der Flasche, den Inhalt einigermaßen wiedergaben. Dreihundert Euro kostete in Spanien eine Goldmedaille unter der Hand, dreißigtausend konnte sie einbringen … Außerdem war er mit dem weltberühmten Weintester Alan Amber zu einem Interview verabredet. Er hatte die Gelegenheit genutzt, als klar war, dass auch Amber erscheinen würde. Aber das brauchte er weder Koch noch Marion auf die Nase zu binden.

»Alan Amber wurde von Ihnen eingeladen. Sie haben das in Ihrer Ankündigung der Challenge groß rausgestellt. Nimmt er am Wettbewerb teil – oder ist das deutscher Marketing-Quatsch?«

Statt einer Antwort wurde Marion Dörner blass, sie stand hektisch auf, schluckte und sah ihn entsetzt an. »Mir wird schlecht, ich halte die Schaukelei hier hinten nicht aus.« Sie hangelte sich zwischen den verdutzten Kollegen nach vorn und ließ sich nach Luft schnappend hinter dem Fahrer in einen Sitz fallen.

Der Bus bremste, drehte in der Serpentine eine enge Runde, über den Scheitel der Contraviessa hinab ins Tal des Guadalfeo. Man wurde nach außen gepresst, dann beschleunigte der Fahrer, um gleich darauf wieder zu bremsen und in die nächste Spitzkehre hineinzusteuern. Jetzt fielen alle nach der anderen Seite, und gleich darauf wiederholte sich das Manöver andersherum. Henry machte die Kurverei nichts aus, er bemitleidete Marion, die sich an ihren Sitz klammerte. Was für ein empfindsames Seelchen, dachte er und betrachtete ihr glattes, braun glänzendes Haar, das sich in den Kurven ebenfalls zur Seite neigte.

Sie wird es bei ihrer Empfindlichkeit im Verlag nicht leicht haben, sagte er sich. Ob sie die Probezeit hinter sich hat? Und wenn sie sich zu sehr mit mir abgibt, könnte Koch das als gegen sich gerichtet sehen. Das war kaum vorteilhaft für ihre Karriere.

Die nächste Station war Barranco Oscuro, die Bodega von Manolo Valenzuela, dem Pionier der Gebirgsweine. Er hatte vor etwa dreißig Jahren hier oben mit dem Weinbau begonnen und die besten Weine der Region geschaffen. Aber wie es hieß, »fielen die Pioniere zuerst«, und er war überholt worden, auch weil er sich zu sehr in seine Idee von ökologisch gemachten Weinen ohne jeden Schwefel verrannt hatte. Es gab Hefestämme im Holz der Fässer, denen man ohne Hochdruckreiniger und die reinigende Funktion des Schwefels nicht beikam. Er war ein Bestandteil von Aminosäuren im menschlichen Organismus und damit letztlich doch auch ein Naturprodukt.

Sie fuhren weiter ins Tal, durchquerten das Dörfchen Cadiar. Henry kannte es von einem früheren Besuch, es war nicht einmal groß genug, als dass sich eine Zahnarztpraxis lohnen würde, wie er leidvoll erfahren hatte. Und die Post öffnete täglich für drei Stunden, und das nur an zwei Tagen pro Woche. Dahinter begannen fünfzehn Kilometer Wüste, die ideale Western-Kulisse. Links oben am Hang der Sierra Nevada lagen die Weißen Dörfer: Yegen als Teil der Kette, eckige Häuser miteinander verklebt, verschachtelt, Knoblauch und Paprikaschoten auf den Dächern, Ziegen unten im Stall und alles so weiß wie die Dörfer der Berber auf der nordafrikanischen Seite im Atlasgebirge – ein wirklich altes Stück Spanien.

Gerald Brenan, ein junger intellektueller Brite, hatte nach dem Ersten Weltkrieg lange hier gelebt und darüber ein Buch geschrieben. »Südlich von Granada« hatte Henry wie kaum ein anderes Buch Einblick in jene Zeit gegeben. Virginia Woolf, Autorin und Freundin Brenans, später Heldin der Frauenbewegung, hatte es bei ihrem Besuch nur wenige Tage ausgehalten.

Ob das auch für Juan Palomar galt, auf dessen Bodega sie zusteuerten? Der Spanier lebte in den USA – und für die ließ er in Abwesenheit Wein produzieren, wobei der Süßwein aus Cabernet-Sauvignon-Trauben sein bester war – er war genauso gut wie das Olivenöl.

Sie ließen das Bergland hinter sich, fuhren über beste, EU-finanzierte Straßen durch scheinbar verwüstetes Land, das auf erschreckende Weise mit Plastikplanen bedeckt war. Als sie die Küste südlich von Almeria erreichten, war der Boden zur Gänze mit Kunststoff versiegelt, darunter »wuchsen« die Paprikaschoten, die Tomaten und Auberginen für ganz Europa – und nicht einer der Nordafrikaner, die hier arbeiteten, ließ sich rechts und links der Küstenautobahn blicken. Henry kannte die Entwicklung seit den Neunzigerjahren, doch dass diese Polyethylen-Pest sich so schnell sogar bis Malaga ausbreiten würde, hatte er nicht erwartet.

Der Bus taumelte kaum noch, die Straße war ausgezeichnet, das Meer lag still im öligen Dunst eines undramatischen Sonnenuntergangs. Marion gab Henry ein Zeichen, nach vorn zu kommen, als Koch sich zu einem Kollegen nach hinten begab. Es war eine Gelegenheit, sie weiter über die BBWC auszufragen.

»Ich habe Sie auf die Liste der Juroren gesetzt«, sagte sie. »Ich kenne Ihren Newsletter, er ist tatsächlich ein ›Nachrichtenbrief‹.« Sie lächelte, als erwarte sie ein Lob dafür. »Ich kenne Ihre Homepage, ich habe Ihr Foto gesehen, aber in erster Linie finde ich Ihre Schreibe interessant, man nimmt das Gesagte ernst. Aber bilden Sie sich nichts ein«, jetzt zweifelte ihr Lächeln den Wert ihrer Worte an. »Sie sind nur einer von hundertvierzig Juroren.«

»Und woher kommen die anderen? Wie treiben Sie die auf?«

»Der Verlag hat jahrelange Erfahrung mit Wettbewerben. Es kommen Leute aus der ganzen Welt, neuerdings sind auch Rumänen und Japaner dabei, alles Spezialisten aus allen Sparten der Weinwirtschaft.«

»Wohl mehr Herren aus der Wirtschaft als aus der Produktion. Ihre Anzeigenkunden? Ich habe mir die Liste vom letzten Jahr angesehen. Winzer sind weniger dabei, eher die Verwalter des Weins und Journalisten wie ich.«

»Oh, bei Ihnen muss man ja auf der Hut sein. Das hätte ich nicht gedacht.« Sie schmollte gekonnt. »Es kommt auf die Meinungsbildner an, das betont der Chef uns gegenüber immer wieder. Die BBWC war lange Zeit der einzige Wettbewerb in Deutschland ...«

»Bis die Hamburger kamen ...«

Die Journalistin zuckte mit den Achseln. »Sie haben uns viele Kunden abspenstig gemacht, viele Händler und Winzer lassen ihre Weine jetzt in der Hansestadt bewerten. Früher haben sie die Teilnahme am Wettbewerb mit der Teilnahme an der Hamburger Weinmesse gekoppelt ...«

»Soweit ich weiß, war das eine unbewiesene Behauptung von Heckler ...«

»Die Hamburger weigern sich, die Namen ihrer Juroren zu nennen, und der Ausländeranteil unter ihnen stimmt nicht.«

»Das sagen Sie! Hat Heckler nicht gedroht, auf die OIV-Patronage zu verzichten und die Zahlungen einzustellen?«

»... und dann wird zwischen Behörden und Veranstalter gekungelt ...«

»Angeblich«, sagte Henry, »sagen Sie besser: angeblich. Heckler behauptet auch, dass die prämierten Weine nicht mit den anschließend verkauften Partien übereinstimmen. Soweit ich weiß, kungelt Heckler mit der Politik.«

»Hat sich das bis nach Barcelona rumgesprochen?« Marion reckte sich, bemüht, Koch im Auge zu behalten. »Kennen Sie sich eigentlich, Koch und Sie?«

»Wir hatten bisher nicht das zweifelhafte Vergnügen.«

»Ich dachte, Sie beide hätten eine wie auch immer geartete Geschichte miteinander.« Die letzten Worte hatte sie Henry fast ins Ohr geflüstert, er fühlte ihren Atem auf seiner Wange. »Er duldet niemanden neben sich, nur seine

Meinung gilt, er weiß alles. Er hat Ihr Buch über iberische Weine rezensiert. Er fand es oberflächlich, langweilig und schlecht recherchiert. Er hat's mir auf dem Flug hierher erzählt.«

»Wissen Sie, liebe Frau Dörner, wenn ich mir darüber Gedanken machen würde, was andere Leute von mir halten, käme ich kaum zum Arbeiten.«

Marion seufzte, sie schaute Henry an, dann blickte sie aus dem Fenster. Eine Art moderner Geisterstadt zog vorbei, sterile Straßenzüge mit einsamen Laternen, die Ruinen des spanischen Wirtschaftswunders. Die Baulöwen hatten das hier verdiente Geld in neue, überdimensionierte Kellereien gesteckt, die kleinen Anleger hatten alles verloren.

Das Hotel, das sie bei Einbruch der Nacht erst erreichten, war schön, das Essen ausgezeichnet, nur passte die Weinkarte nicht dazu. Marion Dörner wollte nach dem Essen noch plaudern, die warme, sternklare Nacht lud dazu ein, aber Henry musste schlafen. Die Reise war anstrengend gewesen. Und Frau Marion Dörner wurde ihm zu persönlich, sie rückte ihm immer näher auf die Pelle, dabei kannten sie sich erst einen Tag …

Am nächsten Morgen besuchten sie den Süßweinproduzenten Axarquía bei Almárchar – wieder Namen, die wie Alpujarra, Almeria und Andalusien, auf die Araber zurückgingen. Derart steile Weinlagen kannte Henry nur von der Mosel. Aber diese hier, dem Ursprungsgebiet der D.O. Sierras de Malaga zugehörig, waren nicht terrassiert. So arbeiteten sich die Bauern, die der Bodega ihre Trauben verkauften, die siebzigprozentige Steigung über roten Schiefer und Quarz mit der Hacke hinauf, immer vom Absturz bedroht. Es war zu viel Mühe für die Qualität, die dabei entstand, und das Wissen, dass der Sohn von Alois Kracher, ehemals Österreichs bester Süßweinproduzent vom Neusiedler See, die Hand mit im Spiel haben sollte, legte die Messlatte zu weit nach oben. Nur der Victoria 2, nach Ananas und Mango duftend, eine Spur Karamell dazu, überzeugte Henry auch mit der Intensität des Geschmacks und dem langen Nachklang.

Da kamen ihm die Weine der holländischen Quereinsteiger Bodegas Bentomiz aus Sayalonga eher entgegen, besonders ihr Wein Ariyanas Naturalmente Dulce, »natürlich süß«. Die Rebsorte hieß Moscatel de Alejandria, und der Wein duftete schön, die Frucht war nicht von Karamelltönen überlagert, die leichte Säure hielt den Wein am Leben. So und nicht anders stellte Henry sich einen Süßwein vor – und dazu erschwinglich. Dieser Wein wurde nur noch vom Ariyanas Terruño Pizarroso übertroffen, der sechs Monate im Barrique gereift war, mit Aromen von reifem Pfirsich, von Honig und Rosinen. Die winzige Spur Mineral ließ den Schiefer ahnen, auf dem er gewachsen war.

Für Henry war es nicht erstaunlich, dass die Weine Südspaniens trotz der großen Hitze frisch und leicht ausfielen. Es war dem Unterschied zwischen Tag- und Nachttemperatur zu verdanken, denn in der Region von Ronda, wo sie bei fünfunddreißig Grad im Schatten auf achthundert Meter Höhe den klimatisierten Bus verließen, sank nachts die Temperatur bis auf zwölf Grad.

Hier führte Juan Manuel Vetas seine Ein-Mann-Show vor, in einer winzigen Bodega, die mehr einer Privatkapelle glich. Ringsum, auf dem Ein-Hektar-Weingut, wuchsen Petit Verdot, Cabernet Franc und Cabernet Sauvignon, und aus diesen französischen Reben war ein grandioser Wein entstanden. Leider gab es davon pro Jahr nur dreitausend Flaschen.

Als ihnen am Abend hoch über der Schlucht von Ronda der Würtemberger Friedrich Schatz seine Weine vorstellte, suchte Marion Dörner wieder Henrys Nähe, mit jedem Glas rückte sie näher, und er suchte den Abstand.

Schatz' Produktion war etwas umfangreicher und vielseitiger als die des Spaniers. Sein Spätburgunder, hier Pinot Noir, interessierte Henry besonders. Er bewegte sich auf der klassischen Linie: Er blieb leicht und durchsichtig wie ein Pinot aus dem Burgund, hatte ein schönes Kirschenaroma, war trocken und lebendig. Auch die anderen Weine waren fehlerfrei, wobei sich hier der Petit Verdot wieder an die Spitze drängte. Neu war der Rosado aus Muskattrollinger, dem der Ausbau im Holzfass nichts von seiner Frische nahm. Und er war weit von der Trollinger-Lorke aus deutschen Supermärkten entfernt.

»Haben Sie eigentlich vor, Frau Isabella Peñasco zu heiraten?«, fragte Koch in eine Gesprächspause hinein. »Dann wären Sie der gemachte Mann!«

Henry blickte ihn an, starr und perplex. Woher wusste Koch von seiner Beziehung zu Isabella? Hatte er sich über ihn und Bodegas Peñasco informiert, bevor man die Einladung zur Challenge verschickt hatte? Es war immerhin fünf Jahre her, dass Isabella und er in der Presse zusammen genannt worden waren. Das zeigte die engen Beziehungen in der Branche. Es gab immer einen, der irgendetwas von einem wusste – und es ausnutzte.

Er blickte Marion an. Sie würde sicher sofort fragen, wer Isabella sei – aber sie hatte Kochs Frage überhört. Absichtlich?

2

Barcelona bei Nacht

Zwei Schlösser sicherten die Wohnung im siebten Stock. Die Aussicht war zur Hälfte durch Hochhäuser verstellt, zur anderen Hälfte öffnete sich ein grandioser Blick über die Kraterlandschaft der Moderne auf die Berge hin. Das Viertel war ruhig, hier passierte wenig im Vergleich zum Barrio Chino, wo Henry die ersten Jahre in Barcelona gelebt hatte, als die Stadt für ihn noch spannend und neu war und er sich herumgetrieben hatte. Neu war sie nicht mehr, und die Spannung ließ mit der Zeit nach, so wie die Anziehung des Boqueria-Marktes an den Ramblas, *un dels millors mercats del mon*, wie es auf Katalanisch hieß, einer der besten Märkte der Welt. Er selbst kaufte jetzt auf dem Sant Antoni ein, seit Boqueria den Charakter verloren hatte, betrieben von Latinos, die hier ihre Geschäfte hauptsächlich mit Fruchtsäften und Fertigfutter machten, statt mit frischem Fisch, Fleisch und Obst – und die Kolumbianer mit Koks. War dieser Wandel ein Zeichen, dass er selbst älter wurde, dass er jetzt lieber in einem ruhigen und spießig bürgerlichen Viertel wohnte, dass ihm die Bar an der Ecke genügte und er die Tiefgarage im Hause schätzte?

Im Cafè de l'Òpera auf den Ramblas lungerte er weiterhin gern herum und würde sich heute Nacht dort mit Daniel Pons, seinem besten Freund treffen. Er war gespannt, was Daniel zu den Drohbriefen sagte.

Die Schlösser zur Wohnung waren intakt, Henry schloss

auf und musste das Licht einschalten. Die Jalousien schlossen dicht, es herrschte absolute Finsternis, dafür blieb es angenehm kühl. Er ließ normalerweise sämtliche Türen offen, und so hatte sich der Duft reifer Früchte aus der Küche überall hin verteilt, aber etwas roch nach Schimmel. Er stellte das Tragegestell mit den Weinproben im Flur ab, trug den Koffer ins Schlafzimmer, warf ihn aufs Bett und ging in die Küche. Es war tatsächlich eine Orange verschimmelt. Er warf sie in den Mülleimer und ging ins Büro, machte das Licht an, warf die Post auf den Schreibtisch und zog die Jalousien hoch. Jetzt fiel sein Blick auf sein Weinarchiv, dessen Ordner, Mappen, Bücher und Broschüren die Regale an allen vier Wänden füllten. Er dachte wieder an Peñasco und daran, dass er seine Arbeit aufgeben musste, dass alles, woran er fünf Jahre gearbeitet hatte, sich erübrigen würde. Wie sollte er sich davon trennen?

Er setzte sich an den Schreibtisch und schaute im Rechner als Erstes nach Isabellas Begrüßungsmail. Sie war da, die Nachricht, vor zwei Stunden eingetroffen, nicht so euphorisch wie sonst, aber er freute sich über ihre Geste. Wie es Isabellas Art war, hielt sie mit dem, was sie am meisten bewegte, hinter dem Berg und hatte die Drohungen mit keinem Wort erwähnt. Henry hatte lange gebraucht, bis er mit dieser Art umgehen konnte und sie nicht mehr als mangelndes Vertrauen, nicht als gegen sich gerichtet betrachtete. Er kannte den Hintergrund, auf dem dieses Verhalten gewachsen war. Der familiäre Hintergrund war es auch, weshalb sie nach fünf Jahren ihrer Beziehung noch nicht geheiratet hatten; die Ehen in ihrer Familie waren bis auf die ihres chilenischen Onkels alle nicht besonders »erfolgreich« gewesen.

»Ich setze doch meine große Liebe nicht durch eine Ehe aufs Spiel«, pflegte sie zu sagen.

Langsam, noch mit dem Blick auf den Bildschirm, das Vier-Tages-Programm vom Heckler-Verlag für die Baden-Baden Wine Challenge war eingetroffen, stand Henry auf, streifte Schuhe und Socken ab und ging barfuß in die Küche, um sich ein Bier zu holen. Die Küche war der wohnlichste Raum seines Großstadtturms, wie er die Wohnung nannte. An der Küche hatte er nicht gespart, und auch hier hing wie nebenan ein Druck Joan Mirós an der Wand. Ein Freund von Daniel hatte die Küchenmöbel gebaut, das Edelholz hatte er aus einer Konkursmasse billig erstanden, fast geschenkt. Zentrales Möbel war der große Tisch, an dem mühelos acht Personen Platz fanden und wo Henry und seine Freunde bei einem mehrstündigen Menü bis in den Morgen dafür sorgten, dass in den Kellern der guten Bodegas Platz für den nächsten Jahrgang geschaffen wurde.

Der Flaschenöffner lag am üblichen Platz. Nach den andalusischen Mountain Wines der letzten Tage war allein die Aussicht auf ein herbes deutsches Bier schon Genuss an sich, und Henry setzte die Flasche an die Lippen. Er blickte erneut in den Kühlschrank und entschied sich dagegen, jetzt noch einkaufen zu gehen. Er könnte morgen im Café an der Ecke frühstücken und sich erst nach Sonnenuntergang mit Daniel am Strand treffen und irgendwo essen gehen. Die nächtlichen Treffen waren dessen Sonnenlichtallergie geschuldet, dafür sah er sogar nachts jede in den schwarzen Asphalt eingetretene Kupfermünze, was ihm den Namen *el visor nocturno* eingebracht hatte, das Nachtsichtgerät. Später würden sie sich an den nächtlichen Strand hocken, und ihre Gespräche endeten im Cafè de l'Òpera auf den Ramblas. Die Aussicht auf ein offenes Wort, nach Tagen verbalen Versteckspiels auf der Reise, ohne jeden Grund zu falscher oder richtiger Rücksichtnahme, hob Henrys Stimmung gewaltig.

Er hatte Daniel viel zu verdanken. Er hatte ihm das Einleben in Barcelona leicht gemacht, seine Frau hatte für ihn die erste Wohnung gefunden, und ihre Tochter Pilar hatte Freude daran, ihm Catalán beizubringen, auch weil sie wusste, wie sehr sie ihn damit ärgern konnte. Henry war der Auffassung, in Spanien zu leben, wo man Spanisch sprach.

Pilar hingegen lebte in Katalonien, da sprach man Katalanisch. Die Basken leben im Baskenland, die Mallorquiner auf Mallorca. Was kam als Nächstes? Andalusisch? Dann Galizisch – bis sich in Europa niemand mehr würde verständigen können.

»Dafür sorgen schon die Finanzkapitalisten«, pflegte die Fünfzehnjährige zu sagen und schwirrte auf ihrem Roller ab zur nächsten Demonstration für die Zukunft der Jugend.

»Wenn nichts mehr bleibt, dann wenigstens der Nationalstolz«, so Daniel, »den kann man sich auch in den Landesfarben ins Gesicht schmieren.« Hatte er sich, als sie sich in La Rioja kennengelernt hatten, noch als Katalane begriffen, war er hier wieder zum Spanier geworden.

Henry suchte sich aus den restlichen Vorräten das zusammen, woraus sich ein Salat machen ließ, das Wichtigste war die Soße. Ein neun Jahre alter Balsamico und ein würziges Olivenöl gehörten zur Grundausstattung seiner Küche. Das Stangenbrot hatte er sich aus dem Minimercado von der Ecke gegenüber der Bar mitgebracht.

Nach dem Essen rief er Salgado in Logroño an. Erstaunlicherweise hatte Isabella ihn ausführlich über die Drohbriefe ins Bild gesetzt. Sogar die Kopien hatte sie ihm zugefaxt.

Der Capitán war überzeugt, dass es sich nicht um einen Scherz handelte. »Ich werde mich informieren und morgen entscheiden, wie wir weiter verfahren. Die Briefe habe ich weitergeleitet und Isabella geraten, sich umsichtig zu bewegen. Sie hat es versprochen.«

»Dann nimmst du die Angelegenheit auch ernst?«, fragte Henry.

»Es gibt eine Menge Idioten, die derartigen Unsinn verzapfen, es gibt Trittbrettfahrer, die sich bei Aktionen wie der Exhumierung als Sachwalter der ewigen Gerechtigkeit aufspielen. Von denen geht normalerweise keine Gefahr aus. Auch kommen viele Rechte aus den Löchern, gerade jetzt, wo die Sozialisten abgewirtschaftet haben.«

»Dann können jetzt die Konservativen wieder abwirtschaften«, warf Henry ein.

»Nur in diesem Fall …« Salgado zögerte, die Suche nach angemessenen Worten war förmlich zu hören, »in diesem Fall halte ich es nicht für überzogen, gewisse Maßnahmen zu ergreifen. Es ist ein Gefühl, es betrifft die Wortwahl, die mich stutzig macht.«

»Könnte ihr Bruder … ich meine, als Rache …«

»Ich werde mich kundig machen.«

»Könnte eine politische Organisation dahinterstecken, die was dagegen hat, dass Francos Leichen ausgegraben und die Täter benannt werden?«

Es dauerte einen Moment, bis Salgado antwortete. »Offiziell niemals, oder eher wohl kaum, aber in allen Organisationen gibt es nützliche Idioten, Leute, die das umsetzen, was ihre Führer niemals laut fordern würden. Ich frage jemanden vom CNI …«

»Bitte nicht den Geheimdienst!«, unterbrach Henry den Capitán entsetzt, »halt diese Leute raus.«

Salgado lachte. »Verlass dich auf mich. Auch beim Centro Nacional de Inteligencia gibt es, sagen wir es mal so, Strukturen, auf die sich ein Staatsbürger verlassen kann, zuverlässige Leute, die ihren Auftrag ernst nehmen.«

»Weißt du das oder glaubst du das – oder hoffst du das?«

Salgado ging nicht darauf ein. »Kommst du vor deiner Deutschlandreise bei uns vorbei? Wir könnten …«

Henry unterbrach ihn und erzählte von seinen Plänen und dass er selbst für die Kooperative Lagar kaum Zeit fände, für die er die Öffentlichkeitsarbeit und den Vertrieb im Ausland übernommen hatte.

»Du bist zu viel unterwegs, Henrique, zu schnell, zu viel Hetze und Stress. Du wirst in diesem Jahr fünfzig … und das bei deinem Lebenswandel: Nur beste Weine, nur gutes Essen, die Liebe, eine wesentlich jüngere Frau, das hält auf Dauer niemand aus.«

»Ich werde alles in meiner Macht Stehende tun, um Isabella zu schützen.« Das waren seine letzten Worte gewesen, bevor er aufgelegt hatte. Henry fühlte sich erleichtert, aber nicht beruhigt. Zumindest würde er jetzt einigermaßen ruhig abreisen können. Auf Salgado war Verlass, er kannte ihn noch aus seiner Zeit als interner Ermittler der Polizei, als er recht informell, um nicht zu sagen mit illegalen Mitteln, die schwarzen Schafe in den eigenen Reihen aufspüren musste.

Erst gegen dreiundzwanzig Uhr rief Isabella an.

»Hast du etwa bis jetzt gearbeitet?«, fragte Henry entsetzt, der unruhig auf ihren Anruf gewartet hatte. »Muss das sein – nach diesen Briefen?«

»Wenn du uns helfen würdest, sicher nicht, aber du beharrst ja auf deinem Sonderstatus. Wir haben dich mehrmals eingeladen.«

Henry wusste, dass die Türen der Kellerei Peñasco für ihn offen standen, aber ihm lag nichts daran, der Kronprinz zu werden, der Freund der zukünftigen Erbin. Als Isabellas Ehemann wäre seine Anwesenheit von der Belegschaft wohl akzeptiert worden, aber dagegen sperrte sie sich mit aller Macht. Er hatte Kochs hämische Worte im Ohr, Koch hatte den »Kronprinzen« aufgebracht, um ihn vor den Kollegen zu diskreditieren.

»Ich war bis eben auch nicht allein in der Firma«, fügte Isabella hinzu, »Sebastián war hier, wir sind gemeinsam gegangen. Außerdem ist der Hausmeister geblieben, und wir haben zusätzlich zwei Wachleute eingestellt – zufrieden?«

Mit dem Wissen, dass sie zu Hause war, konnte Henry sich entspannen, und sie plauderten über ihre Arbeit sowie seine Reise. Isabella hatte nach der Verhaftung ihres Bruders in aller Eile ihr Examen beendet und sich in die Verwaltung der Kellerei eingearbeitet. Diese Tätigkeit lag ihr, sie durchschaute mit einem Blick komplizierte Strukturen, Abläufe und Zusammenhänge, und sie war die perfekte Organisatorin. Ihrem Vater lag die praktische Arbeit im Weinberg und in der Kellerei mehr und der Umgang mit den Weinbauern, von denen sie ihre Trauben kauften. Eine Kellerei zu managen, die im Jahr mehrere Millionen Flaschen abfüllte und in zwanzig Länder exportierte, vierzig Mitarbeiter bei Laune und bei der Arbeit zu halten war eine Herkulesaufgabe. Dagegen war Henrys Ein-Mann-Show mit Winzerbesuchen und seinem Newsletter für deutsche Weinhändler nebst Berichten über Bodegas und Verkostungsnotizen geradezu eine Spielerei. Allerdings machte seine Agentur für spanische Weine auch viel Arbeit.

Über die Drohbriefe verloren beide kein weiteres Wort, und Henry erwähnte auch nicht, dass er mit Salgado gesprochen hatte.

»Am gefährlichsten sind immer die Feinde im Inneren!« Daniel streckte die Beine aus und wühlte mit den Zehen im Sand des Strandes. Er hatte sich auf die Ellenbogen gestützt und blickte in die Sterne. »Ich bin überzeugt, dass jemand aus dem Betrieb die Briefe schreibt. Es ist noch gar nicht so lange her, dass der alte Peñasco abgekratzt ist. Sein Sohn, also dein Schwiegervater …«

»*Puta que te pario*, Daniel, er ist nicht mein verdammter Schwiegervater«, fluchte Henry.

»Also, dann dein verdammter Nicht-Schwiegervater hat den Laden danach nicht ausgemistet. Er hätte ein Drittel der Belegschaft rauswerfen müssen, das sind alles Rechte.«

»Hätte er das gemacht, wäre er auch nicht besser als sie …«

»Es findet sich immer ein Grund für einen Rausschmiss. Ich habe in meiner Werkstatt viel zu lange gezögert. Hätte ein Kunde mir nicht gesagt, dass Jorge Gutierrez, einer meiner Monteure, Ersatzteile klaut und ihm angeboten hat, wer weiß, wann ich darauf gekommen wäre.«

»Bei Peñasco arbeiten gute Leute, die schlechten gehen von allein.«

»Das ist falsch, dein Großvater ist damals auch hier abgehauen und nach Deutschland gegangen, und so wie du von ihm redest, war er ein guter Mann.«

»Dafür hatte er politische Gründe, damals unter Francos Polizei.«

»Der alte Peñasco hat seine Leute noch immer in der Kellerei, besonders die alten, und der Goldjunge Diego, dein feiner Schwager, hat auch seine ...«

»Noch ein Wort – und ich stell dich morgen in die Sonne. Dann sehe ich mir an, wie dir das Fleisch von den Knochen fällt.«

Daniel lachte. »Deine Drohungen sind allerdings ernst zu nehmen. Also, die werden dir nicht verzeihen, dass du den Alten auf dem Gewissen hast, den Thronfolger hinter Gitter gebracht und dir dann auch noch die Prinzessin geschnappt hast. Das war ein Putsch! Königsmord, Thron- und Frauenraub in einem. Und diese Frau ist an allem genauso schuld wie du, sie ist im Gegensatz zu dir greifbar – und damit angreifbar. Ein Spanier vergisst nicht, der trägt seinen Hass ein Leben lang mit sich rum, er wartet auf seine Gelegenheit.«

»Du hast zu viele Western gesehen. Wieso sollen die Drohbriefe aus der Kellerei stammen? Es ist gut möglich, dass diese Organisation zur Rettung der Ehre des Vaterlandes dahintersteckt.«

»Ich werde mich drum kümmern«, sagte Daniel.

»Willst du deine katalanischen Anarchisten darauf ansetzen? Die sind viel zu chaotisch ...«

»Nur Vorurteile besitzen ein Leben nach dem Tode ... Ich frage mich, weshalb du diese Stadt gewählt hast. Wie war übrigens die Reise mit deinen Landsleuten?«

Ausführlich berichtete Henry von der Tour und wie überrascht er gewesen war, dass sich mehr und mehr Winzer von dem Stil entfernten, den Alan Amber bevorzugte. Und dass es Experimente mit anderen, neuen Rebsorten gab, nicht nur Tempranillo. Am letzten Tag hätten sie jemanden getroffen, dessen Weine aus Bordeaux hätten stammen können, sowohl von den Rebsorten her wie auch den Cuvées nach. Henry gab seinen Eindruck von der Reisegesellschaft wieder und insbesondere von den Heckler-Journalisten. Sie hätten ihm die Vorfreude auf die Wine Challenge vermiest.

»Dieser Koch wird mir in Baden-Baden das Leben schwer machen, der Kleingeist kann es nicht ertragen, wenn jemand mehr über Spanien weiß als er. Zuletzt haben wir uns über Alan Amber in die Wolle gekriegt, ihren Weinpapst. Ich finde, es ist billig, so jemanden einzuladen.«

»Pass auf, ich garantiere dir, dass sie alle angerannt kommen und ihn sehen wollen, so ist das bei Promis. Wenn so einer weit weg ist, ziehen sie über ihn her, ist er greifbar, dann suchen alle seine Nähe.«

»Das ist der Zweck der Übung«, grummelte Henry. »Der Verlag wird Amber ein fürstliches Honorar zahlen, damit er sich zeigt, und dafür bekommt Heckler ein riesiges Presseecho, das würde ihn andernfalls ein Vielfaches kosten. Wer sich mit Wein beschäftigt, kennt Alan Amber und sein Hundert-Punkte-Schema. Damit werden weltweit Weine verkauft.«

»Das kann dir doch gleichgültig sein. Was stört dich daran?«

»Weil die Leute auf die Punkte schielen und sich nicht mit dem Wein befassen. Das macht es den anderen schwer. Weil ein ganz bestimmter Geschmack von Amber favorisiert wird, weil ich glaube, dass er an den Rädern dreht, besonders an der Preisschraube in Bordeaux. Wenn er dem Jahrgang gute Aussichten bescheinigt, steigen die Preise in der Subskription gleich um hundert Euro oder mehr. Dabei weiß bei einer Vorbestellung niemand, wie der Wein in fünf Jahren sein wird, nicht einmal Amber.«

»Noch einmal: Was geht es dich an? Sind deshalb die von dir favorisierten Weine weniger wert?«

»Was prämiert ist, verkauft sich leichter. Wenn ein Winzer, zu dem ich in Deutschland die Kontakte aufgebaut habe, plötzlich neunzig Punkte für seinen Wein kriegt, bin ich ihn los, da kommen die Großimporteure und drücken mich beiseite.«

»So ist das Leben als Pfadfinder. Finde dich damit ab. Du bist den anderen immer nur ein kleines Stückchen Weg voraus, *amigo*. Dafür hast du den besseren Ausblick, keine Trampelpfade vor dir, bist früher an allem dran, du führst nicht nur Aufträge aus. Du lernst die interessantesten Winzer kennen, kannst herumreisen, darfst alles probieren, wirst überall empfangen, hast einen Namen – was willst du noch? Etwa den Markt verändern oder die Mentalität der Menschen? Hundert Punkte geben Sicherheit, mit so einem Wein kann man bei seinen Freunden punkten, aber nicht mit dem eigenen Geschmack, mein Freund. Die Masse macht's, damit kann man Geld verdienen, darauf kommt es an. Gerechtigkeit? Im Kapitalismus? Dafür ist er nicht da. Wenn dich das alles stört, dann fahr nicht nach Baden-Baden. Kümmer dich darum, wer Isabella bedroht.«

Daniels Argumente waren stichhaltig. Scheute sich Henry deshalb, ihm zu sagen, dass er mit Amber ein Interview vereinbart hatte? Er wollte diesen Mann persönlich erleben, er musste ihn fühlen, um mehr zu wissen. So ging es ihm mit vielem, er musste nachsehen und eintauchen, sich Gewissheit verschaffen. Alan Amber polarisierte, an ihm schieden sich die Geister, die einen hassten ihn, hielten ihn für korrupt, die anderen hielten ihn für einen der größten Weinkenner und liebten oder bewunderten ihn. Seine Bewertungen hatten Winzer reich gemacht und andere ins Elend gestürzt.

»Es ist die Macht, die ich an ihm verabscheue«, sagte Henry nach einer Weile.

Sein Freund blickte ihn an. »Ah, jetzt verstehe ich dich wieder, das mit der Macht leuchtet mir ein, da hast du mich an deiner Seite. Ja, sie brauchen immer einen Führer. Und was ist in dem Zusammenhang mit Deutschland? War die Reise durch Andalusien ein Vorgeschmack auf das, was dich da erwartet?«

Die Antwort fiel Henry nicht leicht. »Ein Vorgeschmack, sagtest du?« Er setzte sich auf, zog Schuhe und Socken aus, schob die Füße so tief in den Sand, bis es kühl wurde, und häufelte ihn mit den Händen darüber.

»Das kann man so nicht sagen, kein Vorgeschmack auf Deutschland, mehr einer auf die Baden-Baden Wine Challenge. Deutschland ist anders geworden, es hat sich verändert, die Menschen haben sich zum Teil verändert. Und wir haben etwas gehabt, worauf ihr noch wartet …«

»Da bin ich aber mal gespannt, was jetzt kommt.«

»Wir haben eine Kulturrevolution gehabt, an der ihr euch vorbeigeschlichen habt, klammheimlich, immer noch den Diktator und seine Spießgesellen im Nacken. Eure Vergangenheit habt ihr kaum aufgearbeitet, den Bürgerkrieg.«

»An mir hat's nicht gelegen, aber bei eurer Xenophobie …«

»Die ist auch nicht schlimmer als anderswo. Neonazis und Idioten, die Hakenkreuze bewundern, gibt's auch hier zur Genüge. Xenophobie heißt eigentlich Fremdenangst und nicht Fremdenhass. Erst aus der Angst, gepaart mit Dummheit, wird der Hass. Unordnung und Verbrechen bringen immer die Ausländer mit. Im Inneren gibt's das nicht. Das eigene Haus ist sauber.«

»Da spricht der Regierungsberater und Soziologieprofessor Dr. Klugscheiß.«

»Ihr habt was gegen die Rumänen, die ihr zu Hunderttausenden ins Land geholt habt, damit sie eure Weinberge pflügen, möglichst billig, die Marokkaner braucht ihr für die Plastikplantagen an der Costa del Sol …«

»In meiner Werkstatt arbeitet kein Rumäne.«

»Dann sag zu mir auch nicht *ihr*, wenn du die Deutschen

meinst. Die lassen sich immer weniger über einen Kamm scheren. Erstens gibt es die regionalen Unterschiede, dann die menschlichen, die sozialen und die Klassenunterschiede …«

»Noch immer Marxist?«

»Nein, Realist! Und für einen gewissen Grad an Fremdenfeindlichkeit habe ich zwar kein Verständnis, aber ich weiß, wie sie entsteht. Wenn ich daran denke, wie es uns damals in Deutschland ging, als meine Großeltern nach Mainz kamen. Meine Mutter war knapp zwanzig, sie hat glücklicherweise Herrn Meyenbeeker geheiratet, sonst wären wir in den Kreisen spanischer Immigranten stecken geblieben. Zu Hause gab es oft Krach, weil mein Vater sich weigerte, Spanisch zu sprechen, und meine Mutter zu bequem war, richtig Deutsch zu lernen. Deshalb wuchs ich zweisprachig auf. Einen deutlichen Akzent hat sie noch heute.«

»Dafür sprichst du unsere Sprache fehlerfrei …«

»Was denn nun – euer Spanisch oder dein Catalán?«

»Über Letzteres reden wir besser nicht, aber du sprichst es so schlecht, weil du dich dagegen wehrst, genau wie deine Mutter.«

»*Exactamente*, genau richtig. Und wenn man als Immigrant immer von der Rückkehr in die Heimat träumt, warum soll man die Sprache lernen?«

»Ich wusste nicht, dass du nach Deutschland zurückwillst.«

»Mein Zuhause ist Isabella – und ihre Familie, La Rioja«, fügte Henry leise hinzu. »Ich identifiziere mich nicht mit einem Land, einem Staat. Und das ist gut so. Das ist das Schöne an der Weinwelt: Sie ist international, Rassisten haben da keinen Platz.«

»Bis man eines Besseren belehrt wird«, murmelte Daniel. »Und was ist nun mit dieser Kollegin, dieser Marion Dörner?«

»Was soll mit ihr sein? Sie liest meinen Newsletter, sie hat mein Foto auf meiner Homepage gesehen und irgendwie einen Narren an mir gefressen und mich auf die Jurorenliste gesetzt.«

»Du wiegelst ab. Das mit dem Narren wird sie erst begreifen, wenn sie dich näher kennt, mein Freund. Du bist absolut unsozial, eigenbrötlerisch, hast einen überspannt kritischen Geschmack, bist rechthaberisch wie dieser Mann, den du nicht leiden kannst, der von dem Verlag – und wirst fünfzig. Ach ja – jedem Luxus abhold, sparsam bist du auch, man könnte es geizig nennen, man braucht sich nur deine Wohnung anzusehen. War sie mit in deiner Wohnung?«

»*Disparates*, du redest Unsinn. Sie ist nett, mehr aber auch nicht. Du bist wohl wahnsinnig, Daniel.«

»So wie du sie geschildert hast, wird's in Baden-Baden weitergehen, verlass dich drauf; manche Frauen lassen nicht locker, bis sie haben, was sie wollen.«

»Sprichst du von deiner?«

Erst als Henry seinen Freund mit dem Taxi vor seiner Goldgrube abgeliefert hatte, »Taller y Gasolinera – 24 horas« stand auf einem riesigen Schild über Werkstatt und Tankstelle, wo jeder Wagentyp repariert wurde, und er durch die um Mitternacht noch belebte Innenstadt über die Plaza de Cataluña nach Hause fuhr, kam ihm ein Gedanke in Bezug auf Alan Amber, den er Daniel gegenüber nicht erwähnt hatte. Aber so war es immer mit den guten und witzigen Argumenten: Sie fielen einem erst ein, wenn die Situation vorüber war. Wer maßte sich an, Gemälde, Plastiken, Symphonien und womöglich auch Brot nach einem Hundert-Punkte-Schema zu bewerten? Beim Gedanken an Daniels mögliche Erwiderung grinste Henry still vor sich hin. Er würde das sicher auf Politiker anwenden, aber bei seiner Einstellung mit einer Skala von null bis minus hundert.

Sie hatten Bier getrunken, deshalb stand Henry, zu Hause angekommen, der Sinn nach einem Glas Wein. Mit dem Glas in der Hand und der Flasche im Kühler neben sich auf dem Boden setzte er sich auf den Balkon und legte die Füße auf die Brüstung. So genoss er das nächtliche Panorama der Stadt, wie vor einigen Tagen das von Granada.

Jetzt erinnerte er sich wieder an die Drohbriefe, und es war mit seiner Ruhe vorbei. Er müsste nochmals mit Salgado über Isabella sprechen. Sie arbeitete häufig bis spät abends, war allein in der Kellerei, und selbst tagsüber war es in den langen und dunklen Gängen der Bodega gefährlich. Die Barriques waren an manchen Stellen zu viert und sogar zu fünft übereinandergestapelt. Dahinter blieb man ungesehen. Und wenn zufällig eines herabfiel? Es ließen sich weitere Unfälle arrangieren, und weit und breit war niemand, der helfen konnte. Die Kellerarbeiter kannten sich in den langen Gängen wesentlich besser aus als Isabella. Einen Leibwächter, einen Aufpasser an ihrer Seite würde sie niemals akzeptieren, sie würde sich kontrolliert und beobachtet vorkommen, und das vertrug sie nicht. Würde es helfen, die Drohbriefe für alle Mitarbeiter sichtbar aufzuhängen und alle aufzufordern, die Augen offen zu halten? Offenheit war gut, aber da müsste ihr Vater zustimmen, und Isabella würde auch dabei nicht mitspielen. Sie würde sich bloßgestellt vorkommen. So wie er sie verstanden hatte, hielt sie die Drohung für ihr Problem, und das musste sie selbst lösen.

Ohne zu einem Schluss zu kommen, stand er auf, holte den Koffer aus der Kammer, wo ihm fast der gesamte Inhalt wie Staubsauger, Umzugskartons, Stiefel, Werkzeug und all das, was er seit einem Jahr hatte wegwerfen wollen, entgegenkam, und begann zu packen. Für seine Reisen im Inland lag alles wohlgeordnet im Auto, aber jetzt musste er systematisch vorgehen. Zwanzig Kilo Gepäck waren gestattet, also musste alles Schwere ins Handgepäck. Er legte den dunkelgrauen Anzug zusammen, faltete die weißen Oberhemden und konnte sich lange nicht für die passenden Krawatten entscheiden. Bei den Polohemden war es einfacher, Gelb und Blau waren seine Farben, erdfarbene Hosen waren für

Weinberge und Kellereien am sinnvollsten. Dann nahm er die Lederjacke in die Hand, alt und abgewetzt, aber wunderbar weich. Isabella hatte ihm eine neue geschenkt, fast genauso schön – aber nur fast. Er würde die alte auf der Reise anziehen. Zuletzt nahm er die Weinbergstiefel in die Hand, für schlammige Böden so gut geeignet wie für scharfkantiges Vulkangestein. Dafür war der Kaiserstuhl bekannt.

Glücklicherweise war die Elektronik leicht, klein und handlich. Dazu gehörte der Tablet-PC nebst Ladegerät, die Kamera nebst Ladegerät, das iPad nebst Ladegerät, ein Voice-Recorder nebst Ladegerät; es fehlte nur noch das Ladegerät fürs Ladegerät, aber so weit ging die allgemeine Rohstoffvernichtung nun doch nicht. Er druckte die Kundenliste seines Newsletters in Deutschland aus, danach die der potenziellen Kunden für die Weine von Lagar und legte beides zum Reiseführer für den Kaiserstuhl. Die wichtigen Seiten aus den Weinführern GaultMillau und Eichelmann hatte er gescannt. Wie die bei ihren Bewertungen vorgingen, war ihm ein Rätsel. Beim GaultMillau sollten zwölf Journalisten mehr als neunhundert Weinerzeuger bewerten, bei Eichelmann waren es der Herausgeber selbst und drei weitere Experten.

In Mainz war er mit Dorothea verabredet, seiner früheren Kollegin von Wein & Terroir. Mit ihr verband ihn eine langjährige Freundschaft. Von ihrem Telefon aus, sie war inzwischen im Elend der Freiberuflichkeit angekommen, wollte er die vereinbarten Termine bei den Winzern bestätigen.

Henry bedauerte, dass Doro nicht auch zur BBWC eingeladen worden war. Er würde Koch oder Marion noch einmal auf die Zusammenstellung der Jurorenteams ansprechen. Aber wer bei den Hamburgern probierte, war in Baden-Baden nicht willkommen, und Dorothea war ihnen zudem nicht wichtig genug.

Um vier Uhr morgens sah Henry auf die Uhr und erschrak. Rasch räumte er das Gepäck vom Bett und nahm eine kurze Dusche. Wäre das Wasser warm gewesen, er wäre im Stehen eingeschlafen, so aber schaffte er es noch bis zum Bett und ließ sich fallen.

Immer wenn Henry auf Sebastián traf, stand seine Mitarbeit in der Kellerei Peñasco im Raum. Sebastián fragte bei jeder Zusammenkunft diskret, wann sie mit ihm rechnen könnten, und da Henry die Mitarbeit niemals generell ausschlug, blieb diese Frage offen. Wenn er sich dazu entschlösse, in den Familienbetrieb einzutreten, wer würde dann die Arbeit für die Kooperative Lagar weiterführen? Er kannte sie alle, die *compañeros*, hatte ihnen den Weg in den deutschen Fachhandel geöffnet, er beriet sie beim Vermarkten ihrer inzwischen sehr guten Weine und entwarf Prospekte für sie. Er hatte sich finanziell beteiligt und war gleichberechtigtes Mitglied der Kooperative geworden. Die Teilhaberschaft bei Peñasco hätte er sich nie leisten können und wenn, dann wäre sein winziges Stimmrecht wertlos. So aber war er zu allen wichtigen Debatten eingeladen, seine Meinung wurde wie die eines externen Beraters gewürdigt. Das war die bessere und konfliktfreiere Lösung.

Sebastián hatte ihn damals ermutigt, am Wettbewerb um die Nariz de Oro teilzunehmen, zuerst bei der Ausscheidung in La Rioja, danach auf nationaler Ebene. Deshalb verwunderte Henry seine Frage nach den Gründen für die Teilnahme an der BBWC. Neben dem Training, fünfzig Weine pro Tag auseinanderhalten zu können und darüber ein Urteil abzugeben, ging es ihm auch darum, diesen Alan Amber persönlich zu treffen. Es schloss sich natürlich eine Debatte über die Methoden des Weinpapstes an. Henry war dem Namen in allen Weltgegenden begegnet, in denen er zu tun gehabt hatte, und er hatte anfangs auch über dessen Arbeitstempo gestaunt, heute wusste er es besser.

»Amber nimmt diese Bewertungen längst nicht mehr allein vor. Zum Verkosten hat er ein Team aufgebaut, alles

Fachleute, alles Briten, auch eine Frau ist dabei. Die haben sich auf Regionen oder Kontinente spezialisiert. Was die Rating-Agenturen für die Banken und die Länder, das ist Ambers ›Triple A Magazine‹ – Alan Amber Ambitions für die Kellereien – Big Business oder Angstmache.«

»Wenn der Mann so beliebt ist, wie du sagst, lebt er dann nicht gefährlich?«

»Das könnte man so sehen«, antwortete Henry und blickte Isabella an, die mit am Tisch des kleinen Restaurants in Logroño saß und der das Thema gar nicht behagte. Sie hatten Theorien gewälzt, wer hinter den Mails stecken könnte, bevor ihr Vater sich dazugesetzt hatte.

»Wenn Amber so unbeliebt ist und alle Welt ihm unaufgefordert Proben schickt, wäre es da nicht einfach, ihm einen vergifteten Wein zu schicken?«

»Du redest Unsinn«, unterbrach Isabella ihren Vater. »Du brauchst Urlaub, mach Ferien, irgendwo, wo kein Wein wächst.«

»Das wird beim Klimawandel schwieriger, mein liebes Kind. Aber zurück zu dir, Henrique. Du wirst deine Eltern wiedersehen? Es hat mich gefreut, dass sie uns letztes Jahr besucht haben. Es ist wichtig zu wissen, woher jemand kommt, dann ahnt man, wohin er gehen könnte. Und da ist etwas, das uns verbindet, immerhin ist deine Mutter Spanierin …«

Aber was das genau war, vermochte er nicht zu sagen. War es die Art des Umgangs? War es die Sprache? Schwang etwas Bekanntes im Verhalten, im Gestus und der Art zu denken mit? Fand man sich in dem, was der andere sagte, sah und bemerkte, wieder? Für Henry galt es nicht, er hatte sich auch an den fernsten Orten in anderen wiedergefunden. Mit vielen hatte man etwas gemein, sogar mit den Bestien. Die Spanier im Allgemeinen glaubten an deutsche Technik, an Perfektion und Organisation. Sie liebten die Deutschen des Fußballs und ihrer Maschinen, der »Panzer«

wegen, Tiger und Panther an allen Fronten. Das war das Bild, das die Gastarbeiter zurückgebracht hatten. Ihr Kontakt mit den Einheimischen in Gelsenkirchen und Ludwigshafen hatte sich aufs Wesentliche beschränkt, auf die Arbeit. Und eine unverständliche Sprache hatte in ihnen auch nichts in Bewegung setzen können. Henry war in La Mancha und Navarra Familien von Weinbauern begegnet, bei denen die Bettwäsche von Karstadt nach zwanzig Jahren noch originalverpackt im Schrank lag, neben dem Bügeleisen von Neckermann, und an der Costa Brava lebten Deutsche, die nicht einmal das spanische Wort für »Brot« kannten.

Ich schweife ab, dachte Henry, ich bin schon woanders, er nahm den Ortswechsel in Gedanken bereits vorweg. Er spürte die Veränderung fast körperlich. Er sah den Vater und die Tochter, seine Lebensgefährtin, an. Beide verband viel mehr, und das war bei ihm und seinen Eltern ähnlich; lebte nicht jeder in seiner Parallelwelt und bewegte sich immer nur als Einzelner zwischen beiden? Selten teilte man die Grenzgänge mit anderen, höchstens für Momente. Um diese Erfahrung zu machen, musste man sein angestammtes Territorium verlassen. Dass seine Eltern aus zwei verschiedenen Kulturen stammten, hatte er ausschließlich als Bereicherung gesehen. Gleichzeitig war es ein Mischmasch, genau wie die besten Weine aus Bordeaux: Cabernet Sauvignon, Merlot und Cabernet Franc.

Der Spätburgunder war ein Einzelgänger, er trat am besten allein auf, genau wie Henry. Er war auf diese Einzelgänger gespannt und fragte sich, ob die Menschen vom Kaiserstuhl auch Individualisten waren. Auch Weiß- und Grauburgunder waren Einzelgänger, sie passten in keine Cuvée, in keine Assemblage, obwohl sie zur Familie gehörten.

3

Dorotheas Dossier

Es war lächerlich, erst von Bilbao nach Mallorca zu fliegen, dort drei Stunden lang im Chaos des Flughafens zwischen hastenden Menschen herumzuirren, um anschließend in die Maschine nach Frankfurt zu steigen. Zum Glück war der Kaffee gut und die Bedienung der Cafeteria freundlich. In Deutschland war es eine Gnade, freundlich bedient zu werden.

Hecklers Verlag hatte das Ticket geschickt und bestimmte somit die Route seiner »geschätzten« Juroren. Welches bekannte Gesicht würde Henry auf diesem Mega-Event treffen? Als solchen sah er die Veranstaltung. Der Verlag war Henry so weit entgegengekommen, dass er sich den Reisetermin aussuchen durfte. So blieben ihm ein paar Tage vor dem Wettbewerb und auch danach zur eigenen Verfügung.

Die Winzer am Kaiserstuhl würden Zeit für ihn haben, bis zu den Ferien war es weit, und die Arbeit im Weinberg hielt sich in Grenzen; außer Spritzen, Einflechten und Gipfeln war nicht zu viel zu tun.

Der erste Besuch nach der Ankunft galt wie immer seinen Eltern. Sie besaßen eine Wohnung in Mainz, wo er übernachtete, sie hingegen hielten sich lieber in ihrem Wochenendhäuschen im Taunus auf. Da konnte sein Vater nach einem aufreibenden Arbeitsleben als Gewerkschafter in der Chemieindustrie in seinem Garten herumwerkeln, was seiner angegriffenen Lunge gut bekam. Er hatte zu spät mit dem Rauchen aufgehört.

Eigentlich hatte Henry bereits nach der Ankunft den ersten Weinhändler besuchen wollen, um ihm sowohl die Weine von Lagar als auch die Top-Linie von Peñasco vorzustellen. Letzteres war ein heimlicher Test, er hatte weder Isabella noch Sebastián eingeweiht. Wenn er bei Peñasco einsteigen würde, würde er den Auslandsverkauf übernehmen. Doch er musste seinen Plan ändern, der LKW mit den Probeflaschen war im Rhônetal mit Motorschaden gestrandet, die Fracht hatte umgeladen werden müssen. Seine Eltern freuten sich riesig darüber, und es war auch gut, länger zu bleiben. Sie verstanden sich bestens, sie waren immer offen zueinander gewesen. Henry hielt das für einen der Gründe, weshalb er Journalist geworden war. Geheimnisse waren dazu da, aufgedeckt zu werden, alles musste bei Licht gehandhabt werden. Spionage wäre auch eine Option für ihn gewesen, aber für wen hätte er spionieren sollen, außer für die Öffentlichkeit? Da war er beim Journalismus richtig. Die meisten Kollegen verwechselten das Schreiben inzwischen leider mit Hofberichterstattung für Politiker und Verkaufsförderung für die Industrie.

Über die Drohbriefe verlor Henry kein Wort. Das Politische ängstigte seine Mutter, sie schleppte das Trauma ihrer Flucht seit fünfzig Jahren mit sich herum. Sie verkniff sich auch die Frage nach der Heirat und danach, wann er sein unstetes Leben aufgeben würde. Sie hätte es gern gesehen, wenn er Isabella geheiratet hätte, eine spanische Hochzeit wäre ihr ein Herzensbedürfnis gewesen. Aber nicht alle Wünsche gehen in Erfüllung. Trotzdem behandelte sie Isabella wie eine Tochter.

Mit dem Versprechen, nach getaner Arbeit im Kaiserstuhl wieder bei ihnen vorbeizuschauen, verabschiedete Henry sich nach zwei Tagen und fuhr zurück nach Mainz. Die Stadt, in der er dreißig Jahre gelebt hatte, war ihm fremd geworden. Nicht einen Bekannten oder Freund traf er auf seinem Fußweg durch die Stadt, er sah kein bekanntes Gesicht, und bei der Spedition, mit der er früher zusammengearbeitet hatte, ließ sich nur mit dem Inhaber und einem der Disponenten über alte Zeiten schwatzen.

Henry prüfte seine Lieferung. Nichts fehlte, und als er fragen wollte, ob er einen Teil seiner Musterflaschen bis nach der Challenge hier lassen könnte, überfiel ihn plötzlich ein ungutes Gefühl. Da er viel auf derartige Zeichen gab, ließ er seinen geliehenen Kombi bis an die Grenze der Belastbarkeit beladen. Er würde Meier bitten, die Proben in seiner Vinothek aufzubewahren.

Der Weinhändler stand immer auf der Besuchsliste, bei ihm hatte Henry jahrelang seinen Wein gekauft und ihm beim Aufbau eines exzellenten Sortiments südeuropäischer Weine geholfen. Jetzt konnte Meier helfen, er hatte badische Weine im Sortiment, darunter einige Kaiserstühler.

»Nur die besten aus Baden. Aber Gutedel aus dem Markgräfler Land darfst du nicht vergessen. Und den Tuniberg musst du besuchen.«

Würde Henry auf jeden Rat hören, wäre er Wochen unterwegs. »Ich suche ausschließlich Burgunder, Pinot Noir, Pinot Gris und Pinot Blanc vom Kaiserstuhl.«

»Was willst du damit in Spanien? Iberer trinken nur ihre eigenen Weine.«

»Auch Spanien wird internationaler.« Allerdings hatte Henry noch den Satz vom Pressechef von CVNE im Ohr. Henry sah sich im Laden um und entdeckte auch Flaschen dieser ansonsten sehr guten Kellerei. »Der Mann sagte damals, die Italiener könnten keinen Wein machen, und was sie anböten, sei einfach zum Kotzen.«

»Wie lange ist das her?«

»Fünf oder sechs Jahre. Der Pressechef war auch nicht lange auf seinem Posten.« Sie lachten über diese Absurdität. »Mir hat es den engen Horizont einiger Leute gezeigt. Und dagegen will ich was tun. Also, wen empfiehlst du mir?«

Meier nannte Namen wie den Freiherrn von Gleichenstein und Salwey in Oberrotweil, Stigler und Heger, das Weingut Probst in Vogtsburg-Achkarren sowie die dortige Winzergenossenschaft, dazu die von Oberbergen.

»Die kleinen Genossenschaften haben sich gewandelt. Einige funktionieren wie große Weingüter, da sitzen inzwischen fähige Leute, die gute Weine machen. Ich arbeite mit denen aus Oberbergen, die Lage Bassgeige sagt dir vielleicht etwas, da kommen sowohl gute wie auch bezahlbare Weine her. Ein Besuch lohnt sich, auch die Sasbacher sind gut geworden. Die gehören mit ihren Spätburgundern zu den Top Ten in Baden, und vom Schweizer Wettbewerb Mondial du Pinot Noir haben sie eine Goldmedaille mitgebracht. Am Tuniberg arbeite ich mit dem Weingut Kalkbödele. Soll ich was aufmachen, willst du was probieren, als Einstimmung?« Meier schien dazu aufgelegt, zumal am Vormittag niemand im Laden war.

Henry winkte ab. »Der Tipp reicht mir, ich fahre sowieso hin, wenn die Challenge in Baden-Baden gelaufen ist. Oberbergen stand bisher nicht auf meinem Besuchsplan.«

»Du solltest hinfahren. Es kommt allerdings darauf an, was du suchst.«

»Burgunder, gut bis Spitze, Weiß sowohl wie Grau und Spät.«

»Haben wir alles.«

Meier zierte sich nicht, einige Flaschen zu öffnen. Es waren allesamt gute Weine, nicht die Spitze für Festtage oder Nobelgastronomie, mehr die für alle Tage, handwerklich sauber, typisch für die jeweilige Sorte und keine Blender.

Der Weinhändler wunderte sich noch immer, dass Henry zur Baden-Baden Wine Challenge fuhr, sich an dem Mumpitz beteiligte. »Ich hätte nicht gedacht, dass du deine Zeit für derartigen Unsinn opferst.«

»Ich möchte selbst beurteilen, ob das Unsinn ist. Auch in deinem Laden stehen prämierte Flaschen. Der Wettbewerb steht immerhin unter dem Patronat der Internationalen

Organisation für Rebe und Wein. Außerdem glaube ich nicht, dass jemand daran teilnimmt, um vorsätzlich zu betrügen. Die OIV hat klare Regeln.«

Der Weinhändler schüttelte noch immer den Kopf. »Da basteln sich die Herrscher des Marktes ihre Organisation, in der sie die Standards schaffen, die ihren Geschäften nutzen. Das ist überall dasselbe. Hat die FAO, die Food and Agriculture Organization der Vereinten Nationen, den Hunger beseitigt? Nein, heute hungern mehr Leute auf der Welt als bei ihrer Gründung. Haben die Klimakonferenzen jemandem genutzt außer den Fluggesellschaften? Nein, sie haben noch mehr Dreck in die Umwelt geblasen. Eine Katastrophe wie Fukushima bringt einige Leute kurz zum Nachdenken – kurz. In diesen Organisationen schieben sich die Nichtstuer die Posten zu, kassieren uns ab, wie in Brüssel, der Wiederaufarbeitungsanlage für abgebrannte Politiker …«

Derartige Debatten, bei denen sich lediglich politischer Unmut äußerte und die zu nichts führten, ärgerten Henry. »Du widersprichst dir, Meier! Eben hast du die Erfolge der Sasbacher aufgezählt. Einerseits verachtet ihr Händler den Rummel, andererseits macht ihr mit und schielt auf die Medaillen. Hast du mal bei einem Wettbewerb mitgemacht?«

»Wozu?«

»Es gibt Regeln, nach denen Veranstalter und Jury sich richten müssen.«

Meier ging zum Weinregal, streckte den Arm aus und zeigte auf eine Flasche mit einer silbernen Münze. »Hier, die Silbermedaille des Concours Mondial de Bruxelles. Ich habe mir die Liste der Juroren angesehen. Journalisten wie du, Manager, Einkäufer, Firmenbosse, die feiern da ihre Feste. Und was interessiert es meine Kunden, wie die diesen Wein bewertet haben?«

Es war eine Azabache Reserva aus Aldeanueva in La Rioja, Henry kannte den Wein. Eine Goldmedaille hatte er nicht verdient, Silber hingegen hielt er für gerechtfertigt.

»Jede Jury hat ihre Kriterien, nach denen sie beurteilt, ihr Recht, die Dinge ihrer Sicht nach zu sehen, und letztlich entscheidet der Kunde, mit welcher Flasche er an die Kasse kommt.«

»Ich erziehe meine Kunden zu ihrem eigenen Geschmack«, entgegnete Meier verstimmt.

»Das tust du anhand deiner Weine.«

Meier gab nicht auf. »Ich muss zugeben, dass ein Aufkleber in Gold den Blick anzieht. Jeder denkt, aha, eine Medaille, da kann der Wein nicht schlecht sein. Dann probier mal die Massenware im Supermarkt, prämiert vom jeweiligen Weinbauverband, da erlebst du wahre Geschmackswunder. Und dann die Goldene Kammerpreismünze. Wer weiß schon, wie sich die Jury zusammensetzt? Das wird bei euch in Spanien nicht anders sein.«

Da hatte Meier ihn erwischt, er konnte dessen Bedenken nur bestätigen. »Dreihundert Euro für die Goldmedaille, wenn man sich darauf einlässt«, musste Henry zugeben.

»Und was zahlen sie dir, damit du darüber schreibst? Neben den sechsunddreißig Flaschen frei Haus, damit dein Keller gefüllt bleibt.«

Das ging Henry zu weit. »Ich habe keinen Keller, aber ein Berufsethos, auch wenn es altmodisch klingt!« Er fühlte sich gekränkt. Gerade wegen seiner Einstellung arbeitete er allein, und deshalb arbeitete auch Meier mit ihm.

»Es gibt korrekte Kollegen. Eine Einladung zum Mittagessen und eine Flasche, um die Weine nachträglich zu beschreiben, schlage auch ich nicht aus.«

»Ausnahmen bestätigen wie immer die Regel«, meinte Meier. »Wer von meinen Kunden blickt denn noch durch, wenn nicht einmal ich diese Prämierungen verstehe? Da gibt es die London Wine Challenge, in Wien ist es die awc vienna und den Salon Österreich, ach, der Falstaff-Preis. In Kanada heißt das Ding Sélections Mondiales des Vins, in Paris Concours Général Agricole, und hier in Deutschland sind es

Baden-Baden und die Wine International Hamburg. Und die leben in heftigem Clinch, soweit ich weiß.«

»Dir ist nicht zu helfen, Meier.«

»Jetzt weiß ich, warum du nach Baden-Baden fährst …«

»Da bin ich aber gespannt.« Henry begann sich zu ärgern. Sollte er seine Proben besser einpacken und verschwinden? »Ich habe mich nicht angeboten, sondern bin eingeladen worden und will die Gelegenheit nutzen, Alan Amber zu treffen …«

»Stimmt, ich habe gelesen, dass er sich dazu herablässt. Das ist auch einer von den selbst ernannten Rating-Spezialisten und Sommelier-Weltmeistern, die ungefragt oder für Geld ihre Meinung zum Besten geben. Jeden Tag erfinden die Gazetten und Werbeagenturen neue. Und ihr Juroren kriegt alle Amber-Punkte auf die Stirn geklebt, damit ihr wisst, was ihr wert seid.«

»Seine Zeitung wird immerhin freiwillig gekauft …«

»Was ist in einer manipulativen Gesellschaft noch freiwillig? Hier weiß doch keiner mehr, was abgeht.«

»Du hättest Lehrer bleiben sollen, Meier …«

Der Weinhändler ging nicht darauf ein. »Gestern wollte ein Kunde einen Wein, den Amber im letzten Jahr mit zweiundneunzig von hundert Punkten bewertet hat. Ich sage, er kann ihn probieren. Nein, das sei nicht nötig, sagt er, er will sechzig Flaschen, ich soll sie ihm in den Kofferraum legen. Vierhundertachtzig Euro sind ein gutes Geschäft für mich, aber als ich wieder in den Laden zurückging, war ich frustriert. Ich bin als Berater überflüssig, auf meine Empfehlung wird nicht mehr gehört. Soll ich einen Supermarkt aufmachen? Die Kunden sehen nur die Punktzahlen, aber was der Hohepriester des Weins schreibt, seine Notizen, die liest niemand mehr. Zahlen sind sein Dogma, darauf können sich die Leute einstellen, aber nicht mehr auf Begriffe. Ich glaube, dieser Wettbewerb dient nur der eigenen Profilierung und dem Geldmachen. Einhundertvierzig Euro kostet es, einen einzigen Wein bewerten zu lassen. Sogar ich als Händler kann ihn einreichen, dazu muss ich vier Flaschen liefern, der Papierkrieg, chemische Analysen und Expertisen, die angefordert werden …«

Henry sah sich genötigt, die Verteidigung zu übernehmen, obwohl er den Hintergrund kaum beurteilen konnte. »Daran siehst du, wie ernst es den Veranstaltern ist.«

»So kann man es auch sehen – oder drehen, mein Freund. Nichts gegen dich … und deine Teilnahme an der Challenge, es wird bestimmt interessant. Erzähl mir hinterher, wie es gelaufen ist. Oder schreib einen Newsletter darüber.«

Frustriert wie selten verließ Henry das Geschäft in der Innenstadt, obwohl Meier sowohl die Lagar-Weine wie die Top-Linie von Peñasco bestellen wollte, versuchsweise. Trotzdem war Henry genervt. Er fühlte sich persönlich angegriffen und spürte etwas wie ein allgemeines Misstrauen. Es war überall, seit er in Frankfurt aus dem Flugzeug gestiegen war, ein gegenseitiges sich Belauern, eine feindselige Stimmung, bei der sich jeder vom Neben- oder Hintermann überfahren fühlte, und sei es nur vom Einkaufswagen im Duty-Free-Shop.

Das Rheinufer half ihm immer, sich abzureagieren. Henry setzte sich ins Gras, atmete tief und betrachtete den Strom. Er versuchte, nach dem Gespräch auf andere Gedanken zu kommen, denn in dieser Verfassung wollte er Dorothea nicht unter die Augen treten.

Doch bei ihr, die er zwei Jahre lang nicht gesehen und auf die er sich gefreut hatte, bekam er den nächsten Dämpfer. Dorothea sah schlecht aus, sie war dünn geworden, wirkte müde und angestrengt. Und was sie zu seiner Teilnahme an der Baden-Baden Wine Challenge sagte, hob seine Laune nicht.

Dorothea führte kein einfaches Leben, das aber ihrem positiven Wesen und ihrem Sinn für Humor eigentlich keinen Abbruch tat. Sie hatte eine schöne Wohnung im Stadtteil Zahlbach, in der Nähe der Gutenberg-Universität. Daran war sie über eine Erbschaft gekommen, die schönen Möbel stammten noch aus der Zeit ihrer Festanstellung. Aber dann war das Walross Harald Winter, ein Schleimer und Anpasser, zum Chefredakteur ernannt worden, und ein halbes Jahr später hatte Dorothea die unsichere Existenz der freien Journalistin einer dauernden Bevormundung durch den Karrieristen vorgezogen. Seitdem rannte sie hinter jedem noch so kleinen Auftrag her und putzte in den Food- und Lifestyle-Redaktionen die Klinken. Henry hatte sie nach Barcelona und La Rioja eingeladen. Zu seinem Glück waren sie und Isabella sich sympathisch gewesen, andernfalls wäre seine Freundschaft zu Dorothea problematisch geworden. Sie war einer der Menschen, bei denen sich nach Jahren der Trennung das alte Vertrauen sofort wiederherstellte. Henry kam es vor, als wären sie erst gestern über die Ramblas gebummelt.

Heute sah er zum ersten Mal in ihrem nach hinten gebundenem dunklen Haar graue Strähnen, kleine Fältchen umspielten die Augen.

»Ich bin heilfroh, dass ich nicht nach Baden-Baden eingeladen bin.« Henry meinte, dass ihre raue Stimme kratziger geworden war. Hätte sie damals in der Frankfurter Bluesband weiter mitgesungen, hätte sie mit ihrer schwarzen Jazz-Stimme sicher mehr Erfolg gehabt. Aber sie hatte unbedingt Journalistin werden wollen.

»In Baden-Baden wirst du Winter begegnen. Es wird bestimmt ein erfreuliches Wiedersehen. Er freut sich auf dich, ich traf ihn neulich in der City. Vielleicht werdet ihr ja beide demselben Verkosterteam zugeteilt. Das wäre eine große Freude für euch beide.«

»Dazu wird es nicht kommen«, sagte Henry und lächelte. »Winter spricht katastrophal Englisch, und ich habe inzwischen vier Sprachen drauf, also komme ich an einen spanischen Tisch oder einen internationalen, falls Profis die Teams zusammenstellen. Man muss sich schließlich verständigen. Wieso bist du nicht eingeladen?«

Dorothea winkte gelangweilt ab. »Ich war bei den Hamburgern, und wer mit denen arbeitet, hat bei Heckler versch... der hat bei ihm nichts mehr zu suchen. Nach dem, was du mir von eurer Reise nach Andalusien und von diesem Koch erzählt hast, werden sie dich auch nicht wieder einladen. Dich nachträglich auszuladen«, sie lächelte hintergründig, »das ginge natürlich unter dem Vorwand, dass sie nicht genug Weine zum Probieren haben, aber die Blöße werden sie sich nie geben. Damit hätten ihnen die Hamburger tatsächlich den Rang abgelaufen. Ich wüsste gern, ob Heckler ein Memorandum zirkulieren lässt, wer in Gnade und wer in Ungnade steht. Die Branche ist klein. Heckler ist ein Choleriker, der geht auf jeden los. Wer nicht für ihn ist, der ist gegen ihn. Und auch wenn dein Newsletter nur klein ist, er fällt auf, du bist eine gute Quelle, du bist schneller als alle anderen, du bist ehrlich, du bist nicht käuflich, und das ist gefährlich.«

»Woher weißt du das mit dem Choleriker?«

»Ich habe ein Einstellungsgespräch bei ihm hinter mir. Heckler wollte mich haben, aber ich habe abgesagt, weil Koch dagegen war. Und das tut man nicht, man sagt einem Heckler nicht ab. Sie haben mir dann die Rechnung für die Reisekosten geschickt, die sie vorher übernommen hatten.«

»Hast du etwa bezahlt?« Für Henry war es der Gipfel der Geschmacklosigkeit.

»Anstandslos. Mit den Hamburgern habe ich mich gut vertragen, von daher weiß ich, wie die Dinge liegen.«

»Das hättest du mir vorher sagen sollen!« Henry war zum zweiten Mal an diesem Tag verstimmt. »Wieso lässt du mich ins Messer laufen?«

»Unsinn. Da ist kein blankes Messer, für dich nicht, aber

pass auf. Außerdem wärest du dann nicht gekommen.« Doro freute sich wirklich, ihn zu sehen. »Du hättest damals das Angebot annehmen und Chefredakteur werden sollen, wir waren ein gutes Team.«

»Ich mag ein guter Schreiber sein, ich kenne mich mit Wein aus, aber ich kann nicht antichambrieren oder Leute führen und sie gegeneinander ausspielen, und beim Schielen auf Anzeigenkunden wird man blind. Aber ganz was anderes.« Henry war mittlerweile überzeugt, dass Dorothea etwas mit sich herumtrug, dass sie unglücklich war. »Was ist los mit dir? Irgendwas geht nicht, wie es gehen sollte. Arbeit oder Leben?«

»Was soll das?« Ihre Reaktion war ungewohnt scharf. »Das ist doch nicht zu trennen, bei uns jedenfalls nicht.«

»Lenk nicht ab, Doro, ich kenne dich lange genug. Red dich nicht raus. Was ist nicht in Ordnung?«

Mit einem Mal wirkte sie unnahbar und kühl, sie rückte von ihm ab. »Woher nimmst du dir das Recht, hier aufzuschlagen und den Doktor Freud zu spielen? Das könnte ich ja auch tun ...«

»Bitte, ich habe nichts dagegen, ich kenne meine offenen Fragen. Was willst du wissen?«

»Du bist so widerlich direkt manchmal und gibst einem keine Chance auszuweichen.«

Sie schwieg. Henry sah sie an, er würde nicht weiter in sie dringen, obwohl es ernst sein musste, wenn sie derartig harsch reagierte. Er konnte hier sitzen und schweigen, und er griff nach dem Tee und betrachtete sie über die Tasse hinweg. Es war ihr anzusehen, wie sie sich wand.

»Vor zwei Wochen ...« Sie brach ab und begann erneut. »Vor zwei Wochen hat ... hat ... du kennst ihn nicht, ich habe nichts von ihm erzählt, weil er ... er ist verheiratet ...«

»Ach du Scheiße. Müsst ihr Frauen da alle durch? Und er ist natürlich zu seiner Frau zurück, als du Druck gemacht hast. War es so?«

»Ja und nein, nicht ganz; das ist so verdammt kitschig, wie auf der Seite für Lebenshilfe in Frau und Bild.«

»Er ist natürlich jünger als du?«

»Nein, älter, er hat sich von mir und von seiner Frau getrennt, weil er eine andere hat, eine dritte, die ist jünger. Er will Kinder haben, hat er gesagt, und das geht mit mir nicht, ich sei ihm zu alt, ich will es auch gar nicht, und heiraten wollte ich auch nicht – ach – wieso erzähle ich dir das alles?« Dorothea vergrub das Gesicht in den Händen, und Henry war sich nicht sicher, ob sie die Tränen verbarg. »Wir haben uns so gut verstanden …«

»Habt ihr nicht«, sagte Henry und tat ungerührt. »Sonst hätte er dich nicht verlassen, oder du hättest viel früher gemerkt, woran du bist.«

»Ich hätte nie Zeit, hat er gemeint …«

»Hast du auch nicht …«

»… ich sei mit meinem Beruf verheiratet …«

»… bist du ja auch.«

»Verdiene mal dein Geld als Selbstständige.«

»Das tue ich, meine Liebe, und was macht er, beruflich, meine ich?«

»Er ist Abgeordneter und im Ausschuss für Medien und …«

»Das glaube ich nicht. Du, bei deiner Einstellung lässt dich mit einem Politiker ein?« Henry war perplex. »Dann wunderst du dich über seine Sprüche? Hast du erwartet, dass so jemand die Wahrheit sagt?«

»Ich wollte keine Anmache von dir, schon gar keine Kritik. Ich wollte Verständnis, aber das kann man bei dir anscheinend nicht mehr erwarten, wo es dir ja so gut geht.«

»Ja, Doro, ich bin zufrieden. Aber nur, weil ich gewisse Dinge sehr behutsam angehe, weil ich drüber nachdenke, weil ich mich immer wieder frage, was ich wirklich will. In meinem Alter sind die Chancen für Korrekturen nicht mehr so riesig, und man glaubt, seine Grenzen zu kennen. Du hast noch zehn Jahre mehr, außerdem leben Frauen statistisch gesehen länger.«

»Faktisch gesehen auch!«

Sie ist auf dem Wege der Besserung, dachte Henry, wenn sie wieder Sprüche klopft. Er lächelte, er wusste, was sie auf andere Gedanken brachte. »Wir sollten arbeiten, Doro, ich kann dich nicht trösten. Ich kann dir anbieten, wenn du einen Tapetenwechsel brauchst, dass du zu mir kommst, oder zu Peñasco, du kannst im Firmenapartment gratis wohnen, schreib eine schöne Reportage über eine aufstrebende Kooperative ehemaliger Weinbauern, lass dir die Sonne auf den Kopf scheinen, wir lassen uns durchs nächtliche Barcelona treiben, und du suchst dir einen netten Spanier.«

»So einen Macho, wie du einer geworden bist? Der Umgang mit den Männern dort bekommt dir schlecht.«

»Schon besser, jetzt gefällst du mir wieder. Sei froh, dass du den Kerl los bist. Solche Leute täuschen und enttäuschen nur. Der Dumme ist man selbst. Bei seinem Beruf hat er sofort begriffen, welche Saiten er bei dir anschlagen muss.«

»Jetzt wird es unanständig. Wir arbeiten wirklich besser. Genug gequatscht, und nachher wirst du mich zum Essen einladen, richtig teuer. Als Kronprinz von Peñasco kannst du dir das sicher leisten.«

»Mir geht es wie Prinz Philip von England, meine liebe Doro, auch der wird niemals König.«

Dorothea breitete auf dem Tisch ihres Wohnzimmers eine Karte vom Kaiserstuhl aus und legte eine Liste von Winzern dazu, nach Orten sortiert. Henry hatte den Kaiserstuhl zwar irgendwann besucht, zwei oder drei Namen waren ihm bekannt, er war dort angemeldet, andere Namen kamen ihm bekannt vor, aber er verband nichts damit, weder Personen noch Gesichter oder Weingüter und schon gar keine Weine. Da einige Termine feststanden, wie die bei Huber in Malterdingen gegenüber vom Kaiserstuhl und Heger in Ihringen, erübrigte sich die Frage, ob er mit oder gegen den Uhrzeigersinn rund um das vulkanische Mittelgebirge im Oberrheinischen Tiefland fahren würde. Es würde eine Tour kreuz und quer werden, um die Region zu erkunden. Das Unvorhergesehene war es, das Henry liebte. Aus diesem Grund verzichtete er auf Navigationsgeräte, denen man wie ein Roboter gehorchte und nicht sah, was rechts und links geschah.

»Wie ich dich kenne, wirst du dir erst einmal einen Überblick verschaffen«, sagte Dorothea, »am besten beginnst du in Riegel und fährst außen herum weiter über Bahlingen und Bötzingen nach Ihringen. An der Südspitze, gegenüber von Breisach, findest du die besten Lagen. Da tritt das Vulkangestein offen zutage, am Winklerberg und Schlossberg. Ob da auch die besten Winzer sind, musst du selbst herausfinden. Innen drin, in Vogtsburg und Oberbergen, gibt's auch Spitzengewächse. Aber du hältst dich weiter außen, fährst über Niederrotweil nach Königschaffhausen und Endingen, ein hübsches Städtchen, und wenn du wieder in Riegel bist, ist die Runde komplett. Dann kommen die Straßen einmal kreuz und einmal quer hindurch. Einen Tag musst du dafür veranschlagen.«

Henry beugte sich über die Karte und suchte den Tuniberg, eine Kalksteinerhebung etwas weiter südlich, querab von Freiburg, Kalkstein, mit Löss und Lehmauflagen, auch hier spielten die Burgundersorten die Hauptrolle.

»Gehört der mit zu deinem Programm? Davon hast du vorher nichts gesagt. Mit einigen Winzern konnte ich Termine machen, die stehen hier auf der Liste, andere musst du selbst anrufen. Du kannst dich dazu gern an meinen Schreibtisch setzen.«

Henry nahm die Einladung an und verbrachte die nächsten Stunden am Telefon, vereinbarte Besuche oder bestätigte die bereits abgesprochenen Termine. Er hatte die für ihn interessanten Winzer angeschrieben, seinen Newsletter dazugelegt und seine Wünsche nach Besuch und Proben geäußert. Nach anfänglicher Skepsis, so hatte er es erlebt, zeigten sich die Badener aufgeschlossen und entgegenkommend, lange nicht so unergründlich wie die Rheinländer, und längst nicht so verschlossen wie Franken. Es war eine angenehme Überraschung, denn seine Landsleute aus der Reserve zu locken, sie zu einer Unterhaltung zu bewegen und ihnen ein Lächeln abzugewinnen war oft mühselig.

Morgen würde er in den Kaiserstuhl fahren, die Rundfahrt absolvieren, sich eine Unterkunft suchen und sich dann mit den Winzern und ihrem Wein beschäftigen. Wie lange würde er brauchen, um ein Gefühl für die Menschen zu bekommen, die Landschaft in sich aufzunehmen, und den Wein zu begreifen? Obwohl es absurd klang, ging es umso schneller, je mehr Zeit er sich ließ.

Wein war viel mehr als ein landwirtschaftliches Produkt, ein Getränk; Wein war Kultur und Geschichte. Er war ein langer Zyklus von Blüte zu Blüte, von Lese zu Lese und von einer winterlichen Ruhephase zur nächsten in Kälte und Stille im Weinberg. Und wenn Spätburgunder oder Pinot Noir auch im Burgund wuchs, im Napa Valley und in Chile auf dem Weingut von Isabellas Onkel, immer verwies diese kapriziöse Rebe auf diesen Raum, die Beschaffenheit der Weinbergslage und die Fähigkeiten des Winzers oder der Winzerin, damit umzugehen.

Die Wetteraussichten waren gut, es würde in Deutschlands Süden so warm wie in Spanien werden. Er war gespannt darauf zu erfahren, wie in Hamburg der Wettbewerb über die Bühne ging. Es konnte ihm in Baden-Baden nutzen, die Hintergründe zu kennen und die anderen eben nicht wissen zu lassen, dass man informiert war.

Sie kamen spät zurück, der Abend war kurzweilig gewesen, Henry hatte Dorothea tatsächlich von ihrem Kummer ablenken können, und sie hatten viel gelacht, besonders bei seinem Bericht der Andalusienreise. Sie setzten sich auf ein letztes Glas zusammen, als Henry sich an einen Winzer erinnerte, den er vor Jahren getroffen hatte und der als einer der Top-Winzer des Kaiserstuhls galt. Henry grübelte eine Weile, bis ihm der Namen einfiel: Jürgen Templin!

»Hast du mal wieder von ihm gehört?«, fragte Henry, als ihm endlich der Name eingefallen war. »Du müsstest ihn kennen. Ich habe seinen Namen in keinem aktuellen Weinführer gefunden, auch nicht im Internet.«

»Stimmt, der Mann war ziemlich bekannt, aber er ist von der Bildfläche verschwunden. Aber ich habe hier etwas, das für dein Interview mit Amber hilfreich sein könnte.« Dorothea holte eine Mappe aus ihrem Arbeitszimmer und reichte sie weiter. AAA stand in großen Lettern auf dem Umschlag – Alan Amber Ambitions. »Es ist ein Dossier über ihn. Ich habe einiges gesammelt und rumgefragt, nachdem ich wusste, was du vorhast. Vielleicht deckt sich das eine oder andere mit dem, was du selbst hast. Ich konnte so ziemlich alles dokumentieren, nur über seine Jugend, über die sogenannten Lehrjahre, habe ich nichts gefunden. Man weiß nur, dass er sehr schnell bekannt wurde, plötzlich überall zitiert wurde, und dann ging es aufwärts. Gleichzeitig kam sein ›Triple A Magazine‹ auf den Markt. Ich glaube, er hat damals bewusst darauf abgezielt, sich an das Image der Rating-Agenturen zu hängen. Angefangen hat er in britischen Zeitungen mit der Bewertung italienischer Weine, Barolo, Brunello und Amarone, und dann die teuren Toskana-Weine, und gleichzeitig gab er seinen eigenen Newsletter heraus, so wie du. Nur bist du Journalist, du schreibst mehr und besser. Einige seiner Artikel habe ich beigelegt. Über die Ausbildung und dergleichen war wenig zu finden, und in einem Interview fand ich Anspielungen auf eine nicht so gelungene Jugend und irgendwelche Praktika in Australien und Italien. Deshalb hat er wohl auch zuerst über italienische Weine geschrieben.«

Nachdem Dorothea Henry das Schlafsofa hergerichtet hatte und im Bad verschwunden war, machte er sich über das Dossier her. Es enthielt deutlich mehr, als er selbst gesammelt hatte. Amber wurde in Exeter, Großbritannien, als Sohn eines Gemüsehändlers geboren. Über seine Kindheit und Jugend fand sich der Hinweis auf den autoritären Vater und auf schlechte Leistungen in der Schule, was aber über berufliche Chancen wenig aussagte, wie Henry schmunzelnd bemerkte. Bei ihm war es nicht anders gewesen. Neben der Schule hatte Amber im Weinladen vom Vater eines Freundes gejobbt und war dann zum Weinbaustudium nach Australien gereist. Ein Hinweis darauf, dass er das Studium abgeschlossen hatte, fand sich nicht, stattdessen war an anderer Stelle von einem Praktikum auf einem italienischen Weingut und dem Studium an der Landwirtschaftlichen Akademie in Neapel die Rede. In London begann der unaufhaltsame Aufstieg, wo er die »Alan Amber Ambitions« veröffentlichte und wo sein Hundert-Punkte-Schema sofort akzeptiert wurde. Bis dato hatte sich die englische Bewertung auf zwanzig Punkte beschränkt, wie auf dem Kontinent bei vielen Verkostern und Zeitschriften noch immer üblich.

Hundertzwanzig bis hundertdreißig Weine soll er pro Tag probiert haben, aber die Anforderungen waren gewachsen, mehr und mehr Weine wurden Amber aus aller Welt zur Bewertung eingereicht. Deshalb hatte er sich ein Team regionaler Verkoster aufgebaut, die nach seinen Vorstellungen die Bewertungen vornahmen. Er hatte Italien und Bordeaux für sich reserviert – da war am meisten Geld zu verdienen – und sich dann auf das Burgund spezialisiert. Einen guten Pinot Noir zog er jedem anderen Wein vor. Um Weißweine machte er einen Bogen, wenn es sich einrichten ließ, deutsche Weine behagten ihm gar nicht, außer Riesling – Süßweine oder Trockenbeerenauslesen fand man selten in seinem Magazin.

Henry fand ein Zitat Ambers, das ihn auflachen ließ. »Große Weine werden von Leuten gemacht, die von der Liebe zum Wein getrieben werden, nicht von der Liebe zum Geld.«

Liebe? Dieser Weinjournalist, eigentlich ein Kollege, sprach von Liebe? Dabei manipulierte er wissentlich die Kurse der Weine, die sich ausschließlich Lottogewinner und Menschen leisteten, die das Gegenteil von Liebe praktizierten. Und ein Wein für dreihundert Euro war höchstens um Nuancen besser als einer für dreißig. Menschen, die wirklich liebten, nahmen das große Wort selten in den Mund. Oder waren Banker und Investmentberater von der Liebe zum Geld getrieben, Ärzte von der Liebe zur Gesundheit, Banker von der Liebe zum Geld und Polizisten von der Liebe zur Ordnung? Die meisten Menschen, die Henry bisher getroffen hatte, übten ihren Beruf aus, weil sie hineingerutscht waren, nichts Besseres konnten, ein Weingut geerbt hatten, oder weil ihre Tätigkeit besonders einträglich war. Ihn hatten die Abenteuerlust, seine Neugier und sein Gerechtigkeitssinn zum Journalisten gemacht, die Nase hatte ihn zum Wein geführt und die Liebe zur Natur in die Weinberge. Er liebte Isabella, aber ob er den Wein liebte? Er schätzte ihn, er genoss ihn, es war das ganze Drumherum, das ihn so interessant machte – und die Menschen, die es verstanden, Trauben wachsen zu lassen und daraus einen Wein zu keltern.

Jürgen Templin war einer davon. Er hatte hervorragende Ergebnisse erzielt, und in den bekannten Weinführern war auf den ersten Seiten über ihn berichtet worden, dekoriert mit Sternen und Trauben. Noch beim Einschlafen beschäftigte Henry die Frage, weshalb er urplötzlich abgetaucht war.

4

Das Rollenspiel

Es war ein elender Morgen. Henry hatte schlecht geschlafen, es schmerzte ihn, Dorothea in ihrem Zustand allein gelassen zu haben. Auf die kalte Luft aus der Klimaanlage seines Leihwagens reagierte Henry mit stechenden Halsschmerzen, ausgerechnet jetzt, vor einer wichtigen und spannenden Verkostungsrunde. Ein Schnupfen würde ihn vollends lahmlegen. Es war die Pest. Und zu allem Übel schloss eine Baustelle an die nächste, nur von kurzen freien Stücken unterbrochen. Die zweihundertfünfzig Kilometer bis zum Kaiserstuhl fuhr Henry mal auf zwei Spuren, dann sogar auf einer, weil ein LKW liegen geblieben war. Glücklicherweise hatte er einen Teil seiner Musterflaschen bei Meier im Lager der Vinothek lassen können, und so blieb der Wagen einigermaßen beweglich. Aber die Autobahn war ein Kreuz, voll wie nie. Hatte sich das ganze Land auf den Weg nach Süden gemacht? Fand in der Schweiz ein Caravan-Treffen statt oder holten die Holländer ihr Schwarzgeld in Zürich ab?

Fünf Stunden dauerte die Tortur, in denen Henrys Laune trotz der Hitze weit unter den Gefrierpunkt sank, bis sich im feuchten Dunst des Oberrheingrabens, zwischen Schwarzwald und Vogesen, eine blasse Hügelgruppe abzeichnete. Im Stau brütend versuchte Henry sich vorzustellen, wie es hier vor zwanzig Millionen Jahren ausgesehen haben mochte, als sich zwischen schräg stehenden Erdplatten kleine Vulkane auftaten und Feuer und Rauch, Lava und Tuffgestein ausspien. Vor zwei Millionen Jahren dann waren der Schwarzwald und die Vogesen weiter angestiegen, hochgedrückt von tiefer liegenden Erdplatten, bis Schmelzwasser sich im Rhein sein Bett gesucht und von den Alpen Geröll, Sand und Steine mitgebracht hatte. Stürme bliesen den feinen Sand aus den Schotterflächen heraus und häuften ihn rings um die erloschenen Vulkane auf. Der Kaiserstuhl war geboren. In einer Computersimulation ließe sich das sicher gut darstellen … da riss die Hupe des Hintermannes Henry aus den Gedanken, und er rollte fünf Autolängen weiter …

Der Schwarzwald, der Henry seit Offenburg begleitete, wirkte schwarz und massig. Ganz anders zeigten sich die in Äonen abgeflachten Berge auf der anderen Seite, bei denen oberflächlich betrachtet nichts mehr auf ihre Entstehungsgeschichte hindeutete. Sie waren sein Ziel, die Autobahntortur würde ein Ende finden, und die Landstraße würde eine Erholung und bei weitem interessanter sein. Henrys Laune stieg so weit an, dass er den Eindruck gewann, dass sogar der Wagen schneller anfuhr. Am meisten hatte er sich im Stau darüber geärgert, dass er sich über einen Zustand aufregte, an dem doch nichts zu ändern war. Das Schicksal der Massengesellschaft erfüllt sich auf der Autobahn, dachte er und nahm die nächste Ausfahrt.

Als Rigola hatte das Dorf Riegel den römischen Besatzungstruppen bereits vor zweitausend Jahren als Verwaltungszentrum für den Breisgau gedient, heute wurde das Dorf ausschließlich von den verbliebenen Dörflern und den vielen Pendlern, die in Freiburg arbeiteten, bewohnt. Henry erinnerte sich, vor einigen Jahren hier gewesen zu sein, am nordwestlichsten Zipfel des Kaiserstuhls – und doch nahm er eine falsche Abzweigung, die ihn an einem Kanal entlang und dann über eine Brücke in den Ort führte statt hinter ihm vorbei. An die großen weißen Industriebauten der Gründerzeit neben der Brücke – eine stillgelegte Brauerei – meinte

Henry sich zu erinnern, aber er wusste, wie leicht man das Markante mit dem Bekannten verwechselte.

Er musste sich mit Tempo dreißig durch den Ort schlängeln. Wo er über Nacht bleiben würde, war ungewiss, in Riegel sicher nicht. Es gab zwar ein Schlösschen und eine schöne Kirche, aber zwischen den ein- und zweistöckigen Fachwerkhäusern herrschte für seinen Geschmack zu wenig Betrieb. Etwa hundert Weinbaubetriebe sollte es in Riegel geben, deren Besitzer nach Feierabend ihren halben Hektar Müller-Thurgau mit Hingabe pflegten und die Trauben bei der Genossenschaft ablieferten.

Endingen und Ihrigen waren ihm von Meier empfohlen worden, wie er sich erinnerte, auch Dorothea hatte die beiden Orte als die belebtesten genannt. Er hatte sich vor der Reise im Internet schlau zu machen versucht, war aber wegen der widersprüchlichen Angaben verwirrter als vorher gewesen und wollte die Entscheidung erst vor Ort treffen. In Baden-Baden war während der Challenge ein Fünf-Sterne-Zimmer für ihn reserviert.

Hier in Riegel fühlte er sich außerdem zu weit vom Kaiserstuhl entfernt, irgendwie an den Rand gedrängt. Aber er musste hinein in diese Landschaft aus Wald, Höhe und Tal, wo der Kirchturm nicht einmal über den nächsten Gipfel ragte, anders als der Fernsehturm auf dem Totenkopf, dem höchsten Berg. Henry musste die Landschaft fühlen, sie begreifen, sich in ihr bewegen, um den Wein zu verstehen, er wollte die Rebstöcke sehen, er wollte versuchen, ein Gefühl dafür zu entwickeln, was hier einst geschehen war, was jetzt passierte und vielleicht geschehen würde. Und er musste nah an die Menschen heran: Wein war weit mehr als nur ein Getränk.

Er war eine Philosophie, eine Lebensaufgabe, er war Sucht und Religion, Prestige und Können, etwas zum Renommieren – ein immerwährender Zyklus, für eine wachsende Zahl von Winzern auch der Versuch, die Natur wieder zu verstehen, sie endlich mal »zu lassen«, ohne technisch an ihr herumzufummeln, sie zu asphaltieren und mit Pflanzenschutzmitteln zu traktieren. *Antiparasitarios* hießen sie auf Spanisch, *agrotóxicos* auf Portugiesisch. Henry hielt diese Bezeichnungen für klarer als die deutsche Bezeichnung, sie machten ihre Gefahr deutlich. Und Wein war darüber hinaus eine Weltanschauung, die Betrachtung der Welt durch die Augen des Winzers, seine Kunst, sein Handwerk, sein Broterwerb – oder Industrieabfüllung.

Er musste in ein Dorf, dort möglichst an den Rand, die beste Option war ein Winzerhof mit Gästezimmern. Hatte dieser Jürgen Templin nicht Zimmer vermietet?

Aber dann stand er vor dem Dilemma, sich zu entscheiden: Wenn er sich als Weinjournalist zu erkennen gab, musste er sich möglicherweise vieles anhören, was mit dem Inhalt des Glases, das man ihm vorsetzte, nur bei größtem Wohlwollen in Einklang zu bringen war. Er konnte entweder Zustimmung heucheln, was er hasste. Oder nicht, dann betrachtete man ihn wie einen seiner anmaßenden Kollegen, die den Winzern erklärten, wie Wein schmecken musste und zu machen war.

Seine Fragen hätten Henry auf jeden Fall entlarvt. An den Fragen erkannte man den Fragenden. Er erinnerte sich an einen französischen Winzer, der ihn an der Art, seine Weinstöcke zu betrachten, erkannt hatte. Legte er seinen Maßstab hoch an, fühlte sich mancher brüskiert, gekränkt. Lag die Messlatte zu tief, verlor er Zeit und musste sich schlechten Wein einschenken lassen. Und der verdarb ihm die Laune, genau wie schlechtes Essen.

Der Gedanke an ein Mittagessen ließ ihn schneller fahren als erlaubt, die alte Bergkirche über Bahlingen sah er von weitem, schlängelte sich in nicht einmal drei Minuten durch den Ort und war nach weiteren fünf Minuten in Eichstätten, und einen Augenblick später sah er bereits das gelbe Ortsschild von Bötzingen vor sich. Templins Hof, so erinnerte sich Henry, lag oberhalb dieses langgestreckten Straßendorfes am Hang. Er hätte sich anmelden sollen, andererseits hatten viele Weingüter zwecks Proben geöffnet.

Unschlüssig hielt er an einem Gasthaus mit dem sinnigen Namen »Rebstock«. Die gab es zuhauf, dazu die »Sonnen«, die »Löwen« und »Ochsen«. Am Tresen kannte niemand einen Jürgen Templin, was Henry sehr verwunderte. Der Wirt war abwesend, aber aus der Runde, die zum Frühschoppen versammelt war, wusste jemand, dass der Jürgen »nach dem Unglück« weggezogen war. Mehr wollte der Einheimische nicht sagen – Henry solle auf seinem »ehemaligen Weingut« nachfragen – und wies ihm den Weg.

Die Rede vom »ehemaligen Weingut« und vom »Unglück« irritierte Henry, und befremdet folgte er den Anweisungen. Jetzt erkannte er die schmale Straße wieder. Sie führte am Ortsende links zwischen Apfelbäumen um einen Hügel herum unmittelbar auf den Hof zu. Die früher mit Wein bewachsenen Natursteinmauern, die dem Anwesen einen archaischen Charakter gegeben hatten, waren verputzt worden und weiß gestrichen, das alte Holztor war gegen eines aus Eisen ausgetauscht worden, es hätte zum Atelier eines mit Schrott arbeitenden Künstlers gepasst. Der Innenhof mit schwarzen Limousinen wirkte klinisch sauber wie eine moderne Produktionsanlage, nur die aufgemöbelte Korbpresse machte deutlich, was hier geschah. Die Wand neben der Eingangstür zum Wohnhaus, flankiert von Fächerpalmen, war für ein großes Schaufenster aufgebrochen worden. Was war in Jürgen Templin gefahren? Das konnte nicht sein Stil sein.

Die Besucher im Probierraum entsprachen den Autos im Hof: cool, gestylt, reich und allwissend. Die junge Frau, die dort arbeitete, hätte in eine großstädtische Boutique gepasst, auf einem Weingut war sie in hautengen Jeans, hochhackigen Schuhen und tief ausgeschnittenem Top fehl am Platze. Sie wusste nichts von einem Jürgen Templin, der Besitzer heiße John Johansen, und von den erreichbaren

Mitarbeitern sei nur der Fahrer geblieben. Sie erwarte ihn jeden Moment zurück, er habe heute Weine zu einer Hochzeit nach Freiburg liefern müssen. Henry könne einstweilen ihre wunderbaren Weine probieren. Aber er wollte den Besitzer des Weingutes sprechen. Johansen, so die junge Dame weiter, sei auf seinem Weingut in Italien oder auf dem in Frankreich, sie wisse es nicht, die Mobilnummer dürfe sie nicht weitergeben, Henry könne ja morgen den Geschäftsführer danach fragen.

Henry ließ sich einen Grauburgunder einschenken, weniger aus Interesse, als um die Zeit totzuschlagen. Der Wein erinnerte allerdings in keiner Weise an die körperreichen und aromatischen Tropfen des Vorbesitzers, die ihn vom deutschen Grauburgunder und von Templin als Winzer überzeugt hatten. Hier war das Aroma schwach, die Säure flau, ein glatter Wein, der auf der »Fein«-Hefe so lange weichgeklopft worden war, bis nichts mehr von ihm übrig war. Und dann kam ein penetranter Holzgeschmack vom Barrique hinzu, also ein Stil für die Edelgastronomie. Dagegen wirkte der Pinot Grigio, einst Modewein und im italienischen Veneto zu Millionen abgefüllt, geradezu spritzig. Der Wein hatte genauso wenig mit den ehemals »Ruländer« genannten Grauburgundern gemein, die aus sehr reifen und mit zum Teil edelfaulen Trauben gekeltert worden waren. Ein Johann Ruland hatte 1711 diese Trauben, eine Mutation des Spätburgunders, in einem Garten in Speyer entdeckt und sie bekannt gemacht.

Zu allem Unglück war das Etikett der Flasche wie auch das Interieur des Weingutes in den Farben Italiens gehalten. Wollte da jemand auf einer längst ausgelaufenen Welle surfen? Wieso hatte Jürgen Templin seinen Besitz an jemanden mit dieser Wein- oder Lebensauffassung verkauft? Weshalb hatte er überhaupt verkauft? Was war geschehen? Von einem Unglück wusste die gestylte Frau nichts.

Henry griff nach dem Prospekt des Weingutes mit dem

Namen »Lebenstraum«, in dem der »engagierte Winzer«, Herr John Johansen, Reben schnitt, Trauben betrachtete, das Pressen kontrollierte, neugierig den Weinheber ins Barrique tauchte und lachend Gläser füllte. Nach Jahrzehnten in Vorstandsetagen hatte er sich mit diesem Weingut den Lebenstraum erfüllt. Den im Hof herumstehenden Autos nach kauften hier seine früheren Vorstandskollegen ein. Von Imagebildung verstanden sie offensichtlich mehr als von Wein. Obwohl Henry nicht aus dem Weinmilieu stammte, hatte er gelernt, von Wein auf den Charakter des Gutsbesitzers zu schließen. Und er irrte selten.

Der Spätburgunder danach war mehr als gut, typisch für die Rebsorte, er duftete nach Kirsche und Brombeeren, Mandel wäre noch möglich gewesen, Vanille und Zimt waren kaum spürbar, also war er nur kurz im gebrauchten Holzfass gewesen oder durch lange Lagerung gereift. Seine Rundungen sprachen für Letzteres. Henry fragte nach dem Jahrgang, wollte die Flasche sehen.

»Es ist eine Sonderabfüllung«, meinte die junge Frau, »wir lagern sie im großen Fass, der Wein ist schon älter. Ich glaube, es ist der erste Jahrgang, nachdem mein Chef dieses Gut wieder nach vorn gebracht hat.«

Dann wird es Templins letzter Burgunder gewesen sein, dachte Henry, der letzte Jahrgang, der sein Schaffen zeigte. In einer Vitrine sah er einen drei Jahre alten Spätburgunder.

»Den würde ich auch gern probieren.«

Die Gestylte musterte die Batterie der Probeflaschen. »Davon ist leider keine offen.«

»Dann öffnen Sie bitte eine.«

»Die Probe kostet fünf Euro pro Glas.«

Henry nickte. »Das kann ich mir gerade noch leisten.« Also folgte man der Strategie, sich über hohe Preise ein edles Image zuzulegen. Hier herrschte der Geist des Geldes und nicht der Geist des Weines. Nach dem ersten Schluck wusste er, dass mit fünf Euro sogar die ganze Flasche überbezahlt war. Der erste Wein des neuen Besitzers? Der sollte sich besser um ein Weingut richtig als um drei halbherzig kümmern.

Auf einem Sockel vor der Fensterfront stand das Modell eines Gebäudes, das mit rechten Winkeln, glatten Flächen mit viel Glas und einer Kastenbauweise von Le Corbusier hätte entworfen sein können. »So wird es hier eines Tages aussehen«, sagte die junge Dame strahlend, »die Bauarbeiten beginnen nächstes Jahr. Alles wird abgerissen, nur die Keller bleiben erhalten. Wir wollen mit der Zeit gehen.«

Nur wohin?, fragte sich Henry und starrte kopfschüttelnd über das Modell hinweg auf den vorgefahrenen Lieferwagen. Auch er war mit »Lebenstraum« beschriftet. Ein bärtiger Mann um die vierzig in Drillichhose und Muskelshirt, die Arme tätowiert, stieg aus und kam mit Zetteln in der Hand in den Probierraum. Die junge Frau wies auf Henry, der Fahrer drehte sich um.

»Sie woll'n mich sprechen?«

Henry erinnerte sich nicht, den Mann hier zuvor gesehen zu haben. Er stellte sich vor und äußerte den Wunsch, Templin zu treffen, für den er noch gearbeitet habe.

Das löste beim Fahrer einen inneren Alarm aus. Er ging auf Abstand, seine Augen weiteten sich für den Bruchteil einer Sekunde, sein Blick irrte ausweichend durch den Raum, als suche er einen Fluchtweg, dann machte er sich drohend breit.

»Sind Sie Anwalt?«

Als Henry erklärte, Journalist zu sein, verstärkte sich die feindliche Haltung.

»Was woll'n Sie von ihm? Lassen Sie ihn in Ruhe, der arme Kerl ist sowieso vom Schicksal gezeichnet.«

»Was heißt das? Als ich zuletzt da war, lebte er hier mit Frau und Sohn und Mitarbeitern. Dieser Raum«, Henry machte eine ausholende Geste, »war der Korridor. Dort drüben«, er wies auf die Tür hinter dem Tresen, »da ging's in die Küche, und …«

»Ich glaub's Ihnen ja. Is gut. Sie wissen nich, was passiert is?« Der Fahrer glaubte Henry offensichtlich nicht.

»Weshalb sollte ich sonst fragen!« Henry unterdrückte seinen Ärger. Er bemerkte, dass die anderen Kunden sich ihnen neugierig zuwandten.

»Frau und Sohn sind tödlich verunglückt, sie saß am Steuer und is gegen den Baum gerast, direkt vor der St.-Vitus-Kapelle, zwischen Wasenweiler und Ihringen, da kommt ein Feldweg ...«

Als der Fahrer bemerkte, dass andere zuhörten, packte er den verblüfften Henry am Arm. »Kommen Sie«, sagte er leise, »die Geschichte is nix für Fremde.« Er zog ihn ins Büro nebenan.

»Wie ist es zu dem Unfall gekommen?«, fragte Henry, das Geschehene entsetzte ihn immer noch. »Wann ist das passiert?«

»Oh, das is – ja, höchstens vier Jahre is das her, ja, es war auch Sommer, ich weiß noch, ein Abend ...«

»Und warum ist sie gegen den Baum gefahren?« Kaum hatte Henry die Frage ausgesprochen, wurde ihm bewusst, wie dumm es war, das zu fragen. Warum? Auf diese Frage bekam man nie eine richtige, wohl aber fünf mögliche Antworten. Ein Reh konnte aus dem Wald gesprungen sein, ein Wildschwein, ein Reifen war geplatzt, eine Wespe im Auto ...

»Den Grund? Sie war einfach nur zu schnell, sie hatte ja achtzig Sachen drauf, in der Kurve. Alle rasen auf der Landstraße. Frau Templin wollte den Jungen nach Ihringen fahren. Sie waren zu spät. Er sollte bei einem Kollegen irgendwas am Computer machen. Nur komisch war, dass sie ... es war auch kein Defekt am Wagen. Nix mit den Bremsen. Sie hat einfach nur die Kontrolle verloren.«

Für Henry hörte es sich wie eine unbeteiligt heruntergeleierte Erklärung und auch wie eine Entschuldigung an – ohne die geringste innere Beteiligung, ohne Mitgefühl.

»Und – Herr Templin?«

»Eine Katastrophe. Er hat sich aufgegeben. Er ist zusammengebrochen, er war zu schwach. Man musste ihn zum Essen zwingen, damit er am Leben bleibt. Jetzt trinkt er.« Der Fahrer zog abfällig die Mundwinkel nach unten und rümpfte die Nase. »Wissen Sie, um ehrlich zu sein, das Leben is kein Zuckerschlecken, man muss hart sein. Vielen Menschen passiert was Schreckliches. Mein Vater is früh gestorben, und trotzdem hat meine Mutter nich den Boden unter den Füßen verloren. Wäre Herr Johansen nich gewesen, dann hätte Templin nix mehr zu beißen. Er muss ihm dankbar sein.«

»Wer bitte ist Johansen?«

»Na, der jetzige Besitzer dieses Weingutes. Er hat ihn sozusagen gerettet, hat nichts verkommen lassen. Wir alle müssen Prüfungen bestehen, das ganze Leben ist eine. Andere haben auch Angehörige verloren, aber sie lassen sich nicht so gehen. Templin hat nur gejammert und alles verkommen lassen. Hätte Johansen sich nicht so für ihn eingesetzt – jeder andere hätte ihn nach Strich und Faden betrogen. Der Jammerlappen sitzt nur noch da und säuft – wo er den Sohn nicht mehr hat, seinen Goldjungen, den Thronfolger, der alles erreichen sollte, was er nicht geschafft hat. Hinten und vorne hat er's ihm reingesteckt.« Der Neid war nicht zu überhören.

Was sollte Templin nicht geschafft haben? Henry hatte ihn als sehr zufriedenen und engagierten Menschen in Erinnerung. Als der Fahrer weiter von Johansens Wohltaten redete und davon, was Templin ihm zu verdanken habe, hörte Henry weg. Er dachte an den anfänglichen Fluchtimpuls des Fahrers. Was mochte sich hier wirklich abgespielt haben?

»Hat Johansen alles gekauft, die Grundstücke, die Weinberge und auch die fertigen Weine im Keller?«, fragte er.

Der Fahrer nickte. »Wirklich alles. Sehr großzügig, nicht wahr?«

Dann war der Spätburgunder, der Henry so gut gefallen hatte, tatsächlich noch unter der Ägide des ehemaligen

Winzers entstanden. »Und was ist mit den anderen Mitarbeitern? Die junge Dame sagte, Sie seien als Einziger geblieben.«

Jetzt grinste der Fahrer. »Ja, ich hab dem Weingut die Treue gehalten, und Herrn Johansen. Er is ein hochanständiger Mensch, sehr gut erzogen. Er hat allen großzügige Angebote gemacht, wollte alle übernehmen, aber die Doppeldudel hier aus dem Kaiserstuhl – ich bin nicht von hier – wollt'n nich. Selbst schuld! So, ich mach Feierabend.«

Keinem kann man trauen, dachte Henry, alle spielen ihre Rollen. Welche spielte der Fahrer? Er fragte noch mal nach Templin: »Wo finde ich ihn?«

Der Winzer saß in einer Ecke der »Sonne« und stierte in ein Glas Wein, als wäre darin die Wahrheit verborgen. Jürgen Templin, Kenner des Kaiserstuhls, ein Winzer auf dem Weg zum Künstler, dem die Qualität seines Weins mehr am Herzen lag als der Umsatz. Er hatte sich als angenehmer Chef gezeigt und als freundlicher Zeitgenosse, jemand, der erklären konnte und es auch gern tat. Und heute?

Vor Henry saß ein gebrochener Mann. Jemanden, auf den das so bildlich zutraf, hatte er selten vor sich gehabt, gestrandet, auf dem Weg zu einem menschlichen Wrack. Sein Blick aus wässrigen Augen war müde und verzweifelt, fassungslos und hilflos, aber keineswegs hilfesuchend. Auch im Körper steckte noch eine gewisse Spannung, und äußerlich wahrte er die Form, wirkte gepflegt in Anzug und Krawatte, nur mischte sich in den Duft seines Rasierwassers ganz leicht der unangenehme Geruch eines Alkoholikers. Henry merkte es, als er sich zu ihm setzte. Hatte Templin bereits ein Stadium erreicht, in dem er seinen Zustand nicht mehr versteckte und es ihm gleichgültig war?

In der dunklen Ecke der Gaststube hatte er den Winzer kaum erkannt. Wenn das Letzte, was starb, die Hoffnung war, wieso war Jürgen Templin noch am Leben, dieser Ertrinkende, der den Eindruck erweckte, dass er nicht mehr nach einem Strohhalm suchte? Henry empfand Mitleid und spürte den Wunsch, ihn zur Sierra de Cantabria nach La Rioja mitzunehmen, ihn dort oben mit dem Vierzig-Kilometer-Blick in die Sonne zu stellen, ihm eine Schere oder eine Hacke in die Hand zu drücken und ihm einen Weinberg anzuvertrauen. Oder die *compañeros* der Kooperative von Lagar würden auf ihn aufpassen. Und gleichzeitig wusste Henry, dass alles Bemühen der Sucht gegenüber zwecklos war, solange die eigene Lebensflamme nicht aufflackerte, solange die Verzweiflung lähmte und es keinen Grund gab, sich nicht zu betrinken, solange man nicht auf den Morgen wartete und die Sonne aufgehen sehen wollte.

Es schien Jürgen Templin gleichgültig, dass Henry sich zu ihm setzte. Dass er lediglich seinen Namen sagte und woher er kam und danach schwieg, brachte Templin durcheinander, aber noch nicht zum Reden.

»Erinnern Sie sich an mich?«, fragte Henry nach einer unangenehm langen Stille und meinte, doch eine gewisse Verlegenheit bei seinem Gegenüber zu spüren.

Jürgen Templin brummte nur, Zustimmung und Ablehnung in einem. »Ich kenne Sie. Was wollen Sie?«

»Ich brauche Ihre Hilfe. Sie kennen sich am Kaiserstuhl aus. Es ist zwar lange her, aber das war mein Eindruck, als ich bei Ihnen war. Deshalb bin ich hier. Dann will ich wissen, was passiert ist, was Ihnen passiert ist. Ich habe Sie im Weinberg erlebt, Sie haben mich mitgenommen, da haben Sie mir begeistert von Ihren Weinen wie auch von Ihren Plänen erzählt. Wir haben anschließend mit Ihrer Frau und Ihrem Sohn zu Mittag gegessen.«

»Das ist lange her. Die Reise hätten Sie sich sparen können.«

»Wenn Sie mir nicht helfen wollen, dann sagen Sie mir, an wen ich mich wenden soll. Sagen Sie mir, welche Winzer wichtig sind, welche Genossenschaften und wo das Probieren lohnt. Ich suche nicht den Durchschnitt, davon haben wir in Spanien genug. Ich suche die Spitze.«

Vielleicht war das ein Weg, an ihn heranzukommen. Templin hatte zur Spitzenklasse gehört, war seinem Vater gefolgt, einem jener »Weingrünen«, die sich zu Zeiten, als süße Weine gefragt waren, mit anderen am Kaiserstuhl gegen den Trend gestellt hatten. Während viele Betriebe wie Genossenschaften ihre Weine weiter mit Mostkonzentrat süßten, war er seiner Linie treu geblieben. Er hatte auf trockene Weine gesetzt, durchgegoren mussten sie sein, er hatte seine Weine gesucht und geschaffen und erst danach den Markt dafür gesucht.

Templin wand sich, es quälte ihn, da war ein Rest von Neugier. Doch wie stark war das Gift des Alkohols und des Misstrauens dem Leben gegenüber?

»Was wollen Sie wirklich von mir? Einen gebrochenen Mann sehen? Ihnen geht es gut, und mir nicht.«

»Ich habe gehört, dass Ihre Frau und Ihr Sohn verunglückt sind. Sie sind nicht der Einzige mit einem schweren Schicksal.«

»Mir egal, mir ist es zugestoßen und nicht irgendeinem anderen.«

»Sie irren sich.« Henry sah Jürgen Templins erstaunte Augen, grau waren sie, er wunderte sich offensichtlich über seine scheinbar wenig mitfühlenden Worte. »Es ist Ihrer Frau und Ihrem Sohn zugestoßen. Was, das sollten Sie sich fragen, sind Sie ihrem Andenken schuldig?«

Sein Gegenüber bezog eine Verteidigungsstellung, eigentlich ein gutes Zeichen, dachte Henry, wenn noch Kampfgeist vorhanden war. Oder behauptete sich da sein Selbstmitleid?

»Was wissen Sie denn? Sie stürmen hier rein und meinen, Sie hätten eine Ahnung von dem, was geschehen ist. Es kotzt mich an, dass alle meinen, sie wüssten, wie man sich in so einem Fall zu verhalten hat. Die Welt strotzt vor Besserwissern, dabei ist sie ein Jammertal. Ihnen werde ich es sagen, dann kommen Sie von Ihrem hohen Ross herunter. Es war ein Unfall, ja, aber Beate hat ihn nicht verschuldet. Vielleicht war sie zu schnell. Aber wieso ist sie in der Linkskurve nicht rechts gegen den Baum geprallt, sondern links? Wieso hat sie den Wagen verrissen? Weil jemand aus dem Feldweg kam und sie ausgewichen ist. Und dieser Jemand ist abgehauen und hat beide sterben lassen. So war das!«

Jürgen Templin wirkte auf einmal nüchtern. »Ihr alle sagt, ich sei nicht zurechnungsfähig. Redet nur, Ihr Besserwisser! Nein, es war Fahrerflucht! Da kam einer aus dem Feldweg und ist dann weitergefahren. Nicht mal Hilfe hat er geholt, das Schwein. Und das Weingut habe ich versoffen? Nein, auch das nicht, Herr Meyenbeeker, oder wie Sie heißen. Ich bin noch ziemlich gut beieinander.« Er tippte sich an die Stirn, griff nach dem Glas und trank es mit einem Zug leer.

Henry staunte, welche Veränderung in Jürgen Templin bei diesen Worten vor sich gegangen war. Oder war es ein letztes Aufbäumen, eine Fantasie, an der sich der Ertrinkende festhielt?

»Als wenn das noch nicht genug wäre – dann haben sie mich um mein Weingut betrogen, aber ich kann's nicht beweisen. Kurz nach dem Unfall war ich zu nichts zu gebrauchen, und die Situation haben sie ausgenutzt, die Bank, der neue Besitzer, Johansen und der Fahrer. Er hat Unterlagen geklaut, Kreditverträge, weil ich Land gekauft und die Raten nicht pünktlich bezahlt habe. Da wurde auf einmal alles fällig – und ich wurde alles los. Warum hat er nur von allen Leuten den Fahrer behalten? Weil alle anderen Mitarbeiter zu mir gehalten haben, und wenn Sie Johansens Weine probieren …«

Jürgen Templin machte eine Pause und sah Henry durchdringend an, das Misstrauen kam zurück. »Wieso erzähle ich das einem Journalisten? Ihr seid doch alles Halunken, Lohnschreiber. Aber sehen Sie, so egal, so scheißegal ist mir das alles. Und wenn Sie mir das nicht glauben, wieso wollen Sie mir dann glauben, wenn ich Ihnen was über den Kaiserstuhl erzähle und Ihnen Tipps gebe?« Er zuckte müde mit den Achseln, stand auf und ging zur Toilette.

Der Wirt trat mit geheimnisvoller Miene an den Tisch. »Es ist ein Jammer. Unglaublich, was aus einem so guten Mann geworden ist. Liegt er Ihnen auch mit seiner unendlichen Geschichte in den Ohren?« Er verdrehte genervt die Augen.

Henry nickte. Was hätte er sagen sollen? Der Wirt hatte diese Geschichte zu oft gehört, um sie zu glauben. Aber – hätte die Fliehkraft in der Kurve einen Wagen nicht nach außen tragen müssen statt nach innen, nach links? Andererseits, dass jemand Augen auf den Besitz eines anderen warf und bei ihm auf einen Moment der Schwäche wartete, um ihm die Beute abzujagen, war gang und gäbe, feindliche Übernahmen waren an der Tagesordnung. Außerdem starben pro Jahr einige tausend Menschen auf den Straßen.

Templin kam zurück, setzte sich und starrte dem Wirt böse hinterher. »Er erzählt überall herum, dass ich kaputt wäre, mit diesem ekelhaften sozialpädagogischen Unterton.«

»Und – sind Sie das nicht, als Alkoholiker?«

Jürgen Templin begriff nicht, wie Henry die Frage meinte, er war verwirrt, so wie anfangs, als Henry geschwiegen hatte. Das waren eigentlich vernünftige Reaktionen. Er war gespannt auf seine Ausrede, sie hatten alle eine für ihre Sucht, wenn sie tranken.

»Ich hatte gerade einen Gedanken …«

»Reden Sie, was fällt Ihnen zu mir ein? Dass ich gestrandet bin, süchtig und zu feige, mich dem Leben zu stellen, dass ich aufgegeben habe?«

»Sie langweilen mich.« Henry ging ihn hart und offen an, wozu um den heißen Brei herumreden? »Es geht nicht immer nur um Sie, Herr Templin. Sie sind nicht das Zentrum der Welt. Hätte es Ihrer Frau gefallen, Sie hier jammern zu sehen? Hätte Ihr Sohn noch Respekt?« Die Mitleidsmasche des Wirts, der ihm den Stoff verkaufte, lag Henry nicht.

»Was gibt Ihnen das Recht, so mit mir zu reden?« Jürgen Templin brauste auf.

»Ich bin gekommen, weil ich Sie für einen großartigen Winzer halte, jemanden, der mit Herz und Verstand arbeitet. Sie könnten mir helfen.«

»Weshalb sollte ich das tun?«

Henry kümmerte sich nicht um den Einwand. »Ich will Folgendes von Ihnen wissen …« Er redete auf Templin ein, die Schilderung seines Vorhabens ließ den Winzer nicht einmal nach seinem Glas greifen, und wenn er den Arm danach ausstreckte, packte ihn Henry am Arm, um die Aufmerksamkeit auf sich und vom Glas weg zu ziehen. Schließlich legte er einen Block und einen Kugelschreiber vor Templin.

»Schreiben Sie mir bitte alle Winzer auf, die ich besuchen sollte, die gute Weine machen, mit denen sich der Kaiserstuhl international präsentieren kann, die beim Spätburgunder den Vergleich mit dem Burgund nicht scheuen.«

Völlig verdattert begann Templin zu schreiben, seine Hand zitterte leicht, jetzt schämte er sich dafür. Henry schaute weg, bis Templin ihm die Namensliste in der krakeligen Schrift zuschob. »Es gibt noch einige, die auch schöne Weine machen, aber die fallen mir nicht ein.« Dann rief er nach dem Wirt, der ihm ohne zu zögern ein neues Viertel brachte.

Henry schaute auf die Namen. Einige kannte er, andere nicht, einige hatte er in Weinführern gefunden, andere nicht, einige hatte Dorothea ihm genannt …

Stigler, Johner, von Gleichenstein, Salwey, Heger, Michel, Pix (Bio), Probst, Schneider, Schätzle, Blankenhornsberg und Gretzmeier.

»Bei den Genossen steht Sasbach an der Spitze, gefolgt von Oberbergen und Achkarren. Und den Huber dürfen Sie nicht vergessen. Malterdingen gehört zwar nicht zum Kaiserstuhl, aber der macht einen richtig guten Müller-Thurgau, und sein Spätburgunder ist …« Templin zuckte mit den Achseln, ihm fehlten die Worte, »… grandios, viel besser als – meiner damals«, schob er nach.

Die Namen reichten Henry, und als er aufblickte, bemerkte er Templins wachen und lauernden Ausdruck.

»Aber Sie sind nicht nur wegen der Winzer gekommen, Herr Meyenbeeker. Was suchen Sie bei der Challenge? Sie sind Ambers wegen hier, stimmt's? Das ist ein verdammter Gangster, alle hält er zum Narren, und alle fallen darauf rein.«

»Sie kennen ihn?«, fragte Henry erstaunt. »Woher?«

»Seit ewigen Zeiten, aus Italien. Der und der Johansen, die sind vom selben Schlag, sie nutzen jeden Vorteil, der sich bietet, jeden, und das meine ich so, jeden. Aber das ist lange her, viel zu lange. Herr Wirt, noch ein Viertele von dem Grauen …«

»Sie sind nicht nach Baden-Baden eingeladen?«

»Ich?« Templins Lachen hörte sich hässlich und nach Selbstverachtung an. »Mich einladen? So kaputt? Wozu? Außerdem – früher habe ich mal in Hamburg mitgemacht, und damit war ich Persona non grata.«

Mit diesen Worten war Templin am Ende, fertig, leer, er wollte nicht mehr reden, müde stützte er den Kopf in die Hände und schwieg. Er blickte nur auf, als der Wein kam.

Henry verabschiedete sich, ohne ihn nach seiner Adresse und Telefonnummer zu fragen. Beides gab ihm der Wirt. Von ihm bekam Henry auch die Adresse eines Weingutes bei Vogtsburg, wo er übernachten konnte. Es verfügte nicht nur über einen weiten Blick über die Rheinebene, es lag auch verkehrsgünstig.

Er hatte sich vor der Reise gefürchtet – vor der Zerrissenheit seiner ehemaligen Landsleute, vor ihrer Unfreundlichkeit und Angst, die so schnell aggressiv wurde, vor dem Misstrauen, der Unfähigkeit zum Genießen – und dabei lebten sie weitaus besser als jeder gewöhnliche Spanier, wirtschaftlich gesehen, besonders seit den Sparmaßnahmen nach dem Platzen der Immobilienblase. Henry fürchtete die deutsche Zerrissenheit auch im Verhältnis zwischen dem Osten und dem Westen und im Verhältnis zu den Migranten: sie nicht zu mögen, aber es nicht zugeben zu dürfen; zerrissen oder desinteressiert auch im Verhältnis der Geschlechter zueinander. Und die soziale Zerrissenheit wurde größer. Er sah sie, wenn er alle Jahre nach Deutschland reiste, in miesepetrigen Gesichtern, in den Parolen an den Wänden, er sah die Graffitis und die Gesichter der Menschen in der Straßenbahn. Friedrich Hölderlin kam ihm in den Sinn und was er im »Hyperion« über seine Landsleute geschrieben hatte: »diese allberechnenden Barbaren« – das war hart, sehr hart, aber deshalb nicht falsch. Den »Hyperion« hatte er erst in Spanien in die Hände bekommen. »Ich kann kein Volk mir denken, das zerrißner wäre, wie die Deutschen … dumpf und harmonielos, wie die Scherben eines weggeworfenen Gefäßes …«

Von Zerrissenheit war am nächsten Tag nichts zu bemerken, als er seine Recherche auf dem Weingut Stigler in Ihringen begann. Das Gut lag an der Hauptstraße des belebten Dorfes, bunt, hell und lebendig, am südwestlichen Rand des Kaiserstuhls. Der Morgen war klar, die Sonne schien sanft, es würde ein schöner Tag werden, wenn da nicht die verdammten Drohbriefe wären, der dritte war eingetroffen, wieder mit einem anderen Absender. Da wollte jemand Vielseitigkeit demonstrieren oder falsche Spuren legen? Doch die Sorge um Isabella musste Henry beiseiteschieben, er hatte sich auf seine Gastgeber und ihre Weine einzustellen, was ihm bei ihrem entgegenkommenden Wesen auch leicht gelang.

Er fühlte sich in dem gepflasterten Hof zwar nicht wie zu Hause, aber doch dazugehörig. Die einstöckigen Gebäude waren teilweise mit Wein überrankt, davor standen die üblichen Drahtcontainer für Flaschen neben einem Stapel Paletten. Frau Stigler bat ihn auf die Veranda, von da aus hatte man sowohl den Hof im Blick, wo der Winzer ab und zu auftauchte, wie auch das kleine Büro, in dem alle fünf Minuten ein Telefon klingelte. Der Winzer hatte zu tun, aber seine Frau war auch bestens im Bilde, es gab nicht eine Frage, die sie nicht beantwortete.

Die Stiglers betrieben das Weingut in der dritten Generation. Früher mal war es eine Bahnhofsgaststätte gewesen und später eine Posthalterei. Mit fünf Hektar hatte der Weinbau begonnen, heute wurden zwölf Hektar in fünf Einzellagen bewirtschaftet. Vor der großflächigen Flurbereinigung, bei der von staatlicher Seite der gesamte Kaiserstuhl umgegraben und ihm sein ursprüngliches Gesicht genommen worden war, waren es fünfundzwanzig gewesen.

Am Ihringer Winklerberg und dem Schlossberg besaßen sie zwei Spitzenlagen mit stark kalkhaltigem Vulkanverwitterungsboden. Damit gab es ähnliche und doch andere Voraussetzungen wie bei den großen französischen Pinot Noirs der Côte de Beaune – mit Mergel und Kalk. Stiglers Chenin Blanc, Silvaner und Sauvignon Blanc interessierten Henry nicht so sehr. Auch der Riesling vom Winklerberg, dieser extrem sonnigen Lage, hätte ihn nur abgelenkt und ihn beim Vergleich von Weiß-, Grau- und Spätburgunder durcheinandergebracht. Auf die hatte er sich zu konzentrieren.

Der Weißburgunder Kabinett vom Winklerberg war angenehm im Duft, nicht übertrieben, nicht zu dezent, moderat in der Säure und erinnerte an den Duft weißer Blüten. Die Spätlese derselben Lage und desselben Jahres war blumiger, stärker im Parfüm, weich, diskret, und der Geschmack blieb lange im Mund. Beim trockenen Großen Gewächs dann, das noch Zeit brauchen würde, um seine Größe zu zeigen, wurde die Besonderheit des Terroirs am deutlichsten, denn hier verband sich Üppigkeit mit Mineralität. Ein wenig erdig wirkte sie, leicht kräuterhaft, und die Erinnerung an feinstes Salz entstand.

Viel kräftiger kamen die Grauburgunder daher. Henry begann mit dem jüngsten, einem Kabinettwein. Sein Aroma erinnerte an Aprikose, dabei sollte er – je nach Ausbaumethode – nach Birne, Ananas oder Zitrusfrüchten duften, nach Trockenobst oder Rosinen. Mehr als fünf unterschiedliche Komponenten konnte der Mensch sowieso nicht im Wein wahrnehmen, also was nutzte so ein Fruchtsalat? Für ihn war es Aprikose. Punkt! Wichtig war ihm, dass der Wein eine Gestalt hatte, kompakt war und klar. Die Spätlese des Vorjahres kam von der Lage in Oberrotweil. Sie war zwar würzig, blieb trotzdem filigran, hier zeigte sich stärker das Kräuterhafte. Das Große Gewächs machte seinem Namen mal wieder Ehre in puncto Dichte, einer die Saftigkeit betonenden Säure, die dem Wein sein Leben gab, und auch der mineralische Anklang fehlte nicht.

Alle oder keinen, dachte Henry, ich muss sie alle ins Sortiment nehmen, alle machen Freude. Er würde ihn nicht zum Fisch trinken, höchstens zum Lachs, wohl aber zu hellen gebundenen Suppen empfehlen, zu zartem weißem Fleisch, und ein Nudelgericht mit Pfifferlingen konnte er sich gut dazu vorstellen. Ihm lief bei dieser Vorstellung das Wasser im Mund zusammen. Er zwang sich zurück in die Wirklichkeit – und zum nächsten Dreigespann. Jetzt waren drei Spätburgunder an der Reihe.

Sie gefielen ihm schon der Farbe wegen. Es war nicht das tintenhaft Undurchsichtige vieler marmeladiger, gekochter und satt machender Weine Spaniens, wie Alan Amber sie pries. Sie waren dicht, obwohl sie hell und durchschimmernd blieben. Stiglers Pinot noir QbA vom Lössboden war ein Vertreter dieser Art. Henry störte nur, dass er ein leichtes Himbeeraroma wahrzunehmen glaubte. Obwohl die Lage am Freiburger Schlossberg nicht zu seinem Forschungsgebiet gehörte, überzeugte er ihn auf Anhieb. Er war dunkler, er war beerig, Kirsche und Brombeere hätte man herausriechen können. Die Samtigkeit des Weins war dem feinen Tannin zu verdanken und der langen Reifezeit. Das Große Gewächs trug den Namen zu Recht. Statt einer detaillierten Beschreibung notierte Henry, dass dieser Wein durchaus ein Grund war, in den Kaiserstuhl zu reisen. Die französischen Winzer des Burgund hatten den Standard für diese Rebsorte gesetzt, die Messlatte angehoben und die Preise noch mehr. Letzteres würden sie in Zukunft bereuen …

»Was halten Sie von Alan Amber?«, war Henrys letzte Frage, als man sich an den Mittagstisch setzte.

5

Vulkanfelsen

Von Isabella geweckt zu werden empfand Henry selten als unangenehm, auch nicht per Telefon. Sie ließ ihm Zeit, wach zu werden, ihre weiche Stimme sagte Worte, die er gern hörte. Heute jedoch enthielt sie sich aller schönen Worte.

»Irgendwer hat letzte Nacht die Türen aufgebrochen und Chlorbleichlauge in die Tanks geschüttet!«

Der Wein war damit ungenießbar. Chlorbleichlauge wurde zur Desinfektion von Wasser und auch zur Reinigung von Schwimmbädern verwendet. Jetzt hatte der E-Mail-Schreiber seine Drohung wahr gemacht – und das wahrscheinlich mit Hilfe von Mitarbeitern der Kellerei.

»Der alte Feind steht in den eigenen Reihen.« Das Aufbrechen der Türen diente nur dazu, eine falsche Fährte zu legen. »Von den Wachleuten hat niemand was gesehen?«

»Natürlich nicht.«

»Stecken sie mit drin? Sprich mit ihnen als Erste.«

»Das ist genau das, was Capitán Salgado geraten hat.«

»Du hast ihn also gleich informiert.«

»Ich habe erst meinen Vater verständigt, dann Salgado, danach die Polizei und jetzt dich. Ich habe niemanden in die Halle mit den großen Tanks gelassen und verhindert, dass die Arbeiter mögliche Spuren zertrampeln, ich glaube, genau das war beabsichtigt.«

»Du entwickelst dich zur Kriminalistin. Ich bin froh, dass dir nichts passiert ist.«

»Du irrst, mein Liebster. Es ist auch mein Wein, das sehe ich als Angriff gegen mich, gegen meine Familie und gegen alle Mitarbeiter, und so werde ich es darstellen. Die Gratifikation ist für dieses Jahr gekürzt, falls die Versicherung nicht zahlt.«

»Kollektivstrafen bringen nichts.«

»Das ist keine Kollektivstrafe, die Wirtschaftslage ist schwierig genug, uns fehlt schlicht das Geld.«

»Wie viele Liter sind verdorben?«

»Zwei Tanks à zwanzigtausend Liter – der Grundwein für die Gran Reserva vom letzten Jahr. Da wusste jemand, wo er uns treffen kann.«

»Wie viel macht das aus? Ich schätze mal …«

»… das sind etwa zweihunderttausend Euro Schaden – nur an Material und Arbeit, den verlorenen Gewinn nicht eingerechnet.«

»Eine Katastrophe! Hast du einen Verdacht?«

»Ich werde mir die Personalakten vornehmen. Mein Gefühl sagt mir, dass mein Bruder dahintersteckt, er will uns terrorisieren. Er muss hier Handlanger haben, ich rede mit jedem. Salgado wird sich im Gefängnis informieren, ob Diego in irgendeiner Gangstertruppe mitmischt oder ob es dort Neonazis gibt.«

»Das würde zu ihm passen.«

»Du sagst es! Er ist der Erbe von Don Horàcio, nur ist er neben seiner Bosheit auch intelligent. Erinnere dich, welche Gruselveranstaltung Großvaters Beerdigung war, die Lemuren der Franco-Diktatur kamen aus den Gräbern gekrochen. Aber die spanischen Neonazis sind anders als die bei euch, sie haben Beziehungen bis in die Spitzen der Gesellschaft, zu den Nationalisten und Franquisten der Partido Popular, zu den Hardlinern im Klerus, sie waren die Sieger des Bürgerkriegs. Die Schwarzhemden auf den Straßen taugen nur für die Drecksarbeit …«

Isabella wollte nicht, dass Henry seine Reise unterbrach. Hätte sie es gewollt, er wäre direkt zurückgeflogen, um bei der Aufklärung des Anschlags zu helfen. So durfte er sich lediglich Sorgen machen und ein schlechtes Gewissen haben. Das passte überhaupt nicht zum Wetter. Die Sonne knallte, keine Wolke stand am Himmel, gestern hatte er es schon als extrem heiß empfunden, der fehlende Regen war unter den Winzern bereits ein Thema. In diesem Jahr war bislang nur knapp ein Drittel der üblichen und nötigen Regenmenge gefallen.

Nach einem guten Frühstück in der Winzerstube fuhr Henry nach Sasbach, wo er in der Winzergenossenschaft verabredet war. Wenn er die Weinberge hätte besichtigen wollen, hätte er mit einem Begleiter sofort aufbrechen müssen, aber erst waren der Kellerrundgang und die Proben angesagt. Henry war froh, dass überhaupt jemand Zeit für ihn fand, und gegen Mittag würde das Licht viel zu intensiv und die Hitze zu groß sein, um sich zwischen aufgeheizten Mauern aus Lavasteinen zu bewegen.

Einen Begleiter brauchte er auf jeden Fall, denn ob da draußen jetzt Früh-, Spät- oder Weißburgunder wuchs – auch wenn er die Weinstöcke aus nächster Nähe betrachtete, würde er es nicht sagen können. Die sägeblattartigen Blätter waren zu ähnlich, schließlich waren Weiß- und Grauburgunder eine Mutation des Spätburgunders und kaum voneinander zu unterscheiden.

In der Behauptung, dass die Spät- oder Blauburgunderrebe an der Spitze aller Reben stand, waren sich die Winzer weltweit einig. Sie wuchs überall, jedoch nur, wenn es ihr passte. Extreme Kälte und Hitze waren ihr gleichermaßen zuwider, aber wer auf das Mittelmaß dazwischen zusteuerte, konnte auch nicht damit rechnen, großartige Ergebnisse zu erzielen. Die blaue Traube entwickelte sich, wie sie wollte, sie stellte an den Boden und das Klima genauso hohe Ansprüche wie an die Kellertechnik nach der Lese. Nichts war bei ihr sicher, kein Ergebnis stand vorher fest, und unter den Weinerzeugern wagten sich nur diejenigen an Pinot Noir heran, wie sie in Frankreich hieß, die mit ihr umgehen konnten. In Deutschland war sie am Bodensee zuerst als »Clavner« gepflanzt worden, im Bodmaner Königsgarten. Die Anweisung dazu hatte Karl III. im Jahr 884 gegeben, ein Urenkel Karl des Großen, der Clavner aus dem Burgund hatte holen lassen. Da hatten die aus dem Burgund stammenden Mönche des Klosters Eberbach ihn um 650 unter dem Namen »Klebrot« längst im Rheingau angepflanzt. Viertausend Jahre vor den Karolingern und ihren römisch-deutschen Königen hatten bereits Menschen am Kaiserstuhl gelebt, den Weinbau hingegen hatten die römischen Besatzer eingeführt. Um ihre Soldaten bei Laune zu halten, fragte sich Henry beim Lesen der Unterlagen, die er bei jeder Gelegenheit einsammelte, um ihnen die Angst vor der nächsten Schlacht zu nehmen – oder um die Feinde betrunken zu machen? Aber die Germanen betranken sich lieber am Honigwein.

Als Jürgen Templin noch alle Sinne beieinander gehabt hatte, erinnerte sich Henry, also vor dem Unglück, hatte auch er mit der Rebsorte »gespielt«. Arbeit hatte er es nicht nennen wollen, denn die kapriziöse Rebsorte verweigerte jede Logik. Alles konnte man falsch und nichts richtig machen, wem es gelang, mit dem richtigen Klon auf dem passenden Boden bei idealem Witterungsverlauf und den richtigen Eingriffen im Weinberg die Trauben gut in den Keller zu bringen, dem stand noch die Kellerarbeit bevor. Auch hier ließ sich alles verderben, wenn zum Beispiel der biologische Säureabbau Fehltöne in den Wein brachte.

»Du steckst nicht drin«, hatte Templin damals gesagt. Und er vertrat auch die französische Sichtweise, dass Spätburgunder, ähnlich dem Riesling, zwar eigene Charakteristika besaß, aber mehr als Werkzeug diente, die lokalen Gegebenheiten auszudrücken, also ein typischer Terroirwein war.

Templins Mühen hätten häufig mit Medaillen belohnt werden müssen, aber »er stellte sie nicht an«, wie es in der Fachsprache hieß, er reichte die Weine nicht zur Beurteilung ein, außer zur obligatorischen Prüfung durch den Weinbauverband. Henry kannte keinen Winzer, der wirklich gute Weine machte und dabei arm geblieben war. Templin war auch dafür ein Beispiel. Hatte der Nachbesitzer, dieser Johansen, tatsächlich seine Notlage ausgenutzt und ihn absichtlich um sein Weingut gebracht, oder war das der Fantasie eines Alkoholikers entsprungen?

Ich mische mich nicht ein, sagte sich Henry und merkte doch, wie Templins Worte ihn beschäftigten und er sich fragte, was man – beileibe nicht er – in dieser Richtung unternehmen könnte. Würde es Templin nutzen? Höchstens nach einer erfolgreichen Entziehungskur … aber der musste er sich freiwillig unterziehen. Gab es für ihn einen Ansporn, seinen Schmerz zu überwinden? Vielleicht sein Stolz …

Vor der Sasbacher Kellerei blieb Henry im Wagen sitzen und dachte über Isabellas Anruf nach. Welcher Wahnsinnige ließ sich zu einem Säureattentat hinreißen? Waren Isabella oder ihr Vater das nächste Ziel? Oder sogar er selbst? Sollte er in Baden-Baden absagen und zurückfliegen? Er sollte Emilio Sotos anrufen, der war zurzeit Präsident der Kooperative. Auf ihn war Verlass, auf ihn und die anderen dreißig Mitglieder, sie konnten sich umhören. Sie bekamen zehnmal mehr gesagt als die Polizei, obwohl Salgados Beziehungen ziemlich weit reichten, für Henrys Geschmack manchmal zu weit. Würde eventuell die Belegschaft von Bodegas Peñasco helfen, den zu finden, der die Chlorbleichlauge in die Tanks geschüttet hatte?

Es war zu heiß, um zur Ruine der Limburg oder das, was von ihr übrig war, hinaufzusteigen. Die Pfarrkirche St. Martin mit ihrem romanischen Glockenturm war sicher kühl, aber das war es im Wagen auch. Henry blieb sitzen und blätterte in den Unterlagen der Sasbacher Winzergenossenschaft. Sie existierte seit 1936, Lagar dagegen war mit sechs Jahren sehr jung.

Er erinnerte sich an die schwierige Gründungsphase. Sie war von harten Auseinandersetzungen geprägt gewesen, von Misstrauen und Neid, von Anfeindungen, Rufmord. Und anfangs waren sie knapp am Bankrott vorbeigeschrammt. Aber das Ziel, sich von Aufkäufern unabhängig zu machen, hatte die Weinbauern erreicht. Er hatte ihnen Miguelito vermittelt, einen fähigen Önologen und Diplomaten. Dass Miguelitos experimentierfreudige Schwester Amanda jetzt die Arbeit weiterführte, hatte zunächst zum Streit geführt; die Männer hatten sich nur schwer damit abgefunden, dass eine Frau ihnen erklärte, wie sie sich die Arbeit im Weinberg vorstellte.

Henry erschrak, er verträumte seine Zeit, er stieg aus und lief rasch auf den Eingang der Kellerei zu.

Unter insgesamt sechshundert badischen Rotweinen hatten es drei Spätburgunder der Sasbacher unter die Top Ten geschafft. Für eine Spätlese und den im Barrique gereiften Wein gab es beim Mondial du Pinot Noir, einem Spätburgunder-Wettbewerb, eine Gold- und eine Silbermedaille. Dazu stand der Deutsche Rotweinpreis des europäischen Weinmagazins Vinum auf der Trophäenliste. Schließlich hatte diese Genossenschaft, eine der kleinsten am Kaiserstuhl, als punktbester Betrieb aller Teilnehmer aus ganz Baden den Ehrenpreis des Badischen Weinbauverbandes erhalten.

Medaillen, Auszeichnungen und Preise bedeuteten den Genossenschaften viel, sonst hätten sich nicht derart viele Wettbewerbe halten können. Medaillen halfen beim Verkauf, vor allem im Regal vom Supermarkt, wo es nicht einmal mehr Personal gab, um einem die Kühltheke zu zeigen. Wenn auf irgendeiner Packung, ob Weinflasche oder Margarineschachtel, eine Münze abgebildet war, stieg im Auge des Betrachters die Wertigkeit. Ob sie von einem Gremium verliehen, von einer Zeitschrift vergeben oder von einer Werbeagentur erfunden war – das wussten nur die Eingeweihten. Dann gab es die große Gruppe der selbst ernannten Experten, internationale Weinkritiker wie Alan Amber, die Internet-Wein-Portale, die Wein-Blogger, Sommeliers, Kellermeister und Winzer des Jahres. Gerade das machte das Probieren unerlässlich.

Man gab so viel auf diese Medaillen und Prämierungen, weil man – anders als bei Weingütern mit familiärer Tradition, wo sich eine persönliche Story über die Winzerfamilie erzählen ließ – schlecht die Lebensgeschichten der dreihundertdreißig Genossen aus Sasbach erzählen konnte. Wieso eigentlich nicht, wenn die Geschichten gut waren? Henry hatte im Prospekt von Lagar genau das getan, die Geschichte der Gründung haarklein wiedergegeben, mit allen Höhen und Tiefen, mit Zitaten der Feinde und der Freunde. Das war glaubhaft und unterschied sich wohlwollend vom üblichen Reklamegewäsch, dass man »der Moderne gegenüber aufgeschlossen und der Tradition verhaftet« sei.

Die Begehung der Lagen Rote Halde und Limburg ließ Henry ausfallen. Bei dieser Hitze empfand er die unvermeidliche Kellerbesichtigung geradezu als wohltuend. War es seine dreihundertste? Er hatte zu zählen aufgehört. Es war unhöflich, den Rundgang abzulehnen, aber es machte auch wenig Freude, denn das wirkliche Geschehen spielte sich im Inneren der Tanks und in der Zeit ab.

Der Sasbacher Kellermeister war dabei, Weine zu filtern, die einige Rohrlängen weiter vorn auf Flaschen gezogen wurden. Bis auf das Klirren von Glas und das Rattern der Transportbänder, das Zischen von Pressluft und ab und an ein lautes, unverständliches Wort herrschte in allen Kellern Stille. Die Anlagen zum Abbeeren der Trauben, zum Transport, zur Kühlung und auch die Pressen standen still. Was von den hundertundsieben Hektar kommen würde, ließ bis September auf sich warten. Dieses Jahr würde anders werden, die extreme Trockenheit im Frühjahr verkürzte die Reifeperiode – wenn das Wetter nicht weiter verrückt spielte.

Wie man mit den Rebstöcken und den Trauben umging, ob die Schultern abgeschnitten, ob die Trauben geteilt würden, entschieden die Genossen bei gemeinsamen Weinbergsbegehungen. Da bewegten sich nicht alle dreihundertdreißig Genossen in einer Prozession hinter einem Quality Manager durch die Rebzeilen, es folgten ihm lediglich vierzig bis fünfzig Personen, die achtundneunzig Prozent der Rebfläche repräsentierten. Wie anderswo wurde nicht nach gelieferter Menge bezahlt, sondern nach Hektar, Mostgewicht und Qualität. Es musste einen Anreiz geben, gute statt mit Wasser vollgesogene Trauben ohne Extrakt zu liefern. Der Kellermeister hatte die nicht für alle einsichtige Aufgabe, das den Genossen klarzumachen. Eine Genossenschaft war nur erfolgreich, wenn sie die Winzer in die Pflicht nahm. Daher verstand sich die Genossenschaft als Weingut mit vielen Besitzern.

Es war erstaunlich, was sie abgeliefert hatten. Henrys Meinung über Genossenschaften stieg im Laufe der Probe gewaltig. Mit dem Weißburgunder zu beginnen sollte zur Routine werden, auf diese Weise bekam er ein Gefühl für die Rebsorten und konnte Vergleiche anstellen.

Ein trockener Weißburgunder Kabinett kam zuerst ins Glas. Die Säure war Henry zu spitz für die vom Weinbauverband verliehene Goldmedaille, ansonsten gab es schöne Aromen. Die Trauben stammten von der Lage Limburg, die in Sasbach den weißen Rebsorten vorbehalten war. Hier lag eine dicke Lössschicht auf dem Vulkangestein, eine fruchtbare Schicht, ein Boden, der Wärme aufnahm und Wasser speicherte. Die Überraschung war der halbtrockene Weißburgunder mit einem breiten Aromenspektrum und hoher Restsüße, dem nicht vergorenen Zucker. Solche Weine waren nicht Henrys Fall, doch dieser hatte seine Goldmedaille durchaus verdient. Unter den Grauburgundern war jeder ohne Makel. Hier kam zum ausgeprägten Duft noch Dichte und Stoffigkeit hinzu, es waren Weine, die man schmecken konnte.

Von allen Weißen gefiel ihm der Blanc de Noirs am besten, ein aus roten Burgundertrauben gekelterter Weißwein. Er wurde nach der Lese behandelt wie rote Champagnertrauben, hatte keinen Kontakt mit den Farbpigmenten in der Beerenhaut und nahm das darin enthaltene Tannin nicht auf.

Als der Geschäftsführer die nächsten Weine holte, dachte Henry darüber nach, was der Mann zuvor gesagt hatte. Er hielt es für eine Unart, dass die Kunden immer nach dem neuesten Jahrgang fragten – als wenn der alte schlecht gewesen wäre. Weißwein musste nicht sauer und bissig sein, auch er brauchte Zeit, wenn er gut war – und ein Weißburgunder sollte nie früher als ein Jahr nach der Lese getrunken werden; erst mit zunehmendem Alter zeigte er seine Aromen und rundete sich ab. Und ein Weißwein, der nach drei Jahren nicht mehr gut war, hatte auch nach dem ersten nicht viel getaugt.

Die Spätburgunder stammten von der Roten Halde und ihrem Vulkanboden. Mochte es auch der einfachste und günstigste Wein im Sortiment sein, der schlechteste war es nicht, es gab keinen schlechtesten. Er schmeckte nach Kirsche, nach dunklen Beeren, er hatte das Typische des Pinot Noir, er war weich, von einer schönen durchscheinenden Farbe und mildem Tannin. Dem folgte der Orchidea mit der Kaiserstühler Orchidee auf dem Etikett. Er wies alle Eigenschaften eines guten Rotweins auf. Für diese Weinlinie wurden ausschließlich Trauben besonders alter Rebstöcke verwendet. Henry erinnerte sich mit Grausen an die ersten Barriqueversuche fränkischer Winzer, die Ähnliches mit viel zu dünnem Dornfelder versucht hatten, was kläglich gescheitert war. In dieser Zeit hatte er begonnen, über Wein zu schreiben.

Der Orchidea aber würde sich weiterentwickeln und auch in Jahren noch Format beweisen, ähnlich wie die anderen Weine der Roten Halde. Die nächste Überraschung am

Schluss der Probe war ein Cabernet Sauvignon. Eine Seltenheit, dass dieser Wein in nördlichen Regionen seine internationale Form erreichte, aber dieser hier konnte mit seinen südeuropäischen Konkurrenten gut mithalten, wenn nicht in Größe, so doch in Finesse. Aber auch das Erreichen von Größe war nur eine Frage des Klimawandels.

Der Ort Eichstätten mit dem Weingut Mendel stand als Nächstes auf dem Besuchsprogramm. Erst als in Henry bei Besichtigung und Weinprobe ein Bild der Seriosität des Winzers entstanden war, fragte er sich tastend an Templin heran. Er war bekannt, doch fast vergessen, Mendel wusste sowohl von seinen Erfolgen wie auch von seinem Scheitern. Henry ging es aber um etwas anderes. Ihn ließ die Frage nicht mehr los, ob letztlich der Tod seiner Lieben, der Kummer, der Alkoholismus – oder die Machenschaften des neuen Besitzers zum Verlust des Weingutes geführt hatten. Das war ein Ansatzpunkt. Hatte man ihn absichtlich in die Kreditfalle laufen lassen?

Diese Frage konnte Mendel nicht eindeutig beantworten, aber zumindest wies er den Verdacht nicht von der Hand. Nach dem Autounfall hatte niemand den Winzer wiedererkannt, er habe leider auf keine Ansprache reagiert, keinen Rat angenommen und erst recht keine Hilfe akzeptiert. Dann hatte es plötzlich geheißen, dass Templin hätte verkaufen müssen.

Am Nachmittag bezog sich der Himmel, aber die Wolken logen, es regnete irgendwo weit weg am Horizont. Mit dem Spritzen konnte gewartet werden, Hitze und Feuchtigkeit waren ideal für Sporen und Pilze. Kaum waren die Blätter der Weinstöcke getrocknet, rasten an solchen Tagen die Winzer auf ihren schmalen, gerade mal rebzeilenbreiten Schleppern los, hinter sich Wolken von Schwefel, Fungiziden und Bordelaiser Brühe auf den Blättern lassend.

Auf dem Parkplatz vor der Weinstube des Gutes Salwey in Oberrotweil parkte Henry neben einem silbernen Lancia, das I für Italien im Nummernschild und ein SI für Siena. Vor dem Eingang zur Weinstube stand ein Tisch mit Flaschen und Gläsern, ein Mann saß da und probierte, er beobachtete Henry aus zusammengekniffenen Augen. Er war im gleichen Alter wie Henry, war braun gebrannt, als käme er geradewegs vom Strand, der graue Wochenbart gab ihm ein distinguiertes Aussehen. Das Haar war ein wenig schütter und auch ziemlich grau. Er hatte seine kleine runde Brille vor sich auf dem Tisch liegen, daneben ein Büchlein. Die Hände des Fremden waren keinesfalls die eines Bauern, und für einen Weinhändler, der Kisten schleppte, waren sie nicht robust genug. Als Henry den zerbeulten silbernen Koffer unter dem Tisch entdeckte, wusste er Bescheid – ein Kollege – aus der Zunft der Fotografen. Dieser hier musste anders sein, denn seine Kollegen ließen sich höchst selten zum Probieren bewegen. Eigentlich betraten sie Weingüter nur auf der Suche nach Motiven oder der Szenerie, die sie im Kopf längst zusammengebastelt hatten.

Der Winzer sei noch unterwegs, erklärte die junge Frau in der Weinstube, Henry solle einstweilen mit dem Herrn da draußen die Weine probieren, später könne man zu dritt die Weinberge und das Weingut besichtigen. »Er spricht übrigens Deutsch!«

Fotografen konnten entsetzlich auf die Nerven gehen: Empfindlich wie Mimosen, von ihren Gefühlen getrieben, vom Licht angezogen wie die Motten, bestimmt von der Tageszeit, und alles und alle hatten sich ihnen unterzuordnen. Sie brauchten ihr Bild! Aber Henry hatte auch mit einigen zusammengearbeitet, die ihn das Hinschauen gelehrt hatten. Neugierig, welchen Vertreter der Spezies er vor sich hatte, trat er an den Tisch.

»Man hat mich zu Ihnen geschickt.« Henry wies mit dem Daumen zum Probierraum. »Sie hätten was Gutes im Glas.«

»O ja, das kann man so sagen«, antwortete der Fotograf und setzte die Brille auf. Die runden Gläser ließen ihn kauzig und intellektuell wirken. »Ich habe erst drei probiert, soweit ich das beurteilen kann, sind sie hervorragend.«

»Dann sind Sie vom Fach?«

Der Fotograf verstand die Frage richtig. »Meine Frau betreibt in der Toskana ein Weingut, und wenn der Gambero Rosso nicht spinnt, dann sind die Tre Bicchiere, die Drei Gläser, die Italiens wichtigster Weinführer vergibt, für ihren Chianti Classico zu Recht vergeben.« Der Fotograf schob Henry eine Visitenkarte zu.

Frank Gatow, Fotograf. Dann folgte eine Adresse in der Provinz Siena in der Gemeinde Brolio.

»Da haben Sie sich ja einen wunderschönen Platz ausgesucht«, bemerkte Henry anerkennend und dachte an seine schreckliche Wohnung in Barcelona. »Ihre Frau ist Italienerin?«

Frank Gatow nickte. »Wenn man schon miserabel bezahlt wird, muss wenigstens das Umfeld stimmen. Ach – das meinen Sie?« Der Fotograf war Henrys Blick zum Wagen gefolgt. Er lachte. »Ja, so reagieren alle. Das Auto gehört ihr, der Firmenwagen sozusagen. Sie kennen die Schnorrer, die immer nur Zigaretten der anderen rauchen, weil sie es sich angeblich abgewöhnen wollten? So ist es bei mir mit dem Autofahren. Ich will es mir abgewöhnen, deshalb fahre ich am liebsten fremde Autos. Aber das mit dem schönen Wohnen stimmt.«

»Winzer sind wirklich um die traumhaften Landschaften zu beneiden, um die wunderschönen Höfe, wie diesen hier …«

»Bei genauem Hinsehen relativieren die Kosten die Freude«, entgegnete der Fotograf. »Was glauben Sie, wie viel Geld der Erhalt eines Hauses aus dem sechzehnten Jahrhundert verschlingt, allein das Dach. Aber ich rede schon wieder wie die Deutschen. Bei euch geht's immer darum, was alles kostet. Hier müssen sogar die Kinder billig sein und das Toilettenpapier. Wo bleibt der Genuss? In Bezug aufs Wohnen haben Sie vollkommen recht. Die Abende mit meiner Tochter und meiner Frau auf der Loggia inmitten der Reben sind wundervoll, aber leider äußerst selten. Meistens arbeitet sie bis spät abends – und jeder glaubt, wir würden auf der Loggia leben …«

Henry kannte das. Isabella hatte nicht einmal an den Wochenenden Zeit. Er wandte sich um und betrachtete das Fachwerkgebäude neben dem Tor zur Straße. »Das mit den Deutschen sagen Sie, als gehörten Sie nicht mehr dazu. Ich empfinde es ähnlich. Haben wir bereits den berüchtigten Migrationshintergrund? Ich lebe in Spanien. Und Sie – Sie sind zu Besuch hier?«

»In gewisser Weise«, antwortete der Fotograf. »Einiges verbindet, anderes trennt mich fundamental, das geht mir in Italien ähnlich. In jedem Land muss man sich anpassen und wird angepasst, man muss sich integrieren und wird integriert. Man kann es anderen leicht und schwer machen, aber erst einmal liegt die Leistung bei mir. Soll ich bei uns im Dorf erwarten, dass die Leute mich verstehen, wenn ich mich nicht verständlich mache?«

»Die Dialektik der Integration?«

»Wenn Sie es so nennen wollen. Wir haben die Insel Lampedusa, und ihr habt eine Meerenge von Gibraltar. Damit gibt es Punkte, die uns verbinden, neuralgische Punkte.« Er lächelte Henry auffordernd zu, auch ihm etwas aus der Flasche einzugießen, die im Flaschenkühler steckte.

Ohne zu wissen, was es war, probierte Henry. Den Weißburgunder schmeckte er sofort heraus, aber der Wein war anders als die bisher probierten. Er war leicht und harmonisch, die duftigen Aromen hatten die richtige Intensität, am deutlichsten waren Zitrusfrüchte. Es war ein Großes Gewächs, die Spitze der Qualitätspyramide, ein wunderbarer Wein. Jetzt betrachtete Henry die nächste Flasche. »Kirchberg 2004« stand auf dem Etikett. Er probierte – und versuchte, seinen Eindruck nicht von seinem Gesicht ablesen zu lassen, aber es gelang ihm nicht. Orange, Mandarine, eine Spur nur war vom Ausbau im Barrique geblieben, eine Spur, gerade richtig. Das war wieder einer jener Weine, für den die Reise sich lohnte.

»Wer hat den deutschen Winzern beigebracht, so gute Sachen zu machen?«, fragte Frank Gatow und stellte das Glas zurück, dabei bemerkte Henry, dass er die Hand sehr ungelenk bewegte. »Hingabe ist eigentlich keine typisch deutsche Eigenschaft, und allein mit der hier so beliebten Professionalität schafft man das nicht.«

»Grandios, nicht wahr? Finde ich auch. Ja, in diesem Land haben sich einige bewegt, seit Fritz und Herrmann out sind und Adolf verboten ist.« Der Fotograf steckte die Nase tief ins Glas und hob den Kopf mit hochgezogenen Brauen, die Freude am Duft war ihm anzusehen. »So etwas geht bei uns nicht.«

»Dafür gibt's bei euch andere schöne Sachen …«

»Auch vom Fach?«, fragte der Fotograf, der ihn nicht aus den Augen ließ.

»Das kann man so sagen, Wein ist mein Beruf.«

»Aber nicht als Winzer. Sie schreiben darüber?«

»Sieht man mir das an?«

»Ich schon, ich war viel mit Schreibern unterwegs. Ihr seid euch alle irgendwie ähnlich, es ist dieselbe Gattung.«

Henry empfand es als kurios, dass sein Gegenüber ihn ähnlich betrachtete wie er ihn. »Sie *haben* zu tun gehabt? Ist das vorbei?«

»Den Fotoreporter geben jetzt andere. Heute mache ich nur noch mein eigenes Ding: Bildbände, auch Fotoreportagen, ein wenig Werbung, aber nur für Winzer, die ich gut leiden kann und die nicht vom Mainstream mitgerissen werden. Aufträge nehme ich nur an, wenn ich selbst gestalte. Alles andere langweilt mich.«

»Wenn man sich das leisten kann …«

»Die Zeiten, als ich im Auto schlief, weil ich mir nicht mal ein billiges Hotel leisten konnte, waren nicht die schlechtesten. Ansonsten helfe ich meiner Frau im Weingut oder begleite sie auf Reisen.«

»Jetzt sind Sie allein unterwegs?«

»Meine Frau ist zur Baden-Baden Wine Challenge eingeladen, als Jurorin. Sie hebt den Ausländeranteil. Ich bin nur der mitreisende Ehegatte. Morgen Abend geht's los. Ich nutze die Gelegenheit, ich arbeite an einem Buch über Menschen aus der Weinwelt.«

»Da werden Sie einiges vorgeführt bekommen.« Henry lachte. »Sie wissen, wer bei der Eröffnung redet?«

»O ja, der Oberguru Alan Amber, höchstpersönlich aus dem Götterhimmel herabgestiegen. Den Clown muss man gesehen haben, den König des Allgemeinplatzes. Gleichzeitig ist er ein Phänomen, ein Genie in der kreativen Kombination immer gleicher Begriffe. Untersuchen Sie mal seine Sprache. Ich werde ihn fotografieren. Sie sind auch dabei? Was halten Sie von ihm? Ist er ernst zu nehmen?«

Henry zögerte mit der Antwort; einem unaufmerksamen Beobachter wäre das sicher entgangen, aber dieser Gatow verstand es, genau hinzusehen. Sich herauszureden nutzte wenig.

Der Fotograf grinste. »Da sind wir ja einer Meinung. Ich liebe die Sage von Dädalus und Ikarus.«

Es ist selten, dass man ohne viele Worte und ohne sich lange zu kennen, einen gemeinsamen Code findet, mit dem man sich verständigt, dachte Henry. »Amber ist ein großer Bewunderer des deutschen Rieslings.«

»Es ist angesagt, ihn zu bewundern. Über Italiens Weine hat Amber sich auch ausgelassen, ich habe was von ihm über das Piemont gelesen, war gar nicht mal dumm, seine Bewertung der Baroli, über den Vino Nobile von Montepulciano und den Brunello von Montalcino kann ich mitreden.

Kein Wein unter fünfundachtzig Punkte, die schlechteren hat er wohl nicht erwähnt. Aber was mich stört – eigentlich habe ich gar nichts zu sagen –, ist Folgendes: Ein einzelner Mann macht sich auf den Weg, probiert, erzählt aller Welt davon, hat einen Sendungsauftrag, und der Kerl entscheidet über Weingüter, über Wohl und Wehe der Kellermeister und Önologen, der Besitzer und ihrer Familien, er macht Preise, stuft die Weingüter so ein, dass sogar die Banken und Investoren darauf abfahren. Na gut, wir haben noch so einen Guru in den USA, der in Bordeaux die Preise nach oben treibt, dass sich nur noch Finanzhaie und Russenmafia so etwas leisten können. Und alle Welt hält diese Bewertungen für das Nonplusultra und macht den Kotau. Wenn man seine Texte analysiert, bemerkt man den Schwindel.«

»Das sagen Sie als Fotograf?«

»Glauben Sie, wir könnten nicht lesen?« Gatow fühlte sich aber nicht persönlich angegriffen. »Ob Amber schwindelt, kann ich nicht beurteilen, aber andere nutzen ihn für ihren Schwindel. Da heißt es dann, dass der Vorjahreswein – leider ist er ausverkauft – fünfundneunzig Amber-Punkte bekommen hat. Der vom Nachbargrundstück habe weiß ich wie viel Punkte bekommen, dann jubiliert er, dass die letzte Ernte die beste war, die jemals eingefahren wurde. War die im Jahr zuvor dann schlecht?«

»Das Publikum entscheidet, wie stark der Beifall ist und wann es mit faulen Tomaten wirft.« Henry machte eine hilflose Geste.

»Ach, Herr … *scusi*, ich habe Sie gar nicht nach Ihrem Namen gefragt.«

Henry schob seinerseits die Visitenkarte über den Tisch, Frank Gatow betrachtete sie aufmerksam. »Also auch Freelancer? Dann sind auch Sie der Meinung, dass nur der harte, schwierige Weg zur Glückseligkeit führt? Sie leben in Barcelona? Ich dachte, Sie kämen aus Rheinhessen, dem Akzent, vielmehr Ihrem Tonfall nach.«

»Ich bin zwar in Ludwigshafen geboren, aber ich lebe seit fünf Jahren in Spanien, entweder bin ich in Barcelona, in La Rioja oder unterwegs im Landesinneren. Ich gebe einen Spanien-Newsletter heraus, VINOS IBERICOS.«

»Sicher interessant, aber bestimmt anstrengend. Barcelona ist eine tolle Stadt.«

»Irgendwann schaut man hinter die Kulissen. Der Smog ist mörderisch.«

Gatow kam auf Alan Amber zurück. »Viele vergessen, dass er in erster Linie für Engländer schreibt, und was die für einen Geschmack haben, sieht man an ihrer Kochkunst.«

»Jetzt sind Sie böse. Oder spricht da der von Italiens Küche Verwöhnte?«

»Waren Sie mal in England? Ich rede nicht von den Londoner Nobelrestaurants, die sind überall gleich. Ich rede von den Landgasthäusern, von einfachen Restaurants, die Briten lassen sich vieles vorsetzen.«

»Meinen Sie, es liegt am Wetter?«

»Die kaufen Paprika und Tomaten doch auch bei euch in Andalusien, mit Nährlösung in der Plastiktüte aufgewachsen ...«

Die beiden Männer prosteten sich zu, die Wellenlänge stimmte. Die Mitarbeiterin des Weingutes bot ihnen an, sich die Wartezeit mit einigen Grauburgundern zu vertreiben. Henry war einverstanden, aber Frank Gatow wurde unruhig, die Stunde des idealen Lichts rückte näher, wie Henry vermutete, und Gatow hatte kaum etwas zu sehen bekommen, weder die Weinberge noch die Keller, aber er willigte ein.

Die Grauburgunder stammten vom Henkenberg und vom Glottertaler Eichberg. Gneis, Löss und Vulkanfels, verwittert, mit Einschlüssen von Kalk bildeten die Grundlage. Die Weinstöcke standen auf Terrassen und wuchsen sowohl am Hang wie an Steillagen. Die Weine von beiden Einzellagen waren mit zwei Jahren eigentlich zu jung zum Trinken, nicht aber zum Probieren, wenn man ihre Entwicklung vorwegnahm. Nur – wie sollte man sich die vorstellen, wenn einem die Erfahrung und das Material zum Vergleich fehlte?

Gatow äußerte sich ähnlich, aber er war genauso von dem begeistert, was er probierte. Es fiel natürlich sofort auf, dass der Grauburgunder eine dichtere Farbe hatte als sein weißer Verwandter. Da war der Geschmack von Melone und grünem Apfel, im Eichberg meinte Henry ein Aroma aus der Urzeit wahrzunehmen, die Asche der Vulkane? Vom selben Berg stammte der »M«, der zu einem kleinen Anteil mit edelfaulen Trauben vergoren war und grandios wirkte – oder auch die Spätlese mit einer bewusst integrierten Überreife.

»Mir scheint, der Winzer versteht seinen Boden, seine Lagen, seine Reben, und er versteht es, daraus Wein zu machen.« Henry seufzte. »Ich fürchte, mir wird der Geschmack für die nächsten Tage verdorben. Derartige Weine werden sie uns in Baden-Baden kaum vorsetzen.«

»Das können Sie gemeinsam mit meiner Frau bejammern«, meinte Gatow. »Meine Frau ist selten zufrieden, mit ihren eigenen Weinen ist sie besonders kritisch. Hier wäre sie gern dabei.«

»Wieso haben Sie sie nicht mitgenommen?«

»Was Langweiligeres, als Fotografen bei der Arbeit zu begleiten, gibt es nicht. Wir sehen, beobachten, entwickeln ein Gefühl zum Bild – aber wir reden nicht. Sie werden es erleben, später, falls der Winzer noch kommt.« Der Fotograf schaute auf die Uhr, als das ältere Modell eines Geländewagens auf den Hof fuhr.

Sowohl Henry wie auch Frank Gatow hatten den seriösen freundlichen Herrn erwartet, dessen Foto in der Weinstube hing. Aber ein großer junger Mann kam auf sie zu, lockeres, dunkelblondes Haar, ein offenes Gesicht, schlaksig im Gang und freundlich, jemand, der wenig von einem Weinbauern an sich hatte, mehr von einem Künstler, vielleicht Bassist in einer Bluesband, vielleicht Poet?

Aber es war der Winzer. Der tödliche Autounfall des Vaters hatte ihn von heute auf morgen in diese Position geschleudert. Die Bürde, am berühmten Vater gemessen zu werden, musste gewaltig sein. Was dem jungen Mann die Arbeit sicher erleichterte, war der Umstand, dass er seit langem mit dem Vater zusammengearbeitet hatte, dass ihm der Weinbau Freude machte und er sich in Geisenheim am Rhein beim Studium des Weinbaus das theoretische Rüstzeug angeeignet hatte.

Als Erstes wurde der Wunsch des Fotografen erfüllt. Sie fuhren hinauf in die Weinberge, der junge Salwey erklärte ihnen die Lagen. Von oben und von der richtigen Position aus waren die Folgen der großräumigen Flurbereinigung aus den Sechzigerjahren am deutlichsten sichtbar. Wie Linien einer topografischen Karte zogen sich die Grenzen der Terrassen an den Hängen hinauf, gestaffelte Landzungen übereinander, unten eine riesige breite Fläche, oben drüber wurden die Terrassen schmaler. In der Ebene verliefen bis zu fünfzehn Rebzeilen oder mehr nebeneinander, weiter oben waren es dann nur noch fünf, dann vier und zuletzt zwei. Auf dem Grat zwischen Abhang und Feldweg blieb schließlich nur noch Platz für eine Zeile. Bei den Hanglagen, den Hügeln mit der geringsten Neigung, liefen die Rebzeilen entweder auf einer Höhenlinie parallel zum Hang oder von unten nach oben.

Der gesamte Kaiserstuhl wurde als Großlage »Vulkanfelsen« bezeichnet. Dann gab es die Einzellagen, wo sich Unterschiede im Boden, der Hangneigung und der Ausrichtung zur Sonne zeigten. Vier Einzellagen gehörten zu Oberrotweil. Da war der Käsleberg mit dem größten Flächenanteil, gefolgt vom Eichberg, dem Henkenberg und der kleinsten Lage, dem Kirchberg, mit nur sechs Hektar. Der Vulkanverwitterungsboden trat an vielen Stellen offen zutage, häufig lag eine dicke Lössschicht darauf. Auch Kalk war vorhanden, als sedimentierter Muschelkalk und als Gestein, das vulkanische Aktivität an die Oberfläche gebracht hatte.

Die Weine vom Löss aus Hang- und Flachlagen zeigten sich sortentypisch und fruchtbetont, auf ihrem Niveau hielten sie sich fünf bis sechs Jahre, Lössterrassen brachten anspruchsvollere Weine mit mehr Schmelz hervor, und sie blieben zehn Jahre auf hohem Niveau. Vulkanverwitterungsboden gab den Weinen einen mineralischen Charakter, wobei die vom Fels härter, staubig und langlebig und sehr interessant im Geschmack waren, die von der Vulkanasche eher weich und schmelzig ausfielen.

Henry glaubte, dass die Erklärungen den Fotografen langweilen würden, aber Gatow hörte hin, wohl nicht nur, weil er davon etwas verstand, sondern weil die Bodenbeschaffenheit in Struktur und Farbe sichtbar war. Löss zeigte sich glatt, hell, in Umbra und sandfarben. Der Vulkanboden war dunkler, ein blaues Grau, wie gebrannte Asche, die Wände mit weißen Kalkeinschlüssen, und Gesteinsbrocken waren anthrazitfarben. Die physische Beschaffenheit wirkte sich so extrem auf die Bearbeitung aus, wie Henry es von keinem spanischen Weinbaugebiet kannte. Weinberge mit weichem Lössboden konnten gepflügt werden, aber auf den Vulkanböden rissen die harten Brocken Scharten in die Pflüge. Auf Düngung verzichtete Salwey gänzlich, wegen der Trockenheit konnten die Weinstöcke in besonders heißen Jahren bewässert werden. Hier waren auf den felsigen Stellen im Boden schon mal siebzig Grad gemessen worden.

Die Hitze dieses glühenden Nachmittags machten weder Henry noch dem Fotografen etwas aus, jedoch machte ihm der Arm offensichtlich zu schaffen. Immer wieder fielen Henry die ungewöhnlichen Bewegungen auf. Noch scheute er sich, Gatow auf die Behinderung anzusprechen.

Der Tag klang aus, in den Weinbergen herrschte Stille,

und ein rötlicher Hauch legte sich auf das Rheintal und die Vogesen, die im üblichen Dunst verschwammen. Der Wind aus Süden roch nach warmer Erde. Still, ein jeder in seinen Gedanken, fuhren sie zurück zur Rotweinprobe.

Als Henry die Gärtanks aus Edelstahl sah, überschwemmte ihn die Erinnerung an das Telefonat, und die Angst um Isabella war wieder da. Den Tag über hatte er sie verdrängt. Er war müde, die Konzentration ließ nach, und das schlechte Gewissen, dass er sie alleinließ, kam wieder an die Oberfläche. Er wusste, dass auch er gemeint war, denn er hatte Feinde im Betrieb. Die Vernichtung von vierzigtausend Litern ihres besten Weins ging darüber hinaus, Sand ins Getriebe zu werfen. Diese Art Sabotage war schon keine Kriegserklärung mehr, das war Krieg.

Der junge Winzer kam mit Flaschen und Gläsern zurück und riss Henry aus dem Grübeln. Es war spät geworden, die Mitarbeiter hatten Feierabend. Man setzte sich an den Tisch im Probierraum unter das Foto vom Vater. Mit anderthalb Hektar hatte der Großvater begonnen, bei Übernahmen durch den Vater waren es zweieinhalb Hektar gewesen, jetzt trug der junge Winzer die Verantwortung für dreiundzwanzig – eine Bürde; hinzu kam der Ankauf von Trauben ausgesuchter Winzer für die Linie von Gutsweinen. Aber sie waren hier, um ausschließlich Salweys Rotweine kennenzulernen, die einfache Linie, die mit RS bezeichneten Reserve-Weine und die Großen Gewächse.

Alles, was Henry und Gatow im Weinberg erklärt bekommen hatten, fand sich in dem einen oder anderen Wein wieder. Je länger er gelagert war, desto mehr zeigte er sein Gesicht, desto ausgeprägter waren die Aromen, der Charakter, die Mineralität oder das Aschige vom Vulkan. Die Weine reichten von leicht und fein über eine natürliche Süße und eine dezente Säure hin zu wirklich wuchtigen Kreszenzen mit kräftigem Tannin. Das war Vulkan pur – mit den Rappen vergoren. Tief im Gewölbe des Barriquekellers ließen sie die Probe dann bei einer Fassprobe ausklingen. Sogar die unfertigen und in der Entwicklung befindlichen Weine ließen ahnen, dass die Zukunft gesichert war.

Frank Gatow ging zu seinem Lancia. »Kommen Sie mit zu uns, wir wohnen im Hotel ›Il Calice‹, meine Frau wird sich freuen. Die Küche ist ausgezeichnet, ein Sternekoch, halb badisch, halb italienisch. Ich sterbe vor Hunger. Und dann sind weitere Italiener angemeldet, Juroren wie Sie. Es kann ein netter Abend werden.«

Henry zögerte, er fürchtete sich vor der lauten Menge, aber wenn er jetzt zurück in sein Hotel fuhr, würde er duschen, sich hinlegen und heute nicht mehr aufstehen. Und das wäre schade. Also willigte er ein.

»Aber für eine Nacht das Hotel zu wechseln, lohnt sich nicht, vielleicht nach der Challenge, ich habe gerade erst mit meiner Recherche angefangen.«

Das traf sich für den Fotografen gut, auch er würde mindestens noch zwei Wochen bleiben. »Ein Bildband macht sich nicht auf die Schnelle. Hoffentlich hält das Wetter.«

»Wollen Sie hübsche kleine Dörfer fotografieren, die sich zwischen die Hügel ducken?«

»Mich erinnern die Berge mehr an Abraumhalden. Aber es gibt wunderschöne Ansichten hier und Ausblicke, wie heute Nachmittag. Es geht auch nicht nur um Wein, nicht nur ums Offensichtliche. Man muss nah rangehen, ganz dicht, und dann noch einen Schritt, dann sieht man erst, man muss sich auf die Menschen einlassen …«

Nur nicht zu dicht, dachte Henry, wenn man zu nah rankommt, kriegt man leicht was ab – und er dachte wieder an die verdorbenen Tanks und an Templin. »Und wer schreibt den Text zu Ihrem Buch?«

»Na – Sie vielleicht?«

»Ich bin zu weit weg von der Gegend, von den Leuten, von ihrem Wein, um das zu können.«

»Erst die Distanz schafft Nähe.«

»Sie stehen auf Dialektik?«

»Wenn man sich daran hält, kann man einiges damit anfangen – Süße und Säure im Wein scheinen sich zu widersprechen, doch erst aus dem Widerspruch entsteht der Genuss.«

Das kommt ganz auf die Härte des Widerspruchs an, dachte Henry und stieg in seinen Wagen.

6

Ein tiefer Schnitt

Im Gartenrestaurant des »Il Calice« an der Straße nach Schelingen war kein Platz mehr zu bekommen. Henry wartete an der Bar, trank einen doppelten Espresso gegen seine Müdigkeit und sah Kellner mit vollen Tabletts in den Garten eilen. Wie nach einer Schlacht kamen sie mit den abgegessenen Tellern zurück, mit halb vollen Gläsern und Brotresten in den Körben. Alles geschah im Laufschritt, und die Dame mit italienischem Akzent, dem Kommandoton nach die Besitzerin, wies Henry darauf hin, dass er im Weg stünde. Beim zweiten Anranzer wurde sie bereits ungehalten.

Noch aus einem anderen Grund fühlte Henry sich deplatziert: Das italienisch-folkloristische Getue, »*buona sera, Signora*«, und noch ein strahlendes »*come va*« an die fraternisierende Umarmung mit dem Küsschen angehängt, war zu dick aufgetragen, um ehrlich gemeint zu sein. Da war ihm das Kumpelhaft-Joviale der Spanier oder ihre vornehme Distanziertheit lieber – oder nur vertrauter? Wahrscheinlich ging ihm dieses Getue deshalb besonders auf den Nerv, weil er ein schlechtes Gewissen hatte, den freien Abend zu genießen, während Isabella sich mit Problemen herumschlug.

Henry suchte nach etwas Versöhnlichem und fand es in der modernen Einrichtung, weder italienischer Kitsch noch altdeutsch mit Herzchen in den Rückenlehnen der Stühle. Und auch die Terrasse mit bequemen Korbstühlen an runden Tischen, getrennt von Blumenkübeln, war geschmackvoll gestaltet.

Frank Gatow, im Gegensatz zu ihm frisch gewaschen und bester Laune, befreite Henry aus seiner misslichen Lage in der Nische, die Kaffeetasse in der Hand. »Sollen wir nicht doch fragen, ob ein Zimmer frei ist?«

»Für heute macht das wirklich wenig Sinn«, erklärte Henry, »und morgen sind wir in Baden-Baden. Besser nach der Challenge. Dann habe ich noch einige Winzer auf meiner Besuchsliste.«

Frank Gatow akzeptierte die Ausflucht, dabei war es offensichtlich, dass Henry sich hier nicht wohl oder gelitten fühlte. »Meine Frau fährt nach der Challenge zurück in die Toskana, das Weingut wartet, sie reist mit der Bahn, außerdem brauche ich den Wagen.« Er grinste, denn die Anspielung auf den Lancia war klar.

Die überdachte Terrasse hinter dem Hotel und die Tische im Garten unter den Tannen waren bis auf den letzten Platz besetzt. Für Henry bestätigte sich der Eindruck, dass dieses Restaurant der Treffpunkt der italienischen Community Freiburgs war. Die wenigen Badener jedoch standen in puncto Lautstärke und Lebhaftigkeit den Italienern nur wenig nach. An der Tafel unter der Rotbuche wogte die Unterhaltung am lautesten. Weinflaschen, jede Menge Gläser und Platten bedeckten den Tisch, und die Befürchtung war nicht weit hergeholt, dass jemand bei der, böse gesagt, mit theatralischen Gesten bestrittenen Unterhaltung das Geschirr vom Tisch fegen könnte.

Die Etikette war längst vom Tisch, dabei war das »Il Calice« im Vergleich mit den beliebten Straußenwirtschaften und Winzerstuben um einiges vornehmer. Henry schloss es aus den weißen Oberhemden der männlichen Gäste, die ihre Sakkos über die Lehnen gehängt und die Krawatten in den Rocktaschen hatten verschwinden lassen. Die Stimmen der Damen waren laut und schrill, was weniger an dem warmen und sternklaren Abend lag als am Zuspruch zu den Weinen.

Der Name des Restaurants behagte Henry so wenig wie die Gesellschaft. Il Calice – der Kelch. Welcher Kelch? Der, der an einem vorüberging, oder auch nicht? Da war ihm zu viel Pathos, zu viel Klerikales, belastet von der Geschichte, von der Suche nach dem Heiligen Gral, dem Abendmahl. Sicher dachte er nur Unsinn, seiner Müdigkeit geschuldet. Er kannte ein gleichnamiges Restaurant in Berlin; da war die Stimmung gut, das Essen bestens, die Weine ausgezeichnet, und die Kellner wurden nicht getrieben.

Frank Gatow trat an die Tafel unter dem Baum und beugte sich zu einer sehr gut aussehenden Dame mit einer lockigen schwarzen Mähne hinab, die ihm erfreut um den Hals fiel. Er legte ihr die Hände auf die Schultern, küsste sie und flüsterte mit ihr, schaute zu Henry und winkte ihn heran. Das konnte nur Signora Vanzetti sein. Es war ein Lichtblick, wenn ein Paar, verheiratet oder nicht, sich gut verstand und es auch zeigte. Die Gäste der Tafel schienen ausnahmslos Italiener zu sein, Frank Gatow begrüßte alle mit Handschlag oder mit Schulterklopfen.

Von Henry nahm niemand wirklich Notiz, lediglich mit Antonia Vanzetti wechselte er einige Worte auf Englisch. In Baden-Baden würde sich bestimmt Gelegenheit zu einem Gespräch ergeben, meinte sie und wies auf ein Paar, das ebenfalls zu den Juroren gehörte und hier Station machte. Der Weg aus Süditalien mit dem Auto sei weit gewesen, die Winzer hätten die restlichen hundert Kilometer bis nach Baden-Baden nicht geschafft und hier Station gemacht. Der Mann reichte Henry ein volles Glas, und man rückte zur Seite.

Eingekeilt zwischen zwei Italienern, die über seinen Kopf hinweg redeten, verstand Henry kaum ein Wort. Es gab zu viele laute Stimmen, als dass er sich bei seinem mangelhaften Italienisch zumindest einen Reim hätte darauf machen können. Einem Zweiergespräch hätte er eventuell folgen können, nicht aber dem Stimmengewirr der zehn Personen am Tisch, die gleichzeitig aßen, tranken und redeten.

Nach den heutigen Weinproben war Henrys Alkoholpegel sicher hoch, obwohl er beim Probieren alles ausspuckte. Trotzdem fühlte er sich in dieser Gruppe gut gelaunter Zecher, als hätte er den Tag über Pfefferminztee getrunken. Im Stimmengewirr fühlte er sich einsamer, als wenn er allein gewesen wäre. So lächelte er nichtssagend vor sich hin und stocherte in den Antipasti. Wenn ihn auch niemand ins Gespräch einbezog, so kamen doch von allen Seiten die Aufforderungen zum Trinken.

Henry hätte gern genauer gewusst, was man trank, doch ihm blieb nur der Blick auf die Etiketten und die Vorstellung, aus der Erinnerung gekramt, wie die Weine Kalabriens schmeckten. Das Winzerehepaar Valiano hatte sie mitgebracht. Tenuta Terre Nostra hieß ihre Kellerei, die Winzer saßen neben Antonia Vanzetti, man schien sich gut zu kennen. Die Frau strahlte Energie, aber auch Verschlossenheit aus, mit ihrem halb langen schwarzen Haar erinnerte sie an die Schauspielerin Anna Magnani. Ihrem Gatten war das Hilfe suchende und den Frauen die Knie weich werden lassende Lächeln von Doktor Schiwago ins Gesicht geschrieben. Henry spürte etwas wie Unlust, sich mit den beiden und ihren Weinen zu beschäftigen. Einen Grund dafür sah er nicht, aber wenn die Chemie zu gegensätzlich war, half auch keine Diplomatie, dann fiel ein Urteil ungerecht aus. Möglich, dass es dumm von ihm war, besonders als er bemerkte, wie angeregt Antonia Vanzetti und die Winzerin miteinander sprachen, und Antonia Vanzetti war alles andere als unsympathisch.

Frank Gatow ist zu beneiden, dachte er, und vermisste Isabella jetzt besonders. Er erinnerte sich an ihr Gesicht, ihre dunklen Augen, ihre raue, feste Stimme und ihren weichen Mund. Sie hätten jetzt einen Spaziergang gemacht …

Hatte Frank Gatow ausgeplaudert, dass er Journalist war?

Sofort entstand am Tisch eine Polarisierung. Er kannte diese Reaktion. Manch einer verschloss sich, andere breiteten ihr Leben vor ihm aus und erzählten ihm alles, was sie jemals von Wein gehört hatten. Das Winzerehepaar rückte interessiert näher, andere wiederum gingen auf Distanz. Als dann noch verlautete, dass er in Spanien lebte, stellte jemand aus der Runde die Behauptung auf, dass die Spanier noch zwanzig Jahre bräuchten, um auf italienisches Niveau zu kommen. Wollten sie sich streiten? Generell konnte Henry nur zustimmen. Die Vielfalt war größer, die Erfahrung reicher, die Eleganz ausgeprägter, die Klimazonen deutlicher, und in Italien stand ein breiteres Spektrum autochthoner Rebsorten zur Verfügung.

Nun gut, vom Schnuppern am Wein wurde man nicht betrunken, darauf konnte er sich einlassen. Oder sollte er sich vor dem Essen klammheimlich verdrücken? Aber die drei Gläser vor ihm nahmen ihm die Entscheidung ab. Wie gern hätte er jetzt einfach nur ein Gläschen getrunken und in die Landschaft geschaut, statt wieder etwas beurteilen zu müssen. Seine Meinung durfte er nur sagen, wenn der Wein gut war. Über schlechte Tropfen schwieg man besser.

Von undurchdringlichem Rot war der Wein aus der autochthonen Rebsorte Casavecchia, bei einer so hohen Konzentration von Aromen und Extrakt verblasste dagegen der Pallagrello Bianco mit seinem Duft exotischer Früchte. Nur gut, dass sie beim anstehenden Weinwettbewerb immer einen Flight von ähnlichen Weinen vorgesetzt bekamen, die sich selten gegenseitig behinderten oder sogar zerstörten. Ein guter Prüfer musste damit umgehen können.

Ein Aglianico durfte unter den Weinen nicht fehlen, nur war dieser zu jung und dadurch zu hart, er brauchte mindestens fünf Jahre, um milder zu werden, und würde dann immer noch hart sein. Dafür würden sie diesem Wein ein Leben von mindestens zwanzig Jahren geben. So lange ließ sich kaum ein anderer italienischer Wein lagern. Frank Gatow übersetzte seinen Kommentar, der den Machern nicht gefiel, ihr Lächeln blieb gezwungen. Henry hatte beschrieben, aber nicht gelobt. Oft empfand er die Winzer als quengelnde Kinder, die ständig Bestätigung suchten, und er grinste bei der Erinnerung an F. K. Waechters Zeichnung mit der Gans, die auf einem Hügel ihren Kopf in den Stiefel steckt und jammert, dass wieder kein Schwein guckt – dabei steht das Schwein bewundernd dabei und findet den Kopfstand toll. Waechter sollte statt der Gans einen Winzer oder eine Flasche in den Stiefel stecken.

Vor weiterer Aufmerksamkeit der Winzer rettete ihn die Frau, die ihn an der Bar herumkommandiert hatte. Die Besitzerin des Hotels zog einen widerstrebenden Koch zum Tisch, einen großen, blonden Bären, der mit Beifall und »Bravo«-Rufen empfangen wurde. Dann ließ ihn die Hotelbesitzerin die Gäste mit Handschlag begrüßen. Wie ein vorgeführtes Kind (Gib der Tante ein Küsschen!) quälte sich der Koch von Gast zu Gast, wurde gelobt und betatscht. Eigentlich waren die Köche die Selbstdarsteller, hier war es die Frau.

»Es ist ihr Mann, einen Stern hat er ihr erkocht!«, raunte ihm Gatow von der anderen Seite des Tisches zu. »Mal sehen, was sie auftischen.«

Es war eine Groteske, die Aufführung italienischer Lebensart, auf dieser Bühne unter der Rotbuche. Henry begriff nicht, woher dieses Gefühl kam, denn so fremd hatte er Italiener nie erlebt. Gatow zeigte sich ähnlich verständnislos, seine Frau hingegen genoss den Trubel.

Als der Koch der Winzerin die Hand gab, wich er ihrem Blick aus und bekam einen traurigen Zug um die Augen. Da erst bemerkte Henry die Schuppenflechte am Hals des Mannes, sie reichte bis hinter die Ohren. War seine Nervosität dem Jucken geschuldet? Der erkochte Stern jedenfalls machte ihn nicht glücklich. Dann wechselte er in fließendem Italienisch einige Worte mit dem Winzer.

Er spricht nicht mit dem Herzen, dachte Henry, als er einen Teller mit Tintenfisch in Mangold vorgesetzt bekam, aber er kocht mit dem Herzen. Auch die marinierte Lammkeule war ein Gedicht. Dazu passte der Wein aus Kalabrien, allerdings war es ein bedeutend älterer Jahrgang.

Die Ablehnung des zweiten Glases wurde als persönliche Ablehnung der anwesenden Winzer begriffen, Henry sah es ihnen an. Das Argument, dass er in der Dunkelheit den Kaiserstuhl auf schmalen Straßen durchqueren musste, ließ man nicht gelten. Polizei sei nicht mehr unterwegs und kaum noch ein Auto auf der Straße. So gut das Essen war, so unwohl fühlte sich Henry in dieser Gesellschaft. Er sehnte sich nach dem abschließenden Kaffee – dann wollte er aufbrechen. Zu seiner Erleichterung rückte Frank Gatow zu ihm.

»Wieso sprechen Sie fließend Italienisch? Ich habe Sie nicht ein einziges Mal zögern oder nach Worten suchen sehen.«

Der Fotograf seufzte. »Die Frage kommt immer. Entweder man ist ein Sprachgenie, was ich nicht bin, oder man ist zweisprachig aufgewachsen. Bei mir ist es anders gewesen. Als Junge habe ich in Turin gelebt, mein Vater hat bei einem deutschen Tochterunternehmen gearbeitet, und ich bin dort zur Schule gegangen, und nicht zur Deutschen Schule, dafür hatten meine Eltern kein Geld. Das war gut so, denn ich habe dadurch mehr als nur die Sprache gelernt. Na ja, und auf einer Reise vor einigen Jahren habe ich dann meine jetzige Frau getroffen. Meine Tochter versteht sich wunderbar mit ihr, aber Antonias Kinder verachten mich. Sie nennen mich Adolf, den Germanen.«

Gatow zuckte mit den Achseln, er wirkte nicht amüsiert. »Sie besuchen ihre Mutter nur, wenn ich unterwegs bin. Sie gestatten mir die Gegenfrage? Wie kommen Sie in Spanien mit der Sprache zurecht?«

»In Spanien sehr gut, aber ich lebe in Barcelona, in Katalonien, und da spricht man Catalán, verstehen Sie?

Catalán! Bei Zuwiderhandlung wird man auf unschöne Weise zurechtgewiesen. Die Katalanen haben den Stierkampf nicht verboten, weil sie das für Tierquälerei halten, sondern weil sie dem übrigen Spanien eins auswischen wollen. Mit Spanisch bin ich aufgewachsen.«

In kurzen Worten erzählte Henry seine Geschichte von seiner in Spanien geborenen Mutter und dem deutschen Vater. »Daher der Name Meyenbeeker. Von meiner Mutter allerdings, das mag pathetisch klingen, lernte ich die Sprache der Liebe und alles, was die schöne Seite des menschlichen Umgangs betrifft. Bei uns – sehen Sie, jetzt sage ich schon *bei uns*, da lieben die Mütter ihre Kinder und erziehen nicht ständig an ihnen herum. Kinder sind kein Projekt, Kinder sind ein Schatz, es gibt keinen größeren.«

»Das sehe ich auch so. Ihre Eltern leben noch?«

»Sie werden ein wenig wackelig, aber so ist das eben. Und Ihre Eltern?«

»Nicht unterzukriegen«, sagte der Fotograf mit sichtlicher Genugtuung. »Letzten Herbst waren sie bei uns und haben sich sofort in die Routine der Weinlese eingefügt. Meine Mutter spricht die Sprache nicht mehr gut, ihr fehlt die Übung. Sie übernahm das Kochen für die Lesehelfer und hat damit die Gaumen unserer Leute erobert.«

»Bei Italienern will das was heißen. Wenn die Basis stimmt, wenn die Leute sich mögen und respektieren, dann kriegen sie das hin«, sagte Henry und dachte plötzlich an den Sabotageakt. »Man braucht allerdings Führung und Vermittlung.«

»Hier hört man oft, dass man sich für ein Land entscheiden soll«, fuhr Gatow fort. »Ich finde, man soll sich zuerst für sich selbst entscheiden. Ob ich nun Deutscher bin oder Italiener – Europäer zu sein ist doch eine Option, meinen Sie nicht?«

Für Henry war diese Frage längst beantwortet. Anders sah er sich sowieso nicht.

»Aber in Bezug auf den Respekt stimme ich Ihnen zu«, fuhr der Fotograf fort. »Mit Antonias Kindern wird es nie was werden, es hängt nicht davon ab, wie gut ich Italienisch spreche. Beide sind total auf den Vater fixiert. Dummerweise sitzt der …« Frank Gatow brach mitten im Satz ab.

Henry horchte auf. Also hatten auch andere Familien jemanden aus dem Clan im Knast? Wo konnte man schließlich anders »sitzen« als hinter Gittern? Der Frage auf den Grund zu gehen verbot sich, aber er durfte sich Gedanken machen. Hatte Signore Vanzetti auf seinem Weingut gedreht, gepanscht, an der Steuer vorbei produziert, war ins Gefängnis gewandert, und seine unbescholtene Frau führte das Weingut indessen weiter? Keiner ist, was er scheint, der Satz ging Henry immer wieder durch den Kopf, und er warf einen skeptischen Blick hinüber zu Signora Vanzetti.

Aber in Frank Gatow täusche ich mich sicher nicht, dachte er, der Fotograf ist in Ordnung. Doch spielte man seine Rolle immer bewusst? Wann wird sie zur zweiten Natur? Er erinnerte sich an Jürgen Templin und den Fahrer, und er erzählte Gatow davon. Als er merkte, dass Signora Vanzetti zuhörte, wechselte er ins Englische. Ihr schien es durchaus möglich, dass der Winzer betrogen worden war. Auch die Winzer aus Kalabrien rückten näher, sie zeigten sich zum ersten Mal interessiert. Für die Frau war der Unfall schockierend, immer wieder fragte sie nach, und es entspann sich ein Gespräch darüber, wie sehr man auf den Partner angewiesen sei, in jedwedem Sinne.

Gatow schaute auf, eine Kellnerin stürmte schreiend auf die Terrasse, und es dauerte einen Moment, bis man ihr Stammeln verstand.

»Ein Arzt! Wir brauchen einen Arzt! Herr Brunner verblutet!« Außer sich kam sie an den Tisch mit der italienischen Gesellschaft, wo sich die Hotelchefin niedergelassen hatte.

»Er hat sich geschnitten, in die Hand, in die Finger, er verblutet, o Gott, überall ist Blut – in der Küche.«

Die Hotelchefin, Frau Brunner, sprang wütend auf und schüttelte ihren Kopf, als wolle sie das Gesagte nicht hören. Sie schimpfte laut auf Italienisch, Henry blickte Gatow an, der die Flüche sicher verstand, aber der starrte ihr nur schweigend hinterher.

Es fand sich tatsächlich ein Arzt. Er hatte Mühe, sich seinen Weg durch die Gäste zu bahnen. Die Stimme der Hotelchefin überschallte alles, jetzt gab sie Anweisungen ans Personal, die Gäste im Auge zu behalten, damit sich niemand im Gedränge, ohne zu zahlen, absetzte.

»Er verblutet – und seine Frau macht sich Sorgen um die Kasse?« Henry gefiel ihr Verhalten überhaupt nicht.

»Entweder ist sie kalt wie Eis, oder er schneidet sich häufiger«, meinte Gatow. Henrys Mitgefühl hielt sich in Grenzen. Dass mit dem Koch etwas nicht stimmte und es mit seiner Ehe nicht zum Besten stand, sah ein Blinder. Ach – was ging es ihn an!

Die Gäste kehrten zurück auf ihre Plätze, niemand prellte die Zeche. Ruhe kehrte erst ein, nachdem der Arzt mit dem Koch, bei dem er die Blutung gestillt und einen Notverband angelegt hatte, zum Krankenhaus gefahren war. Aber die Stimmung war hin, besonders als eine Kellnerin erzählte, wie schrecklich die Wunde sei und dass in der ganzen Küche überall das Blut auf die Fliesen gespritzt sei.

»Der Chef hat sich fast die ganze Hand abgeschnitten, mit dem Filetiermesser!«

Die Lust am Essen war vergangen, aber niemand war ungehalten, kein böses Wort fiel – nur Frau Brunner beschimpfte wütend die Kellnerin und kehrte nicht zum Tisch zurück.

»Kennen Sie die Wirtin?«, fragte Henry befremdet, was Gatow verneinte.

»Ein Kollege hat uns das ›Il Calice‹ empfohlen. Von der

Küche und der Weinkarte her soll es eines der besten Restaurants im Kaiserstuhl sein, aber anscheinend weniger von der menschlichen Komponente. Ab morgen wird es lustiger, dann amüsieren wir uns gemeinsam über Alan Amber. Meine Frau hält wenig von ihm. Wenn Sie ein Interview mit ihm führen, darf ich fotografieren?«

Statt beim Grappa wurde das Abkommen beim Kaffee besiegelt. Vor Henry lag eine Fahrt durch den nächtlichen Wald und die Serpentinen.

In aller Frühe brachte er seine restlichen Musterflaschen ins »Il Calice«. Gatow war längst unterwegs, um den Morgen zu nutzen. Er hatte den Lagerplatz für ihn arrangiert, die Weine blieben bis nach der Rückkehr von der Challenge im Weinkeller des Hotels. Gegen halb neun war Henry mit dem Einlagern fertig, Antonia Vanzetti frühstückte auf der Terrasse, und er setzte sich zu ihr.

Sie hatte ihr wildes Haar zurückgebunden, ihr Gesicht war offen, lebhaft, das Kinn energisch, ihre Augen waren ständig in Bewegung. Ihre Laune passte zu diesem strahlend blauen Morgen. Sie trug einen leichten sandfarbenen Pulli mit weitem Ausschnitt und eine beige, weit geschnittene Tuchhose. Freundlich, aber energisch bestellte sie für Henry ein zweites Frühstück. Die Art, in der sie es tat, zeigte ihm, dass sie es gewohnt war, Anweisungen zu geben. Dann begann er sie in seiner zielgerichteten Art auszufragen. Er fragte nach dem Weingut, dem Terroir, ihren Weinen, den Marktchancen und nach den Mitarbeitern. Sie schwärmte von ihrem Sangiovese und dem Verschnitt mit Merlot und Cabernet Sauvignon, von dem sie ihm einige Flaschen schicken würde.

»Besser, Sie besuchen uns mit Ihrer Frau, holen die Flaschen ab und bleiben eine Woche. Das wäre viel spannender, und an einer italienisch-spanischen Frauen-Wein-Liga mangelt es noch. Außerdem haben wir ein schönes Apartment für unsere Gäste.« Ihre gute Laune erklärte sie mit Blick auf das vor ihr liegende Smartphone. Sie habe heute Morgen per Telefon einen großen Auftrag erhalten.

»Und wie geht es dem Koch?«, fragte Henry. »Lebt er noch?«

»Es soll schlimmer sein, als das Theater gestern vermuten lässt. Er kam vorhin kurz vorbei, er trägt den Arm in einer …« Sie suchte nach dem passenden Wort für Schlinge und verwendete *noose* dafür, was Henry auflachen ließ.

Ein wenig beleidigt sah sie ihn an. »Was ist daran falsch?«

»Die *noose* wird einem um den Hals gelegt«, dass Henry dabei an die Ehefrau dachte, behielt er für sich. »Den Arm steckt man in eine *sling.*«

»Ich verstehe nicht, wieso seine Frau so wütend wurde. Niemand schneidet sich absichtlich die halbe Hand ab. Diese Schmerzen – Signore Brunner hat keinen Ton von sich gegeben. Haben Sie die Tränen in seinen Augen gesehen?«

Daran erinnerte sich Henry nicht, er hatte auf die Frau geachtet. »Krankfeiern will er bestimmt nicht, der wäre froh, wenn er sich in der Küche verstecken dürfte. Da wäre er vor seiner Frau sicher.«

»Sie sind böse«, sagte Antonia Vanzetti schmunzelnd.

»Er war gestern extrem nervös. Ist er immer so?«

»Das ist mir auch aufgefallen. Zuerst war er die Ruhe selbst. Doch vorgestern Abend hatte er Streit mit seiner Frau, sie ist schwierig, so herrisch, und gestern gab es Reibereien mit dem Personal. Das Messer war sozusagen der Höhepunkt.«

»Ist hier im Hotel irgendwas vorgefallen?«

»Auseinandersetzungen in der Ehe können einen fertigmachen, sie rauben einem den letzten Nerv. Waren Sie mal verheiratet?«

»Ja, und ich bin es wieder, so gut wie, ohne Trauschein. Ist er zufällig auch in Baden-Baden dabei?«

»Der Koch? Himmel, nein. Aber für Sie ist es sicher nicht der erste Weinwettbewerb?«

»Auf internationaler Ebene schon. In Spanien habe ich an nationalen Wettbewerben teilgenommen.« Die Sache mit der Goldenen Nase ließ er unerwähnt. »Wie ist es bei Ihnen?«

»Ich war vor zwei Jahren in Brüssel beim Concours Mondial dabei und davor bei der awc vienna, dem österreichischen Weinwettbewerb. Das ist mein Urlaub. Es waren interessante Leute aus vielen Ländern dort. Voraussetzung für die Zulassung als Juror ist der Nachweis einer amtlichen Verkosterprüfung nach dem österreichischen Gesetz oder eine gleichwertige sensorische Ausbildung. Ich habe Weinbau gelernt, an der Fakultät in Bologna. Sind die Voraussetzungen für Baden-Baden ähnlich?«

»Wir werden es erleben«, sagte Henry vieldeutig. »Es kommen mehr Leute aus Handel, Vertrieb und Publizistik. Vielleicht ist es hilfreich für Sie. Es kommt darauf an, wer den Wettbewerb veranstaltet und welche Ziele damit verfolgt werden. In Baden-Baden geht es mehr um Eigenwerbung für den Heckler-Verlag und ums Geld.«

»Wurde Alan Amber deshalb eingeladen?«

»Er ist das Zugpferd. Er garantiert die Aufmerksamkeit der Presse. Sein amerikanischer Freund ist zwar bekannter, aber Amber ist Europäer, damit ist er uns näher, auch wenn er ähnliche Maßstäbe anlegt.«

»Woher wissen Sie das?« Signora Vanzetti schien ehrlich gespannt.

»Das ist ganz einfach.« Henry erklärte ihr seine Arbeit. »Statt Punkte zu vergeben, auch keine zwanzig, wie bei einigen britischen Verkostern, reichen mir sechs Kategorien, von sehr gut bis ungenügend. Und ich fordere meine Leser auf, meist Weinhändler, Proben anzufordern und sich selbst ein Urteil zu bilden und meines zu prüfen. Alan Amber kauft angeblich Wein in aller Welt, oder die Winzer schicken ihm ihre Flaschen, weil sie mit seinen Punkten besser und teurer zu verkaufen sind. Das ist bei Ihrem Gambero Rosso doch ähnlich. Drei Gläser – da darf man auch fünfundzwanzig Euro oder mehr pro Flasche nehmen.«

Signora Vanzetti stimmte ihm zu. »Ich habe gehört, dass inzwischen Sohn Albert das Erbe angetreten haben soll. Da muss nicht einmal der Name seines Magazins geändert werden, Triple A bleibt uns erhalten. Aber Ambers Sohn soll vom Business weit mehr verstehen als vom Wein, was man vom Vater nicht sagen kann.«

»Das sehe ich anders. Amber soll früher gerne probiert haben, inzwischen ist es nur noch Geschäft. Man weiß nicht, wie es wirklich angefangen hat und was er zur Legendenbildung beigetragen hat. Heute muss er nach eigenem Bekunden hundertfünfzig Weine am Tag begutachten.« Henry schüttelte angewidert den Kopf. »Eine bessere Methode, sich den Wein abzugewöhnen, gibt es nicht. Und kauft er diese Flaschen täglich? Wie bezahlt er das? So viel Geld kann er mit seinem Magazin nicht verdienen. Ich mache es anders. Ich liebe das Reisen, die Besuche, die Proben und die Fachgespräche, ich tauche in Spaniens lange und wechselvolle Geschichte ein, in die Geschichte alter Familien und sammle Material über Menschen, über ihre Irrungen und Wege, über falsche und richtige Entscheidungen. Ich nehme teil, ich werde ein Teil des Ganzen – aber soll ich den Winzern Punkte geben für ihr Leben, für die Art, wie sie ihre Ehe führen oder ihre Kinder erziehen?«

»Wer weiß, vielleicht steckt man uns in Baden-Baden einen Button an, mit Amber-Punkten drauf, damit jeder weiß, was wir als Juroren wert sind?«

»Auf dieselbe Idee ist neulich ein befreundeter Weinhändler gekommen. Es ist keine schlechte Idee, Signora, ich werde das Herrn Heckler vorschlagen, wenn ich ihn treffe. Aber die Punkte kriegen wir erst hinterher, wenn der Verlag ausgewertet hat, ob wir richtig bewertet haben.«

»Das tut er?«

»Das wussten Sie nicht? Alle Ergebnisse werden genau

dokumentiert, kein Fragebogen geht verloren. Hinterher lässt sich feststellen, welche Punktzahl Sie dem Siegerwein der Gruppe zwischen zehn und zwanzig Euro gegeben haben.«

»Das ist ja schrecklich.« Antonia Vanzetti war ehrlich empört.

»Ich finde das richtig. Nur so vermeidet man …« Jetzt fehlte Henry das englische Wort für »Schmu«. Für »Schiebung« fand er auch nichts, *fraud*, Betrug, war zu hart, aber das Naheliegende kam ihm zuletzt in den Sinn. Es war in beiden Sprachen identisch: »Humbug«! Nur verstand Antonia Vanzetti das nicht.

Als die Valianos auf die Terrasse zum Frühstück traten und auf ihren Tisch zusteuerten, war Henry überflüssig. Den beiden würde er in Baden-Baden noch häufig über den Weg laufen. Er verabschiedete sich von Signora Vanzetti.

»Ich bin gleich in Ihringen mit Ihrem Mann verabredet. Ansonsten sehen wir uns beim Empfang in Baden-Baden.«

Signora Vanzetti konnte Henrys Verhalten durchaus einordnen. »Wissen Sie, worauf ich mich besonders freue? Aufs Pferderennen am Wochenende. Hoffentlich haben wir Gelegenheit dazu, im Programm war es angekündigt. Pferde sind so schön, und ich wette für mein Leben gern«, sagte sie nach kurzem Zögern.

»Dann geben Sie mal gut auf Ihr Weingut Acht. Das Hotel soll nicht weit von der Spielbank entfernt sein. Wir wollen nicht hoffen, dass Ihr armer Fotograf Sie am Ende ernähren muss. Von Fotobüchern lassen sich keine Schlösser bauen, höchstens Luftschlösser …«

Signora Vanzetti wusste es zu nehmen.

Das Weingut Dr. Heger in Ihringen aufzusuchen war ein Muss. Es galt als eines der besten im Kaiserstuhl, wenn es nicht zu den besten im Lande gehörte. Aber was war schon das Beste? Das Beste gab es in Henrys Augen sowieso nicht, es gab viele sehr gute. Er hatte nie zuvor einen Wein von Heger probiert. Als er noch für Wein & Terroir geschrieben hatte, war er fast nur im Ausland unterwegs gewesen und hatte deutsche Weine links liegen lassen. Diese Sünde rächte sich jetzt. Er kannte mexikanischen Wein, den brasilianischen fand er langweilig und viel zu teuer, die Chilenen verstanden was vom Geschäft. Er hatte mit Isabella zusammen ihren Onkel besucht, der als Zwanzigjähriger vor seinem Vater nach Chile geflohen war und unter höchsten Entbehrungen in der Maule-Region, zweihundert Kilometer südlich von Santiago, ein Weingut aufgebaut hatte. Ab und zu hatte Isabellas Vater dem Bruder heimlich Geld geschickt. Aber wozu Weine, die es in jeder Art, in jeder Qualität und Preislage auch in Europa gab, mit dreckigstem Öl im Schiffskessel über die Weltmeere schippern? Globalisierung half nur den ohnehin Mächtigen, alle anderen verloren.

Ein Shiraz vom Weingut Hope aus Australien, The Ripper, sicher! Etwas Gleichwertiges wie den Top-Malbec aus der argentinischen Andenprovinz Mendoza gab es in Europa nicht. Und ein schöner Pinotage vom Cap aus Südafrika war allemal sein Geld wert – aber von normalen Menschen kaum bezahlbar. Dreißig Euro für eine Flasche Wein war eine stattliche Summe. Alles andere bekam man hier. Vor allem die wunderbaren Kaiserstühler Burgunder.

Für zehn Uhr war Henry mit Joachim Heger verabredet, Winzer und Unternehmer. Ohne zu fragen hatte er Gatow zu dem Interview eingeladen. Die Art, wie er seine Arbeit bei Salwey gemacht hatte, war unauffällig und leise gewesen, und er wusste Fragen zu stellen. Wahrscheinlich würden sie gleich in den Weinberg fahren, um sich einen Überblick zu verschaffen. Aber um zehn Uhr war hier das Licht bereits zu hart, zu weiß, es nahm allem die Farbe und die Schatten.

Nach Ihringen brauchte Henry nicht einmal eine halbe Stunde. Erschrocken stellte er fest, dass er auf den schmalen Landstraßen nach zwei Tagen genauso raste wie die Einheimischen, die ihn in ihren Kleinwagen gnadenlos überholten. Hatte Templins Frau auch zu diesen Rasern gehört? Als Henry sich vorstellte, dass plötzlich hinter einer Kurve ein Traktor aus einem der Feldwege biegen konnte, nahm er den Fuß vom Gas. Templins Behauptung, dass da jemand Fahrerflucht begangen hatte, empfand er auf einmal als gar nicht mehr abwegig. Man müsste erfragen, wer in der Nähe der Unfallstelle Land bestellt hatte und zur fraglichen Zeit unterwegs war, da ließ sich der Kreis der Verdächtigen eingrenzen. Und wer aus seiner Arbeit an jenem Tag ein Geheimnis machte, war verdächtig. Dann hieß es graben, konfrontieren, provozieren …

Das kleine Ihringen kam ihm als Großstädter bereits bei der zweiten Durchfahrt vertraut vor. Am Ende der Wasenweiler Straße bog er rechts in die Bachstraße ab, links ging es zum Weingut Pix, einem Biowinzer und erklärtem Grünen der ersten Stunde. Er fuhr wieder bei Stigler vorbei, warf einen Blick durch das offene Tor in den Hof und entdeckte sein Ziel etwas weiter auf der rechten Seite. Den Parkplatz fand er vor der Kirche. Da stand auch der silberne Lancia.

Der Fotograf stand in Hegers Weinstube vor einem bis an die Decke reichenden Holzregal. In den Fächern befanden sich Flaschen der verschiedenen Weinlinien. Die Paradeweine liefen natürlich unter dem Namen »Dr. Heger«, nach dem Großvater und Gründer des Weinguts, der Landarzt war. Aber auch unter ihnen gab es Unterteilungen nach Lagen, der Ihringer Winklerberg und der Achkarrer Schlossberg standen an der Spitze. Beide Lagen brachten bei den drei Burgunderreben die besten Ergebnisse. Die zweite Linie hieß »Weinhaus Joachim Heger«. Ein Preisgefälle gab es allemal, ob es auch ein Qualitätsgefälle gab? Wenn der Preis etwas mit dem Wert zu tun hatte, also mit der Erntemenge und der investierten Arbeit, der Lagerzeit – ein Barrique kostete an die tausend Euro –, dann sicherlich. Bei einem renommierten Weingut sollte man davon ausgehen. Gatow war der gleichen Ansicht. Als sie die Preisliste vor Augen hatten, fand Henry sein Urteil bestätigt.

»Wie viele verschiedene Weine bietet Ihre Frau auf Ihrem Weingut an?«, fragte er den Fotografen.

Der rechnete kurz nach. »Es sind fünf Rotweine und zwei Weißweine, dann kommen noch die älteren Jahrgänge hinzu, aber mehr als fünfzehn sind es nicht, da ist der Vin Santo schon mitgezählt.«

»In Spanien ist das ähnlich, drei oder vier rote und zwei weiße Rebsorten und fertig. Haben Sie eine Erklärung, warum die Winzer hier schon mehr Rebsorten verwenden, als Sie in der Toskana überhaupt Weine haben? Die verzetteln sich. Meinen sie etwa, dass sie für jeden Wunsch den passenden Wein brauchen?«

»Frag mich das nicht«, sagte Frank Gatow, »frag den Winzer.« Zum Du überzugehen war eine Selbstverständlichkeit. Sie setzten sich und tranken Kaffee, was vor der Probe eigentlich verpönt war, Kaffee veränderte die Geschmackswahrnehmung.

»Weißt du, wie es zu dem Namen ›Kaiserstuhl‹ gekommen ist?«, fragte Gatow. »Diese Hügel, Berge will ich sie nicht nennen, haben die Form eines Sessels. Im Osten ist die Lehne, und nach Westen, dem Rhein zu, streckt man die Beine aus.«

»Dazu müsste man ein Riese sein. Es gibt einen ganz konkreten historischen Bezug.« Henry hatte sich vor der Reise informiert. »Im Jahr 994 hat Otto III. in Leiselheim bei Sasbach Gericht abgehalten. Deshalb hießen diese Höhenzüge zuerst Königsstuhl. Als Otto dann Deutscher Kaiser wurde, hat man auch seinen Stuhl zum Kaiser gemacht. Hier haben sich Staufer um die Macht geprügelt, später hetzten die Grafen von Freiburg und die Pfalzgrafen von Tübingen ihre Männer aufeinander. Und die weltlichen Herrscher haben ihre Soldaten immer auf die der Äbte und Bischöfe von Straßburg und Basel losgelassen. Später fiel die Region Österreich in die

Hände. Die Franzosen haben auch mitgeschossen, Breisach wurde sogar im letzten Krieg noch bombardiert.«

»Egal, was es gibt, wir müssen uns drum prügeln.«

»Nur die Waffen sind unterschiedlich«, sagte Henry mit einem resignierenden Unterton.

»Klar, irgendwann musste die Anspielung auf italienische Verhältnisse kommen. Wir – oder die – machen es jedenfalls anders als ihr – oder die hier. Es hängt davon ab, auf wessen Seite man sich schlägt. Mit den Italienern kommt man gut aus, zumindest mit der einen Hälfte. Die andere Hälfte kann man vergessen, egal, wo man sich aufhält. Das wird in Spanien nicht anders sein ...«

»Wenn es mal die Hälfte wäre ...«

Ihr neuerliches Geplänkel wurde vom Erscheinen des Winzers unterbrochen. Henrys Beobachtung, dass die sogenannten erfolgreichen Winzer in ihre Weine vernarrt waren, dass sie gern wieder probierten, was sie bestimmt hundert Mal gemacht hatten, und meistens auch guter Laune waren, wurde wieder einmal bestätigt. Joachim Heger, klein und füllig, war ein freundlicher und energischer Mensch. Er führte das Weingut in der dritten Generation. Ein Leben als Journalist und die Erfahrung ließen Henry vieles erspüren, was sich anderen auch intellektuell verschloss. Es gab Weingüter, wo er auf dem Absatz kehrtgemacht hatte, bei anderen probierte er höflich, blieb distanziert, und auf anderen wieder fühlte er sich sofort dazugehörig. Er hatte die Reise nach Deutschland mit Vorbehalten angetreten, er war auf Unfreundlichkeit, Besserwisserei und Aggressivität gefasst und darauf, zurechtgewiesen zu werden. Aber die Kaiserstühler schienen ihm ein besonderer Menschenschlag zu sein. Alemannen eben und keine Germanen. Joachim Heger gehörte mitnichten zu den Zerrissenen.

Früher, so sagte er, empfand er Ihringen als klein und provinziell, heute freute er sich, wenn er nach einer Reise den Kirchturm erblickte. Er war Ihringer und genau da, wo er sein wollte. Henry verstand es in jedwedem Sinne, beruflich, physisch und wohl auch spirituell. Das Terroir formte sowohl den Wein wie den Menschen. Dem einen entsprach es, andere stieß es ab. Und trotzdem folgte Heger einer internationalen Orientierung, der sich alle deutschen Winzer seit Beginn der Neunzigerjahre stellen mussten – hin zum Inhalt, zur physischen Reife der Trauben und weg von der Fixierung auf Öchslegrade und Zuckergehalt.

Von seinem Terroir war Heger begeistert, er beschrieb es als außergewöhnlich, was sicher richtig war, wo gab es schon Vulkanböden im deutschen Weinbau? Es gab Löss, Gneis und Schiefer, Mischformen und tonigen Lehm, Kalk und so weiter. Und dann begann die Kunst, Reife mit dem richtigen Maß an Alkohol zu kombinieren und ausbalancierte, mineralische Weine zu machen, die weiterhin das Terroir zum Ausdruck brachten, die Lage, das Mikroklima, den Boden und die Rebsorte. Es waren Weine mit Eigenheiten, die sie von anderen unterschieden. Es war eine lösbare Aufgabe.

Das konnten hohle Phrasen sein, Henry hatte sie oft gehört, sie waren leicht gesagt, und er war gespannt, wie Heger sie einlösen würde.

Der Vorschlag, zum Ihringer Winklerberg zu fahren, wo alles begonnen hatte, schmeckte Henry sehr, und zu dritt verließen sie Ihringen in Richtung Breisach. Keine fünf Minuten später stiegen sie am Fuß des Winklerbergs aus. Es war ein gewaltiger, steiler Berg mit einem Weinhäuschen am Hang.

Henry würde ihn unter Hunderten von Weinbergen wiedererkennen. Jede Weinbauregion hatte ihre landschaftlichen Besonderheiten, ihre Silhouette, er sah die Sierra de Cantabria in La Rioja vor sich, an deren Abhang sein Leben eine Wendung genommen hatte. Auch dieser Berg zeigte Eigenheiten, die durchaus zu einem Drama passten. Dieser Berg war kein Alpenmassiv, wie das italienische Valtellina, das Gatow zu dem Anblick einfiel. Ein Vulkan sah anders aus, wenn er an den Osorno in Chile dachte. Er war spitz. Hier hingegen liefen die Rebzeilen geradewegs von unten nach oben, dazu musste ein Berg nach außen gewölbt sein. Da gab es auch weniger Schatten, die Weinstöcke dankten es.

Sie stiegen in der Hitze bergan, nach wenigen Schritten wischte er sich mit dem Ärmel den Schweiß von der Stirn, die Sonne stand noch schräg, trotzdem war der schwarze Lavastein bereits heiß, und die in den Reiseführern vielfach erwähnten Kakteen gab es tatsächlich, die Eidechsen auch.

Alles hatte Heger gepflanzt, alle gängigen Rebsorten, vom Silvaner über Gewürztraminer bis zum Riesling. Der Achkarrer Schlossberg, den sie danach aufsuchten, war zum Teil bewaldet, Weinstöcke waren fast bis zum Gipfel gesetzt. Einzelne Flurstücke mit unterschiedlicher Ausrichtung der Rebzeilen und dichter gepflanzten Weinstöcken gaben der Landschaft eine Struktur, graphische Linien, es war eine geschaffene Landschaft – ökonomisiert nannte sie Frank, »dem Geld unterworfen«. Henry verstand, was er meinte. Konnte er sich auf ihn verlassen? Vielleicht bei einem gemeinsamen Buch? Reichte sein Durchhaltevermögen?

Aus den Augenwinkeln beobachtete Henry den Fotografen. Er skizzierte die jeweilige Lage und zu welcher Zeit er von wo aus fotografieren müsste, den Stand der Sonne berücksichtigend. Jetzt brannte sie von oben. Ihm fehlte der Hut. Der lag zu Hause.

Die Sonne stand senkrecht, es war längst Zeit für die Proben. Am Abend mussten sie in Baden-Baden sein. Henrys Koffer lag gepackt im Wagen.

Vom Muskateller, den sie zuerst probierten, ließ sich nicht auf die allgemeine Linie des Weingutes schließen, die Rebsorte war zu eigenartig, zu vielseitig in den Aromen, üppig, aber nicht parfümiert und gleichzeitig schlank. Ob der Wein besser oder schlechter als andere war, konnte er nicht sagen. Henry fehlte der Vergleich, aber der Muskateller gefiel ihm, hatte Tiefe, war ernsthaft, was wohl nur ihm etwas sagte. An den nächsten Weinen merkte er, dass er bereits beim ersten den Stil des Hauses erkannt hatte: ernsthaft und tiefgründig – so empfand er Hegers Weine generell.

Eine zwei Jahre alte Spätlese eines Spätburgunders begeisterte ihn, sie war im großen Holzfass vergoren, was dem Wein mehr Fülle gab, aber die Aromen von frisch gemähtem Heu und Melone nicht zudeckte. Auch das Steinig-Salzige, als Mineralität wahrgenommen, erkannte Henry wieder. Der Weißburgunder danach war ihm zu stark im Holz, und er spürte etwas Brandiges auf der Zunge. Der sich daran anschließende Grauburgunder, ein Großes Gewächs, war jedoch von einer derartigen Fülle, die ihn als Weißwein sogar als Begleiter eines Hauptgerichts mit Rindfleisch geeignet erscheinen ließ.

Die eher zarten und milden Silvaner standen nicht auf Henrys Programm, aber seine Neugier traf sich mit dem Wunsch des Winzers. Die herausragende Qualität der Weine machte das Probieren leicht. Seine Begeisterung aber gehörte mehr den Burgundern. Die kamen nicht wuchtig daher wie viele Spanier, überschwemmten den Gaumen nicht mit Aromen, sie waren leise, diskret – und überzeugend gehaltvoll. Man brauchte Zeit für sie wie für ein gutes Buch, ein faszinierendes Bild, ein wundervolles Konzert.

In dieses Ensemble passten auch die Grauburgunder vom Winklerberg, die man ihm und Frank einschenkte, der kommentarlos alles notierte. Seine Bewertungen behielt er für sich – auch als sie zu den Großen Gewächsen des Spätburgunders kamen. Aber das verstand Henry gut, diese Weine lebten noch von der Vorstellung, wie sie eines Tages sein könnten.

Bei dem Duft des Weins erwartete Henry einen ganz anderen Geschmack, als er den Geschmack spürte, war er überrascht. Alle wichtigen und typischen Fruchtaromen waren da, aber noch nicht in der Fülle. Johannisbeere, Pflaume, Kirsche, etwas Rauch ließ sich ahnen und eine exotische Gewürzmischung. Der Duft würde sich noch wandeln.

Henrys Gedanken schweiften ab, als der Winzer meinte,

dass ein Wein so groß sei, wie lange man über ihn spräche. Genau das mache ich zum Thema meines Buches, dachte er, ich werde es »Zeit und Wein« nennen, und es wird von den Menschen handeln und von der Zeit, die sie brauchen, um ihn zu begreifen, ihn zu machen und dann zu warten …

»*Porca mis* …!« Frank sprang auf und hielt Henry die Uhr vors Gesicht. »Die Zeit rennt – wir müssen los …«

7

Gelbe Rosen

»Da ist ja unsere Goldnase! Und – hatten Sie eine gute Reise?«

Der Kettenhund kläffte ihn an, Heckler hatte ihn vor der Hütte angeleint, er stand am Fuß der Treppe im Foyer des Hotels. Henry lief ihm in die Arme, als er aus dem Fahrstuhl trat. Koch gehörte zum Komitee, das die Juroren begrüßte.

»Ich habe mich schon in Spanien darauf gefreut.«

»Und ich erst«, entgegnete Henry. »Jetzt als Security tätig? Das ist bestimmt eine Herausforderung für einen Mann von Ihrem Format!«

Ein fremder Herr schob sich an Henry vorbei, blieb stehen, zog die Plastikkarte für sein Zimmer aus der Brusttasche und hielt sie Koch hin. Der machte eine wegwerfende Handbewegung, die der Gast nicht verstand. Koch hob den Kopf, seine Augen wurden dunkler, sein ohnehin schmales Gesicht noch kantiger. Er suchte nach Worten.

Henry grinste schadenfroh. »Der neue Job steht Ihnen. Jeder sieht gleich, wer wohin gehört, jeder auf seinem Posten. Wir sollten uns in Zukunft aus dem Weg gehen, Herr Koch.«

Wer ihn so anging, musste mit einer Reaktion rechnen, auch wenn man sich einen Feind fürs Leben schuf. Henry wandte sich der Rezeption zu. Koch hatte nicht mehr gekontert, also war er ihm die Retourkutsche schuldig. Wenn einem die Worte fehlten, musste man aufgeben oder handgreiflich werden. Henry würde sich in Acht nehmen müssen, Koch konnte ihm schaden. Als Angehöriger des Verlags hatte er viele Möglichkeiten. Henrys Bewertungsbögen nachträglich in einem für ihn ungünstigen Sinne zu manipulieren war nur eine davon. Es fing nicht gut an, es war nur gut, dass er nicht darauf angewiesen war, wieder eingeladen zu werden. Doch Koch konnte auch andere treffen, zum Beispiel Lagar. Die Kooperative war klein und verletzlich, brauchte eine gute Presse. Peñasco war zu groß, zu mächtig, aber auch dort konnte Koch langfristig Schaden anrichten und Rufmord betreiben. Henry kannte das Spiel. Koch war kein Dummkopf, er war mehr ein Opfer seiner selbst. Er war verbissen. Henry hatte nicht den Eindruck, dass ihm irgendetwas Freude machte. Die Auseinandersetzung war Kinderkram, er sollte irgendeine Art von Modus Vivendi finden.

Aber als wenn ihn der Teufel ritte, hielt er Koch die Zimmerkarte hin, als er mit seinem Koffer zu den Aufzügen im ersten Stock hinaufging. Die Dame hinter ihm tat das Gleiche, was Koch dazu veranlasste, sich als Vertreter des Verlags vorzustellen. Es hörte sich wie eine Entschuldigung an.

Das Zimmer war geräumig, für zwei Personen ausgelegt, die Aussicht ging hinaus auf den gepflegten Park mit dem kanalisierten Flüsschen Oos dahinter. Baden-Baden schien Henry sowieso kanalisiert, der Eindruck hatte sich ihm bereits im endlosen Tunnel aufgedrängt, der vom Autobahnzubringer ins Stadtzentrum führte. Das Bad seines Zimmers war modern, die Schränke rochen angenehm nach Lavendel, und auf dem Bett lag ein freundliches Begrüßungsschreiben der Baden-Baden Wine Challenge mit dem Programm des heutigen Abends sowie einem Gutschein fürs Abendessen im Hotelrestaurant.

Wie immer räumte Henry nach dem Rundblick durchs Zimmer seinen Koffer aus, deponierte seine Arbeitsunterlagen auf dem Schreibtisch neben dem Laptop und verteilte seine Toilettenartikel im Bad, um den neuen Standort zu besetzen. Dann stellte er alle elektrischen Geräte mit Standby-Lämpchen ab und zog den Stecker des TV-Gerätes, das die halbe Wand gegenüber vom Bett einnahm, da es sich nicht ausschalten ließ. Auf das nächtliche Gemetzel im deutschen Fernsehen konnte er verzichten. Jetzt hatte er eine Steckdose frei, um sein Mobiltelefon aufzuladen. Er hatte noch nicht mit Isabella darüber gesprochen, was sie wegen der Sabotage unternommen hatte. Oder sollte er Sebastián anrufen? Nein, der würde ihn lieber beruhigen, statt zu berichten, was geschehen war.

Unter der Dusche entschied sich Henry für einen Anruf bei Salgado. Der Capitán war am wenigsten persönlich beteiligt. Henry hatte Glück, er war gerade zu Hause eingetroffen, das Läuten holte ihn aus der Küche.

»Was gibt es?«, wollte Henry wissen.

»Zu essen oder in Sachen Lauge? Wir wissen noch nichts«, erklärte Salgado, im Hintergrund schepperte Porzellan, »aber wir ermitteln.«

»Das kann dauern«, mahnte Henry an, »besonders weil es in Zeiten des Internets wenig Sinn ergibt, die Läden in Logroño nach demjenigen abzuklappern, der die Chlorbleichlauge gekauft hat.«

Der Capitán sah das ähnlich. »An der Costa del Sol gibt es Tausende von Schwimmbädern und Hunderte von Geschäften, wo man die gesamte Ausrüstung dafür bekommt. Dieser Richtung folgt die Polizei. Ich verstehe es nicht, so kommen wir nicht weiter.«

»Wie denn?«

»Wir können Verdächtige zwar vorladen, aber sie werden uns nichts sagen, bei politischen Delikten sind die Leute doppelt so verstockt wie in anderen Fällen.«

»Politisch nennst du den Fall?«

»Du weißt, dass es um Rache geht, und die kommt von rechts.«

»Über das Internet und die E-Mail-Verbindungen habt ihr nichts erfahren?«

Salgado stöhnte. »Unser Spezialist ist bis zu einem Server in Kasachstan vorgedrungen, dann war die Verbindung weg. Die haben auch mehrmals die IP-Adresse gewechselt.«

»Da kennt sich jemand aus. Was schlägst du vor?«

»Deine Frau ist auf dem richtigen Weg. Sie geht behutsam vor, da zeigt sich die Historikerin. Sie hat alle Mitarbeiter zu einem persönlichen Gespräch zu sich eingeladen, da wird sich niemand weigern. Außerdem reden die Leute gern über andere.«

»Du setzt auf die niederen Triebe des Menschen?«

»Als Polizist habe ich wenig mit den edlen Trieben zu tun. Sie hat sich einen Fragebogen ausgedacht, mit dem sie ein Täterprofil zu entwickeln sucht. Wir können von ihr lernen …«

»Aber der Anschlag war doch erst …«

»In solchen Angelegenheiten ist deine Frau schnell und gnadenlos. Ich wäre froh, wir hätten derart engagierte Leute bei uns, aber was sie treibt, ist auch gefährlich, es ist hart an der Grenze zur Gesinnungsschnüffelei. Sie hat nach zwei Gesprächen mit Mitarbeitern ihren Fragebogen bereits wieder geändert – es hilft sehr, wenn man beweglich ist. Wir sind dran, *compadre*. Genieß deine Weinproben, amüsier dich mit deinen Landsleuten und bring mir eine Kiste Pinot Noir mit, dann bin ich zufrieden. Du kannst beruhigt sein, wir haben für Isabella einen – na sagen wir es mal so – einen diskreten Aufpasser abgestellt.«

»Weiß sie davon?«

»Nein, aber dein …äh … Don Sebastián. So, jetzt bist du dran. Wie ist das Hotel? Vier oder fünf Sterne? Gibt es was Feines zu essen?«

In diesem Moment fragte sich Henry wieder, ob das, was er gerade tat, richtig war, ob er nicht besser in Spanien geblieben wäre und jetzt mit Salgado, mit seiner Frau Nerea und Isabella durch die Bars der Altstadt ziehen, Wein und Tapas genießen sollte, statt den Abend über auf diplomatischem Parkett Smalltalk zu betreiben. Andererseits war er neugierig auf Amber und freute sich auf das Treffen mit Gatow/Vanzetti.

Zuletzt erzählte er dem Capitán von Jürgen Templin. Das Gespräch beschäftigte ihn immer noch. »Lässt sich so ein Unfall arrangieren? Glaubst du, dass man Leute auf diese Weise um ihren Besitz bringt – mit einer Kreditfalle?«

Salgado atmete heftig, als wäre er aufgebracht. »Weshalb bist du in Deutschland, *amigo*? Des Weins wegen. Also, *maldito*, bleib gefälligst dabei und misch dich nicht in Dinge ein, die dich nichts angehen. Die Behörden hier wie dort mögen es nicht, wenn man sich einmischt. Überlass die Ermittlungen der Polizei, mehr sage ich nicht. Das war der offizielle Teil. Also, einen derartigen Unfall kann ich mir vorstellen, und eine Kreditfalle ist nichts Neues. Beim Fußball heißt es Abseits. Aber – was geht es dich an? *Comprendes*? Leider redet man bei dir gegen Wände, ich kann mir denken, dass du bereits wieder Nachforschungen anstellst …«

»Noch nicht! Das ist die Wahrheit.«

»Sprich einem Polizisten gegenüber nicht von Wahrheit, er wird dir beweisen, dass du lügst. So, meine Frau ruft …«

Er sollte sich raushalten? Henry ließ sich rückwärts aufs Bett sinken. Es war der Rat, dem er am wenigsten zu folgen bereit war. Nach der Challenge würde er zurück zum Kaiserstuhl fahren und sich die Unfallstelle genau ansehen. Auf dem Weg zum Weingut Probst in Achkarren könnte er an der St.-Vitus-Kapelle vorbeifahren. Er lachte über sich selbst, als er merkte, wie er sich eine Ausrede bastelte. Er müsste nur noch herausfinden, warum ihn Templins Schicksal so berührte. Einerseits rührte ihn der Mann, rührte ihn so ein Schicksal. Und wenn die Aussage des Winzers stimmte, war er höllisch über den Tisch gezogen worden. Das konnte Henry schlecht vertragen. Und er war neugierig, wie dieser John Johansen das angestellt hatte.

Er saß mit am Tisch der Jury, alle in tiefen Sesseln und weit zurückgelehnt. So konnte man doch keine Fragebögen ausfüllen. Da waren Koch und Marion Dörner, merkwürdigerweise gehörte auch Salgado mit zu den Juroren. Wieso hatte er ihm nichts davon gesagt, dass er hier sein würde? Antonia Vanzetti redete leise auf ihn ein. Wieso sprach sie Deutsch? Das hatte sie bis gestern nicht gekonnt. Oder sprach sie Italienisch, und er verstand sie, aber er wusste nicht, worüber sie mit Salgado sprach. Koch stieg wortlos auf ein Fahrrad und fuhr nach Endingen und winkte ihnen zu wie die Königin von England. An sein Fahrrad war ein Anhänger mit Möbeln gekoppelt, er wollte für Heckler eine Filiale des Verlags in Madrid eröffnen, dann wäre es mit Henrys Newsletter vorbei. Auch Marion Dörner war dafür, sie freute sich, dass sie zusammenziehen würden, und im August würden sie dann heiraten, am besten in Baden-Baden auf dem internationalen Standesamt. Sie würde seinem Sohn eine gute Mutter sein. Sie bückte sich und nahm einige Flaschen aus Henrys Aktentasche, die Proben von Lagar für die Weinhändler, und freute sich, dass er den Wein mitgebracht hatte, er hatte die Challenge gerettet, ohne seine Flaschen wäre der Wettbewerb ins Wasser gefallen. Marion wollte sich bei Verlagschef Peñasco für eine Festanstellung verwenden. Isabella saß wie Alice im Wunderland am Beckenrand des Hotelpools, schaute in die Chlorbleichlauge und ließ die Beine baumeln. Sie griff nach seiner Hand und schüttelte sie heftig, bis Kochs Fahrradklingel in seiner Hand vibrierte, er meinte, Henry könne auf dem Gepäckträger mitfahren, sie seien schließlich Freunde …

Es war das Telefon, das in Henrys Hand klingelte. Benommen richtete er sich auf, alles, was er sich nicht wünschte, hatte er geträumt. Schlaftrunken taumelte er unter die Dusche. Erst als das Wasser ihn weckte, erinnerte er sich, dass er den Anruf gar nicht entgegengenommen hatte.

Noch dabei, sich abzutrocknen, ging er ins Zimmer und

schaute nach der Nummer – er kannte sie nicht und würde jetzt auch niemanden zurückrufen, höchstens Isabella und sie auf später vertrösten. Er musste sich beeilen, wenn er einigermaßen in Ruhe essen und rechtzeitig beim »Festakt« erscheinen wollte. Er schüttelte das negative Gefühl ab, das er aus dem Traum mitgebracht hatte und das ihm die Laune verdarb. Suchte ihn diese Art von Traum nicht immer dann heim, wenn zu viel auf ihn einstürzte?

Unschlüssig starrte er in den Kleiderschrank und raffte sich schließlich auf, den mittelgrauen Anzug anzuziehen, das Grün der Seidenkrawatte, darauf ein Muster winziger Trauben über dem Schriftzug »Rioja«, passte gut zur Eröffnung der Baden-Baden Wine Challenge. Alan Amber würde reden und nach ihm andere wichtige Gäste. Später wollte er mit Frank Gatow und Antonia Vanzetti ins Spielcasino gehen. Er war gespannt, sie liebte das Spiel – oder nur das Pferderennen? Ihn interessierten die Pferde weniger als die Menge, und es war herrlich anzusehen, was Damen sich auf den Kopf setzten. Aber die Rennbahn Iffezheim war Provinz im Vergleich zum Grand National in Aintree bei Liverpool oder dem Hipódromo de la Zarzuela in Madrid. Amber würde die Rennbahn kennen, davon war Henry überzeugt.

Noch vom Traum und seinen Bildern gefangen ging Henry zum Abendessen. Wenn er tagsüber schlief, kam er nur schwerlich wieder in Schwung und hatte schlechte Laune. Wie eine Welle rollte der Schwall von Worten aus dem Speisesaal heran, schlug über ihm zusammen, und er hatte Mühe, sich zu orientieren. Büfetts waren ihm zuwider, wo der Hintermann drängelte, dem beim Anblick vom gegrilltem Zuchtlachs das Wasser im Mund zusammenlief, und ihn jetzt eine Dame von rechts anrempelte, da sie unbedingt einen gefüllten Champignon nachlegen musste. Das zwang ihn zu einem Schritt rückwärts, dabei trat er dem Hintermann auf den Fuß, der sich die Hose mit Remoulade bekleckerte und ihn böse anblaffte. »Die Reinigung zahlen Sie!«

Henry gab ihm seine Karte. Am liebsten wäre er wieder gegangen, aber hungrig den Saal zu verlassen, war auch keine Lösung, er wusste nicht, wie lange der offizielle Teil dauern würde, bevor er wieder etwas zu essen bekäme.

»Wie schön, dich zu sehen«, hörte Henry plötzlich eine Frauenstimme hinter sich sagen. War er gemeint? Die Stimme kam ihm bekannt vor. Da stand, er hatte es befürchtet, Marion Dörner und strahlte ihn an. Und er musste so zurückstrahlen, dass sie es nicht falsch verstand und sich auch nicht durch seine Ablehnung brüskiert fühlte. Sie hatte ihm nichts getan, sie war eine angenehme Reisegefährtin gewesen, auch ein schöner Anblick, auch jetzt in ihrem edlen roten Kostüm, ein gelungener Kontrast zum kastanienbraunen Haar. Heute stellte sie die elegante Dame dar, weniger das fesche Mädchen, das sie in Andalusien vorgegeben hatte zu sein. So ein Kostüm war teuer, sie musste gut verdienen.

»Setzt du dich zu uns an den Redaktionstisch?«, fragte sie verschmitzt, sicher mit dem Hintergedanken an seine Spannungen mit Koch. »Oder willst du lieber dort drüben essen?« Sie wies auf einen Tisch für zwei Personen, der soeben abgeräumt wurde. »Da wären wir nach langer Zeit endlich wieder ungestört.«

Der Gedanke, jetzt schon mit Kollegen zu speisen, die wahrscheinlich alle irgendeine Funktion wahrnahmen, ließ ihn den Zweiertisch vorziehen, obwohl die Intimität mit Marion und ihr Nachsatz ihn abschreckte. Ihm fiel sofort ein neutrales Thema ein, um nicht persönlich werden zu müssen: Seine jüngsten Erfahrungen aus dem Kaiserstuhl. Wie er ein Gespräch steuern konnte, hatte er hundert Mal geübt. Aber er kam nicht dazu, eine seiner Strategien anzuwenden, denn nach wenigen Bissen wurde Marion von einer Kollegin zum Mitkommen aufgefordert, es müsse dringend noch etwas geregelt werden. Dankbar lächelte Henry die Kollegin an, die sich beim Weggehen nach ihm umdrehte.

»Wenn Sie zu den Juroren gehören, sollten Sie sich beeilen. Amber ist schon da.«

Amber vorn und Amber hinten, in der Mitte und ganz oben – die Amberisierung der Challenge ging ihm auf die Nerven. Er sah, wie sich an mehreren Tischen gleichzeitig die Gäste in festlicher Garderobe erhoben und dem Ausgang zustrebten. Es war Zeit, um einundzwanzig Uhr sollte die Veranstaltung beginnen, und Henry trank lieber noch schnell einen doppelten Cognac, als sich von der Auswahl der Torten, Eisspezialitäten, der Mousses und Cremes verführen zu lassen, um später nicht gegen den Schlaf anzukämpfen. Dass die Vorträge ihn wach halten würden, damit rechnete er nicht.

Der Weg hinüber ins Kongressgebäude war kurz, es war eine auseinandergezogene Kette von Paaren und Gruppen, die hinüberstrebten wie die Motten zum Licht, angezogen von dem strahlend hell erleuchteten Gebäude. Die Eintrittskarten wurden kontrolliert, Henry vermisste Koch unter den Securitys, wahrscheinlich hatte Heckler eine weniger komplizierte Aufgabe für ihn finden müssen, und Henry nahm sich vor, den Kettenhund auch mal zu streicheln.

Der große Saal im Kongresshaus war brechend voll, der Verlag hatte zur Eröffnung auch Geschäftsfreunde, die Presse und sicher etliche Persönlichkeiten der Stadt eingeladen. Die Challenge war im Konkurrenzgerangel des ausufernden Stadtmarketings sicher ein wichtiges Ereignis. In Baden-Baden wurde der Deutsche Medienpreis vergeben, wie er im Prospekt der Stadt gelesen hatte, und der Sportler des Jahres gekürt, hier stand das zweitgrößte Opernhaus Europas, Frieder Burda hatte sich sein eigenes Kunstmuseum hinstellen lassen, auf das Henry der Proteste wegen sehr neugierig war. Berlioz, Rachmaninow und Richard Wagner, den er so hasste wie alle seine Opern, waren hier gewesen, wie auch General Rostoptchin, der Moskau nach dem Einmarsch napoleonischer Truppen hatte anzünden lassen. Der Ex-KGB-Agent Putin hatte es nicht hierher geschafft, wohl aber sein

Vorgänger Jelzin. Da waren ihm Gogol und Tolstoi als frühe Besucher der Stadt lieber, Mark Twain und Gustave Flaubert sowieso.

Henry lebte zu lange im Ausland, um noch zu wissen, wer zu den Promis gehörte, wer in der deutschen Weinbranche zurzeit wichtig war, wer gerade im TV und den Zeitungen genannt wurde und durch die Kochshows tingelte. Was war eigentlich die Steigerung von »gleichgültig«? Einige Gesichter meinte er schon mal irgendwo gesehen zu haben, vielleicht in einer Fachzeitschrift, berühmte Sterneköche, begnadete Sommeliers, Weinhändler und Winzer des Jahres, Vorsitzende von diesem oder jenem Verband, dazu die professionellen Wichtigtuer, Aldi-Wein-Apologeten und Lidl-Billig-Enthusiasten. Den Rummel um seine eigene Person hatte er nach seiner Wahl zur Nariz de Oro nur kurz ertragen und sich schleunigst auf sein Gebiet zurückgezogen. Die Auszeichnung hatte ihm allerdings sehr genutzt, es war anschließend leichter gewesen, Termine in den Bodegas zu bekommen und als kompetent erachtet zu werden, aber er hatte auch zynische Bemerkungen und abfällige Kommentare zu hören bekommen. Koch war nur ein Beispiel dafür, aber war sein Neid nicht die ehrlichste Form der Bewunderung?

Hier und da nickte ihm jemand zu, winkte, wobei er nicht sicher war, dass ihm der Gruß galt. War das nicht Aguirre, der Zorn Gottes? Und auch AllesBio aus der Mancha war gekommen. Auch wenn ihm manche Gesichter bekannt vorkamen, fehlte ihm der entsprechende Name. Aber besser einmal zu viel gelächelt. Angestrengt hielt er nach Frank und Frau Ausschau, an ihrem wilden Haarschopf würde er sie erkennen. Aber stattdessen erblickte er Harald Winter, seinen ehemaligen Kollegen und heutigen Chefredakteur von Wein & Terroir. Winter war so lange befördert worden, bis er die höchste Stufe seiner Unfähigkeit erreicht hatte. Ein Wunder, dass der Verlag das aushielt. Sie wechselten einige höfliche Worte und verschoben ein längeres Gespräch auf die nächsten Tage, denn die Winzerin aus Kalabrien hatte ihn entdeckt und winkte ihm freundlich zu. In diesem Moment sah er den Haarschopf von Antonia Vanzetti in der zweiten Reihe. Leider war weder rechts noch links des Gespanns Gatow/Vanzetti ein Platz frei, so quetschte er sich weiter hinten durch die Reihe.

Er setzte sich neben Beatrix Stöckli, die Weinhändlerin aus Winterthur, und es entspann sich ein nettes Gespräch über die spanischen Weine, die sie in ihrem Laden vertrieb. Dazu gehörten auch die von Peñasco. Gerade als Beatrix Stöckli sich über Henrys Unwissen über Schweizer Weine empören wollte, erlosch das Licht. Die Musik schwoll an und wechselte von diskreter Klassik zur römischen Fanfare. Die Gladiatoren marschierten ein, *morituri te salutant* – die Todgeweihten grüßen dich, dachte Henry.

Arm in Arm wie gute alte Freunde, die sich weltvergessen in einem Gespräch befanden, bewegten sich Verlagschef Heckler und Alan Amber im Lichtkegel des Scheinwerfers. Beide gingen durch den Mittelgang auf die Bühne zu. Einzelne Zuschauer standen auf, hier und dort hörte man Beifall, den Amber huldvoll winkend erwiderte, und Heckler spielte den Gönner: Seht her, was ich euch bieten kann, verehrte Juroren meines Wettbewerbs.

»Er hat fähige Marketingleute«, flüsterte Henry seiner Nachbarin zu.

»Dafür hat man eine Event-Agentur, oder?«, entgegnete sie. »Amber ist alt geworden, finden Sie nicht? Oder sie publizieren immer nur Fotos, auf denen er zehn Jahre jünger aussieht – mit dem Photoshop-Programm geht das – oder?«

Amber war deutlich älter geworden, das empfand auch Henry so. Er hatte den Zenit seiner Macht, vielmehr seiner Bedeutung, überschritten. Sein Haar ist gefärbt, sein Reich bröckelt, sein Wille geschieht nicht mehr, dachte er, sein Wort hat längst nicht mehr das Gewicht wie früher, die Zeit geht über ihn hinweg.

»Er ist ein Mann, der von dem lebt, was gewesen ist, und doch gehört er noch dazu«, sagte er.

»Man hat schon vieles von ihm gehört, Gutes wie Schlechtes, Nachteiliges und Vorteilhaftes, nur leider habe ich ihn selbst noch nie reden gehört«, sagte Beatrix Stöckli. »Deshalb freue ich mich, dass er da ist. Sie auch – oder? Wäre das nichts für Sie, mit ihm ein Interview zu machen? So eine Gelegenheit ergibt sich so bald nicht wieder.«

»Genau das habe ich vor«, sagte Henry und stand wie viele andere auf, nicht als Hommage, sondern um einen besseren Blick auf den Mann zu bekommen.

»Die Frau hinter ihm, ist das seine Gattin oder seine Krankenschwester?« Die kleine Beatrix Stöckli hielt sich, von der eigenen Keckheit erschrocken, die Hand vor den Mund.

»Seine Sekretärin, nehme ich an, sie trägt ihm die Aktentasche.«

Auch Amber war kleiner, als Henry ihn sich vorgestellt hatte, er hatte weniger Haar als auf den offiziellen Fotos, und er war dicker, als er hätte sein sollen. Einhundertfünfzig Weine am Tag gingen an keinem spurlos vorbei, wie viel man auch ausspuckte. Henry schauderte bei dem Gedanken, die fünfzig, die ihnen pro Tag hier bevorstanden, würde er gerade noch verkraften. Da probierte er auf Weinmessen mehr, und oft reichte der Geruch, um sie durchfallen zu lassen. Er würde Frank fragen, was die Fotografen taten, um Leute vorteilhaft erscheinen zu lassen. Wahrscheinlich musste jedes Bild von Amber autorisiert werden, ähnlich wie seine Interviews. Das war Teil der Abmachung, die Henry mit Ambers Büro getroffen hatte. Ihn störte es nicht, er würde das Interview mehr für sich selbst führen als für die Leser seines Newsletter. Und die gestrichenen Antworten ließen sich umschreiben und in einen Kommentar verwerten. Vor Ambers Rechtsanwälten fürchtete er sich nicht.

Als der Weinguru auf gleicher Höhe war, blickte er in Henrys Richtung, und ihre Augen trafen sich. Ambers Lächeln wirkte desinteressiert, ein Mann der mit allen Wassern – oder Weinen – gewaschen war. Dieser Eindruck verfestigte sich, und Henry merkte, dass seine Ablehnung zunahm. Verlagschef Heckler wirkte stärker, bärbeißiger, bullig und gesünder. Er war auch nicht groß und nicht schlank, aber agiler, ein getriebener Geschäftsmann, auf der Suche nach seinem Vorteil, und er war jünger. Amber hingegen wirkte gesetzt und hatte etwas Präsidiales an sich. In puncto Eigendünkel nahmen sich beide wenig, sie waren Beifall gewohnt, der alsbald abebbte und längst nicht von allen geteilt wurde. Hier waren viele Frauen und Männer versammelt, die in ihrem Leben einiges auf die Beine gestellt oder leitende Positionen erreicht hatten. Jeder hatte seine eigene Show, dann und wann, auch wenn sie vielleicht nicht so bedeutend war.

Als Heckler auf die Bühne ging und zum Mikrofon trat, sah Henry, dass man ihm ein Bänkchen hingestellt hatte, damit er das Mikrofon zu sich heranziehen konnte, statt sich hinaufzurecken. Der Verlagschef wartete, bis sich die gesamte Aufmerksamkeit auf ihn gerichtet hatte, einige sich die Kopfhörer für die simultane Übersetzung aufgesetzt hatten und Stille eingetreten war. Erst dann begann er seine Begrüßungsansprache.

»*Welcome, Mister Amber, my hearty welcome to everybody, Ladies and Gentlemen.*«

Er freue sich, unter all den ausgewiesenen Juroren den »Primus inter pares« begrüßen zu dürfen, den Ersten unter den Gleichen, den Bekanntesten unter all den hier versammelten Berühmtheiten. Nachdem er sich darüber ausgelassen hatte, wie schwer es gewesen sei, Amber für die Challenge zu gewinnen, sprach er über die Problematik der Bewertung von Weinen, die niemand so gut kenne wie sein britischer Freund.

»Zu viel Vaseline, würde mein Mann sagen«, raunte Frau Stöckli. »Der arme Amber glänzt ja schon.«

Henry kannte die Metapher mit der Vaseline aus Portugal, woher kannte sie Frau Stöckli?

»Mein Mann ist Portugiese, der benutzt diesen Vergleich gern. Und ich finde, dass er passt.«

So ähnlich wie er und Frau Stöckli empfanden möglicherweise viele im Auditorium. Ein wenig Bescheidenheit hätte Heckler gut angestanden. Das aus dem Unmut entstehende Gemurmel versuchte Heckler mit herrischem Blick und seinem Schweigen zu stoppen. Er schwenkte sofort um und bezog das »hier versammelte hochkarätige Publikum, das in Europa seinesgleichen sucht« in seine Laudatio ein und versuchte, die Anwesenden auf Ambers Ebene zu heben.

Dann sprach er über den hohen Grad an Professionalität des morgen beginnenden Wettbewerbs, den Mister Amber durch seine Anwesenheit natürlich noch unterstreiche. Heute würden allerorten die Wettbewerbe aus dem Boden sprießen, bei denen ganz offensichtlich die kommerziellen Interessen im Vordergrund stünden, deren Seriosität ernstlich angezweifelt werden musste. Damit waren sicher die Hamburger Konkurrenten gemeint, denn Henry erinnerte sich, wie noch zu seiner Zeit in Mainz Verlagschef Heckler gegen den sich neu etablierenden Wettbewerb in der Hansestadt polemisiert hatte, die ja keinerlei Verbindung zum Weinbau habe – und jedes mögliche juristische Mittel dagegen schöpfte er aus. Aber die OIV hatte den zweiten Wettbewerb zugelassen und auch die Patronage übernommen. Das musste für ihn ein schwerer Schlag gewesen sein. Und wie man hörte, dauerte die Auseinandersetzung an.

Unter dem verhaltenen Beifall des Publikums betrat Amber die Bühne, Heckler umarmte ihn, es folgte das gegenseitige Schulterklopfen, dann entfernte sich Heckler bewusst weit vom Rednerpult, denn daneben hätte er klein gewirkt.

Amber griff zum Mikrofon. »Es ist wunderbar, hier zu sein«, war sein erster Satz. »Es ist ein großartiges Gefühl, sich unter Hunderten von Kollegen aus der ganzen Welt zu bewegen«, war der zweite, »und es ist eine fantastische Nacht in Baden-Baden, wo viel geschehen kann, deshalb werde ich nicht lange reden.« So endete der dritte.

»Soll er doch reden, wenn er was zu sagen hat«, murmelte Frau Stöckli in ihrer schlichten Art, die Henry schmunzeln ließ. Er war der gleichen Ansicht. Mit seinem klassischen Oxford-Englisch nahm Amber Henry wieder für sich ein. Es war dem durchgekauten Amerikanisch, das sich wie die Reblausplage ausgebreitet hatte, absolut entgegengesetzt. Es war der Ton der BBC, ein Englisch, das im Stehen oder bei einem Tee vor dem Kamin gesprochen wurde und nicht hingekauert im Schnellrestaurant, mit einer Plastikgabel im Pappkarton nach Essen stochernd.

Amber begann mit einem Rückblick auf die Zeit, als er in einem Londoner Club als Student gearbeitet und dort die besten Weine aus Bordeaux und die schönsten Portweine kennengelernt hatte, Tawnys von fünfzig oder mehr Jahren, die ein Vermögen kosteten. Die Düfte hatten ihn fasziniert, die unendliche Vielfalt eines Getränks, das aus nichts weiter als aus Weintrauben entstand. Da sei der Barchef auf seinen außergewöhnlichen Geruchssinn aufmerksam geworden und hatte in bald als Sommelier eingesetzt. Das Thema Wein hatte ihn danach nicht mehr losgelassen.

Davon stand nichts in Dorotheas Dossier, soweit Henry sich erinnerte.

»Ich wollte lernen, wissen, erfahren – genießen natürlich auch, und dann zog es mich in die Welt. Ich studierte in Südamerika und Australien, in Neuseeland und Südafrika, ich probierte und äußerte meine Meinung. Die Zustimmung, die ich erfahren habe, bestätigte mein Urteil.«

Ein befreundeter Bankier, dem er einen Weinkeller eingerichtet habe, sei auf die Idee mit dem »Triple A Magazine« gekommen – Alan Amber Ambitions. »Und diesen Ambitionen folge ich bis heute!«

Henry hatte immer ein schlechtes Gefühl, wenn er Triple

A hörte. Triple A – das dreifache A – das war die Antikommunistische Allianz Argentiniens, eine halb staatliche Mörderbande während der Militärdiktatur von 1976. Zigtausend Menschen hatte sie umgebracht, Psychologen, Gewerkschafter, Autoren, Filmschaffende, Musiker, Sozialarbeiter, christliche Aktivisten und Guerilleros. In Barcelona war er den Flüchtlingen begegnet, Argentiniern, die heute noch das Exil der Heimat vorzogen, um nicht einem der Mörder von damals in den Straßen von Buenos Aires zu begegnen. Das Triple A der Rating-Agenturen schmeckte genauso ekelhaft.

Er hatte nicht zugehört, war abgeschweift und brauchte einen Moment, um zurück ins Englische zu finden, denn in seinem Kopf mischten sich bereits zwei Sprachen.

»Ich habe niemanden aufgefordert, mein System der hundert Punkte zu übernehmen. Es ist keiner gezwungen, sich anzupassen. Jeder hat das Recht, Weine anders zu bewerten als ich, und ich habe auch nie behauptet, mit meinen Bewertungen und mit den Beschreibungen im Recht zu sein. Wenn sich angeblich, was mir immer wieder vorgeworfen wird, Menschen zu Jüngern machen, dann ist diese Kritik die reine Hypokrisie und scheinheilig. Will man es mir zum Vorwurf machen, dass andere Menschen nicht genug Eigenständigkeit und Selbstvertrauen haben, dass sie einen *Führer* brauchen? Verzeihen Sie, dass ich dieses Wort in Deutschland verwende, aber ist es nicht vielmehr so, dass jeder nachprüfen sollte, ob er meiner Meinung folgen kann? Wenn ich einem Wein fünfundneunzig Punkte gebe, dann tue ich es auf meine Verantwortung hin, auf der Grundlage meiner Erfahrung und meiner Wahrnehmung. Und die muss niemand teilen. Wenn jemand glaubt, er sollte sich mit Fünfundneunzig-Punkte-Weinen eindecken, weil es eine gute Kapitalanlage ist, dem kann ich nur sagen: Trinken Sie den Wein, gemeinsam mit Freunden und Bekannten …«

Zum ersten Mal während seiner Rede bekam Amber Beifall, für Henry ein Indiz der kritischen Haltung ihm gegenüber. Außer den Weinhändlern und den Bordeaux-Châteaux war niemand mit den Punkten glücklich, und die auch nur, wenn Amber den Wein vor dem Verkauf bewertet hatte, denn dann brauchten sie sich keine Sorgen um den Absatz zu machen und konnten an der Preisschraube drehen.

»Mir wird vorgeworfen«, fuhr Amber fort, »dass Winzer Weine mir zum Gefallen machen, dass sie sich nach meinem Geschmack richten, dass sie mir zuliebe bewusst auf den eigenen Stil und die Besonderheiten ihres Terroirs verzichten. Das ist barer Unsinn. Meine Vorlieben sind viel zu weit gefächert. Und wenn es doch der Fall wäre, wie könnte ich sie daran hindern?«

In diesem Moment bemerkte Henry den Mann, der mit einem Strauß gelber Rosen links vor der Bühne an der Wand lehnte. Es waren von dort aus nur wenige Schritte bis zum Podium. Der Mann war sicher über fünfzig, kräftig und groß, eine stattliche distinguierte Erscheinung in einem eleganten Anzug. Vielleicht hatte Heckler ihn abgestellt, um Amber die Blumen überreichen zu lassen.

»Es lohnt sich immer für den Konsumenten, wenn er dem eigenen Geschmack vertraut.« Amber war lauter und eindringlicher geworden. »Für den Laien ist es schwer, die seriösen Verkoster, die ich heute Abend hier vor mir sehe, von den unseriösen und den Scharlatanen zu unterscheiden …«

Wieso setzte der Mann mit den Blumen sich bereits jetzt in Bewegung, fragte sich Henry und sah ihn mit raschen Schritten die Treppe nehmen, die Rede ist noch gar nicht zu Ende? Der Mann erreichte das Rednerpult und stieß dem überraschten Amber den Strauß gelber Rosen mitten ins Gesicht. Ein Blitz flammte auf …

In schweigender Überraschung folgten alle im Saal dem Unfassbaren. Amber taumelte zurück, die Blumen fielen zu Boden, der Angreifer schlug Amber mehrmals mit der flachen Hand ins Gesicht. Das Klatschen, als die Handfläche das Gesicht traf, war in der entsetzten Stille bis in die letzte

Reihe zu hören. Der nächste Kamerablitz ließ die Kontrahenten auf der Bühne wie Schauspieler wirken, die in ihrer Szene erstarrt waren. Nach dem dritten Blitz brach der Tumult los.

Alle sprangen von ihren Sitzen, zwei Securitys stürzten nach oben, der Angreifer schüttelte sie mit Leichtigkeit ab und gab Amber, der sich mit hoch gerissenen Armen zu schützen versuchte, eine letzte Ohrfeige. Einer der Sicherheitsleute bekam einen Faustschlag ab, der ihn taumeln ließ, dann war auch Koch auf der Bühne, und mit ein paar Männer aus der ersten Reihe gelang es, den Angreifer zu Boden zu werfen.

»Ja was für ein ungestümer Mensch ist das?«, fragte Frau Stöckli und machte große Augen. »Der ist ja völlig aufgelöst, der ist schier wahnsinnig vor Wut. Der muss einen unbändigen Hass verspüren – oder? Was mag da vorgefallen sein? Vielleicht hat Amber sein Weingut ruiniert – mit schlechten Punkten möglicherweise? Er soll wirklich etliche ruiniert haben, sagt man – oder? Bordeaux liebt und hasst ihn. Ob das ein Franzose ist, einer von uns, von den Juroren?«

Was sollte Henry dazu sagen? Er entdeckte Frank Gatow unter den Fotografen mitten im Blitzlichtgewitter wie bei einem Politikerempfang. Da kämpften auch die Fotografen – jeder um das beste Bild. Henry grinste ungerührt, als er an die Schlagzeilen der Zeitungen von morgen dachte.

»Brutaler Angriff auf Alan Amber« oder »Psychopath greift Weinpapst an!« »Gelbe Rosen als Tatwaffe«, oder »Zweikampf auf der Bühne«. Shakespeare hätte ein Drama daraus gemacht, der Italiener Dario Fo eine Groteske. Henry bedauerte, das nicht zu können, es hätte ihm Spaß gemacht. Frau Stöcklis Frage war durchaus richtig – wie hatte Amber jemanden derart in Rage bringen können? Was war dem vorausgegangen?

Ihn selbst ließ die Attacke kalt. Es war ein Spektakel, ein Schauspiel, das ihn nichts anging. Er hoffte lediglich, dass

Amber jetzt nicht wutentbrannt abreiste und das Interview absagte.

Weitere Wachleute waren auf der Bühne, die dem rasenden Mann, der auf Französisch fluchte, Handschellen anlegten. Da sah Henry, wie Koch dem Angreifer, der längst unschädlich gemacht war, die Faust ins Gesicht schlug – und sich dann umsah, ob Heckler, der neben Alan Amber inmitten gelber Rosen kniete, es gesehen hatte.

Was für ein Lump, dachte Henry, aus Niedertracht auf einen gefesselten Gegner einzuschlagen. Der angebliche Spanien-Experte hatte einen schlechten Charakter. Als die Saalbeleuchtung eingeschaltet wurde, zerrten vier Sicherheitsleute den noch immer tobenden Angreifer mit blutender Nase durch eine Seitentür, vorbei an Ambers Sekretärin, die mit flehend erhobenen Armen vor der Bühne stand und immer wieder schrie: »*Oh my God*!«

Jetzt wandte sich die Aufmerksamkeit wieder Alan Amber zu. Ein Sanitäter hockte sich zu ihm, verborgen von einer menschlichen Wand, nur Frank, längst auf der Bühne, hielt die Kamera mit ausgestreckten Armen weit über den Kopf und fotografierte von oben aus blind, bis Mitarbeiter des Verlags ihn abdrängten.

8

Spielerglück

»Was soll der Blödsinn? Wozu sollen wir uns das anhören?« Henry war empört und laut geworden. Er musste im Programm überlesen haben, dass jetzt ein konservativer Landespolitiker, von dem er nie gehört hatte, eine Rede halten würde. Seinetwegen war er nicht nach Baden-Baden gekommen. Aus der Reihe vor ihm war die Information durchgesickert, dass sowohl der Spitzenkandidat wie auch seine Partei bei den letzten Landtagswahlen durchgefallen waren.

»Einen Verlierer setzt man uns vor? Das ist ja noch schlimmer. Der hat ja nun überhaupt nichts mehr zu sagen – und morgen erzählt er auf der nächsten Veranstaltung das Gegenteil.«

»Leider sind sie alle so, auch bei uns!« Frau Stöcklis Kommentar zum Auftritt des Politikers, geschniegelt und gebügelt, mit dem implantierten Lächeln, traf den Kern des Problems. »Wer wird heutzutage noch freiwillig Politiker. Überall fehlt das richtige Personal. Aber wir haben in der Schweiz wenigstens Volksentscheide, da geht das alles nicht so einfach.«

Amber blieb verschwunden, Heckler ebenfalls, der Attentäter war abgeführt. Mühsam versuchte Koch, die Anwesenden durch oft gehörte Aussagen über den europäischen Weinmarkt und die guten Aussichten für die Branche zu beruhigen. Aber es gelang ihm nicht, und dass er jetzt diesen

Politiker angekündigt hatte, noch dazu einen Mann ohne Einfluss, war wie Öl ins Feuer gegossen.

Es hatte sich herumgesprochen, dass der Attentäter ein Winzer aus Bordeaux war, dessen Weine von Amber katastrophal bewertet worden waren, worauf ihm die Bank die Kredite gestrichen hatte. Angeblich waren seine Proben mit anderen verwechselt worden, und es hielt sich das Gerücht, dass Amber für seinen Kommentar im »Triple A Magazine« vom Nachbarn des Angreifers bezahlt worden sei. Eine zweite Version machte die Runde, dass Amber etwas mit der Frau des Winzers angefangen habe, worauf die Ehe in die Brüche gegangen sei. Aber Genaues wusste niemand.

»Wozu müssen wir uns Gemeinplätze von einem abgehalfterten Politiker anhören?« Henry hatte laut gesagt, was viele dachten, und etliche Zuhörer reckten die Köpfe, das Getuschel nahm zu. Da rief jemand etwas auf Italienisch in den Saal. Wo es verstanden worden war, brandete Gelächter auf, jetzt wollten alle wissen, worüber so schallend gelacht wurde. Die deutsche Übersetzung sorgte dann für allgemeine Heiterkeit, denn Berlusconi sollte sich für Mitternacht mit einigen »jüngeren Damen« angesagt haben, die Herren möchten doch bitte so lange bleiben.

Koch dementierte, er hatte den Witz nicht verstanden, er wurde nervös und vergriff sich im Ton, als er die Juroren zur Ordnung rief. Er habe schließlich keine Studenten einer Weinbauschule vor sich, sondern Frauen und Männer in leitender Stellung. Aber die brauchten nach der Anspannung eines vielleicht langen Reisetags und besonders der Aufregung in der letzten halben Stunde dringend ein Ventil.

Viele standen auf, es bildeten sich Gruppen, man beratschlagte, was zu tun sei.

»Den Mann tue ich mir nicht mehr an«, sagte Henry empört zu Frank Gatow. »Ich gehe ins Casino. Kommst du mit?«, fragte er ein wenig leiser. »Am Roulette warten sie auf unseren Einsatz. Du kannst zur Not die Kameras verpfänden – oder das Weingut deiner Frau.« Die letzten Worte hatte er auf Englisch gesagt.

Frank wäre vielleicht geblieben, aber seine Frau knuffte ihn so lange, bis er aufstand und vorausging. Das Beispiel machte Schule, auch in anderen Reihen erhoben sich einige Zuhörer und schlossen sich an. Die Idee mit der Spielbank war verlockender, als dem Politiker zuzuhören. Neuigkeiten oder Erkenntnisse bezüglich des europäischen Weinbaus waren von ihm kaum zu erwarten. Für die Ausländer unter den Juroren war er trotz der angekündigten Kritik an der EU-Kommission sowieso bedeutungslos.

Betreten stand der Mann, der beinahe Ministerpräsident geworden wäre, neben Koch, und beide sahen ihr Publikum schwinden.

»Wir sehen uns morgen um neun Uhr zur Einführung in die Challenge«, rief Koch ins Mikrofon den Aufbrechenden nach. »Und setzen Sie nicht gleich alles auf eine Karte.«

Zumindest war ihm der Humor nicht vollends abhandengekommen, aber die Veranstaltung war gesprengt.

»Hast du gute Fotos gemacht?«, fragte Henry, Gatows Frau hatten sie in die Mitte genommen, und sie führten die Prozession aufgekratzter Weinverkoster wie der Rattenfänger von Hameln zum Casino.

»Ganz leidlich«, meinte Gatow, blieb stehen und hielt seiner Frau und Henry das Display der Kamera dicht vor die Nase.

»Sei vorsichtig damit, sie ist aus Gold«, scherzte Antonia Vanzetti. »Man hat ihn in Spanien dazu gemacht, zur Goldenen Nase, wie ich gehört habe.«

»Spricht sich das herum?« Es war Henry überhaupt nicht recht, so tituliert zu werden.

»In der Branche kennt man sich«, antwortete sie und lächelte gekonnt. Erst jetzt nahm Henry wahr, wie elegant sie gekleidet war. Sie trug eine glänzende schwarze Hose, eine weich fallende weiße Bluse mit hohem Kragen und darüber eine Art schwarzen Gehrock. Wie Frauen so ein Kleidungsstück nannten, wusste er nicht.

Gatow hatte Henrys bewundernden Blick bemerkt. »Wenn sie die Lesekisten auf dem Schlepper in die Kelterhalle bringt, trägt sie das Abendkleid. Aber ehrlich – in Jeans und Kittel erkennst du sie kaum wieder. Mir ging es damals so. Ich habe sie bei einer Chianti-Probe in Siena getroffen und danach auf ihrem Weingut bei der Lese …«

»Er war nervös wie ein Achtzehnjähriger. Er hat Augen gemacht, so rund wie seine Brille, ich habe es gleich bemerkt, und er meinte, ich sähe es nicht. Männer sind so durchsichtig.«

Frank verabschiedete sich kurz, er wolle im Kurhaus wieder zu ihnen stoßen, daher ließen Antonia Vanzetti und Henry sich auf dem Weg dorthin Zeit, und sie erzählte von den jüngst gepflanzten Olivenbäumen und dem Betrug mit der Bezeichnung »Extra Vergine«. Mittlerweile hatten sie das Kurhaus erreicht und standen auf dem Kiesweg am säulengestützten Vorbau unter vielarmigen Kandelabern, die man in Paris vermutet hätte.

Das Kurhaus war im ausgehenden Klassizismus gebaut worden, als Baden-Baden längst in Mode war. Der Pariser Eduard Bénazet ließ 1855 die atemberaubend schönen Innenräume des Casinos von französischen Künstlern gestalten, die Vorlage bildete das Palais Royal in Paris, in dem sein Vater bereits die Spielbank betrieben hatte.

Dann stieß Frank wieder zu ihnen, und zu dritt stiegen sie fast als Letzte nebeneinander die Stufen hinauf, wandten sich rechts dem Foyer zu und schlossen sich der langen Schlange vor dem Schalter an, wo jeder Besucher bei Vorlage des Ausweises registriert wurde.

»Ist also nichts mit Geldwäsche«, flüsterte Gatow Henry zu. »Das klappt bei uns auch besser, nur sind die Gebühren höher. Bis zu dreißig Prozent nimmt die Mafia, aber danach ist dein Geld wirklich sauber.«

»Hör mit dem Unsinn auf«, schimpfte seine Frau, »sonst denkt unser Freund noch, wir hätten damit was zu tun. Eine falsche Literangabe an einem Fass, und wir haben die Finanzpolizei am Hals.«

»Und wie machen die Spezialisten das?«, wollte Henry wissen. »Aus Italien werden pausenlos irgendwelche Betrugsaffären gemeldet, zuletzt eine über sechstausend Tonnen Weinmost, der als Lambrusco deklariert war.«

»Frag die Spezialisten. Wenn es so weit ist, gib mir Bescheid«, beruhigte ihn Gatow. »Wir kennen zuverlässige Leute ...«

»Hör endlich auf damit«, seine Frau war jetzt richtig ärgerlich. »Darüber reißt man keine Witze. Nachher glaubt Signore Meyenbeeker noch, wir Italiener seien alle so.« Sie sah ihn entschuldigend an, und Henry beruhigte sie, er wusste, wie er derartige Sprüche zu nehmen hatte.

An dem einer Theaterkasse ähnelnden Schalter gegenüber wurden die Jetons eingewechselt. Einen Mindesteintausch oder einen Spielzwang gab es nicht, Henry wechselte fünfzig Euro, einen Kitzel musste der Abend schon haben, seine Begleiter folgten dem Beispiel. Als die bunten Scheiben, nicht größer als der Deckel eines Gewürzgläschens, nach Farbe und Wert aufgeschichtet wurden, entstand ein leises, helles Klappern, ein Geräusch, das Henry den Abend über die Ohren klingeln ließ.

»Man kann Nachschub holen, wenn man eine Gewinnsträhne hat«, meinte Antonia Vanzetti, die ganz zappelig wurde und ihren Mann damit sehr irritierte. Dann öffneten sich die Flügeltüren.

Vor ihnen tat sich der aristokratische Luxus einer längst vergangenen Epoche auf. Rot und Gold, Louis XV. und Louis XVI., Glitzern und Schatten, Eklektizismus und Kitsch, opulente Stores und Mahagoni, Stuck und rote Teppiche. Schwere Kronleuchter mit Hunderten von Kerzen unter ausgemalten Decken spendeten ein warmes Licht. Skulpturen in halbrunden Nischen beflügelten die Fantasie, die vielen Spiegel dienten der selbstverliebten Betrachtung, der Verdoppelung des Lichts, oder man konnte diskret, aus ungewöhnlicher Perspektive, die Frau des anderen beobachten. Von schweren Vorhängen eingerahmte Durchgänge führten in den nächsten Saal, verhängte Türen irgendwohin, und im Roulette flitzten die elfenbeinfarbenen Kugeln knapp am Spielerglück vorbei. Die Kleiderordnung erlaubte niemandem, seine Stachelbeerbeine vorzuführen, und sogar junge Frauen trugen über dem verwaschenen Top mit Spaghettiträgern eine hübsche Bluse.

Es geht ja doch, dachte Henry, dem erst nach langer Abwesenheit deutlich wurde, wie schlecht gekleidet dieses Volk herumlief: grau, verwaschen, gebraucht und funktionell, in Tarnhosen wegen des fehlenden Militarismus, das Hemd über der Hose wurde zur Mode erklärt, und manche Leute behaupteten, es sei sogar schön. Aber die wirklich große Abendgarderobe fehlte auch hier. Oder war es dafür noch zu früh? Es war erst zweiundzwanzig Uhr.

Mit den Kollegen der Challenge belebten sich die Räume. In diesem Kreis fühlte Henry sich wohl, die Stimmung war gut, die Neugier überwog die Skepsis bei weitem, obwohl sich hier wie in jeder Branche genug Rosstäuscher tummelten. Auch hier wollten die Worte gut gewählt sein, aber jedenfalls ließ die Neugier die Juroren aufeinander zugehen, heute nicht getrieben von dem Gedanken, wie sich daraus Geld machen ließ. Diese Art, so hatte er den Eindruck, war den Deutschen unter ihnen vorbehalten. Über allem stand für sie der wirtschaftliche Erfolg.

Die Juroren fanden sich zu Henrys Befremden nach Nationalitäten zusammen. War es die Sprache, die verband? Die Franzosen plauderten mit Franzosen, die Italiener mit ihren Leuten, die Schweden blieben unter sich, und die Briten erst recht, und sie zeigten sich von dem Angriff auf Amber persönlich betroffen.

Antonia Vanzetti fand das ganz normal. »Unter welchem Gedanken sollten wir uns sonst zusammenfinden? Nach Haarfarben – oder noch schlimmer, nach Hautfarben, wie die Pferde? Mit meinem Mann hat Sie auch die Sprache verbunden, als Sie ihn neulich trafen.«

»Nein, Signora, uns hat der Wein zusammengeführt, wie alle hier. Und dann war es seine Art, damit umzugehen.«

»Sie müssen dem Menschen erst einmal nahekommen, damit er diese Art, wie Sie sagen, auch zeigen kann. Ich habe an einigen Wettbewerben teilgenommen. Das sieht morgen Abend ganz anders aus, wenn man einen Probentag hinter sich hat. Wer weiß, wer mit Ihnen in derselben Jurorengruppe ist.«

»Man muss doch kommunizieren, sich über die Weine verständigen, das Organisatorische besprechen …«

»Warten Sie es ab. Es mischt sich, das ist unvermeidlich. Erinnern Sie sich an den Fragebogen, den man uns zugeschickt hat. Welche Sprachen man spricht? Danach wird ausgesucht. Ich habe vielleicht Franzosen und Italiener am selben Tisch …«

»… die Winzer aus dem ›Il Calice‹?«

»Ja, das wäre möglich. Das ist ein interessantes Paar, die beiden machen da unten in Süditalien eine schwierige Arbeit. Ich möchte nicht mit ihnen tauschen. Über ihren Wein kann ich natürlich nichts sagen, theoretisch kann man gut sein, praktisch eine Katastrophe – aber jetzt will ich spielen.« Ihre Augen leuchteten auf. »Wozu habe ich schließlich die Jetons gekauft.« Sie hielt sie fest in der Hand. »Franco, wir gewinnen!« Sie zog ihren Mann hinter sich her.

Der Roulettetisch vor ihnen war dicht umlagert, die Stühle direkt am grünen Tuch waren besetzt, dort saßen die richtigen Spieler, die sich wenig um Gewinne und Verluste scherten, für sie war das Spiel das Entscheidende. Niemand unter fünfzig war darunter, die Damen und Herren am Tisch befanden sich eher im Rentenalter, Männer, die ihre

Jacketts nur mit Mühe über dem Bauch zubekamen, Frauen, bei denen der Schmuck die Attraktivität der Jugend ersetzte. Die Jungen standen dahinter in der zweiten Reihe. Und die Euros, die ein »Hans Herrmann« oder ein »Klaus Peter« hinterlassen hatte, nahmen einen neuen Weg – die Bank gewann fast immer. Dieses Gesetz galt hier mehr als anderswo. Der Bankvorteil betrug 2,7 Prozent.

Antonia Vanzetti ließ den Blick schweifen, ihr Mann hatte sich verdünnisiert, er suchte nach Objekten für seine Linse oder die richtige Perspektive auf das Gesicht des Spielers. Wie würde er das bei dem Fotografierverbot bewerkstelligen?

»Was darf ich Ihnen von der Bar mitbringen?«, fragte Henry. Er hatte Durst, er brauchte dringend etwas zu trinken, erst mal ein Wasser, dann ... »Ich lade Sie zu einem Glas Champagner ein. Das trinkt man im Casino.«

»Trocken bitte, sehr trocken, möglichst Dosage Zero oder Extra Brut«, sagte sie, ihre Augen starr auf den Lauf der Kugel gerichtet, die jetzt durch die Zahlenfelder sprang und sich noch nicht entschieden hatte, wen sie für einen Augenblick glücklich oder unglücklich machen würde.

Henry schlenderte zur großen runden Bar im Mosaiksaal, und es war, wie Signora Vanzetti gesagt hatte. Man meinte, dieses oder jenes Gesicht zu kennen, wechselte einige Worte, man hatte sich im Hotel beim Einchecken gesehen, im Speisesaal oder beim Eklat um Amber. Sicherlich hatte die Veranstaltung im Kongresshaus längst ein Ende gefunden oder war mangels Publikums abgebrochen worden. Wie peinlich für diesen Politiker, Henry hätte sich geschämt und sich sonst wohin verkrochen, wenn bei seinem Auftreten die Zuhörer gegangen wären. Aber Politiker hatten ein dickes Fell. In diesem Beruf musste man wohl genauso gefühl- oder skrupellos sein wie im Geldgeschäft. Er erlebte tagtäglich, was Spaniens Politiker aus dem Land machten. Dass sie mitten in der Krise waren, wunderte ihn wenig, wenn jeder zweite Dorfbürgermeister seinen Preis für die Baugenehmigung noch vor dem eigenen Namen nannte.

An der Bar wartete Henry auf seinen Champagner und betrachtete die Gesichter. Hier war nichts mehr von der Spannung und dem Ernst zu sehen, wie er ihn am Spieltisch erlebt hatte. Es wurde geplaudert, gescherzt, geflirtet und gestikuliert – bis auf die wenigen, die einsam über ihren Drink starrten. Rechts von ihm wurde Tango getanzt, angespannte Paare in Schwarz, die konzentriert auf die Füße blickten, um ja die richtigen Schritte zu machen. Von Hingebung keine Spur.

»Bringst du mir was mit?«, hörte Henry die bekannte Stimme an seinem Ohr und spürte Marions warmen Atem an der Wange. Sie war ganz dicht an ihn herangetreten, viel zu dicht, sie lehnte sich fast an. Er wandte sich ihr zu, dadurch ließ sich die Berührung vermeiden, denn wenn er ihr auch nur den kleinen Finger reichte, würde sie beide Hände nehmen. Die aber brauchte er, um die Champagnergläser entgegenzunehmen.

»Ich will auch so was«, flüsterte die Journalistin strahlend.

Erst jetzt sah er, dass sie sich für den späteren Abend wieder umgezogen hatte. Das blaue Abendkleid mit tiefem Capuchon-Kragen stand ihr ausgezeichnet, der schimmernde Stoff lag hauteng an, was sie noch schlanker wirken ließ und von hochhackigen Sandaletten betont wurde. An den Armen und um den Hals trug sie silbernen Schmuck mit den passenden blauen Steinen. Alles an ihr wirkte so edel, dass sie es unmöglich vom Journalistengehalt bezahlen konnte. Hatte sie wohlhabende Eltern oder einen reichen Freund? Sie würde es ihm irgendwann sagen.

Er reichte ihr ein Glas und bestellte ein weiteres, die Kreditkarte war geduldig.

»Wenn das zweite für dich ist, für wen ist dann bitte das dritte?« Marion deutete auf das Glas, das der Barmann jetzt füllte.

»Ich stelle dir die Dame gleich vor.« Henry unterschrieb den Beleg und erhielt seine Karte zurück. Der Ton, in dem Marion die Frage gestellt hatte, ließ ihn stutzen. Er hatte nichts gegen einen Flirt mit einer gut aussehenden Kollegin, aber wenn er etwas wie Ansprüche zu spüren meinte, zog er sich schleunigst zurück.

Marion wurde ihm zu aufdringlich. Spürte sie seine Zurückhaltung nicht? Hatte sie vergessen, dass Koch ihn als Kronprinzen von Peñasco bezeichnet hatte und dass er in guten und festen Händen war? Mit zwei Gläsern in den Händen konnte er schlecht den Arm um ihre Schultern legen und sie zum Roulette führen, wie sie es sich gewünscht hätte.

Am Spieltisch machte er die beiden Damen miteinander bekannt und verdrückte sich. Wo war der Fotograf?

Er stand an einem halbrunden Tisch, an dem Black Jack gespielt wurde. Es klang cooler als Siebzehn und Vier. An der geraden Seite saß der Dealer oder Croupier, ihm gegenüber hatten vier weitere Männer Platz genommen. Henry setzte sich dazu.

»Das habe ich noch nie gespielt«, flüsterte Frank.

»Nichts leichter als das. Hier gewinnt auch der Anfänger, es ist Glückssache. Mach es mir einfach nach. Wenn alle setzen, musst du auch setzen, irgendeinen Wert, fang mit fünf Euro an.« Henry setzte zehn, er kannte das Spiel.

Alle Einsätze waren getätigt, alle Mitspieler erhielten vom Dealer, auch der selbst, eine offene Karte. Henry hatte ein Ass, Gatow eine Sieben. Danach bekamen alle bis auf den Dealer eine weitere offene Karte, Henry erhielt seine als Letzter, es war ein Bube – er hatte gewonnen, er hatte den Black Jack! So schnell ging das. Für alle anderen ging das Spiel weiter, denn jeder spielte allein gegen die Bank. Henry erhielt das Anderthalbfache seines Gewinns – was für ein mühsames Spiel.

Ich setze einfach mehr, sagte er sich, dann ist der Gewinn größer. Zum Einsatz von eben legte er den Gewinn hinzu. Gatow setzte zehn. Henrys erste Karte war die Zehn, als zweite bekam er eine Dame – mit zwanzig Punkten war er weit vorn, der Dealer hatte vierzehn – und damit eine bessere Chance, auf die einundzwanzig zu kommen. Henry brauchte ein Ass, der Dealer eine sieben. Wie die anderen am Tisch setzten, interessierte Henry nicht, er wartete auf die nächste Karte. Da kam das gewünschte Ass, es zählte in diesem Fall nur einen Punkt, der Dealer bekam eine Zehn und war weit über einundzwanzig.

»Das gibt's doch nicht«, sagte Gatow, »du hast wieder gewonnen und ich verloren. Ich hab's gemacht, wie du gesagt hast.«

»Dann muss deine Frau beim Roulette das gewinnen, was du hier verspielst.«

»Wie im richtigen Leben? Nein, nein, ich sorge schon ganz gut für meine Tochter und mich, nur Essen, Wein und Wohnung habe ich gratis …«

»Und den Lancia …«

»Neidisch? Ich werde nichts mehr sagen, du weißt bereits viel zu viel über mich. Na ja, noch ein Spiel.« Gatow zählte die verbliebenen Jetons. »Ich setze jetzt zehn Euro, dann bleiben fürs Roulette noch mal fünfundzwanzig.«

Er verlor wieder, Henry und der Dealer erzielten Gleichstand, damit hatte er weder verloren noch gewonnen, erst in der nächsten Partie schlug er den Dealer wieder und strich den Gewinn ein. Aus den zehn Euro waren sechzig geworden. Jetzt hatte er Spielgeld, das ihn nichts kosten würde. Wenn die weg wären, würde er schlafen gehen.

»Woher kannst du das?« Frank blieb an der Tür zum Roten Saal mit vier hufeisenförmigen Roulettetischen stehen, auf denen das Spiel anders angeordnet war. Das Tableau mit den Zahlen, mit Gerade und Ungerade, mit Schwarz und Rot, Manque und Passe war direkt vor dem Croupier, das Roulette links von ihm. Ein junger Mann setzte und verlor, seine Freundin tröstete ihn mit den Worten: »Du hast ja mich gewonnen«, dann setzte sie, gewann und lachte. »Und jetzt hast du außerdem noch mein Geld.« Dreißig Euro hatte sie gewonnen und war glücklich.

»Ich kann mich an einen Aufenthalt im Schullandheim erinnern«, sagte Henry. »Es schüttete tagelang, da haben wir dauernd siebzehn und vier gespielt, Mau-Mau, Doppelkopf und Skat, wirklich tage- und nächtelang. Daher kommt es wohl. Seitdem habe ich nie wieder Karten angerührt, doch – Pokern kann ich ganz gut. Aber Glück im Spiel hatte ich nie.«

»Da lagen fünfzig Euro, zwischen sechsundzwanzig und neunundzwanzig«, sagte ein untersetzter, blasser Mann von Mitte fünfzig in gebrochenem Deutsch über den Tisch hinweg zum Croupier. »Die Sechsundzwanzig hat gewonnen – meinen Gewinn – bitte schön!« Er streckte fordernd die Hand aus.

Der Croupier bewegte leicht den Kopf. »Mein Herr, zwischen sechsundzwanzig und neunundzwanzig lag nichts«, sagte er höflich.

»Da lagen meine Jetons, fünfzig Euro, ich bin sicher!« Die Stimme nahm einen drohenden Klang an und fand die Aufmerksamkeit der Mitspieler.

»Wir werden sehen«, meinte der Croupier zuvorkommend und winkte einen Kollegen herbei, der den Tisch übernahm, während er selbst zu einem Rechner ging. Darüber hingen die Bildschirme. Einige Läufe über die Tastatur brachten das Bild von eben zurück, eine Kamera hatte das Setzen festgehalten.

Lächelnd kam der Croupier zurück. »Mein Herr, Sie haben sich geirrt. Wenn Sie selbst sehen wollen?« Er verbeugte sich, und der blasse Gast tauchte in der Menge unter.

»Man muss es halt versuchen«, meinte Frank, »irgendwann klappt's vielleicht. Ich habe längst bemerkt, dass von überall Kameras auf uns gerichtet sind, ich habe einen Blick dafür.« Er zeigte Henry, wo sie angebracht waren. »Wenn du hier mit einem Geldkoffer ankommst, haben sie dich gleich und ein schönes Foto dazu fürs Finanzamt.«

»Wie lange wird ein Film aufgehoben? Da müssen irrsinnige Datenmengen entstehen.«

»Keine Ahnung«, sagte Gatow, der sich umschaute, »ich muss dringend meine Frau finden, sonst müssen wir wieder in meine alte Bude nach Hamburg Altona ziehen.«

»Ihr habt ja noch den Wagen, oder ist der geleast?« Als Frank schwieg, fragte ihn Henry, ob er eine Kamera bei sich habe.

»Sie ist für mich das, was du hier stecken hast.« Er zog einen Kugelschreiber aus der Brusttasche von Henrys Jackett. »In deiner Innentasche steckt bestimmt ein kleiner Block. Weshalb fragst du?«

»Es könnte sein, dass ich dich um ein Bild bitten würde.«

»Etwa von dem Mädchen, mit dem Antonia sich unterhält?«

Sie spielte um winzige Beträge, sie war hin und weg, sie gewann und freute sich riesig, wenn sie verlor, verzog sie schmerzvoll das Gesicht – und gewann wieder. Marion Dörner an ihrer Seite sah Henry erwartungsvoll entgegen.

»Wie geht es Alan Amber?«, fragte er, nachdem er Frank Gatow vorgestellt hatte.

»Den Umständen entsprechend.«

»Und wie sind die Umstände?« Henry wollte mehr erfahren, der Schock für Amber musste groß sein, die öffentliche Blamage kam hinzu, und jetzt würden sich alle Kommentatoren das Maul über die Gründe für den Angriff zerreißen.

»Ich gehöre nicht zum inneren Zirkel der Macht«, erklärte Marion mit gespieltem Bedauern. »Sie haben Mister Amber abgeschirmt, noch bevor der Arzt kam. Und sie beraten mit einem Anwalt, was sie gegen die Veröffentlichung der Fotos unternehmen können. Klar, dass Herr Heckler diese Art von Presse nicht im Sinn hatte, als er ihn eingeladen hat. Auch Mister Amber ist an den Fotos wenig gelegen, aber er hält sich gut, er kommt, wie ich gehört habe.«

»Woher weißt du das? Warst du nicht die ganze Zeit über hier?«

Marion spreizte Daumen und kleinen Finger, das Zeichen fürs Mobiltelefon. »Es soll nicht der erste Angriff gewesen sein. In Bordeaux haben sie schon Hunde auf ihn gehetzt, Prozesse laufen gegen ihn, er prozessiert gegen andere, es gibt jede Menge Anfeindungen, wenn man derart in der Öffentlichkeit steht, ist das normal. Seine Sekretärin hat da mehr gelitten, aber Amber hat ein dickes Fell.«

»Ich hoffe, Sie plaudern keine Betriebsgeheimnisse aus, Frau Dörner!«

Oh, Henry stöhnte in sich hinein. Die Stimme hinter sich kannte er, der Kettenhund war los – nur war er diesmal nicht hinter ihm her, sondern zeigte Frank Gatow die Zähne.

»Wir haben bemerkt, dass Sie vorhin während des Vorfalls fotografiert haben. Sie waren der Erste, Herr Vanzetti, Sie haben die erste Aufnahme bereits gemacht, als der Attentäter auf die Bühne stürzte. Eigentlich gehören Sie nicht zu den geladenen Gästen. Es ist ausschließlich Ihrer Gattin als Jurorin geschuldet, dass Sie die Einrichtungen des Hotels nutzen dürfen …«

»Ich suche mir morgen was anderes«, unterbrach ihn der Fotograf, »heute wird's ja wohl noch gehen. Ich hatte nicht vor, den Heckler-Verlag zu schädigen.«

»Ein Auszug ist nicht nötig, aber da Sie den Verlag nicht schädigen wollen, sind wir uns einig. Darauf wollte ich hinaus. Wir möchten Ihre Bilder – wir kommen Ihnen entgegen, Sie bleiben unser Gast, und Sie händigen uns dafür die Speicherkarte aus.«

»Sogar die Speicherkarte? Sofort?«

»Das wäre uns am liebsten, aber morgen früh lässt sich das auch machen. Ich danke Ihnen sehr für Ihr Verständnis.«

»Das ist ausschließlich meiner Frau geschuldet. Danken Sie ihr.« Er wandte sich ihr zu mit einem Blick, mit dem sich Menschen verständigen, die genau wissen, was sie voneinander zu halten haben, dann küsste er sie auf die Wange und flüsterte auf Italienisch.

Henry war entsetzt. Ein Fotograf, der ohne Not seine Bilder herausgab? Hatte er sich in Frank Gatow getäuscht?

»Und Sie, Meyenbeeker, sabotieren unsere Veranstaltung und verspielen mit dem Champagner in der Hand die Kellerei Ihrer Lebensgefährtin?« Der Kettenhund knurrte jetzt ihn an.

»Oh«, sagte Henry erstaunt, noch immer von Gatows Reaktion geschockt. Er blickte in sein Glas. »Es ist leer.« Er hielt es Koch hin: »Holen Sie mir ein neues – und bringen sich auch eins mit? Dann stoßen wir auf den gelungenen Abend an – oder? Ich zahle – oder vielmehr der Schwarze Hans.« Das »Oder« von Frau Stöckli am Ende des Satzes gefiel ihm, es ließ alles so schön offen. Als Koch noch nach der passenden Entgegnung suchte, wandte Henry sich der Bar zu. »Lassen Sie, ich bringe Ihnen gern eines mit. Sonst noch jemand?«

Marion Dörner nickte verwirrt, sie wusste mit den letzten Worten Kochs nichts anzufangen. Henry kehrte um. »Wenn sich unser Stasimann in meinem Leben so gut auskennt, dann kann er dir ja gleich alles erzählen, nicht wahr, Herr Koch? Oder? Aber dann bitte die ganze Geschichte. Das verlangt die journalistische Sorgfaltspflicht.«

Als Henry wieder an der Bar darauf wartete, trat Gatow zu ihm.

»Ich habe dir angesehen, dass du meine Zustimmung zu dem Deal in den falschen Hals gekriegt hast.«

»Wirklich?«

»Ganz sicher. Die Fotos sind längst bei meiner Agentur eingetroffen, einstöpseln, ein paar Tasten drücken, den Rest macht der Computer. Den Chip habe ich ihm gegeben, ich habe einen neuen dabei. Die Morgenzeitungen sind längst gedruckt, meine Bilder, wenn sie denn gedruckt werden, erscheinen frühestens übermorgen und wenn, dann unter dem Namen der Agentur.«

»Du vergisst das Internet, vielleicht stehen sie bereits im Netz.«

»Puh – ich hab's glatt vergessen, tja, ich werde alt. Aber ich habe es auch satt, dass mich Smartphones, Touchpad-Computer und anderer Elektroschrott vor sich hertreiben. Man vergisst die Suche nach dem guten Bild und den richtigen Gedanken bei dem Technikkram. Bring mir auch einen Schampus mit, wenn er gut ist. Ich muss nicht fahren und habe das Bett in der Nähe. Nebenbei, was läuft mit der jungen Dame in Blau?«

»Von meiner Seite aus absolut nichts …«

»Verstehe«, sagte Gatow und nahm zwei Gläser entgegen, Henry die beiden anderen. »Die nächste Runde geht auf mich, wie gesagt, wenn er was taugt.«

Sie gingen zurück zum Roulette. Koch redete noch immer auf Marion ein, sie blickte zu Boden, sicher breitete er Henrys Lebensgeschichte vor ihr aus. Marion sah ihm mit einem Ausdruck von Enttäuschung wie auch Zorn entgegen, bei Koch war es Hohn und Befriedigung. Wären Frank und seine Frau nicht hier gewesen, Henry hätte sich ins Bett verzogen, um seine Ruhe zu haben. So aber drückte er dem verdutzten Koch ein Champagnerglas in die Hand.

»Ich bin nicht nachtragend, oder?«

Schade, dass Koch die Bedeutung des »Oder« mit dem betonten Fragezeichen dahinter nicht verstand, aber Henry fand keine Möglichkeit mehr, seine Bedeutung zu erklären oder Marion zu fragen, was sie jetzt von ihm wusste, denn die Unruhe am Eingang des Casinos ergriff die Spieler, einzelne Casinobesucher begannen, Beifall zu klatschen.

Alan Amber war zurück unter den Lebenden und obenauf, wenn auch mit Schrammen im Gesicht, dazu ein Siegerlächeln. Die Hände grüßend erhoben betrat er den Saal, begleitet vom Rattenschwanz seiner Fans und Claqueure, allen voran der strahlende Gastgeber Heckler. Sofort gesellten sich Koch und Marion zu ihnen, sie strafte Henry noch im Abgang mit einem vernichtenden Blick. Hätte ein hilfloses Schulterzucken oder ein trauriger Seufzer ihr nicht besser gestanden?

Vergeben ist eben vergeben, sagte sich Henry und fragte sich, was sie jetzt bewegte. War sie eine von denen, die das Spielzeug, das sie nicht kriegen können, lieber kaputt machten, bevor sie es anderen überließen? Sie hätte ihn ganz einfach nach seinen Lebensumständen fragen sollen, er hätte ihr ganz einfach geantwortet, nur hatte er bislang keine Veranlassung gesehen, über sich, Isabella und Peñasco zu reden. Marion erinnerte ihn an ein verwöhntes Kind. Er nahm sich vor, sich nach ihrem Hintergrund zu erkundigen – oder sollte er sie morgen selbst danach fragen?

Heckler präsentierte derweil das Casino wie sein eigenes. Amber lächelte, drückte Hände, wechselte hier und dort einige Worte, sicher Bekundungen seines Wohlbefindens. Henry verkniff sich, ihn auf das geplante Interview anzusprechen, das war eine Sache zwischen ihm und Ambers Büro, möglicherweise wusste er selbst noch gar nichts davon und erfüllte lediglich seinen Dienstplan.

Der Tross des Weingurus beendete den Rundgang am Roulette zwischen dem Florentiner Saal und der Baccara Bar. Sofort wurde Platz geschaffen, Koch brachte einen Stuhl mit Armlehnen. Ambers dankbares Schulterklopfen ließ ihn gleich zehn Zentimeter wachsen.

Henry war ihm mit Gatow und Vanzetti gefolgt, es gefiel ihm, dass beide ihre Namen behalten hatten, auch wenn es bei ihr der Name des Exmannes war – es war auch der eines renommierten Weingutes, was ausschließlich ihr Verdienst war. Gatow nahm nach dem Blick auf die Gruppe um Amber mögliche Kamerapositionen diskret ins Visier. Seine rechte Hand steckte in der Tasche des Sakkos. Frank nickte, als er Henrys fragenden Blick bemerkte. Dort steckte die winzige Kamera.

»Ich habe in jungen Jahren gelernt, aus der Hüfte zu fotografieren, als es für Besitzer von Presseausweisen von den Bullen extra was auf die Glocke gab«, zischte er zwischen den Zähnen. »Ich werde sehen, was sich machen lässt. Was ich damit anfange? Keine Ahnung.«

Henry hatte seinen Gewinn in Champagner umgesetzt. Wenn er beim Roulette setzen wollte, musste er auf die ursprünglich reservierten fünfzig Euro zurückgreifen, die Jetons klapperten in seiner Jackentasche. Vorher wollte er sehen, wie Amber spielte, denn er hatte sich bestimmt nicht aus Spaß an den Tisch gesetzt. Alle schauten ihm auf die Finger, fast alle Zuschauer hatten zwar selbst Jetons in Händen, die mit leisem Klicken fleißig auf Zahlen oder Kombinationen gesetzt wurden, aber jemand wie Amber wusste sicher, wie man richtig damit umging.

Er tat es völlig kopflos, oder sein System war nicht zu durchschauen, falls es eines gab. Jedenfalls gewann er, und wenn er die Jetons legte, folgten ihm sofort viele andere, sodass der ungeübte Betrachter nicht erkennen konnte, wessen Einsatz auf der Linie zwischen neun und zwölf lag. Der Croupier behielt den Überblick und den Rechen in der Hand, mit dem er die verlorenen Einsätze zu sich heranzog, was auf dem weichen Tuch ein anderes Geräusch verursachte als das Hinschieben der Gewinne. Das war kein Wunder, denn die Verluste waren größer als die Gewinne.

Gerade als Henry von der Bar kam, wo er sich ein Glas Weißburgunder geholt hatte, begegnete ihm das Winzerehepaar, das er schon im »Il Calice« getroffen hatte, und man grüßte sich flüchtig. Ihnen folgten zwei Herren, der eine groß und hager mit einem Clark-Gable-Bärtchen, kurz vor dem Zusammenprall mit Henrys Weinglas hielt ihn sein Begleiter am Ärmel fest. Henry bat um Entschuldigung und ging zum Roulette zurück, wo sich alle, die bisher nur zugeschaut hatten, am Spiel beteiligten, wenn auch mit niedrigen Einsätzen. Nur Amber spielte hoch. Er gewann noch immer, er häufte die Jetons vor sich zu kleinen Säulen und genoss die bewundernden Blicke. Marion bekam von Heckler irgendeinen Auftrag zugeflüstert, sie verschwand und kam mit einem Ober wieder, der ein Glas und eine mit Rotwein gefüllte Dekantierkaraffe auf einem silbernen Tablett neben Amber stellte.

»Es ist der 2008er Hecklinger Schlossberg von Bernhard Huber, ein Großes Gewächs«, erfuhr Henry von Koch, der sich als Kenner darstellte.

»Der GaultMillau hat ihm sechsundneunzig Punkte gegeben, es heißt, es sei der beste Spätburgunder Deutschlands«, wusste ein anderer und hätte wer weiß was dafür gegeben, kosten zu dürfen.

»*Wonderful, a marvellous, outstanding wine*«, bemerkte Amber, als er nach dem Riecher die Nase hob und sich im Bewusstsein sonnte, dass alle sein Urteil erwarteten. »*Blackberries, cassis and black cherries, sweet tannins, medium-bodied, a lively acidity.*« Amber sah sich lächelnd um, sein Kommentar war Gebet, alle pflichteten ihm bei, obwohl kaum jemand den Wein kannte. Eine derartig vage Beschreibung fand man überall, sogar in der EDEKA-Post oder in der Weinbeilage von Real. »Brombeere, Schwarze Johannisbeere und Schwarzkirsche, süße Tannine, ein mittlerer Körper, eine lebendige Säure.« Das sollte alles sein?

»*I would say – ninety-eight points.*« Amber stand auf und umarmte Heckler. Schade, dass kein offizieller Fotograf zugegen war, zumindest war die Scharte vom Abend ausgewetzt.

Aber die nächste kündigte sich an. Von dem Moment an, als Henry seinen ersten Einsatz wagte, verlor Amber. Henry setzte zehn Euro auf Gerade, Amber auf Zahlen, die ihm nichts einbrachten, während Henry das Gesetzte verdoppelte. Beim nächsten Spiel ereignete sich das Gleiche, und so ging es weiter. Henry ließ den Einsatz stehen, spielte nur mit dem, was er hinzugewann. Amber trank, der Burgunder gefiel ihm, er war begeistert – oder gab er das nur vor? Nein, das hatte er nicht nötig. Da Henry mit geringem Einsatz spielte, fiel seine Gewinnsträhne zuerst nicht auf, erst als er auf Zero setzen wollte und der aufs Geratewohl hingeschobene Zehn-Euro-Jeton auf der Eins liegen blieb und die Kugel auch, wandte sich die Aufmerksamkeit der Spieler und der Zuschauer ihm zu. Dreihundertsiebzig Euro in Jetons wurden ihm zugeschoben – mit einem Schlag, was für ein Glück!

Das bestätigte ihm auch Marion, die plötzlich wieder neben ihm stand. »Geld und Erfolg machen sexy«, sagte sie. »Erfolg hast du ja anscheinend auch bei den Frauen, wie man hört. Hast dir eine reiche Bodega-Besitzerin geangelt. Und jung soll sie auch sein. Da kann man nur gratulieren. Hier«, sie nahm seine Hand und legte einige Jetons hinein, »setze für mich, ich verlasse mich darauf, dass du gewinnst. Wir teilen.«

»Alles auf einmal?«

»Wie du willst. Ich werde dein Glück testen!«

Henry hatte plötzlich Jetons im Wert von zweihundert Euro in der Hand. Er legte alles auf Pair und wartete, die Kugel rollte, sie sprang zuletzt klimpernd über die Zahlenfächer, hüpfte kurz wieder in die Bahn und fiel zurück.

An der Anzeige über ihren Köpfen erschien die Vierundzwanzig!

Wütend über sein Glück schob ihm Marion seinen Gewinn zu. »Glück im Spiel, Pech in der Liebe, sagt man nicht so? Dabei könntest du auch darin Glück haben. So ein Pech auch.«

Alan Amber war aufmerksam geworden. Was vorher vor ihm gelegen hatte, häufte sich jetzt vor Henry, auch die Karaffe war fast leer. Er wandte sich jemandem hinter sich zu, mit dem Auftrag, weitere Jetons zu holen, was auch geschah. Aber er bekam sie nicht von dem Mann, den er losgeschickt hatte, sondern von einem Fremden. War es der mit dem Bärtchen, mit dem Henry eben fast zusammengestoßen war? Ehe Henry sich Klarheit verschaffen konnte, hatte die Menge ihn wieder verschluckt.

Henry hatte bisher im Stehen gespielt. Jetzt wollte er sitzen, plaudern und etwas trinken. Er schob dem Croupier einen Stapel Jetons zu. »*Pour les employés.*« Das war der Beitrag fürs Personal. Sein letzter Blick galt Amber, ihre Augen trafen sich. Amber war dankbar, dass er ging, er glaubte wohl, seine Glückssträhne jetzt wiederaufnehmen zu können.

»Lasst uns was trinken«, sagte Henry zu Antonia Vanzetti, hakte sie gut gelaunt unter. »Wir versaufen meinen Gewinn und essen eine Kleinigkeit dazu, ich lade euch ein«, sagte er zu Frank. »Was soll ich mit dem Geld sonst machen?« Er blickte sich um, sah Marion, sie tat ihm leid, er winkte sie her, und sie schloss sich ihnen tatsächlich an.

Beim Essen erfuhr er, dass ihr Vater ein Abfüllunternehmen besaß, so war sie zum Wein gekommen, und sie betrachtete ihre Arbeit bei Heckler als vorübergehend. Sie wollte sich die Weinbranche aus verschiedenen Perspektiven ansehen, bevor sie in den Schoß des väterlichen Betriebes zurückkehrte.

Also noch eine reiche Erbin, dachte Henry und lächelte verbindlich, er wollte sich nicht weitere Sympathien bei Heckler und Konsorten zerstören. Der Kettenhund strich schnüffelnd vorbei, sicher, um die Lage zu peilen. Er wusste anscheinend nicht, was er von Marions Anwesenheit am Tisch halten sollte.

Und als ginge es nur darum, ihn zu ärgern, kehrte Henry nach dem Essen ans Roulette zurück. Amber hatte wieder einige Säulen vor sich aufgetürmt, sein Gesicht hatte sich entspannt, es war klar und bei seiner Position auch selbstverständlich, dass er gewann. Als er Henry erblickte, war die gute Laune vorbei – und auch seine Glückssträhne. Er verlor, Henry gewann, in kleinen Schritten, aber kontinuierlich. Mal setzte er auf drei Zahlen in einer Querreihe, mal auf die ersten drei Nummern und gewann das Elffache seines Einsatzes, dann auf ein Carré vier angrenzender Nummern. Auf die einfache Transversale war seine Gewinnquote 5:1. Und Amber verlor, und auch Antonia Vanzetti und Marion, die mittlerweile neben ihm standen, drängte sich der Eindruck auf, dass Amber ihn für sein Pech verantwortlich machte. Er forderte Nachschub, und obwohl Henry nicht weiter spielte, verlor Amber wieder und verlangte nach immer neuen Jetons. War er betrunken?

»Was er verliert, hast du gewonnen«, hauchte Marion ihm ins Ohr. Sie gab nicht auf.

»So viel gewinne ich leider nicht. Er füttert die Bank, er kann nicht aufhören. Kennst du den Mann, der ihm die Jetons bringt? Ist es einer von euren Juroren? Er kam vorhin gleichzeitig mit den italienischen Winzern.«

»Nie gesehen«, sagte Marion, »soll ich Koch fragen?«

»Da gehe ich besser, der bringt Unglück.«

»Nein, warte bitte.« Marion verschwand, Henry wechselte auf die andere Seite des Tisches und stellte sich neben Amber.

»Wir spielen nicht gegeneinander, Mister Amber, wir spielen beide gegen die Bank, wie der Rest der Welt.«

»Wenn Sie es so sehen«, meinte Amber von oben herab in seinem schönen Oxford-Englisch, »dann wird es so sein. Sie bringen mir Unglück, Mister.«

Das war keine gute Voraussetzung für ein Interview. In diesem Moment sah Henry, wie eine knochige Männerhand ein Silbertablett zwischen ihnen abstellte, diesmal mit einer Flasche statt mit einer Karaffe. Amber sollte schlafen gehen, dachte Henry, statt betrunken sein Geld zu verspielen. Aber dann würden die Nachtmahre über ihn herfallen und ihn mit gelben Rosen und seinen Punkten traktieren.

Frank postierte sich auf der anderen Seite des Tisches, Henry gegenüber. Da alle auf den Spieltisch starrten, sah niemand die winzige Kamera in seiner Hand. Wen wollte er fotografieren? Amber oder … Henry blickte zur Seite, aber da war niemand mehr, nur die Flasche auf dem Tablett und ein Glas.

Es wird Zeit, sich davonzumachen, sagte sich Henry, schlich sich ohne jeden Gruß zum Ausgang, wechselte die Jetons und nahm knapp eintausendzweihundert Euro entgegen.

9

Die Rufmordmaschine

Koch blieb vor der Tür von Hecklers Suite im obersten Stockwerk des Hotels stehen, befahl Henry barsch, zu warten, klopfte, und als er das »Herein« hörte, ließ er ihm den Vortritt.

Er warf noch einen letzten Blick in den abgesperrten Flur, an dessen hinterem Ende die Tür zu Ambers Räumen abging. Gleißendes Licht fiel von innen auf den Gang, darin bewegten sich Personen in weißen Anzügen, abgeschirmt von uniformierten Polizisten. Weitere Lampen standen zwischen glänzenden Aluminiumkoffern und leuchteten den Flur aus.

»Sicherlich die Spurensicherung, die Mordkommission und der Staatsanwalt?«, fragte Henry, aber Koch blieb stumm.

Über kurz oder lang würde er sie alle kennenlernen. Niemand würde verschont werden, alle Juroren würden einer nach dem anderen verhört oder befragt werden. Und da Alan Amber Engländer war, würde auch Scotland Yard vielleicht heute oder spätestens morgen einige Mitarbeiter schicken, um den Mord aufzuklären. Sie trauten den Deutschen noch immer nicht, den »Fritzen«. Die Pflege des alten Feindbildes war eine ihnen lieb gewordene Beschäftigung. Jedenfalls war das hier ein »großer Bahnhof«, ein Prominenter war ermordet worden, um das Wie wurde weiter ein Geheimnis gemacht, und der Fall erregte international Aufmerksamkeit. Vor dem Hoteleingang lungerte die Sensationspresse, gierig wie Hunde beim Anblick von Fleisch.

»Bitte!« Koch wies auf die Tür vor sich.

Henry wandte den Blick von den Ermittlern ab – er würde sich hier umsehen, wenn der Trubel vorbei war – und betrat den Raum. Heckler blickte aus dem Panoramafenster und drehte ihm den Rücken zu. Langsam und im Bewusstsein seiner Bedeutung, die er mit dieser Bewegung unterstreichen wollte, wandte er sich gänzlich um – lauernd und böse. Es war klar, dass Heckler ihm gegenüber weder wohlwollend war noch freundschaftliche Gefühle hegte. Wer in der Lage war, eine solche Firmengruppe aufzubauen, auch wenn es sich nur um einen kleinen Fachverlag handelte, konnte nicht dumm sein – höchstens von Ambitionen gehetzt oder von Furien getrieben. Wahrscheinlich ist beides der Fall, dachte Henry und bemühte sich, die eigenen Gedanken beiseitezuschieben und sich ganz auf den Mann am Fenster zu konzentrieren, obwohl er sich lieber neben ihn gestellt und die Aussicht über Baden-Baden und auf die Schlossruine auf dem Battertfelsen genossen hätte, dort oben mitten im Wald.

»Schön gewohnt haben sie, die Markgrafen von Baden, zumindest mussten sie die traumhafte Aussicht geschätzt haben. Oder haben sie so hoch gebaut, weil sie Angst vor Feinden hatten?«

»Sie können gehen«, sagte Heckler mit befehlsgewohnter Stimme, die keinen Widerspruch duldete, ohne auf das Gesagte einzugehen. Henry stutzte. Weshalb hatte er ihn gebeten, zu kommen? Aber Koch war gemeint.

»Nun lassen Sie uns endlich allein! Danke. Ich brauche Sie nicht mehr – vorerst.«

Koch begriff nur langsam, dass er gehen sollte. Das würde er nicht Heckler, sondern Henry ankreiden, er würde es ihm nie verzeihen, dass er Zeuge einer Situation geworden war, in der er selbst gemaßregelt wurde. Eine derartige Situation und auch der Ton wären für Henry zwei Gründe gewesen, sich umgehend nach einem anderen Wirkungskreis umzusehen. Wer kein Hund war, wusste von allein, wann er zu gehen hatte. Genau deshalb arbeitete er lieber allein.

»Gehen Sie einen Kaffee trinken, und Sie schicken uns den Zimmerservice her, damit er uns einen bringt«, sagte Heckler etwas freundlicher zu der Dame, die an einem Schreibtisch des zum Büro umfunktionierten Wohnraums der Suite saß. Henry bemerkte sie erst jetzt. Die Falten in ihrem dienstgrauen Gesicht hießen zu Recht Magenfalten – die Sekretärin fraß den Ärger über die Allüren des Chefs in sich hinein. Was blieb ihr anderes übrig? So wie sie ertrugen viele Frauen in den Büros dieser Welt klaglos die großen und kleinen Despoten, die Ersatz-Feldherren und Mini-Strategen, ihre Launen, ihr Brüllen und die niemals ausgesprochene Angst, zu versagen.

Etwas lauter als gestattet zog die Sekretärin die Tür hinter sich zu, also regte sich doch noch ein Rest von Widerstand. Der ließ Henry schmunzeln, doch Hecklers Ton keineswegs.

»Setzen Sie sich!« Er wies auf die Sitzgruppe in der rechten Ecke des mindestens vierzig Quadratmeter großen Raums neben dem falschen Kamin. Oder war der echt? Henry blickte auf die Anordnung der Sitzgelegenheiten. Einer der Sessel war größer als die anderen, er war Heckler vorbehalten, es wäre provokativ, sich dort hinzusetzen, deshalb nahm Henry auf dem Sofa Platz. Das war zwar unbequemer, aber er konnte Heckler von der Seite sehen und wurde nicht geblendet.

Die taktische Entscheidung war Heckler nicht entgangen. Er setzte sich, starrte Henry an und schwieg. Der erwiderte den Blick, ein Kräftemessen begann, das unentschieden ausging, denn Heckler griff nach einem in schwarzem Leder gebundenen Buch und schlug es auf. Dann hob er den Kopf.

»Ich habe vergangene Nacht lange überlegt, ob ich Herrn Koch beauftrage, Ihnen nahezulegen, sofort abzureisen. Aber ich habe es mir heute anders überlegt. Sie können den Schaden wiedergutmachen, den Sie angerichtet haben, ich hätte Verwendung für Sie.«

»Welchen Schaden?«, fragte Henry, obwohl er wusste, worum es sich handelte. Dass jemand »Verwendung« für ihn hatte, hatte er in den letzten zwanzig Jahren nicht zu hören bekommen.

»Sie haben mir mit Ihrem dummen und infantilen Kommentar zur Politik meine Veranstaltung gesprengt, mich vor meinem Gast blamiert und auch vor den anderen Juroren. Das ist unverzeihlich, Herr … Meyenbeeker. Nach allem, was ich über Sie erfahren habe, halte ich Sie für einen Mann, der weiß, was er tut. Weshalb schaden Sie mir?«

»Das lag keineswegs in meiner Absicht, Herr Heckler, durchaus nicht.« Das war ehrlich gemeint. »Wenn es so war, tut es mir leid. Ich entschuldige mich. Mit meiner Meinung über Politiker stehe ich allerdings nicht allein. Und nach dem Eklat auf der Bühne war der Abend sowieso gelaufen, da stand niemandem mehr der Sinn danach, sich die Plattitüden Ihres … eines Lokalmatadors anzuhören. Wer hat nicht die Ohren voll von dem Unsinn, den diese Leute von morgens bis abends herunterleiern?«

»Ihr zweiter Gedanke macht Ihre Entschuldigung zunichte. Außerdem unterstellen Sie mir, dass ich einen Redner präsentiert hätte, der Unsinn redet. Was denken Sie sich? Hätte er die Wahl gewonnen, wäre er Ministerpräsident.«

»Hat er aber nicht. Was glauben Sie, wie Politiker heute allgemein gesehen werden? Sie stehen auf der Beliebtheitsskala ganz unten …«

»… wie Journalisten!«

»Ich weiß, dass Sie mich meinen. Aber das trifft mich nicht. Hinter allem stecken Interessen, und ich bin nicht der Einzige, der Ihren Politiker für Ihren Lobbyisten hält, um offen zu sein. Warum, glauben Sie, haben so viele den Saal verlassen? Das mit Amber war ein schlechter Auftakt, und die Spielbank lockte. Sie lassen die Challenge nicht umsonst fast nebenan stattfinden. Zum anderen kennen sich viele Juroren untereinander, haben sich lange nicht gesehen, da gibt es eine Menge zu erzählen«

»Sie übersehen, dass die Baden-Baden Wine Challenge meine Veranstaltung ist, Herr Meyenbeeker! Hier bestimme ich, sowohl über das Programm als auch darüber, wer woran teilnimmt. Sie waren der Stein des Anstoßes, der Zünder. Und später haben Sie unseren Freund Amber zu exorbitanten Einsätzen getrieben. Wer weiß, ob das der Grund für den Mord war.«

»Das meinen Sie doch nicht ernst?« Henry schaute Heckler ungläubig an und schüttelte den Kopf.

»Mit Ihrer scheinbaren Großzügigkeit und Ihren Lokalrunden haben Sie ihn vorgeführt und bloßgestellt. Ich beherrsche diese Tricks besser. Sie haben mit ihm gespielt, sich über ihn gestellt, Sie haben ihn zwar nicht verführt, aber Sie haben ihn verleitet!«

»Als erwachsener Mensch ist er für sein Handeln selbst verantwortlich, oder vielmehr war er es.«

»Der Mord scheint Sie nicht sonderlich zu berühren.«

»Höre ich da einen Vorwurf, Herr Heckler? Wollen Sie etwa zum Ausdruck bringen, dass ich damit etwas zu tun habe?«

»*Quod erat demonstrandum*, was zu beweisen wäre!«

Der Mann war verrückt. Er war mit diesem Satz zu weit gegangen, hatte eine Grenze überschritten und war sein Gegner, wenn nicht sein Feind geworden. Henry blickte ihn böse an. »Behaupten Sie das allen Ernstes?«

Heckler blieb die Antwort schuldig, der Zimmerservice unterbrach sie, Kaffee wurde eingeschenkt, die Stimmung war so feindlich, dass die Schwingungen im Raum die junge Kellnerin verwirrten und sie verschüchtert die Suite verließ. Henry war klar, dass die Unterredung längst nicht beendet war, wenn man Kaffee kommen ließ und die anderen Mitarbeiter wegschickte. Was plante Heckler?

»Sie haben mich eingeladen, also müssen Sie auch mit mir fertigwerden. Wenn Sie wollen, packe ich auf der Stelle meine Koffer.« Der Gedanke, zum Kaiserstuhl zurückzukehren und dort weiterzumachen, wo er aufgehört hatte, war nicht einmal schlecht. Es wäre nur schade um die Challenge.

»Sie werden nichts packen, Herr Meyenbeeker. Sie bleiben hier! Die Polizei hat die Ermittlungen aufgenommen. Es ist allen Juroren untersagt, Baden-Baden zu verlassen, damit auch Ihnen, und wer das doch tut, so hat mir der leitende Kriminalbeamte versichert, wird mit Haftbefehl gesucht werden. Unter anderen Umständen hätte ich Sie allerdings rausgeworfen.«

»Festhalten kann mich die Polizei nur bei konkretem Tatverdacht.«

»Es wird ein Leichtes sein, den zu konstruieren, seien Sie unbesorgt.«

»Und unter diesen Umständen ist es besser, dass ich gehe.« Henry erhob sich.

»Ich habe eben gesagt, dass Sie bleiben!«, sagte Heckler scharf. »Ich will, dass Sie für mich einen Auftrag erledigen.«

»Das ist nicht Ihr Ernst.«

»Wieso zweifeln Sie eigentlich meine Worte an? Von meinem Mitarbeiter, Herrn Koch, habe ich ein durchaus positives Bild von Ihnen vermittelt bekommen – nach Ihrer Reise durch Andalusien.« Der Ton der Unterredung nahm an Schärfe zu. »Es wäre dumm von Ihnen, und für dumm halte ich Sie nicht, ich glaube nur, dass Sie bei Ihrer Arbeit als Goldnase die Bodenhaftung verloren haben und allzu großkotzig geworden sind. Sie sollten sich klarmachen, es ist *unser* Geld, das hier ausgegeben wird, und unser Marketing! Es sind unsere Veranstaltungen, bei denen *Sie* auftreten dürfen. Ihnen fehlt in Ihrer spanischen One-Man-Show das Korrektiv. Halt!«

Henry stand an der Tür, die Klinke in der Hand.

»Setzen Sie sich! Machen wir es kurz: Sie ermitteln parallel zur Polizei – für mich. Ich will den Mörder kennen, bevor die Polizei ihn findet. Amber wurde auf meiner Veranstaltung als mein Gast und sozusagen unter meinem guten Namen ermordet, und ich werde auch den Mörder liefern. Das bin ich mir selbst, dem Verlag, Ambers Familie und dem guten Ruf von Baden-Baden schuldig. Und Sie, Señor Meyenbeeker, werden ihn finden. Sie brauchen mich nicht wie einen Schwachsinnigen anzustarren. Sie werden Ihre Gefühle von jetzt an unter Kontrolle halten, besonders in Bezug auf die Aufgabe, die vor Ihnen liegt.«

Das konnte nicht wahr sein. Erst beschimpfte Heckler ihn, warf ihm vor, seine Veranstaltung zu torpedieren, ihn zu beleidigen, Amber zu idiotischen Einsätzen verführt zu haben, als wenn der Trottel nicht alt genug wäre, und jetzt sollte er den Privatdetektiv spielen?

»Nicht mit mir, Herr Heckler. Außerdem können Sie mich gar nicht bezahlen.«

»Das werde ich auch nicht …«

»An der Challenge nehme ich weiter gerne teil, ich habe absolut nichts gegen Sie oder den Verlag, andernfalls wäre ich nicht gekommen. Aber ich mische mich nicht in die Mordgeschichte ein. Das bringt mir nur Ärger, sowohl mit der Polizei als auch mit den Mördern.«

»Ist Ihnen der Ärger mit mir lieber?« Heckler grinste so siegessicher, dass Henry vorsichtig wurde. Sein Gegenüber, ein Wadenbeißer erster Güte, hatte sicher noch einen Trumpf im Ärmel, den würde er gleich ausspielen. So war es. Henry setzte sich, dafür stand Heckler auf, ging zum Schreibtisch und kam mit einem Aktenordner wieder. »H.M.« las Henry auf dem Rücken, seine Initialen. Es handelte sich um die Sammlung seiner Newsletter.

»Ich weiß, wen Sie kennen, welche Kellereien Sie favorisieren, ich kenne Ihre Gedanken und weiß, wo Sie sich bewegen.« Er öffnete den Ordner. »Und hier«, er hielt eine Klarsichthülle mit Zeitungsausschnitten hoch, »hier habe ich den Fall, mit dem Sie sich vor Jahren in La Rioja hervorgetan haben. Ich kenne Ihre Verbindung zum Hause Peñasco, natürlich auch zur Erbin des Vermögens.« Heckler grinste anzüglich, er musste sich für unbesiegbar halten. »Ich weiß, dass Sie die Weine der Kooperative Lagar in Deutschland unterbringen wollen. Nicht alle Weinhändler sind verschwiegen. Und ich«, jetzt machte er eine lange Pause, setzte sich wieder und lehnte sich zurück, »ich habe die Möglichkeit, das alles zunichtezumachen, das alles zu zerstören! Ich kann Sie vernichten. Meine Publikationen decken alle Bereiche der Weinwelt ab. Schauen Sie sich die Liste der Juroren an, aus aller Welt kommen sie zu mir. Jetzt sind Sie platt, was? Ja, machen Sie ruhig große Augen, Herr Meyenbeeker, knirschen Sie mit den Zähnen, oder nennen Sie es Erpressung. Sie haben gar keine Wahl. Es gibt niemanden, bei dem Sie sich beschweren könnten. Ihren Ruf in Spanien zu zerstören ist sogar noch einfacher als hier bei uns. Irgendwas findet man immer, wenn man jemandem am Zeug flicken will. Da würden sich Herr Koch mit Freuden und auch Frau Dörner mit ihrer ganzen weiblichen Bosheit beteiligen. Eine junge hübsche Frau weist man nicht ungestraft ab, und Treue wird selten belohnt. Halten Sie sich diesen Franzosen vor Augen, der Name ist mir entfallen, den vom Währungsfonds, der hat sich von seiner New Yorker Affäre nicht erholt. Etwas bleibt immer hängen.«

Wieder maßen sich die beiden Männer mit Blicken. Zwischen den Männern war der Machtkampf entschieden, Henry fühlte, dass er stärker war, aber Heckler hatte die besseren Karten – zumindest einstweilen. Er spielte eine weitere aus, die noch mehr Bosheit offenbarte.

»Es gibt einen weiteren Grund, mit mir zu kooperieren. Es könnten Informationen an die Gesundheitsbehörden durchsickern, dass etwas mit Ihren Lieferungen aus Spanien nicht stimmt, und dann sind Sie bei Ihren Weinhändlern abgemeldet. Die wechseln den Lieferanten, nichts einfacher als das. Wie wollen Sie das Ihren Partnern bei Peñasco und Lagar vermitteln?«

Henry blickte in seine immer noch leere Kaffeetasse, die Heckler jetzt füllte. Er stellte das silberne Kännchen beiseite, lehnte sich genüsslich zurück, schlug die Beine übereinander, verschränkte die Arme vor der Brust und grinste Henry an.

»Na? Ist das ein Angebot? Meinen anderen Mitarbeitern gegenüber bin ich nicht so großzügig. Und wenn Sie wollen, dürfen Sie sogar für mich schreiben – gegen Zeilenhonorar.«

Auf Henry wirkten diese Eröffnungen wie ein Kasperletheater. Heckler war ein Idiot, so hatte er ihn noch gar nicht gesehen. Nur die Rollen in diesem Stück waren nicht klar. Wenn Heckler nicht das Kasperle war, dann musste er der böse Zauberer oder der Teufel sein. Aber das war der Mörder. Um den ging es anscheinend gar nicht mehr. Alles drehte sich ausschließlich um Heckler.

»Haben Sie nicht daran gedacht, dass auch mir daran gelegen sein könnte, den Mörder zu fassen, dass ich mich auch ohne Ihre beleidigenden Drohungen auf Ihre Seite gestellt hätte? Sie gehen davon aus, dass alle Menschen per se Ihnen feindlich gegenüberstehen. Was haben Sie für ein Weltbild, Herr Heckler? Glauben Sie, dass alle Menschen so … negativ sind wie Sie?«

Mit dieser Reaktion hatte der Verlagschef nicht gerechnet. Er starrte Henry an, verständnislos und verwirrt zugleich. Seine linke Hand fuhr auf der Lehne seines Sessels hin und her. »Was Sie von mir halten, ist mir völlig egal.«

»Sie brechen einen Krieg vom Zaun, der gar nicht geführt werden muss. Am besten hören Sie zu, wenn jemand redet. Ich habe weder beabsichtigt, Sie zu beleidigen noch Ihre Veranstaltung zu sprengen. Ich hatte schlicht und einfach keinen Bock, mir einen Politschwätzer anzuhören, der letztlich doch nur eine Rolle im Kasperletheater spielt, sicher eine, von der Sie glauben, dass Sie ihm diese zugewiesen haben. Aber die Deutsche Bank oder die Bilderberger, diese geheimnisumwitterten Politiker und Wirtschaftsmagnaten, machen auch ohne Not kurzen Prozess mit Heckler und allen seinen so wichtigen Publikationen. Von den Auflagen des Stern sind Sie Lichtjahre entfernt. Und solange Sie nicht nach Davos eingeladen werden, machen Sie sich besser keine Gedanken über Ihre Bedeutung.«

Hatte Heckler erwartet, Henry klein und zerknirscht vor sich zu sehen, so hatte er sich getäuscht. Henry wusste zwar noch nicht, wie, aber er war sich sicher, dass er die Pläne des kleinen Arschlochs ihm gegenüber durchkreuzen konnte. Hecklers Forderung, den Mörder zu finden, würde ihm mehr Bewegungsfreiheit geben, als dem Verlagschef lieb sein würde.

»Ich nehme Ihr Angebot an, unter der Bedingung, dass ich freie Hand habe und von Ihnen genau über den Ermittlungsstand der Polizei informiert werde. Ich gehe davon aus, dass Sie einverstanden sind. So …« Henry stand auf, bevor der Verlagschef widersprechen konnte. »Ich habe von jetzt an eine wichtige Aufgabe zu erledigen, Sie werden mich entschuldigen. Wir sehen uns dann heute Abend bei ›Fidelio‹. Passen Sie auf, dass …«

Er nickte Heckler zu und öffnete die Tür zum Flur. Draußen stand Koch und redete auf einen langen und dürren Mann ein, der nicht zu den Juroren gehörte. Zu einem schlabbrigen Anzug in einer Farbe zwischen Hellgrau und Beige oder Braun trug der Mann ein graues Hemd und eine graue Krawatte. Die Geheimratsecken machten ihn älter und verliehen ihm die philosophische Aura eines Unantastbaren. Eine kleine junge Frau neben ihm schaute Henry mit großen Augen an. Sie wirkte auf ihn, als sei sie von dem Gesagten angewidert, oder davon, dass sie vor der Tür hatte warten müssen. Der linke Mundwinkel war heruntergezogen, tiefer als der rechte. Ihr Gesicht war rund, was durch den Schnitt ihres aschblonden Haars betont wurde, falls man die Unfrisur einen Schnitt nennen wollte.

»Na, fertig?« Koch hatte die Frage hochmütig gestellt, als meinte er »fertiggemacht«.

Der arme Kerl hatte die Erfahrungen mit seinem herrschsüchtigen Vater bis heute nicht bewältigt. Es war der erste Gedanke, der Henry zur Erklärung von Kochs Verhalten in den Sinn kam. In diese Kerbe schlug er.

»O ja, Ihr Chef und ich sind uns in allem einig, nur noch nicht über Ihre Rolle, Herr Koch.« Mit diesen Worten ließ er die drei vor der offenen Tür stehen.

Weshalb er Opern hasste? Weil ihm jede melodramatische Ader fehlte. Diese Kunstform ließ ihn schaudern, der Gesang war ihm so unangenehm wie anderen das Kratzen mit den Fingernägeln über Stoff, das Scharren einer Schaufel über Beton oder der Bohrer des Zahnarztes. Er hielt es für übertrieben, wenn ein Bariton mit dem Schwert in der Brust eine Arie schmetterte oder wenn Fidelio im Kerker schmorte und dabei aus vollem Halse sang. Genauso schlimm empfand er Schubertlieder, bei Interpreten wie Rudolf Schock war der Nachname Programm gewesen, und drei Tenöre waren auch nicht besser als einer.

Er blieb lieber beim »Forever Young« von Rapper Bushido und Karel Gott, ein grandioser Zusammenschnitt der so gegensätzlichen Interpreten und der Verbindung beider Kunstformen. Es war schmerzhaft und schön wie das Zerreißen der Mona Lisa. Ansonsten liebte er die klassische Musik, Madrigale trafen sein Innerstes so wie mittelalterliche Chormusik. So war es ihm eine Freude, Frank Gatow die Eintrittskarte abzutreten. Der liebte Opern und konnte seine Frau begleiten. Beide würden einen schönen Abend zusammen verbringen.

Als Henry Gatows Hotelzimmer aufsuchte, um ihm die Karte zu geben, holte der Fotograf zwei Flaschen Bier aus der Minibar.

»Ein Pils muss für euch Berufstrinker nach dem Wein die wahre Erholung sein«, meinte er, und sie stießen mit den Flaschen an.

»Wo ist deine Frau?«, fragte Henry. »Es wird Zeit, sich in Schale zu schmeißen. Ein Opernabend verlangt ausgefeilte Vorbereitungen, insbesondere für Damen: ein Bad nehmen, Haare föhnen, Fingernägel lackieren, die Klamotten aussuchen, in letzter Sekunde noch was bügeln, was dann kein Schwein bemerkt ...«

»Antonia ist praktisch veranlagt. Sie kommt vom Land, die Stadt und ihre Neurosen hatten sie nie in der Mangel. Sie streift lieber durch die Weinberge als durch Florentiner Boutiquen. Sie musste vorhin an die frische Luft, mit ihren Italienern. Mir reden ihre Begleiter zu viel, die beratschlagen, ob sie heute Abend sogar ihr Pausenbrot und den Wein mit in die Oper nehmen, wie letztes Jahr in Verona. Dort haben wir uns während der Vinitaly, wo sie ihre Weine auf der Messe präsentiert hat, in der Arena ›Aida‹ angeschaut. Großartig, ein Vergnügen, bei bestem Wetter unter einem traumhaften Sternenhimmel. Es sind sogar Besucher eigens deshalb hingeflogen.«

»Der Wahnsinn hat Methode. Ich erinnere mich an eine ›Aida‹-Aufführung vor den Pyramiden, da kostete die Eintrittskarte fünftausend Euro. Sternenhimmel ist gut, Pausenbrot und Wein auch, der Rest ist geschenkt. Ich brauche übrigens die Fotos aus dem Casino von letzter Nacht, und zwar die Aufnahmen von Amber, als er die Jetons zugesteckt bekam. Du hattest eine kleine Kamera in der Hand, als er den zweiten Wein bekam. Hast du davon Fotos? Mich interessiert, wer neben oder hinter ihm stand, wer ihm die Jetons zusteckte, wer den Wein brachte. Hat man ihn vergiftet?«

»Keine Ahnung, wie er umgekommen ist. Die Polizei macht ein Geheimnis draus. Die neuen Bilder muss ich mir erst ansehen. Ich kann sie dann auf den Rechner übertragen.

Darf ich wissen, wozu? Bei deinem grimmigen Gesicht kann es nur mit dem Mord zusammenhängen. Als ich ins Hotel kam, hat mich die Kripo sofort gegriffen und in einen separaten Raum gebracht, da saßen schon vier oder fünf Hotelgäste. Wir sind alle verhört worden, ein Massenverhör, fünf Beamte in einer Reihe vor viereckigen Tischen und davor saßen wir. Das hat mich an Kafkas ›Schloss‹ erinnert und Orwells ›1984‹. Die Situation war grotesk und unheimlich, ich kam mir ausgeliefert vor.«

»Wir können uns auch nicht wehren – wenn wir uns nicht verdächtig machen wollen. Man muss kooperieren.«

»Es ist doch viel wichtiger, ob man verdächtig ist – und das sind erst einmal alle im Hotel.«

»Was wollten sie wissen?« Henry war nach der Erpressung, anders konnte er das Gespräch mit Heckler nicht bezeichnen, an allem interessiert, auch an den Verhörmethoden und dem Inhalt der Befragung.

»Ich habe einen Satz, der mich in schwierigen Situationen leitet«, meinte Frank. »Wer fragt, der führt! Ich habe versucht, mich beim Verhör daran zu halten, aber der Kommissar, der die Ermittlung leitet, so ein langes Elend, bei dem du darauf wartest, dass er jeden Moment durchbricht, hat sich nicht darauf eingelassen. Er ist ein Schlaumeier.«

»Geheimratsecken und ein Anzug von undefinierbarer Farbe?«

»Hat er dich auch schon drangekriegt?«

»Nein, ich hatte eine widerliche Unterredung mit unserem Gastgeber.« Ohne zu zögern berichtete Henry von dem vorausgegangenen Gespräch. Vertrauen war immer eine Sache des Gefühls.

»Ein Wort nach draußen, hat Heckler gedroht, und ich mache Sie fertig. Er will dann seine Maschinerie in Gang setzen, das ›Clockwork Heckler‹, die Rufmordmaschine. Er hätte gut in Stanley Kubricks Film mitspielen können.«

»Du hast ihm höllisch auf die Füße getreten.«

»Er lässt an mir seine Wut über die Rosenattacke und den Mord aus. Alles, was er oder seine PR-Strategen ausbaldowert haben, ist in die Hose gegangen, genau das Gegenteil ist eingetreten. Was ist mit dem Rosenattentäter?«

»Keine Ahnung, aber wieso erzählst du gerade mir das alles?«

»Weil du den gleichen Ärger kriegst, wenn deine Bilder erscheinen. Nun sag endlich, was die Polizei wollte. Mir ist das ein Rätsel. Da wird Amber ermordet, gestern steht er noch auf der Bühne, dann haut ihm dieser Irre die Blumen ins Gesicht, das war genau geplant, ich habe ihn gesehen, wie er an der Wand lehnte …«

Das hatte Frank auch bemerkt. »Als er auf die Bühne rannte, wusste ich, dass er nicht nur Blumen überreichen wollte. Da hatte ich die Kamera bereits in der Hand. Ich finde es auch merkwürdig, dass so wenig über den Mord bekannt wird. Keiner weiß, wie er umgebracht wurde, nichts verlautet über die Todesursache und wann es geschehen ist, um wie viel Uhr …«

Für Henry war der Zeitpunkt klar: »… als das Licht in der Nacht ausgefallen ist. Du erinnerst dich daran, dass der Hoteldirektor sich dafür entschuldigt hat?«

»Ich war nicht dabei, das muss gewesen sein, als er bei euch die Ansprache gehalten hat. Antonia hat davon erzählt … Aber du wolltest wissen, was die Kriminaler mich gefragt haben. Alles, alles wollten sie wissen, woher ich komme, was ich hier mache, wo ich in der fraglichen Zeit war – als wenn ich das wüsste. Ich sagte, dass ich keine Ahnung von der fraglichen Zeit hätte. Ach – und ob ich jemals in Großbritannien war, wollte er wissen. Ansonsten bin ich der Einzige mit einem Alibi: Antonia. Wir geben uns gegenseitig eins, sonst hat wohl kaum einer mit jemand anderem im Bett gelegen.«

»Wer weiß, ob Amber nicht aus der Bar vom Casino eine

abgeschleppt hat, du erinnerst dich an die großen Blondinen?«

»Die sind für die alternden Zaren, die Oligarchen.«

»Aus dir spricht die Erfahrung mit alternden Italienern. Wir brauchen deine Fotos. Ich erinnere mich, dass neben oder hinter Amber mehrere Frauen am Roulette standen, seine Sekretärin jedenfalls war nicht da, die hat bei der Rosenattacke bereits ihre Nervenattacke gekriegt.«

Inzwischen hatte Frank den silbernen Aluminiumkoffer mit seinen Kameras aufgeklappt. »Na ja, und dieser Neureuther, der Oberpolizist fragte, ob ich Amber kenne, ob mir was Besonderes aufgefallen ist – was soll einem auffallen? Was ist denn was Besonderes? Die wichtigen Details zeigen sich erst im Lauf der Untersuchung. Den Auftritt im Spielcasino habe ich vorsichtshalber nicht erwähnt. Ich halte mich raus, bei derartigen Angelegenheiten stinkt es immer. Sagst du mehr, als sie fragen, dann hängen sie dir was an. Sagst du zu wenig, bohren sie weiter. Man muss so tun, als sei man der Idiot, für den sie alle Leute halten. Außerdem bin ich vorsichtig, mir hat mal jemand den Arm zerschossen.«

»Ein Polizist?«, fragte Henry entsetzt. Also daher stammte die Behinderung.

»Nein, ein … ein Mann … ein Privatmann – aber das erzähle lieber ein andermal.«

Henry starrte ihn an; da steckte mehr dahinter, als er sagte, viel mehr, aber jetzt interessierte ihn etwas anderes. »Wenn der Rosenattentäter zu den Juroren gehört, hat er die Attacke geplant, nachdem er eingeladen wurde und von Ambers Anwesenheit erfahren hatte, oder hat er sich deshalb einladen lassen?«

»Woher soll ich das wissen?« Frank zuckte entschuldigend mit den Achseln. »Kann man sich denn selbst einladen? Antonia und du, ihr seid eingeladen worden. Irgendwann hat sie mir von Ambers Kommen erzählt.« Er hatte jetzt die Kamera in der Hand und schaltete sie ein. »Erinnerst du dich, ob die Einladung zuerst kam und später das Programm mit dem Hinweis auf Ambers Teilnahme, oder stand das gleich in der Einladung?«

Henry hatte die entsprechenden Mails längst gelöscht. »Ich müsste herausfinden, ob sich jemand nachträglich einladen ließ, das wird sich anhand der Gästeliste klären …«

Frank hielt den Gedanken für müßig. »In gewissen Kreisen sprechen sich die Dinge herum. Es können also auch Außenstehende über Ambers Kommen informiert gewesen sein. Der Mörder von Amber ist auf jeden Fall unter den Juroren zu finden. Das Ding war geplant. Willst du noch ein Bier?«

Während er zum Kühlschrank ging, ließ er auf dem Display der Kamera die Bilder passieren. Henry setzte ihm derweil seine Überlegungen weiter auseinander. »Der Mörder sah es als perfekte Gelegenheit, die Zahl der Verdächtigen ins Unendliche auszuweiten. Hundertvierzig Juroren sind hundertvierzig Verdächtige, alle so international aufgestellt wie Amber, alles Weinexperten, und jeder kannte ihn persönlich oder indirekt.«

»Alle mit im selben Boot, beziehungsweise Hotel, da war ja ›Tod auf dem Nil‹ ein Pappenstiel dagegen«, bemerkte Frank zynisch.

»Du redest, als wäre das hier nichts anderes.«

»Dich berührt der Mord auch nicht sonderlich. Heutzutage ist alles Film, ist alles Inszenierung. Amber war so weit weg von uns, dass es einem nicht nahegeht. Promis sind nicht sie selbst, sie spielen sich nur. Die Bilder sind mächtiger als die Wirklichkeit selbst. Das ist nicht von mir, das ist von Baudrillard. Amber war seine Punkte. Es wurden Punkte ermordet.«

Henry war anderer Meinung, mit seinem Beruf und seiner wenn auch geringeren Bekanntheit stand er Amber näher als Frank.

Doch der folgte weiter seiner rein pragmatischen Sichtweise. »Jeder hier, bis auf dich und mich und Antonia, könnte was gegen ihn haben. Die Rosenattacke geschah aus Rachsucht und Eifersucht, aber umgebracht zu werden bedeutet, jemandem im Wege zu stehen, zu viel zu wissen. Jemand will an sein Geld, will seine Position einnehmen …«

»Hast du das verdammte Foto endlich?« Henry wurde ungeduldig. Es klopfte, und Antonia Vanzetti stürmte atemlos ins Zimmer und überhäufte ihren Mann mit einem Schwall von Worten. Der schaute auf die Uhr und legte die Kamera zurück in den Koffer.

»Tut mir leid. Morgen, morgen kriegst du die Bilder. Wir haben die Zeit vergessen, unten steht bereits ein Shuttle, die Namen werden abgehakt, es könnte eine polizeiliche Anordnung sein. Wir müssen uns für die Kontrolle vor der Oper was einfallen lassen.«

Henry zog sich in aller Eile um. Er hatte doch tatsächlich die Eintrittskarte wieder eingesteckt. Um den beiden den Spaß nicht zu verderben, hastete er zum Bus. Vor ihm stieg der Holländer van Buyten grußlos ein, er war ihm von allen Juroren am Tisch als Einziger unsympathisch. Er war engstirnig, starr in seinem Urteil, das er mit dem Hauch des Absoluten versah, Widerspruch nahm er als persönliche Beleidigung. Das einzig Witzige an ihm war sein holländischer Akzent.

»Welcher Idiot schickt so einen miserablen Wein zur Bewertung? Den würde ich nicht einmal in meinem Billig-Sortiment führen.«

Dieses Urteil stand ihm nicht an, denn gleichzeitig schielte er auf die Bewertungen seiner Nachbarn. Henry hätte im Gegenzug fragen können, wer einen derartigen Idioten zur Challenge eingeladen hatte. Ihm stand der Sinn weder nach Konversation noch hatte er Lust, diplomatisch zu sein, und er war froh, als van Buyten sich im Bus weit weg auf den freien Platz neben einem Mann setzte, der Henry leider nur zu gut bekannt war. Mendoza!

Wo immer sie sich in Spanien begegneten, gingen sie sich sofort aus dem Weg, um sich nicht an die Gurgel zu gehen. Mendoza wusste um Isabellas politisches Engagement und hatte sie die »bekannteste Leichenschänderin La Riojas« genannt. Der Beleidigungsprozess war längst nicht entschieden. Von Isabella wusste er, dass Mendoza mit Pedro Varela in Verbindung stand, einem bekannten rechtsradikalen Verleger mit der Ansicht, dass Konzentrationslager eine Erfindung der Alliierten waren und auch nicht Millionen Juden ermordet worden waren. Und als er jüngst wieder als Märtyrer seiner Bewegung eine Gefängnisstrafe abzusitzen hatte, entblödete sich der päpstliche Nuntius in Spanien nicht, ihm zu schreiben, dass »der Heilige Vater ihn in seine Gebete einschließen« würde. Die Zusammenarbeit der Rechten und der Klerikalen war bedeutend älter als ihre Allianz in General Francos Bürgerkrieg – und noch immer schwebte der Geist des Generals über den kastilischen Ebenen und Gebirgen. Mendoza trug dazu bei, dass es so blieb. Und wenn die beiden Männer hinter ihm vertraulich tuschelten, gehörte van Buyten sicherlich zu den Gesinnungsgenossen. Henry sollte beide weiter beobachten. Als er über das Wie nachdachte, erreichte der Bus das Festspielhaus.

Hier stand zur Kaiserzeit der Bahnhof Baden-Badens. Nicht die Gleise, wohl aber der repräsentative Teil mit der Schalterhalle war als Foyer in das Opernhaus integriert worden. Aus dem Wartesaal zweiter Klasse war ein Restaurant geworden. Im Wartesaal erster Klasse, dem ehemaligen Fürstenzimmer, wurden sie zu einem Empfang erwartet. Als er die gewaltige Menschenmenge auf dem Platz vor dem Festspielhaus sah, begriff Henry, warum ihre Anwesenheit vor dem Hotel gecheckt worden war. Bei zweieinhalbtausend Besuchern würde es nicht auffallen, wenn Frank seinen Platz einnehmen würde und er selbst sich aus dem Staub machte. Es war nicht leicht, den Fotografen in dem Gewimmel auszumachen, und nachdem er ihm die Eintrittskarte übergeben hatte, war Henry zufrieden, die wimmelnde Menschenmenge vor dem Festspielhaus hinter sich zu lassen. Außerdem hielt sich wahrscheinlich Ambers Mörder in dem Gebäude auf.

10

Chaostheorie

Während sämtliche Juroren und die Belegschaft des Heckler-Verlags sich der Oper hingaben, schlenderte Henry zufrieden durch eine Fußgängerstraße an kleinen Läden vorbei und betrachtete die Auslagen, ohne sie wirklich zu sehen. Ihm gingen van Buyten und Mendoza nicht aus dem Sinn. Der spanische Neonazi, Falangist oder Rechtsradikale, egal, wie man ihn nennen wollte, war eine Gefahr – nicht für die Demokratie, dazu war er zu unwichtig, wohl aber für seine Mitmenschen. Er verkörperte das alte Spanien, erzkatholisch und voller Sehnsucht nach der verlorenen Größe, nach dem Reich, in dem die Sonne nicht unterging, das einst große Teile Europas und der Philippinen beherrschte, die Urbevölkerung Lateinamerikas nahezu ausgerottet hatte und in Nordafrika noch immer Kolonien besaß. Es war das Spanien, das sich gegen jeden Fortschritt wehrte, weil man sich damit der gottgewollten Ordnung von Herr und Knecht in den Weg stellte, beherrscht vom spätfeudalen Geist, der beharrlich jeder Erneuerung trotzte. Für Henry waren diese Leute zu faul zum Denken, zum Arbeiten und zu dumm, Entwicklungen zu begreifen. Es hätte auch bedeutet, sich zu ändern.

Und trotzdem hatte er, während er durch die abendliche Straße schlenderte, ein Gefühl von Heimweh. Er fühlte sich einsam, zum ersten Mal, seit er wieder hier war. Er spürte etwas wie Sehnsucht nach der Familie, nach den Peñascos: Isabella, Sebastián, die Tante Isabellas, »La Cantora« genannt, die Sängerin. Da war Salgado, ein anständiger Polizist, einer, der endlich mal auf der richtigen Seite stand und ziemlich verzweifelt war, weniger über die Strukturen des Apparats als über die Beschaffenheit des Menschen, ja, Salgado war ernüchtert. Da waren die Bauern der Kooperative, einfache und klare Menschen, die weder modern sein wollten noch sich mit Apple-Technologie brüsteten. Zu ihnen zog es Henry hin, und er fragte sich, ob es nicht doch an der Zeit sei, endgültig bei Bodegas Peñasco einzusteigen. Und doch empfand er auch Baden-Baden als Teil seiner Heimat, genau wie Rheinhessen und den Kaiserstuhl, wo er sich sofort heimisch gefühlt hatte, wie selten zuvor in einer deutschen Region. So einfach würde der Wechsel zu Peñasco nicht. Er hatte Verpflichtungen, er hatte Verantwortung übernommen, für seine Kunden und für die Weinbauern. Mochten andere sich ausschließlich nach ihren Interessen richten, nichts als den eigenen Vorteil vor Augen, für ihn war das kein Maßstab. Wie verkommen musste ein Heckler sein, um einen Gast, als solcher war Henry hier angereist, derartig unter Druck zu setzen; wie böse musste er sein, um ihm zu drohen, nicht nur die eigene Lebensgrundlage zu zerstören, sondern auch seine Familie. Henry hätte damit umgehen können, wenn nur ihm die Drohungen gegolten hätten, aber Peñasco, das hieß Isabella, mit hineinzuziehen, ging zu weit.

Henry würde Heckler derart in die Pfanne hauen, dass er es nie vergessen würde. Er war viel zu sehr Spanier – gewesen und geworden, als dass er Heckler diese Niedertracht durchgehen lassen konnte. Er musste wissen, wer Heckler war, er musste zu ihm vordringen, wissen, was in ihm vorging und wo er verletzlich war. Sollte er sich an Marion ranmachen, ihr Liebe oder Begehren vorgaukeln, sie benutzen, um in den Verlag einzudringen? Diese Lösung lag ihm nicht, er würde sich auf eine Stufe mit Heckler stellen. Weshalb hatte er gerade ihn als seinen Spitzel ausgewählt? War

Koch nicht besser geeignet? Das hätte zu ihm gepasst. Oder traute er ihm das nicht zu? Waren noch andere im Hintergrund, die sich bedeckt hielten? Er bewegte sich langsam durch ein Minenfeld ... Er hätte die Einladung nach Baden-Baden nie annehmen dürfen.

Und noch etwas anderes kam Henry zu Heckler in den Sinn, als er die Passanten auf sich zukommen und an sich vorbeigehen sah. Würde die Kripo ihn als Veranstalter über den Stand ihrer Ermittlungen nicht auf dem Laufenden halten? Galt er als verdächtig, hatte er mit dem Mord zu tun, wusste mehr darüber und musste daher wissen, was vor sich ging? Hatte Heckler Alan Amber eingeladen, um ihn den Mördern auszuliefern? Ich bin nicht Journalist geworden, um als Spitzel zu enden, sagte er sich, für wen auch immer, auch nicht für die Polizei.

Wieso hatte Heckler einen Mendoza und diesen van Buyten zur Challenge eingeladen? Bei der Auswahl der Juroren waren sicher keine politischen Maßstäbe angelegt worden, sondern die fachliche Eignung sollte im Vordergrund stehen – sollte. Ich muss hierbleiben, auf Gedeih und Verderb, sagte sich Henry, er durfte nicht abreisen, bevor er die Lösung für das Problem Heckler gefunden hatte. Zwei verdammt komplizierte Aufgaben warteten auf eine Lösung: Er musste den Mörder finden und den Verlagschef neutralisieren. Was ihm Mut machte, war, dass er beides für möglich hielt. Und dann war da noch Jürgen Templin, der Mann und sein grausames Schicksal bewegten ihn. Wieso stellte sich bei ihm der Eindruck ein, dass der Winzer längst nicht so kaputt war, wie er vorgab zu sein?

Er musste Isabella anrufen. Die Frage nach dem Urheber des Anschlags mit der Chlorbleichlauge war nicht geklärt, und sie hatte auch nichts von sich hören lassen, was gar nicht ihrer Art entsprach. Doch hier auf der Straße und in dem Café, auf das er zusteuerte, hätten Fremde mithören können, und Spanisch war eine Weltsprache.

Auf den letzten Metern zum Café stutzte er und musste zweimal hinsehen, er traute seinen Augen kaum: Am Rand der Fußgängerzone standen zwei lebendige Pferde vor einer Kneipe. War Lucky Luke unterwegs? Henry schüttelte den Kopf, als er das schicke Pärchen im Sattel sah, beide mit einem Champagnerglas in Händen. Zu ihren Füßen neben der Schiefertafel mit dem Abendgedeck jaulten zwei unruhige Jagdhunde. War das Werbung fürs Galopprennen am Wochenende? Die beiden im Sattel machten nicht den Eindruck, dass sie dort für Geld saßen. Sie waren mehr in Sachen Eigenwerbung unterwegs, Selbstdarstellung als Selbstzweck. Sie, die teure Gespielin, die sonst im Sylter »Gogärtchen« und im »Pony-Club« vor der Kampener Düne abfeierte, wirkte ängstlicher als er, dem schon rotgesichtig der Champagner den Blutdruck in die Höhe trieb, oder war es die Angst vor dem Pferd? Er gehörte wohl der toxischen Elite von Anlageberatern, Konzernchefs und Mediengrößen an und war bereits betrunken. Die Pferde tänzelten, ansonsten blieben sie stumm, und Henry nahm sich vor, irgendwann im Alter, wenn er sich mit diesen Tieren angefreundet hätte und ihre Sprache verstehen würde, die Geschichte der Menschheit aus Sicht der Pferde zu schreiben. Es würde nichts vergleichbar Vernichtendes über sie geben, weder bei Homer noch von Dante oder Shakespeare. Immer hatten die Pferde für die Menschen den Karren, die Kanone oder die Psyche aus dem Dreck ziehen müssen.

Ähnlich wie die Reiter gebärdete sich das Publikum im »Le Bistro«. War es hier angenehmer als nebenan im »Eiscafé Capri«, von wo aus man herüberstarrte und gern dazugehört hätte? Henry wollte nichts weiter als einen Kaffee trinken. Das Angebot darüber hinaus war ein Kaleidoskop der Stadt. Die rheinische Schickeria kreuzte auf, opernfeindlich wie er, das Münchner Pendant dazu, langhaarige Männer mit Gold im Ohr und teurem Ticken am Handgelenk. Der Großvater schob sein Basecap auf der Glatze zurecht, während seine junge Frau auf Stilettos sich um den aufrechten Gang bemühte. Der erfolgreiche Frauenarzt, just vom Tennisplatz zurück, hatte den Mohairpulli lässig um die Schultern gelegt und schwärmte von seiner Yacht auf dem Starnberger See. Nur der Unternehmer aus St. Petersburg, wie seine vorrevolutionären Ahnen nach wirklicher Erholung lechzend und in einem Wörterbuch nach deutschen Begriffen suchend, beobachtete indigniert die Tischmanieren seiner drei tätowierten Leibwächter und bohrte in der Nase. Erfrischend dagegen der Anblick Jugendlicher im H & M-Einheitslook, die sich laut lachend durch die Stuhl- und Tischreihen des »Le Bistro« schoben und dabei der frühreifen Tochter einer weißrussischen Matrone auf den Hintern starrten. Der Araber rechts von Henry hatte den Burnus abgelegt und sich mit Adidas arrangiert, so wie die lustige Witwe mit strassbesetzten Cowboystiefeln.

Die Kellnerin und der Kellner hinter Henry kommentierten die Darbietung, ihre Stimmen drangen an Henrys Ohr wie aus dem Souffleurkasten: »… fünfzigtausend Bewohner bedienen fünftausend Millionäre …«

Sind es tatsächlich so viele?, fragte sich Henry, als sich ihm eine Pranke auf die Schulter legte. Er fuhr herum. Er hatte Frank erwartet, aber der hatte wahrscheinlich erst Fidelios ersten Akt hinter sich. Die Pranke gehörte dem Kollegen von Tisch dreizehn, dem Winzer François Dillon von der Loire. Ob er auch hier nach »seiner Spezialität« verlangen würde, einem Sauvignon Blanc?

Er zog sich mit der Geste der Verschwiegenheit einen Stuhl heran und setzte sich.

»Schwänzen nennt man das wohl bei euch«, sagte er, bestellte ein Pils sowie Spätzle mit Gulasch vom Hirschen. »Sie ziehen es also auch vor, das städtische Leben zu genießen und sich nicht dem Gesang auszusetzen? Unter unseren Kulturenthusiasten befindet sich ein Mörder – was für eine absurde Vorstellung.«

»Es ist durchaus möglich, dass es mehrere sind«, unkte Henry, »weitere Mörder, verantwortlich für Taten, von denen wir nichts wissen. Ein Mord ist nur ein Mord, wenn er offenkundig wird. Aber es ist weniger der Mörder, der mich abschreckt, mit denen hat man häufiger zu tun, als man wahrhaben möchte. Mich schrecken die Sopranistin und der Tenor.«

»Bei uns im Dorf hat es mal einen Mord gegeben, da hat ein Mann seine Frau erschlagen, nach fünfunddreißig Jahren Ehe. Vor Gericht hat er gesagt, dass sie versucht hat, ihn mit ihrer schlechten Küche umzubringen, mit fettem Essen, und er sei ihr nur zuvorgekommen.«

»Wie hat er sie getötet?«, fragte Henry amüsiert.

»Er hat sie erschlagen, mit einer eisernen Pfanne.«

»Und wissen Sie, wie Amber umgekommen ist?«

»Ich weiß nur, was so geredet wird.« Der Winzer wurde ernst. »Er soll erschossen worden sein!«

»Woher wissen Sie das?«

»Was weiß man schon? Es wird geredet, gemunkelt, immer hinter vorgehaltener Hand. Offiziell ist es nicht. Die Polizei macht ein Geheimnis daraus.«

»Wie standen Sie zu Amber? Hat er Ihre Weine mal bewertet?«

Die abwehrende Geste des Winzers war eindeutig. »Das war mir nicht wichtig. Ich mache die Weine, wie ich es will, wie mein Terroir es zulässt, mein Weinberg, und setze, so weit wie es irgend geht, die Linie unseres Weingutes, also meines Vaters fort. Wir haben unsere festen Kunden, und denen sind die Punkte oder Goldmedaillen nicht wichtig. Es ist doch alles Quatsch.«

»Und wieso sind Sie dann hier?«

»Ich bin neugierig. Und ich will sehen, was die anderen so fabrizieren und ob alles mit rechten Dingen zugeht.« Der Winzer machte eine Pause und starrte nachdenklich vor sich hin. »Amber hat keine Macht, oder er hatte sie nie. Wir alle haben sie ihm gegeben, weil wir ihn stark geredet haben, weil wir ihn zitiert haben, uns auf ihn berufen haben, Sie als Journalist bestimmt auch. Und weshalb? Weil sich alle davon was versprachen, und hinterher wundern sich alle und jammern, wenn er sie gnadenlos in die Pfanne haut. Selbst schuld. Wenn ein Wein im Vorjahr zweiundneunzig Punkte bekommen hat, waren sie glücklich, haben sofort Rundschreiben an ihre Kunden und Händler geschickt, wie einer meiner Nachbarn. Kriegt er dieses Jahr nur siebenundachtzig, bleiben seine Kunden weg und kaufen einen anderen Zweiundneunzig-Punkte-Wein zum gleichen Preis. Oder sie fragen, wie der neue Jahrgang bewertet wurde, und wenn ich dann antworte, dass ich sie nicht habe bewerten lassen, glauben sie, ich hätte mich drücken wollen. Das ist ein Schnitt ins eigene Fleisch.«

Es konnte alles so sein, wie François Dillon ausgeführt hatte. Es wäre leicht, seine Einstellung zu überprüfen, auf der Homepage des Weingutes, ob er im französischen Weinführer Guide Hachette einen, zwei oder drei Sterne bekommen hatte oder ob das Weinmagazin Vinum ihn überhaupt jemals erwähnt hatte. Welche Rolle spielte François Dillon?

»Wieso sprechen Sie eigentlich so gut Deutsch – und nahezu akzentfrei?« Es war eine Frage, die Henry während ihrer Unterhaltung mehrmals in den Sinn gekommen war.

»Sie werden's nicht glauben«, sagte der Winzer, »es hat historische Gründe. Es heißt, dass der Krieg der Vater aller Dinge sei. Bei mir ist es der Großvater. Der war Soldat und dann Kriegsgefangener. Da hat sich meine Großmutter in ihn verliebt, deshalb ist er geblieben, ihre Liebe hat alle Diskriminierungen ausgehalten, er hat ihren Namen angenommen, um nicht aufzufallen. Und er soll wie ein Wahnsinniger unsere Sprache gelernt haben, die Sprachbegabung habe ich sicher von ihm, er hat mir alles beigebracht. Das hilft mir heute sehr im Verkehr mit euren Weinhändlern, es erleichtert die Geschäfte in Deutschland ungemein. Und je besser Franzosen und Deutsche sich verstehen, desto mehr Franzosen lernen Deutsch. Uns bleibt ja noch der Erbfeind England!«

Dillon bestellte nach dem Essen einen offenen Müller-Thurgau, eine Rebe, von der Henry partout nichts hielt. Er bat, um sein Vorurteil zu bestätigen, an Dillons Glas schnuppern zu dürfen. »Keine Sorge, ich stecke auch die Nase nicht so tief rein wie bei uns am Tisch«, merkte er scherzhaft an, und der Winzer schob ihm das Glas zu.

»Es ist erstaunlich, dass einem nach knapp fünfzig Proben pro Tag die Lust am Wein nicht vergeht. Ist das bei Ihnen ähnlich?«

»Das liegt am Wein«, sagte Henry und setzte das Glas ab, »dieser hier ist schön, einer der wenigen Müller-Thurgau, die mir gefallen, der Gehalt hat, Geschmack und interessante Aromen. Von welchem Gut kommt er?«

Sie ließen sich erneut die Weinkarte bringen. »Huber«, las Dillon vor, »Malterdingen, kennen Sie den Ort?«

Henry erinnerte sich, dass das Weingut Huber in Malterdingen sogar auf seiner Besuchsliste stand. Der Ort lag am östlichen Rande des Kaiserstuhls, die Gemeinde gehörte zur Region Breisgau, aber so genau wollte Henry es mit den Grenzen des Kaiserstuhls nicht nehmen. Diesen Huber würde er besuchen. Wer so etwas hinbekam, konnte auch aus anderen Rebsorten großartige Weine keltern. Hatte nicht auch Amber in der Nacht vor seinem Tod einen Wein von Huber bekommen? Aber sein letzter war es nicht gewesen …

Plötzlich machte sich sein Mobiltelefon bemerkbar, es war Isabella. Ihren Anruf hatte er sehnlichst erwartet, nur konnte er in Anwesenheit des französischen Winzers nicht offen sprechen. Es war zumindest beruhigend, dass es ihr gut ging, dass keine weiteren Attacken auf sie, auf Sebastián und die Kellerei stattgefunden hatten. Henry brauchte nichts zu sagen, Isabella erzählte. Der Inhalt der verunreinigten Tanks hatte sich als unrettbar gezeigt, und es war fraglich, ob die Versicherung zahlte, da eine kriminelle Handlung zugrunde lag. Nach dem Wert des Weins ab Kellerei kamen sie auf einen Verlust von zweihunderttausend Euro, und Sebastián hätte gestöhnt, denn die Entschädigungszahlungen für die unter der Franco-Diktatur annektierten Weinberge lagen als drückende Last auf der Bodega. Aber der Anstand erforderte die Wiedergutmachung. Für die Wiedergutmachung auf der menschlichen Ebene sorgte Isabella, was ihr von allen Geschädigten hoch angerechnet wurde.

»Du bist bedrückt«, sagte sie zum Schluss. »Kannst du nicht reden? Hört jemand mit?«

»Ich liebe dich!«

»Also hört jemand mit«, sagte sie lachend. Es war ihr Code dafür. »Ruf mich an, wann du willst, egal, wie spät es ist, ich warte darauf. Du fehlst mir und kommst hoffentlich bald. Wir brauchen dich hier! Dort braucht dich keiner!«

»Da irrst du. Aber darüber später mehr. – Meine Freundin«, sagte Henry entschuldigend und steckte das Mobiltelefon ein.

»Gut, wenn man eine hat. Ich bin gerade geschieden.«

»Oh …«

»Nein, es ist zwar meistens schmerzhaft, aber es war richtig. Ich habe erlebt, wie die Familie meiner Frau – meiner Exfrau – über das Erbe, das Weingut des Vaters hergefallen ist, wie drei Schwestern und die Mutter sich gegenseitig zerfleischt haben. Da ist bei mir die Liebe auf der Strecke geblieben, ich habe es mit der Angst zu tun gekriegt. Aber man kann es auch mit der Angst kriegen, wenn man sich vorstellt, dass man heute wieder in einem Hotel nächtigt, in dem ein Mörder umgeht. Es könnte ein Wahnsinniger sein …«

»… der sich eine Suite aussucht mit einem der berühmtesten Weinkritiker überhaupt, und gleichzeitig fällt der Strom aus? Glauben Sie das wirklich?«

Der Winzer schüttelte den Kopf. »Natürlich nicht. Man kommt ja mit den Chipkarten auch nicht einfach so in die Zimmer. Merkwürdig, dass der Strom genau zur Zeit des Mordes ausfiel.«

Dillon war der Ansicht, dass es bei dem Mord um das Begleichen einer alten Rechnung ging. Er vermutete einen Winzer als Täter, den Amber mit schlechten Bewertungen oder durch Totschweigen in den Ruin getrieben hatte.

Aber es gab kaum Winzer unter den Juroren. Auf diesen Einwand entgegnete Dillon, dass es genauso gut ein Importeur gewesen sein konnte, der große Mengen eben eines schlecht bewerteten Weines eingekauft hatte und nun auf unverkäuflichen Partien saß. Und der Mörder musste das Risiko, entdeckt zu werden, für gering halten.

»Er glaubt bestimmt, dass er so schlau ist, alles so gut eingefädelt hat – oder ausgeheckt – wie sagt man?, dass er nicht entdeckt wird. Und wenn es so war, wie Sie meinen, dass der Strom im richtigen Moment abgeschaltet wurde, muss er sich im Hotel ausgekannt haben, er hat dafür Helfer gebraucht. Ich halte auch das Hotelpersonal für verdächtig.«

»Ich bin der Mörder«, sagte plötzlich eine leise, tiefe Stimme hinter Henry, und er fuhr herum, sein Stuhl kippte, er stieß gegen den Tisch, Dillons Glas zersplitterte laut klirrend am Boden. Hinter ihm stand Frank und lachte. »Chaostheorie, mein Guter. Alles beginnt mit dem Flügelschlag eines Schmetterlings. Ein falsches Wort löst die Kettenreaktion aus: Aufspringen, kippen, zerschellen, jetzt kommen die Beschimpfungen, denen folgen Entschuldigungen, dann entstehen Kosten. Ich übernehme selbstverständlich die Rechnung für die Reinigung Ihrer Hose, mein Herr«, sagte der Fotograf zum Winzer, der aufgesprungen war, sich den Wein vom Hosenbein wischte, bemüht, seine Verärgerung nicht zu zeigen.

»Den neuen Wein zahle ich selbstverständlich auch. Was war es für einer?« Gatow sah sich um. Der Ober kam mit einer Schüssel warmen Wassers und einem weißen Tuch, mit dem der Winzer sich den Fleck aus der Hose rieb und sich die Hände abwischte. Alle Gäste starrten her, von weitem beobachtete auch Antonia Vanzetti das Geschehen, ihre italienischen Kollegen verabschiedeten sich gerade von ihr, und sie kam herüber.

»Was hast du denn wieder angestellt?«, fragte sie schmollend und spielte die tadelnde Ehefrau.

»Das war er«, sagte Gatow und zeigte auf Henry, der es einen Augenblick lang für bare Münze nahm. Dillon verlangte nach der Rechnung, und trotz der Bitte, zu bleiben, zog er brummend ab.

»Auf eines bin ich neugierig«, Frank blickte dem Winzer hinterher, »nämlich wie die Chaostheorie sich bei Amber auswirkt. War der Flügelschlag des Schmetterlings der Mord, oder hat der Flügelschlag vor langer Zeit stattgefunden und erst jetzt zum Mord geführt? Und was wird als Nächstes geschehen und was danach?« Er kniff die Augen zusammen und duckte sich, als würde er Schlimmes erwarten.

Antonias Antwort darauf war nicht für Henry bestimmt, sie erfolgte auf Italienisch, und Frank zog eine Flunsch.

»Ich werde mir nicht von dummen Fragen diesen wunderbaren Opernabend verderben lassen«, meinte Antonia Vanzetti jetzt auf Englisch, »das war nämlich das Hauptthema auf dem Cocktailempfang eben. Da möchte ich mir auch nicht eure Mordtheorien anhören.«

Da man morgen bereits um zehn Uhr mit den Proben fortfahren würde, wolle sie lieber mit ihrem Mann später noch ein wenig allein sein, denn nach der Challenge fahre sie mit dem Zug zurück nach Florenz, wo sie abgeholt werde.

»Vorausgesetzt, die Polizei lässt uns reisen. Die wird doch nicht einfach hundertvierzig Personen nach Belieben festhalten«, vermutete sie. »Franco wird mindestens noch zwei Wochen bleiben und im ›Il Calice‹ wohnen, das wäre sicher auch für Sie ein ideales Quartier, Signore Meyenbeeker, mitten drin im Kaiserstuhl.«

»Und wir könnten einiges zusammen erledigen und uns helfen. Das ist allemal kurzweiliger.«

»Ich kann mir denken, weshalb du bleiben willst«, sagte Antonia Vanzetti zu ihrem Mann, »aber versprich mir, dass du dich aus der Mordsache raushältst, misch dich nicht ein!«

»Auf gar keinen Fall«, schwor Frank, aber seine Frau blieb skeptisch.

»Wir werden morgen erleben, was passiert, wenn die Fotos vom Rosenkavalier in den Zeitungen sind. Wenn Heckler erfährt, dass die Bilder von Franco stammen, wirft er uns raus, dann können wir abreisen. Ich kenne Franco, an dem Abend, als das auf der Bühne passierte, brach sofort der alte Fotoreporter bei ihm durch. Ich hoffe, Signore Meyenbeeker, dass Sie vernünftiger sind als mein Mann. Halten Sie ihn von Abenteuern ab. Ich kenne ihn und weiß, was passiert, wenn die Neugier und der Tatendrang ihn packen.«

Signora Vanzetti studierte die Speisekarte, wickelte sich dann in ihre Stola, schlang sie eng um sich, und Henry empfand es als Geste, die ihrem Mann zeigen sollte, dass sie fror und den Wunsch verspürte, bald zum Hotel zurückzukehren. Aber einer Kleinigkeit für den späten Hunger war sie nicht abgeneigt, »wirklich nur eine Kleinigkeit«, und sie bestellte Wildmaultaschen mit Zwiebelschmelze und Kartoffelsalat, weniger, weil sie eine Vorstellung davon hatte, mehr, weil ihr die Worte gefielen.

»Amber hat sich ausführlich mit italienischen Weingütern befasst.« Gatow ließ sich nicht vom Thema abbringen. »Er soll sogar Sachverstand bewiesen haben. Wieso er sich in Italien auskennt, weiß ich nicht. Dazu kann meine Frau sicher mehr sagen, wir haben darüber bisher nie gesprochen.«

»Müsst ihr mir den Opernabend verderben?« Antonia Vanzetti verdrehte gekonnt ihre schönen dunklen Augen.

»Also gut – man kann ihm den Sachverstand keinesfalls absprechen, auch wenn einige Kollegen ihn den größten Manipulator aller Weinzeiten schimpfen. Er hat sich zum Piemont geäußert, er hat sich mit den Supertuscans beschäftigt und hat sich über Montalcino und Montepulciano ausgelassen. Besonders die Weine des südlichen Italiens sollen ihm vertraut gewesen sein, wie mir unsere Winzer aus dem Süden vorhin versicherten.« Sie wies mit der Hand in Richtung Hotel, das nur fünf Minuten vom Café entfernt lag. »Reicht euch das?«

»Das heißt keinesfalls, dass seine Motive lauter waren«, warf Henry ein.

Antonia Vanzetti stimmte unwillig zu. »Er wusste um seine Macht und seinen Einfluss, und wer sich dessen bewusst ist, der nutzt sie. Ich glaube, dass dort ein Motiv für den Mord liegen könnte. Es wird Knochenarbeit für die Polizei werden, herauszufinden, welchem Weingut er geschadet hat, wer unter ihm litt oder noch leidet.«

»Ich schließe mich dieser Theorie an«, sagte Frank, dessen Augen über das späte Publikum glitten, als suche er nach Fotoobjekten. Im »Le Bistro« war nach Schluss der Oper jeder Platz besetzt, viele Gäste, der Kleidung nach ebenfalls Opernbesucher, standen mit Gläsern in den Händen auf der Straße. Gatows Augen waren sowieso ständig in Bewegung, sie waren wie eine mobile Kamera. Ob er sich allerdings die Bilder dann auch merken konnte, entzog sich Henrys Erfahrung. Er hatte den Eindruck, dass Frank sich in Anwesenheit seiner Frau mit seiner Meinung zurückhielt. Sie würden morgen weiter darüber reden, die Fotos würden ihnen mehr zeigen, besonders die Szene, als Amber der Burgunder gebracht wurde.

Dorothea! Sie würde ihm helfen. Sie konnte es, und er hatte Vertrauen zu ihr. Henry saß kerzengerade im Bett. Der Morgen graute, der Blick auf die Uhr zeigte ihm, dass es gerade mal halb fünf war, aber er fühlte sich ausgeschlafen, nur die Augen waren entsetzlich müde und brannten. Denken konnte er ja schließlich auch bei geschlossenen Augen, doch er musste sich Notizen machen, um ja nichts zu vergessen.

Er erinnerte sich, dass Dorothea mal etwas von einem Computerspezialisten erzählt hatte, einem alten Freund von ihr, einem Hacker. Er wusste jetzt, wie er an Heckler herankam. Ihn begreifen bedeutete, in sein Computersystem einzudringen, in die Gehirne der Gegenwart. In ihnen wurden die Gedanken aufbewahrt, dort fand man die Denkmuster, die Strukturen des Unternehmens und Personalakten, die Beziehungen zu den Anzeigenkunden und die Finanzen, die Liste aller Juroren, derer, die hier versammelt waren oder abgesagt hatten. Alles war da drin, auch die Korrespondenz mit Amber. Bestimmt würde vieles verschlüsselt sein, geschützt von Passwörtern und Firewalls.

Man brauchte ein trojanisches Pferd! Er konnte es sich ausdenken, nur die Technik beherrschte er nicht, und es würde sicher nicht so einfach sein, wie im Kino dargestellt. Wenn Hacker in Großunternehmen eindrangen, in Banken und in militärische Systeme, würde es für die Spezialisten ein Leichtes sein, in einen Verlag einzubrechen. Vielleicht war es viel einfacher. Koch würde das Pferd des Sehers Kalchas oder des Odysseus in die virtuelle Stadt lassen, man musste ihn nur bei seiner Eitelkeit packen. An dieser Stelle waren die meisten zu packen, und wenn er erst einmal in der Stadt war … er war gespannt, was er alles zu sehen bekäme. Vielleicht ließ sich Heckler die Verkostungen in seiner Firma, die anschließend publiziert wurden, von den Weinlieferanten bezahlen? Was denkbar war, das war möglich – außer der Rettung der Welt. Daran waren sogar die Götter gescheitert.

Wie er es anstellen musste, Koch zu packen, fiel Henry auch sofort ein. Er würde sich als Unternehmensberater ausgeben, als Headhunter, der auf den grandiosen Weinjournalisten Koch aufmerksam geworden sei. Er holte sich sein Laptop ins Bett, legte es auf den Schoß und begann zu tippen:

»Sehr geehrter Herr Koch,

mit großem Interesse verfolgt einer unserer langjährigen Klienten aus dem Medienbereich seit geraumer Zeit Ihre publizistische Arbeit. Beeindruckt von der Form und dem Inhalt Ihrer namentlich gezeichneten Artikel sowie Ihrer fachlichen Kompetenzarbeit wurden wir gebeten, den Kontakt zu Ihnen herzustellen … Die Beschreibung des zukünftigen Tätigkeitsbereichs finden Sie im Anhang. Die jährliche Vergütung reicht an den sechsstelligen Bereich. Bitte behandeln Sie diese Angelegenheit mit der gebotenen Diskretion. In Erwartung Ihrer baldigen Antwort … Mit freundlichen Grüßen …«

Nicht nur Koch würde diesen Anhang öffnen, fast jeder würde es allein aus Neugier tun. Ein derart personalisiertes Schreiben blieb weder im Spam-Filter stecken, noch würde es von Virenscannern aufgehalten werden. Wikileaks hatte es vorgemacht. Und wenn Koch den Anhang erst einmal geöffnet hatte, war man im System und konnte darin herumfahren wie sein Webmaster in Barcelona mit dem TeamViewer auf seinem PC. Grandios, das war der Weg. Allein beim Gedanken an sein Vorhaben empfand Henry etwas wie bösartige Freude. Heckler hatte sicher nicht die Crème der IT-Wächter um sich versammelt, sondern die billigen und willfährigen. Gute Leute ließen sich nicht so entwürdigend behandeln, und in anderen Branchen wurde mehr gezahlt als im Verlagswesen. Das alles kommt mir jetzt zugute, sagte sich Henry und spürte, wie sich sein Gesicht zu einem Grinsen verzog.

11

Das Verhör

Er war einer der ersten im Verkostungssaal, und an Tisch dreizehn hatte bisher nur Josephine Rider aus London Platz genommen. Sie hatte das Haar hochgesteckt, ein Lidschatten mit einem schrecklichen Blau passte weder zum Lippenstift noch zum Blau des leicht ausgebeulten Strickkleids. Sie wirkte an diesem Morgen wie die Karikatur einer Englischlehrerin. Aber sie war eine Koryphäe auf dem Gebiet der Überseeweine, und sie schrieb erstklassige Artikel.

»Jetzt übe ich diesen Beruf seit dreißig Jahren aus und bin vor jeder Probe wieder aufgeregt. Ich frage mich, ob ich wirklich alles richtig mache, ob ich gerecht bin, ob ich einem Winzer oder einer Kellerei Unrecht tue. Geht Ihnen das auch so?«

Vor Henry lag eine Mappe mit den Verkostungsblättern auf dem Tisch. Er setzte sich, schlug sie auf und warf einen Blick darauf. Links stand das Logo der OIV, rechts das der BBWC. »Nur hinterher, wenn ein Flight vorbei ist, frage ich mich, ob ich es richtig gemacht habe, und schließlich sage ich mir, dass ich es nicht besser kann. Ein großer Wein am Anfang macht es schwer, er setzt den Standard. Alle anderen fallen im Vergleich zu ihm ab, und dann hat man plötzlich eine Granate im Glas, bei der man sich fragt, ob man den ersten Wein nicht zu hoch bewertet hat. Am schwierigsten sind für mich immer der erste und der letzte Flight, im Durchschnitt sind es ja vier am Tag. Morgens muss man sich erst warmlaufen, und am Nachmittag bin ich müde, die Mundschleimhaut ist strapaziert, die Sinne sind überreizt, und die Konzentration schwindet. An anderen Tischen stehen die Juroren bereits auf, und man glaubt, dass man zu langsam war.«

»Mir geht es ähnlich. Soweit ich weiß«, sagte Josephine Rider, »gehen Sie einer ähnlichen Tätigkeit nach wie Amber. Ich kenne Ihren Newsletter, irgendwer hat hier gestern einige Exemplare ausgelegt. Ich hoffe, das waren nicht Sie selbst?« Ihrem Ausdruck nach gefiel es ihr nicht so gut.

»Das würde mir nicht einfallen«, sagte er entschieden. Dass seine Publikationen hier verteilt worden waren, kam Henry gar nicht entgegen. Er beanspruchte keine Sonderbehandlung, er war nur einer von hundertvierzig, und mehr wollte er nicht sein. Da steckten sicher Heckler und Koch dahinter. Welches Ziel verfolgten sie? Heckler betraute ihn mit einer heiklen Aufgabe (sofern er es ernst meinte) und zerstörte gleichzeitig sein Ansehen? Oder wies man ihm die nötige Kompetenz zu, wenn er bezüglich Ambers die Kollegen befragte?

Glücklicherweise bohrte die Britin nicht weiter. »Wie viele Weine probieren Sie sonst am Tag?«

»Ich arbeite gänzlich anders«, erklärte Henry. »Ich sehe mir ein Weingut an, dann sprechen wir über die Weine, und ich bitte, dass man mir alles, was es zu probieren gibt, als Blindprobe hinstellt. Wenn ich offen probiere, lasse ich mir den schlichtesten Wein der Bodega zuerst geben. Wenn man sich bei dem keine Mühe gibt, ist der Rest meistens hingefummelt.«

Josephine Rider lachte, sie sah nett dabei aus, und Henry fragte sich, wie man so sympathisch sein und sich dabei so schrecklich anziehen konnte.

»Was bitte ist hingefummelt?«

»Die Weine entstehen nicht, sie werden auf einen bestimmten Geschmack getrimmt, gerade Sie werden wissen, was ich meine. Es ist manchmal schwierig, die Blender zu erkennen, in einer Welt, in der das eigene Auftreten mit Hilfe eines Coachs vor der Videokamera einstudiert wird. Aber zurück zu meiner Methodik. Ich mache mir meine Notizen, und wenn die Flaschen aufgedeckt werden, vergleiche ich die Ergebnisse, also verkoste ich einmal blind und einmal offen. Das fordert mich mehr, es ist weitaus interessanter und eventuell auch gerechter. Die Winzer, Kellermeister oder Önologen, die mir dann gegenübersitzen, sind meistens sehr verblüfft über meine Vorgehensweise.«

»Das ist auch ungewöhnlich«, bestätigte die Journalistin. »Bei mir kommt es immer darauf an, ob ich vor einer Probe gut geschlafen habe.«

»Und – haben Sie das?«

»Nein, die Nacht war grässlich – unter einem Dach mit einem Mörder. Glauben Sie nicht, dass er einer von uns ist?«

Henry rieb sich die Augen, sie brannten, die letzten Nächte waren kurz gewesen. »Das dachte ich zuerst auch. Aber der Mörder ist keiner von uns, und daran wird man ihn erkennen. Einer oder eine von uns tötet nicht. Wir arbeiten mit Wein, weil es eine schöne Arbeit ist. Da passt kein Mord. Und doch haben Sie recht, er ist nicht einer von uns, sondern unter uns. Er hat die Situation gesucht, um Amber zu treffen, in einer Situation, in der wir ihm die Tarnung bieten. Wir sind das Wasser für den Fisch.«

»Sehen Sie das nur vom Standpunkt dessen, der einen Mord aufklärt – oder auch von dem des Mitmenschen? Ich kannte ihn persönlich, und ich bin ihm nie ausgewichen, wir haben uns oft getroffen, das bringt …«, sie zögerte, »… das brachte unser Beruf mit sich. Ich hatte Kritik an ihm, zum Beispiel, wie er sich feiern ließ. Das war unwürdig. Dabei machte er seine Arbeit teils sehr gut, teils habe ich seine Bewertungen überhaupt nicht nachvollziehen können. Aber wer sagt, dass ein Könner nicht irrt? Wie soll man bei hundertfünfzig Proben alles richtig bewerten?« Die »Hundertfünfzig« hatte sie so betont, als würde sie die Zahl anzweifeln, und aus ihrem Gesicht sprachen Skepsis und Ironie.

»Ich kann nicht jeden Wein bewerten, den man mir vorsetzt«, entgegnete Henry. »Es gibt einige darunter, die rangieren unter Körperverletzung! Und wenn man sich zu viel auflädt, bricht man zusammen und verliert den Überblick. Reduktion ist dann die einzige Lösung, die Geschwindigkeit verringern, dann fliegt man auch nicht aus der Kurve. Weshalb hat ihn jemand Ihrer Meinung nach umgebracht?«

Henry drückte sich vor der Beantwortung ihrer Frage. Er mochte nicht sagen, dass ihn der Tod eines Kollegen zwar nachdenklich und betroffen machte – aber Trauer? Nein, dazu stand ihm Amber zu fern.

»Weshalb er ermordet wurde?« Josephine Rider nahm verlegen ihre Brille ab und begann sie zu putzen. »Keine Ahnung. Wie sehr muss einem jemand im Wege sein, dass man ihn ermordet?«

»Vielleicht liegt die Lösung der Frage gar nicht beim Wein!?« Der Gedanke war Henry eben erst gekommen.

»Ist das Ihre Annahme oder eine Frage?«

»Die Polizei wird sich jetzt ein Bild machen, wenn sie schlau ist, was ich hoffe. Aber es ist immer die Frage, welches Ziel sie verfolgt. Ich bin auf das erste Verhör gespannt, irgendwann sind wir alle dran.« Es war ein unangenehmer Gedanke.

Beide blickten gleichzeitig auf, die anderen vier Jurymitglieder kamen zum Tisch, van Buyten führte sie an. Oder er bildete es sich ein.

»Scotland Yard kommt später«, sagte Henry.

»Vielleicht auch gar nicht«, sagte Mrs. Rider lakonisch.

»… ich bin sehr froh, dass wir bei so einer Sache unter uns sind.« Es waren nur die letzten Worte van Buytens, die Henry mitbekam. Sie waren an den Önologen Paolo Castellani gerichtet. Wer war in dieses »unter uns« einbezogen, wem fühlte van Buyten sich zugehörig?

»Herr van Buyten!« Henry musste das Gespräch in Gang setzen, er hatte einen Auftrag. »Bitte, bei welcher Angelegenheit sind wir ›unter uns‹, welcher Umstand stimmt Sie froh?« War das höflich genug und zwingend, um darauf zu antworten?

»Er meinte damit«, sagte der Önologe, der sich setzte und dem es anscheinend unangenehm war, in dieses Gespräch einbezogen worden zu sein, »dass doch typisch sei, dass bei einer Veranstaltung, die mit dem Genießen zu tun hat, keine Islamisten unter uns sind. Fragen Sie mich bitte nicht, ob ich den Unterschied zwischen Islamisten und Mohammedanern kenne, noch habe ich jemals den Koran in Händen gehabt.«

»Aber Signore Castellani, gerade Sie als Italiener!« Van Buyten blickte ihn herausfordernd an. »Sie haben das Problem Lampedusa sozusagen vor der Haustür, das Einfallstor … darum geht es in Europa.«

Für Henry warteten in Europa wichtigere Fragen auf Antwort. »Was würde Sie stören, wenn ein Türke oder Marokkaner hier säße und mit uns probieren würde? Türke! Ist das zum Kampfbegriff geworden? Ich hielt Holländer immer für liberal und weltoffen. Sind die sechzigtausend Niederländer aus der Waffen-SS von den Toten auferstanden?«

Nach Henrys Provokation herrschte am Tisch eisiges Schweigen. Van Buyten wühlte in seiner Verkostungsmappe. Er merkte, dass er mit seinem Gedankengut an diesem Tisch allein war. Er schaute verbissen, trug wieder schlechte Laune mit sich herum. Die anderen rutschten unruhig auf ihren Plätzen herum, bis das gegenseitige Lächeln Einverständnis hergestellt hatte, vorerst. Die Mappen mit den Verkostungsblättern wurden aufgeschlagen, die Arbeit begann. Mrs. Rider als Vorsitzende nickte sowohl auffordernd wie aufmunternd in die Runde und bedeutete Henry mit einem Blick, das Thema zu beenden.

Nach dem Referenzwein sprachen sie noch einmal die Bewertungsbögen durch. Unter der Kategorie »Aussehen« ging es um die Klarheit des Weins, um den Aspekt, ein Begriff, der sich Henry erst durch das Spanische *aspecto* erschloss. Mit diesem Wort verband er einen konkreten Sachverhalt. Im Deutschen war für ihn der Aspekt mehr ein Gesichtspunkt, und der passte weniger zu Wein; »Aspekt« hatte er in seinen Weinbeschreibungen nie benutzt, es war ihm zu abstrakt. »Aussehen« passte besser. Auch über den Anblick ließ sich einiges sagen.

Der Geruch des Weins war ein wesentlicher Faktor für die Bewertung, hier konnte er bereits punkten. Es ging um Offenheit, ob er zeigte, was in ihm steckte. Positive Intensität und Qualität waren für die Beurteilung des Geruchs ebenso bedeutend. Zwischen diesen Kategorien zu unterscheiden und sie richtig zuzuordnen war eine Sache der Erfahrung. Die war einmal mehr beim Geschmack gefordert. Tannine ließen sich schlecht riechen, genauso wie Süße und Säure, und an das Verhältnis der beiden für einen Wein wesentlichen Komponenten kam man nur über die Zunge, den Gaumen und den Rachenraum. Die Rezeptoren für Süße lagen hauptsächlich im vorderen Teil der Zunge, die für Bitterstoffe im hinteren. Sauer und salzig wurde mehr an den Rändern wahrgenommen, aber am wichtigsten war die olfaktorische Wahrnehmung, die des Geruchs.

Mit Dorothea hatte Henry bereits in der Frühe über seine Idee bezüglich des Hackers gesprochen. Von ihr wusste er, dass die Verkostungsblätter hinterher begutachtet wurden und anhand der Ergebnisse die Verkoster für die nächste Challenge ausgewählt wurden. Ließ sich womöglich durch die Kombination von Verkostern bei bestimmten Weinen ein gewünschtes Ergebnis erzielen? Das hatte Dorothea niemandem unterstellen wollen.

Als Nächstes ging es um den Geschmack mit den Unterpunkten Offenheit, Intensität, Abgang und Qualität. Obwohl ihm das Spanische *calidad* nahe war, konnte er in diesem Fall mit dem deutschen Begriff »Qualität« mehr anfangen.

Die Vielfalt ist schon der richtige, der einzige Weg, dachte Henry mit Blick auf den miesepetrigen van Buyten, der ihm zusehends unsympathischer wurde, Vielfalt nicht nur beim Wein, sondern auch bei den Menschen. In einem sich in Geldstreitereien entzweienden Europa ging das Augenmaß verloren, auch diesem Niederländer. Wollte er in seiner Engstirnigkeit das berühmte Rad der Geschichte zurückdrehen, und das irgendwann wieder mit Gewalt?

Dass Marion Dörner auftauchte, war verständlich, sie gehörte zu den Organisatoren, aber dass sie direkt auf Henry zuging, verwirrte ihn doch. Er fürchtete die Begegnung mit der in ihrer Eitelkeit gekränkten Frau. Wieder bestätigte sich der Satz, keinem trauen zu können. Aus der anfänglichen Zuneigung war Ablehnung geworden. Sie lächelte maliziös, einerseits liebreizend, vielleicht schmollend, aber an diesem Morgen eher böse.

»Mein Lieber«, vertraulich legte sie ihm die Hand auf die Schulter. »In der ersten Pause sollst du in den vierten Stock kommen. Die Polizei erwartet dich!« Sie blickte wichtigtuerisch auf die Namensliste in ihrer Hand, »sonst ist hier von Tisch dreizehn niemand aufgerufen. Frau Stöckli – Sie sind morgen dran, auch Sie, Mrs. Rider. Wir ändern das Prozedere ein wenig und dehnen dafür die Mittagspause aus. Herr Meyenbeeker ist dann für den letzten Flight wieder bei Ihnen, falls Sie ihn vermissen sollten.« Marions Blick war gefährlich wie ein Stilett. »Aber vor dem Bankett heute Abend bleibt allen sicher genügend Zeit zum Ausruhen.«

»Wie lange dauert das Verhör?«, fragte Henry.

»Es ist eine Befragung«, korrigierte Marion, als würde sie darüber entscheiden. »Bei den meisten dauert es eine Viertelstunde, es kommt darauf an, was sie zu sagen – oder zu verschweigen haben«, meinte sie vieldeutig, wünschte noch eine schöne Verkostung und entschwebte mit der Liste.

Am Tisch blickte man auf Henry, als erwarte man von ihm die Erklärung für den Auftritt. Er zuckte entschuldigend mit den Achseln und starrte auf den Code für den nächsten Wein, als würde ihm die Aneinanderreihung von Zahlen, Satzzeichen und Buchstaben etwas sagen. Also war es so weit, er müsste sich entscheiden, ob er von Hecklers Erpressung sprechen sollte. Er würde sein Verhalten von der Situation abhängig machen, sich bedeckt zu halten, bis er Franks Fotos kannte und wusste, ob sich der Kommissar kooperativ und interessiert zeigte. Andernfalls würde es kompliziert werden und er seiner eigenen Wege gehen.

Sie setzten die Weißweinprobe fort. Nach dem dritten Wein merkte Henry, dass der Flight gut zusammengestellt worden war. Man begann mit leichten Weinen und steigerte sich. Restzucker, Säure, Alkoholgehalt und der Jahrgang, also messbare Daten, bildeten die Kriterien sowohl für den Flight wie auch für die innere Reihenfolge. Die Weine wurden zwar nicht miteinander verglichen, aber ein Rahmen machte die Orientierung einfacher. Weine aus verschiedenen Jahren fielen völlig verschieden aus, und ein Wein mit einem hohen Alkoholgehalt führte zu einem anderen Geschmackserlebnis als einer mit wenig Alkohol, auch wenn Säure und Süße identisch waren. Er diente dem Wein als Geschmacksverstärker – so wie die Sahne den Geschmack einer Soße hob.

»Die Tischdecke hat einen Gelbstich«, empörte sich plötzlich van Buyten, als sie beim neunten Wein angekommen waren und alle die Gläser schräg über das weiße Tischtuch hielten, um Aspekt und Farbe vor einem neutralen Hintergrund zu beurteilen. Als hätte man an eine heiße Herdplatte gefasst, zuckten die Hände mit den Gläsern zurück, Wein schwappte über, Flecken breiteten sich aus, alle Juroren stierten auf das Tischtuch, und jeder fragte sich erschrocken, wieso er es nicht bemerkt hatte, was nicht hätte passieren dürfen. Aber Kopfschütteln und Achselzucken waren die einzigen Reaktionen, niemand pflichtete dem Holländer bei. Josephine Rider ließ als Vorsitzende diplomatisch das Tischtuch auswechseln, damit van Buyten Ruhe gab.

»Dieser Rotwein hat Kork!« Diesmal war es der Italiener Paolo Castellani, der seinem Entsetzen Ausdruck gab. Sofort neigten sich fünf Gesichter über die Gläser, und fünf Nasen tauchten hinein. »Junge Frau«, er winkte Natalie heran, die für Tisch dreizehn die Flaschen anschleppte, immer zwei, falls ein Kork- oder ein anderes Problem auftauchte und die Gegenprobe nötig war.

Henry schaute zum Beistelltisch, wo ihre Flaschen aufgereiht standen. Es handelte sich um die elfte Flasche vom zweiten Flight. Dort stand die Konterflasche. Das Schweigen war drückend, als alle bemerkten, dass der Wein keinen Kork haben konnte – es war eine Flasche mit Schraubverschluss, so viel ließ sich trotz der Hülle erkennen.

»Aber er hat eindeutig Kork«, insistierte Paolo Castellani, »Sie werden mir zustimmen«, – und so absurd es schien, er hatte recht. Im Wein hing der Dunst von Trichloranisol, obwohl der Wein nie einen Korken gesehen hatte. Die Menge bewegte sich höchstens im Nanobereich. »Natalie, bringen Sie trotzdem die zweite Flasche.« TCA roch entsetzlich, eine Tasse davon im Bodensee ausgeschüttet, so hieß es, wäre an sämtlichen Ufern spürbar gewesen. Henry konnte sich vorstellen, dass es nach dem Säureattentat bei Peñasco morgens so gerochen hatte.

Auch bei der Konterflasche herrschte dieser strenge Geruch von Fäulnis vor, anders als bei TBA – Tribromanisol, ein ähnlicher Geruch, der aber mehr an Pilzbefall erinnerte. Castellani, der es zuerst bemerkt hatte, war als Einziger nicht überrascht.

»Ich kenne das Phänomen«, sagte der Önologe. »Chlorphenole gibt es überall, und unter bestimmten Bedingungen von Feuchtigkeit und Wärme bilden Mikroorganismen das TCA aus. Es gelangt über Paletten in die Kellereien, es kann in Fässern und Deckenbalken stecken, Chlorphenole dienen als Reinigungsmittel. Aber der Winzer hätte es merken müssen. So einen Wein reicht man nicht ein.«

»Wir werden ihn nicht bewerten«, empfahl Mrs. Rider, »machen Sie Ihr Kreuz an die vorgesehene Stelle.« Die Diskussion über die Vorteile von Korken, Drehverschlüssen und Plastikstopfen verschob sie, bevor Tisch dreizehn sich in Glaubensfragen entzweite.

Junge Weißweine, die in spätestens zwei Jahren zu trinken waren, hatte Sebastián Peñasco mit Schraubverschlüssen ausstatten lassen. Plastikkorken hatte er nie verwendet. Weine mit einem Alterungspotenzial waren mit Naturkorken ausgestattet, für die Jungen waren Agglomeratkorken vorgesehen, winzige verleimte Korkteilchen. Denn Kork war elastischer als Kunststoff und passte sich eher den winzigen Unebenheiten im Flaschenhals an. Hier konnte ein Leimton auftauchen. Bei Rotwein hatte es nie eine Debatte gegeben, Sebastián hielt Naturkork für unersetzlich.

Paolo Castellani war der Ansicht, dass die Weine unter Schraubverschlüssen langsam ihr Leben aufgaben, sie veränderten sich nicht, sie blieben fertig oder unfertig, je nachdem, wie sie abgefüllt worden waren. Mrs. Rider schloss sich dieser Meinung an und berichtete von Handelsketten in Großbritannien, die inzwischen sogar nur noch Kork von geschützten Eichenwäldern für ihre Abfüllungen verlangten, denn bei der Herstellung eines Schraubverschlusses entstand fünfundzwanzigmal mehr CO_2 als bei der Produktion von Korken, die Eichen banden große Mengen dieses Gases, was man von Schraubverschlussfabriken nicht sagen konnte. Und die Landbevölkerung behielt ihre Arbeit. »Das sind wir den Portugiesen schuldig.«

Es war klar, dass van Buyten als Importeur widersprach. Er handelte mit Massenprodukten. »Der Kunde will es einfach haben – Knack – und offen ist die Pulle. Der moderne Weintrinker will nicht mit einem unpraktischen Korkenzieher hantieren und sich die Finger abbrechen und die Arme ausrenken. Besonders Frauen schätzen solche Verschlüsse.«

Wie schön, dass er wenigstens ein Herz für Frauen hatte, dachte Henry, aber er verkniff sich, das laut zu äußern. Van Buyten stand letztlich mit seiner Meinung allein, denn Frau Stöckli berichtete aus der Schweiz, dass die dortigen Winzer nach vielen Experimenten jetzt beim Rotwein wieder generell zum Kork zurückkehrten, auch weil er recycelt werden konnte. Und in den USA, wo der Kunststoffkorken erfunden worden war, liebte man ihn überhaupt nicht.

Als sie den nächsten Flight angingen, hörte man abwechselnd das Knacken des aufgedrehten Verschlusses oder das Plopp des gezogenen Korkens, und dieser Akt des Korkenziehens, beinahe zeremoniell praktiziert, ließ Tisch dreizehn lächeln, und versöhnlich wollte Castellani van Buyten auf die Schulter klopfen, aber der wich aus. Er wollte nicht verbindlich sein.

»Wo waren Sie in der Nacht des Mordes?« Das fragte ihn nicht der leitende Kommissar, sondern seine kleine Assistentin. Es war exakt das eingetreten, was Henry befürchtet hatte.

Er saß in einer Reihe mit vier anderen Juroren mit dem Gesicht zur Wand an einem kleinen, viereckigen Tisch und starrte auf die Hände der Frau und beobachtete, wie sie in ihr Laptop tippte. Sie war nicht unsympathisch, aber sie war stur. Sie fragte ab, statt über das Gesagte nachzudenken und daraus weitere Fragen abzuleiten. Jeden Ansatz von Henry, Schlüsse zu ziehen oder etwas zu folgern, erstickte sie, ob auf Anweisung ihrer Vorgesetzten oder aus Engstirnigkeit – das blieb ihr Geheimnis. Im ersten Fall hätte er noch eine Chance. Er brauchte die Polizei, um mehr zu erfahren und seinerseits Schlüsse zu ziehen, um Heckler zumindest Material anbieten zu können und sich den Rücken freizuhalten, bis er gegen Heckler etwas in Händen hielt.

»Wo ich in der Nacht war? Wer sagt, dass er in der Nacht ermordet wurde? Er kann auch morgens getötet worden sein.«

Sie wiederholte ungerührt ihre Frage: »Wo waren Sie in der Nacht des Mordes?«

»Auf die so gestellte Frage antworte ich nicht. Zuletzt habe ich ihn im Casino gesehen.« Er nannte Frank Gatow und seine Frau als Zeugen. »Ich bin gegen ein Uhr ins Hotel gegangen, habe den Fahrstuhl bestiegen und bin sofort zu Bett gegangen.«

»Ein Herr Gatow steht nicht auf meiner Liste. Wer ist das?«

»Sehen Sie, das meine ich. Wenn ich Ihnen etwas sage, was nicht in Ihr Schema passt, dann steigen Sie aus. Frank Gatow gehört auch nicht zu den Juroren, nur seine Frau.«

»Auch eine Frau Gatow gibt es nicht.«

»Sie heißt Antonia Vanzetti.«

Erst als sie den Namen gefunden hatte, schien sie zufrieden. »Dann sind Sie der Mann, gegen den Amber gespielt und der so viel gewonnen hat?«

»Nein, ich habe das auch Herrn Heckler gegenüber richtiggestellt, oder es versucht. Roulette spielt man nicht gegen Personen, nur gegen die Bank oder das Glück.«

»Sind Sie Spieler?«

Henry lächelte. Der Gedanke gefiel ihm. In gewissem Sinne war er ein Spieler, er spielte mit dem Leben, er versuchte, es nicht allzu ernst zu nehmen, nicht unbedingt einem Plan zu folgen, und er warf ihn sofort um, wenn er begann, ihn einzuschränken. Das, was er für die deutsche Endsiegmentalität hielt, hatte er nie angenommen. Karriere zu machen war nie sein Ziel gewesen. Er tat, was er konnte, was ihm lag, wozu er Lust hatte, er nutzte Gelegenheiten, wusste mehr oder weniger genau, was er wollte und wie es zu bewerkstelligen war.

»In dem Sinne, in dem das Leben ein Glücksspiel ist, bin ich Spieler, aber ich bin nicht karten- oder automatensüchtig. Ich frequentiere auch keine Spielbanken, wenn Sie das meinen. Und ansonsten beschränkt sich meine kriminelle Energie auf die Übertretung der Geschwindigkeit.«

Die Idee mit dem Hacker verschwieg er besser. Er wusste, dass sie ihm nicht glaubte, dazu brauchte er ihr auch gar nicht in ihre ungläubigen braunen Augen zu blicken. »Ich kann Ihnen einiges über Alan Amber erzählen …«

»Ich will nichts über Amber wissen, sondern über Sie. Bisher weiß ich nur, dass Sie ständig ausweichen und nichts konkret beantworten.«

»Es gibt auch nichts Konkretes …« Henry sah sie an und dachte, dass sie es nicht verstehen würde. Andernfalls wäre sie nicht bei der Polizei, denn ein Sinn für Gerechtigkeit war nicht mit Ordnungsliebe verwandt. Die hätte er ihr zugetraut. Ordnung und Liebe – auf die Idee zu kommen, diese beiden Begriffe miteinander zu kombinieren, konnten nur Germanen kommen. Aber solange er hier gelebt hatte, war ihm das nicht aufgefallen. Es gab sogar ein Ordnungsamt. Dort achtete man sicher auf ein ordnungsgemäßes Praktizieren der Liebe.

»Herr Meyenbeeker!«

Das war ein Ordnungsruf. »Ja bitte?« Er hatte keine Lust zu dieser Befragung, sie langweilte ihn. Er wollte runter in den Speisesaal; wenn er Hunger hatte, war seine Laune sowieso miserabel, und dann musste er den letzten Flight hinter sich bringen und schlafen, sich mit Gatow/Vanzetti vielleicht kurz im Burda-Museum die Bilder und Installationen von Anselm Kiefer anschauen, Franks Fotos sichten und dann seine Verhöre diskret beginnen. Und um besser vorbereitet zu sein, musste er mehr über die Umstände des Mordes wissen, deshalb war die Strategie zu ändern. Aber wie?

»In welchem Verhältnis standen Sie zu dem Opfer?«

Henry seufzte. Das war schon wieder eine ungenaue Frage. »Ich stand in keinem Verhältnis zu dem Opfer. Ich weiß nur, dass er viele zu seinen Opfern gemacht hat, und kann mir denken, es wird immer wieder erwähnt, dass er gehasst wurde. Andere, die an seinen Bewertungen verdient haben, rollten den roten Teppich für ihn aus. Ob er korrupt war, wie es heißt, weiß ich nicht. Aber die Vermutung liegt nahe.«

»Was bringt Sie zu dem Schluss?«

Endlich mal eine Frage, die etwas mit dem Fall zu tun hat und sich auf etwas bezieht, was ich sage, dachte Henry. »Man kommt nur dorthin, was gemeinhin als ›oben‹ bezeichnet wird, wenn man gewisse Spielregeln einhält, und da gehört Korruption im weitesten Sinne dazu. Ich kannte Amber nicht persönlich, weiß aber von ihm, seit ich mich mit Wein befasse.«

»Wie lange ist das?«

»Vor elf Jahren habe ich begonnen, mich hauptberuflich mit Wein zu beschäftigen; bis vor einigen Jahren habe ich in Mainz gelebt und für eine dortige Zeitschrift gearbeitet. Davor war ich Reporter, kenne viele sogenannte Brennpunkte, ich habe Medienwissenschaft und Germanistik studiert, etwas Philosophie, Soziologie und Botanik, weil es mich interessiert hat. Pflanzen finde ich faszinierend ...«

»Sie schweifen ab. Wie war Ihre Einstellung zu Amber?«

»Meine Güte, sie war so wie die der meisten hier. Man nahm ihn wahr, las vielleicht mal die eine oder andere seiner Weinbeschreibungen, besonders die über spanische Weine, weil das mein Thema ist, ich stolperte über seine Punkte.«

»Sie leben in Spanien?«

»Ist daran was auszusetzen? Mir gefällt es dort besser, die Menschen sind zugänglicher und höflicher als Sie!«

Erschrocken über den sehr persönlichen Angriff schreckte sie auf. »Haben sich Ihre Wein ... wie nennt man das – Weinbeschreibungen mit denen von Amber gedeckt?«

»Wollen Sie darauf hinaus, dass wir Feinde waren? Wir haben anders gearbeitet, unsere Kreise haben sich nicht überschnitten. Ich sehe mir einzelne Bodegas an und bewerte die Dinge, die ich positiv finde. Amber schrieb für die oberen Zehntausend, über Weine, die sich die Mehrheit nicht leisten kann. Meine Klientel sind Weinhändler, seine Klientel waren Weinenthusiasten, verwöhnte Reiche, Banker, Industrielle, die Russenmafia und Angeber und Weinhändler, die mit seinen Punkten werben. Da fiel auch mal ein Neunzig-Punkte-Wein für den kleinen Geldbeutel ab. Er hatte einen festgelegten Geschmack: fett, schwer, opulent, marmeladig und im Barrique ausgebaut. Er wusste im Test immer, welchen Wein er vor sich hatte. Die Bordelaiser Winzer haben ihn benutzt, um durch ihn ihre Preise in die Höhe zu treiben, das ist unseriös. Ich teste erst verdeckt, dann offen. Ich werde mich nicht selbst betrügen.«

»Meinen Sie, dass er es getan hat?«

»Wenn Sie mir das so in den Mund legen, dann ja und nein. Er wusste, was er tat. Das Attentat am Vorabend ist für mich auch ein Beweis.«

»Das Attentat? Was wissen Sie darüber?«

»Ah, jetzt kommen wir der Sache schon näher, Frau …?«

»Melzer-Bönningstedt.«

Henrys Blick fiel auf ihre rechte Hand, um zu sehen, ob dort der Ring war, den ihr ein Herr Bönningstedt oder Herr Melzer angesteckt hatte. Ob die beiden miteinander glücklich waren oder nur ihr Leben miteinander organisierten?

»Inzwischen habe ich erfahren, dass der Rosenkavalier mehr als ein gehörnter Ehemann war. Amber war bei ihm zu Gast, um ihn auszuspionieren, und hat bei der Gelegenheit mit seiner Frau geschlafen.«

»Frauen können tun und lassen, was sie wollen.«

»Da bin ich durchaus Ihrer Meinung, aber es zeigt Ambers Stil- und Respektlosigkeit, die Missachtung des Gastrechts. Eins auf die Fresse ist eigentlich die passende Antwort. Das würde ich unter ›gute weinbauliche Praxis‹ abhaken, wie wir das nennen.«

Mit dem Begriff konnte sie nichts anfangen. »Wollen Sie zum Faustrecht zurück? Sie sind Amber nie begegnet?«

»Ich hatte erst vorgestern das Vergnügen«, sagte Henry und erzählte von dem geplanten Interview. »Seine Sekretärin wird das bestätigen. Aber sie liegt mit einem Nervenzusammenbruch im Krankenhaus. Hat sie ihn gefunden?«

Frau Melzer-Bönningstedt wich seinem Blick aus, damit war Henry klar, dass er mit seiner Vermutung richtiglag, und als sie sich nach seinen Erfahrungen mit Schusswaffen erkundigte, war klar, dass Amber erschossen worden war. Hätte sie nicht sonst nach seinen Fähigkeiten als Messerwerfer oder Giftmischer gefragt?

»Der Hotelchef hat sich für den Stromausfall entschuldigt. Kann man davon ausgehen, dass zu dieser Zeit der Mord geschah?« Henry bemerkte, dass sie sich empören wollte. »Sie werden mir doch die Schlussfolgerung nicht verbieten? Die exakte Zeit des Stromausfalls habe ich von einem Zimmermädchen erfahren, aber ich werde Ihnen auch unter Folter nicht sagen, welches. Noch haben sie das Zeugnisverweigerungsrecht für Journalisten nicht abgeschafft. Aber nach Notstandsgesetzen, Rasterfahndung und Vorratsdatenspeicherung werdet ihr das auch noch hinbiegen.«

»Sind Sie Kommunist?«

»Nein, viel schlimmer, ich bin Anarchist!« Henry machte sich einen Spaß daraus, sich so zu nennen, denn kaum jemand außerhalb Spaniens wusste das zu werten. »Anarchisten sind alle, die in Barcelona leben. Mein Großvater kam als politisch Verfolgter von Spanien nach Deutschland, und der Enkel geht wieder weg, aber an ... Personen wie Ihnen geht das ja sonstwo vorbei.«

»Ich bin hier, um einen Mord aufzuklären ...«

»Dann tun Sie Ihre Arbeit. Wir sind hier zu einer internationalen Weinprobe versammelt.« Henry war wütend, er hielt die Frau für ignorant, für jemanden, der seinen Job machte, aber nicht im Mindesten am Fall interessiert war. »Wir bewerten. Dann werden Sie uns allen hier auch gestatten«, Henry holte mit dem Arm aus, »dass wir uns darüber Gedanken machen, wie das eine oder andere zu bewerten ist, auch wenn es nicht um Wein geht.«

Er sah ihr an, dass sie mit sich kämpfte, sie wusste nicht recht, ob er respektlos war, ihre Autorität missachtete und wie sie darauf reagieren sollte. »Beschweren Sie sich bei Ihrem Chef über mich, lassen Sie mich abholen und erschießen. Aber machen Sie Ihre Arbeit richtig, lassen Sie sich helfen, gehen Sie doch mal davon aus, dass neunundneunzig Prozent aller hier Versammelten an der Aufklärung interessiert sind – oder? Wollen Sie hundertvierzig Juroren überprüfen, wie ihr Verhältnis zu Amber war? Dazu brauchen Sie wieder neue Zeugen, der Kreis der Verdächtigen wird damit größer statt enger. Und in zwei Tagen reisen wir alle ab. Amber ist der Schlüssel, er selbst, sein Lebensweg, seine Kontakte und Beziehungen. Wann wollen Sie uns eigentlich sagen, wie er umgekommen ist? Vielleicht weiß jemand von uns mehr? Wie sollen wir antworten, wenn Sie die falschen Fragen stellen – wie in jedem Fernsehkrimi? Darf ich jetzt gehen? Ich sterbe vor Hunger, dann hätten Sie noch einen Toten.«

Henry stand auf, wollte gehen, plötzlich tat ihm sein Ausbruch leid, nicht der Polizistin gegenüber, aber der Frau.

Er hielt ihr die ausgestreckte Hand hin. »Entschuldigung.«

Sie waren mit dem letzten Flight fast durch, ein grandioser Wein nach dem anderen war ihnen von Natalie eingeschenkt worden, mindestens fünf Jahre alte Franzosen von der Rhône und aus dem Gard, wie Henry vermutete, es waren zwei von der Ribera del Duero dabei und zwei Shiraz aus Australien.

Castellani stieß Henry an, der auf dem Verkostungsblatt

seine Punkte verteilte, der letzte Wein hätte sogar zwei Goldmedaillen verdient, dabei durften nur dreißig Prozent aller viertausend hier aufgefahrenen Weine prämiert werden. »He, da will jemand was von dir.«

Als Henry aufblickte, sah er, dass Koch ihm über die Schulter auf den Verkostungsbogen starrte. Das konnte nichts Gutes bedeuten.

»Worum geht's«, fragte Henry unwillig. Die letzten vier Weine wollte er rasch hinter sich bringen und dann unbedingt eine Stunde schlafen, er war zum Umfallen müde. Aber Kochs Anwesenheit versprach Ärger.

»Kommissar Neureuther will Sie sprechen. Er ist in Zimmer 711, auf derselben Etage wie Herr Heckler, Sie sollen sofort nach der Probe zu ihm kommen!«

»Um mir das zu sagen, kommen Sie extra her?«

Was führte Koch wirklich im Schilde? Henry sah ihm nach, wie er durch die Tischreihen zum Ausgang trottete, nicht böse wie sonst, sondern mürrisch und niedergeschlagen. War er in Ungnade gefallen – wenn er denn je in Gnade gewesen war? Als Henry sich wieder dem Wein zuwandte und nach dem Glas griff, sah er den zusammengefalteten Zettel. Als die Tischgenossen der Vorsitzenden ihre Verkostungsbögen zur Kontrolle reichten, glitt das Briefchen in seine Hand und unter den Tisch.

»18 Uhr – hinter der Trinkhalle! Sehr wichtig! K.«

Stand das K. für Koch oder für Kettenhund?

Die Suite, in der ein elend langer Kommissar Neureuther ihn empfing, lag direkt neben dem Zimmer, in dem Amber ermordet worden war. Henry hatte das Gefühl, der Lösung des Falls und auch dem Mörder näher zu kommen. Jetzt aber näherte er sich erst einmal Neureuther. Er sah aus, als würde er sich Sorgen machen, um den Zustand der Welt, den Niedergang des Abendlandes und um die Abholzung des Regenwaldes in Brasilien. Er war eindeutig überarbeitet, seine blauen Augen wirkten müde, das Gesicht verkniffen, nervös bewegte er die Lippen. Eine Rasur hätte seine Erscheinung gehoben.

»Meine Mitarbeiterin hat sich über Sie beschwert. Und da Sie es sowieso gleich erfahren – wir geben in Kürze die Erklärung an die Presse hinsichtlich des Tathergangs …«

12

Der Zorn Gottes

»Er wurde erschossen, aus kürzester Entfernung, wahrscheinlich im Schlaf. Es wurde nur ein Schuss abgegeben.«

Profis! Dieser Gedanke ergriff sofort von Henry Besitz. »So gehen nur Profis vor. Ein Schuss – und der war tödlich, sagen Sie?«

»Ist das Ihr einziger Kommentar? So abgebrüht sind Sie? Aber was soll man von Journalisten anderes erwarten.« Der Kommissar rümpfte die Nase.

»Was wollen Sie hören? Was für ein großartiger Mensch Alan Amber gewesen ist? Hier fließen nirgends Tränen, ich jedenfalls habe keine gesehen. Man beklagt höchstens den Verlust des ›Marketinginstruments Amber‹, drückt gekünsteltes Entsetzen aus, und sein Tod vermiest die Stimmung. Aber unsere Show geht weiter. Außerdem, wenn ich mir das Verhör oder die Befragung durch Ihre Mitarbeiterin vor Augen führe, dann sind Sie kaum an weitreichenden Schlussfolgerungen interessiert.«

»Was wissen Sie von der Arbeit der Polizei?«

»Oh, einiges, was man von Journalisten erwarten sollte. Wir ermitteln auch – aber mit anderer Zielsetzung. Was ist mit Spuren? Gibt es da etwas mehr Futter für die Presse? Ich gehöre schließlich zu dem Verein. Haben Sie eine aktuelle Pressemitteilung bei sich?«

»Geduld, Herr Meyenbeeker. Wir halten gleich eine Pressekonferenz ab, gleich nachdem ich mit Ihnen fertig bin.«

Kommissar Neureuther hatte Henry mit diesen Worten die Entscheidung über die Zusammenarbeit abgenommen. Er würde ihm nichts sagen, er würde nicht mit Leuten kooperieren, die »mit ihm fertig werden« wollten. Aber er musste ihm einige Brocken hinwerfen. Wenn Neureuther daran kaute, hätte er selbst mehr Zeit für seine Ermittlungen.

»Sie glauben, dass jemand aus Ihrer Mitte der Mörder sein könnte, das sagte meine Kollegin. Was veranlasst Sie zu dieser Überlegung?«

»Sie war falsch«, sagte Henry, »Sie haben mich eben eines Besseren belehrt. Ein Schuss, bei Nacht! Sicher sind keinerlei Spuren vorhanden, oder Sie haben sie noch nicht gefunden, niemand hat was gehört, geschweige denn gesehen, es gibt keine Zeugen, der Mord wurde ausgeführt, als der Strom ausgefallen war, damit waren sämtliche Kameras im Hotel ausgeschaltet, und nirgends brannte Licht. Ist das richtig?«

»Sie reden, als wären Sie dabei gewesen«, meinte der Kommissar lauernd.

»Drei Etagen tiefer, in meiner Tiefschlafphase.«

»Es gibt eine Notbeleuchtung.«

»Auch im Schlaf?«

»Sie haben meiner Kollegin auf äußerst grobe Art zu verstehen gegeben …«

»Ich habe mich entschuldigt.«

»… dass Sie den Täter unter den Juroren vermuten, zumindest unter all denen, die lange im Voraus von diesem Event wussten …«

»… und ihr Vorhaben planen konnten.«

»Ihre Ansichten klingen plausibel.«

»Sind sie aber nicht.« Henry war erleichtert, dass sein schroffes Verhalten der Kollegin gegenüber nicht weiter thematisiert wurde. »Eine Überprüfung aller Personen und Alibis bringt nichts. Alle haben geschlafen, und niemand kann es beweisen. Wollen Sie hundertvierzig Lebensläufe überprüfen und feststellen, wer Amber gekannt hat und wer nicht? Das dauert Monate. Wissen Sie, wie viele Legenden über das eigene Leben gestrickt werden, die später sogar der Erfinder selbst glaubt? Wenn das hier vorbei ist, sind alle Juroren längst über alle Berge. Sollen hundertvierzig Juroren zum Schmauchspur-Test antreten?«

»Das klingt wahrlich absurd, aber uns führt das Absurde häufig zum Erfolg. Und woher der Meinungsumschwung?«

»Sie haben mir die Argumente geliefert. Ein Schuss, wahrscheinlich sofort tödlich, das kann nur ein Profi. Ich wüsste gar nicht, wohin ich zielen müsste. Und wenn Sie sich die Teilnehmer der Challenge ansehen, wissen Sie, dass darunter kein Profikiller sein kann. Also muss es einer der anderen Gäste gewesen sein, zusammen mit jemandem, der weiß, wie man den Strom abschaltet, also jemand aus dem Hotel …«

»Ihre Schlussfolgerungen in Ehren, aber lassen Sie nicht die Handwerker außer Acht, die kürzlich an der Lichtanlage gearbeitet und die Stromversorgung überholt haben. Die Firma weiß, welche Mitarbeiter im Einsatz waren.«

Für Henry war das kein Argument. »Ich würde mir einen Blaumann überziehen und gemeinsam mit den Handwerkern reingehen; da fragt weder das überlastete Hotelpersonal, was man hier will, und zu den Handwerkern sagt man ›Moin‹, das reicht …«

Henry stutzte. Seine eigenen, von keinerlei Fakten belegten Gedanken hatten ihn auf eine Idee gebracht, die durchaus auch für den Anschlag auf Peñasco gültig sein konnten. Er kannte die Halle mit den großen Tanks, die Zwanzigtausend-Liter-Kannen aus Edelstahl. An die kam jeder ran, der einmal auf das Firmengelände gelangt war, und wie einfach das war, hatte er selbst mal ausprobiert. Oder einer der Mitarbeiter hatte die Chlorbleichlauge kurz vor Feierabend in den Tank geschüttet – und war gegangen. Oft hielt sich niemand in der Halle auf. Außerdem war ein fremdes Gesicht in einem großen Betrieb nichts Ungewöhnliches.

»Was geistert Ihnen denn gerade durch den Kopf?«, fragte der Kriminalbeamte.

Henry erzählte es ihm und wunderte sich, wie interessiert Neureuther zuhörte. »Weshalb sollte jemand das tun? Haben Sie dafür eine Erklärung?«

»Durchaus. Es handelt sich um einen Racheakt.«

Neureuther schüttelte den Kopf. »Möglich ist alles, nur wer will sich rächen?«

»Nicht unbedingt sich rächen, aber der Firma schaden, meiner Freundin schaden, wie ihrem Vater, es hat Drohbriefe gegeben …« Henry holte etwas weiter aus. »Nehmen wir an, jemand wollte sich an Amber rächen, für irgendwas, das in der Vergangenheit liegt, dann schickt er keinen Profikiller. Rache hat was mit Gefühl zu tun, und ein Auftragsmörder ist kalt. Den muss man bezahlen.«

»Es ist alles eine Frage des Preises und der finanziellen Möglichkeiten des Auftraggebers«, sagte der Kommissar. »Aber Ihrer Theorie werde ich mich nicht anschließen, das klingt mir zu nebulös, es fehlte noch, dass Sie den Fall mit der Russenmafia in Verbindung bringen, nur weil wir uns in Baden-Baden befinden.«

»Auf die Idee bin ich noch gar nicht gekommen«, sagte Henry erfreut, »ein guter, ein schlüssiger Gedanke. Da hat Amber irgendeinem Oligarchen aus Minsk oder Moskau geraten, diesen oder jenen Wein zu kaufen, und Herr Oligarschow ist bei dem Geschäft betrogen worden, hat gefälschte Ware bekommen, sich vor seinen Oligarchenkollegen lächerlich gemacht …«

»Das merken die doch gar nicht, die trinken alles.«

»Unterschätzen Sie die Russen nicht. Den Fehler haben andere bitter bereut.«

»Jetzt fehlt nur noch, dass Sie mir die italienische Mafia anbieten.«

»Schließen Sie die aus? Gab es nicht vor Jahren die Verbindung der 'Ndrangheta zum ehemaligen CDU-Ministerpräsidenten Günther Oettinger, der seine Fraktion mit ›kalabrischen Abenden‹ im Restaurant eines italienischen Freundes erfreute? Es ging, soweit ich mich erinnere, um Drogenhandel und Geldwäsche. Hat nicht der damalige Innenminister Thomas Schäuble seinen Fraktionschef informiert, dass die Polizei das Telefon dieses Freundes überwachte? In Ihrem schönen Ländle soll die 'Ndrangheta ziemlich aktiv sein.«

Der Kommissar hatte aufmerksam zugehört, jetzt blickte er Henry finster an. »Das war vor meiner Zeit, ich kann meine Hände in Unschuld waschen. Aber Sie wissen ja so allerlei über unser Ländle«, sagte Neureuther, zwischen Ärger und Aufmerksamkeit noch nicht entschieden, »wo Sie angeblich im Ausland leben.«

»Angeblich, das ist wahr. Damals lebte ich in Mainz. Ausländer sind besonders verdächtig, nicht wahr? Das Böse kommt immer von außen, es liegt nie in uns selbst.«

»Sie spielen mir ziemlich schlechtes Theater vor.« Der Kommissar hatte sich für Ärger entschieden, und sein Gesicht wurde schmaler, die Sehnen seines dünnen Halses spannten sich unter der weißlichen Haut, der Hemdkragen wurde ihm dabei zu weit. »Sie waren meiner Kollegin gegenüber viel emotionaler, Ihre Theorie, der zufolge ...«

»Ich sage Ihnen gern, was ich wirklich denke, Herr Kommissar.«

»Da bin ich aber gespannt ...«

»Heckler hat ihn umbringen lassen.«

»Jetzt wird es lächerlich oder obszön, aber ich will es hören.« Er grinste und schien Henry für einen Aufschneider zu halten.

Das war für Henry eine weitere Chance, den Kommissar zu verwirren, um Zeit zu gewinnen.

»Der Mord war eine reine Marketingmaßnahme. Jetzt

wird ganz Deutschland hierherschauen, genau wie alle wichtigen Weinländer. Bis gestern hat doch außer den Beteiligten kaum ein Hahn nach der Baden-Baden Wine Challenge gekräht. Nur in lokalen Blättern stand etwas, ansonsten hat niemand den Verlag wahrgenommen. Mit der Bekanntheit steigt die Auflage und mit ihr der Anzeigenpreis. Und jetzt hat Heckler sogar eine internationale Affäre und wird sich vor Anfragen zur Teilnahme und vor Anzeigen der Importeure nicht retten können.«

»Glauben Sie das wirklich?«, fragte der Polizist.

»Es geht um Geld, es geht immer um Geld, und keiner ist, was er scheint«, sagte Henry. »Wie ich wirklich bin, Herr Kommissar, das müssen Sie selbst rauskriegen.«

»Wenn ich es für interessant halte, mich weiter mit Ihnen zu beschäftigen, lasse ich Sie holen, aber unter diesen Umständen bezweifle ich das.«

Die Telefonrechnung, die nach der Rückkehr nach Barcelona auf ihn warten würde, würde mörderisch sein. Doch Isabellas Stimme zu hören war es ihm wert, außerdem hatte sie ihm ausführlich von ihren »Interviews« berichten müssen. Dabei hatte sich gezeigt, dass es eine Reihe erzkonservativer Mitarbeiter gab, eingestellt noch von ihrem verstorbenen Großvater, als hätte er Arbeitsplätze für verdiente Falangisten bereitgehalten. Außerdem hatte sie erfahren müssen, dass einige Mitarbeiter völlig falsch eingesetzt waren, weit unter ihren Fähigkeiten. Andere machten die Arbeit schlecht oder nahmen sie nicht ernst genug.

Salgado war auch nicht untätig geblieben, er hatte eine Liste von Organisationen zusammengestellt, nur ermöglicht durch seine Beziehungen innerhalb des Apparats, deren Mitglieder für derartige Anschläge infrage kamen.

»Und über Alan Amber verlierst du kein Wort«, sagte Isabella übergangslos. Henry sah sie vor sich, wie sie ihn dabei vorwurfsvoll und gleichzeitig verständnisvoll anlächelte. »Da wird vor deiner Nase eine wichtige Persönlichkeit ermordet, jemand, mit dem du dich sogar treffen wolltest, und du schweigst dich aus? Das lässt nur einen Schluss zu.«

»Und welchen, wenn ich bitten darf?« Henry wusste genau, was jetzt kommen würde.

»Dass du damit zu tun hast, nicht mit dem Mord, sondern vielmehr mit der Aufklärung. Ich kenne dich, Henry Meyenbeeker, dich juckt es. Wenn deine Journalistennase den Geruch aufnimmt, dann folgt sie der Spur. Ich werde dich nicht davon abbringen können, aber bitte, geh umsichtig vor, versprich mir das. Wir brauchen dich hier, ich brauche dich, Sebastián auch. Mir ist die Nariz de Oro lieber, die der Spur des Weins folgt – statt der von Blut. Verstanden? Gibt es schon irgendwelche Verdächtige?«

Henry liebte sie, aber er würde den Teufel tun, ihr von allen seinen Überlegungen zu erzählen. Sie würde sich ängstigen und ihn auffordern, sofort zurückzukommen, ihn bitten – was noch schlimmer war, denn er konnte ihr nichts abschlagen. Also musste er abwiegeln, Hecklers Erpressung durfte er unter keinen Umständen erwähnen. Ihre und die Unterstützung ihres Vaters hätte er sicherlich gehabt, doch dann hätte Heckler sein Spiel gewonnen, und das durfte er nicht zulassen. Er wechselte das Thema.

»›Fidelio‹ gestern habe ich geschwänzt, aber heute muss ich mit zum gemeinsamen Essen. Das große Galadinner wurde abgesagt.«

»Wie pietätvoll«, meinte Isabella schnippisch, und Henry verstand sie gut. Allzu oft hatten Behördenvertreter, Parteimitglieder und Bürgermeister kleiner Gemeinden in Bezug auf Isabellas Bemühen um die Verschwundenen der Franco-Diktatur Betroffenheit demonstriert, und anfangs hatte sie es geglaubt. Aber konkrete Unterstützung war kaum gekommen, das offizielle Mitgefühl war ausschließlich dem politischen Kalkül geschuldet.

»Wir sind auf zwei oder drei Restaurants in der Stadt verteilt, da finden sich heute nicht die Juroren nach Gruppen zusammen, sondern die Nationen oder Sprachnationen. Man will uns mischen. Weiß der Geier, weshalb.«

»Damit kein Gruppenzusammenhang entsteht? Dann viel Spaß. Wann kommst du endlich zurück? Ich frage meines Onkels wegen, er ist zurzeit noch in Mendoza, in Argentinien, und fliegt in anderthalb Wochen her. Er möchte auch dich gern wiedersehen, es ist schließlich fünf Jahre her, dass wir ihn in Chile besucht haben – und ich will dich natürlich auch …«

Mendoza, das wichtigste Weinbaugebiet Argentiniens. »Hast du nicht von einer E-Mail, einem Drohbrief geschrieben, mit Mendoza als Absender?«

»Nein, Blaspiñar hieß der, weshalb? Wie kommst du auf Mendoza?«

»Weil wir hier jemanden mit diesem Namen haben, Patricio Mendoza, einen Spanier, von ihm habe ich dir erzählt, ein Rechter der ganz harten Klasse …«

»Henrique!«

Er kannte den Ton. Wenn sie ihn Henrique nannte, rief ihn Isabella zur Ordnung oder überdeckte ihre Sorgen um ihn, wenn er sich ihrer Meinung nach wieder zu weit vorwagte. Nur war er nicht zum Schweigen geboren. Was er wusste, wurde veröffentlicht.

»Da läuft wieder was«, sagte Isabella, »wieso versuchst du, mich für dumm zu verkaufen? Amber ist tot, er wurde in dem Hotel umgebracht, in dem du wohnst. Es kam hier in den Nachrichten. Es ist die Sensation für die Weinwelt. Im Internet habe ich ein Foto gesehen, auf dem ihm jemand mit einem Rosenstrauß ins Gesicht schlägt. Das ist eine riesige Geschichte. Da weiß der Mörder, dass man ihn jagen wird, und macht es trotzdem. Entweder ist der Killer verrückt oder so abgebrüht, dass ihn das nicht anficht, oder er ist überzeugt, den perfekten Mord begangen zu haben.«

Henry hörte am Stakkato ihrer Worte, wie ernst es ihr war, ihr Redefluss wurde kaum vom Atemholen unterbrochen.

»Von der Zeitung ›El Pais‹ hat jemand angerufen, ob du nicht was für sie schreiben kannst, sie sind richtig gierig geworden, als ich gesagt habe, dass du dort bist. Das durfte ich doch? Darf ich ihnen auch deine Mobilnummer geben? Sie kennen deinen Newsletter. Dann hat ein Redakteur von ABC angerufen, aber dem habe ich gleich abgesagt, du seiest bereits anderweitig verpflichtet. Ich wollte ihn nicht merken lassen, dass du nicht für sie schreiben würdest. Henry! Ich will dich heil zurück. Überleg dir genau, was du tust!«

»Das gilt für dich auch, meine Liebe. Wer hat die Drohbriefe erhalten – du oder ich?«

»Das ist nicht fair.«

»Doch, gleiches Recht für alle.«

»Nein, gleiches Recht nur für Gleiche«, sagte Isabella.

»Wer ist der Mann hinter Amber?« Henry beugte sich weiter zu Frank Gatow.

Der hielt ihm das Display seiner Kamera vors Gesicht. »Das sind zwei. Die scheinen zusammenzugehören, von dem körperlichen Ausdruck her. Hast du einen von denen schon mal gesehen? Gehören die zu den Juroren?«

Die beiden Männer saßen in Henrys Zimmer, Gatow war heruntergekommen, er wollte vermeiden, dass seine Frau davon Wind bekam, dass er sich mit dem Mordfall beschäftigte. Antonia Vanzetti war anscheinend genauso wenig daran interessiert wie Isabella, dass ihr Mann sich einmischte und einer Gefahr aussetzte. Denn nachdem die Umstände des Mordes bekannt waren, ging jeder davon aus, dass der Mord von einem Profi verübt worden war. Anders war ein einzelner Schuss, der sein Ziel nicht verfehlt hatte, kaum zu erklären. Wer seine Nase in fremde Angelegenheiten steckte, konnte unversehens selbst in die Schusslinie geraten. Während Henry gar keine Wahl hatte, schien Gatow in seine Bilder verliebt, war dem fotografischen Jagdsport zugetan oder lediglich hilfsbereit. Was ihn trieb, wusste Henry nicht zu sagen, so gut kannte er den Wahlitaliener nicht. Oder ging es ihm um den Nervenkitzel?

»Leider habe ich nicht das richtige Verbindungskabel, um die Fotos von der Kamera auf deinen Laptop zu laden, dann hätten wir sie größer. Bei meiner kleinen Handkamera hat sich der Autofokus nicht richtig eingestellt, die Schärfe liegt nicht richtig. Das ist das Risiko bei den kleinen Dingern. Wir müssen uns also mit dem schlechten Bild begnügen.«

»Sind das nicht die Valianos aus dem ›Il Calice‹?« Henry zeigte beim nächsten Foto auf die Personen rechts von Amber, der sich, um einen Einsatz zu machen, über den Roulettetisch gebeugt hatte. Vor ihm lagen nur noch wenige bunte Plastikmarken. Henry meinte, sich auch auf dem Foto zu sehen, Gatow hatte an seiner Hüfte vorbeifotografiert.

»Ja, das ist das Ehepaar, das immer mit meiner Frau rumhängt. Ich glaube, sie kennen Amber, ich habe sie auch vorher schon zusammen gesehen.«

»Und die beiden, die Unbekannten? Kannst du das Bild auf dem Display nicht vergrößern?«

»Das geht schon, nur wird dann das Bild noch unschärfer. Aber dass Amber eine Pechsträhne hatte, sieht man ihm an. Ich glaube, da war er pleite.«

»Hast du kein Bild, auf dem man sehen kann, wie er wieder zu Geld kommt oder wer es ihm gibt?«

Gatow betätigte den Vorlauf, er hatte aus den verschiedensten Positionen heraus fotografiert. Es gab ein Foto von dem Moment, wo ihm der Burgunder serviert worden war, Amber beim Setzen, Amber beim Verlieren, Amber verzweifelt, dann mit wütendem Blick, wahrscheinlich in die Richtung, in der Henry gestanden hatte. Dann Amber mit Marion am Ohr, sie flüsterte ihm irgendetwas zu, dann ein Bild mit Händen, das sowohl Gatow wie Henry elektrisierte. Die Hände häufelten Jetons neben dem Burgunder auf. Diese Hände, oder eine davon, hatte Henry schon mal gesehen.

»Das nächste Foto!«, drängte er, jetzt würden sie wissen, wer ihm das Geld gegeben hatte, aber auf dem nächsten waren noch einmal die Hände, sie hatten Gatow fasziniert, Hände, die Jetons verschoben.

»Wem gehören diese verfluchten Hände?« Henry war laut geworden, er ärgerte sich maßlos, dass er nicht mehr zu sehen bekam. Es waren die harten, knochigen Hände eines Mannes vor einem schwarzen Hintergrund. Es handelte sich dabei wahrscheinlich um eine Hose oder eine Jacke, ja, eine Jacke war das.

Auf dem folgenden Bild war niemand in schwarzer Kleidung zu sehen.

Die beiden Männer sahen sich ratlos an. »Es gibt haufenweise Kameras in der Spielbank«, sagte Gatow, »der Raum strotzt geradezu vor Kameras, die werden alles gefilmt haben.«

»Wie lange speichert die Verwaltung die Aufnahmen?«

»Ich glaube, dass es uns wenig nutzt.« Frank hatte nachgefragt, diese Aufnahmen dienten hauptsächlich dazu, Spielzüge zu dokumentieren.

Henry erinnerte sich, er war Zeuge einer solchen Szene geworden, als ein Gast das Verhalten des Croupiers angezweifelt hatte.

»Du hast Amber gegenübergestanden«, sagte Gatow, »auf der anderen Seite des Tisches, und du hast nicht gesehen, woher die Jetons kamen?«

»Nein, ich war viel zu kribbelig, ich habe mich über den Gewinn gefreut, ich habe noch nie zuvor um Geld gespielt. Dazu verdiene ich es zu schwer. Ich habe nur auf den Spieltisch geschaut.«

»Stimmt nicht, hier schaust du diese Marion an«, sagte Gatow und zeigte Henry das nächste Bild. »Und hier schaut sie zurück, zumindest in deine Richtung, und richtig böse! Was ging da ab?« Er lächelte maliziös. »Es geht mich nichts an… Aber hat sie Amber nicht die Flasche mit dem Burgunder gebracht?«

Während Gatow noch einmal die Bilder rückwärts durchging, erzählte Henry von der Reise durch Andalusien und von seiner Sympathie für die junge Journalistin, die sie recht großzügig und damit falsch interpretiert hatte.

»Manche Leute müssen erst vor die Wand laufen, damit sie was begreifen«, meinte der Fotograf und drückte an seiner Kamera herum. Er fand das Foto von Ambers letztem Burgunder, aber darauf waren wieder nur Hände, Arme und Ärmel zu sehen, und die gehörten offensichtlich zu einem Mann und nicht zu Marion Dörner – aber auch nicht zu einem der Kellner. Die Flasche war offen, sie stand auf einem kleinen Tablett, das Etikett war nicht zu erkennen, und neben dem Glas lag ein Korken. Das alles stand auf einem Tischchen, wie Henry jetzt bemerkte, das ans Roulette gerückt worden war – die VIP-Behandlung.

»Ob ein Schlafmittel im Wein war, damit er nicht merkt, dass jemand die Zimmertür öffnet? Das kommt fast einer Hinrichtung gleich«, vermutete Frank.

»Den Obduktionsbericht kennt nur die Polizei, und die wird schwerlich damit herausrücken oder darüber was verlauten lassen.«

»So kommen wir nicht voran. Das bringt dich sicherlich nicht weiter.«

Henry hatte das Gefühl, wieder bei null zu stehen, er war bedrückt und enttäuscht, er hatte sich mehr versprochen, zumindest eine Spur, einen Hinweis auf die Personen in Ambers Nähe, um von da aus weitere Überlegungen anzustellen.

»Ich werde heute Abend im Casino versuchen, mehr über die Filme herauszubekommen. Aber wenn es Profis waren, wovon wir ausgehen müssen, dann wissen sie von den Kameras über den Spieltischen und werden sich kaum haben filmen lassen.«

»Bist du bei unserer intimen Soiree nicht dabei?«

Gatow schüttelte den Kopf. »Antonia hat sich mal wieder vergeblich darum bemüht, aber die Organisatoren wollen nicht. Außerdem sind die mit den Nerven am Ende.«

Der Tisch in dem gemütlichen Innenstadtlokal war glücklicherweise eckig, denn an einem runden hatte er den Tag verbracht und hatte davon die Nase voll, von den runden Tischen im übertragenen Sinne auch, denn es kam selten etwas Vernünftiges dabei raus. Die stärkere Partei tat sowieso, was sie wollte.

Henry setzte sich, da noch Plätze frei waren, sofort ans Kopfende, um nicht zu sehr mit den anderen spanischen Juroren auf Tuchfühlung gehen zu müssen. Außerdem war der Überblick besser, er konnte sie alle im Auge behalten. Zu sechst würden sie sein, einige kannte er, andere würde er heute zum ersten Mal treffen. Leider war Mendoza mit von der Partie und saß neben ihm, die Reihenfolge, in der man eingetroffen war, bestimmte die Sitzordnung. Henry hätte Mendoza einen Bandscheibenvorfall gewünscht, mit dem er das Hotelbett hätte hüten müssen, aber Mendoza erfreute sich leider bester Gesundheit.

»Oh, Señor Peñasco gibt uns höchstpersönlich die Ehre«, höhnte er, was die anderen beiden Herren am Tisch mit verständnislosen Blicken quittierten.

»Was versteht jemand wie Sie von Ehre, *honorable* Señor Mendoza?«, fragte Henry gedämpft. »Haben Sie Ihre Ehre beim Massakrieren von Republikanern erworben? Wahrscheinlich Ihr Großvater. Bei welchem Erschießungskommando war er tätig? Militär oder Freischärler?« Henry hatte es mit sanfter und leiser Stimme gesagt, dafür umso eindringlicher. Die Tischgenossen verstanden nur Bruchstücke, damit war nicht klar, ob es bewundernd oder als bösartiger

Angriff gemeint war. »Mein Name ist übrigens Meyenbeeker – und nicht Peñasco. Das ist der Name meiner Lebensgefährtin. Der ehrenwerte Señor Mendoza ist anscheinend selten richtig im Bilde.«

»Ist das nicht ein deutscher Name?«, fragte der Journalist aus Valladolid.

»Allerdings, Herr Kollege. Ich bin gebürtiger Deutscher, auch hier aufgewachsen, aber glauben Sie ja nicht, dass ich nicht jeden Zwischenton unserer Sprache zu deuten weiß.«

»Waren Sie, Meyenbeeker, nicht vor Jahren mal Nariz de Oro?«, fragte Jacobo Arienzo, den Henry für sich Aguirre, der Zorn Gottes, nannte, ein grimmiger Mann, der nie ein Blatt vor den Mund nahm, was ihm bei einigen Kellereien, eher den schlechteren, Hausverbot eingebracht hatte. Seine Massigkeit entsprach der Heftigkeit seiner teilweise bösartigen Kritik an Weinen und Weingütern.

»Wie er den Titel gewonnen hat, das weiß nur die Jury«, warf Mendoza ein. »Sie wissen ja, wie käuflich unsere Juroren sein können.«

Das hätte er besser nicht gesagt, denn damit griff er indirekt auch Aguirre an und beschwor den Zorn Gottes mit tiefer Stimme herauf.

»Das können Sie nur wissen, weil Sie selbst die Hand aufgehalten haben, Sie halb leeres Glas abgestandenen Biers. Was können Sie beweisen? Haben Sie Zeugen? Wer genau wurde bestochen und in welcher Höhe? Sie beschmutzen unseren Berufsstand.« Er holte weiter aus. »Sie beschmutzen unsere Nation, Sie beschmutzen uns alle hier.«

Wie gut, dass keine Damen am Tisch saßen, dachte Henry und sah, wie zwei Herren an ihren Tisch geführt wurden. Den kleineren, etwas dicklichen Mann kannte er, AllesBio nannte er ihn, sie waren sich in der Mancha begegnet, als er eine der Großkellereien besichtigt hatte, die auf biologischen Weinbau umgestellt hatte, was in der Werbung groß herausgestellt wurde. AllesBio war einer der Vize-Präsidenten dieses Massenweinherstellers, der gegenwärtig die europäischen Märkte überschwemmte, besonders den deutschen, weil man hier mehr auf Bio abfuhr als anderswo. Seinen richtigen Namen hatte Henry vergessen. Sie begrüßten sich mit freundlichen Worten. Henry hatte nichts gegen seine industriell hergestellten Massenweine, wenn sie sauber waren. Sie machten es ihm leicht, seine Winzerweine besser im Fachhandel unterzubringen.

AllesBio kam in Begleitung des Exportleiters der Kellerei Muros, einem Betrieb aus dem Priorat, der weltweite Weingeschäfte betrieb, mit Tochterunternehmen in Chile und Südafrika und Frankreich und mit nach China ausgestreckten Fühlern. Muros-Weine waren häufig auf der Titelseite von Hecklers Magazin zu finden, und sie fehlten selten bei seinen Proben – selbstredend mit besten Bewertungen. Ausdruck einer innigen Geschäftsbeziehung?

Es entschärfte die Spannung am Tisch, dass sich die beiden Neuankömmlinge betont langsam am Tisch einrichteten, dass Henry den Platz wechselte und sich neben den Zorn Gottes setzte. Der Ober brachte die Karte und erläuterte die Weine des Abends. Alles war von Heckler so arrangiert worden.

In der ersten halben Stunde, noch mit Aperitif und Vorspeise beschäftigt, drehte sich das Gespräch der Männer um die Gründe für den Mord an Alan Amber. Der Exportleiter war der Ansicht, dass jemand dem Heckler-Verlag hatte schaden wollen, das hatte Henry schon von Heckler selbst gehört und hielt es für an den Haaren herbeigezogen. AllesBio war überzeugt, dass der Rosenkavalier in den Fall verwickelt war, was allen anderen völlig absurd erschien. Allerdings fand die Theorie, dass andere Bewerber um Ambers Position hinter dem Mord standen, genauso wenig Unterstützung. Die Polizei sollte besser ermitteln, wem Amber geschadet hatte.

Aguirre erzählte von einem Fall, bei dem der Weintester das gesamte Sortiment einer großen Kellerei im Westen Spaniens äußerst schlecht benotet hatte. Daraufhin seien die Preise gefallen, die Weine kaum noch verkäuflich gewesen, und die Bodega sei in die roten Zahlen gerutscht. »Dahinter stand die Absicht, den Laden billig aufzukaufen, was dann auch bestens funktioniert hat. Wie viel Geld geflossen ist, kann ich allerdings nicht sagen.«

Der Journalist aus Valladolid wollte wissen, ob Amber persönlich eingegriffen hatte oder ob einer seiner Mitarbeiter für die Bewertung verantwortlich war. »Denen wird ja mittlerweile so einiges nachgesagt. Die Leute saugen sich das meiste aus den Fingern, und ihr alle wisst, wie in der Branche geklatscht wird.«

»Mich wundert, dass gerade Sie das sagen.« Aguirre machte ein Gesicht, als würde er gleich sehr zornig. »Glauben Sie, jemand sagt offen, dass er Schmiergeld nimmt? Das wird so lange abgestritten, bis das Gegenteil bewiesen ist.«

Mendoza beteiligte sich nicht an der Debatte, der Fall interessierte ihn nicht, er war vielmehr auf Krawall aus. Er belauerte Henrys Unterhaltung mit dem Muros-Exportleiter, er wartete auf sein Stichwort, um wieder einsteigen zu können. Dabei erzählte ihm der Journalist aus Valladolid, der neben ihm saß, wie gekonnt und ohne jegliche finanziellen Verluste er die Finanzkrise bewältigte.

Die Weine des Abends kamen aus Spanien und waren von Muros gesponsert. Sie waren nicht schlecht, sie waren gut trinkbar, obwohl sie schnell satt machten, diese Art von Qualität lieferten auch viele andere Bodegas. Amber, würde er noch leben, hätte seine Freude gehabt, es war genau der von ihm geförderte Stil. Isabellas Vater hingegen hatte es verstanden, die Kellerei Peñasco nie in den Nebel dieser modernen Machart zu steuern, und war beim klassischen alten Rioja-Stil geblieben, der die Leichtigkeit und die Eleganz betonte und bei dem das Holz des Barriques den Wein nicht dominierte.

Es war nicht typisch, dass an einem spanisch sprechenden Tisch keine einzige Frau saß. Henry dachte an die Önologin des Rioja-Weingutes Remelluri, die er sehr schätzte, und an die verrückte und liebenswerte Amanda, die alle Männer von Lagar und damit auch ihre Ehefrauen durcheinanderbrachte. Diese männliche Tischgesellschaft war Ausdruck des alten Spaniens, und das wehrte sich gegen die Bedeutungslosigkeit wie das Abendland gegen die Türken, und deshalb waren einige Leute dort besonders gefährlich. Eine Frau am Tisch hätte sicherlich einen mäßigenden Einfluss auf die Männer gehabt, aber als nach einer Weile sämtliche Theorien bezüglich des Mordes an Amber und mögliche Nachfolger, die seinen Platz einnehmen könnten, durchgehechelt waren, ging es mit Politik weiter.

Mendoza war dabei sicherlich der erste und auch einzige Kandidat für eine richtige Maulschelle oder ein Glas Wein im Gesicht. Aber wie schlecht der Wein auch wäre, er wäre in jedem Fall zu schade dafür gewesen.

»Ist Ihre Geliebte eigentlich Kommunistin?«, fragte er so laut, dass es für niemanden überhörbar war.

Henry hatte nicht übel Lust, mit dem Kerl vor die Tür zu gehen, doch das verbot sich von allein, denn Mendozas Zähne waren nicht mehr in bestem Zustand, und allzu viel Haar hatte er auch nicht mehr auf dem Kopf.

»Das wäre mir neu«, sagte Henry und zwang sich zur Ruhe, »aber vielleicht wissen Sie mehr als ich. Ihre Leute haben angeblich beste Beziehungen zu den Geheimdiensten. Wie kommen Sie darauf?«

»Man hört so einiges aus der Provinz La Rioja – und nicht nur von dort. Ihre Archäologin macht sich mit ihren ›Ausgrabungen‹ weiter unbeliebt, und mit diesem Baltasar Garzón, dem Untersuchungsrichter, der sich an General Pinochet vergriffen hat, steht sie auch in Verbindung. Der hat sich national total lächerlich gemacht.« Mendoza gluckste.

»Sie sollten besser mit den Journalisten essen gehen, Señor Mendoza, die das aufgebracht haben.«

»Um was für Ausgrabungen handelt es sich?«, fragte AllesBio neugierig. »Es war immer mein heimlicher Wunsch, Archäologe zu werden, ich habe als Kind alle Bücher über Ausgrabungen verschlungen. Ich war in Ägypten, auf den Pyramiden und im Tal der Könige, ich war auf der Halbinsel Yucatán und in Tikal. Waren Sie mal in Tikal? … Auch Machu Picchu hat mich begeistert. Aber zu meiner Schande muss ich gestehen, dass ich mit der Bahn raufgefahren bin.«

»Es geht um Leichen, werter Kollege«, sagte Aguirre, der Zorn Gottes, und lächelte, als rede man von Schokolade.

»Um Mumien? Die haben mich an Ägypten besonders fasziniert. Im Britischen Museum stehen …«

»Nein, es geht um angebliche Massengräber«, unterbrach ihn Mendoza, »wie die Kommunisten das nennen. Da liegen aber nur drei Tote drin, deren Herkunft nicht geklärt ist. Das sind Bauern, von Räuberbanden vor Jahrzehnten umgebracht. Aber den Roten geht es ausschließlich darum, unser Vaterland in den Dreck zu ziehen, unsere Institutionen zu diskreditieren. Das Ansehen der Kirche und von General Franco bewerfen sie mit Schmutz und verkaufen uns an die Araber.«

Der kleine, dicke Muros-Exportleiter zog ein Gesicht, als wolle er gleich aufstehen, Aguirre, der Zorn Gottes, schob seinen gefährlichen Unterkiefer vor und stand kurz davor, mit einem wutschnaubenden Redeschwall die Tischdecke zum Flattern zu bringen, der Journalist aus Valladolid freute sich heimlich, da er Henry nicht leiden konnte, und AllesBio verstand gar nichts, er schaute von einem zum anderen, wartete auf eine Erklärung, die man ihm verweigerte, da niemand in dieses für ihr Land immer noch heikle Thema einsteigen wollte. Es brachte Gläser zum Zerspringen und Gewölbe zum Einsturz.

Henry bemerkte, wie Koch an ihnen vorüberging, herschaute und Augenkontakt suchte, doch Henry tat, als würde er ihn übersehen. Zu der Verabredung mit ihm war er absichtlich nicht gegangen. Was hätte dabei herauskommen sollen? Marion Dörner war zu Henrys Erleichterung in einem der anderen Restaurants, wo die anderen zwei Drittel der Juroren versammelt waren.

Mendoza stichelte weiter, er wähnte sich auf der Gewinnerseite. »Da stochern einige im Dreck herum, weil sie immer noch von der sozialistischen Republik träumen. Sollen sie doch nach Nordkorea übersiedeln, das können sie haben. Franco hat uns und unserem Land den Frieden gebracht, alles ist verjährt, es gab die Amnestie, aber die ewig Gestrigen wollen das nicht wahrhaben. Und dazu gehört …«

»… meine Lebensgefährtin«, unterbrach ihn Henry. »Sie arbeitet mit der Regionalregierung von Andalusien zusammen, dort wurden sechshundert Massengräber entdeckt – mit mehr als siebenundvierzigtausend Toten …«

»Das sind Kriegsopfer«, unterbrach ihn Mendoza gelangweilt.

Henry war kurz davor, endgültig die Geduld zu verlieren. »Es werden nur Tote gezählt, die nicht bei Kriegshandlungen umgekommen sind. Die Hälfte der Toten wurde identifiziert. In Sevilla sind es zwölftausend, in Málaga siebentausend und in Córdoba neuntausend. Sehen Sie auf der Internetseite der andalusischen Regierung nach.«

»Das sind Sozialisten, PSOE, man weiß, wie die übertreiben. Deshalb wurden sie auch abgewählt. Euren heiligen Garcia Lorca habt ihr noch immer nicht gefunden«, sagte er, jetzt voller Hohn, aber er merkte doch, dass er nicht mit der Zustimmung der Tischgenossen rechnen konnte. »Lorca hat sich aus dem Staub gemacht, dann haben ihn die Linken zum Märtyrer erhoben. Was gibt es für Zeugenaussagen? Wo bitte?«

»Genug, um den Massenmord zu beweisen.«

»Die Gräueltaten der sogenannten Republikaner sind hinlänglich bewiesen. Grausamkeiten wurden von beiden Seiten verübt. Da hat die eine Seite der anderen nichts vorzuwerfen. Und des Weiteren ist nur zu verständlich, dass sich ein gesunder Körper wie Spanien gegen diese Bakterien gewehrt hat.«

»Das ist genau wie beim Krebs«, pflichtete ihm der Journalist aus Valladolid bei. »Den heilt man nur, wenn man ihn großflächig rausschneidet.«

»Das waren alles Aktionen während unseres Befreiungskrieges!« Mendoza redete sich in Rage. »Die Zeugenaussagen sind lückenlos. Wenn es anders wäre, hätte unsere Justiz sich längst eingemischt.«

Es war für Henry ein Gewaltakt gegen sich selbst, nicht aufzustehen, Mendoza zu packen und ihn endlich mit einem Tritt in den Hintern vor die Tür zu befördern. Es ging nicht um einen *paseo*, um diesen sogenannten Spaziergang, bei dem Francos Militär seine Opfer abgeholt und am Stadtrand meist mit Kopfschüssen getötet hatte. Es ging Isabella darum, die bleierne Stille zu durchbrechen, die über diesem Thema lag. Die Angst, dass die Täter von damals zurückkehrten, um auch noch die zu bestrafen, die die Gräber genannt hatten, war noch immer da, Henry hatte sie gespürt, als er Isabella zu Exhumierungen begleitet hatte.

Mendoza verdarb allen die Freude am Essen.

»Die Justiz war Franco verpflichtet, er hat sie aufgebaut, und die Priester haben die Listen geliefert, nach denen die Erschießungskommandos in den Dörfern vorgingen.«

»Ihnen ist wohl nichts heilig?«, fragte Mendoza scheinheilig und merkte nicht, dass er sich weiter ins Abseits manövrierte. »Nicht einmal die Kirche, der Papst …«

»Hör mal gut zu, du Würstchen«, sagte Aguirre, der Zorn Gottes, und packte Mendozas Arm. »Bis jetzt habe ich mich rausgehalten, ich hasse Politik, aber wenn du uns mit deinem Gewäsch weiter den Abend verdirbst, wirst du allein essen, aus der Kloschüssel. Kapiert? Wir sind hier alles Freunde, und die wollen wir bleiben. Also halt endlich das Maul!«

Aguirre hatte den Arm des entsetzten Mendoza noch immer nicht losgelassen, allein das Gewicht seiner Hand und seiner Stimme lähmte ihn – und sein Blick.

»Señores!« Henry stand auf, er würde sich kaum länger zurückhalten können, und verbeugte sich. »Ich möchte nicht länger mit … diesem Herrn am selben Tisch sitzen. Ansonsten schätze ich Ihre Gesellschaft sehr …«

»Sie sollten sich in Acht nehmen, Meyenbeeker. Wir kennen Sie und können Sie überall erreichen!« Die Worte waren die eines Skorpions. Nur der Druck von Aguirres Hand brachte Mendoza zum Schweigen.

13

Die Wandlung

AllesBio sprang auf: »Bitte, Meyenbeeker, bitte setzen Sie sich wieder.« Ihm war die Situation peinlich, er wollte vermitteln, derweil befreite sich Mendoza wütend aus Aguirres Griff und stand auf. »Ich warne Sie, Meyenbeeker! Es gibt Möglichkeiten, Spanien für Sie zu einem fremden Land werden zu lassen. Da hilft Ihnen auch Ihre Goldnase nichts. Vergessen Sie das nicht!« Er verzog das Gesicht zu einer abfälligen Grimasse.

»Mittels Chlorbleichlauge vielleicht, Señor Blaspiñar?« Henry hatte den Pfeil ins Blaue abgeschossen – und womöglich getroffen?

Mendoza erstarrte, sein Mund klappte auf und wieder zu, er schien sich umdrehen zu wollen, aber er blieb, und das nicht nur, weil Koch erschienen war und an allen Tischen zur Ruhe gemahnte.

»Herr Heckler wird eine Ansprache halten!«

Das fehlt uns gerade noch, dachte Henry, aber es wäre grob unhöflich und würde Heckler weiter provozieren, wenn er jetzt das Lokal verließe, also setzte er sich wieder.

»Wir werden auf jeden Fall weitermachen …« Mit diesem Satz leitete der Verlagschef seine Rede ein.

Hatte das irgendjemand bezweifelt?, fragte sich Henry und übersetzte flüsternd, da für Hecklers Rede kein Übersetzer engagiert war.

»Der Anschlag auf unseren verehrten und geschätzten

Alan Amber war ein Anschlag auf die Meinungsfreiheit und damit auf uns alle …«

Als Anschlag auf sich selbst sah Henry den Mord an Amber nicht, wohl aber als einen auf die Meinungsfreiheit.

»Er war ein Freund, ein Weggefährte, ein geschätzter Kollege, einer aus unserer Mitte …«

»Mein Freund war er nicht«, murmelte Aguirre, »uns schickte er zum Probieren nur noch seine Angestellten.«

»Dass die feigen Täter bei Nacht zuschlugen, zeigt einmal mehr …«

»Feige?«, fragte flüsternd der Journalist aus Valladolid, »feige war der nicht, vielmehr gnadenlos und kaltblütig, abgebrüht.«

»Wir werden den oder die Täter auf jeden Fall fassen …«

Der Muros-Exportleiter zeigte seine Zweifel offen, genau wie Aguirre, beide sahen sich kopfschüttelnd an, bevor sie Mendoza anstarrten, der in sich gekehrt an seinem Weinglas herumfingerte.

»Es geht ausschließlich darum, unsere Baden-Baden Wine Challenge zu diskreditieren, zu sabotieren …«

Nicht nur Henry sah das anders, wie er den Mienen seiner Tischnachbarn entnahm, als er leise weiter übersetzte.

»Wie Pilze sprießen immer neue Weinwettbewerbe aus dem Boden, die jeder Professionalität und Ernsthaftigkeit entbehren, bei denen das finanzielle Interesse im Vordergrund steht und wo jeder Hinz und Kunz sich eine Medaille abholen kann …«

War *fulano y zutano* die korrekte spanische Übersetzung für »Hinz und Kunz«? Während Henry weiter übersetzte, wunderte er sich, dass in einer Industriegesellschaft sich diese Pilz-Metapher hielt. Er hatte noch nie Pilze aus dem Boden schießen sehen, höchstens mal einen ausgewachsenen Bovisten auf einer Wiese, und mit den unprofessionellen Weinwettbewerben konnte nur die Hamburg Wine International gemeint sein. Da holte sich niemand einfach Medaillen ab, da lagen die gleichen Regeln zugrunde wie in Baden-Baden … Dorothea – er musste sie dringend fragen, ob sie ihren Hacker erreicht hatte, wahrscheinlich so ein menschenscheuer Nerd, ein Computerfreak, der nichts kannte außer Programmiersprachen und Fast Food in sich hineinschlang, ohne den Blick vom Bildschirm zu nehmen …

»Was hat er eben gesagt?«, fragte AllesBio.

»Über fünfhunderttausend Euro Startgeld sind hier zusammengeflossen«, sagte Henry, seinen Gedanken preisgebend, statt zu übersetzen, und er wunderte sich, dass man ihn verständnislos ansah. Er war draußen, er hatte den Faden verloren, er übersetzte mechanisch weiter, ohne den Sinn von Hecklers Rede zu begreifen und sich an das Gesagte zu erinnern. Und während er daran dachte, wie Mendoza eben auf ihn reagiert hatte, stand der Spanier auf und schlich aus dem Lokal, bereits in der Tür mit der Hand nach dem Telefon in der Jackentasche tastend.

Koch sah ihm nach und schaute dann zu Henry, als versuche er zu verstehen, ob er den Spanier zum Gehen veranlasst hatte. Henry führte zwei gespreizte Finger an die Lippen, als würde er eine Zigarette halten. Damit gab sich Koch zufrieden, aber die Aufforderung an Henry in seinem Blick blieb.

Badische Küche war an diesem Abend angesagt, das Hauptgericht wurde aufgetragen, Rehrücken mit Schupfnudeln, dazu kam nach dem weißen Viura eine neue Rotweinkreation von Muros in die Gläser: Tempranillo, Merlot und Cabernet Sauvignon, wobei Heckler sich noch einmal deutlich bei dem großzügigen Spender bedankte und seine Weine pries. Henry hätte lieber einen Kaiserstühler Spätburgunder dazu getrunken.

Koch war plötzlich verschwunden, dafür entdeckte er an einem der weiter entfernten Tische Marion Dörner, die von einem zum anderen Gast ging und angeregt mit den Herren plauderte, die sich über weibliche Gesellschaft sichtlich freuten. Als sie in Henrys Richtung schaute, sah er weg. Er spürte die Vibration seines Mobiltelefons, zog es aus der Tasche. Dorothea hatte eine SMS geschickt: »weg ist frei. verbindung hergestellt. checke deine mails.«

Großartig, auf sie war Verlass, wenn die Verbindung hergestellt war, so hatte sie ihm erklärt, konnte man über Kochs Rechner weiter in das abgeschirmte System des Verlags gelangen – bis in die Korrespondenz des Inhabers. Es war die erste und einzige gute Nachricht des Tages. Doch, auch der Rehrücken war schön. Eigentlich wollte er gar nichts mehr essen, er wollte keinen Wein mehr trinken, auch keine Konversation mit AllesBio oder Aguirre pflegen, er wollte auch mit Gatow keine Theorien über den Mord wälzen und darüber nachdenken, wie er an Heckler herankäme. Henry wollte sich einfach nur unter die Dusche stellen, sich mit Ohrstöpseln von der Außenwelt abkapseln und schlafen. Morgen würden sie wieder fünfzig Weine probieren und beurteilen, und am Nachmittag fand das Pferderennen in Iffezheim statt. Zumindest das stellte er sich als kurzweilig vor, er hatte sich von Antonia Vanzettis Vorfreude anstecken lassen. Er würde wetten, obwohl er von Pferden nicht mehr verstand, als dass sie Kopf und Schwanz hatten, vier Beine und man auf ihnen, wenn man keine Angst vor Rippen- oder Schlüsselbeinbrüchen oder Querschnittslähmungen hatte, auch sitzen konnte.

»Wieso sind Sie nicht gekommen? Ich habe eine halbe Stunde lang an der Trinkhalle auf Sie gewartet.« Die gepresste Stimme an seinem Ohr gehörte Koch, die Worte kamen hastig, er sprach, ohne die Lippen zu bewegen.

Er ging Henry immer mehr auf die Nerven. Die Stimme war ihm unangenehm, er spürte den Atem. Koch roch nicht gut. Was wollte er von ihm? Wieso belatscherte er ihn sogar hier? Er konnte doch nur eine neue Bosheit seines Chefs weitertragen, ihn beleidigen wollen, oder machte er sich gar für Mendoza stark?

»Es ist dringend, Meyenbeeker!«

Was war das für eine Finte? Obwohl er die Augen nicht von Heckler nahm, der von einem Tisch zum anderen ging und angeregt plauderte, hörte sich Koch anders an als sonst, tatsächlich dringend. Kam er mit der Aufforderung, die Challenge zu verlassen? Nein, in Kochs Stimme schwang etwas sehr Brisantes mit.

»Bitte – kommen Sie in zwanzig Minuten vor das Lokal und gehen Sie hundert Meter nach rechts, ich warte dort – am Brunnen unter den Bäumen.«

Als Henry sich umsah, war Koch verschwunden, abgetaucht, hatte sich in Luft aufgelöst.

Zum Dessert konnte man zwischen einem Kirschenplotzer und gefüllten Zwetschgen auf Weißweinschaum wählen. Dazu gab es wahlweise einen aus Chardonnay gekelterten Dessertwein oder ein Kirschwasser. Henry beschäftigte sich gerade mit den Kirschen in fester und flüssiger Form, als das Gespräch am Tisch erstarb und die Blicke aller auf jemanden neben ihm gerichtet waren. Es konnte nicht Koch sein, der hatte eben keine Aufmerksamkeit erregt. Dass es sich um Marion Dörner handelte, erkannte er am Parfüm.

»Wir gehen nach dem Essen mit ein paar Leuten noch tanzen. Ich wollte dich fragen, ob du mitkommst. Ich würde mich freuen.« Sie strahlte ihn an.

Henry blickte auf die Uhr, der Zeiger näherte sich der Elf, er musste mit Dorothea sprechen, Koch wollte mit ihm reden, Capitán Salgado stand noch auf dem Programm, der arbeitete auch nachts, aber Marion würde sauer sein, wenn er ihr schon wieder etwas ausschlug. Mit Hecklers Leuten musste er sich einstweilen gut stellen. Dabei stand ihm nicht der Sinn nach kurzweiligem Vergnügen, doch wenn er mitkäme, könnte er einige Leute weiter ausfragen.

»Wohin soll's gehen? Aber vorher muss ich was erledigen. Du kannst frühestens in einer halben Stunde mit mir rechnen.«

»Komm in die Equipage, die Bar im Casino. Ich warte auf dich.« Um das Lächeln, mit dem sie sich verabschiedete, beneideten ihn alle am Tisch. Erst jetzt wurde Henry gewahr, dass Mendoza nicht zurückgekehrt war.

Die Equipage? War das nicht der Glitzerladen mit den langbeinigen Blondinen für die Oligarchen? Na ja, ein Stündchen konnte er vorbeischauen, wenn er danach vor Marion Ruhe hatte. Ein diskreter Abgang ließe sich bestimmt einrichten.

Es wäre unhöflich, ohne Verabschiedung aufzubrechen, aber Henry wollte das Risiko nicht eingehen, dass sich ihm womöglich jemand für den Rückweg zum Hotel anschloss. Er bestellte einen Espresso und entschuldigte sich für einen Moment. Er ging zur Toilette und bog, da Heckler den Haupteingang mit seiner Anwesenheit versperrte, zur Küche ab, wo er die Köche zu dem gelungenen Dinner beglückwünschte. Der Küchenhilfe, die einen Müllkübel schleppte, schloss er sich an und gelangte in den Hof und von dort aus zur Straße. Er wandte sich nach links, ging durch die Toreinfahrt, jetzt musste er sich noch einmal links halten, wenn er auf den Brunnen mit den Bäumen stoßen wollte, aber die Gasse führte ihn von seinem Ziel weg. Dann endlich fand er einen Durchgang in der richtigen Richtung. Henry glaubte, dass er inzwischen viel zu weit gegangen war. In der Dunkelheit ließen sich die Entfernungen nicht so genau einschätzen.

Als er auf die nächste Straße traf, meinte er, dass der Brunnen zu seiner Linken lag. In einem Hausflur knutschte ein Pärchen, die konnte er nicht fragen, auch den Hund nicht, der an der Ecke pinkelte, und das ältere Ehepaar, das dem Hund dabei zusah, stritt – wahrscheinlich seit Jahrzehnten – in derselben Tonlage. Von Koch keine Spur. Ein Brunnen war nirgends zu entdecken. Hatte Koch ihn genarrt? Henry hatte vollständig die Orientierung verloren, was ihm sonst nie passierte. Er sah sich um, sah die dunklen

Häuser, halbhoch, eine oder zwei Etagen, dunkle Fenster – man ging anscheinend früh zu Bett – zum Teil Jugendstil, zum Teil älter, Gründerzeit oder mit Anklängen vom Klassizismus, vor allem bieder.

Da bewegten sich plötzlich drei Schatten vor ihm, zwei Frauen und ein Mann waren eilig um eine Ecke gebogen, er konnte endlich jemanden fragen – Henry blieb abrupt stehen und drückte sich in einen Hauseingang. Zwei der nächtlichen Wanderer erkannte er, als sie durch den Schein einer Straßenlaterne gingen. Es waren die italienischen Winzer. Die Frau in ihrer Begleitung war ihm unbekannt. Sie hatte ihn gesehen, sie wollte ihre Begleiter auf ihn aufmerksam machen, doch er blieb im Schatten, und alle drei beschleunigten ihre Schritte. Henry meinte, italienische Wortfetzen gehört zu haben.

Die Schritte entfernten sich eilig und verklangen hinter der nächsten Biegung. Nachdenklich ging er in die Richtung, aus der sie gekommen waren, und sah auf die Uhr. Koch, wenn er überhaupt am Treffpunkt wartete, würde ärgerlich sein. Das hatte er vorhin herausgehört. Plötzlich kam er aus der Dunkelheit auf ihn zu. Da war der Brunnen, Henry vernahm sein Plätschern, ringsum standen die Bäume.

»Haben Sie sich doch entschlossen zu kommen? War es so schwer?«

»Ist das nicht verständlich, Herr Koch? Unser Verhältnis ist nicht das beste. Aber ich habe nichts gegen Sie.« Henry blieb kühl und distanziert, er erwartete nichts Gutes, wahrscheinlich diente Koch seinem Chef auch als Überbringer schlechter Nachrichten.

»Setzen wir uns«, schlug der Journalist vor. »Am besten dort drüben auf die Bank.«

Sie lag im Schatten zwischen zwei Laternen. Henry sah sich um, abwartend und misstrauisch.

»Ich habe keine Killer bestellt.« Koch kicherte leise. »Niemand von uns ist so wichtig wie Amber, weder Sie als mögliches Opfer noch ich als potenzieller Auftraggeber.«

»Sagen Sie endlich, was Sie von mir wollen, Herr Koch.« Diese Art von Versteckspiel widerte ihn an.

»Ich möchte Ihnen ein Angebot machen! Nein, wehren Sie nicht gleich ab.« Koch hatte Henrys Zurückweichen richtig interpretiert. »Ich gehe auch in Vorleistung, mit einer Information.«

»Da bin ich aber gespannt.« Henry konnte sich nicht denken, dass sie für ihn von Vorteil sein könnte.

»Ich sage es klar: Heckler hat mich damit beauftragt, Sie zu beschatten, Ihnen zu folgen, wohin Sie gehen, zu beobachten, wen Sie hier während der Challenge treffen und was Sie ansonsten unternehmen. Ich soll ihm darüber Bericht erstatten. Das habe ich getan, aber ich will das in Wirklichkeit nicht. Mein Thema ist der Wein, und als Spitzel lasse ich mich nicht missbrauchen. Heckler geht meines Erachtens zu weit, er betrachtet Menschen entweder als Untergebene, die ihm gehorchen, so wie mich, die seinen Anweisungen folgen müssen, zu hundert Prozent, oder als Feinde.«

»Ich finde es äußerst löblich, dass Sie mir das sagen, doch weshalb kommen Sie damit zu mir?«

»Ihre Skepsis ist verständlich. Sie kennen das Sprichwort vom Krug, der so lange zum Wasser geht, bis er bricht? Mein Krug ist gebrochen, eigentlich der in mir selbst. Heckler hat mir viel versprochen, Möglichkeiten zum Publizieren, Reisen, Selbstständigkeit in der Recherche, im Umgang mit den Kunden – aber er stellt die Regeln auf, er gibt die Leitlinien und die Richtung vor, er dirigiert – ein lebloses Orchester. Und ich bin dabei zum …« Er suchte nach einem Wort, um seinen Zustand zu beschreiben.

»Kettenhund!«, sagte Henry leise.

»So sehen Sie mich also? Das ist wenig schmeichelhaft. Ich würde es lieber Offizier für Sonderaufgaben nennen.«

»Dazu sind Sie zu aggressiv, Herr Koch.«

»Hören Sie zu, Meyenbeeker«, Koch sah sich um, ließ den Blick über den Platz streifen, und Henry fragte sich, ob die Italiener hier noch herumschlichen.

»Ich biete Ihnen etwas ohne Gegenleistung.«

»Das gibt es nicht. Nichts ist umsonst.«

»Sie haben recht. Ich will nur, dass Sie etwas publizieren, ohne die Quelle preiszugeben.«

»Wieso tun Sie es nicht selbst? Ist es Ihnen zu gefährlich?«

»Man könnte eventuell den Weg zurückverfolgen. Aber Sie sind unabhängig, Sie leben im Ausland, Ihnen stehen andere Wege offen – sicher auch andere Ideen und Kanäle.«

Henry starrte in Kochs hageres Gesicht. Seine Augen lagen tief in den Höhlen, er sah schlecht aus, mitgenommen, abgearbeitet und deprimiert. So nah wie jetzt war er ihm noch nie gekommen. Hatte Koch bislang den Kettenhund nur gespielt? Der Zweifel machte Henry offen für sein Anliegen.

»Was sind das für Informationen?«

»Es ist eine Art Dokumentation, ein Dossier, wie er die Hamburger bekämpft. Sie sind seine Konkurrenten. Sie haben ihm die Hälfte des Umsatzes genommen und das Renommee, der Einzige zu sein. Dort werden so viele Weine verkostet wie bei uns. Er greift sie bei jeder Gelegenheit an. Seine Rede vorhin war auf sie gemünzt, nicht auf irgendwelche kleinen Preise, irgendwelche Kammerpreismünzen. Die der DLG, der Deutschen Landwirtschafts-Gesellschaft, zählt in diesem Zusammenhang nicht. Das nimmt ihm nichts vom Umsatz weg und schmälert auch seinen Status nicht. Aber Hamburg ist inzwischen gleichauf – und könnte vorbeiziehen. Er hat sich bei der Landesregierung, beim Ministerium und bei der OIV gegen die Hamburger gewandt. Er diffamiert einzelne Personen, greift sie als unseriös persönlich an, wirft ihnen Gesetzesbruch vor, er behauptet, dass andere Chargen als die prämierten mit den Medaillen ausgezeichnet würden, andere Abfüllungen, er schaltet …«

»Das reicht, Herr Koch, das reicht. Wen sollte das interessieren?«

»Die Teilnehmer der Challenge natürlich – die Weinhändler und auch ihre Kunden. Für sie ist man angeblich da, ihnen will man mit der Prämierung Hilfestellung bieten, so wird es nach außen hin verkauft.« Er hatte sich in Wut geredet, seine Augen glühten wieder.

Mit derselben Inbrunst, mit der er zuvor über mich hergefallen ist, fällt er jetzt über Heckler her, dachte Henry und nahm sich vor, jedes Wort von Koch auf die Goldwaage zu legen. Er war längst nicht von dessen Läuterung überzeugt. War das Ganze eine Falle, in die er hineintappen sollte, womöglich mit gefälschten Dokumenten? Wenn er das publizieren würde, ohne es genau zu prüfen, wäre ihm der Spott der gesamten europäischen Weinbranche sicher, ein Prozess wegen Verleumdung, und beruflich wäre er mehr als tot. Er könnte sich höchstens als Biograf für abgehalfterte Politiker verdingen und ihnen aus Notlügen und Halbwahrheiten einen Lebenslauf zusammenschustern.

»Sie sagen gar nichts«, bemerkte Koch. »Was halten Sie von meinem Vorschlag?«

»Sie wollen, dass ich der Vollstrecker Ihrer Rache an Ihrem Chef werde? Das meinen Sie nicht ernst.«

Kochs Erschrecken wirkte echt. »So ist das nicht gemeint.«

»Aber so sieht es aus, Herr Koch.«

»Nein – ich habe Ihnen zuerst gesagt, dass ich Sie nicht bespitzeln werde, ohne Vorbedingung und Gegenleistung. Ich weiß auch, was Heckler von Ihnen verlangt und womit er Ihnen droht.«

»Hat er Sie ins Vertrauen gezogen?«

»Nein, seine Vertraute ist Marion Dörner.«

»Die Süße?«

»Ja, eine süße Schlange, mit allen Giften gewaschen, von Hause aus. Ihr Alter ist schwerreich, er kungelt mit Heckler, hat Aktien im Verlag, der dreht an allen Schrauben.«

»Und woher wissen Sie von … von seinem Ansinnen mir gegenüber?« Henry war trotz der abendlichen Kühle heiß geworden. Er merkte, wie sein Herzschlag sich beschleunigte.

»Das bleibt mein Geheimnis.«

»Weiß die Mordkommission auch davon?«

Koch lachte leise in sich hinein. »Die weiß am wenigsten. Dieser … Kommissar Neureuther besitzt nicht die leiseste Vorstellung, was hier abgeht, und von den Beziehungen der, nennen wir sie Protagonisten, untereinander …«

Einen Dummkopf habe ich da nicht neben mir, sagte sich Henry, viel mehr ein ausgebufftes Schlitzohr. »Auf welcher Seite stehen Sie eigentlich, wo sind Sie zu finden, Herr Koch?«

Koch stand auf, griff in die Tasche und warf eine Münze in den Brunnen. »Bisher auf der falschen Seite, ab heute nur noch auf meiner. Sie stehen auch nur auf Ihrer.«

Das sah Koch falsch. Es gab seine Familie in Mainz, und es gab die Peñascos in La Rioja, und diese Menschen, Deutsche wie Spanier, bedeuteten ihm viel. Es gab andere, die er gut leiden mochte, Menschen, die er respektierte, die er wenn nicht gerade bewunderte, so doch sehr schätzte. Da war Dorothea, da waren die Männer von Lagar, Frank Gatow und seine Frau, Aguirre, der Zorn Gottes, ein wütender Sonderling, Josephine Rider und Frau Stöckli. Sie alle hielt er für integer.

»Was ist nun?«, fragte Koch in die Stille, in der nur die Bäume rauschten und das Wasser des Brunnens leise vor sich hin plätscherte.

»Freundschaft wird uns beide nie verbinden, Herr Koch.«

»Das ist mir klar, dazu ist zu viel geschehen …«

»Bereits in Spanien …«

»Vergessen Sie nicht, da stand ich unter Beobachtung.«

»Ist …« Ihr Chef hatte Henry sagen wollen, aber damit war es scheinbar vorbei, scheinbar oder anscheinend? Deshalb entschied er sich für eine andere Wortwahl. »Ist Herr Heckler morgen beim Wettbewerb anwesend?«

»Ich habe gehört, dass er mit dem Kriminalkommissar die Protokolle der Befragungen durchgeht, Ihre süße Schlange macht auch mit. Ich bin abkommandiert, um Sie zu beobachten. Am Nachmittag fahren wir alle zum Pferderennen, dafür wurden eigens Busse gechartert.«

»Er lässt sich die Challenge was kosten.«

Koch verzog das Gesicht, besser sah er dadurch nicht aus. Die Wut glomm immer noch in seinen Augen, als hätte er Fieber. »Den Anschein erweckt er. Sehr vieles hier wird gesponsert, wie der Wein heute Abend, wie die Busse morgen, den Eintritt zahlt auch die Baden Racing, die das Pferderennen veranstaltet. Man will Iffezheim zu einer bedeutenden Rennbahn machen, ähnlich berühmt wie Ascot und Paris-Longchamp. Sie hoffen auf große Wetten, denn jeder versucht es mal, es könnte vielleicht klappen, und es wird Geld ausgegeben. Aber für die wirklich Reichen ist die VIP-Lounge reserviert, da nimmt Heckler nur seine Freunde mit hin.«

»Und wen zählt er dazu? Uns sicher nicht …«

»Auf Sie hat er einen ganz besonderen Rochus, Meyenbeeker. Sie haben ihm den Auftritt versaut und Amber mit Ihrer Gewinnsträhne blamiert. Seine Freunde? Wenn er welche hat – es sind Geschäftsfreunde, der Dörner und zwei, drei Winzer, dann Johansen vielleicht, der ist ähnlich gewieft. Der kommt morgen, wie auch einige besondere Gäste, der hiesige Bankdirektor und auch einige Juroren, die wichtigsten Anzeigenkunden.«

»Johansen? Ist das nicht ein Winzer?« Henry erinnerte sich an den Käufer von Templins Weingut.

»Als Winzer würde ich ihn nicht gerade bezeichnen. Es ist

ein Spekulant, der sich Weingüter leistet, in Italien, in Frankreich und seit ein paar Jahren am Kaiserstuhl. Man profiliert sich, wie Gérard Depardieu in Frankreich an der Loire, teuer und schlecht, oder Günther Jauch an der Saar, unser neuer Riesling-Promi. Von Wein haben sie keinen Schimmer, aber blasen die Backen auf. Francis Ford Coppola ist noch der beste von allen. Was ist? Machen Sie nun mit?«

»Ich muss darüber schlafen.«

Was ist von Kochs Wandel vom Saulus zum Paulus zu halten?, fragte sich Henry. Er hatte sich am Brunnen von Henry verabschiedet. Man ging auf getrennten Wegen zum Hotel. Da er den Weg erklärt bekommen hatte, war es leicht zu finden. Wieso änderte Koch seine Meinung? Hatte das fingierte Jobangebot, von Dorotheas Hacker weitergeleitet, ihn umgestimmt? Eine günstige Perspektive, Geld im Rücken oder pure Verzweiflung bringt einen auf neue Wege. Oder hatte er inzwischen von Heckler so die Nase voll, dass ihm alles andere egal war? Henry hatte bisher geglaubt, sie würden zusammenpassen, Heckler und Koch, Herr und Knecht. Macht entstand nur durch Idioten, die ihre Macht abgaben und sich führen ließen. In welche Rolle war Koch jetzt geschlüpft?

Dass auch Marion Theater spielte, enttäuschte ihn nicht. Und Heckler – spielte er eigentlich alle Menschen gegeneinander aus, jetzt auch ihn gegen die Polizei? Weshalb war er so daran interessiert, dass er Ambers Mörder vor der Polizei fand? Das konnte gefährlich werden. Er sollte dem Kommissar reinen Wein einschenken – nur würde der ihm nicht glauben. Heckler würde alles abstreiten und seine Rufmordkampagne beginnen, die Gefahr, dass er Peñasco und Lagar schaden könnte, war zu groß.

Henry beschleunigte seinen Schritt und senkte den Kopf, hoffentlich lief er nicht einem der Juroren über den Weg, er war längst nicht allein auf der Straße. Die Temperaturen waren sommerlich, und die Lokale im Zentrum quollen über, draußen wie drinnen waren alle Tische und Stühle besetzt. Henry hoffte, dass ihn niemand ansprach, ein stiller Platz zum Nachdenken wäre ihm jetzt recht gewesen, aber auf keinen Fall die Equipage und das verlogene Früchtchen Marion.

Er sah sich um, als er über den freien Platz auf das Hotel zuging. Das Kurhaus rechts war hell erleuchtet, Menschen strömten darauf zu, andere kamen die Stufen herab, auf dem Rasen davor jagten sich zwei Hunde. Die Köter ignorierten das Verbotsschild, das jegliches Betreten des Rasens verbot, das Abspielen von Radios, das Fußballspielen, das Grillen, das Joggen. Kinder hatte er hier noch gar nicht gesehen.

Für den russischen Schriftsteller Nikolai Gogol war Baden-Baden »ein paradiesisches Eckchen«. Für Mark Twain hingegen war es eine »geistlose Stadt, voll von Schein und Schwindel und mickerigem Betrug und Aufgeblasenheit«. Wer von beiden recht hatte, war Henry ziemlich egal, er wollte endlich schlafen und war im Grunde genommen froh, dass es für Telefongespräche zu spät war.

Sein Bett war aufgedeckt, auf dem Kopfkissen lag eine Praline. Sollte er sie vor oder nach dem Zähneputzen essen? War ihm die Süße im Mund mehr wert als die Gesundheit seiner Zähne? Immer musste man bewerten, alles und jeden – und morgen wieder fünfzig Weine. Jede Entscheidung war ihm momentan zuwider. Er holte sein kleines Radio, das ihn auf Reisen begleitete, aus dem Bad, es war diskreter als das Fernsehen, es überfiel ihn nur mit Tönen statt zusätzlich mit Bildern. Vor dem Bett stehend schaltete er es sein. Es war teuer gewesen, der Lautsprecher war hervorragend, obwohl es kaum halb so groß war wie eine Zigarrenkiste. Es rauschte wie verrückt, das war an den Abenden zuvor nicht der Fall gewesen, und der Klassiksender, den er eingestellt hatte, wurde vom Rauschen überlagert. Je mehr er sich dem Nachttisch näherte, desto stärker wurde es, wenn er sich entfernte, wurde es leiser. Auf dem Nachttisch war es am lautesten. Auf der Fensterbank wurde es wieder leiser, auf dem zweiten Nachttisch ebenfalls, Henry richtete die Antenne in alle Richtungen, aber das Rauschen blieb. Er schaltete das Radio aus und die Nachttischlampe ein, streifte die Schuhe ab, hängte sein Sakko in den Schrank, auch die grüne Krawatte mit dem feinen Traubenmuster, und legte sich aufs Bett. Endlich hatte er seine Ruhe.

Er dachte an Isabella, sie fehlte ihm. Ich sollte nicht mehr so oft verreisen, sagte er sich und sah sie vor sich, wie sie als eine aus der Jury mit Aguirre über die Bewertung von Chlorbleichlauge stritt. Obwohl er ihr gern recht gegeben hätte, empfand er das Urteil Aguirres als fundierter. Der Restzucker, der nicht vergoren war, störte die Harmonie. Frau Stöckli trat hinzu, legte Trauben auf den Tisch und meinte, dass sie von jetzt an die Lauge vergessen könnten, es sei viel gerechter und ehrlicher, die Trauben direkt zu bewerten als den Wein. An dem sei schließlich bereits im Keller vom Winzer manipuliert worden, außerdem würden sie nicht den Geschmack von THC annehmen, Korkschmecker seien in Zukunft ausgeschlossen, da die Trauben mit Schraubverschluss geliefert würden. Nur wegen der Wespen müssten sich die Juroren was einfallen lassen, schließlich gehörten sie (die Wespen oder die Juroren?) zu den geschützten Arten. Der Kommissar würde sich davon überzeugen, dass sie sich an die Regeln hielten. Mendoza kam an den Tisch, die Sonne im Rücken, einen bunten Helm auf dem Kopf, und sein Jockey-Kostüm glänzte wie mit einer Speckschwarte eingerieben und danach poliert. Er hatte zwei Ponys dabei, die seien für Amber und seine Verdienste um die Challenge, außerdem sei er der diesjährige Sieger des Callenge Derbys. Jürgen Templin tanzte mit Josephine Rider in der Bar des Casinos Tango, und Henry, der wie ein Radrennfahrer beim Sechstagerennen schnelle Runden im

Roulette drehte, versuchte, nicht über die ungeraden Zahlen zu fahren. Man hatte ihm gedroht: Wenn er es doch täte, würde es ihm so gehen wie Alan Amber. Aber er wusste nicht, was Amber zugestoßen war …

Es war draußen noch dunkel, die Nachttischlampe brannte, Henry lag angezogen auf dem Bett und fror. Er löschte das Licht, zog die Decke über sich und schlief angezogen weiter.

Entsprechend unangenehm war das Aufwachen. Henry brauchte lange, um zu begreifen, wo er sich befand. Er setzte sich auf die Bettkante und betrachtete die Knitterfalten seiner Anzughose. Wie sollte er die wieder rausbekommen? Nach und nach erst kam die Erinnerung an all das zurück, was er in seinem Kopf in eine Reihenfolge bringen musste, nichts weiter als ungelöste Probleme. Die kalte Dusche brachte ihn endgültig zurück in die Wirklichkeit. Bevor er in den Frühstücksraum ging, trat er an die Rezeption, bat darum, seine Hose zu bügeln, und reklamierte die Störung des Radioempfangs. Die Rezeptionistin verwies ihn an den Haustechniker, der nach fünf Minuten in der Hotelhalle erschien, ein Mann um die fünfzig im Blaumann, gutmütig wie ein Teddybär, eine vertrauenerweckende Reihe Schraubenzieher in der Brusttasche.

Während sie im Fahrstuhl nach oben fuhren, erzählte der Techniker, dass er seit Jahren in der SPD sei, wie sein Vater und Großvater. Das war für Henry nichts, worauf man stolz sein konnte, und er führte ihm, im Zimmer angekommen, das Rauschen des Radios vor.

»Gestern Morgen war der Empfang noch bestens, als ich dann spät nachts hierherkam, konnte ich kaum etwas verstehen, kein Sender, der nicht rauschte. Haben Sie im Zimmer gearbeitet?«

»Wir haben nichts getan, nichts umgebaut oder verändert. Es muss an Ihrem Radio liegen. Oder es reagiert so empfindlich auf die Spannung der Leitungen. Die verlaufen am Kopfende des Bettes hinter der Holzverkleidung. Ich werde vorsichtshalber meinen Spannungsprüfer holen, gehen Sie schon mal vor.«

Der Teddy mit den Schraubenziehern fuhr wieder runter. Henry betrat sein Zimmer, das noch nicht aufgeräumt war. Er schaltete das Radio ein, der Effekt war derselbe wie nachts zuvor, und Henry ging mit eingeschaltetem Gerät auf den Flur. Je weiter er sich von seinem Zimmer entfernte, desto leiser wurde das Rauschen. Diesen Effekt führte er dem Techniker vor. Der prüfte die unter Putz und unter einer Verkleidung liegenden Leitungen mit einem digitalen Spannungsmesser und bemerkte nichts Auffälliges. Auch die Nachttischlampe funktionierte einwandfrei – nur als er das Telefon vom Nachttisch nahm und mit dem Prüfgerät daran entlangfuhr, stutzte er. Er wiederholte den Vorgang mit dem Telefon auf dem anderen Nachttisch und ergriff kopfschüttelnd wieder das erste Gerät, drehte es um und betrachtete die Bodenplatte. »Es ist das Telefon und nicht die Lampe«, bemerkte er nachdenklich. »Die Telefone sind identisch, aber die Spannung ist unterschiedlich. Das kann nicht sein.«

Er zog aus der Batterie seiner Schraubenzieher ein kleines Exemplar hervor, mit dem er die Schrauben und Klemmen der Bodenplatte löste. »Die gehen aber leicht raus!« Dann starrte er ins Gerät. »Haben *Sie* das hier eingesetzt?«

»Wieso ich?«, fragte Henry und schaute dem Techniker auf die Finger. Der zog vorsichtig ein schwarzes Rechteck hervor, ein wenig kleiner als eine Streichholzschachtel, im oberen Teil mit einem Schlitz.

»Der ist für 'ne SIM-Karte!« Der Mann riss die Augen auf. »Erst ein Mord, und dann das hier? Da – da will Sie jemand abhören.« Er hielt Henry den schwarzen Würfel in der offenen Hand hin. Als der danach greifen wollte, schloss sich seine Hand. »Das muss ich melden!«

»Wenn Sie mir einen riesigen Gefallen tun wollen, dann

geben Sie die Information nicht weiter. Sie warnen denjenigen, der das eingebaut hat. Er muss nicht wissen, dass wir es wissen. Nur so kann ich herausfinden, wer es war. Oder glauben Sie, dass die Polizei das rausfindet?«

Als Henry die Zweifel im Gesicht des Technikers bemerkte, wusste er, dass der Mann mitspielen würde.

»Wie weit sendet so ein Ding? Wie nah muss man ran, um mitzuhören?«

»Ich werde mich schlaumachen. Ein Freund von mir ist Elektroniker, den frage ich. Ich glaube, das Ding schaltet sich ein, wenn gesprochen wird. Es gibt ein Signal an ein Mobiltelefon. Da werden alle Geräusche im Raum erfasst, egal, ob Sie telefonieren oder reden.«

»Dann wissen die – Installateure, dass wir das Ding gefunden haben, und hören jetzt mit?«

»Davon müssen Sie ausgehen. Also ist nix mit Geheimhaltung, ich melde den Vorfall besser …«

»Aber nur dem Direktor! Versprechen Sie es mir?«

Der Techniker nickte. Er war viel zu beeindruckt, um sich nicht daran zu halten. Henry setzte sich auf die Fensterbank und starrte nach draußen. Wie friedlich der Park und die Stadt da unter ihm lagen, schön anzusehen in der Morgensonne, sogar Kinder auf dem Schulweg sah er, Rentner mit dem Hündchen, ein Fahrradfahrer mit einer Brötchentüte. Und in diesem Hotel hatte ihn also jemand im Visier.

Er konnte sich vorstellen, dass die Wanze gestern eingebaut worden war, als er im Restaurant gewesen war. Wer außer dem Mörder von Amber konnte daran interessiert sein, sich über seine, Henrys, Schritte zu informieren? Die ganze Angelegenheit begann, ihm über den Kopf zu wachsen. Die Situation spitzte sich schnell zu, es wurde brenzlig, jetzt sogar auch für ihn …

14

Viererwette

Als er sein Hotelzimmer in Richtung Frühstücksraum verließ, dachte Henry noch immer über den Vorschlag von Hecklers Kettenhund nach. In seinem Kopf blieb er bei der Bezeichnung, die Wandlung nahm er Koch nicht ab. Vor einer Entscheidung, auf dessen kompromittierende Dokumente über Hecklers Machenschaften zurückzugreifen, musste er Dorothea fragen, auf welchem Weg er in den Verlagsrechner eindringen konnte. Koch war gefährlich, heute wechselte er auf seine Seite, morgen wieder auf eine andere. Seine Dokumente ließen sich nur nutzen, wenn sie überprüfbar waren. Sollte er sich sofort darum kümmern oder erst die Recherche über die Kaiserstühler Weine beenden? Im Grunde waren sie ihm wichtiger. Allem anderen widmete er sich nur gezwungenermaßen. Doch das Problem Heckler war brandeilig.

Vor der Fahrstuhltür stand eine Frau, die sich ihm zuwandte, als er auf den Flur trat und die Zimmertür hinter sich schloss. Sie war eine auffällige Erscheinung, hatte ein ausdrucksstarkes Gesicht, langes, lockiges schwarzes Haar und war adrett mit Rock und weißer Bluse bekleidet. Darauf prangte über einem fülligen Busen das Namensschild mit dem Emblem des Hotels. Henry hatte sie schon mal irgendwo gesehen. War es hier im Hotel gewesen? War es letzte Nacht in der Altstadt gewesen, in Begleitung der italienischen Winzer? Er trat näher, grüßte und blickte auf ihr Namensschild.

»Frau Schönhals?«

»Bitte, mein Herr, was kann ich für Sie tun?«

So wie sie reagierte, war er für sie ein Unbekannter. Oder tat sie nur so? Er musste sich auf die Schnelle etwas einfallen lassen. »Sie arbeiten hier – in der Verwaltung?«

»Selbstverständlich. Was …«

War sie das, die Frau von letzter Nacht?

»Wenn man sich Post ins Hotel schicken lässt, wo kann man erfahren, ob …?«

»Wir schauen nach, ob der Gast bei uns logiert und welche Zimmernummer er hat. Es kommt darauf an, wie groß die Sendung ist. Ein Brief wird an der Rezeption aufbewahrt, größere Sendungen bleiben im Büro. Noch etwas?«

»Nein, das war alles. Vielen Dank.«

»Ach!« Sie fasste sich an den Kopf, als würde sie sich an etwas erinnern, das sie irgendwo liegen gelassen hatte. »Dann noch einen schönen Tag – und angenehmes Verkosten.« Sie verzog das Gesicht zu dem Lächeln, das man auf Hotelfachschulen lernte, wandte sich ab und bog mit wiegenden Hüften in einen anderen Flur ab. Kurz vor der Zwischentür wandte sie sich um, als wollte sie sehen, ob er ihr nachschaute.

Das tat er – weniger, weil sie sich auf sehr aparte Weise bewegte und dabei einen äußerst ansprechenden Anblick bot, sondern mehr, weil er sich fragte, woher sie wusste, dass er zu den Juroren gehörte. Das Namensschild mit dem Emblem der Baden-Baden Wine Challenge steckte in seiner Jackentasche. Der Klingelton der sich öffnenden Fahrstuhltür riss ihn aus den Gedanken. Es war weniger ihr Aussehen als ihre Art der Bewegung, die ihn sicher sein ließ, dass er ihr letzte Nacht begegnet war.

»Señor Meyenbeeker! Es wird Zeit.« Etwas ungehalten wegen seiner Verspätung empfing ihn Josephine Rider. »Je früher wir beginnen, desto schneller kommen wir zum Pferderennen. Wollen Sie nicht mit – vielleicht setzen Sie aufs richtige Pferd und gewinnen wieder? Da hätten wir dann alle was davon.«

Auch Frau Stöckli war von der Aussicht angetan. »Ich trinke am liebsten Champagner, aber nur vom Winzer.«

»Ich werde mir die größte Mühe geben, Sie nicht zu enttäuschen.« Mit diesen Worten setzte er sich zu ihnen an den Frühstückstisch. Sein Spielglück hatte sich also herumgesprochen, und die Spendierfreudigkeit auch. Fünfzehn Minuten später trafen sie im Saal der Juroren wieder zusammen und nahmen ihre Plätze ein. Der des Holländers van Buyten blieb leer.

»Mijnheer van Buyten lässt uns ausrichten, dass er die Jurorengruppe gewechselt hat«, erklärte Josephine Rider, heute in einem anderen Wollkleid, türkisfarben, aber ähnlich ausgeleiert wie das vom Vortag. »Er meinte, dass er mit der Art, wie wir die Weine bewerten, nicht einverstanden ist. Nun gut, wir bekommen dafür einen Herrn Zander. Er ist CEO der Firma Austrian Fine Wine Consulting mit Sitz in Graz. Ich bin mir sicher, er ist eine Bereicherung für unser Team.«

CEO – ein Chief Executive Officer, ein Verwaltungshengst, der nichts mit der Weinproduktion zu schaffen hatte, und was Consulting für Fine Wine bedeutete, erschloss sich Henry nicht. Sortimentsberatung? Man gewann den Eindruck, dass sich heutzutage wesentlich mehr Berater als Arbeiter im Weinberg tummelten.

Gerade heute hatte er sich bei Anbruch des strahlenden Tages und angesichts eines abgrundtiefen Blaus über Baden-Baden wieder an seine Zeit in Chile erinnert, an den Himmel über den Anden im Osten und den über den Kordilleren im Westen. Er hatte damals auf dem Weingut von Isabellas Onkel gearbeitet. Er hatte den Gabelstapler gefahren, hatte Traubenkisten geschleppt und Schläuche gereinigt, Tanks befüllt und die Abfüllanlage repariert, Etiketten sortiert und die Halle gefegt. Es war großartig gewesen, mal mit den Händen zu arbeiten, in der Hitze zu schuften, denn nach einem Monat hatten die Arbeiter des Gutes sich an seine Sonderrolle gewöhnt und ihn wie ihresgleichen behandelt, wobei ihm seine Sprachkenntnisse sehr zugute gekommen waren.

Herr Zander, der zu ihnen an den Tisch kam und sich setzte, ohne jemandem die Hand zu schütteln, begnügte sich mit einem Kopfnicken und einem halb verschluckten Morgengruß zur Verteilung der Visitenkarten. Sein breites, abschätzendes Lächeln bei einem leicht vorgeschobenen Unterkiefer erinnerte an den Fisch gleichen Namens. Dadurch entstand der Eindruck, als würde er ständig etwas fordern, und dieser erste Eindruck bestätigte sich.

In der Pause nach dem ersten Flight begann er eine Diskussion darüber, ob die in diesem Flight prämierten Weine auch den Chargen entsprachen, die später abgefüllt wurden. Bei den Hamburgern sei er sich da gar nicht so sicher gewesen, er hätte da mal in der Jury gesessen, hier hingegen gäbe es exakte Parameter, wie die relative Dichte des Weins, die mittels der Konterflaschen, die von jeder Probe aufbewahrt wurden, überprüft werden konnten. Das sei im Grunde genommen der Fingerabdruck eines jeden Weins, bis auf vier Stellen nach dem Komma genau.

Josephine Rider sah Frau Stöckli erschrocken an, Monsieur Dillon und Paolo Castellani zuckten kaum merklich mit den Achseln, und Henry überging die Peinlichkeit, indem er aufstand, mit einem Glas Wasser zum Fenster trat und sich per Mobiltelefon mit Frank für die Mittagspause verabredete. Niemand konnte mit Zanders Einwurf etwas anfangen, genauso wenig wie mit der Unterstellung, dass die Hamburger viel zu viele Weine prämierten, es dürfe laut Regel nur ein Drittel aller Weine prämiert werden, und sogar die »lobende Erwähnung« sei nicht rechtens. Als Frau Stöckli zurückkam, wurde die Hotelfachschülerin Natalie gebeten, aus der ersten Flasche des neuen Flights einzuschenken. Henry meinte, Überseeweine vor sich zu haben, Durchschnitt aus Südafrika, zu viel wässriger Chenin Blanc und Chardonnay, der nicht sein Fall war, außer er kam von der Loire oder aus Chablis, wobei ihm François Dillon offen zustimmte: »Durchschnitt! Keine Medaille.«

Ungeduldig wartete Henry während des dritten Flights auf das Ende der Probe und wehrte sich als Einziger heftig gegen den Vorschlag, ohne Mittagspause weiterzumachen. Er musste dringend mit Frank sprechen, er brauchte seinen Rat. Und er brauchte einen abhörsicheren Raum, um mit Dorothea und ihrem Hacker zu telefonieren. Er war heilfroh, dass er die Verabredung noch vor der Installation der Wanze vorgenommen hatte.

»Das ist illegal, was du da machst.« Frank hatte ein winziges Besprechungszimmer organisiert, in dem sie auch seine Frau nicht überraschen würde.

»Der Staat geht genauso vor«, konterte Henry. »Er packt dir Spyware in den Rechner, um dich zu überwachen. Außerdem ist das hier Industriespionage, und die betreiben alle.«

»Das macht es nicht besser.« Aber trotz seines Einwands spielte der Fotograf an der Tür den Aufpasser, der Raum ließ sich nicht abschließen.

Frank ist verlässlich, dachte Henry, er schweigt sogar seiner Frau gegenüber. Um Dorotheas Verschwiegenheit brauchte er sich keine Sorgen zu machen. Den Weg in Hecklers Cyberwelt erachtete er für sicher, der Hacker hatte ein spezielles Verschlüsselungsprogramm installiert und eine Sperre eingebaut, damit niemand über das hoteleigene WLAN in seinen Rechner eindringen und seine Mails lesen konnte. Er kannte das TeamViewer-Programm, mit dem sein Webmaster vom eigenen Rechner aus Zugriff auf seinen Rechner hatte, doch als er selbst mit dem Cursor auf den

Link klickte, den Dorothea ihm per E-Mail geschickt hatte, und er sich plötzlich in Hecklers E-Mail-Korrespondenz befand, war er ziemlich verblüfft und sogar erschrocken. So einfach war das? Also konnte ohne die neuen Sicherheitsprogramme auch nahezu jeder andere bei ihm eindringen?

Henry huschte von Datei zu Datei, als befände er sich auf seinem eigenen Rechner. Wie Dorothea am Telefon gesagt hatte, war ihr Hacker oder Cracker der Meinung, dass Hecklers Sicherheitssystem nicht besonders ausgefeilt sei. Aber ein Urteil darüber stand Henry bei seinem beschränkten Computerwissen nicht zu. Er fand die Korrespondenz mit der OIV, von der Koch gesprochen hatte, also konnte der Kettenhund an der Kette bleiben. Bissige Hunde schnappten eben auch nach der Hand ihres Herrn. Wäre jetzt ein Drucker an seinem Laptop angeschlossen, hätte er sich die Dokumente sofort ausdrucken können. So musste er sie zuerst herunterladen. Das bedauerte er noch viel mehr, als er die Datei J. J. entdeckte, er hielt es zunächst für Musik von J. J. Cale, was kaum zu Heckler passte.

Wie er beim Lesen des ersten Briefes feststellte, waren es die Initialen für John Johansen. Und die E-Mails gaben Auskunft darüber, wie Johansen durch Vermittlung Hecklers an die Bank gekommen war, mit deren Hilfe und Finanztricks er sich das Weingut von Jürgen Templin unter den Nagel gerissen hatte. Das war die Bombe, die er gesucht hatte. Bei dem Deal mochte auch einiges für den Bankmanager abgefallen sein. J. J. hatte Templins Kreditverpflichtungen übernommen, so jedenfalls beurteilte Henry den Sachverhalt nach Überfliegen einiger Dokumente, und hatte ihm eine Abfindung gezahlt. Hätte die Bank ihm die Rückzahlung nicht stunden können?

Das war grandios eingefädelt, nein, es war eine Schweinerei, aber es war grandios, so etwas aufzudecken. Ich habe zwei Fliegen mit einer Klappe geschlagen, freute sich Henry, als er die Dokumente auf seinen Laptop geladen hatte und

Dorothea anrief, um ihr von der gelungenen Aktion zu berichten. Oh, verdammt, er musste zu seinen Juroren …

»Dann hat es also funktioniert?« Frank, der sich anscheinend auch als Wachhund eignete, begleitete ihn ins Hotelrestaurant.

»Besser als erwartet, viel besser.« Henry war seine Befriedigung anzusehen. »Ich habe das Druckmittel gegen Heckler bekommen, nein, eigentlich zwei, er ist erledigt, und ich kann diesem Templin, von dem ich dir erzählt habe, dabei helfen, sein Weingut wiederzukriegen. Aber die Juroren warten – nachher mehr. Fahren wir zum Rennen?«

»Antonia ist gleich mit dem Verkosten fertig, außerdem reist sie morgen ab, da will ich die restliche Zeit noch mit ihr verbringen. Wir können uns um siebzehn Uhr am Pressecenter der Rennbahn treffen.«

»Kommst du da rein?«

»Sag mir besser, wo ich nicht reinkomme.«

Die Stimmung an Tisch dreizehn war mies, alle waren über Henrys Verspätung verärgert und ließen es ihn auch noch spüren, als man gemeinsam den Bus nach Iffezheim bestieg. Nur gut, dass man das Ziel nach einer halben Stunde erreichte und das Gelände der Rennbahn sehr weitläufig war. Henry zog momentan das Bad in der Menschenmenge der Gesellschaft seiner Kollegen vor.

Unter normalen Umständen hätte er sich nie ein Pferderennen angesehen, er empfand es als Tierquälerei, junge Pferde über eine Bahn zu jagen und damit Geld zu verdienen. Aber die Umstände waren nicht normal, und sie hatten die Eintrittskarten geschenkt bekommen, es sollte zusätzlich für die Juroren ein Stehempfang mit einem kalten Büfett stattfinden. Heckler musste über beste Beziehungen zu einigen Sponsoren verfügen, wenn vom gezahlten Startgeld der Importeure und Weinhändler für ihre angestellten Weine für ihn noch genug übrig bleiben sollte.

Kaum hatte Henry die Kartenkontrolle am südlichen Eingang passiert, sah er rechts von sich die Köpfe der ersten Rennpferde über der Menge, die meist von jungen, recht herb wirkenden Frauen in einem weiten Kreis geführt wurden, vorbei an einem aufgeregten Publikum. Die Pferde mit den weit aufgerissenen ängstlichen Augen zappelten deutlich mehr als die Zuschauer, die sich am Führring von den Siegeschancen ihrer Lieblinge überzeugen wollten. Nervös tänzelten die langbeinigen Tiere über den Gummiboden, wandten sich ruckartig jeder Bewegung zu, rissen die Köpfe hoch, zerrten an den Zügeln und brachen aus, bereit, davonzujagen, so empfand es Henry, verwirrt und angestachelt vom Rufen und den Bewegungen der Menge. Die Jockeys, allesamt Fliegengewichte zwischen fünfzig und sechzig Kilo, wie Henry dem Rennprospekt entnahm, und so bunt angezogen wie Mendoza in seinem Traum, hatten Mühe, sie zu bändigen. Es sah ganz so aus, als wollten die Tiere wirklich rennen (vielleicht wegrennen, auf eine schöne grüne Wiese, und in Ruhe grasen?) und wären nicht zum Schaulaufen hier. Darum ging es ihren menschlichen Bewunderern, insbesondere den Weibchen der Spezies, obwohl bei den meisten die Eleganz längst auf der Strecke geblieben war. Der Campingplatz hatte, bis auf wenige Ausnahmen, auch die Rennbahn von Iffezheim erobert. Oder nur die billigen Plätze?

Dieser Eindruck drängte sich auf, als Henry zwischen den zwei- und dreistöckigen Gebäuden hindurchging, sie flankierten die lange Seite der eigentlichen Rennbahn, des Geläufs, wie es hieß. Er hatte zwar seine Akkreditierung für das Pressezentrum erhalten, aber er wollte sich das Geschehen erst einmal vom Boden aus ansehen, bevor er zum Club-Turm hinaufstieg. Auf den Terrassen und eingezäunten Rasenstücken zwischen Gebäuden und Bahn entsprachen die Garderoben schon weniger dem Campingplatz, dafür mehr einem lockeren, lässigen Stil, an den Tischen dann überwog die Eleganz des Geldes. Da traten teure creme-, lindgrün- und rosafarbene Roben zum Rennen an, staksten hohe Hacken über Waschbetonplatten, viele ihrer Hüte hätten als Dessertkreationen Furore gemacht, sie stammten mit Auflagen aus Passionsfrucht, Maracuja und Litschi eher vom Viktualienmarkt als vom Hutmacher, waren den Theatergarderoben entliehen, und die Arrangements aus Kunstblumen erforderten die intensive Zusammenarbeit von Floristen und Designern. Es war immer amüsant zu sehen, wenn die Kinder Muttis Kleiderschrank plünderten und sich verkleideten. Wieder einmal machten die Frauen das Rennen unter sich aus. Hier war die Welt in Ordnung, die Männer durften zahlen, ob sie noch viele Jahre vor sich hatten oder aus dem Grab heraus die lustige Witwe finanzierten.

Vom Renngeschehen verstand Henry absolut nichts, nur dass der Reiter gewann, dessen Pferd als Erster durchs Ziel ging, geprügelt oder nicht. Henry stand teilnahmslos in einer johlenden Menge, hatte den Eindruck, dass jeder Zuschauer ein anderes Pferd auserkoren hatte und anfeuerte, das da im gestreckten Galopp auf sie zukam, die Jockeys beinahe auf dem Pferderücken stehend. Dann brach Jubel aus, als die Kavalkade vorbeistob, ausgerissene Rasenstücke hinter sich schleudernd, in einer weiten Kurve auslief und die Pferde einzeln zurückgaloppierten. Betreuer, Trainer und Besitzer liefen auf die Reiter zu, der eine oder andere von ihnen hob den Arm, aber wer hier gesiegt hatte, war Henry schleierhaft.

Die Pferde wurden mitsamt ihrer Reiter zwischen den Gebäuden durchgeführt, und die Wiese leerte sich auffallend schnell, das Geschehen verlagerte sich zur Siegesfeier und den Wettschaltern. Henry fand einen Sockel, um sich zu setzen, und studierte den Rennprospekt. Wenn er den richtig verstand, war das eben das vierte Rennen gewesen.

Das Roulette ließ sich einfach begreifen, es war nur Glück, der Black Jack auch, obwohl da ein wenig Bluff dazukam. Pferdewetten waren wesentlich komplizierter: Es gab

Insider, Spezialisten, Kenner, Spieler, Veteranen, Profis, Narren und Süchtige – wie beim Weinwettbewerb. Bei den Pferden gab es die Favoriten, die Außenseiter, die Gehandicapten und die geborenen Sieger, nicht anders gestaltete sich das Leben, die Mitläufer hatte er vergessen, es war wie unter den Winzern. Die einfachste Wette, die Henry für sich als Einstieg ins Auge fasste, war, ob der Sieger eine gerade oder ungerade Startnummer hatte. Wenn man Pferd und Reiter kannte, hatte man natürlich bessere Chancen, besonders, wenn man auf Sieg setzte. Man konnte auf Platz wetten und gewann, wenn »sein« Pferd unter die ersten drei kam. Die Platz-Zwilling-Wette war Henry zu kompliziert, die Zweier- und Dreierwetten waren da einfacher zu verstehen, die getippten Pferde brauchten einfach nur auf den Plätzen eins, zwei und drei in dieser Reihenfolge durchs Ziel zu laufen. Einfach nur! Die Viererwette war ähnlich, hier konnte man das meiste gewinnen und verlieren. Die Auswahl der Pferde und der Plätze nahm neuerdings auf Wunsch auch der Computer vor. »Quick Pick« hieß der Spaß. Mit zwölf Euro war man dabei, für diese Methode entschied sich Henry, denn er kannte höchstens drei Pferdenamen: Blauer Blitz, Get Happy und Chica Loca – das Verrückte Mädchen gefiel ihm dabei am besten, denn der Name erinnerte ihn an die verrückte Amanda, ihre Önologin von Lagar.

Dieser Gedanke brachte ihn schlagartig zurück in seine Wirklichkeit. Er war nicht hier, um sich zu amüsieren, er war hier, um einen Mörder zu suchen. Ihn dann zu fangen würde nicht mehr seine Sache sein, und er würde seinen Kopf aus der Schlinge ziehen, die Heckler für ihn und anscheinend auch für andere geknüpft hatte. Der musste hier auch irgendwo herumhüpfen, wahrscheinlich in seiner VIP-Lounge mit seinen VIP-Juroren und einem VIP-Champagner in der Hand. Den großen Auftritt mit Amber beim Rennen hatte eine kleine Kugel verhindert.

Marion fehlte ihm. Er hätte sie gern ausgefragt und gesehen, wie sie auf seine Fragen reagierte. Seine Haltung ihr gegenüber hatte sich allein durch die Worte Kochs verändert. Vor einem flachen Gebäude hatten sich Besucher des Rennens an der Absperrung versammelt und folgten der Siegerehrung. Fünfzehntausend Euro gab es als Prämie für den Besitzer des Pferdes; wie viel der siegreiche Jockey bekam, entzog sich Henrys Wahrnehmung. Das Pferd, das gerannt war, ging leer aus.

»Ist es nicht immer so?«, fragte eine Stimme hinter Henry, als hätte er Gedanken lesen können. »Wer richtig arbeitet, kriegt noch einen Tritt in den Hintern.«

Klar, das konnte nur Frank sein, hier und heute mal im Anzug und mit Kameras behängt.

»Gilt das auch für dich?« Henry konnte sich nicht vorstellen, dass Frank schlecht bezahlt wurde, andererseits befanden sich die Honorare für Fotografen im freien Fall. Und nahezu alles auf dieser Welt war längst fotografiert.

»Mir geht es gut«, sagte er, »ich lebe mit einer wohlhabenden Frau auf einem wunderbaren, fünfhundert Jahre alten Weingut. Damit das so bleibt, muss ich sie gut pflegen. Wie ist es bei dir?«

»Ich überlege mir zurzeit, ob ich auf dein System umsteige, es ist gesünder als meines. Ich bin ständig auf Achse, zu viel unterwegs, zu wenig bei ihr, ich glaube, ich mache es mir selbst zu schwer. Und hier dachte ich, dass ich ein paar interessante Tage mit netten Kollegen verbringen würde und mich dann den Kaiserstühler Burgundern widmen könnte, den grauen, späten und frühen, aber schon vor dem Abflug war der Wurm drin. Mir scheint jedoch, dass sich die Dinge wenden«, sagte er abschließend, »langsam zwar, aber ich sehe Licht. Wie ist es, sollen wir eine Wette wagen?«

»Antonia ist längst vom Fieber gepackt, sie lässt nicht mit sich reden – aber es ist egal, solange sie gewinnt. Wenn sie verliert, wird's kritisch.«

»Und – hat sie heute gewonnen oder verloren?«

»Hält sich in Grenzen«, meinte Frank. »Du giltst als leuchtendes Beispiel für sie. Antonia hält dich für den absoluten Glückspilz. Komm, wir gehen sie suchen.«

Das kam Henry entgegen, er wollte ihr sowieso eine Frage stellen.

Sie fanden Antonia Vanzetti nicht an den Wettschaltern, wo die meisten Besucher ihre Wetten machten, sondern bei den Buchmachern, in einem verqualmten Raum mit alten Männern vor unzähligen Bildschirmen, auf denen die Ergebnisse aller Pferderennen der Welt flimmerten, unterlegt von bunten, vornüber gebeugten Männchen auf Pferderücken, gefilmt von nebenherfahrenden Kameraleuten.

»Damit du mich nicht falsch verstehst«, Frank hielt Henry zurück. »Antonia ist von dem Betrieb fasziniert, nicht vom Nervenkitzel, dass sie Geld gewinnen könnte.« Frank war sichtlich besorgt, dass Henry einen falschen Eindruck gewann.

Antonia Vanzetti hatte offensichtlich zwei alte, auf kalten Zigarrenstumpen kauende Rentner gefunden, mit denen sie sich bestens auf Italienisch unterhielt, und fühlte sich durch die Ankunft der beiden Männer gestört. Aber das Angebot, mit Henry zusammen eine Wette einzugehen, war verlockend. »Sie sind mein Glücksbringer. Zusätzlich habe ich diese beiden Experten – ehemalige Gastarbeiter – aus Turin ...«

»Früher Fiat, dann Mercedes, heute richtige Pferde!«, warf einer der beiden lachend ein.

»Zurück zu den Wurzeln«, steuerte sein Kollege bei. »Wir hatten früher zu Hause auch welche.«

Sie entschieden sich für die Viererwette, bei der die getippten Pferde auf den Plätzen eins bis vier in der Reihenfolge, wie sie durchs Ziel kamen, gesetzt werden mussten. Henry entschied sich für den Quick Pick, Antonia besprach sich mit den Experten. Sie wollten im sechsten Rennen spielen, da liefen zehn Pferde über die Distanz von zweitausend

Meter. Es würde spannend, denn sowohl der mit Daten der Pferde und Reiter gefütterte Computer wie auch die Experten hatten auf dieselben Pferde gesetzt.

»Wir müssen uns das Rennen von oben aus ansehen, von der Pressetribüne aus haben wir den Überblick.« Frank wollte sie dorthin führen, als Henry abrupt stehen blieb und Antonia Vanzetti brüsk zurückhielt.

»Sehen Sie dort die dunkelhaarige Frau mit dem langen Haar? Sie steht in der Reihe vor dem Wettschalter ganz rechts. Wissen Sie, ob sie Italienisch spricht?« Henry berichtete von der nächtlichen Begegnung. »Ihre Süditaliener sprechen, soweit ich es mitbekommen habe, kein Deutsch. Die Frau heißt Schönhals, sie stand heute Morgen auf dem Flur vor dem Fahrstuhl.«

»Ich habe mit ihr nie ein Wort gewechselt. Ich kann mich auch nicht erinnern, dass sie gestern in unserem Restaurant war. Soll ich sie ansprechen?«

»Besser nicht«, meinte Henry, es wäre ihm zu auffällig gewesen. Aber dann entschied er sich anders. »Doch bitte, tun Sie es, bitte auf Italienisch.«

»Was wollen Sie von ihr?«, fragte Antonia Vanzetti und meinte wohl, die Kupplerin spielen zu müssen.

»Fragen Sie, ob sie Ihnen die Wette erklären kann.«

Als seine Frau auf den Wettschalter zuging, beugte sich Frank zu Henry: »Ich habe mir so einige Gedanken gemacht, zu dem möglichen Motiv des Mörders. Könnte man herausfinden, ob Amber vorhatte, etwas zu publizieren, was anderen schaden würde? Schlechte Verkostungsergebnisse beispielsweise, der Verriss einer Kellerei?«

»Lässt man dafür jemanden erschießen?«

»Das ist eine Frage der Größenordnung, es kommt darauf an, um wie viel Geld es geht, wie verheerend die Folgen schlechter Bewertungen wären, wer den Schaden hätte … Oh, Antonia kommt zurück, deine Vermutung war anscheinend falsch. Sag schnell – weshalb sollte sie fragen?«

»Weil ich mich zu erinnern glaube, dass sie mit einem Handy am Ohr in meinem Flur stand, als der Haustechniker die Wanze in meinem Telefon entdeckte.«

»Du wirst abgehört? Sag das um Himmels willen nicht Antonia!« Frank legte Henry die Hand auf den Arm. »Ich regele das.« Er sah seiner Frau neugierig entgegen und empfing sie mit italienischen Worten, woraufhin Antonia Frank schelmisch drohte und ihm auf Italienisch antwortete. Anschließend wandte sie sich an Henry.

»Sie konnte mir das Wettsystem nicht erklären, aber sie spricht tatsächlich fließend Italienisch. Im Übrigen ist sie verheiratet, ich habe den Ehering gesehen, du solltest dich schämen.«

Henry reichte die Antwort, und sie machten sich auf den Weg zum Pressezentrum.

Der Starterwagen stand in etwa zweihundert Meter Entfernung auf der jenseitigen Geraden. Eine männlich-sonore, die Spannung steigernde Stimme aus dem Lautsprecher kommentierte das Einrücken der Pferde in die Startboxen. Antonia hatte ihr Opernglas mitgebracht, sie sah die in den engen Boxen zappelnden Tiere am besten, Frank schaute durch sein Teleobjektiv zu, für Henry waren Pferd und Reiter lediglich weit entfernte Figuren.

Vier Pferde fehlten noch in den Startboxen, wie der Kommentator über Lautsprecher verkündete, dann waren es nur noch zwei, Leoderprofi und Shadow Hill. Als endlich die Türen hinter allen Pferden geschlossen waren, läutete die Startglocke.

Die Boxen öffneten sich, die Pferde sprangen heraus und rasten los. Der Kommentator war genauso aufgeregt wie die Pferde und das Publikum.

»An der Innenseite übernimmt zunächst einmal Sijana das Kommando – vor Flugano, an dritter Stelle folgt Leoderprofi, an vierter Stelle liegt der Außenseiter des Feldes.«

Die Stimme des Kommentators verriet Spannung.

»Die Position verschiebt sich aber noch – Sijana legt inzwischen einen guten Takt vor – Flugano übernimmt die Innenseite – weiter außen ist dann Leoderprofi, der jetzt in zweiter Position erscheint.«

Noch blieben die Worte verständlich, aber sie kamen immer schneller, je mehr sich die Pferde der langgestreckten Kurve näherten.

»Kingshill Prince ist mit im Vorderfeld – ebenso wie Sprite Rock, der jetzt offenbar den Kopf an der Außenseite in Front hat. Sprite Rock und Sijana sind die beiden vorderen Pferde – dann sieht man an der Außenseite Kingshill Prince, in der Bahnmitte Leoderprofi.«

Henry sah nichts weiter als winzige Figürchen wie an Schnüren gezogen jenseits der grünen Wiesen und Büsche in der Rennbahnmitte.

»So geht es in den Bogen hinein, dahinter dann Flugano an der Innenseite – das Feld bleibt weiter geschlossen. Und genauso erreichen die Pferde jetzt den Schlussbogen, Sprite Rock vor Sijana – außen folgt dann Kingshill Prince – an fünfter Stelle jetzt Flugano – wieder an der Innenseite – gerade geht es an der Geläufeinmündung vorbei – Sprite Rock noch immer vor Sijana – sie sind auch die vorderen Pferde, die jetzt den Einlauf an der Spitze erreichen …«

Die Stimme des Kommentators überschlug sich inzwischen.

»Außen ist dann Bear in Mind – er kommt heran – er hat sich vorgearbeitet – die letzten fünfhundert Meter werden anvisiert – und Sprite Rock bleibt an der Spitze. Darshana ist die erste Angreiferin – Bear in Mind kommt von außen heran – die drei Pferde scheinen sich von Past twelve und Leoderprofi freimachen zu können …«

Der Kommentator ließ seiner Erregung jetzt völlig freien Lauf.

»… Bear in Mind jetzt an der Spitze, Bear in Mind führt – jetzt noch hundertfünfzig Meter – aber an der Außenseite kommt Past twelve – Past twelve geht nach vorn – Past twelve geht an Bear in Mind vorbei – aber Bear in Mind zieht wieder an, aber Past twelve bleibt vorn, Past twelve gewinnt, Past twelve gewinnt – vor Bear in Mind! Dritter ist Darshana – vor Sprite Rock, dann kommt Leoderprofi, und dahinter folgt Flugano an sechster Stelle.«

Die Luft war raus, ein erlösendes Aufatmen ging durch die Zuschauer. Antonia Vanzetti, die während des Rennens aufgeregt herumgezappelt hatte, fiel enttäuscht in sich zusammen, aber die hektischen roten Flecken im Gesicht blieben. Trotzdem wirkte sie glücklich, sie hatte lediglich zwölf Euro verloren, genau wie Henry. Weder Experten noch Computer hatten das Einlaufen der Pferde richtig vorausgesagt. Doch Antonia Vanzetti wollte wieder wetten – »dieses Mal die Dreierwette, ja?« –, und gemeinsam ging man, nach einer Tasse Kaffee, hinunter zu den Wettschaltern. Dort wurden die Gewinne ausgezahlt, nachdem die Quoten bekannt gegeben worden waren.

Henry stieß Frank an. »Schnell, mach ein Foto von der dritten Schlange, von Kasse sechs!«

»Wozu das?«

»Frag nicht, tu's einfach!«, drängte Henry nervös. »Kasse sechs!«

»Und wen da? Hinter wem bist du her?«

»Die Frau, die … die Schwarzhaarige von eben, siehst du die beiden Männer? Die waren im Casino, in der letzten Nacht vor dem Mord, sie standen hinter Amber …«

»Das ist doch die, nach der du mich vorhin gefragt hast«, meinte Antonia Vanzetti kopfschüttelnd.

Henry rannte los, drängte sich durch die Wartenden, schubste Besucher beiseite, sie regten sich auf, schimpften, er fluchte, andere versperrten ihm absichtlich den Weg, es gab böse Worte. Henry scherte sich nicht drum, er musste die Gesichter der beiden Männer sehen, er war sich sicher, dass sie im Casino waren – aber als er Frau Schönhals fast erreicht hatte, waren sie in der Menge untergetaucht. Jetzt musste Henry seinerseits abtauchen, damit die Hotelangestellte ihn nicht sah. Er bückte sich, nestelte atemlos an seinem Schuh und machte sich so klein, wie es bei einem Meter und neunundsiebzig möglich war, dann schlich er im weiten Bogen um all jene zurück, die er angerempelt hatte. Erst als er entnervt wieder bei Gatow/Vanzetti ankam, richtete er sich auf.

»Was sollte das denn eben?«, fragte Antonia Vanzetti und schüttelte verständnislos den Kopf.

»Hast du sie fotografiert?« Das war alles, was Henry interessierte, und er streckte die Hand nach Franks Kamera aus.

»Weiß ich nicht. Ich habe einfach in die Richtung gehalten, ich wusste nicht, was du meinst und wen, das ging mir zu schnell.«

»Na, die Frau aus dem Hotel, die Antonia eben angesprochen hat.«

»Wozu denn bloß?«

Im selben Moment hatte die Hotelangestellte den Wettschalter erreicht, und genau in diesem Moment kam von dort ein lauter Schrei. Diesmal hatte Frank die Kamera sofort am Auge, aber man sah nichts als eine sich um die Kasse drängende Menge und über den Köpfen zwei in die Höhe gerissene Arme. Es waren die von Frau Schönhals. Sie hatte als Einzige auf der Rennbahn die Viererwette gewonnen.

Während die Umstehenden Beifall klatschten und die Gewinnerin sich vor Freude kaum fassen konnte, sahen sich Frank, Henry und Antonia betreten an. Zwischen ihnen entstand eine Stimmung ähnlich der vor einem Gewitter, dem man nicht ausweichen kann, das unweigerlich auf einen zukommt und bei dem man nicht nur nass wird. Jetzt wurde auch Antonias Argwohn spürbar, sie wusste längst, dass die beiden Männer etwas verheimlichten.

»Es hat mit dem Mord zu tun?«, fragte sie barsch, und Henry war froh, jetzt nicht in Franks Haut zu stecken, denn der Blick seiner Frau war der erste Blitz des nahenden Gewitters.

Frank blickte Henry hilfesuchend an. Henry verglich es mit dem Gefühl aus seiner Kindheit, wenn er beim Spielen mit anderen Kindern die Zeit vergessen hatte und einen Freund mit in die elterliche Wohnung nahm, damit das Donnerwetter nicht so schlimm ausfiel. Aber hier ging es nicht um ein Spiel, nicht um eine Lappalie, das wusste Antonia Vanzetti genau. Sie schien ihren Mann zu kennen, sie blickte ihn fordernd an, von ihm erwartete sie Aufklärung und nicht von Henry.

Der zog sich unauffällig zurück und überließ den Eheleuten und ihrer Art der Konfliktbewältigung das Feld. Henry war es gar nicht recht, dass Signora Vanzetti zwar nicht mit hineingezogen, aber zur Mitwisserin wurde. Er hoffte, dass der Fotograf sich auf das Wesentliche beschränkte, dass er nur über den Mord an Alan Amber sprach.

Frau Schönhals war umjubelt, Neugierige kamen, fragten die Umstehenden nach den Gründen für den Auflauf, der eine oder andere spendete Beifall, der langsam versiegte, als das nächste Rennen angekündigt wurde. Jeder hat das Recht, für fünfzehn Minuten berühmt zu sein, dachte Henry und stellte sich zwei Fragen.

Waren die Männer, die er meinte gesehen zu haben, tatsächlich dieselben wie im Casino? Was hatten sie mit Frau Schönhals zu schaffen?

Henry schlenderte nachdenklich weiter in Richtung Pressezentrum. Er hatte mörderischen Hunger, er hätte auch an einer Bude eine dieser fetttriefenden Bratwürste gegessen, aber nur zur Not. Oben war das Essen besser, er hatte es vorhin gerochen.

Er zeigte dem Türsteher erneut die Akkreditierung, die der gar nicht mehr sehen wollte, und wartete auf den Fahrstuhl. Kannte Frau Schönhals diese beiden Männer in den dunklen Anzügen, die im Casino aufgetaucht waren? Hatten sie Amber seinen letzten Burgunder gereicht und ihn womöglich weiter mit Spielgeld versorgt? Dann hatten sie mit dem Mord zu tun, genau wie die Schönhals. Sie hatte mit dem Telefon am Ohr im Flur gestanden. War die Wanze von ihr installiert worden? Ein Lötkolben war dafür nicht nötig, ein Schraubenzieher reichte. Es dürfte nicht schwer sein, herauszufinden, welche Aufgaben sie im Hotel wahrnahm. In der fraglichen Nacht hatte sie keinen Dienst gehabt, doch konnte jedes halbwegs pfiffige Zimmermädchen den Hauptschalter finden und ein Foto vom Schaltraum machen, das man dem Elektriker zeigt. Der weiß dann, wie überall das Licht ausgeht.

Frank hatte den Arm um seine Frau gelegt. Beide waren ernst, aber sie zumindest lächelte Henry milde entgegen. Es sah aus, als hätten sie sich ausgesprochen und als wären sie sich einig geworden. Er sah in ihren Augen einen Ausdruck von absoluter gegenseitiger Akzeptanz. Nur so geht es, dachte er, nur so lässt sich gut miteinander leben.

»Ich kümmere mich allein um alles Weitere«, sagte Henry, obwohl es dem Anschein nach nicht mehr nötig war, für gutes Wetter zu sorgen.

»Machen Sie sich keine unnötigen Gedanken, Henry.« Signora Vanzetti ergriff die Initiative. »Ich werde meinen Mann nicht von dem abbringen, was er meint, machen zu müssen. Ich habe erfahren, dass Sie einem jungen Winzer halfen, der um sein Weingut in Portugal gekämpft hat. Frank ist vor zwei Jahren auf einer Fotoreportage über den Rio Douro dort gewesen und kennt die Geschichte. Wenn diese gegenseitige Hilfe ausbleibt, sind wir verloren. Auf berufsmäßige Helfer ist längst kein Verlass mehr, das haben wir selbst erfahren. So hilft man sich eben gegenseitig. Aber seien Sie vorsichtig. Es gibt Momente im Leben, da rettet man den Sieg nur durch den rechtzeitigen Rückzug.«

»Jetzt sollten wir den Aufzug nehmen«, meinte Frank, dem die Worte unangenehm waren. »Von oben haben wir einen besseren Blick. Nachher gehe ich mal rüber zum Starterwagen, dann steht die Sonne tief, wir sind hier fast im Süden, es wird ein wunderbares Streiflicht geben, das will ich haben, dazu die Pferde, wie sie aus den Boxen springen.«

Sie standen am Geländer der Terrasse mit einem Glas Grauburgunder, er war kräftig, er hatte genügend Säure, passte zur Pasta mit den Champignons und zu dem warmen Nachmittag. Ein Rennen war gelaufen, ein weiteres in Vorbereitung. Henry hatte sich das Opernglas ausgeliehen, sich weit übers Geländer gelehnt und betrachtete die Gäste auf der bis an das Geläuf reichenden Terrasse rechts unten. Er stutzte. Da war Heckler im Anmarsch, mit Gefolge, eingerahmt von Männern, von denen er nur einen kannte. Es war jener Landespolitiker, jetzt Oppositionschef, dem Henrys Zwischenrufe den Auftritt vermasselt hatten. Hier aber standen einige Gäste auf, klatschten Beifall und schüttelten ihm die Hand. Heckler grinste stolz über beide Ohren, dass er ihn hergebracht und damit sich und die Rennbahn aufgewertet hatte, denn jetzt kam auch die Presse, katzbuckelnd wie Hofschranzen. Aber niemand vergaß ehemalige Freunde und Helfer schneller als ein Politiker. Wusste Heckler das nicht? Hinter ihm ging Marion, heute im Renn-Look, ganz in Babyrosa, mit wagenradgroßer Schleierkreation auf dem Kopf, vertraulich eingehakt bei einem Mann, der ihr Vater hätte sein können.

Wirke ich ähnlich, wenn ich bei Isabella eingehakt durch die Tapaskneipen von Logroños Altstadt schlendere, so verliebt wie vor Jahren, als wir uns kennenlernten? Doch jetzt erforderte der lange Kommissar an Marions anderer Seite Henrys Aufmerksamkeit. Vermutete etwa auch die kriminaltechnische Bohnenstange der Mordkommission Ambers Mörder hier?

Die Hand auf der Schulter ließ Henry zusammenfahren, das Adrenalin jagte ihm durch die Glieder, für eine Sekunde glaubte er, dass ihn jemand über das Geländer werfen würde.

15

Ein harter Aufprall

Henry ging in die Knie und fuhr herum.

Grinsend stand Koch hinter ihm. »So ein schlechtes Gewissen? Oder Angst vor dem Mörder?«

Aufgebracht schnauzte er Koch an: »Sind Sie wahnsinnig, Mann? Ich hätte abstürzen können.«

»Sie doch nicht, Kollege Meyenbeeker, Sie doch nicht, so abgebrüht, wie Sie sind. Soll ich Ihnen verraten, wer da unten herumläuft?«

Widerstrebend ließ Henry sich ans Geländer schieben. »Ich weiß es«, gab er verärgert zurück. »Spielen Sie den Mephisto?«

»Mehr den Flaschenteufel. Sie halten sich ja auch nicht für Dr. Faust. Und außerdem verkennen Sie mich. Da unten lustwandeln Heckler *and friends*, der Kommissar Neureuther gehört nicht dazu, dazu steht er zu weit unten in der Hierarchie, wohl aber Bankier Münnemeyer von der hiesigen Deutschen Bank und jemand, der auf Teufel komm raus Starwinzer werden will: J. J. – John Johansen, Anlageberater, Schaumschläger und Immobilienhai. Die beiden zusammen mit Heckler nennt man ›Die Glorreichen Drei‹. Was sie anpacken, gelingt.«

»Da beginnt wohl gerade ihre Pechsträhne«, meinte Henry trocken.

»Johansen will in Sachen Wein zum Global Player aufsteigen, aber er kann einen Rotwein kaum von einem Weißwein unterscheiden, und er lernt es nie. Er hat keinen Geschmack. Er kauft sich die Experten – wie Michel Roland, mit dem arbeitet er auch, so wie hundert andere Winzer in Frankreich. Bei diesen Weinmachern kommt letztlich überall dasselbe Zeug raus, Massengeschmack, verkaufbar, und der leider von uns gegangene Alan Amber hat bisher alles mit fünfundneunzig Punkten abgesegnet. Na, das ist jetzt vorbei.«

»Macht Sie das glücklich?«

»Mich nicht, aber mein Magengeschwür wird es mir danken.«

»Woher kennen Sie ... diesen John Johansen?«

»Er ist ein Freund meines Exchefs.«

»Ex? Haben Sie bei Heckler gekündigt?« Log ihm Koch etwas vor, oder hatte er tatsächlich das Handtuch geworfen? »Es wird schwierig, für Sie das Passende zu finden, bei Ihrem Bekanntheitsgrad. Es gibt nicht mehr viele Wein-Publikationen, außerdem sind die meisten zu Anzeigenblättern verkommen – falls Sie etwas anderes suchen als bisher.«

»Lassen Sie das ruhig meine Sorge sein. Ich habe da was an der Hand. Mein Magengeschwür weist den Weg.«

Hoffentlich führte die fingierte E-Mail, bei deren Jobbeschreibung Henry Koch im Hinterkopf gehabt hatte, bei ihm nicht zum Magendurchbruch, das wünschte Henry ihm bei aller Antipathie nun doch nicht.

»Haben Sie mal über meinen Vorschlag bezüglich des Materials nachgedacht?« Koch sah sich um, ob jemand zuhörte. Sein Blick traf den des Fotografen, dann blieben seine Augen bewundernd an Signora Vanzetti hängen. »Ihr Freund hat eine sehr schöne Frau. Sie hat auch ein sehr schönes Weingut. Waren Sie mal da?«

»Woher wollen Sie wissen, dass Gatow und ich befreundet sind?«

»Na, so wie Sie beide ständig zusammen rumhängen – ich habe schließlich den Auftrag, Sie zu beobachten – schon vergessen?«

»Ich dachte, Sie beabsichtigen, die Seiten zu wechseln.«

»Das ist bereits geschehen. Sonst wäre ich jetzt bei denen da unten.«

Das glaubt er nur, dachte Henry, er darf Hecklers Freunden höchstens den Champagner bringen.

»Ich habe ihm gestern die Kündigung aufs Zimmer gebracht – und bin heute bei Tagesanbruch im Gegenzug mit sofortiger Wirkung von allen Rechten und Pflichten entbunden; er war schlauer, ich hatte die fristlose Kündigung mit beglaubigter Übergabe bereits auf dem Frühstückstisch. Er muss sie in der Nacht noch aufgesetzt haben, meine hat er angeblich nicht erhalten. Ich darf nicht einmal mehr meinen Schreibtisch ausräumen, und von der Organisation der Challenge bin ich auch ausgeschlossen.«

»Da können Sie ja ausgiebig Urlaub machen. Was ist mit dem Betriebsrat? Gibt's diese Einrichtung noch in Deutschland?«

»Haben wir nie gehabt. Mit ihm könne man jederzeit und über alles reden, meinte Heckler immer.«

»Er ist radikal.«

»Er ist ein Extremist. Wer nicht für ihn ist, ist gegen ihn! Und Kontaktsperre gibt's auch, Verbot aller Mitarbeiter, mit mir noch ein Wort zu wechseln.«

»Dann sind Sie noch hier?«

»Den Presseausweis kann er mir nicht wegnehmen, außerdem wohne ich in Baden-Baden.«

Henrys schlechtes Gewissen meldete sich wieder, aber das Misstrauen schwand trotzdem nicht. Darauf hatte er sich immer verlassen können.

In dieser Situation erschien es ihm angebracht, auf Koch einzugehen. Henry konnte seinen Vorschlägen zustimmen, das spätere »Nein« würde ihm genauso leicht über die Lippen kommen. Jetzt jedenfalls wollte er von ihm wissen, was da unten auf der Terrasse zwischen den »Glorreichen Drei« vor sich ging. Koch bedauerte, ihm nach dem momentanen

Stand der Dinge nicht weiterhelfen zu können. Aber Henry konnte ihn jetzt offen fragen, wie er den Mord beurteilte, was er darüber wusste, wen er dahinter vermutete und wie weit die Ermittlungen vorangekommen waren.

»Dieser Kommissar und seine Müller-Wipperfürth oder Melzer-Bönningstedt tappen völlig im Dunkeln«, meinte Koch, nachdem ihm auch Frank Gatow und seine Frau vorgestellt worden waren. Und Henry war erstaunt, wie flüssig und direkt, ja wie umgänglich Koch sein konnte. Oder war er das perfekte Chamäleon und nahm in Sekunden die Farbe seiner Umgebung an? Heckler hatte mit dem Rauswurf einen Fehler begangen.

»Die Wein-Community hält zusammen. Der Kommissar beißt auf Granit oder tappt ins Leere. Angeblich weiß niemand nichts, niemand hat was gesehen, hundertvierzig Juroren haben tief geschlafen, der Mord ist um zwei Uhr nachts geschehen, Spuren gibt es keine, deren Verfolgung lohnte, bis auf das langsam wirkende Schlafmittel im Wein. Niemand weiß, wer ihn brachte. Amber hat nichts mitgekriegt. Seine Sekretärin hat sich in ihren Nervenzusammenbruch zurückgezogen und ist nicht ansprechbar. Sein Sohn jettet gegenwärtig in Asien von Event zu Event, er hat die Firma übernommen, der fällt als Vatermörder aus. Die Frau hat London nicht verlassen, sie hält bei ihrem kranken Lover Händchen – eine reizende Familie. Der Detektiv von Scotland Yard verhört die englisch sprechenden Juroren. Davon müsste Ihnen doch Ihre Tisch-Vorsitzende, Mrs. Rider, erzählt haben.«

»Kein Wort hat sie gesagt. Ich glaube, die Briten verstehen sich längst nicht mehr als Europäer. Die sollen von mir aus ihre Insel über den Atlantik schleppen und an der Freiheitsstatue festmachen. Die Rider ist gut, die kann gern hierbleiben. Und was ist mit dem Hotelpersonal?« Henry dachte an die Frau mit dem schönen Hals, an die beiden Begegnungen und ihre Freude über den Gewinn.

»Die Dienstpläne des Hotelpersonals wurden kontrolliert. Nur drei Personen, die in jener Nacht Dienst taten, haben kein Alibi.«

»Gehört eine Frau Schönhals dazu?«

»Nicht, dass ich wüsste.« Koch blickte Henry lauernd an. Er schien zu ahnen, dass Henry mehr wusste als er selbst. »Bisher hat sich bei den Überprüfungen kein Verdacht ergeben, aus dem sich ein Grund für einen Mord ableiten ließe.«

»Ganz einfach: Man hat Geld gezahlt. Man braucht wenig kriminelle Energie dafür, und der Betroffene brauchte nicht einmal zu wissen, was geschehen würde.«

»Aber dann packen die Mitwisser aus.«

»Bei dieser Art Mörder gewiss nicht. Wer sein Opfer kaltblütig tötet, hat auch bei den Helfershelfern keine Skrupel. Und das wissen die genau. Das meiste auf dieser Welt wird von der Angst zusammengehalten und nicht aus Einsicht – oder aus Zuneigung, von Liebe will ich gar nicht reden.«

»Wenn Sie auch als Kriminalist bewandert sind, wo sehen Sie ein Motiv?«

»Amber ist das Motiv …«, sagte Henry vieldeutig. »Vielleicht sind die Leichen in seinen Kellern auferstanden und haben ihn geholt?« Aber er kam nicht mehr dazu, über die Bedeutung dessen, was er einfach so dahingesagt hatte, weiter nachzudenken, denn Frank mischte sich ein.

»Wir reden von jetzt an von etwas ganz anderem, schließlich sind wir beim Pferderennen.«

Seine Frau war sofort Feuer und Flamme. »Lasst uns noch mal bei Fortuna anklopfen, vielleicht erhört sie uns. Señor Henry Meyenbeeker! Wir setzen auf Sieg!« Sie hakte sich bei ihm unter und zog ihn mit.

»Was sonst?«, antwortete er, »nur auf Sieg«, – und sie gewannen beide, ein Außenseiter machte das Rennen, die Quote war supergünstig.

Sie standen in der Menge und zählten ihr Geld. Antonia Vanzetti wollte ihrem Mann davon die Kamera kaufen, die er sich schon lange wünschte. Mit seinem Gewinn würde Henry die mindestens noch eine Woche dauernde Kaiserstuhl-Recherche finanzieren, Hotel, Essen und Benzin. Außerdem war da noch das Geld aus dem Casino, und er überlegte, was er Isabella von der Reise mitbringen könnte, als er ein rosa Wagenrad auf sich zutrippeln sah. Marion Dörner lächelte maliziös und begehrlich. Aus dem kleinen Mädchen in Andalusien war eine undurchschaubare Frau geworden.

»Schon wieder gewonnen?«, fragte sie mit abschätzigem Seitenblick auf Antonia Vanzetti in ihrem grün schimmernden Sommerkleid, das gut zu ihrer gebräunten Haut und ihrem von körperlicher Arbeit in Form gehaltenem Körper passte. Marion leckte sich die mit einem feucht glänzenden Lippenstift bemalten Lippen. »Du wärest ja eine gute Partie. Aber von Leuten, die Glück im Spiel haben, halte ich mich lieber fern, sie haben Pech in der Liebe – und das ist nichts für mich.« Das klang frustriert und böse. »Komm, ich mache dich mit einigen Leuten bekannt, unter anderem mit meinem Vater. Darf ich?« Die Frage war überflüssigerweise an Antonia Vanzetti gerichtet, die sie nicht verstand. Frank übersetzte.

»Wenn er es will«, gab Signora Vanzetti diplomatisch zurück und lehnte sich so offensichtlich an ihren Mann, dass Zweifel ausgeräumt waren.

Zu dumm, dass sie zugestimmt hat, dachte Henry, als er Marion ins VIP-Gebäude folgte. Er war müde, er war nur noch müde, er stand müde auf, war den Tag über müde und ging todmüde zu Bett. Andererseits kam er durch Marion direkt an die Personen heran, die er ausspioniert hatte. Die reale Begegnung war durch nichts zu ersetzen. Leider wusste er nicht allzu viel über die »Glorreichen Drei«. John Johansen interessierte ihn am meisten.

Der Kommissar schnitt ihm den Weg ab und packte Henry am Arm. Blitzschnell jedoch hatte er sich aus dem harten Griff befreit. »Nehmen Sie Ihre Finger weg. Wenn Sie mich noch einmal anfassen, kriegen Sie Ärger, aber richtig. Ich habe nichts damit zu tun, dass Sie Ihren Fall nicht lösen. Ich habe Ihnen gesagt, was ich denke.«

»Aber nicht alles, was Sie wissen. Weshalb werden Sie abgehört?«

»Ach, hat der Haustechniker gepetzt – oder stammt das Mikrofon von Ihnen?« Henry betrachtete ihn von Kopf bis Fuß, das dauerte bei Neureuthers Größe ziemlich lange. Und hätte sein Blick bei jeder Knitterfalte des Anzugs verweilt, hätte er Stunden gebraucht.

»Erstens hätten Sie unseres nicht entdeckt, und zweitens würde man Sie nicht abhören, wenn Sie unwichtig wären.«

»Ich bin absolut unwichtig.«

»Ihre Bescheidenheit macht Sie keineswegs glaubwürdiger.«

»Die Abhörer wissen längst, dass ich die Wanze gefunden habe, und werden sich was einfallen lassen. Beobachten Sie mich, dann finden Sie die womöglich.«

»Sie bieten sich als Lockvogel an?«

»Offenbar kann ich das nicht verhindern.«

»Sie könnten abreisen.«

»Ja, mit Vergnügen, morgen nach dem letzten Flight.«

»Zurück nach Spanien?«

»Nein, in den Kaiserstuhl, ich werde im Hotel ›Il Calice‹ absteigen, damit Sie wissen, wo Sie mich erreichen.«

»Ein teurer Laden. Reisen Sie auf Geschäftskosten?«

»Nein, ich bin ein Glückspilz, ich habe eben beim Pferderennen gewonnen. Jetzt möchte ich mich aber wieder um die Dame in Rosa kümmern. Ach – eines noch: Vielleicht wäre es besser, die Verhöre ins Präsidium oder wohin auch immer zu verlegen, jedenfalls raus aus dem Hotel.«

Der Kommissar verstand nicht, worauf Henry hinauswollte.

»Wenn man mir eine Wanze unterjubelt, dann vielleicht auch anderen – so ist der Mörder stets über Ihre Ermittlungen informiert. Vielleicht ist das ganze Hotel verwanzt, Hecklers Büro genau wie Ihr Verhörzimmer?« Mit diesen Worten ließ er den verdutzten Kommissar zurück.

Marion Dörner hatte Bruchstücke der Unterhaltung mitbekommen, und Henry erklärte, nachdem er ihre Robe entsprechend bewundert hatte, was der Kommissar von ihm gewollt hatte. Die Entdeckung der Wanze in seinem Telefon hatte inzwischen die Runde gemacht. Heckler sprach ihn darauf an und geriet für einen Augenblick in Panik. Sofort steckten Heckler und Neureuther die Köpfe zusammen, dann liefen sie auseinander wie Boxer nach dem Gong, und jeder telefonierte in seiner Ecke.

Für Marion war das unwichtig. Sie stellte Henry ihrem Vater als »den Spanien-Spezialisten von der Andalusienreise« vor, was ihn zu einer freundlich-nichtssagenden Kopfbewegung veranlasste. Jedenfalls lud man ihn zu einem Glas Champagner ein und behandelte ihn, als wäre er der kleine Sohn des Gärtners an der Kaffeetafel des Infanten. In diesem Kreis zählte nur Geld. In dieser Hierarchie stand er selbst auf der vorletzten Stufe. Für den Bankier Münnemeyer war er »der mit der Wanze«, und er musste sich von ihm anhören, wie heruntergekommen doch heute die Welt sei und das letzte Quäntchen Anstand verloren gehe – von einem Bankier!

John Johansen wich ihm aus, obwohl sein Freund, der Bankier, ihn herbeiwinkte, was Henry im Stillen lächeln ließ. Er begriff schnell, dass J. J. Instinkt hatte, Bauernschläue gepaart mit Chuzpe, J. J. spürte, wer sich einwickeln und einschüchtern ließ, woher die Gefahr kam und von wem sie ausging. Dazu gesellte sich ein übersteigertes Geltungsbewusstsein.

In der zur zweiten Natur gewordenen Bewegung hielt er die Hand immer so, dass die Rolex ins Bild kam.

Bei der nächsten Runde Champagner bugsierte der Banker seinen Freund J. J. so neben Henry, dass er nicht mehr ausweichen konnte, begann ein Gespräch über das Terroir des Kaiserstuhls und zog sich selbst zurück.

J. J. wusste weder über den Boden mehr zu sagen, als dass Löss und Vulkangestein vorkamen, noch kannte er die Auswirkungen der klimatischen Unterschiede zwischen Tageshitze und nächtlicher Kühle. Henry wurde einmal mehr bewusst, dass auch der Winzer zum Terroir gehörte, er konnte die besten Weinberge falsch bearbeiten und die Trauben bereits auf der Kelter verderben. Überkandidelte Kellertechnik gab dem Wein dann den Todesschuss.

Weder über die Verwendung von Hefen noch die Möglichkeit, den Wein zu entsäuern, war J. J. informiert (»die Entscheidung überlasse ich meinem Kellermeister«), über den Typ des Eichenholzes seiner Stückfässer und der Barriques wusste er nichts, aber Kork war verbannt, alle Flaschen trugen jetzt den »kundenfreundlichen« Schraubverschluss: »Ich habe eine tolle Frau fürs Marketing.«

Grämten sich Templins Weinberge nicht, wenn der neue Besitzer kam? Bogen sich die Weinstöcke schamhaft zur Seite, wenn er zwischen ihnen hindurchging? Vielleicht war der neue Wein deshalb so schlecht. Und dieses Würstchen spielte sich als Retter Kaiserstühler Winzertraditionen auf – mit Reinzuchthefe, mit Betonit zum Schönen und der neuesten Filtertechnik? Henry merkte, wie der Ärger darüber in ihm aufstieg und wie die Ungerechtigkeit Templin gegenüber ihm zu schaffen machte. Dieser Aasgeier hatte Templin reingelegt, einen richtig guten Winzer, dem das Leben, vielmehr der Tod, so übel mitgespielt hatte, nur um sich mit Weingütern zu brüsten? Aber hatte man einmal den Boden unter den Füßen verloren, war alles möglich.

»Ein in den Ruin getriebenes Weingut ist billig zu haben,

nicht wahr, Herr Johansen?«, sagte Henry abschließend. »Erst fällt es an die Bank, dann an den neuen Käufer – oder?« Dieses mit einem Fragezeichen gesprochene »Oder?« von Frau Stöckli gefiel ihm immer besser. Es passte häufig, sagte nichts und doch sehr viel.

Marions Vater gehörte nicht zu den »Glorreichen Drei«. Er interessierte sich auch mehr für die Pferde, verstand einiges vom Wein, auf jeden Fall mehr als der Retter des Kaiserstuhls. Dörner kannte einige spanische Weingüter, das machte es angenehm, mit ihm zu plaudern – bis Henry auf die Uhr schaute. Es wurde schummrig, das letzte Rennen war gelaufen, die Zuschauer wanderten ab, und es war Zeit für den Shuttle zurück nach Baden-Baden. Das Angebot, sich im Wagen mitnehmen zu lassen, schlug er aus. Er wollte nicht mehr reden, nicht diplomatisch sein, kein Versteck spielen und vor allem seine Augen schonen, nicht zuletzt vor dem Anblick von Leuten, denen er lieber aus dem Weg ging. Heute würde er die Zimmertür einbruchsicher verrammeln, sämtliche Stecker aus allen Steckdosen ziehen, das Mobiltelefon im Klo versenken, sich die Ohren mit Ohropax verstopfen, sich eine Decke über die Augen legen und mindestens zehn Stunden schlafen.

Er ging zum Ausgang des Renngeländes, wo er ein Weilchen mit Aguirre plauderte, der noch auf einen Kollegen warten wollte, und wandte sich dann in Richtung Bushaltestelle. Dazu musste Henry die Straße zwischen der Rennbahn und den Parkplätzen überqueren. Als er den ersten Fuß auf den Asphalt gesetzt hatte, hörte er das Aufheulen eines Motors und durchdrehende Reifen, Scheinwerfer blendeten ihn, von rechts raste ein bulliger BMW auf ihn zu, Henry warf sich nach vorn, doch der Aufprall riss ihm die Beine unter dem Körper weg, er merkte, wie er auf den Boden schlug, durchs nasse Gras rollte und mit dem Kopf gegen etwas Hartes knallte …

»Sagen Sie mir Ihren Namen! Hallo? Sind Sie wach?«

Jemand zog an Henrys Augenlid und leuchtete mit einer Lampe hinein. Er kniff die Augen zusammen, das Licht schmerzte, er wandte den Kopf ab, auch das tat weh.

»Nehmen Sie verdammt noch mal diese Funzel weg«, sagte er und stöhnte. »Ich bin nicht blind.«

»Er ist wach«, freute sich der Sanitäter, und Henry tat es leid, ihn angefahren zu haben, aber das Licht blendete entsetzlich.

»Wie geht's ihm?« Diese Frage hatte eindeutig Neureuther gestellt. Seine verknitterten Hosenbeine waren irgendwie sichtbar.

»Gut geht's mir, Herr Kommissar«, sagte Henry so laut, wie es ihm möglich war.

»Sie sind Kommissar? Von der Polizei? Ich hab's gesehen, es war Absicht, der hat ihn absichtlich überfahren.« Henry kannte die Stimme nicht, jedenfalls war sie weiblich. »Ich auch, ich kann es bezeugen«, sagte ein Mann, »wenn Sie meine Adresse brauchen … Ich habe mir die Autonummer gemerkt.«

Henry bewegte derweil die Zehen. Sie funktionierten. Er bewegte die Fingerspitzen … in allen war Gefühl vorhanden. Als er die Knie anwinkeln wollte, schmerzte der rechte Oberschenkel, als hätte ihn dort eines der Rennpferde getreten, aber es war der BMW gewesen, er war auf ihn zugesprungen wie die Pferde aus der Startbox. Das linke Knie war in Ordnung, die rechte Schulter auch, mit der linken haperte es.

»Alles in Ordnung«, sagte Henry, dem die Schaulustigen um ihn herum auf den Wecker gingen, und wollte sich aufrappeln.

»Sie bleiben liegen«, befahl Neureuther, und der Sanitäter drückte Henry sanft auf den Boden zurück. Sein Kollege brachte die Trage. »Wir bringen Sie ins Krankenhaus, wir müssen Sie röntgen lassen, vielleicht ist was gebrochen, und Sie haben eine Gehirnerschütterung.«

»Das tut meinem Gehirn nur gut, ab und an brauch ich eine kleine Erschütterung – zum Wachwerden. Es ist nur etwas langsam«, murmelte Henry und versuchte sich zu besinnen. Es war ihm letztlich sehr lieb, dass er liegen bleiben durfte. Er machte einfach die Augen zu und ließ sich tragen, dann schob man ihn in den Krankentransporter, und er hörte noch, wie der Kommissar draußen etwas mit den Zeugen besprach, dann stieg er zu.

»Man darf Sie keinen Moment aus den Augen lassen. Ich hoffe, Sie haben begriffen, dass ein Leben als Geheimnisträger nicht ungefährlich ist. Teilen Sie Ihr Geheimnis mit mir. Der Biss einer Wanze ist nicht tödlich, aber die Sache eben hätte böse ausgehen können. Kann man mit Ihnen schon reden?«

»Wenn Sie mit sich reden lassen – sicherlich.«

»Der Antwort nach zu urteilen sind Sie auf dem Weg der Besserung.« Der Kommissar seufzte. »Sie mögen die Polizei nicht besonders. Woran liegt das?«

Henry griff mit der Hand in die Innentasche seines Leinensakkos. Die Brieftasche war da – das Mobiltelefon nicht. Henry suchte im Liegen mühsam in allen Taschen.

»Ich hab es«, meinte Neureuther und hielt Henry das Gerät hin.

»Genau deshalb mag ich euch nicht.« Henry fuhr mit dem Finger über die glatte Oberfläche, er suchte das Telefonverzeichnis. »Sie respektieren den Bürger nicht, Sie vergreifen sich an uns. Würde ich noch im Straßengraben liegen, dann hätten Sie das Ding hier schon längst gecheckt. Ihr ruft nach immer mehr Kompetenz, ihr wollt uns abhören, beobachten, belauschen, bis euch ein Gericht an die Gesetze erinnert. Ihr lauft mit geladenen Waffen herum. Ist das Abdrücken leichter, als dem Dieb hinterherzurennen?«

»Es reicht, Herr Meyenbeeker …«

»… nein, es reicht nicht. Ihr handelt auf Befehl. Irgendeiner, den niemand gewählt hat, gibt Anweisungen, und ihr führt es aus, einer, den Korruption und Intrigen nach oben gebracht haben, gibt euch Befehle. Gestapo, Stasi, Verfassungsschutz – ist doch alles ähnlich. Es geht nicht um Systeme, es hapert bei den Menschen.«

»Wir leben in einer Demokratie …«

»Haben wir beide in unserem Europa noch was zu sagen?«

»Wenn ich Sie nicht vorher gekannt hätte, würde ich annehmen, Sie hätten eine Gehirnerschütterung, Herr Meyenbeeker. Aber ich nehme an, Sie sind immer so. Was wissen Sie? Wer wollte Sie überfahren? Die Zeugen sagen einhellig, dass es eindeutig Absicht war. Sie werden abgehört und schweigen. Man will Sie umbringen – und Sie schweigen! Warum? Die, wer immer sie sind, werden sich was Neues ausdenken und ihr Ziel erreichen.«

»Ich habe nichts gesehen, bis auf den BMW, der auf mich zuraste.«

»Hat es keinen Sinn, mit Ihnen zu reden?«

Henry richtete sich auf und stützte sich auf die Ellenbogen, aber beim Schaukeln des Rettungswagens legte er sich wieder hin. »Es ist mir zu unsicher, mich Ihnen anzuvertrauen, Herr Kommissar.«

»Mir … zu unsicher?« Neureuthers Erstaunen war echt.

»Ich glaube, dass Heckler und auch Sie abgehört wurden oder werden. Das sagt mir meine Journalistennase. Wenn es bei mir möglich ist, dann auch bei euch. Und wenn im Hotel jemand dem Mörder geholfen hat, wieso dann nicht auch bei der Polizei? Wenn ich Ihnen was sage, dann erfährt es auch der Apparat, die Sonderkommission, wegen der internationalen Dimension des Mordes. Und dann weiß es auch der Maulwurf und gibt es an seinen Auftraggeber weiter. Ich muss quasi im Vorbeigehen irgendetwas mitgekriegt haben, wobei ich noch nicht weiß, was es ist. Aber das weiß der Mörder nicht. Deshalb will er mich aus dem Weg räumen. Leuchtet ein – oder?«

Dieses »Oder« mit dem Fragezeichen würde Henry zu

seinem Wort des Jahres machen. Es war grandios. Es erübrigte sich jedes weitere Wort, und als sie das Krankenhaus erreichten, trollte sich der Kommissar, schweigsam, entweder bedrückt oder müde. Das Nummernschild, hatte sich herausgestellt, war gefälscht.

Um zwei Uhr nachts kam Henry am Stock ins Foyer gehumpelt. Bis auf einige Prellungen war er gesund, eine Beule am Kopf war längst keine Gehirnerschütterung. Er hatte beim Warten auf Krankenhausfluren genügend Zeit gehabt, über seine weiteren Schritte nachzudenken. Das half ihm am besten gegen die Angst, sie war das Gift. Er glaubte zu wissen, worum es ging. Es klang absurd, aber er kannte Ambers Mörder, er musste ihn kennen, nur wusste er leider nicht, wer es war. Und der oder die Mörder wussten nicht, wie viel er wusste, und waren vor der Rennbahn ein erhebliches Risiko eingegangen.

Er überlegte, wie er mit der Familie umgehen würde. Isabella durfte von allem nichts erfahren, Sebastián auch nicht, aber Salgado. Von ihm sollte er sich Rat holen. Signora Vanzetti wollte beruhigt werden, damit sie ihren Gatten nicht mitnahm, denn Frank war der Einzige, auf den er zählen konnte. Hatte nicht Jürgen Templin etwas über Amber gesagt, etwas Wesentliches, beiläufig geäußert? Kinder und Betrunkene sagen die Wahrheit, hieß es. Was war es gewesen, und war Templin wirklich betrunken gewesen?

Als Henry darum bat, ihm noch eine heiße Schokolade zu bereiten, seinen Schlaftrunk, fand der Nachtportier mehrere Nachrichten für ihn auf seinem Rechner. Eine Frau Peñasco hatte mehrmals angerufen und auch ein Kapitän Salgado, mit dem Vornamen Maria? Ja, sagte Henry, sein Freund heiße José Maria Salgado und sei nicht Kapitän, sondern Hauptmann der spanischen Zivilpolizei. Die Gründe für die Anrufe waren nicht mitgeteilt worden, aber jeder hatte mindestens dreimal angerufen.

Es war wie immer zu spät für irgendeinen Rückruf, und nach der heißen Schokolade, die ein guter Geist ihm brachte, und nachdem er den Schreibtisch und einen Sessel vor die Tür gerückt hatte, um nicht mit einer Kugel im Kopf aufzuwachen, schlief Henry fast auf der Bettkante ein.

Das Aufstehen war eine Katastrophe. Alles tat weh, sogar die Backenzähne. Nur einmal war Henry etwas Ähnliches passiert, da hatten ihn nachts in La Rioja auf einer Landstraße sechs Männer verprügelt. Hier hatte ein einziger Stoß gereicht, ihn ins Krankenhaus zu schicken.

Es war der letzte Tag dieser unvergesslich bleibenden Baden-Baden Wine Challenge. Während das heiße Wasser der Dusche wie bei einer Taufe an seinem Körper herunterlief, schwor sich Henry, nie wieder an irgendeinem Weinwettbewerb teilzunehmen, egal wo auf dieser Welt, weder in diesem Leben noch in einem anderen. Und als er sich an Mendoza erinnerte, vergaß er das Wasser, vergaß er, dass er unter der Dusche gestanden hatte, er meinte Mendoza mit schadenfrohem Grinsen unter den Schaulustigen gesehen zu haben, und die Wut darüber ließ ihn seine Schmerzen vergessen.

Saldgado wird mehr über den Säureattentäter wissen, dachte Henry, sonst hätte er nicht angerufen. Aber als er auf die Uhr sah, entschloss er sich, den Anruf bei ihm auf die erste Verkostungspause zu verschieben. Er durfte die anderen nicht aufhalten und erneut für Unmut sorgen. Er rückte seine Barrikade beiseite und vergewisserte sich, dass sich niemand auf dem Flur befand. Er hatte keine Angst mehr, sie war dem sonnigen Morgen gewichen. Er versuchte, so unauffällig wie möglich gleich am Eingang des Frühstücksraums einen Platz zu ergattern, mit Blick auf den Eingang, und fragte sich, ob es sinnvoll sei, Neureuther um Personenschutz zu bitten. Doch der beste Schutz hier war die Öffentlichkeit, waren die anderen Juroren.

Als einer der Letzten betrat Henry den Verkostungssaal, er versuchte, ohne Stock zu gehen. Ein anderer Verlagsmitarbeiter als Koch stellte heute den Referenzwein vor. Also war ihm tatsächlich gekündigt worden? Das ließ sich überprüfen, wozu hatte man schließlich seinen Hacker? Jeder sollte einen haben, ganz demokratisch. Aber so einfach war das auch wieder nicht, dann könnte der seinen nächsten Newsletter lesen, bevor er überhaupt abgeschickt wurde, seine Korrespondenz mit den Weingütern und seine Liebesbriefe. Nein, die nicht, die schrieb er ganz altmodisch mit einem Füllhalter.

Der Zander quengelte wieder, doch Josephine Rider rief ihn zur Ordnung, und niemand am Tisch nahm länger Notiz von seinen Einwürfen. Sie begannen mit Weißweinen, die allesamt ordentlich gemacht waren. Danach folgten dreizehn Rotweine, die Henry keiner Region zuordnen konnte, jedenfalls waren drei Dornfelder darunter, höchstwahrscheinlich Württemberger.

In der Pause kam Marion Dörner, bemitleidete Henry für seinen Unfall, kühl und ohne wirkliche Anteilnahme, und bat ihn, mit zu Heckler zu kommen, »falls es dein Zustand erlaubt. Die anderen Juroren«, sie warf einen Blick über den Tisch, »werden sicher gern auf dich warten. Eine Kaffeepause tut jedem gut.«

Heckler hatte sein Büro auf der Flucht vor Wanzen verlegt. Eine desselben Typs wie bei Henry war bei ihm gefunden worden, wie viele es im Verhörraum gewesen waren, wurde von Neureuther als Staatsgeheimnis gehandelt. Marion war höchst pikiert, als auch sie mit Hecklers Sekretärin vor die Tür geschickt wurde.

»Sie müssen eine Menge herausgefunden haben, Meyenbeeker«, meinte Heckler, ohne Henry zum Platz nehmen aufzufordern oder ihm einen Kaffee anzubieten, »wenn Sie so viel Aufmerksamkeit auf sich ziehen.«

»Für Sie immer noch Herr Meyenbeeker!«

Heckler begriff sofort, dass sich etwas verändert hatte. Er setzte sich in seinem Bürosessel auf, legte die Hände auf die Tischplatte, und seine Augen wurden schmal, als erwarte er einen Angriff. Der kam prompt.

»Ich will nicht um den Brei herumreden, ich möchte die Juroren nicht auf mich warten lassen. Wenn wir den letzten Flight bewerten, haben Sie Zeit, das, was ich Ihnen jetzt mitteile, Ihrerseits zu bewerten.«

Heckler holte Luft, um loszupoltern, Henry stoppte ihn mit ausgestreckter Hand. »Ich weiß einiges von Ihren Versuchen, die Hamburger zu diskreditieren …«

»… Koch, der Miserable«, unterbrach ihn Heckler.

»Sie unterschätzen mich mal wieder, Heckler, Ihren ehemaligen Kettenhund brauche ich nicht. Ich weiß genug über Ihre Kopplungsgeschäfte von Anzeigen mit Verkostungsergebnissen und redaktionellen Artikeln. Und ich weiß, wie Sie und Ihr Freund J. J. mit Hilfe des Chefs der Deutschen Bank hier, Volkswirt Dr. Münnemeyer, Herrn Templin das Weingut abgejagt haben. Sie haben sich das ausgedacht, zusammen mit Münnemeyer. Sollten Sie mich oder meine Familie in irgendeiner Weise angreifen, mir noch einmal mit einem Ihrer Erpressungsversuche kommen, dann bringe ich das alles an die Öffentlichkeit. Ich bin lange genug Journalist, um zu wissen, wie man das macht. Im Anschluss an unser Gespräch werden Sie veranlassen, dass Herr Templin sein Weingut zurückbekommt.«

Hecklers Gesicht war bei dieser Eröffnung starr geworden, er atmete schwer, seine Brust hob und senkte sich deutlich. Er kämpfte mit sich, um das Gehörte zu verarbeiten und die entsprechenden Schlüsse zu ziehen. Er war schnell, seine Antwort kam rasch:

»Ihrer Forderung nachzukommen liegt außerhalb meiner Kompetenz.« Heckler sprach nicht, er knurrte, er bleckte seine Zähne, er wäre Henry an die Gurgel gesprungen, wenn er sportlicher gewesen wäre. Aber er hatte begriffen, dass nicht mehr geblufft wurde. Die Karten lagen offen auf dem Tisch, die Waffen waren gleich.

»Ihr Problem, Herr Heckler, wie Sie das lösen. Das ist alles – und jetzt unterhalten wir uns von Mann zu Mann, okay? Wir – und da gehe ich vom gemeinsamen Interesse aus – wollen einen Mörder finden, damit Ihre Challenge nicht weiter mit diesem Makel belastet wird, einverstanden?« Henry setzte sein verbindlichstes Lächeln auf und legte einen schmeichelnden Ton in seine Stimme. »Neureuther kann ihn dann verhaften oder erschießen, je nach Lage.«

»Wer ist es?«

»Ist dieser Raum sauber, frei von Wanzen?«

Hecklers widerwilliges Stöhnen zeigte Henry, dass der Verlagschef Zweifel hatte. »Es gibt Spezialisten, die vor Konferenzen die Räume abhörsicher machen. Seitdem war hier außer mir niemand mehr drin, außer meiner Sekretärin, dem Kommissar, der kleinen Dörner …«

»Ich sagte dem Kommissar bereits, dass ich glaube, dass der Mord langfristig vorbereitet wurde, und dass ich den Mörder unter den Juroren vermute, zumindest unter denen, die von der Challenge lange gewusst haben oder im Verlag zu den entsprechenden Informationen Zugang hatten. Ich habe den Mörder wohl gesehen, aber ich kenne ihn nicht, aber er glaubt, dass ich ihn erkannt habe. Klar ist nur, dass er oder seine Helfer einen schwarzen BMW fahren …«

»… mit dem Sie angefahren wurden?«

»Das kann ein Auftrag gewesen sein. Der Mörder zielt genau, wie wir wissen, er schießt nicht vorbei. Die Polizei lassen wir außen vor, möglicherweise sitzt bei ihr ein Informant. Überprüfen Sie Frau Schönhals. Sie arbeitet im Hotel, in der Verwaltung, vielleicht bringt sie uns weiter.«

In dieser Sekunde entstand das Bild aus jener Nacht vor seinem inneren Auge: Frau Schönhals und die Winzer aus Süditalien. Henry sah sie zusammen in der Dunkelheit. Wie standen sie zueinander?

16

Schwarze Flecken

»Er ist abgereist?«

»Vor genau einer halben Stunde hat er ausgecheckt!«

Henry legte den Hörer zurück auf den Apparat und humpelte um das Bett herum zum Tischchen mit dem Mobiltelefon. Salgados Rufnummer war gespeichert.

»José Maria? Ich bin's wieder. Mendoza ist weg, vor einer halben Stunde hat er sich verdrückt, sagen die von der Rezeption. Wohin? Das wissen die auch nicht.«

»Kannst du das rauskriegen? Wir könnten ihn hier in Empfang nehmen.«

»Man hat ihm ein Taxi bestellt, der Taxifahrer müsste wissen, ob er zum Bahnhof gefahren wurde. Aber wir sind nicht die Polizei, warum sollte er uns das sagen? Vom Bahnhof aus kann er zum Baden-Airpark gefahren sein, wenn er direkt geflogen ist. Falls er mit der Bahn fährt, zumindest ein Stück, hat er sich nach Rastatt oder Frankfurt bringen lassen, auch von Basel gibt es Flugverbindungen nach Spanien. Es kann dauern, bis ich rausfinde, von wo er angereist ist. Das heißt aber nicht, dass er zurück dieselbe Route nimmt. Mendoza jedenfalls wohnt in Madrid.«

»Das wissen wir. Kann es sein, dass er Verdacht geschöpft hat?«

»Ich habe lediglich eine dumme Bemerkung gemacht. Mendoza habe ich heute weder beim Frühstück noch beim Wettbewerb gesehen.«

»Es kann ihn jemand aus der Bodega gewarnt haben, der Idiot zum Beispiel, der die Lauge in die Tanks gekippt hat. Isabella hat ihn überführt. Er wurde nicht verhaftet, weil er gestanden hat. Zumindest gibt er an, dass Mendoza der geistige Urheber des Anschlags war. Er hätte es nie aus eigenem Antrieb getan – behauptet er. Na ja. Ich ... wir haben herausgefunden, dass er als junger Mann, also noch unter dem alten Regime, bei der BPS gewesen ist. Die ...«

»Was ist das, BPS?«, unterbrach ihn Henry.

»Ich dachte, du kennst sie, die Brigada de Investigación Social? Die wurde erst 1986 aufgelöst, da war deine Familie längst in Deutschland. Mendoza und seine Kollegen, dazu gehörte auch dieser Arbeiter von Peñasco, hätten Leute wie deine Frau und dich so lange verhört, bis euch das Blut zur Nase rausgekommen wäre. Die hatten einen Riecher für Kommunisten.«

»Ich bin kein Kommunist.«

»Ich weiß, nicht einmal die wollten im Bürgerkrieg mit Leuten wie euch zusammenarbeiten.« Saldgado lachte glucksend. Er kannte Henrys Befürchtung, von irgendeinem »Ismus« vereinnahmt zu werden, auch dem Ismus des Anarchismus. »Mendoza kannte den alten Don Horácio Peñasco von früher und steht über eine Neonazigruppe mit Diego Peñasco im Knast in Verbindung.«

»Du hast gut recherchiert. Auch im Knast?«

»Wenn man genügend bezahlt, kriegt man im Gefängnis alles, auch als Bulle, wie du sagen würdest.«

»Wie ist das zu verstehen? Hast du Auslagen gehabt?«

»Versteh es, wie du willst. Wann kommst du zurück?«

»Ich habe noch was zu erledigen.«

»Ach – der Mord an Amber? Alle Welt schreibt darüber und die möglichen Hintergründe. Ich wusste bisher gar nicht, wo Baden-Baden liegt.«

»Es hat nichts mit dem Mord zu tun, Isabella hat mich das auch gefragt. Nein, die Baden-Baden Wine Challenge ist glücklicherweise vorbei, ich habe nur noch Winzerbesuche vor mir, nächste Woche bin ich zurück.« Henry zweifelte in diesem Moment, dass ihm der Capitán das abnahm. Seine Skepsis wurde sogar in seiner Stimme hörbar.

»Na hoffentlich! Isabella hat mir was anderes erzählt.«

Henry ärgerte sich über Salgados letzten Satz. Er hatte versucht, Isabella zu beruhigen, und ihren Verdacht zerstreut, dass ihn der Mord an Amber beschäftige. Es schien, als hätte alles nichts genutzt. Sie kannte ihn zu gut.

Henry packte seinen Koffer und freute sich auf die grünen Terrassen des Kaiserstuhls, freute sich auf die frische Luft, auf den weiten Blick und darauf, wieder mit einem Winzer oder einer Winzerin durch die Weinberge zu klettern, na, zurzeit war er nicht so gut zu Fuß. Zur Not würde er auch den einen oder anderen Keller besichtigen, wenn die Treppe nicht zu steil wäre, und gute Weine probieren, ohne Punkte und Medaillen vergeben zu müssen. Abends würde er mit Gatow im Garten vom »Il Calice« die Beine von sich strecken und das trinken, was er tagsüber probiert hatte, einen Espresso, einen Tresterbrand, woher auch immer, und Franks Geschichten von seinen Reportagen hören, knapp hundert Meter vom Bett entfernt. Man konnte bei offenem Fenster schlafen, Mücken gab es noch nicht, und das Vorbeifahren eines späten Autos am Hotel würde die Stille nur umso eindringlicher hörbar machen.

Der Koffer war gepackt, die Aktentasche mit dem Laptop stand daneben, Henry warf einen letzten Blick durchs Zimmer, sah das Telefon – und die Erleichterung wich schon wieder diesem Gefühl von Beklommenheit, das ihn die letzten Tage über begleitet hatte. Würden Ambers Mörder, jetzt da sie ihr Ziel erreicht hatten, ihn in Ruhe lassen, oder war er ihnen nach wie vor zu gefährlich? Er bat, dass jemand seinen Koffer abholte und zum Wagen in die Tiefgarage brächte, zahlte an der Rezeption, was er aus der Minibar entnommen hatte, und fragte ohne tiefere Absicht nach Frau Schönhals.

Sie habe frei, sagte der Rezeptionist. Nein, meinte eine Kollegin, die Henrys Frage mitbekommen hatte. Frau Schönhals habe einen Anruf bekommen, dass sie dringend nach Ihringen fahren sollte, wo ihre Mutter lebe, die sei plötzlich erkrankt. Ob er eine Nachricht hinterlassen wolle? Nein?

Wie gut, dass Henry sich für den Rest des Tages außerhalb des Ortes unter die Tannen des »Il Calice« in einen Liegestuhl zurückziehen und sein lädiertes Bein kühlen und hoch lagern konnte. In der Tiefgarage blickte er sich um und gestand sich ein, dass er nach einem großen schwarzen BMW suchte. Da standen drei. Während er sich in seinem Wagen einrichtete, irrte sein Blick ständig von einem zum anderen, obwohl er nicht glaubte, dass der Anschlag auf dieselbe Weise wiederholt würde. Zu seiner Erleichterung tat sich nichts.

Die strahlende Sonne draußen ließ ihn aufatmen. An der Hauptstraße bog er rechts ab, hielt an der Ampel vor dem Tunnel, und beim Anblick des berühmten Lichts am Ende der Röhre rasten die Ereignisse der letzten Tage an ihm vorbei. Er begriff sie als Knäuel unentwirrbarer Ereignisse, als eine Flut von Bildern, einen Wust positiver, negativer und undefinierbarer Gefühle einer Vielzahl von Menschen gegenüber. Er war mit großen Erwartungen an eine illustre internationale Gemeinschaft aufgebrochen, leider waren die guten Eindrücke von Gewalt, Erpressung und Verdächtigungen überlagert worden. Man hatte ihm übel mitgespielt. Sicher, es wäre anders gelaufen, hätte er diesem Politiker gegenüber den Mund gehalten und wäre einfach aufgestanden und wortlos gegangen. Es wäre anders gelaufen, wenn er beim Roulette nicht gewonnen hätte, es wäre anders gelaufen, wenn er in Spanien geblieben wäre. Es wäre anders gelaufen, wenn der Hund nicht gesch…

Das Beste an der ganzen Sache war, dass sich die Freundschaft zu Frank entwickelte. Und auch Antonia Vanzetti war ein interessanter und angenehmer Mensch. Nur dass sie sich dauernd von diesen Winzern hatte belatschern lassen, hatte für Distanz gesorgt. Was zwischen denen und der Schönhals lief, konnte ihm egal sein. Neureuther sollte sich darum kümmern.

Die Einladung, mit Isabella eine Woche auf Antonias Weingut zu verbringen, hatte er gerne angenommen – und mit dem Gedanken an Ferien in der Toskana fuhr Henry wieder auf die Autobahn. Er brauchte jetzt nur geradeaus zu fahren, quer durch die Schweiz, über den Brenner, an Verona und Bologna vorbei ... es wäre zu schön. Nein, er sollte nach Basel fahren und dort die nächste Maschine nach Bilbao nehmen, dann wäre er drei Stunden später bei Isabella.

Die Sonne schien, der Verkehr rollte, zumindest für heute hatte Henry keine Verpflichtungen mehr, erst für morgen um neun Uhr war er mit einem Winzer in Endingen verabredet, und als die sanfte Höhenlinie des Kaiserstuhls aus dem Dunst auftauchte, fühlte Henry sich unendlich erleichtert. Die Ausfahrt war bekannt, hinter Riegel bog er richtig ab, für eine Weile fuhr die Kaiserstuhlbahn neben ihm her, und Henry dachte daran, wie schön es wäre, mit ihr dieses grandiose und gleichzeitig familiär wirkende Massiv zu umrunden, ganz in Ruhe, ohne Winzerbesuche, ohne sich nach jedem Weinstock umzudrehen und bei jedem Schritt nach einem Stein zu greifen, den der Winzer ihm erklärte. Ein Gläschen Wein durfte schon dabei sein, denn genossen hatte er in den letzten Tagen beim Probieren wenig.

Als er auf den Parkplatz des »Il Calice« einbog, sah er, dass nicht ein Platz mehr frei war, im Garten tobte ein Volksfest, die Stimmung war bombig, Freiburgs und Basels Schickeria war versammelt, unterstützt von einigen italienischen Juroren, die froh waren, der Anspannung und den Spekulationen über Ambers Mörder entkommen zu sein. Sie hatten Tische und Stühle zusammengerückt und feierten lautstark den Geburtstag einer der ihren. Entspannung war hier nicht zu erwarten. Sich in diesen Tumult hineinzuwerfen war für Henry das Letzte, was er sich vorstellen konnte. Sein Bedarf an folgenschweren Begegnungen war gedeckt. Frank Gatow sah es ähnlich. Er war gerade erst aus Freiburg zurück, wohin er seine Frau zum Zug nach Basel gebracht hatte. Von dort aus fuhr sie mit dem Schlafwagen weiter nach Florenz.

»Aber ein Kaffee muss sein, bevor wir das Weite suchen. Antonia ist zwar abgereist, aber diese Winzer, mit denen sie auch in Baden-Baden dauernd zusammenhockte, sind geblieben, leider.«

Die beiden Männer traten ans Fenster und schauten hinunter in den Garten. Die Valianos, nicht ganz im Zentrum des Trubels, waren Henry zuwider, er würde ihnen aus dem Weg gehen. »Weshalb fahren sie nicht nach Hause? Wie lange bleiben sie?«

»Scheint dich ja mächtig zu beunruhigen. Ich nehme an, sie ruhen sich von der Challenge aus, wie alle anderen auch. Bis runter nach Kalabrien haben sie eine lange Tour vor sich. Und sie sind mit den Wirtsleuten gut bekannt, wie mir Antonia erzählte. Die Chefin wollte auch gleich Antonia an ihre Brust drücken, aber sie lässt sich ungern umarmen, es müssen einem ja nicht alle sympathisch sein, auch wenn es Italiener sind, meinte sie, noch dazu, wenn es sich um Kunden handelt.«

»Hat ihr Mann sich übers Wochenende noch weitere Körperteile abgeschnitten?«

»Keine Ahnung, hoffentlich nicht. Er verstümmelt sich, weil er sich nicht traut, das Messer in die andere Richtung zu führen.«

»Sagt das der Psychologe in dir?«

»Bei seiner Frau kommt mir nur Marcello Mastroianni und seine ›Scheidung auf Italienisch‹ in den Sinn.«

»Lass uns an den Rhein fahren, nach Breisach, ich brauche den beruhigenden Anblick von Wasser. Wenn ich schon nicht das Mittelmeer vor der Haustür habe, dann wenigstens einen Fluss. Wir könnten dort was essen. Jeder andere Laden ist ruhiger als dieser Garten der Lüste.«

Gatow ging erfreut auf den Vorschlag ein.

Die Wirtin kam in einem Schwall italienischer Redensarten auf sie zu, sie war erstaunt, Henry am Stock zu sehen. Erst blieb sie stehen, dann fasste sie ihn mitleidig am Arm, als wolle sie ihn führen. »Sie Ärmster, Sie hatten einen Unfall?«

Du Schlange, dachte Henry und machte sich diskret los.

»Wie gut, dass wir Ihr Zimmer noch nicht anderweitig vergeben haben.« Dann stimmte sie ein gewaltiges Lamento an, dass man ihre Küche verschmähe, sie betrachtete es quasi als persönliche Beleidigung, doch es war pures Theater, denn nicht ein einziger Platz, geschweige denn ein Tisch waren auf der Terrasse oder im Garten frei. Auch drinnen war alles besetzt.

Auf diese Weise kam Henry in den Genuss, mit dem Lancia gefahren zu werden, was er beim regen Verkehr kaum genießen konnte, denn die Straßen waren verstopft, besonders in den engen Ortschaften, und vor Wasenweiler ging gar nichts mehr. Merkwürdigerweise kam ihnen kein einziges Fahrzeug entgegen.

»Das kann nur heißen, dass sich irgendwo da vorn ein Unfall ereignet hat. Jetzt auf Umwegen oder über Oberbergen nach Breisach zu kommen, kann Stunden dauern, und ich kenne mich nicht aus. Ich schlage vor, wir wenden und fahren zurück.«

Der Vorschlag war Henry auch recht. In der Kneipe, wo er Templin getroffen hatte und wo auch jeder Platz besetzt und für den Abend bereits reserviert war, bekamen sie den

Tipp, es in Bahlingen bei der Straußenwirtschaft »Auf dem Buck« zu versuchen, aber sie sollten sich beeilen, die sei oft sofort nach dem Öffnen überfüllt.

Die Wirtschaft lag versteckt über dem Ort am Hang. Die beiden Männer mussten sich mit anderen einen Tisch teilen, zumindest hatten sie die Plätze am Geländer und damit einen grandiosen Ausblick auf den Schwarzwald, auf Freiburg und den östlichen Rand vom Tuniberg, wo wegen des kalkhaltigen Bodens charakterlich andere, aber ähnlich gute Weine wie am Kaiserstuhl wuchsen. Für die nächsten Tage hatte Henry dort einen Termin im Weingut Kalkbödele vereinbart, er wollte, wenn er denn schon mal hier war, auch an den Burgundern vom Kalkboden geschnuppert haben.

Erst einmal schnupperten sie an der Wein- und Speisekarte. Bei den Weinen war alles klar, es musste ein Spätburgunder sein. Nur war die Frage, ob man sich für den ohne oder mit Barriqueausbau entschied. Von jedem konnte man ja eine halbe Flasche bestellen, beide waren von der DLG prämiert. Henry hielt die Prüfer dort für unabhängig und gewissenhaft. Beim Weinbauverband war er sich da nicht mehr so sicher. Helmar Schumacher, der Winzer, machte die Arbeit im Keller und im Weinberg allein, dreieinhalb Hektar lagen für einen Einzelgänger an der Obergrenze des Machbaren.

Schwenkbraten vom Schwein gehörte zu den Rennern. Die Spinatlasagne war nichts für Frank, Lasagne gab es zu Hause täglich, er entschied sich fürs Vesperbrett mit Wurst und Speck. Henry nahm die Bauernwürste mit dem berühmten Kartoffelsalat.

Das Essen war im Gegensatz zur Hotelküche eine Erholung. Es diente ihnen einige Zeit als Vorwand, um nicht über die Dramen der letzten Tage zu reden. Beide umgingen die harten Themen und wussten doch, dass sie unvermeidlich waren, zumal Frank von Hecklers Erpressung wusste.

»Wie wirst du den Hals aus der Schlinge ziehen? Bitte nicht mit einem Mord«, flachste er, und wusste sofort, dass diese Worte ein Missgriff waren.

»Über meine alten Verbindungen habe ich einiges über Heckler herausgefunden. Da zieht er es vor, diese Informationen unter der Decke zu halten, als mich weiter unter Druck zu setzen.«

»Schön formuliert, wachsweich. Nur wer den Sachverhalt kennt, weiß, was gemeint ist.« Frank grinste und nickte zustimmend. »Erpresser gegen Erpresser, so wird es sein! Ist damit die Suche nach Ambers Mörder vorbei?«

»Ich hatte zwischendurch anderes zu erledigen.«

»Was ist mit der Wanze, was mit dem Frontalangriff auf dich? Da kommt was nach – tu nicht so, als ob es erledigt wäre, das ist Vogel-Strauß-Politik. Ich sehe euch nicht, liebe Gangster, dann tut mir bitte auch nichts. Das Verbrechen ist zu klar, zu direkt und zu perfekt ausgeführt, als dass wir Zufallstäter vor uns hätten.«

Wenn andere laut sagten, was man selbst verdrängte, wurde es schwierig, sich vor einer wie immer gearteten Wahrheit zu verstecken. »Ich hoffe, dass sie abgereist sind«, sagte Henry und merkte selbst, wie kleinlaut das klang. »Der oder die Mörder haben ihr Ziel erreicht, Amber ist tot, das haben sie gewollt. Jede weitere Aktion zieht mehr Aufmerksamkeit nach sich.«

»So wie du die Sache geschildert hast, wissen sie durch die Abhöraktion von Hecklers Forderung. Sie wissen aber nichts von einem möglichen neuen Arrangement. Also stehst du meiner Meinung nach weiter auf der – ich sag es ungern – Abschussliste!«

»Meinst du das ernst? Willst du mir den Kartoffelsalat verderben?«

»Bei solchen Dingen scherze ich nicht, übrigens, mein Spätburgunder hier ist spitze. Wie machen die so gutes Zeug?«

Henry nahm die Flasche in die Hand und schaute aufs Etikett. »Die Lage ist wichtig, der Winzer hat die Klone ausgesucht, er macht den Rebschnitt nach seinen Vorstellungen, entscheidet über den Lesezeitpunkt und das Lesegut …«

»Danke, das reicht, darüber kannst du dann mit meiner Frau reden, wenn ihr zu uns kommt, von morgens bis abends. Du siehst vom Gästezimmer direkt auf die Weinberge. Ich nehme dann deine Frau mit in die Uffizien oder nach Siena. Liebt sie Kunst?«

»Holländische Meister, Goya und moderne Malerei, Miró, sonst ist sie politisch!«

»*Dios me ne guardi*, Gott schütze uns. Italien erlebt mal wieder einen Rückfall ins Mittelalter. Da kann sie sich einmischen.«

»Und wie lebt es sich im Mittelalter?«

»Jeder gegen jeden, und alle für den, der am besten zahlt. Ich verdufte, mache mir meine eigene Welt, mit meinen Bildern schaffe ich den emotionalen Rahmen, damit andere bereit sind, ihr Geld für die überteuerten Weine auszugeben, die du ihnen empfiehlst. Ohne die Rubel der Oligarchen wären wir längst pleite.«

»Das führt mich zu Amber. Du hast bisher kein Wort dazu gesagt, was du hinter dem Mord vermutest.«

Frank Gatow wurde schlagartig ernst. »Es ist ein heikles Thema. Antonia und ich haben selbstverständlich darüber gesprochen, aber kein Wort zu anderen. Niemand lehnt sich aus dem Fenster.« Er beugte sich zu Henry, nachdem er sich vergewissert hatte, dass die Tischnachbarn mit sich selbst beschäftigt waren. »Ehrlich gesagt halte ich das für eine Strafaktion – für eine Hinrichtung. Alle Welt sollte es erfahren. Und genau das haben sie erreicht. Die Gründe dafür? Da hat sich einer nicht an die Regeln gehalten.«

»Und wer sind *sie*?«

Als sie später Donna Rebecca, der Wirtin des »Il Calice«, gegenübersaßen – die Sonntagsgäste hatten allesamt das Hotel verlassen –, mussten sie und die beiden italienischen Juroren, die sich hinzugesellt hatten und auch stiller geworden waren, in aller Breite von der Challenge berichten. Besonders interessierte die Wirtin die Maßnahmen der Polizei, ihre Fragen und ob es bereits Verdächtige gäbe. Dann kam das Motiv zur Sprache. Frank Gatow verlor kein Wort über die zuvor erwähnte Strafaktion, sehr zu Henrys Erstaunen. Der Fotograf vertrat in diesem Kreis die Ansicht, dass ein Winzer, dem Amber finanziell geschadet haben mochte, den Mord in Auftrag gegeben haben könnte. In dieser Richtung solle sich die Polizei bewegen, aber diesen Winzer würde niemand finden. Die Wirtin verkündete felsenfest die Ansicht, dass ein Ehemann den Seitensprung seiner ruchlosen Ehefrau mit Amber gerächt habe, Ambers Eskapaden seien bekannt, und dem Menschen sei bekanntlich kein Verbrechen fremd. »Liebeshändel – dabei bleibe ich. Außerdem sind deutsche Polizisten Stümper!«

»Die italienische Polizei ermittelt besser?«, fuhr Henry dazwischen. »Was haben Sie bei Mord für eine Aufklärungsquote? Bei Bankenkriminalität, bei Verbrechen der Mafia oder Camorra – von käuflichen Abgeordneten ganz zu schweigen?« Frank trat ihn unter dem Tisch als Zeichen, die wenig hilfreichen Einwürfe zu unterlassen.

»Ich habe sie ständig im Haus, diese Deutschen.« Die plötzliche Verachtung in Donna Rebeccas Stimme erschreckte Henry, aber so sprach sie wohl nur unter Ihresgleichen, wenn kein Widerspruch zu erwarten war, auch Frank nahm sie als Landsmann. Henry zählte anscheinend nicht, oder er diente ihr lediglich als Opfer. Er fragte sich, was wohl der Deutsche in ihrer Küche dazu sagte, dessen schrille Stimme bis hierher zu hören war. Der arme Koch brauchte dringend Urlaub. Küchendienst war Totalstress bei Dauerhitze, aber statt sich zu ihnen in den Garten zu setzen, reagierte er sich am Personal ab – oder säbelte sich wieder in die Finger?

»Wenn sie nicht von hier sind oder auf Firmenkosten essen, dann sind sie geizig, nicht nur beim Trinkgeld.« Donna Rebecca hatte sich in Rage geredet. »Den Wein würden sie am liebsten vorher bei Aldi kaufen und mitbringen, eine spanische Gran Reserva für 6,99!« Das war ein Seitenhieb auf Henry. »Beim Frühstück reden sie so leise wie bei uns nicht mal während der Beichte, sie flüstern, als würden sie abgehört.«

Henry bildete sich ein, dass ihre Augen ihn in diesem Moment kurz gestreift hätten. Der Blick erinnerte ihn an den Vorsatz, mit seinem Mobiltelefon nur noch im Wald zu telefonieren. Im Auto konnte eine Wanze sein, oben in seinem Zimmer … oder packte ihn jetzt der Verfolgungswahn?

»Angst haben sie oder werden frech. Dazwischen gibt's nichts. Das mit der Zuverlässigkeit ist längst vorbei, die Tische werden bestellt, und dann kommt niemand. Ordnungsliebend? Seht euch mal nach einem Sonntag die Toiletten an, nicht anders als bei uns. Ganz lächerlich wird es, wenn sie mit ihren paar Brocken Toskana-Italienisch hier aufschlagen. Und nicht einmal nach der dritten Flasche Wein fangen sie an zu singen.«

»Dann verkaufen Sie ihnen eben die vierte, dann verdienen Sie wenigstens was, Signora Rebecca«, sagte Henry lapidar, griff den Stock und stand auf.

Im Gegensatz zu seiner sonstigen Gewohnheit schloss Henry in dieser Nacht seine Zimmertür sehr sorgfältig ab.

Schätzle rief gegen acht Uhr früh an und bat Henry, ihr Treffen auf den Nachmittag zu verschieben, eine Maschine sei am Wochenende kaputtgegangen, sie hätten seit sieben Uhr den Monteur da, es sei eine komplizierte Angelegenheit. Die Intervallschaltung sei defekt, mit der man die Gescheine ausblies.

Diese Maschine wurde nicht überall verwendet; es war ein Traktor mit einem aufgesetzten Gebläse, das beim Durchfahren der Rebzeilen in Höhe der sich bildenden Trauben ruckartig einen harten Luftstrahl ausstieß. Dabei wurde ein Teil der Blüten weggepustet. So bildeten sich weniger Beeren an der Traube, die übrigen hatten Platz zum Wachsen, standen nicht zu dicht, Wind und Sonne trockneten die Trauben besser, und sie boten Fäule und Pilzen keine Angriffsfläche. Man konnte sich den einen oder anderen Spritzendurchgang sparen.

Statt Schätzle hatte der Freiherr von Gleichenstein an diesem Vormittag Zeit, um Henry zu empfangen. Gatow, der für die Tage nach der Challenge keinen Arbeitsplan aufgestellt hatte, wollte mitkommen, »wenn ich nicht störe«. Außerdem interessierten ihn die deutschen Freiherren. »Bei uns repräsentieren sie lieber, aber es gibt auch Ausnahmen, wie unsere Nachbarn, die Grafen von Brolio und Ricasoli, es sind sehr angenehme Zeitgenossen.«

»Wenn du keine dummen Fragen stellst und niemanden kompromittierst, und wenn dir mein Passat recht ist, bei deinem Lancia steigen gleich die Preise, darfst du mich gern begleiten. Außerdem brauche ich den Wagen, ich muss Proben mitnehmen.«

»Lass sie dir schicken. Und wenn du aus dem Bild gehst und mir nicht im Licht stehst, kriegst du nachher auch brauchbare Fotos.«

»Das ist aber brav«, sagte Frank, als Henry auf das Klingeln seines Mobiltelefons – »Schwanensee« als Rufton – anhielt und ausstieg.

Es war Kommissar Neureuther. »Sie haben mich vor kurzem gefragt, ob eine Frau Schönhals in der Mordnacht Dienst im Hotel hatte, ist das richtig?«

»Und Sie sagten, es sei nicht der Fall gewesen. Ist das richtig?«

»Richtig. Würden Sie die Güte haben und mir sagen, was Sie zu dieser Frage bewogen hat?«

»Nur wenn Sie, Herr Neureuther, mir anschließend ehrlich sagen, was Sie zu dieser Frage veranlasst hat. Und noch etwas. Welche Gewähr habe ich, dass das, was ich Ihnen erzähle, nicht an die Ohren Dritter gelangt?«

Eine Gewähr bot er nicht, er versprach aber größte Umsicht, und während Henry ihm erklärte, er sehe Frau Schönhals als mögliche Brücke zu den Mördern, es handele sich jedoch um nichts weiter als einen vagen Verdacht, beobachtete er Frank, der sich rücklings ins Gras der Böschung legte und in den von Schleierwolken durchzogenen blassen Morgenhimmel schaute. Henry beneidete ihn um seine Gelassenheit, Frank berührte die ganze Angelegenheit viel weniger, aus verständlichen Gründen, und aus genauso verständlichen Gründen hätte Henry sich gern auch so unbefangen bewegt.

»Ihre Brücke, wie Sie es nennen, ist eingestürzt«, meinte Neureuther, »was Ihren Verdacht bestätigt – und jetzt womöglich auch meinen.«

»Was heißt eingestürzt?« Henry hatte Trümmer vor Augen und darunter sah er …

»Es hat sich gestern auf einer Landstraße bei Ihnen in der Nähe ein schwerer Unfall ereignet …«

»Vor Wasenweiler? Die Straße war gesperrt.«

»… Frau Schönhals ist verunglückt, sie wird nicht durchkommen, wie die Ärzte meinen, sie ist auch nicht vernehmungsfähig. Unsere Ermittlungen ergaben, dass sie telefonisch nach Ihrigen bestellt wurde, ihrer Mutter sollte es sehr schlecht gegangen sein, das Herz, aber die Mutter ist putzmunter, na ja, jetzt nicht mehr.«

»Jetzt verstehe ich das mit der Brücke. Hat sie sich also den schönen Hals gebrochen. Schlechter Umgang, würde ich annehmen, die falschen Freunde.«

»Was ist mit diesem Winzerehepaar, von dem Sie sprachen. Sehen Sie das als sinnvoll an, in dieser Richtung …«

»Sie hören mir ja doch zu, Herr Kommissar. Was hat den Sinneswandel bewirkt?«

»Sie weichen wieder aus, Herr Meyenbeeker. Ich hatte nach den Winzern gefragt.«

»Wir logieren im selben Hotel. Sie könnten deren Hintergrund überprüfen. Aber ich habe eine bessere Idee, ohne dass die Maulwürfe in Ihrer Behörde spitze Ohren kriegen …«

»Eines noch, das sollten Sie wissen. Frau Schönhals hat einen italienischen Mädchennamen. Die Eltern kamen aus Kalabrien als Gastarbeiter her.«

»Dann ziehen Sie sich mal warm an, Herr Kommissar. Sie wissen, was das bedeutet. Was ist mit Personenschutz?«

»Wir wollen es nicht übertreiben. Ich glaube, Sie können ganz gut auf sich selbst aufpassen …«

Frank wollte seine italienischen Verbindungen spielen lassen, um mehr über das Winzerehepaar und deren Kellerei bei Strongoli herauszufinden. Für Henry stand fest, dass er nach Neureuthers Nachricht nicht über Oberbergen nach Oberrotweil fahren würde, sondern außen herum über Ihringen. Er musste die Unfallstelle sehen.

Eine Hand legte sich um seinen Hals, ein Ring um seinen Magen. Er brauchte Gewissheit. Wenn es die Stelle war, an der Templins Frau und Sohn umgekommen waren, dann hatte er – unbeabsichtigt – den Plan zum Mord oder Unfall geliefert. Ihm wurde übel, er hielt an und stieg aus. Rechts neben der Straße begann der Wald, links lagen Wiesen in sattem Grün. Der erste Grasschnitt des Sommers wurde fällig. Henry hörte Lerchen, sah die Schwalben, erste Sommerblumen waren aufgeblüht, und ihm war kotzjämmerlich zumute.

»Du darfst dir keine Vorwürfe machen. Das ist in diesem Fall nicht angebracht!« Franks Worte waren nicht mitfühlend, sondern kategorisch. »Diese Leute machen, wenn meine Vermutung richtig ist, das unter sich aus. Wenn du ihnen in die Schussbahn gerätst, hast du Pech, es hat nichts mit dir zu tun, und auch das ist denen egal. Ein Kollateralschaden geht denen am Arsch vorbei wie den deutschen Soldaten die toten Zivilisten in Afghanistan. Wer nicht zu mir gehört, ist ein Taliban.«

»Du vermutest«, Henry wagte kaum, das Wort auszusprechen, denn bei der Dimension wurde ihm schwindlig, »du vermutest die Mafia?«

»Nein, die 'Ndrangheta, die kalabrischen Gangster. Sie wissen, wie wenig ihr eigenes Leben wert ist, also gehen sie mit dem Leben anderer genauso brutal um. Entweder die oder ich. Amber und diese Frau werden dazwischengeraten sein, und du auch. Wie gnadenlos sie sind, hast du bemerkt. Das ist nicht Affekt, das ist Kalkül. Das wussten alle, gleich nach dem Mord war es klar. Hättest du nicht so gut reagiert, wärest du jetzt tot und nicht sie. Mitleid ist völlig fehl am Platze.«

»Wenn du aussteigen willst, Frank – ich kann's leider nicht mehr, auch wenn ich wollte.«

»So oft, wie ich mit dir in den letzten Tagen gesehen wurde, wird mir das Aussteigen schwerlich gelingen. Die werden es mir nicht abnehmen, dass ich nichts weiß. Also – reg dich ab.«

Henry erkannte die Unfallstelle wieder. Genau hier waren Templins Frau und Sohn verunglückt. Er fuhr ein Stück weiter und hielt auf dem Grünstreifen zwischen zwei Bäumen. Frank beobachtete beim Aussteigen die Umgebung genauso aufmerksam wie er. Zwischen Niedergeschlagenheit und Kampfgeist hin- und hergerissen gingen sie zum Tatort. Spuren waren reichlich vorhanden. Wer sie zu deuten wusste, so wie Henry, konnte sich den Hergang des »Unfalls« genau ausmalen.

Frau Schönhals war aus derselben Richtung gekommen

wie sie, dann war von rechts aus dem Kapellenweg ein Wagen herausgeschossen, und um den Zusammenprall zu vermeiden, musste die Schönhals das Steuer ihres Wagens nach links gerissen haben und war gegen einen der eng stehenden Straßenbäume geprallt.

Die Kerzen, die Blumen und das zerbrochene Kreuz hatte sicher Templin hier aufgestellt. Alles lag weit verstreut herum, als hätte der zweite Unglückswagen sich denselben Weg gesucht. Für Henry war der Unfall genau in der gleichen Weise abgelaufen wie der erste. Templins ehemaliger Fahrer kam Henry in den Sinn. Jemand, der beruflich viel unterwegs war, kannte das hiesige Fahrverhalten, die Straßen und ihre Beschaffenheit, wusste, wo und wie Menschen in kritischen Situationen reagierten. Und wenn ein schwarzer BMW auf dem Feldweg gestanden hatte und in dem Moment losgerast war, als die Schönhals gekommen war?

Frank suchte wie ein Spürhund den asphaltierten Weg ab, der zu einem Friedhof führte. »Wie makaber, an einer solchen Stelle zu sterben«, sagte er und winkte Henry herbei. Er zeigte auf schwarze Flecken auf dem grauen Asphalt. »Das hat dein Kommissar wahrscheinlich übersehen. Es sind Abriebspuren durchdrehender Reifen. Die müssen voll aufs Gas gegangen sein, als die Schönhals kam.« Frank fotografierte die Spuren aus der Nähe, dann nebst Umfeld und Hintergrund, um sie richtig einzuordnen. Langsam ging er zum Wagen zurück.

»Lass uns lieber darüber nachdenken, wie wir aus der Scheiße rauskommen.«

Henry lachte laut auf. »Mit einem guten Glas Wein geht's besser. Lass uns sehen, was der Freiherr zu bieten hat.«

Der Empfang durch den jungen von Gleichenstein war so herzlich, wie er bei einer ersten Begegnung sein konnte. Franks Anwesenheit störte nicht, er konnte seine Kamera sehr diskret handhaben und überließ Henry das Feld der tausend Fragen. Sie nahmen hinter dem großen Haus an der Hauptstraße in Oberrotweil auf der Terrasse Platz. Es wäre für Henry ein idealer Ort zum Schreiben gewesen: Blumen ringsum, die Wirtschaftsgebäude rechts, der alte Park links und dahinter die ersten Weingärten. Es würde wieder ein sehr warmer Tag werden, doch ein Sonnenschirm machte den Aufenthalt sehr angenehm.

Johannes von Gleichenstein betrieb mit seiner Frau Christina das Weingut in elfter Generation. Um 1634 hatten die Vorfahren Hof und Ländereien des ehemaligen Benediktinerklosters St. Blasien gekauft. Der junge Freiherr hatte in Geisenheim studiert, was ihm zu theoretisch gewesen war, so hatte er die Ausbildung als Weinbautechniker beendet. Nach Aufenthalten in Australien und den USA war er zurückgekommen, hatte mit zweiundzwanzig Hektar begonnen und bewirtschaftete heute fünfunddreißig. Weitere fünfzehn Hektar sollten demnächst dazukommen.

Von der Challenge hielt er nicht viel, der Fachhandel wolle keine Münzen auf der Flasche, auch wenn im Supermarkt prämierte Weine standen, erzielte der Winzer seiner Meinung nach trotzdem einen schlechten Preis. Die unterschiedlichen Qualitätsstufen, von Kabinett bis zum Ersten Gewächs, fanden in den Bewertungen keine Entsprechung. Man hätte Kategorien bilden müssen. Die Einladung, seine Weine beim Hamburger Wettbewerb zur Bewertung einzureichen, habe er gleich verworfen, wohl aber den Rotweinpreis der Zeitschrift Vinum angenommen.

Die Welt ist voller Widersprüche, dachte Henry und hielt von Gleichenstein auch nicht für den typischen Kandidaten für diese Art Wettbewerbe.

Der junge Winzer und Geschäftsmann wandte in seinem Betrieb eine Reihe von Methoden an, die Henry durchaus für sinnvoll hielt. Waren bei Übernahme des Gutes noch dreizehn Rebsorten gekeltert worden, so hatte von Gleichenstein sie bis auf sieben reduziert. »Der Kaiserstuhl muss

Burgunderland werden«, sagte er, deshalb stand für ihn diese Rebfamilie im Vordergrund. Müller-Thurgau, Muskateller und Chardonnay dienten der Sektherstellung.

Diese Einschränkung war vernünftig, nicht nur aus Sicht des Winzers. Welcher Kunde fand sich in einer Preisliste mit siebzig Produkten zurecht? Wer sollte sich in den Jahrgängen und ihren Unterschieden auskennen? Und dann kamen noch die verschiedenen Preise dazu. Wer verstand, weshalb die Spätlese des Vorjahres billiger war als die aktuelle? Wollte der Winzer den Keller leer haben? Der Freiherr löste das Problem auf seine Weise: Der neue Jahrgang wurde erst angeboten, wenn der Vorjahreswein verkauft war. So hielten es auch Peñasco und Lagar.

Während Frank mit der Kamera dem Kellermeister von Fass zu Fass nachschlich, wurde das Gespräch auf der Terrasse häufig unterbrochen. Ein Techniker meldete sich, weil der Heizkessel nach Gas roch. Wegen eines Grundstücks führte von Gleichenstein ein längeres Telefonat, dann kam die kleine Tochter weinend angerannt, sie hatte sich den Finger geklemmt, und dann wollte der Kellermeister wissen, an welche Stelle er das neue Fass legen sollte. In der Ferne hörte man eine Kreissäge jaulen, irgendwo lief ein Motor, und das Zischen des Rasensprengers leitete die Weinprobe ein, zu der auch Frank sich wieder gesellte.

Alle Weine waren makellos. Bei den Weißburgundern stieß die trockene Spätlese bei Henry auf viel Liebe. Frische und Gehalt hielten sich hier schön die Waage, es war ein Wein, der seine Aromen zeigte und dessen Geschmack im Munde lange nicht verging. Franks Favorit war die Grauburgunder Spätlese mit dem Geschmack reifer Früchte und einem Hauch von Vulkanasche für den, der dieses Aroma zu deuten wusste. Bei dieser Rebe stand Henry mehr auf den Baron Louis, der Geschmack des Holzfasses, in dem die Spätlese ausgebaut worden war, blieb diskret und gab dem Wein mehr Schmelz.

Bei den Roten Burgundern war es schwer, einen Rang zu vergeben, nach all dem, was Henry in den letzten Tagen probiert hatte. Unter diesen fünf war nicht einer, der ihn langweilte. Mal waren sie ertragsreduziert, mal im gebrauchten Barrique ausgebaut, mal war es eine Zweitbelegung des Fasses oder ein Wein, der nach der Kaltmazeration sechs Tage bei zehn Grad im Tank gelegen hatte, um die Gärung hinauszuzögern. Hinzu kam eine unterschiedliche Lagerung im Stückfass, im Barrique und auf der Flasche. Johannes von Gleichenstein und sein Kellermeister, Odin Bauer, studierter Önologe, kannten das Klavier, auf dem sie vierhändig spielten.

Das werden wir von nun an auch tun, dachte Henry mit Blick auf Frank, als sie zum Mittagessen in die »Sonne« fuhren. Vier Augen sehen mehr als zwei, und es ist für uns beide bei weitem sicherer – und vielleicht sogar lebensnotwendig? Sie konnten sich gegenseitig Deckung geben.

17

Bedenkzeit

Der Wirt betrachtete Henry wie einen Eindringling. Dass ihn ein zweiter Mann begleitete, gefiel dem Mann am Zapfhahn noch weniger. Hatte er Angst, dass man ihm einen seiner besten Zecher abspenstig machte, der in seiner Ecke saß und sich die Tagesdosis verpasste?

Bei seinem ersten Besuch hatte Henry der Einrichtung des Gasthauses »Sonne« keinen Blick geschenkt, heute aber unterzog er seine Umgebung einer genauen Überprüfung, konnte er sich doch vorstellen, dass die »Glorreichen Drei« seine zukünftigen Schritte überwachten. Sie würden nicht kampflos aufgeben. Hecklers Einlenken war mit Vorsicht zu genießen, das hatte auch Frank angeraten, »mit äußerster Vorsicht. Derartige Leute geben selten klein bei!«

Außerdem passte die Einrichtung der »Sonne« weder zu Templin noch zum Stil seiner damaligen Weine. Sie waren modern und klar gewesen, weder aufgezuckert noch altbacken.

Templin saß an einem runden, weiß gescheuerten Tisch in der Ecke unter einem Leuchter aus Eichenimitat, dessen vier gelbliche Glaskuppeln, ausgerichtet nach den vier Himmelsrichtungen, den Winzer krank aussehen ließen. Das Licht machte ihn zum Hepatitis-C-Patienten, und die Falten wirkten wie Ackerfurchen.

Decken und Wände waren mit allerlei Utensilien dekoriert, die bereits vor dreißig Jahren im Weinbau und der

Landwirtschaft überflüssig geworden waren. Die Sitzkissen auf den Stühlen und der Eckbank waren großblumig gemustert und ließen die Strohblumen in den Vasen auf den halbhohen Trennwänden zwischen den Sitzgruppen noch vertrockneter erscheinen – doch von Sonne wie im Namen des Restaurants keine Spur.

Was hatte Templin hierher verschlagen? Man konnte es in dieser Kneipe mit Zigeunerschnitzel, Jägerschnitzel, Schnitzel Natur und Wiener Schnitzel nur aushalten, wenn man entweder einen Plan verfolgte, sich versteckte oder sich aufgegeben hatte. Die Umgebung verstärkte den Zustand der Jämmerlichkeit, in der Templin sich anscheinend befand – oder scheinbar?

»Nichts ist, wie es scheint«, orakelte Henry.

Frank verdrehte entnervt die Augen. »Der Aufenthalt hier ist eine Zumutung. Bleiben wir lange? Müssen wir hier etwa was essen?« Sein Tonfall enthob Henry der Notwendigkeit einer ernst gemeinten Antwort.

»Ich wusste, dass Sie wiederkommen«, sagte Templin und gab zu verstehen, dass ihm der Besuch keineswegs willkommen war.

»Wir kommen als Freunde«, versuchte Henry, den Winzer, ehemalig oder noch gegenwärtig, zu beruhigen, und stellte seinen Begleiter vor.

»Kommt er auch, um mich zu bemitleiden? Ich sollte Geld dafür nehmen, je elender, desto teurer …«

»Das ist der erste vernünftige Vorschlag, Herr Templin, seit wir uns kennen. Ansonsten geht mir Ihr Gejammer entsetzlich auf den Wecker. Ist das ein Teil Ihrer Alkoholiker-Show? Lassen Sie uns wie Erwachsene miteinander reden. Ich will von Ihnen eine Antwort, auf die es nur ein Ja oder Nein gibt, kein Vielleicht, kein Entweder, schon gar kein Unter-gewissen-Umständen …«

»Leider ist es keine Show – und wie lautet Ihre Frage?«

Templins Gesichtszüge hatten sich gestrafft, seine Gestalt

gewann an Spannung, und in die Augen kehrte ein Schimmer zurück, den Henry bei ihrer ersten Begegnung zu sehen gemeint hatte und der die Vermutung hatte entstehen lassen, dass Templin doch nicht so kaputt war. Es war dieser Glanz, der Henry überhaupt hatte herkommen lassen. Außerdem wusste der Winzer etwas, das Henry brennend interessierte. Er hatte Amber gekannt.

»Meine Frage lautet ganz einfach: Wollen Sie Ihr Weingut zurückhaben?«

Man hätte den Blick des Winzers als böse bezeichnen können, wenn man ihn nicht kannte. Frank wird es wohl so auffassen, dachte Henry, aber für ihn lag darin ein tiefer Ernst, ähnlich einer vielleicht letzten Lebenshoffnung. Templin schaute von einem zum anderen, er versuchte, in sie einzudringen, fragte sich, ob man ihn ernst nahm, ob man für die Antwort seine Seele kaufen wollte, ob er mit dieser Antwort nicht vom Regen in die Traufe käme.

Niemandem kann man trauen, dachte Henry, und dieser Gedanke war in den Augen des Winzers zu lesen.

»Was wollen Sie dafür? Nichts im Leben ist umsonst.«

»Das ist wahr!« Henry bemerkte, dass Templin seit ihrer Ankunft nicht einmal nach seinem Weinglas gegriffen hatte. »Ich will nichts, was mich nachts nicht ruhig schlafen ließe. Beruhigt Sie das? Ist Ihre Frage als ein Ja aufzufassen?«

»Meine Seele verkaufe ich nicht, die gehört bereits …« Er vollendete den Satz nicht. »Was wollen Sie?« Er suchte nach der Antwort in Franks Gesicht, aber der wusste es ebenso wenig, zuckte mit den Achseln und blätterte hilflos in der eingeschweißten Speisekarte.

»Ich brauche Ihre Hilfe, Sie wissen etwas, was ich wissen muss.«

»Meine Hilfe? Sie machen Witze. Was könnte ich wissen, was Sie interessiert?«

»Sie haben bei unserer ersten Begegnung über Alan Amber gesprochen. Sie kannten ihn. Er ist tot.«

Die Veränderung, die mit Templin vor sich ging, war offensichtlich, und sie war nicht dem übermäßigen Weingenuss zuzuschreiben. Er wich um einige Zentimeter zurück, bis die Rückenlehne ihn an weiteren Bewegungen hinderte, und in dem Maße, wie sich seine Augen weiteten, verschloss sich der Mund. Dann aber sah er sich zu einer Antwort gezwungen.

»Ich hab mitgekriegt, dass er tot ist. Ich habe häufig an Sie gedacht, weil Sie da mittendrin stecken. Und ich hab's befürchtet, ich habe befürchtet, dass Sie wiederkommen. Ich hätt meinen Mund halten sollen. Ich hätte wissen müssen, dass man Journalisten gegenüber niemals die kleinste Andeutung machen darf. Aus dem, was man ihnen liefert, drehen sie einem den Strick. Ja, ich hab's vernommen, dass er erschossen wurde. Verwundert hat es mich überhaupt nicht. Es hat so kommen müssen.« Er machte eine Pause und versuchte, mit einem bohrenden Blick durch Henrys Augen in seine Gehirnwindungen vorzudringen. »Wieso wollen Sie eigentlich, dass ich mein Weingut zurückkriege. Es kann Ihnen scheißegal sein. Wie stellen Sie sich das vor? Die Übertragung an Johansen ist völlig … völlig …« Er suchte nach den passenden Worten.

»… legal abgelaufen?«, fragte Henry.

»Legal. Ja! Das ja!« Templins Augen wandten sich wieder nach innen. »Doch es war eine Sauerei, was sie mit mir gemacht haben.«

»Wieso haben Sie eigentlich so viele Schulden seinerzeit gemacht, Herr Templin, dass die Bank Ihnen das Weingut abnehmen konnte?«

Templin versteckte sein Gesicht in den Händen, sicher nicht aus Scham, ließ nur den Mund frei und sprach stockend: »Ich wollte das Weingut zukunftssicher machen, es auf den neuesten technischen Stand bringen und langfristig die Übergabe an meinen Sohn einleiten, wir hatten sieben Hektar zugekauft, auf Kredit, und einige gepachtet. Wer rechnet denn mit so einer Katastrophe?« Er nahm die Hände vom Gesicht. Das Entsetzen war noch immer lebendig.

»Ich kann Ihnen sagen, weshalb ich will, dass Sie Ihr Weingut wiederkriegen.«

Templin hob erstaunt den Kopf, als er Henrys Antwort vernahm.

»Ich will, dass Sie wieder so gute Weine machen wie vor dem Unglück. Sie können anderen Leuten damit viel Freude machen. Wir brauchen gute Winzer, auch um den Angriff der Getränkekonzerne, der Industrieweine und der Gleichmacherei abzuwehren.«

»Und wer macht mir Freude?«

»Wie man sein Leben gestaltet, dafür ist jeder selbst verantwortlich. Die anderen sind nicht dazu da, uns Freude zu machen. Sie sind einfach da, die wenigsten machen Freude, die meisten nerven, und der Mehrheit ist man völlig gleichgültig und damit basta. Die Freude müssen wir uns schon selbst machen.«

»Ist das Ihr spanischer Fatalismus?«

»Wenn Sie so wollen ... mein deutsch-spanischer. Ich kann also dafür sorgen, dass Sie Ihr Weingut wiederkriegen.«

»Und wie wollen Sie das bewerkstelligen?«

War da ein Schimmer von Hoffnung? »Ich habe Heckler in der Hand und mit ihm die ›Glorreichen Drei‹, J. J., wie sie ihn nennen, und diesen Zweigstellenleiter Münnemeyer. Ich weiß, wie die Übertragung geplant wurde, darüber existieren Unterlagen, schriftliche Beweise, es ist klar, wie die Bank agiert hat und wer wie viel daran verdiente.«

Es schien, als würde Templin sich jeden Moment vor Fassungslosigkeit auflösen. »Wie kommen Sie an Sachen, nach denen ich jahrelang suche?« Er sprach nicht, er hauchte die Worte.

»Reiner Zufall, sie sind mir zugefallen. Was ist nun – ja oder nein? Sie weichen aus. Wenn Sie sich umbringen wollen, nur zu.«

»Die Drei werden zurückschlagen.«

»Nein, ich bin am Zug, ich schlage zurück.«

»Was haben sie Ihnen getan?«

»Das geht Sie nichts an. Also, bevor Sie sich umbringen, will ich wissen, was Sie über Alan Amber wissen. Oder wollen Sie das Geheimnis mit ins Grab nehmen? Und die Antwort, dass es so hat kommen müssen, haben Sie mit Bedacht gewählt, das haben Sie gesagt, um mich scharf zu machen. Weshalb macht Ihnen die Frage Angst?«

»Weil diese Leute mit einem gezielten Schuss töten.«

»Wer ist es?«

»Ich brauche Bedenkzeit.«

»Bis wann?«

»Wo erreiche ich Sie?«

»Im ›Il Calice‹ in …«

»Auch das noch.«

»Was soll diese Andeutung schon wieder? Sie kennen das Hotel?«

»Jeder kennt es. Ich war schon hier, als … man es aufkaufte, es war eine Ruine und wurde von Grund auf renoviert, und jeder fragte sich, woher …« Plötzlich schwieg Templin.

»Was fragte sich jeder?« Diesmal wurde Frank ungehalten. »Wir sind keine Narren, Herr Templin«, sagte er scharf. »Mein Freund hier«, er wies auf Henry, »hat in der letzten Woche einigen Leuten vom Unfall Ihrer Frau und Ihres Sohnes erzählt. Auf haargenau dieselbe Weise ist gestern eine Frau ums Leben gekommen …«

»… dort passieren ständig Unfälle, es wird die Todesstrecke genannt …« Templin sagte es, als handele es sich um die normalste Sache der Welt.

»… und wir vermuten, dass der Unfall fingiert wurde …«

»Kennen Sie eine Frau Schönhals, ihre Mutter lebt in Ihringen?«

Henry bemerkte, dass nach seiner letzten Frage die Hände

von Templin wieder zitterten. Er griff nach dem Glas wie ein Süchtiger nach der Spritze und stürzte den Wein in einem Zug herunter, schenkte nach und trank hastig. Der Wirt stand mit dem neuen Viertele schon bereit.

»Ich brauche Bedenkzeit.« Templin röchelte fast. »Bitte, geben Sie mir Bedenkzeit.«

»Nur bis morgen«, sagte Henry und stand auf. »Und nur, wenn Sie meine Frage beantworten.«

Als der Wirt das Viertele Wein vor Templin abgestellt hatte, wandte er sich an Henry. »Es ist eine Unverschämtheit von Ihnen, wie unmenschlich Sie den armen Kerl behandeln«, sagte er aufgebracht.

»Es ist eine noch viel größere Unverschämtheit, Herr Wirt, dass Sie ihm immer wieder Drogen verkaufen und von seinem Elend profitieren. In anderen Kreisen nennt man solche Leute Dealer!«

»Und wo gehen wir jetzt essen?« Frank zog eine Flunsch, nachdem der Wirt sie rausgeworfen hatte. »Mein Blutzuckerspiegel fällt beängstigend, für eine umfangreiche Nachmittagsweinprobe bin ich nicht gewappnet.«

»Essen! Ist das alles, was dir nach diesem Gespräch einfällt?«

»Mitnichten, das Leben geht weiter, wir müssen nachdenken. Was machen wir, was machst du, wenn Templin ablehnt?«

»Er wird nicht ablehnen, dazu ist er zu stolz. Davon ist noch ein Rest übrig, und auf den setze ich.«

»Wenn dem mal so ist. Aber du hast recht, wir wissen eine ganze Menge. Wenn die Wirtin auch aus Kalabrien stammt, mit diesem Koch verheiratet ist und plötzlich zu dem Geld für die Renovierung kam, die Millionen gekostet haben wird, dann lässt das für mich nur einen Schluss zu …«

»Und welchen?«

»Das ist Geldwäsche. Illegales Geld wird vom Organisierten Verbrechen in legales umgewandelt. Bauwirtschaft, Gastronomie und Hotellerie sind dazu ideal.«

»Das glaube ich auch. Im nächsten Ort widmen wir uns deinem Blutzuckerspiegel, und dann sind wir bei Schätzle, wir müssen uns beeilen.«

»Immer im Stress – diese Journalisten!«

»Im Gegensatz zu dir bin ich noch lange kein Rentner und auch nicht reich verheiratet …«

»Aber du könntest es sein, denk mal drüber nach, und immer schöne Autos fahren …«

Das mittelalterliche Endingen am nördlichen Rand des Kaiserstuhls gefiel Henry mit seinem historischen Ortskern von allen Orten hier am besten. Eindrucksvoll waren aufwendig restaurierte Gebäude mit Staffelgiebel wie die Kornhalle von 1617. Alte Bürgerhäuser leuchteten in frischen Farben, an anderer Stelle fand sich eine Barockfassade, ein schöner Brunnen, und hinter kulissenhaft wirkenden Fassaden spielte sich ein zeitgemäßes Leben ab, allerdings in einer Ruhe, von der Großstädter nur träumten. Allein die Fahrt durch das einspurige Stadttor brachte die Geschwindigkeit auf null herunter.

Frank wollte aussteigen. »Ich gehe fotografieren, ich will keine Weine probieren, und vom Erfolg verwöhnte Winzer habe ich genug getroffen, zumindest für heute. Du hast Zeit bis zum Sonnenuntergang, gegen halb fünf ist das Licht am besten, also vor sechs Uhr brauchst du hier nicht aufzukreuzen.«

Henry war es recht, dass Gatow ausgestiegen war. Er wendete auf dem Marktplatz und fuhr zur Stadt hinaus. Das Weingut der Schätzles lag außerhalb von Endingen, den Wegweiser hatte er vorhin an der Landstraße entdeckt. Wieder kreuzte er die Bahnlinie, sie erinnerte ihn daran, dass er mit dem Bähnchen fahren wollte.

Unter einem großen Baum im offenen Hof parkte Henry

neben den Landmaschinen. Traktoren, Spritzgebläse und Maschinen zum Rebschnitt waren ihm vertraut, er fühlte sich heimisch. Neugierig schlich er um die vorn auf den Trecker aufgesetzten Armaturen zum Ausblasen der Gescheine.

»Es handelt sich um ein französisches Patent«, sagte jemand hinter ihm. Das konnte nur der Winzer sein, Leopold Schätzle, ein Mann in den Sechzigern, klein, korpulent, sehr lebendig und, wie Henry später fand, auch überzeugend in seiner Art, vielleicht ein wenig zu überzeugt von dem, was er tat.

Erfolge hatte er genug vorzuweisen, zählte er doch zur Elite, war mehrmals bester Rotweinerzeuger Deutschlands gewesen. Dann konnte er für sich die beste Rotweinkollektion in den Jahren 2006, 2007 und 2008 verbuchen, hatte zweimal einen Bundes-Ehrenpreis für eine herausragende Gesamtleistung erhalten, und seine Weine waren mit Silber- und Goldmedaillen geschmückt. Das alles zählte für Henry, aber am meisten zählte sein eigenes Urteil. Er wählte, er entschied, seine Nase war maßgeblich, seine persönliche Auffassung vom Wein gab seine Richtung vor. Ein Wein, der gut gemacht war, musste ihm nicht gefallen, und ein Wein, der seinen Vorlieben entsprach wie ein junger Rioja, fiel bei anderen Verkostern durch. Henry wäre froh gewesen, wenn sich alle ihren eigenen Maßstab zurechtgelegt hätten, nach eigenem Gutdünken entscheiden würden und sich nicht von Ambers oder sonstigen Punkten und anderen Gurus einschüchtern oder an der Nase herumführen ließen. Henry war gespannt, wer die Nachfolge antreten würde. Jemand aus Ambers Team, der Sohn etwa oder ein ganz anderer, der sich einstweilen bedeckt hielt? Einige sahen sicher ihre Chance gekommen. Der König war tot. Wer würde als Nächster gekrönt werden?

Henry stellte es sich nicht einfach vor, mit oder unter dem eigenen Vater zu arbeiten. Das war in allen Familienbetrieben der Fall. Leopold Schätzle hatte das Weingut in den Siebzigerjahren des letzten Jahrhunderts mit seiner Frau zusammen gegründet. Anfangs war man von Stadt zu Stadt gefahren, hatte an den Türen der Münchner Villen geklingelt, Proben hinterlassen und auf Aufträge gehofft.

Schätzles Lagen waren weit verteilt, im Kaiserstuhl lagen sie in Oberbergen, oberhalb von Endingen, hier am Nordrand, sie waren im nahen Breisgau und bei Kenzingen. Sowohl Löss wie vulkanische Böden standen zur Verfügung und wurden unterschiedlich genutzt.

Das Angebot, mit dem Junior in die Weinberge zu fahren, nahm Henry gern an, denn jetzt bekam er die Flachlagen zu sehen, die durch die großflächigen Erdbewegungen der Flurbereinigung entstanden waren. Zuvor hatte sich der Kaiserstuhl nur mühselig und kaum rentabel bewirtschaften lassen, Erbteilung hatte das Gebiet und die winzigen Trassen noch weiter zerstückelt. Dann waren die Raupenschlepper und Bagger gekommen und hatten den Kaiserstuhl maschinengerecht zugeschnitten und ihm sein heutiges Gesicht gegeben, eine Mischung aus natürlichen Gegebenheiten und technischem Größenwahn. Erst nachträglich waren die vielen dadurch entstandenen Fehler wie Kälteseen bei falscher Hangneigung und nach schwerem Regen abrutschende Hänge beseitigt worden.

Die großen Terrassen machten natürlich auch den Einsatz der Vollernter möglich, die Hunderte von Händen ersetzten, die nötigen Arbeitsstunden wurden um die Hälfte reduziert – und das Lesegut ließ sich innerhalb von Stunden einfahren. Das war die Maxime des letzten Jahrhunderts, bis die Weingrünen aufgetaucht waren und seither um ein anderes Gleichgewicht kämpften.

Die Weinprobe fand dann wieder in Schätzles Gastraum statt. Seine Weißburgunder waren schlank, elegant und filigran, Äpfel unterschiedlicher Art und Reifegrade zeigten sich in den Aromen sowie exotische Früchte. Die Grauburgunder dagegen waren eher temperamentvoll, dicht und wirkten »barock«, und je heißer das Gestein wurde, wie der Winzer erklärte, desto mehr entfalteten sich im Wein die Aromen exotischer Früchte. Henry schnupperte, probierte und notierte. Es waren entsetzlich viele Weine, denn neben den Burgundersorten bauten die Schätzles Muskateller, Scheurebe, Weißherbst, Rivaner und Riesling an, der angeblich das vulkanische Terroir am besten zeigen sollte. Aber da reichte Henry das Probieren vom Burgunder in seinen vielen Ausprägungen. Die Weißweine waren durch die Bank weg gut, besonders gelungen waren die Weine von der Oberbergener Bassgeige. Unter den Roten tat sich die Bombacher Sommerhalde hervor, ein im Barrique gereifter Wein. Auch die Endinger Steingrube gefiel ihm. Die Auslese vom Endinger Engelberg war ihm zu weich.

Das Mobiltelefon riss ihn aus dieser Vielzahl von Eindrücken, Düften, Geschmäckern und Assoziationen.

»Ja, ich will«, sagte eine Stimme. Das konnte nur Templin sein.

»Und was sagen Sie uns über Amber, Herr Templin?«

»Dazu müssen Sie herkommen, das geht nicht am Telefon.«

»Heute noch?«

»Nein, morgen. Kommt der Fotograf wieder mit?«

»Ist das für Sie ein Problem?«

»Er ist Italiener, er könnte für die Gegenseite arbeiten. Sie hatten nach einer Frau Schönhals gefragt.«

»Na und, was hat das mit Frank Gatow zu tun?«

»Die Schönhals war Italienerin, hatte kalabrische Eltern, die leben in Ihringen. Wussten Sie, dass ihre Mutter gar nicht krank war?«

»Ohne Frank Gatow komme ich nicht.«

»So sehr vertrauen Sie ihm? Trotz der undurchsichtigen Kontakte seiner Frau? Das ›Il Calice‹ führt ihre Weine.«

»Wollen Sie Zwietracht säen?«

»Nein, vielleicht nur Ihr Leben retten, denn Sie haben etwas, das ich haben will.«

»Also ein endgültiges Ja?«

»Ich kann den Mann verstehen«, sagte Frank, als sie auf dem Rückweg über Templins Vorbehalte sprachen. »Ich bin froh, dass meine Frau nicht mehr hier ist. Mir hat ihr Umgang mit diesen Winzern auch nicht gefallen. Es wundert mich nur, woher der Kerl davon weiß. Bist du mal bei ihm zu Hause gewesen?«

»Dazu ergab sich bisher keine Möglichkeit.« Nachdenklich starrte Henry aufs Armaturenbrett. Ihm schien es, als würde Templin nur in der Kneipe leben, sozusagen Hof halten – weil seine Wohnung im Chaos versank oder dem Eindruck des Trinkers widersprach?

»Ich finde es erschreckend, dass jemand sich öffentlich betrinkt, sich aller Welt als Alkoholiker darstellt, und abstoßend, dass Templin seinen Zustand vor sich herträgt, damit geradezu kokettiert.«

»Das macht ihn in meinen Augen unglaubwürdig. Ich kannte ihn vor …« Aber Henry wurde unsicher, er hatte Templin zuletzt vor fünf oder sechs Jahren gesehen. »Ich werde hier langsam aus gar nichts mehr schlau.«

»Dann sollten wir dringend essen gehen.«

Diese lebensnahe Logik schätzte Henry an Frank besonders.

Sie stellten den Wagen unter den Tannen des Parkplatzes beim »Il Calice« ab. Frank wollte vor dem Essen duschen, er hatte den Nachmittag über seine Kameras in der Sonnenhitze durch steiles Gelände und über Terrassen geschleppt.

Henry betrat die Terrasse. Unter den großen weißen Sonnenschirmen fingen sich die Worte der wenigen verbliebenen Gäste, italienische Gesprächsfetzen drangen an sein Ohr, er steuerte direkt darauf zu. Zu seinem Erstaunen waren die Winzer aus Kalabrien noch immer hier. Er wusste, dass sie Englisch sprachen, wenn auch schlecht, aber für eine oberflächliche Unterhaltung würde es reichen, außerdem könnte Frank ihm helfen. Bisher hatte er die Nähe des Ehepaars gemieden, sie waren ihm gegenüber stets reserviert geblieben, Kontakt hatten sie nur zu den Landsleuten unter den Juroren gepflegt.

Ohne zu fragen, zog Henry einen Stuhl heran, schüttelte den verdutzten Winzern die Hände und setzte sich wie selbstverständlich zu ihnen an den Tisch.

»Sie haben die Challenge gut überstanden?«, fragte er lächelnd.

Die Eheleute nickten, wie in ihr Schicksal ergeben. Aber die Signora fing sich schnell, sie taxierte ihn aus großen schwarzen Augen. Die Vierzigjährige wirkte eher zäh als sportlich, ihr harter Mund zwang sich zum Lächeln, entweder war sie verbissen oder hatte ihr Leben lang hart arbeiten müssen. Rock und Bluse hatte sie allerdings nicht in Reggio di Calabria gekauft, wohl eher bei einem römischen Designer, um den Hauch des Gewöhnlichen zu kaschieren, der ihrer Person anhaftete.

Ihr Ehemann trug heute statt des schwarzen einen dunkelgrauen Anzug, das Sakko hatte er über die Lehne gehängt. Der Anzug musste teuer gewesen sein, das Hemd auch, nur das Schuhwerk wirkte grob. Zu diesem Anzug hätte ein schmaler, schwarzer Schnürschuh oder Slipper aus weichem Schweinsleder gehört, aber auf keinen Fall ein brauner Wildlederschuh mit einer Schnalle und Plastiksohle. Für Henry sagten Schuhe viel über den Stil eines Menschen.

In einer nervösen Bewegung drehte die Frau das neben dem Teller liegende Messer auf der Tischdecke, sie hörte sofort damit auf, als sie Henrys Augen auf ihre Hände gerichtet sah.

»Ich dachte zuerst, Sie seien Deutscher«, sagte Signora Valiano gedehnt. »Mit unserem Freund Francesco, mit Antonias Mann, sprechen Sie nur Deutsch, wir verstehen davon kein Wort.«

»So wichtig ist es nicht, uns zu verstehen. Wir führen meist Fachgespräche. Wir sind quasi Kollegen, Fotografen und Journalisten bildeten früher stets ein Team, bevor die Sparmaßnahmen griffen, seitdem müssen die Fotografen schreiben und die Schreiber fotografieren, ob sie es können oder nicht.«

Henry bombardierte die beiden mit so vielen Fragen über ihr Weingut und die Rebsorten, die sie dort anbauten, dass sie sich schlecht einer Antwort entziehen konnten, ohne bei so viel – wenn auch geheucheltem – Interesse grob unhöflich zu wirken.

Die Antworten schienen Henry etwas kurzatmig. Wenn er spanischen Winzern ähnliche Fragen stellte, sprudelten sie los. Die meisten sprachen gern über sich, über ihr Weingut und die Weine und fanden kein Ende. Aber die beiden vermittelten den Eindruck, einer quälenden Prüfung ausgesetzt zu sein, sie wanden sich und machten aus allem ein Geheimnis. Nur gelang es ihnen kaum, gegen Henrys penetrantes Lächeln anzukommen, das andere italienische Pärchen am Tisch, in Freiburg ansässig, zeigte sich mit einem Mal genauso wissbegierig. Henry registrierte sehr wohl, dass eine der Fragen nicht beantwortet wurde, er hatte nicht gefragt, wo das Weingut liege, sondern wie, ob in der Höhe, an Hängen, in der Ebene, dem Meer zugewandt, nach Westen ausgerichtet … Bei der Frage nach den Unterschieden zwischen Tages- und Nachttemperatur, die sich auf die Reife der Beeren auswirkten, blieben beide vage.

Als er danach fragte, ob sich die autochthonen Rebsorten besser mit Merlot oder mit Cabernet Sauvignon verschneiden ließen, stand Signora Valiano abrupt auf. »Ich habe in den vergangenen Tagen genug gearbeitet, jetzt habe ich Ferien!« Ärgerlich verschwand sie im Hotel. Ihr Mann zeigte keine Reaktion.

»Hast du sie vergrätzt?«, fragte Frank auf Deutsch, der an den Tisch trat und ihr nachsah, dann das fremde Pärchen und den Winzer begrüßte und sich auf den freien Platz setzte.

Die Freiburger Italiener sprachen fließend Deutsch, also konnten sie nicht offen reden. Henry musste Frank irgendwie signalisieren, dass er die Winzer testete, denn der Verdacht gewann an Raum, dass sie nicht das waren, was sie zu sein vorgaben. Die Antwort des Winzers, dass es beim Verschnitt autochthoner Rebsorten auf den jeweiligen Jahrgang ankomme, war falsch. Jede Rebsorte hatte ihre Aufgabe, die eine lieferte mehr Farbe, die andere Struktur, die nächste Fülle, eine andere dann wieder intensivere Aromen oder Gerbsäure und damit Lebensdauer. Es war eine Frage des Mischungsverhältnisses.

Da Valiano auch Weißwein produzierte, fragte Henry ihn nach dem biologischen Säureabbau – ob er die Umwandlung der Apfelsäure in die weichere Milchsäure bereits bei der Gärung durch bakterielle Zugaben einleite, ob der BSA überhaupt gewollt sei oder ob er warte, dass dieser Prozess nach der Gärung von allein einsetzte. Es dauerte eine Weile, bis Valiano begriff, was gemeint war.

»Das entscheidet unser Önologe!«

Henry griff nach der Speisekarte, damit Valiano nicht in seinen Augen sah, dass er ihm jetzt vollends misstraute. So eine Frage war von entscheidender Bedeutung für den Stil eines Hauses. Wollte man Schmelz und Aromen oder wollte man Frische? Weitere Fragen nachzuschieben erübrigte sich, damit hätte er ihn gewarnt. Aber Valiano hatte das Misstrauen sicher längst bemerkt.

Arm in Arm kamen seine Frau – »bitte nennen Sie mich Giorgia« – und Frau Brunner an den Tisch und wandten sich sofort an Frank.

»Schade, dass Ihre Frau abreisen musste, eine so reizende Person und begnadete Winzerin. Sie haben noch gar nicht gewählt, Sie und Ihr Freund? Nach dem schrecklichen Essen in Baden-Baden muss Ihnen unser Restaurant wie das Paradies vorkommen.«

»So ist es, gnädige Frau«, antwortete Frank mit seinem Charme. »Sie werden mir sicher etwas ganz Besonderes empfehlen.«

Während des Essens, das in gespannter Atmosphäre verlief und bei dem schnell klar wurde, dass die Italiener lieber unter sich blieben, kam Herr Brunner aus seiner Küche, um die Gäste zu begrüßen. Die verbundene Hand hielt er auf dem Rücken versteckt, aber inzwischen klebten auf der anderen auch zwei Pflaster. Er verstümmelt sich weiter, dachte Henry, oder will er sich etwas abschneiden, etwas, das nicht zu ihm gehört? Vielleicht war das zu psychologisch gedacht, aber Henry hielt es für naheliegend, wenn er sich die aufgeladene Atmosphäre vor Augen führte. Diese Spannung hatte er bereits am ersten Abend gespürt, als er mit Frank hierhergekommen war.

Als auch Frank sich ins Gespräch der Italiener einklinkte, sah Henry die Gelegenheit gekommen, sich einen Überblick über die Örtlichkeit zu verschaffen, es konnte nicht schaden. Am nächsten Tag würde er das Hotel wechseln, unabhängig von Franks Entscheidung.

Das Hotel hatte die Form eines L, eine lange und eine kurze Seite. In der kurzen Seite waren das Foyer, das Restaurant und die Küche untergebracht, aus der wieder die Stimme des Küchenchefs schallte. Henry blieb kurz am Haupteingang stehen und betrachtete das Schild mit der Aufschrift »Weinkeller« und einem Pfeil nach unten. Darauf war er neugierig, auf alle Weinkeller, so wie er früher bei anderen Leuten in die Bücherschränke gesehen hatte. Sage mir, was du trinkst, und ich sage dir, was du bist: ein Sparbrötchen oder ein Genießer. Den Schlüssel würde er sich lieber bei Brunner statt bei seiner Frau abholen, er würde vielleicht sogar mitkommen, dann konnte er ihn diskret ausfragen, sowohl über die Gründerjahre als auch über die Valianos. Winzer waren das nicht, da war er sich sicher.

Der Wohntrakt mit den Gästezimmern war zwei Stockwerke hoch, was von der Straße aus nicht einsehbar war, große Tannen verdeckten überall die Sicht. Sie standen vor den Fenstern, sie standen rings um die Terrasse und begrenzten den Garten als Übergang zum Wald. Der war am frühen Abend bereits düster. Aufmerksam, als wären sie ein Schlüssel zu einem Geheimnis, betrachtete Henry die Fotos, Gemälde und Stiche von Kelchen in den Fluren. Die Prunkgefäße stammten aus allen Epochen, sie stammten von den Griechen und den Römern, eine Aufnahme eines Kelchs mit keltischem Kreuz war dabei, gotische und romanische Formen und Ornamente, ein Goldkelch aus dem Barock, aus der Renaissance und ebenso moderne Kelche. Es war eine schöne Sammlung. Waren Kelche im Tarot nicht das Sinnbild für Wasser und im weiteren Sinn für Tränen, ein Symbol der Reinigung? Was hatte dann die Namensgebung mit den Besitzern des Hotels zu tun?

Henry hörte ein Telefon läuten und ließ sich von dem Geräusch führen. Das Klingeln dauerte an, und er sah Frau Brunner im Parterre ihr Büro aufschließen und hineinhuschen, aber sie sprach entgegen ihrer sonst lauten Art zu leise, als dass er sie hätte verstehen können. Sie sprach Italienisch, und Henry ärgerte sich wieder einmal, dass er nichts verstand. Er blieb hinter einem Vorhang stehen, der den Flur unterteilte, darauf bedacht, dass seine Schuhspitzen nicht wie in einem blöden Film hervorlugten, und wartete auf das Ende des Gesprächs. Frau Brunner verließ eilig den Raum, schloss nicht ab und eilte zurück in den Garten. Nachdem ihre Schritte verklungen waren, betrat er das Büro.

Es war mit Aktenschränken, Regalen für die Steuerordner, einer Hängeregistratur, zwei aufgeräumten Schreibtischen eingerichtet, durch das große Fenster überblickte er die Terrasse und den Garten, wenn er die Lamellen der Jalousie auseinanderbog. So hatte die Chefin die Gäste und ihr Personal immer im Blick, und Henry sah Frau Brunner und den Winzer sich den Stufen der Terrasse nähern. Es war Zeit zum Verschwinden, Henry wusste sowieso nicht, wonach er suchen sollte, und um auf gut Glück herumzustöbern, fehlte ihm die Zeit. Als er zur Tür ging, sah er die Ordner mit der Aufschrift »Banco« und »Finanziamento«. Die interessierten ihn. Es wäre hilfreich zu wissen, woher das Geld gekommen war und wer wem etwas schuldete. Er zögerte. Würde er den Ordner mitnehmen und es fiel auf, war man gewarnt, und er würde ihn, wenn der Raum wieder abgeschlossen würde, nicht zurückstellen können. Da näherten sich die Stimmen bereits dem Flur, Henry huschte aus dem Zimmer, zog leise die Tür zu, nach einigen Schritten sah ihn Rebecca Brunner und blickte ihn böse an.

»Ist Ihr Zimmer nicht ein Stock höher, Signore? Was suchen Sie hier? Kann ich Ihnen helfen? Wollten Sie nicht zu Abend essen?«

»Ich habe Ihre Sammlung der Kelchdarstellungen bewundert und dachte, dass hier unten auch Fotos wären«, antwortete er geistesgegenwärtig. Sie schwieg, überlegte, ob sie noch etwas hinzufügen sollte, und bevor das Schweigen peinlich wurde, ging Henry mit einem »wir sehen uns« an ihr vorbei.

Den Blick ins Büro hätte er sich sparen können, er hatte nichts erreicht, aber ihr Argwohn war geweckt. Aus seinem Zimmer holte er sein Mobiltelefon und folgte einem Trampelpfad auf den Waldrand zu. Endlich hatte er Ruhe.

Er musste genau hinsehen, um im Schatten des abschüssigen Hangs nicht ins Rutschen zu kommen, es war bereits ziemlich dunkel, vom Hotel sah er ein oder zwei Laternen, aber den Rückweg zu finden, würde einfach sein. Er musste nur die Anhöhe wieder hinaufkraxeln. Er setzte sich auf die dicke Wurzel einer umgestürzten Tanne, um Isabella anzurufen, aber an diesem Standort bekam er keine Verbindung. Also musste er wieder hinauf zum Parkplatz und es von dort aus versuchen. Da könnte er höchstens mit einem Richtmikrofon abgehört werden. Henry stützte sich an einen Baum, als plötzlich etwas vor ihm in die Rinde knallte und ihm Borkensplitter ins Gesicht flogen. Instinktiv ließ er sich fallen …

18

Besuch bei Nacht

Henry verlor den Halt, er rutschte auf Blättern die Böschung hinab, griff mit den Händen in vermodertes Laub und Tannennadeln, er sah nichts mehr, das Laub wirbelte auf, und er strauchelte. Die Schwerkraft brachte ihn wieder auf die Beine, und er rannte weiter nach unten, duckte sich blitzschnell unter Zweigen, wich Ästen aus. Einer traf ihn im Gesicht, er fühlte den heißen Schmerz wie einen Schnitt, stolperte wieder, stürzte kopfüber und rollte sich ab, er fiel weich, rappelte sich auf, stürzte wieder, er rutschte noch ein Stück und glaubte zuletzt, in einer Mulde zu liegen. Er unterdrückte sein Keuchen. Die Verfolger konnten ihn hören, sie hatten einen Plan, ganz im Gegensatz zu ihm auf seiner kopflosen Flucht …

Mühsam versuchte Henry, die Dunkelheit zu durchdringen, aber er sah nur schwarze Baumstämme und darüber den hellen Schimmer des Himmels. Da hörte er weiter oben Laub rascheln, also folgten sie ihm noch immer, die Schritte wurden lauter, kamen aus zwei Richtungen. Die halb lauten Rufe näherten sich. Es waren zwei Stimmen. Italiener! Der BMW? Wenige Schritte entfernt war ein mächtiger Baum umgestürzt, Henry sah schemenhaft die senkrecht stehende Wurzel des gefallenen Riesen, da war eine Höhlung drunter, er wollte dorthin robben, dort gab es Schatten, tiefen dunklen Schatten. Er entschied sich dagegen, man hätte ihn aufstehen sehen, und der Ortswechsel hätte zu lange gedauert, also blieb er. Er häufte vorsichtig Laub über sich, machte sich so klein wie möglich, immer noch bedacht, seinen stoßweise gehenden Atem zu mäßigen, die Verfolger hörten sein Schnaufen sicher meilenweit. Zuletzt zog er ganz sacht einen belaubten Ast über sich und schmierte sich Erde ins Gesicht. Bei Tag hätte man an den trockenen und feuchten Blättern sofort gesehen, dass hier jemand lag, aber bei Nacht waren alle Blätter dunkel. Henry wand sich wie eine Schlange, um an das Mobiltelefon heranzukommen, und schaltete es ab. Es wäre sein Todesurteil, wenn es jetzt läuten würde. Er musste absolut bewegungslos hier liegen bleiben, er durfte sich nicht rühren, nicht niesen, nicht husten oder sich räuspern, nicht den geringsten Laut von sich geben. Sein Herz wummerte wie wahnsinnig, in seiner Nase kribbelte es, ein Krampf in der Wade kündigte sich an. Er wusste, dass die Verfolger genau wie er in die Dunkelheit lauschten. Im nächtlichen Wald hörte man alles, und nur wer sich bewegt, wird gesehen, sagte er sich, genau das, was Lobo ihm geraten hatte.

»Wenn du dich bewegst, bist du tot!«, hatte er gesagt.

Zum ersten Mal seit Jahrzehnten erinnerte er sich an Lobo, den Einzelkämpfer, Sohn eines Dortmunder Bergmanns. Er sah ihn deutlich vor sich, mittelgroß und athletisch, kraftvoll und leichtfüßig, Henry hörte seine Worte, als stünde er neben ihm. »El Lobo« war sein Kriegsname, sein Deckname gewesen, der Wolf, Wolfgang. Er war Kommunist oder Revolutionär oder Guerillero, jedenfalls irgendwas davon, oder alles zusammen. In Barcelona wäre er Anarchist gewesen, und seine Parole hatte »alle Macht den Sandinisten« geheißen. Er hasste die USA.

Westdeutschland war seiner Ansicht nach nichts weiter als ihr Lakai. »Im Zweifel sind wir für die auch nichts anderes als dreckige Nigger oder Indianer, der Rest der Menschheit darf Baumwolle für sie pflücken.« Er hatte den Imperialismus aus tiefster Seele verabscheut, auch den russischen, den angeblich sozialistischen, und sich vor den Millionen von Mitläufern angeekelt abgewandt. »Es ist den Herrschenden scheißegal, ob auf der Straße eine Million Menschen demonstriert und ob du eine Million Artikel gegen sie schreibst, Meyenbeeker«, er hatte ihn stets beim Nachnamen genannt, »nur vor Gewalt haben sie Angst.«

Lobo hatte nach dem Abitur bei der Bundeswehr die Ausbildung zum Einzelkämpfer absolviert – und war verschwunden. In Nicaragua und in El Salvador war er wieder aufgetaucht, hatte auf Seiten der Sandinisten und dann auf Seiten der Befreiungsfront FMLN in El Salvador gekämpft, war zum Ausbilder aufgestiegen, war Scharfschütze geworden – »nur wer sich bewegt, wird gesehen«, hatte er gesagt. »Wir haben Stunde um Stunde bewegungslos in unseren Löchern gelegen – da gab es Schlangen, giftige Spinnen, da kannst du nicht pinkeln gehen. Wenn du dich bewegst, bist du tot …«

Jetzt lag Henry hier in diesem Loch und dachte an Lobos Rat. Nach fünfundzwanzig Jahren erinnerte er sich zum ersten Mal wieder an ihn. Nach den Befreiungskriegen hatte er die Schwächen der Menschen erkannt, die auch er an die Macht gebracht hatte, »keine Macht für niemand« war seine Parole geworden, und er war wieder untergetaucht. Wo mochte Lobo jetzt sein? In welchem Loch mochte er jetzt liegen? War er noch am Leben?

Sein Rat war gut. Henry lauschte in die Nacht, das brachte ihn von der Angst weg, und damit schwand der Druck. Die Schritte kamen näher, die zwei unterdrückten Stimmen auch.

»*Vai ancora piu adestra!*«, hörte er jemanden flüstern, dessen Stimme er nicht kannte.

»*Dove?*«, fragte die andere Stimme. Da stand jemand keine zwei Meter von ihm entfernt, und er sah, wie die dunklen Schatten seiner Verfolger in der Grube hinter der Baumwurzel suchten, er sah, wie eine der Gestalten eine Pistole hob, vorn mit einem dicken Aufsatz, einem Schalldämpfer, und in die Grube schoss. Hätte er da gelegen …

Als er nach einer Stunde aus seinem Versteck kriechen wollte, dachte er an Lobo – und blieb. Es war nicht kalt, es war nur widerlich feucht, eine Ameise krabbelte über sein Gesicht, vielleicht auch ein Tausendfüßler, sicher keine Giftspinne, nahes Rascheln ließ auf Tiere schließen, und als er meinte, die Umrisse eines Rehs zu sehen, glücklicherweise nicht die eines Wildschweins, wusste er, dass die Luft rein war. Ein Reh hätte jeden gewittert. Es verschwand in panischem Entsetzen, als er aus seinem Loch stieg und sich Dreck und Blätter von der Kleidung klopfte und seine verdrehten Gliedmaßen in die richtige Lage brachte.

Ich bin zu alt für solche Abenteuer, sagte er sich und wandte sich nach rechts, nach Südosten. Dorthin fiel der Kaiserstuhl ab, so hatte er die Topografie in Erinnerung, hier drang mehr Licht durch die schwarz über ihm stehenden Baumkronen. Mühsam bahnte er sich den Weg, immer wieder stehen bleibend und auf Geräusche achtend, dann wich die Spannung, als er linkerhand die Lichter von Bötzingen sah. Weit dahinter warf Freiburg seinen hellen Schein gegen den Nachthimmel. Henry hielt sich weiter rechts, bis er auf die Landstraße traf. Hier kannte er sich aus, sie führte hinauf zum »Il Calice«. Erwartete ihn dort wieder eine Pistole mit Schalldämpfer? War der Schuss auf Amber aus dieser Pistole abgegeben worden? Neureuther müsste das klären, das war nicht seine Aufgabe. Er würde ihm morgen die Einschlagstelle der Kugel zeigen und die Stelle, an der sie in die Baumwurzel geschossen hatten. Ob er das eine oder das andere Projektil finden würde?

Eine halbe Stunde später erreichte er das »Il Calice«. Er umschlich das gesamte Gelände, hielt Ausschau nach einem schwarzen BMW, er war sein einziger Anhaltspunkt. Die Mörder waren verschwunden, sie mussten damit rechnen, dass Henry die Polizei verständigte. Nur Rebecca Brunners Cabrio stand da, der Lieferwagen vom Hotel, Franks Lancia und sein eigener Wagen.

Sein Zimmerschlüssel öffnete auch die Hoteltür, und erst im Flur vor einem Spiegel wurde er sich seines Zustands gewahr. Rasch klopfte er sich draußen den Waldboden von der Kleidung, fand Blätter in der Hosentasche und betastete vor dem Spiegel die lange blutige Schramme im Gesicht. Sie würde ihm eine Weile erhalten bleiben, er musste die Wunde desinfizieren. Trotzdem schlich er zuerst zu Frank, er wollte sein eigenes Zimmer nicht allein betreten, möglicherweise wartete dort jemand.

Frank war wach geblieben, er hatte gewartet. »*Porca Miseria*! Was haben sie mit dir gemacht?«

Die Ereignisse der letzten Stunden waren rasch berichtet, und die beiden Männer kamen überein, am nächsten Tag das Hotel zu wechseln. Frank hatte lange nach Henry gesucht, ihn angerufen, war ums Hotel gelaufen, hatte aus dem Fenster geschaut, aber niemanden gesehen, es war ihm lediglich aufgefallen, dass etwa vor einer Stunde ein schwarzer BMW den Parkplatz verlassen hatte. Signora Valiano, die Winzerin, hatte im Vorbeigehen, so sein Eindruck, mit einem der beiden Insassen kurz einige Worte gewechselt.

»Hast du die Autonummer der Typen?«

Frank verneinte, und Henry regte sich auf. »Nichts als Augen für Blechkisten hast du, aber keine für die Insassen.«

Es war Frank anzumerken, dass er sich im Stillen über sich selbst ärgerte.

»Wenn es dieselben waren, die dich beim Pferderennen umnieten wollten, dann haben sie nicht nur einen Satz falscher Nummernschilder bei sich. Soll ich davon ausgehen, dass in jedem schwarzen BMW Mörder unterwegs sind?«, sagte er in muffigem Ton. »Die sind längst weg. Ich vermute, dass der Schlüssel zu allem dein Freund Templin ist. Er weiß, was in diesem Kelch für eine Mixtur angerührt wurde. Ich schlage vor, du gehst allein, mir misstraut er. Ich warte vor dem Haus im Auto. Such ihn auf, möglichst sofort – oder besser, nachdem du dich verarztet hast. Auf die

Hausapotheke dieses Hotels würde ich nicht zurückgreifen. Die Hexe gibt dir Schlangengift statt Penicillin.«

»Ich werde jetzt den Kommissar anrufen …«

»Mitten in der Nacht? Da arbeiten die Bullen nur im Fernsehen!«

»Wir werden sehen«, sagte Henry grimmig. »Den Staatsbediensteten muss man immer Feuer unter dem Arsch machen, damit sie ihn hochkriegen. Außerdem hat er gesagt, ich könnte ihn jederzeit anrufen.«

Als sie im Treppenhaus zu Henrys Etage wechseln wollten, hörten sie ferne Stimmen. Mit einem Nicken verständigten sie sich und gingen lautlos in Richtung Küche. Eine der Annehmlichkeiten dieses Hotels waren die dicken Teppiche auf den Fluren und im Treppenhaus, sie verschluckten jeden Schritt. Das konnten nur die Hexe und ihr Messerheld mit Kochmütze sein, der Bulettenschmied.

Das Ehepaar stritt heftig, mal lauter, mal leiser, zuerst auf Deutsch, da verstand Henry noch, dass es um die Gefährdung ihrer Existenz ging. Als sie dann ins Italienische wechselte und er ihr folgte, wie immer, war Frank gefragt. Er spitzte die Ohren und legte den Finger auf die Lippen. »*Pazienzia*!«

Angespannt hörte er zu, während Henry überlegte, was er Neureuther sagen sollte. Würden sie mit ihrem gesamten Aufgebot im Wald nach einer stecken gebliebenen Pistolenkugel suchen? Im Falle Amber sicherlich, in seinem Fall wohl kaum, und wenn er die Kavallerie tatsächlich hier haben wollte, müsste er beide Ereignisse oder Fälle miteinander in Verbindung setzen. Außerdem wäre es nur gut, wenn der Mord an Amber möglichst bald aufgeklärt würde, es wäre allemal gesünder.

»Es geht tatsächlich um ihre Existenz«, sagte Gatow und zog Henry von der Tür weg. Ob hier Kameras installiert waren, stand auf einem anderen Blatt, aber sicher waren die Bilder nicht von der Küche aus abrufbar. »Er sieht es so, dass ihre Kontakte und die Leute, die hier ein und aus gingen, ihre Existenz gefährden, sie hingegen meint, dass ohne diese Leute, Namen nennt sie nicht, sie beide niemals zu dem Hotel und dem Restaurant gekommen wären und er noch immer in einer Frittenbude Currywürste braten würde.«

»Man müsste sich die Rechnungen für den Kauf und den Umbau vornehmen, aber das ist nicht unsere Aufgabe ...«

»Still!« Frank hob die Hand und lauschte. »Brunner will das Handtuch werfen beziehungsweise die Schürze abbinden. Er will nicht mehr mitmachen. Es wäre interessant zu wissen, wobei.«

»Ein Drittel aller Köche kommt hier sowieso nicht regulär in Rente, die sind vorher fertig, der Stress bringt sie um.«

»Still!« Frank hob die Hand wieder, dann stieß er Henry zurück. »Sie kommt! Weg hier, die Hexe will schlafen gehen.«

Henry bemerkte an Kleinigkeiten, dass jemand in seinem Zimmer gewesen war. Er sah es an den Unterlagen über die Winzer, auch wenn sie nur einen Millimeter verschoben waren, und sein Laptop steckte verkehrt in der Tasche. Hatte jemand die Datei von John Johansen gelesen? Ansonsten hatte er nichts notiert, was für seine Verfolger für Belang sein konnte. Er ging ins Badezimmer, wusch sich und desinfizierte die Schramme, die gefährlicher aussah, als sie war. Er setzte sich im Bademantel mit dem Wappen des »Il Calice«, einem Kelch und Schriftzug, an den Schreibtisch und schaltete sein Mobiltelefon ein. Isabella hatte mehrmals angerufen, Capitán Salgado ebenso. Schön, wenn sie Mendoza geschnappt hätten. Für den Rückruf war es zu spät, oder zu früh, knapp ein Uhr. Neureuthers Rufnummer probierte Henry trotzdem aus.

Er musste ihn aus dem Tiefschlaf gerissen haben, der Kommissar knurrte seinen Namen mehr, als er ihn sprach. Aber als er gehört hatte, worum es ging, war er hellwach.

»Und was soll ich jetzt tun?«, fragte er. »Soll ich ein

Sondereinsatzkommando schicken, weil Sie beim Joggen gegen einen Ast gelaufen sind? Und dann suchen wir mit Scheinwerfern im Wald nach Pistolenkugeln? Sie sagten, die beiden Männer hätten Sie bereits beim Pferderennen gesehen. Jetzt rächt es sich, dass Sie mir nichts gesagt haben. Übrigens, das ›Il Calice‹ war schon mal in den Schlagzeilen, weil dort häufig die Mitglieder der Partei eines damaligen Ministerpräsidenten verkehrten. Es wurde ermittelt, dann erfuhren die Besitzer – ich weiß nicht wie – von den Ermittlungen, die Partei zog sich zurück, und die Ermittlungen wurden eingestellt. Ob auf Weisung von oben – wer weiß? Soweit ich weiß, reichte der Anfangsverdacht nicht für weitere Ermittlungen. Wenn ich mich um Ihre Geschichte kümmere, mache ich mich bestenfalls lächerlich, im schlimmsten Fall werde ich meinen Job los …«

»Und ich mein Leben«, unterbrach ihn Henry.

»Reisen Sie ab, Herr Meyenbeeker.«

»Klären Sie den Fall auf, dann erst bin ich sicher.«

»Ich würde sagen, Sie machen das! Sie schienen mir immer einen Schritt voraus zu sein. Nein, nein, nehmen Sie das nicht ernst, das habe ich nicht gesagt. Ich bin spätestens zum Frühstück bei Ihnen. Bleiben Sie, wo Sie sind.«

»Was denn nun? Bleiben oder abreisen?« Doch die Frage wurde nicht beantwortet. Neureuther hatte aufgelegt.

Eine Viertelstunde später waren sie unterwegs zu Templin. Auch Franks Zimmer war durchsucht worden. »Ich habe es an der Einstellung meiner Kamera bemerkt. Jemand hat die Bilder angesehen, die wichtigen sind längst bei der Agentur, ich schicke sie abends immer weg. Ich kann ins Archiv der Agentur hinein, sie wieder abrufen, du hast sicher einen Rechner dabei. Das Kabel besorgen wir irgendwo.«

Hinter einer Rechtskurve hielt Henry am Straßenrand, schaltete das Licht aus und wartete mit Blick in den Rückspiegel.

»Was sind das für Fisimatenten?«, fragte Frank.

»Willst du nicht wissen, ob uns jemand folgt?«

»Und wenn es so wäre?«

»Dann müssten wir umkehren, mein Freund, jedenfalls die Verfolger nicht zu Templin führen.«

»Das klingt logisch«, meinte Frank und gähnte herzhaft. »Mach es kurz, wenn du mit ihm redest. Ich bin halb tot vor Müdigkeit. Morgen ist auch noch ein Tag. Ich begleite dich nur aus Solidarität.«

»Wie schön, dass jemand das Wort noch kennt. Es liegt sicher daran, dass du in deinen toskanischen Bergen die Veränderungen in diesem Land nicht mitbekommen hast. Hier ist das Wort aus dem Sprachschatz gestrichen. Es zählt nur noch der Einzelne. Ich glaube, ich kann weiterfahren, es folgt uns niemand.«

Jürgen Templin reagierte schnell aufs Läuten an der Haustür, er wirkte verschlafen, aber nicht betrunken und nicht sonderlich überrascht, dass Henry mitten in der Nacht aufkreuzte.

»Allein?«

»Nein. Der Kollege wartet im Wagen, zur Sicherheit.«

»Ist es so ernst?«

»Spielen Sie nicht den Harmlosen, Templin, das nehme ich Ihnen nicht mehr ab. Sie können helfen, die ganze Scheiße aufzuklären und sie möglichst rasch zu beenden.«

»Dann rufen Sie Ihren Kollegen, und wir gehen ins Haus, es braucht nicht die gesamte Nachbarschaft …«

»Frank Gatow bleibt draußen, als Wachhund.«

Die Wohnung des ehemaligen Winzers machte einen aufgeräumten und sauberen Eindruck, etwas alt und abgeschabt die Möbel, aber durchaus wohnlich. Das Quartier eines Alkoholikers stellte Henry sich anders vor. Templin sah ihm an, was er dachte.

»Keine leeren Flaschen, habe ich alle eben noch in den Glascontainer gesteckt, bevor Sie kamen. Und die vollen sind im Küchenschrank. Machen Sie bloß nirgends eine Tür auf, dann kullern sie raus.«

»Reden wir nicht lange herum, Herr Templin. Was wissen Sie – über Amber und über das ›Il Calice‹?«

»Es geht Ihnen dreckig, ich verstehe, jemand hat Sie umbringen wollen. Gut, irgendwann muss Schluss sein. Jetzt, wo Amber tot ist, kann ich darüber reden, wäre er noch am Leben und ich würde Ihnen das hier anvertrauen, würden seine Anwälte mich fertigmachen – nein, eher seine Freunde. Ich muss weit ausholen, es ist mehr als dreißig Jahre her, fast vierzig, eine Rückblende, sozusagen, die Anfänge … ich war damals ein junger Mann …«

Bevor er seine Geschichte begann, bedeutete er Henry, den Fotografen zu holen, er könne von hier oben die Straße besser beobachten und bekäme eine gute Story geliefert. »Und wenn was passiert – was könnten wir tun? Rein gar nichts. Diese Leute, das sollten Sie wissen, kennen keine Skrupel. Sie sind nicht mit normalen Maßstäben zu messen. Sie fühlen sich ausschließlich der Familie verpflichtet, mehr als ihrer Organisation. Ich koche uns mal einen Kaffee.«

Die flüssige Sprache Templins und die klar geäußerten Gedanken verblüfften Henry. Und von Selbstmitleid keine Spur.

»Da staunen Sie. Ja, zuerst habe ich getrunken, nach dem Unglück. Ich wollte vergessen, so albern das klingt, ich wollte mich nicht erinnern, nichts denken, nichts fühlen, nicht sein. Und reden? Wozu? Es wird immer so dahergeplappert, dass man die Schicksalsschläge hinnehmen muss, dass es Prüfungen sind. Das ist Quatsch. Wer sollte mich prüfen? Vieles wird man niemals los. Ich war wie gelähmt, habe nichts tun können und dadurch eine komplette Lese verloren. Das war der Anfang vom Ende. Wenn mir einer gut zureden wollte, habe ich ihm gesagt, er soll losgehen und sich meine Trauben holen und damit machen, was er will, verstehen Sie? Nein, das können Sie nicht verstehen. Ich war viel zu sehr mit meiner Not und mit meiner Trauer beschäftigt, um den Angriff auf mein Weingut zu bemerken, die feindliche Übernahme. Der Mann von der Bank, Münnemeyer, hat mich immer wieder beruhigt, das mit den Krediten sei kein Problem – und ich Idiot habe es geglaubt, mir keine schriftliche Zusage geben lassen, dann war es zu spät. Er hat die Klärung hinausgezögert und ein einziges Gespräch unter Zeugen mit mir geführt, ganz bewusst. Der Zeuge war J. J., und der hat später alles bestritten – wie wollen Sie unter derartigen Umständen diese Machenschaften beweisen?«

»Was hat das mit Alan Amber zu tun?«, fragte Henry, der wenig erpicht auf eine Lebensbeichte war, unwillig. Er stand mit dem Rücken zu Templin und sah auf die Straße hinunter. Alles war ruhig, nicht einmal Katzen waren unterwegs.

»Nichts hat das damit zu tun. Amber ist eine ganz andere Geschichte. Es sind keine dreißig Jahre seitdem vergangen, es sind sogar vierzig. Jetzt holen Sie schon Ihren Freund rauf.«

Templin ging in die Küche, Henry zum Wagen. Er musste Frank fast mit Gewalt nach oben schleppen.

Ein wenig zitterte die Hand Templins beim Einschenken aus der alten Kaffeekanne. Vielleicht lag es auch am argwöhnischen Seitenblick auf Frank?

»Als ich begriffen habe, was da läuft, habe ich weiter getrunken, ich habe mir eingeredet, dass ich den Alkoholiker nur spiele, damit sie mich nicht ernst nehmen. Ich wollte ihnen den Betrug nachweisen. Aber ich habe mich in zweierlei Hinsicht verrechnet: Ich habe ihnen den Betrug nicht nachgewiesen, und ich habe mir eingebildet, ich käme vom Alkohol jederzeit weg. Aber es geht nicht, ich werde wohl eine Entziehungskur machen müssen, allein schaffe ich das nicht. Nun zu unserem verstorbenen Freund Amber. Wie gesagt, auch dazu muss ich ausholen. Mein Vater war ein Despot. Er war Winzer, es war sein Weingut. So mit fünfzehn Jahren, ich war schon ziemlich kräftig, habe ich angefangen, ihm Contra zu geben, besonders wenn er meine Mutter schlecht behandelt hat. Ich habe ihm irgendwann gesagt, wenn er sie noch einmal heftig anfasst, haue ich ihm was aufs Maul. Das schafft nicht die beste Arbeitsatmosphäre zwischen Vater und Sohn, das können Sie sich denken. Er hat mich danach vor anderen runtergeputzt, absichtlich, um mich klein zu machen, obwohl ich schon damals wusste, wie man Reben richtig schneidet, wie man Wein macht, wie man Schlepper fährt, und im Gegensatz zu ihm habe ich auch die Weine der Nachbarn probiert und Bücher über Weinbau gelesen. Mein Alter aber ließ sich nichts sagen, er tobte immer gleich los, und mit seinen Weinen hatte er Erfolg. Das ist mein Gut, und hier bestimme ich! Mit Ach und Krach habe ich das Abitur geschafft, dann habe ich eine Winzerlehre gemacht, hier in der Nähe, um meine Mutter nicht ihm zu überlassen. Allein konnte sie sich nicht wehren. Aber vor mir hatte der Alte Angst. Als es unerträglich wurde, bin ich nach Italien abgehauen. Ein Freund kannte einen Winzer in Kalabrien …«

»Da haben Sie Amber kennengelernt?«

»Genau da. Er arbeitete auf einem benachbarten Weingut, und weil ich Englisch sprach und jemanden suchte, mit dem ich reden konnte, mein Italienisch war nicht so gut, haben wir uns angefreundet. Er hatte damals bereits eine große Klappe, er würde mal ganz groß rauskommen, international, als Weinexperte, aber nicht als Winzer. Die Arbeit war ihm zu hart. Er wollte immer Weintester werden, er wollte urteilen, er wollte Macht über andere und um Himmels willen nicht arbeiten. Er hat sich gedrückt, wo immer es ging. Aber seine Sprüche über Wein waren großartig, er hatte eine rasche Auffassungsgabe, er hörte eine Beurteilung, gab sie an anderer Stelle wieder, wo sie gar nicht passte, er schnappte Begriffe auf und brachte sie vor, als hätte er sie selbst erfunden. Alles klang so großartig, dass ihm keiner widersprach. Und wenn sich doch jemand traute, dann wies er ihn mit anderen Floskeln zurecht und stellte ihn als Dummkopf hin.«

»Wie haben die Italiener auf ihn reagiert, seine Arbeitgeber oder Lehrer?«, fragte Frank. »Sie verstehen schließlich einiges vom Wein.«

»Sie lieben schöne Worte, damit hat Amber sie eingeseift. Seine Arbeitgeber waren alles andere als beliebt. Überall kassierte die 'Ndrangheta, die kalabrische Mafia, alle wurden drangsaliert, Schutzgeld, Zoll, Wegegebühr bei der Lese, wer nicht zahlte, dessen Weinstöcke wurden kurzerhand abgesägt, oder ein mit Trauben beladener Hänger kam von der Straße ab oder verschwand. Keiner sprach darüber, die Angst ließ sie schweigen, wie heute. Nur das Weingut, wo Amber arbeitete, und noch zwei weitere Güter blieben verschont. Damit war klar, dass dort die 'Ndrangheta zu Hause ist. Und sie bauten Amber zu ihrem Sprachrohr auf. Er bekam dreimal so viel Lohn wie ich, obwohl er nicht einmal eine Lehre absolviert hatte. Er hatte immer Geld, er hatte ein Motorrad, er konnte mich abholen. Meine schrottreife Vespa war meistens kaputt. Da schrieb Amber bereits die ersten Beurteilungen über die verschonten Weingüter.«

Templin stand auf, ergriff die Kaffeekanne und schenkte nach.

»Meine Arbeitgeber glauben an mich, prahlte er, sie werden meine Arbeit finanzieren.« Damit gab er mir gegenüber an und bei den jungen Italienern, mit denen wir herumzogen. Sein Arbeitgeber finanzierte tatsächlich seinen ersten Newsletter, schon damals nannte er es Ambitions. ›Im Gegenteil zu dir habe ich welche‹, sagte er mir, ›deshalb komme ich weiter.‹ Dann hatte er ein Auto, wir anderen knatterten mit unseren Vespas durch die Gegend. Amber hat nur gelacht. Die von ihm beschriebenen Weingüter verkauften hauptsächlich in Großbritannien, sie redeten ihn groß und machten mit seinen Bewertungen Geld. Den Rest kennen Sie. Amber wurde bekannt, beliebt, dann gefeiert – ja, und jetzt ermordet. Er wird sich abgenabelt haben, aber er muss irgendwas getan haben, was ihnen nicht gefallen hat. Oder er wollte raus. Das lassen sich die Familien nicht gefallen. Die 'Ndrangheta verlässt man nicht, obwohl ich nicht glaube, dass er drin war. Um reinzukommen, hätte er eine Italienerin heiraten müssen.«

Henry bemerkte bei den letzten Worten, dass Frank ihm zunickte, wahrscheinlich dachte auch er ans »Il Calice«.

Templin bemerkte es. »Ihr denkt an euer Hotel? Ich kenne keinen von beiden, weder Brunner selbst noch seine Frau. Die Schönhals, die kannte ich, da war sie noch ein kleines Mädchen. Sie war die Tochter von Gastarbeitern. Sie und Rebecca Brunner habe ich später zusammen gesehen, nicht oft, aber immer sehr vertraut, wie Frauenfreundschaften so sind, eingehakt und die Köpfe zusammengesteckt. Nicht nur ich habe mich seinerzeit darüber gewundert, dass da plötzlich ein kleiner Koch auftaucht, ohne jede Reputation, seine italienische Frau mitbringt und beide ein riesiges Bauprojekt starten. Es wurde einiges gemunkelt, aber das war vorbei, als es Jobs beim Renovieren gab, vieles wurde schwarz gemacht, Geld auf die Hand, und später kamen die Politiker. Mit den Großen legt man sich hier nicht an, da wird nur hintenherum gestänkert – man könnte ja einen Nachteil haben und wartet auf die Krümel, die von ihren Tischen fallen.«

Jürgen Templin starrte vor sich hin, als hätte er sich leer geredet, dann stand er auf, holte eine angebrochene Flasche Spätburgunder, sah seine Gäste fragend an, beide schüttelten den Kopf, und er trank allein. Henry sah ihm schweigend zu. Draußen graute der Morgen.

»Haben Sie mal daran gedacht, dass der Unfall Ihrer Frau

hätte arrangiert sein können?«, fragte Frank Gatow in die Stille hinein.

»Ja, natürlich.« Ungerührt blickte Templin vom Glas auf. »An alles habe ich gedacht. Aber wer hätte das tun sollen?«

»Derjenige, der wusste, dass Ihre Frau und Ihr Sohn unterwegs sein würden, wo sie hinwollten, wann sie von zu Hause wegfuhren ...«

Templin zog den Kopf ein und duckte sich wie unter einem Schlag. »Das wusste – das wusste nur mein Fahrer.«

»Der arbeitet als Einziger Ihrer ehemaligen Mitarbeiter noch auf dem Weingut. Er wurde nervös, als ich nach Ihnen fragte.«

»Das hat nichts zu bedeuten, viele Leute werden nervös, wenn man nach mir fragt, aus verschiedensten Gründen. Ich bin ihr schlechtes Gewissen und ein Schandfleck, müssen Sie wissen.«

»Das werden Sie bald ändern können«, meinte Henry mehr zu sich selbst und schaute auf die Uhr. Es war kurz vor vier, an Schlaf war in dieser Nacht kaum mehr zu denken. Das Staatsweingut Blankenhornsberg stand auf dem Programm.

»Um unser Gespräch zu einem Abschluss zu bringen – weshalb zum Teufel wurde Amber nun erschossen? Sie vermuten, dass er mit der 'Ndrangheta in Verbindung stand, dass sie ihn finanzierte. Weshalb sollte der Verein ihn erschießen lassen?«

»Sie verstehen die 'Ndrangheta nicht, Herr Meyenbeeker. Es ist kein Verein, keine Organisation und auch kein Syndikat, es ist eine Familie, und in dieser Familie gibt es nur ja oder nein, diese Familie wird man nie los.«

»Er war Engländer«, warf Frank Gatow ein.

»Wenn man wie er ihre Hilfe in Anspruch genommen hat, bleibt man ihr verpflichtet. Womöglich hatte er einen Job auszuführen und sich geweigert.«

»Und die Brunners? Was ist mit denen?«

»Rebecca fungiert für die Familien vielleicht als Quartiermeisterin, sie leitet die Poststation, da steigen die Kuriere ab, keiner fragt nach dem Namen.«

»Sie wissen ja ziemlich gut Bescheid.«

»Das sind alles Vermutungen. Wenn man jahrelang im Wirtshaus sitzt und nicht für voll genommen wird, kriegt man ziemlich viel mit …«

Es war viel, was sie erfahren hatten, darin waren Henry und Frank sich einig, als sie zurück zum »Il Calice« fuhren, aber es war nicht genug, und es war vor allem nicht gerichtlich verwertbar. Aber handfeste Beweise suchten sie nicht, im Grunde suchten sie einen Weg raus aus dieser Geschichte und das möglichst schnell. Frank sprach zwar nicht darüber, dass er sich Sorgen um seine eigene Sicherheit machte, aber Henry vermutete es. Er war still wie selten. Oder war er nur müde? Frank hielt auch genau wie er selbst Ausschau nach einem Verfolger; der häufige Blick in den Außenspiegel verriet ihn. Sie mussten schleunigst das Hotel wechseln, durch die Wirtin standen sie unter ständiger Beobachtung.

Als Henry den Wagen vor dem Hotel einparken wollte, sah er zwei Personen am Waldrand stehen, er wendete, um sofort durchzustarten, als Frank ihn am Arm packte.

»Ich glaube, da stehen Neureuther und seine kleine Assistentin. Panik?«

»Nein, Vorsicht«, sagte Henry grinsend, aber ihm war nicht wohl dabei.

Der Kommissar wollte natürlich wissen, wo sie zu dieser nachtschlafenden Zeit herkämen. »Und weshalb sind Sie noch hier, Herr Gatow, wo Ihre Frau bereits abgereist ist?«

»Ich diene meinem Freund Meyenbeeker als Rückendeckung bei seinen Recherchen – über die Weine des Kaiserstuhls.«

»Das heißt, Sie kommen gerade von einer Verkostung im Morgengrauen? Ist das jetzt in eurer Szene angesagt?«

»Wir haben das mit der Vernehmung eines Zeugen kombiniert«, ergänzte Henry.

Bevor er fortfahren konnte, fuhr Neureuthers Assistentin dazwischen: »Dann rufen wir jetzt eine Streife und lassen eine Alkoholkontrolle durchführen …«

Neureuther brachte sie mit seinem finsteren Blick zum Schweigen. »Ist was dabei rausgekommen?«

»Weil Sie es sowieso nicht glauben, behalten wir es besser für uns.«

»Darf ich wenigstens wissen, wen Sie vernommen haben?«

»Wir sprachen mit Jürgen Templin, einem Winzer, der mit Alan Amber in seiner Italienzeit befreundet war und seine Kontaktaufnahme zur 'Ndrangheta verfolgt hat.«

»Das meinen Sie nicht ernst?« Der Kommissar machte einen Schritt rückwärts, der Unterkiefer fiel ihm herunter, »baff« war genau das richtige Wort, um seinen Ausdruck zu beschreiben. Er wusste nicht, was er mit der Antwort anfangen sollte, er blickte verstört von einem zum anderen, seine Assistentin wirkte genauso hilflos.

»Todernst meine ich das, so ernst wie die Schüsse auf mich.«

»Dann zeigen Sie mir mal, wo das passiert ist.« Neureuther war erleichtert, dass man sich bewegen konnte, und schwieg auf dem Weg in den Wald. Henry machte ihn darauf aufmerksam, dass sie vom Hotel aus beobachtet wurden. Er war sich nicht sicher, wer dort hinter der Gardine stand, er meinte, dass es der Koch gewesen war.

»Hier bin ich entlanggegangen, einige Schritte weiter …«, Henry blieb stehen und sah sich um, es war mittlerweile taghell, die ersten Strahlen der Morgensonne fielen zwischen den Stämmen auf den duftenden Waldboden. »Der Schuss muss von dort abgegeben worden sein«, Henry zeigte in die Richtung, aus der sie gekommen waren. »Jemand hat von hinten geschossen, die Kugel hat mich verfehlt und ist vor mir in einen Baum …«

»Hier!«, rief die Assistentin, »hier ist die Spur in der Borke, es sieht tatsächlich nach einem Schusskanal aus, aber oberflächlich.« Sie blickte Henry an, als hätte sie ihm bisher kein einziges Wort geglaubt. Sie musste sich recken, um die Einschlagstelle zu untersuchen, Neureuther blickte nach unten, für Henry lag sie auf Augenhöhe.

»Da haben Sie richtig Schwein gehabt. Leider steckt da keine Kugel mehr, ein Streifschuss, und im Laub finden wir nichts.«

»Es gibt noch andere.« Henry wies nach unten. »Sie haben noch mal geschossen, gleich neben mir.«

Den Hang hinab führte sie eine Spur aufgewirbelter feuchter, dunkler Blätter, hierher war er geflohen. Der Weg war länger, als er gedacht hatte, er musste gerast sein und hatte wahnsinniges Glück gehabt, nicht gestürzt oder gegen einen Baum geprallt zu sein. Wie eine Suchmannschaft stiegen oder rutschten sie weiter, die Spur ließ sich nur bei genauem Hinsehen verfolgen. Schließlich fanden sie Henrys Erdloch, drei Meter entfernt davon ragte die Baumwurzel in die Höhe.

»Hier hat er gestanden.« Henry ging an die Stelle, wo er den Schützen gesehen hatte, streckte selbst den Arm aus, als hielte er eine Waffe, und zielte ins Loch. »Da unten müssten die Kugeln sein, in der Erde! Aber rücken Sie bitte nicht mit Ihrer gesamten Kavallerie hier an, um danach zu suchen, das würde gewisse Gäste des ›Il Calice‹ nervös machen und sie zur Abreise veranlassen.«

»Wir werden darüber nachdenken.« Neureuther und seine Assistentin machten mit ihren Mobiltelefonen einige Fotos, und als sie wieder bergan stiegen, blieb Frank, dessen Telefon geläutet hatte, zurück. Keuchend kam er hinter ihnen her.

»Es ist was Grauenhaftes passiert.« Mehr sagte er nicht, er versuchte, zu Atem zu kommen. »Die Valianos, die Winzer aus Italien, sind umgebracht worden, nein, nicht die, die wir kennen«, sagte er, als er Henrys Schrecken bemerkte. »Die richtigen. Antonia, meine Frau, sagt es. Sie sind letzte Woche zur Challenge aufgebrochen, unterwegs wurden sie ermordet, und die Mörder haben ihre Rollen und ihren Wagen übernommen und sich für sie ausgegeben.«

Am wenigsten überrascht zeigte sich Henry. »Ich wusste längst, besser, seit gestern Abend, dass sie keine Winzer sein können, denn wer vom Fach ist«, erklärte er dem Kommissar, »der hätte meine Fragen beantworten können.«

»Henry, Herr Meyenbeeker, hat ihnen einige Fangfragen gestellt!«, erklärte Frank.

»Dann haben sie sich mit falscher Identität auf der Challenge eingeschlichen, um Alan Amber zu ermorden? Und das soll niemandem aufgefallen sein? Kannte sie keiner?« Dem Kommissar fiel es schwer, sich vorzustellen, dass zwei Menschen umgebracht wurden, damit man ihre Rollen übernehmen konnte, um einen weiteren Mord zu begehen.

»Und dann noch einen, die Frau Schönhals ...«

»In einem Duisburger Restaurant haben sie in einer Kneipe sechs Leute auf einmal erschossen«, meinte seine Assistentin, die ziemlich ungerührt auf die Entdeckungen reagierte.

»Zahlen spielen für diese Leute nur auf Geldscheinen eine Rolle«, meinte auch Frank. »Darin sind sie den Bankern seelenverwandt, und beide werden nicht zur Rechenschaft gezogen.«

Neureuther blickte ihn finster an. »Bevor wir in eine politische Diskussion abgleiten, sollten wir zum Hotel gehen ...«

Henry winkte ab. »Die sind längst über alle Berge. Wir können uns nur an die Brunners halten, die Besitzerin und ihren Mann, den Sternekoch. Im Knast freuen sie sich bestimmt, wenn er kommt. Den Brunner stecken sie in die Küche, da wird das Essen besser.«

»Wir werden gar nichts unternehmen!«, sagte Neureuther in ungeahnter Schärfe. »Sie beide sind in einer Stunde im

Präsidium in Baden-Baden. Ich untersage Ihnen ganz offiziell, eigenmächtig zu handeln und die laufenden Ermittlungen zu stören. Ich werde sofort mit meiner vorgesetzten Behörde Rücksprache nehmen.«

»Der Feigling.« Ärgerlich sah Henry den Kommissar und seine Assistentin in den Wagen steigen und abfahren. »Er will sich nicht die Pension verscherzen.«

»Oder seine Oberen nicht gegen sich aufbringen, falls sie mit dem ›Il Calice‹ was zu tun haben«, feixte Frank. »Neureuther muss ihnen Zeit lassen, sich rechtzeitig diskret zurückzuziehen. Und du – fährst du nach Baden-Baden?«

»Einen Dreck werde ich tun. Du kannst von mir aus fahren, ich habe einen Termin auf dem Blankenhornsberg. Die Killer sind sowieso längst über die Grenze in Frankreich oder in der Schweiz. Und die Spuren im Zimmer haben die Brunners, wenn sie schlau sind, beseitigt, der Raum wird mehr als besenrein sein, sicher aseptisch.«

Was mehr als tausend Jahre richtig gewesen war, konnte nicht plötzlich falsch sein. So werden die Ihringer Winzer gedacht haben, als in dem Jahrzehnt nach dem Ende Napoleons plötzlich der Arzt Georg Ernst Lydtin am Ihringer Fohrenberg Land kaufte und es mit Reben bestocken ließ. Es war vulkanischer Boden, der im Gegensatz zum Löss am Kaiserstuhl nie zuvor für den Weinbau genutzt worden war. Der Arzt hatte napoleonische Truppen in Italien begleitet und hatte am Vesuv gesehen, dass dort Weingärten auf schwarzer Lava angelegt worden waren. Henry vermutete, dass es sich um die Region gehandelt habe, aus der heute der Aglianico del Vulture kam, ein Wein, der fünf Jahre Lagerung brauchte, bevor er überhaupt trinkbar wurde. Lydtins Weine jener Zeit hatten großen Anklang gefunden und sein Beispiel Schule gemacht. Henry hatte diese Informationen einer Broschüre über den Kaiserstuhl entnommen.

Den Kaiserstühler Wein machten aber erst die Brüder Blankenhorn berühmt. Sie waren wirkliche Vorreiter, sie ließen am Kamm des Winklerberges das Gelände für ihr Weingut heraussprengen, importierten französische Pinot-Noir-Klone aus dem Burgund sowie Riesling aus dem Rheingau und gaben ihre Erfahrungen sowie Rebschösslinge vom Spätburgunder an Nachbarn weiter. Und sie nutzten das Weingut, um Forschung zu betreiben. In der NS-Zeit wurde das Gelände verstaatlicht und der Lehr- und Forschungsanstalt in Freiburg angeschlossen.

Aufgrund ihrer Erfahrung mit staatlichen Stellen in Spanien und Italien waren sowohl Henry wie auch Frank sehr skeptisch, aber Henry war neugierig, denn er hatte zwei Weine von hier probiert, die ihm gut gefallen hatten. Sie ließen Ihringen hinter sich und folgten gleich am Ortsausgang dem Hinweisschild zum Staatsweingut. In der ersten Kehre am Fuß des Berges lag der jüdische Friedhof, aber um ihn betreten zu dürfen, hätten sie sich den Schlüssel fürs Tor holen müssen, und so wurde wieder einmal die Neugier der Pflicht geopfert, so wie die Kaiserstuhlbahn. Henry war noch immer nicht mit ihr gefahren.

Die Skepsis der staatlichen Einrichtung gegenüber wich in dem Maße, wie sie den Serpentinen durch die Weinberge auf den Kamm des Winklerberges folgten. Diese Weinbergslage mit dem Namen »Doktorgarten« war fantastisch.

»Wer es hier nicht versteht, große Weine zu machen«, meinte Henry, als sie auf das gläserne Portal des Gutes zugingen, »muss ein Schwachkopf sein.«

Frank stimmte ihm zu. »Dabei ist es gar nicht schwer, Wein zu verderben. Unsere Nachbarn in der Toskana haben ein ähnliches Terroir wie wir, und ich weiß, was bei denen für Murks herauskommt. Wenn dieses Gut zum Verband der Prädikatsweingüter gehört, ist das ein Hinweis auf Qualität. Aber man weiß nie …«

Die Anlagen machten einen großzügigen und gepflegten

Eindruck, sie wirkten durchdacht und zeigten auch Sinn fürs Detail. Mediterrane Pflanzen wie Zypressen, Agaven und Kakteen rahmten die Kellerei und den Besucherpavillon ein, Rosmarin wuchs hier ganzjährig, und Salbei und Oleander sprengten fast die Kübel.

»Hier würde es Antonia gefallen«, meinte Frank, »zu Hause ist es ähnlich, aber sie würde nie ihr Weingut verlassen.« Hier oben war es jetzt schon warm, es würde heute noch wärmer werden, heiß – und noch immer kündigte sich kein Regen an, die Wolken im Westen logen mal wieder. Ihringen sollte der wärmste Ort Deutschlands sein. Den beiden Männern war es recht, sie kannten Hitze, sie ertrugen sie nicht, sie liebten trockenes heißes Wetter.

Am stärksten aber beeindruckte der Ausblick über das Oberrheintal. Am frühen Morgen hatten die Vogesen sich noch nicht hinter den üblichen Dunstschleier zurückgezogen, der würde sich später mit zunehmender Hitze entwickeln. Henry empfand es als angenehm, dass dieser Ort sich so offen präsentierte, frei und luftig und zugänglich in der Höhe – ganz anders als das »Il Calice« mit seinem düsteren Waldrand, der nach zwei Schritten ins Dunkel jeden vor allen Blicken verbarg, das mystische Versteck einer Räuberbande im Wald. Den Gedanken an die Rückkehr dorthin musste Henry geradezu mit Gewalt beiseiteschieben, wie auch alle Gedanken an das, was ihn dort erwarten konnte. Sie mussten nur noch packen.

Jetzt warteten die Weine auf ihn, die angenehmste Seite seines Berufs. Sie wuchsen in begrenzter Menge, anders als andere Winzer hielt Herr Huber, der ernsthaft und bescheiden wirkende Agronom, von großer Statur und freundlich unaufdringlichem Wesen, die Mengenbegrenzung im Weinberg für eine Voraussetzung, um Qualitätsweine zu erzeugen. Fünfunddreißig bis fünfundvierzig Hektoliter pro Hektar waren es bei den Großen Gewächsen an der Spitze der Qualitätspyramide, fünfzig Hektoliter bei den anderen

Weinen. Bei den steilen Hängen konnte wegen der Neigung nur von Hand gelesen werden, jeder Vollernter wäre abgestürzt, und mit seinem Gewicht hätte er den Boden verdichtet.

All jene, die meinten, auf Staatsweingütern würde nur rumgesessen und Steuergeld verpulvert, straften die Weine vom Doktorgarten Lügen. Auch Henry und Frank revidierten nach den ersten Proben ihr Urteil, mitten in der Probe waren die kalabrischen Mafiosi längst vergessen, und als der letzte Spätburgunder ausgetrunken war, viel zu schade zum Ausspucken, waren sie begeistert. Von den einfachen Qualitäten des Weißburgunders über den trockenen Grauburgunder Kabinett bis zu den Großen Gewächsen des Spätburgunders, die wirklich eindrucksvoll waren, zeigte sich bei allen Weinen Tiefe, Extrakt, Struktur und geschmackliche Fülle. Frank bevorzugte als Chianti-Fan die säurebetonten und mineralischen Weißburgunder. Henry mit seinem spanisch geprägten Gaumen stand mehr auf die kraftvollen Spätburgunder. Sie soffen nicht in der marmeladigen Fülle sonnenverwöhnter Wuchtigkeit oder der Weichheit burgundischer Gewächse ab und liefen den Franzosen zu Recht den Rang ab.

»Wie geht's weiter?«, fragte Frank, als Henry den Wagen die Serpentinen hinunterrollen ließ. »Die Schönhals hat in Ihringen gewohnt, ihre Eltern leben dort, vielleicht gehören auch sie, wenn nicht zu den Aktiven, so doch zu den Schweigenden – oder den Schläfern?«

»Der Neureuther soll sich drum kümmern, der wird bezahlt, damit er aufräumt.«

Frank hatte Zweifel. »Der macht das nie, wenn die Politiker kein grünes Licht geben. Wenn in Italien mit Mafiageld Wahlen finanziert werden, wieso nicht auch hier? Ich habe das erlebt.«

»Hier ist nicht Italien, *amigo mío*.«

»Das glaubst du auch nur. Italien ist überall.«

»Dann knöpfen wir uns eben später den Koch vor, der ist fällig, der bringt sich mit seinen albernen Küchenmessern beinahe selbst um.«

»Aber seine Alte ist beinhart.«

»Egal! Ich will das hinter mich bringen, ich habe sonst keine ruhige Minute mehr.«

19

Rebeccas Auftritt

»Wo steckst du? Seit gestern versuche ich, dich zu erreichen.« Isabellas Stimme schwankte zwischen Vorwurf und Besorgnis. »Sie haben deine Wohnung durchsucht und verwüstet, es soll das totale Chaos herrschen. Deine Nachbarin meint, die Männer gesehen zu haben. Sie trugen braune Uniformen, wie die von dem Paketdienst, sie dachte, sie hätten eine Lieferung, einer trug einen Karton in Händen. Es tut mir leid, das sagen zu müssen, es soll so gut wie nichts heil geblieben sein, sagt auch die Polizei. Sogar die Polster wurden aufgeschlitzt, die Decken zerschnitten und die Papiere zerrissen, dein ganzes Archiv ... sie haben sich richtig Mühe gemacht. Man könne alles wegwerfen, meinte die Nachbarin, nur in der Küche haben sie nichts angerührt, das Porzellan zu zerschlagen wäre laut gewesen. Ihren Namen habe ich vergessen, nein, Olga heißt die Nachbarin, sie ...

»... Venturea ...«

»*Sí, exactamente*, Venturea. Ob was gestohlen wurde? Henrique, *dios mío*, – so sag doch was, bitte, bist du noch dran? Hallo?«

Henry war nicht überrascht, und das wieder überraschte ihn und bestätigte seinen Entschluss. »Mendoza – das kann nur er gewesen sein, der Drecksack, oder der Lump, der euch die Chlorbleichlauge ... oder beide, oder dein Bruder. Wenn ich einen von denen in die Finger kriege, denke ich mir was aus.«

»Henrique, du kriegst nur Ärger, überlass das der Polizei. Salgado ist dran …«

»Ich will ihm nicht noch mehr aufbürden, der arme Kerl ist sowieso völlig überlastet. Außerdem ist er nicht unser Privatpolizist. Weiß man schon, wer …«

»Nichts. Salgado kümmert sich um mögliche Spuren. Weshalb hast du dich nicht gemeldet? Du hast auch keine Mail geschickt. Was ist da los? Stimmt was nicht? Henrique, du verheimlichst mir was. Du bist wieder in irgendeiner Sache drin. Geht es um Amber?«

»Ich komme zurück …«

»Wann?«

»… und dann bleibe ich bei euch. Es ist endgültig Schluss. Es reicht mir. Ich muss mich endlich irgendwo richtig einklinken, richtig niederlassen, richtig zu Hause sein …«

»Wieso auf einmal? Woher der Sinneswandel? Nicht, dass ich was dagegen hätte … ganz im Gegenteil. Und … für Sebastián wäre es eine riesige Entlastung.«

»Ein paar Tage brauche ich noch, dann ist das hier erledigt. Dann komme ich. Mach dir keine Sorgen, es geht mir gut, wir sind zu zweit.« Er erzählte ihr kurz von Frank Gatow und dass er mit ihm zusammen die Winzer besuche.

Isabella gab sich nicht zufrieden und wiederholte ihre Frage. »Was ist mit Amber? Erzähl mir nicht, dass die Sache dich kalt lässt. Wenn du nicht darüber sprichst, ist es brandheiß.«

»Was soll ich sagen? Wir kümmern uns ein wenig um die Hintergründe, so nebenbei. Um die Mörder geht es uns nicht.«

Isabella kannte ihn zu gut, um ihm das abzunehmen. »Wenn du die Hintergründe ermittelst, dann interessieren sich die Mörder für dich, ob du willst oder nicht!«

Henry überlegte, was er sagen könnte, argumentativ war sie nicht zu schlagen. Von ihrer Reaktion war er überrascht.

»Ich komme mit dem nächsten Flugzeug. Und dann nehme ich dich mit, lebend.«

Isabella hier? Das fehlte noch. Er durfte sie nicht in Gefahr bringen, bei ihrem Eintreffen musste die Chose beendet sein.

»Du kannst den Betrieb nicht allein lassen!«

»Was glaubst du, was ich alles kann, mein Lieber.«

Als sie aufgelegt hatte, starrte Henry konsterniert vor sich hin.

»Ärger?« Franks Grinsen war die reine Schadenfreude.

»Ich weiß genau, was du denkst. Aber so ist es nicht. Sie will herkommen, und ich bin mir sicher, dass sie es wahr macht. Es ist immer so. Sie kennt mich zu gut. Wenn ich nicht klar bin, nicht geradeheraus, dann weiß sie, dass da was nicht so gut läuft. Aber wir sind doch durch – oder?« Es war das »Oder«, das Henry selbst zweifeln ließ.

»Wenn sich die Polizei jetzt hier umsehen würde, könnte ich dir zustimmen, aber nicht nach diesem feigen Abgang, von wegen, dass er sich Rückendeckung holen müsse. Bei uns in Italien ist das normal, da muss sich die Polizei grundsätzlich Rückendeckung holen, und auch die Staatsanwälte haben Schiss; sie überlegen sich bei den Gesetzen, die unter Berlusconi verabschiedet wurden, dreimal, ob sie handeln. Die Mafia verkehrt in den höchsten Kreisen. Politiker nehmen Geld von jedem, deshalb sind sie schließlich Politiker geworden.«

Der Fall könne nur dann eine andere Wendung nehmen, meinte Henry, wenn Scotland Yard sich bemühen musste. »Bei einer internationalen Angelegenheit müssten die in Baden-Baden doch den Hintern hochkriegen.«

Frank glaubte, dass sich längst die Landesregierung damit befasste und die Nachrichten kontrollierte, als Henry ihn stoppte.

»Ich habe eine Idee. Ich kenne bei uns einen Wein-Blogger, der tagesaktuell schreibt. Ich rufe ihn an, erzähle ihm alles, dann ist es in zwei Stunden im Netz, und alle Reporter der Welt überschwemmen das ›Il Calice‹.«

»Sehr gut, aber was wissen wir wirklich? Die Kollegen zertrampeln höchstens die restlichen Spuren.«

»Spuren? Hier? Von wem? Du glaubst doch nicht wirklich, dass noch irgendwelche Spuren zu finden sind. Die falschen Winzer sind abgereist, und die beiden vom Begleitkommando oder dem Killer-Team, wie immer du willst, haben sich längst verdünnisiert. Wenn die Brunners als Quartiermeister für die 'Ndrangheta fungieren, dann machen sie das nicht erst seit gestern und wissen, wie man Spuren beseitigt. Ich denke mehr an unsere Sicherheit. In der Menge sind wir sicher.«

»In der Menge kann man sich ungesehen bis auf einen Meter heranpirschen. *Remember Mister Amber.* Sie haben die Menge genutzt, um ihn umzubringen, wir alle haben die Kulisse geliefert, das Wasser für die Fische. Der Fehler war die Schönhals …«

»Und die Störung in deinem Radio. Also, was wäre deine Alternative?«

»Entweder klären wir das selbst oder wir verschwinden.«

Die Probleme von Winzergenossenschaften kannte Henry aus eigener Anschauung. Er war finanziell an der Kooperative Lagar beteiligt, wenn auch nicht als Traubenproduzent, so doch als Vertriebsberater. Um sich ein Urteil über die Kaiserstühler Winzergenossenschaften zu erlauben, wusste er zu wenig. Bei denen aus Achkarren waren es zwei Weißweine, die ihm besonders zusagten, einmal ein Grauburgunder vom Castellberg, den er als sehr gelungen betrachtete, und ein Weißburgunder, allerdings mit dem Manko, dass er sauer wirkte, wenn er zu kalt getrunken wurde.

Bei den Spätburgundern gab es auch zwei schöne Exemplare, einmal einen Vierzehnprozenter mit intensiven Aromen von Beeren und Kirsche und eine Auslese mit starkem

Volumen, jedoch nicht pappig, sehr dicht und intensiv in der Frucht.

Bei der Winzergenossenschaft Oberbergen, die sie anschließend besuchten, war das Ergebnis auf ähnlichem Niveau, man spielte in derselben Klasse, wobei ihm letztere ein wenig besser gefiel und hier besonders die Grauburgunder. Doch um spanische Weinhändler zu überzeugen und mit französischen Burgundern in Spanien zu konkurrieren, mussten sie einen Zahn zulegen.

Das Einzige, was Spanier kannten, waren deutsche Rieslinge, und sicher nicht die guten, eher die billigen, oder aber die ganz teuren in Madrids Edelgastro-Szene. Henry hingegen brauchte auch günstige Weine, um den Einstieg zu schaffen, das Probieren durfte nicht zu teuer sein, ein spanischer Weintrinker probierte gern.

Am Nachmittag besuchten sie Bernhard Huber in Malterdingen, das zum Breisgau gehörte, und obwohl er damit kein Kaiserstühler war, lohnte ein Besuch bei ihm allemal. Er hatte Henry bereits mit seinem Müller-Thurgau überzeugt. Der Winzer war ein Beispiel dafür, dass man zur absoluten Spitze eines Landes gehören konnte und dabei die Bodenhaftung nicht verlor, auf Allüren verzichten konnte, bescheiden blieb, ernsthaft und mit Überzeugung seiner Arbeit nachging. Bernhard Huber stand mit beiden Beinen in seinem Terroir, kannte seine Weinberge, er wusste, wo im Betrieb die Sackkarre zu stehen hatte, und schloss als Letzter die Türen ab.

Seine Weine waren nicht billig, einige preiswert. Solche Weine zu machen war mit Aufwand verbunden und daher teuer, und glücklicherweise gab es genügend Weinfreunde, die sich das leisten konnten, Billigtrinker gehörten nicht zum Klientel.

Die Weine von jungen Reben waren anders als die von alten Stöcken, aber in ihrer Art jeweils wunderbar. Der Muschelkalk, der auch im Boden Burgunds vorkam, erinnerte sehr an die dortigen Weine. Und es war das Können, die Hingabe und der Ideenreichtum, die derartige Weine entstehen ließen.

Dem Ausgangsmaterial wurde große Aufmerksamkeit zuteil, dazu gehörten Ertragsreduzierung, Traubenteilung und große Abstände zwischen den Stöcken. Die Rotweine wurden auf der Maische vergoren. Um sie zu klären, wurde nicht eingegriffen, danach blieben sie achtzehn Monate lang im Barrique. Die weißen Burgundersorten waren ebenfalls sehr gelungen.

Beim Fachsimpeln und Kommentieren der Proben hatte Henry die Zeit vergessen, und als Frank dann noch auf das Angebot des Winzers einging, sich verschiedene Lagen anzusehen, mit immer wieder anderen Ausblicken auf Malterdingen und auf Hecklingen, auf das Schloss und über die Burgruine in der Höhe, war der Abend nah. Die Sonne stand tief und warf lange Schatten in die Ebene zwischen Schwarzwald und Kaiserstuhl. Schatten legten sich auch Henry aufs Gemüt, wenn er daran dachte, ins »Il Calice« zurückkehren zu müssen, und sei es auch nur, um den Koffer zu packen und die nächste Nacht irgendwo anders zu verbringen. Er konnte sein Gelump einfach in den Wagen werfen und wegfahren. Es gab nichts mehr zu kämpfen. Die Polizei war hier gewesen, und die Leichen der echten Winzer waren entdeckt worden. Die Mafiosi würden die Gegend verlassen haben, der Kelch war zu heiß geworden.

Als sie sich dem »Il Calice« näherten, erinnerte sich Henry an Neureuthers Anweisung, lachte auf und schaute auf sein Telefon. Aber der Kommissar hatte nicht angerufen, es waren lediglich zwei Anrufe aus Spanien eingegangen.

»Wir haben es beide vergessen, wir hätten zur Polizei kommen sollen. Ich habe das anscheinend verdrängt. Hast du daran gedacht?«

Das hatte Frank, aber er hatte die Einladung mehr auf Henry denn auf sich selbst bezogen. »Wenn er uns gebraucht hätte, dann hätte Neureuther sich gemeldet. Ich glaube, wenn es sich um organisiertes Verbrechen handelt, sind die Behörden vorsichtig. Sie wissen nie, woran sie mit ihren Vorgesetzten sind, und mit vorschnellen Schritten macht man sich unbeliebt. Das schadet der Karriere, wenn man bei Polizisten von Karriere sprechen kann.«

Während Henry fuhr, wanderten seine Augen ständig von der Straße vor ihnen in den Rückspiegel. »Hauptsache, du hast Geld, und nachdem man es richtig angelegt hat, fragt keiner mehr, woher es stammt. Ich frage mich nur, weshalb Neureuther uns hier weghaben wollte. Sollen wir uns nicht weiter in die Sache reinhängen, oder hat er Angst um uns?«

»Polizisten haben nur Angst um den eigenen Hintern und die eigene Familie.« Frank hielt Neureuther nicht für einen schlechten Polizisten, aber der Fall Amber war zu groß für ihn, und jetzt, in Verbindung mit der 'Ndrangheta, war er extrem kompliziert geworden. »Er ist nur ein Rädchen, vielleicht will er wirklich nicht, dass wir ins Getriebe geraten. Er wird den Laden kennen, er wird wissen, wer oben auf der Pyramide die Ansagen macht ...«

Henry schlug vor, sofort zu packen und auf verschiedenen Wegen nach Freiburg zu fahren, jeder in seinem eigenen Auto, und dort ein Hotel zu suchen, die Stadt war anonym. »Die Autos stellen wir in die Tiefgarage, da sieht man sie nicht zufällig. In den Hotels kann man irgendeinen Namen angeben, da will niemand einen Ausweis sehen. Noch eine Woche – dann haben wir's geschafft, wenn das Wetter so bleibt.«

Es hatte sich bezogen, weit im Westen hingen graue Regenfahnen vom Himmel, Blitze zuckten über den Vogesen, aber hier blieb die Erde trocken.

»Was passiert, wenn deine Frau kommt? Wie findet sie uns?«

»Ich kann sie anrufen und ihr sagen ...«

»Nicht, dass sie ins offene Messer läuft.« Henry war klar, dass Frank an das Messer des Kochs dachte.

»Wird sie nicht. Brunner braucht es, um sich selbst die Finger abzuschneiden.«

Er hatte den Satz kaum beendet, als sie auf den Parkplatz des »Il Calice« einbogen. Unter den Wagen, die dort standen, war Franks Lancia der einzige mit italienischem Nummernschild. Das Cabriolet, mit dem Signora Brunner normalerweise unterwegs war, fehlte. Das machte die klammheimliche Abreise leichter. Die meisten Fenster des Hauses waren dunkel, aber im Restaurant und in der Küche brannte Licht, hinter den Milchglasscheiben bewegte sich schemenhaft eine Gestalt, das musste der Koch sein, er war allein. Henry brachte seine Aktentasche auf sein Zimmer und warf sicherheitshalber einen Blick auf die von Windlichtern spärlich erhellte Gartenterrasse. Dort saßen noch zwei verliebt flüsternde und Händchen haltende Pärchen, beide vor einer Flasche Wein. Sie machten keinen gefährlichen Eindruck.

Frank, der auch heruntergekommen war, meinte, dass Entspannung trotzdem nicht angesagt war, sie sollten schleunigst die Koffer packen.

Unbewusst waren sie dem Klappern von Töpfen nachgegangen und standen vor der Küchentür, als plötzlich wieder ein Teller zu Boden fiel.

»Der ist am Ende«, flüsterte Henry, »aber zum Kassieren wird seine Kraft wohl reichen.«

»Ob er für uns noch was zu essen hat?«

»Mich interessiert mehr, ob er uns was sagen will oder zu sagen hat.«

»Du kannst es nicht lassen, ist das krankhaft? Der Reporter steckt eben in dir.« Aber trotz seiner Vorbehalte kam Frank mit.

Der Koch glaubte sich allein, daher fuhr er zusammen, als beide Männer die Küche gleichzeitig betraten.

»Was wollen Sie hier?«, fragte er entsetzt und wich zurück. »Wir haben geschlossen.« Er sah sich um, sein Blick blieb an dem Messerblock haften, dann machte er ein Gesicht, als fühlte er sich ertappt. »Bitte, gehen Sie, ich will nicht, dass noch mehr …«

»Lassen Sie den Unsinn«, fuhr ihn Henry an. »Zurzeit können Sie mit den Klingen nicht besonders gut umgehen, Sie tun sich nur selbst weh. Wir sind zu zweit, wir werfen mit Kochtöpfen und schlagen mit den Pfannen zu.« Er hatte sofort gesehen, wo sie hingen.

Die massige Gestalt in Weiß wirkte verzweifelt, entmutigt und gehetzt. Brunner ließ die Schultern sinken.

»Was wollen Sie?« Er seufzte und gab sich selbst die Antwort, es schimmerte etwas wie Hoffnung durch. »Was kann man in einer Küche schon wollen, außer sich etwas zu essen holen. Nicht wahr?« Es hörte sich nicht nach einer Frage an, es war die flehende Bitte, ihn mit allem anderen außer mit dem Essen zu verschonen. »Kann ich jetzt noch was Gutes für euch tun?«

Das Gesicht des Kochs verwandelte sich in eine Bitte um Gnade. Er wusste, dass er nicht vorzugeben brauchte, nichts von den Vorfällen der letzten Tage zu wissen oder gar selbst nicht darin verstrickt zu sein. Das war klar. Kochen zu dürfen verschaffte Brunner eine Art Galgenfrist. Das war seine Passion, sein Beruf, sein Leben. Er hätte bis in alle Ewigkeit gekocht, wenn er von dem, was unweigerlich auf ihn zukam, verschont bliebe.

»Antipasti? Eine Platte für zwei? Einen ganz frischen Meeresfrüchtesalat? Tintenfisch in eigener Tinte?« Brunner schaute hilflos von einem zum andern. »Fisch habe ich noch, Seeteufel und Zander, Rheinaal – eine Lachsforelle?« Er sprach immer schneller. »Wild, ja Wild könnte ich euch machen, Hirschrücken, in einen Nero d'Avola eingelegt, mit Spätzle oder Pasta, habe ich alles selbst gemacht. Kalb habe ich auch noch, vom Biobauern, und Rindsmedaillons,

Ravioli, meine eigenen, die sind allerdings von gestern, aber die besten, die ihr je gegessen habt, so gute …«

Hilflos starrte er die späten Gäste an, die ihm interessiert zuhörten und ihn keineswegs, wie er zu vermuten schien, hochnehmen wollten. Die Panik in seiner Stimme machte seine Angebote noch überzeugender. Dann wandte er sich ab.

»Ist alles vorbei?«, fragte er in den aufgeräumten Küchenraum hinein. Geputzt hatte er noch nicht, Eimer und Schrubber stranden neben dem Gefrierschrank. »Kann ich meinen Laden zumachen? Darf man noch aufräumen, bevor man verhaftet wird?«

»Ich glaube, nicht«, sagte Henry so beiläufig wie möglich und starrte auf die verbundene Hand. Brunners Augen waren Henrys Blick gefolgt.

»Ja, zum Schluss schneidet man sich immer ins eigene Fleisch. Ich hätte es mir denken können, damals schon, aber da sah ich es als meine einmalige Chance. Ich wusste nicht, worauf ich mich einließ. Wenn man jung und verliebt ist, so wie ich damals, dann checkt man nichts mehr, man ist nur noch blöde im Kopf.«

»Kommt auch auf die Frau an«, sagte Frank verwundert, denn mit einer Beichte hatte er gar nicht gerechnet.

»Das stimmt leider.« Brunner sagte es wie ein Rottweiler, der vor dem Zubeißen die Lefzen hochzieht. Er ging zu einem Gläserschrank und kam mit drei gläsernen Kelchen zurück, die er auf die Arbeitsplatte neben dem Gasherd stellte, seine Hände zitterten dabei so sehr, dass es laut klirrte. »Einen Morellino di Scansano aus der Toskana? Ich hab noch einen offen … oder lieber einen Brunello? Nein, der Rosso aus dem Fuder ist besser als der aus dem Barrique. Oder was aus Sardinien, Monica di Sardenga, oder besser was Heimisches vom Kaiserstuhl? Nun sagt doch was. Bitte! Redet endlich!«

»Du bist der Wirt, du bist der Koch, du entscheidest, was zu deinem Essen passt. Du kennst deine Weine. Wir verlassen uns auf deine Empfehlung, denn dein Essen ist gut, ein verdienter Stern, nicht wahr, Henry?«

Brunner lächelte, gequält zwar, aber der Hass verschwand aus seinem Gesicht. Frank konnte besser mit dem italienischen Teil von Brunner umgehen, er traf den Ton. Henry hätte sich ungeschickter benommen, er konnte es kaum erwarten, seine Fragen loszuwerden. Sein Benehmen erinnerte ihn an die nervösen Pferde in Iffezheim in den Startboxen. Er wollte los.

Brunner war bereit zum Reden, er musste reden, sonst wäre er geplatzt oder erstickt. Die Folgen waren ihm egal, sie waren ihm wie alles andere über den Kopf gewachsen. Aber er brauchte ein Ritual. Er holte zwei Hocker und stellte sie neben die Arbeitsfläche, er wies seine Gäste an, sich zu setzen, stellte einen Topf mit Wasser aufs Feuer und eine Kasserolle auf die Flamme daneben. Dann gab er Olivenöl hinein und holte aus dem Kühlschrank eine Portion bereits geputzter Pilze.

»Ich habe noch was anderes, und zwar einen Roten von Querciabella aus der Toskana, elf Jahre alt, er ist auf dem absoluten Höhepunkt. Den nehmen wir.« Jetzt freute er sich sogar.

Während er den Wein aus dem Keller holte, schwieg Henry und sah Frank an, der mit den Achseln zuckte. Es gab nichts mehr zu sagen. Sie mussten warten, die Dinge nahmen ihren Lauf. Hoffentlich verschwand Brunner nicht.

Nein, er kam zurück, schnitt die Kapsel der Flasche ab und benutzte den Korkenzieher sehr geschickt. Henry fiel auf, dass ihm die Hände dabei nicht zitterten, es war die erste wirklich harmonische Bewegung dieses Mannes. Mit dem Korkenzieher konnte er noch umgehen, mit seinen Messern nicht mehr.

»Ihr wollt wissen, wie alles angefangen hat?« Der Korken war draußen, Brunner schenkte ein. »Gut, euch erzähle ich es, aber nicht der Polizei. Wenn die es weiß, dann wissen es die anderen, und dann bin ich tot. Gäbe es nur die Polizei, wäre es nicht so schlimm, da hätte ich die größte Angst davor, im Knast nicht kochen zu dürfen. Meint ihr, dass ich lange in U-Haft komme?«

»Nein«, sagte Henry, um ihn zu beruhigen, damit er weitersprach. Außerdem lief die Zeit, Signora Brunner konnte jeden Moment zurückkommen, dann wäre die Beichte vorbei, Brunner würde wieder kuschen.

»Ich habe sie in Reggio Calabria kennengelernt, in den Ferien, ich hatte in der Berufsschule einen Italiener als Freund, der hat mich nach Reggio mitgenommen, wo seine Tante eine Trattoria hatte. Da habe ich sie getroffen. Bei mir war es Liebe auf den ersten Blick, was es bei ihr war, kann ich heute nicht mehr sagen. Ich glaube, sie brauchte jemanden, den sie herumschicken konnte. Wir haben bald ein gemeinsames Leben geplant. Ich hatte immer den Traum vom eigenen Restaurant. Und sie sagte, ihre Eltern könnten uns dabei helfen, die hätten ziemlich viel Geld und Vertrauen zu ihr.«

Brunner hatte die Hände um die Flasche gelegt, hielt sie vor die Brust wie ein Mikrofon und starrte beim Sprechen den Flaschenhals an. Dann sah er sich um, fand eine Dekantierkaraffe und gab den Wein tropfenweise hinein.

»Ich hätte misstrauisch werden müssen«, fuhr er fort, »ich habe gleich gemerkt, dass die Eltern einfache Leute waren, die normalerweise nicht über viel Geld verfügen. Ihnen fehlte, das weiß ich erst heute, die Kultur, die dahintersteht. Auch Neureiche sind anders, die haben wir hier zur Genüge. Die imitieren die ihnen fehlende Kultur. Es war ein krasses Missverhältnis zwischen Geld und Geist. Ein reicher Manager, auch wenn er ein Lump ist, verfügt zumindest über eine gewisse Bildung.«

Brunner schenkte ein, als würde er eine Arzneimischung herstellen. »Es soll in jenem Jahr Italiens Bester gewesen sein. Aber wer ist schon der Beste, der Schönste, der Schnellste?« Er sah sich um, bekam keine Antwort und sprach weiter.

»Rebecca – ich fand ihren Namen wunderschön – Rebecca wollte hoch hinaus. Sie wollte ein Hotel, wie sie sagte, wir hielten Händchen und hielten es für die ideale Verbindung. Mein Freund hat mich gewarnt, es seien die falschen Leute, man wüsste nicht, wo die ihr Geld herkriegten und so weiter. Wenn man verliebt ist, kann man auf Ratschläge gut verzichten. Klar, dass wir in Italien kein Restaurant aufmachen würden, ich bin von hier, aus Bickensohl, ich kannte den Kaiserstuhl. Damals waren die Weine längst nicht so gut wie heute. Was mich stutzig machte, war – da waren wir längst hier, und es stand bereits ein Teil des Hotels –, dass so viele Italiener vorbeikamen, mit denen, ja, wie soll ich es sagen, ein irgendwie familiäres Verhältnis bestand. Sie schloss mich gleich von ihren Gesprächen aus. ›Geh kochen, wir freuen uns auf dein Essen‹, sagte sie. Also habe ich für alle gekocht. Ich hab's gemacht, und sie redeten. Über Geld, über Leute, über Methoden, wie ich mitbekam. Zuerst war ich eifersüchtig, aber ich habe schnell gemerkt, dass es um Geschäfte ging. ›Ich möchte dich damit nicht belasten‹, hat meine Frau immer gesagt, ›es würde dich beunruhigen.‹ Da fing ich an, die Dimension zu begreifen, da wusste ich, dass es kein Entkommen gab. Den Italienern macht das nichts aus, für sie zählt anscheinend das eigene Leben wenig, die Familie umso mehr.«

Henry führte sein Glas an die Nase. Der Wein war betörend, er konnte sich gut vorstellen, dass es Italiens Bester gewesen war, vielleicht war er es jetzt noch: Eleganz, Klasse und Rasse, lebendig dazu, eine grandiose Verbindung! Und Brunner redete.

»Querciabella hat sich nie von Amber bewerten lassen«, sagte er, als müsse er sich entschuldigen. »Ich rede sonst nicht so viel, aber ich habe das Gefühl, ich habe nicht mehr viel Zeit.«

Frank stimmte ihm zu. »Das ist wahrscheinlich der Fall, wir nämlich auch nicht. Komm zum Punkt!«

»Amber?«

»Genau um den geht es.«

Brunner erzählte etwas Ähnliches wie Jürgen Templin über ihn, allerdings aus einer anderen Warte. Er habe erst im letzten Jahr erfahren, dass der Weinkritiker mit der »Familie« in Verbindung gestanden hatte. Soweit er wusste, hatte Amber seine Schulden komplett zurückgezahlt und war damit draußen.

»Dann übernahm die neue Generation die Macht, diese gnadenlosen Vierzigjährigen, Profit-Söldner mit Leib und Seele, für die außer Geld nichts zählt, auch die Familie nicht mehr. Schwarzer Anzug, schwarzes Auto, schwarze Seele. Und alte Absprachen zählten auch nicht mehr. Sie wollten dauernd frisches Geld – und Amber hat sich geweigert. Er hatte seine Schulden bezahlt. Da haben sie ein Exempel statuiert.«

»Weiter nichts? Das ist alles – ein Exempel?«

»Rebecca hat es so erzählt.«

Für Henry war die Botschaft logisch. »Klarer geht es nicht: Zahle jetzt, oder du bist morgen tot.«

»Hast du nie daran gedacht, zur Polizei zu gehen?«, fragte Frank. »Du wusstest, was geplant war.«

»Zur Polizei gehen? So eine Frage stellst du, wo du in Italien lebst? Ob ich daran gedacht habe? Hundert Mal bestimmt. Aber wem kann man trauen? Man weiß nicht einmal, ob der Fall bearbeitet wird – und das alles hier aufgeben?« Brunner blickte sich verzweifelt in seiner Küche um und breitete ergeben die Arme aus.

»Du Schlappschwanz, das hast du längst getan!« Rebecca Brunner richtete eine schwere Pistole auf ihren Mann. Wie ein schwarzer Racheengel stand sie in der Küchentür. Erst beim zweiten Blick sah Henry, dass auf die automatische Pistole ein Zylinder aufgeschraubt war, der Schalldämpfer. Mit ihrer kleinen Hand hielt Rebecca Brunner die Waffe mit dem silbernen Griff vollkommen ruhig und richtete die Mündung nun auf ihn.

»Machen sich die Herren einen bunten Abend, Bullen und Verräter gemeinsam? Du kennst die Strafe für Verrat, *coglione*!« Die Mündung zeigte jetzt auf ihren Mann.

Für Henry war der Auftritt grotesk, er wusste nicht, ob er die Frau ernst nehmen sollte oder ob das, was sich vor seinen Augen abspielte, eine italienische Operette oder ein Shakespeare'sches Drama mit tödlichem Ausgang werden sollte. Henry bezweifelte, dass sie ihren Mann oder einen von ihnen vor aller Augen erschießen würde. Vielleicht war das der Grund, weshalb er beim Anblick der Pistole ruhig blieb. Er blickte zu Frank, der machte ein Gesicht, als hätte er sich für die italienische Operette entschieden.

»Das ist der Dank für all das, was die Familie für dich getan hat, *stronzo*?« Rebeccas Gesicht war eine Mischung aus Enttäuschung und Hass, ihre Augen hassten, der Mund war verzweifelt verzogen.

»Du *pezzo di merda*, statt dich dankbar zu zeigen, kollaborierst du mit diesen beiden Pfeifen?«

Henry war sprachlos, zum einen darüber, dass sie sich hatten übertölpeln lassen, zum anderen darüber, dass sie Deutsch ohne jeden Akzent sprach.

»Willst du den Kronzeugen spielen, um deinen platten Arsch zu retten? Aber du weißt, dass wir jedem den Mund stopfen, der auch nur versucht, ihn zu öffnen. Hättest inzwischen mal die Augen aufmachen sollen. Ein Feigling bist du. Glaubst du, die Deutschen danken es dir, wenn du ihnen Märchen über die 'Ndrangheta erzählst? Hier denkt jeder nur an sich, das solltest du in all den Jahren längst gemerkt haben.« Ihr Blick fiel auf die Flasche.

»Querciabella? Wie heißt das bei euch? Perlen vor die Säue!«

Sie bewegte sich zur Seite, behielt dabei die Männer im Auge, die ohne Absprache ganz langsam auseinandergerückt waren, um kein gemeinsames Ziel abzugeben. Henry und Frank lauerten wie auch der Koch auf ihre Chance, der Frau die Pistole abzunehmen oder an irgendeinen Topf, ein Messer oder eine Kelle als Wurfgeschoss heranzukommen. Das begriff Rebecca Brunner schnell.

»Ihr bleibt zusammen und geht zurück. Los, stellt die Gläser dahin!« Der Lauf der Pistole machte einen Schwenk und zeigte auf die Spüle. »Ausgießen. Los. Diesen Wein kriegt ihr nicht, auch nicht als letzten. Der ist viel zu schade für euch Nieten. *Misera gentaglia.* Ich habe gesagt aus-gießen. Wird's bald?« Sie hob die Pistole und zielte diesmal auf Frank.

Er beeilte sich, dem Befehl nachzukommen, und er litt anscheinend mehr darunter, den Querciabella wegzuschütten als unter der auf ihn gerichteten Pistole. Er war der Ruhigste von ihnen.

Henrys Gedanken rasten, seine Augen tasteten die Wände ab, er scannte den Raum, prägte sich die Lage der Fenster ein, rechnete sich aus, wie weit er laufen müsste, um rauszuspringen, bevor ihn eine Kugel erwischte. Er war überzeugt, dass Rebecca Brunner schießen würde. Wie gut schoss sie? So gut, wie sie die Pistole handhabte? Man brauchte Erfahrung, um mit einem Schalldämpfer umzugehen, der schwere Lauf zog nach unten. Wie der Rückstoß sich auswirkte, war ihm unbekannt. Er bemerkte, wie die beiden anderen zurückwichen, wie Rebecca sie trieb, Schritt für Schritt der Pendeltür zu, weg von den Fenstern. Aber da durchzuspringen klappte nur im Kino – mit präpariertem Glas. Brunner lief der Schweiß von der Stirn, Tropfen fielen auf seine weiße, doppelt geknöpfte Kochjacke und hinterließen dunkle Flecken.

»Sie meint es ernst, und sie macht ernst«, stammelte er, als müsse er sich selbst Gewissheit verschaffen.

»Na klar mache ich ernst …«

In dem Moment warf sich der Koch nach vorn – und Rebecca schoss.

Ihr Mann schrie auf, krümmte sich und griff mit einer

Hand an die rechte Seite, zog sie zurück und starrte mit dem Ausdruck völliger Verblüffung auf seine blutige Hand.

Nein, er hat nicht geglaubt, dass sie auf ihn schießt, dachte Henry und sah statt eines Ausdrucks von Schmerz, Angst oder Wut nur absolutes Erstaunen in Brunners Gesicht. Er hatte ihre Gleichgültigkeit mit Unaufmerksamkeit verwechselt. Henry sah seinen Moment gekommen, duckte sich zum Sprung und blickte direkt in die Mündung der Pistole.

»Für wie dumm haltet ihr mich eigentlich? Ich will die Schweinerei nur nicht in der Küche haben.«

Diese Frau hatte es geahnt, sie war eiskalt, sie hatte nicht zum ersten Mal auf jemanden geschossen. Erst jetzt, als Henry ihr über die Pistole hinweg in die Augen sah, begriff er den Ernst ihrer Lage. Es machte ihr nichts aus, einen nach dem anderen von ihnen zu töten. Aber weshalb zögerte sie? Henry sah zu Frank hin, der hatte den Blick gesenkt, er schien etwas auszuhecken und wollte sich nicht durch die Augen verraten. Diese Frau begriff nicht mit dem Intellekt, sie spürte wie ein Tier, was um sie herum vorging und was sie planten.

Als Henry und Frank sich um den Koch kümmern wollten, der sich noch immer in einer Schockstarre befand, abwechselnd die blutige Hand, seine Frau und die Wunde betrachtend, zwang sie die Pistole wieder zum Stillstehen.

»Du hast tatsächlich auf mich geschossen? Du hast mich fast getötet, du Bestie!«

»Wenn ich es gewollt hätte, könntest du durch ein neues Loch in der Lunge atmen.«

Wie sehr musste die Frau ihren Mann hassen?, dachte Henry und fühlte sich fremd hier, mehr Beobachter denn Beteiligter. Aber er wusste, dass es ein gewaltiger Irrtum war. Er war zu verwirrt, um Angst zu haben.

»Ist es wirklich nur ein Streifschuss?«, fragte Frank.

Brunner nickte mehrmals, die Blutung schien rasch zum

Stillstand gekommen zu sein. Die Wunde befand sich unterhalb der rechten Rippe, die Kugel musste zwischen Körper und Arm hindurchgegangen sein. Das war mit Absicht geschehen? So gut schoss niemand.

»Du gehst vor«, sagte Rebecca Brunner zu ihrem Mann, »den Weg in den Weinkeller findest du allein. Los, geh! Ihr anderen legt die eine Hand in den Nacken, die andere auf die Schulter des Vordermannes und folgt ihm.«

»Weshalb erledigen Sie das nicht alles gleich hier?«, fragte Frank.

»Kannst es nicht erwarten? Du Schlaumeier hältst dich für super, nur weil du zufällig in Italien lebst, und meinst, du kennst uns? Da hast du dich getäuscht. Da wird sich Antonia Vanzetti wohl einen neuen Liebhaber suchen. Hast du dir selbst eingebrockt. Ihr zwei Kanaillen hättet nach Hause fahren sollen, statt hier herumzuschnüffeln.«

»Damit kommen Sie niemals durch«, sagte Henry, um Zeit zu gewinnen. Er wusste aus Erfahrung, dass man aus Weinkellern selten entkam; die Türen waren massiv, die Wände aus schweren Steinen und der Empfang für Mobiltelefone gleich null. Damals in La Rioja, als sie ihn eingesperrt hatten, war ihm die Flucht durch Zufall geglückt. Zweimal hatte man selten Glück …

Er legte Frank wie befohlen die Hand auf die Schulter, der tat es beim Koch. »Irgendwas fällt uns ein«, raunte er zwischen zusammengebissenen Zähnen, »irgendwas fällt einem immer ein.«

Als Henry die massive, mit Eisennägeln beschlagene Bohlentür des Weinkellers sah und die massiven Quader der Türeinfassung des Gewölbes, war er nicht mehr so sicher. Sollte er sich umdrehen und einen direkten Angriff wagen? Rebecca Brunner war nur zwei Schritte hinter ihm, sie würde nicht zögern. Verdammt, was konnte er tun? Henry überlegte fieberhaft. Hing auf dem Weg in den Keller ein Feuerlöscher, der sich als Waffe benutzen ließ? Sollten sie schreien, damit von den letzten Gästen jemand sie hörte, oder sich zu dritt auf der Treppe gleichzeitig auf sie stürzen? Einer würde getroffen werden, er war ihr am Nächsten. Waren sie erst im Keller, dann waren sie weit weg von jeder anderen Wirklichkeit.

»Weitergehen, reingehen, den Rest übernehmen andere!« Mit diesen Worten schlug sie die Tür des Weinkellers hinter ihnen zu und schloss ab.

20

Klopfgeräusche

Von der Außenwelt oder von der wahnsinnigen Rebecca war nichts mehr zu hören. Brunner setzte sich stöhnend auf einen Stuhl, Frank kümmerte sich um den Verletzten, aber der Koch wehrte seine Bemühungen heftig ab.

»Es ist nichts«, sagte er und zog kurz die Kochjacke hoch. »Eine Schramme, weiter nichts.«

Die Wunde war tatsächlich oberflächlich, aber sie blutete wieder. Henry machte etwas anderes mehr Sorgen. »Wenn deine Frau sagt, dass andere den Rest übernehmen, was bedeutet das?«

Der Koch rappelte sich auf und ging zu einem steinernen Wasserbecken, wo ein weißes Küchenhandtuch hing, das er auf die Wunde drückte.

»Es kann heißen, dass das Begleitkommando noch in der Gegend ist, die Hunde, die dich überfahren wollten, die sollen uns … ja, die sollen hier sauber machen.«

»Die Idioten würden drei Tote mehr in Kauf nehmen? Zwei sind schon auf ihrem Konto! Nein, vier!« Henry biss die Zähne zusammen bei der Vorstellung, dass Menschen so gnadenlos sein konnten, es war ihm unverständlich. »Außerdem werden sie gejagt …«

Das bezweifelte Frank entschieden. »Von denen existieren keine Fotos, wohl aber von den Winzern. Aber das ist unwichtig, die tauchen ab. Wichtig ist vielmehr, dass wir hier verschwinden, und zwar schleunigst.« War Frank so blass oder ließ ihn das Licht über dem Tisch so aschfahl aussehen? »Wir müssen realistisch sein. Sie werden sich auf jeden Fall diesen Herrn da holen wollen«, er zeigte auf Brunner. »Du weißt zu viel, du bist ein Risiko, Brunner, wenn sogar deine Frau dich umbringen will.«

Das war auch Henry klar. »Wir sitzen ziemlich tief im Dreck. »Niemand wird uns befreien, keiner weiß, dass wir hier sind.«

»Falsch, einer weiß es: dein Freund Templin.« Frank war sich jedoch nicht sicher, ob man mit ihm rechnen konnte. »Was ist mit einem Notausgang, Brunner?« Der Koch müsste von der Renovierung her die Grundmauern des Gebäudes kennen. »Warst du beim Umbau nicht dabei?«

Brunner saß zusammengesunken auf einem der Stühle an dem runden Tisch inmitten der Regale und Kistenstapel und stützte den Kopf in die Hände. Einem Menschen, der sich so aufgegeben hatte, war Henry noch nie begegnet.

»Es gibt keinen zweiten Ausgang«, sagte er und wirkte wie ein schlapper Luftballon.

»Dann müssen wir uns selbst einen schaffen.« Der Gedanke, aufzugeben, empörte Henry. Wie gleichgültig musste man dem eigenen Leben gegenüber sein, um sich hier hinzusetzen. Er wusste nicht, ob es angeboren war, dass man sich wehrte. Aber man konnte sich auch entscheiden, der eine mehr, der andere weniger. Draußen schien der Mond, das wusste Henry, morgen würde die Sonne scheinen – und vielleicht kommt Isabella morgen, aber nicht zu meiner Beerdigung. Frank ist ähnlich eingestellt, auf den kann ich zählen. Nur Brunner hat keine Chance mehr, höchstens als Kronzeuge, und er weiß es. In den Knast oder abgeknallt werden. *Viva la muerte*, hieß es in Spanien, es lebe der Tod!

Zuerst musste der Zugang verbarrikadiert werden. Henry und Frank türmten Weinkisten hinter der Tür zu einer Mauer auf. Von außen war die Tür, sie ging nach innen auf, jetzt nicht mehr zu öffnen, dummerweise waren sie gleichzeitig gefangen. Außerdem stellten sie eine Batterie von Champagner- und Sektflaschen in Reichweite, eine Flasche mit fünf Bar Innendruck war eine Handgranate, wenn sie platzte, der Schaum schuf Verwirrung, die Splitter Verletzungen.

Dann erst suchten sie die Wände ab. Dazu mussten Weinregale ausgeräumt und Kisten beiseitegestellt werden. Überall standen auch Flaschen auf dem Boden, ein Pappschild darauf mit Namen und Jahr. Henry begriff, dass hier Schätze aufgestapelt waren. Hatten Brunners sie bezahlt oder war es aus Weinkellern gestohlene Ware?

Die Ansammlung von großen Bordeaux-Weinen fiel Henry schnell ins Auge. Da gab es Grand Crus aus vielen Lagen, darunter einen aus Saint-Estéphe. Aus der Appellation Pessac-Léognan war ein Château Haut-Brion dabei, so etwas leistete Henry sich gern, aber viel zu selten.

»Wenn du den aufmachen willst«, sagte Brunner, der ihn beobachtete, »ich habe nichts dagegen. Man muss die Momente genießen.« Er hielt Henry einen Korkenzieher hin. »Gläser und Dekantierkaraffen sind rechts im Schrank, die Türen stehen immer offen.«

Frank hing an der Wand und horchte wie ein Arzt mit dem Stethoskop an der Lunge des Patienten. Er klopfte. Er würde am liebsten gleich alle Regale von den Wänden abrücken. Vielleicht sah man an den Fugen, wo sich eine zugemauerte Tür, ein Durchgang zu einem anderen Keller befand. Von da aus käme man vielleicht nach draußen oder zumindest in einen anderen Raum.

Henry ließ sich nicht vom Château Haut-Brion abbringen. »Dreihundert Euro die Pulle«, sagte er grinsend, »das habe auch ich nicht alle Tage.« Er nahm eine Dekantierkaraffe und machte sich ungeachtet der Situation an das genussvolle Öffnen dieses flüssigen Schatzes. »Dann geht es besser, du wirst es sehen, Frank …«

Der wollte immer noch die Vitrine wegdrücken, zur Not auch allein. »Den Wein kriegst du noch … erst die Arbeit.«

»Noch immer mit den deutschen Sekundärtugenden infiziert? Italien beeinflusst dich nicht so stark?«

»Ich bin zu alt, um mich zu verändern«, sagte Frank und klopfte weiter.

War das ernst gemeint? Henry glaubte es nicht, weil er sich diesen Zustand ungern vorstellte. Wenn er um sein Gleichgewicht kämpfte, konnte er alle negativen Gedanken beiseitedrängen. Dabei wusste er genau, in welcher Lage sie sich befanden. Er nahm einen tiefen Schluck, auch weil er Hunger hatte. Nein, das würde nicht sein letzter Château Haut-Brion sein, und die Burgunder aus dem Kaiserstuhl und der Bourgogne, darunter Flaschen aus Puligny-Montrachet, aus Gevrey-Chambertin und die ganz besondere von der Domaine de la Romanée-Conti machte er sofort auf. Sie brauchten Luft. Brunner signalisierte durch ein müdes Lächeln Zustimmung dafür, dass man sich an den Weinen bediente, die letztlich der 'Ndrangheta gehörten, wie Henry vermutete.

Da ließ Frank von der Vitrine ab und griff zu. »Sekundärtugenden sind nur dort hilfreich, wo sie erfunden wurden. Bei uns macht man sich damit nur lächerlich. So, und jetzt fass endlich mit an«, sagte er, als er das Glas abgestellt hatte.

Brunner hielt fünf Finger in die Luft. »Sorgfältig vinifiziert, mit dem ganzen Know-how der Jahrhunderte, langsam in edlen Eichenfässern aus Limoges gereift.«

»Und was hast du damals dafür bezahlt, Brunner? Hast du überhaupt bezahlt?«

Der hielt noch immer die fünf Finger in die Höhe.

»Fünfhundert? Egal, ist auch nur ein Wein, oder, Frank? Das ideale Preis-Genuss-Verhältnis. Das Leben ist zu kurz, um schlechten Wein zu trinken.«

»Das wird die teuerste Weinprobe meines Lebens«, sagte Frank, trank und stellte das Glas neben das halb volle mit dem Château Haut-Brion aus Bordeaux. »Bestimmt nicht die letzte. Trotzdem dürfen wir die Übersicht nicht verlieren.«

»Das ist ein hilfreicher und intelligenter Kommentar, mein Freund, in jeder Lebenslage stimmt er.« Henry tat, als krempele er die Ärmel auf, obwohl es kalt war, und gemeinsam untersuchten sie das Mauerwerk. Es zeichnete sich zwar hier und da ein Schatten ab, aber es gab keinen Durchlass. Sie rückten die Vitrine weiter zur Seite. Jetzt richtete sich Brunner wieder auf, er schien sich zu erholen und ließ sich von dem Burgunder einschenken.

Das nächste Regal auszuräumen und die steinernen Hohlblöcke wegzuräumen, war Knochenarbeit. Dann tauschten sie die Kisten vor der Tür gegen die Blöcke aus, sie waren weitaus stabiler, und bauten die Kisten dahinter wieder auf. Dabei überlegte Henry, ob sie die Steine nicht als eine Art Ramme verwenden könnten. Sie kamen auf die Idee, aus den Holzlatten eines Regals eine Art Brecheisen zu basteln, aber die Tür war in den Rahmen eingelassen, und sie konnten nirgends den Hebel ansetzen. Sie konnten eine Flasche zerschlagen und mit den Glasscherben vielleicht das Holz aufkratzen.

»Damit bist du drei Wochen beschäftigt«, meinte Frank und klopfte weiter an den Wänden herum. Er hatte sich für einen Barolo von Bricco Rocche entschieden, ein Weingut, das er fotografiert hatte. Für die Weine von Gaja, Barbaresco und Nebbiolo war er nicht zu haben. »Sie sind mir zu gefällig.«

Brunner forderte sie weiter zum Trinken auf, als würde die Welt untergehen. »Nehmt, was immer ihr wollt, heute leben wir, wer weiß, was morgen sein wird?«

Henry ärgerte sich über Brunners Jammern, er ließ sich von seiner Weltuntergangsstimmung nicht anstecken. Er betrachtete in den Klopfpausen die Weine aus Portugal. Es gab etliche Vinhos verdes aus dem Minho und Alvarinhos, die in Galizien »Alvariño« genannt wurden, für Henry galten sie als Spaniens beste Weißweine. Hier lagen Flaschen aus dem Alentejo, aus Setúbal und von den Douro Boys.

Henry schlug vor, den 2005er von Lavradores de Feitoria zu öffnen, wobei Frank ihm zustimmte, der sich aber deutlich mehr für die Mauerritzen als für den Wein interessierte. Er leerte eine kaum angebrochene Zweihundert-Euro-Flasche in den Gulli, zerschlug sie und umwickelte eine große Scherbe mit Pappe, um sich nicht zu verletzen. Er hatte ein Werkzeug, um die Fugen zu bearbeiten.

Von Brunner ließen sie sich den Grundriss des Hauses erklären und klopften dort millimeterweise weiter, wo vielleicht ein Durchlass hätte sein können, und nahmen ab und zu einen Schluck. Henry hielt wenig von der Maßnahme. Das Fundament dieses alten Hauses war viel zu solide, um durch die Mauern zu kommen, und wenn sie es schafften, gelangten sie höchstens ins Erdreich. Henrys Hoffnung war Isabella. Sie würde kommen, und sie würde, egal, welche Schwierigkeiten man ihr in den Weg legte, in diesem Haus keinen Stein auf dem anderen lassen, bevor sie ihn nicht gefunden hätte. Sie wusste von seinem Auto, und auch Franks Wagen war nicht zu übersehen. Es kam darauf an, wer zuerst eintraf, sie oder die Mörder. Der Alkohol im Kopf machte die Arbeit erträglich, er befreite sie vor allem von der Angst. Brunner hatte sich ein wenig gefangen und trank wieder etwas, aber seine Schmerzen verhinderten, dass er mithalf.

Frank fühlte sich offensichtlich zur Italien-Abteilung hingezogen, und er wurde fündig, sowohl in Bezug auf die Weine als auch auf einen möglichen Hohlraum. »Hier ist was, Leute«, sagte er und meinte damit nicht die Weine von Ornellaia, San Guido oder Fonterutoli, die er gerade entdeckt hatte. Auch deren Chianti Classico von 1999 ließ ihn kalt, er hatte etwas gehört.

»Da ist ein Hohlraum dahinter«, meinte er aufgeregt, und die Trunkenheit, die langsam um sich griff, schien vergessen. Er machte sich sofort mit der Glasscheibe an die Arbeit.

»Vergiss es«, sagte Henry, »da kommen wir nie durch, der Mörtel ist zu hart. Hammer und Meißel könnten helfen …«

»Man nimmt, was man hat.« Frank musste innehalten, er konnte nur mit dem rechten Arm arbeiten, der linke war für schwere Tätigkeiten nicht zu gebrauchen.

»Bei Gelegenheit erzählst du mir mal die Geschichte von deinem Arm.« Henry war das Glas in der Hand lieber als das rudimentäre Steinzeitwerkzeug.

»Wenn wir hier rauskommen, dann erzähle ich dir alles – alles, was du hören willst. Ich kann gut erzählen, ich kann dich auch fotografieren. Wo sind meine Kameras? Ich sollte das hier alles fotografieren, sozusagen der Nachwelt überliefern. Jetzt will ich den Brunello von La Poderina, da sind einige richtig gute Tropfen in den Regalen. Was meint der Chef dazu?«

Der saß am Tisch, den Kopf in die linke Hand gestützt, mit der rechten hielt er sich die Seite, und betrachtete mit stumpfem Blick die fünf Gläser, die aufgereiht vor ihm standen. Er schüttelte den Kopf. »Sie hatte nie Freude am Wein.«

Jetzt trauerte der Idiot auch noch um die schießwütige Gattin. »Das hat dir nicht zu denken gegeben, das mit dem Wein?« Henry ärgerte sich, dass der Koch sich jetzt als Opfer präsentierte, dabei hatte er sich jahrelang an dem Verbrecherclub beteiligt.

Henry horchte auf.

»Ich habe was gehört!« Er hob die Arme. »Draußen ist jemand. Seid still! Hör mit der Kratzerei auf, Franco.«

Alle lauschten, sie meinten, Schritte zu hören. Waren es die Schritte des Rollkommandos, der Begleitmannschaft, die Schritte der Killer? Ein dumpfer Ton drang in den Keller, es hätten Stimmen sein können, und dann, als der Schuss fiel, es war eindeutig ein Schuss, zuckten alle drei zusammen. Henry fragte sich, ob sie jetzt versuchten, die Tür aufzubrechen und den Keller stürmten … Er blickte zu den Champagnerflaschen und ertappte sich dabei, wie er sie zählte. Da standen genug.

Jemand rüttelte an der Tür, warf sich mehrmals dagegen, die Barrikade zitterte – dann herrschte Ruhe. Einige Minuten später krachte etwas gegen die Tür. Hatten sie sich einen Rammbock verschafft? Es donnerte wieder, aber die Barrikade war stabil, sie zitterte zwar, aber Stein blieb auf Stein, die Mauer war solide.

»Wir müssen uns beeilen, mit dem Trinken genauso wie mit dem Kratzen«, sagte Frank in die folgende Stille hinein. »Aber was sehe ich da?« Er legte die Scherbe beiseite, »meinen Faustkeil«, wie er sein Werkzeug nannte, und trat an eines der hinteren Regale. »Das ist *der* Wein, das ist der größte Wein überhaupt. Und so preiswert. Er glänzt mit fantastischen Kritikernoten, Amber hat ihm seinerzeit achtundneunzig Punkte gegeben … glaube ich jedenfalls.«

»Das hilft dem armen Teufel jetzt auch nicht weiter«, murmelte Henry und griff bereits etwas unsicher nach dem Glas, das Frank ihm zur Hälfte gefüllt hinhielt. »Kommt Amber eigentlich in den Himmel oder in die Hölle?«

»… sein Preis ist geradezu ein Witz, hundertachtzig Euro, das kann sich bei dem Preis fast jeder leisten, es handelt sich bestimmt um einen günstigen Restposten. Man sollte sich dieses Angebot auf keinen Fall entgehen lassen, denn die Menge ist ungewöhnlich knapp. He, Brunner, war das ein Schnäppchen? Oder ist es Diebesgut?«

»Lass ihn, du bist betrunken. Himmel oder Hölle, wohin?«

»Ich war selten so klar wie jetzt, nicht wahr, Brunner? Er schmort längst in der Hölle, er war immer da, schon zu Lebzeiten.« Frank beobachtete, wie der Koch sich schwerfällig zwischen einem Kistenstapel und einem Regal ein Lager aus Pappkartons bereitete, zustimmend oder ablehnend brummte und sich mit verkniffenem Gesicht dort niederlegte, einen Streifen Wellpappe zu einem Kopfkissen zusammenrollte und ein großes Stück als Decke über sich zog.

Der Herr des Hauses lag da wie ein Obdachloser und

schnaufte. Unten schauten die weißen Hosenbeine und Schuhe heraus, oben das bleiche Gesicht des Mannes.

Er wirkt, als wäre er aus zwei Teilen zusammengesetzt, dachte Henry und fragte sich, wie man so leben kann: einerseits seine Leidenschaft zum Beruf zu machen, bis in die Spitze vorzudringen, andererseits muss er sich doch bewusst gewesen sein, dass er ein geliehenes Leben lebte. Einerseits abhängig von der Gnade einer kaltherzigen und, wie sich jetzt herausgestellt hatte, auch einer schießwütigen Frau, andererseits vom wahren Hausherrn, einer Verbrecherorganisation, der 'Ndrangheta. Aber »die Familie« hatte ihn gebraucht, den Unschuldigen, den Koch. Ohne seine Kochkunst wäre hier nie jemand hergekommen. Hätte er seine Speisen nicht mit einem derartigen Enthusiasmus zubereitet, auch als Gefangener seiner Küche, dann hätte die »Familie« hier keinen Stützpunkt errichten können.

»Lass ihn in Ruhe«, sagte Frank und senkte die Stimme, »das Schlimmste steht ihm bevor, wenn sie ihn abholen. Gibt es in Deutschland eigentlich ein Zeugenschutzprogramm?«

»Ich glaube schon«, sagte Henry und stellte das Auskratzen der Fugen ein, er hielt es für sinnlos, er hielt alles für sinnlos, selbst das Sinnlose war sinnlos.

Henry holte sich einen Stuhl und ein Glas. Er hatte die Weine vom Weingut Kalkbödele entdeckt, er konnte die Vorprobe vornehmen, mögliche Korkschmecker vorab entdecken, den Wein belüften und Frank beim Kratzen überwachen. Der Weißburgunder aus dem Barrique gefiel ihm besser als der ebenso vinifizierte Grauburgunder. Alle Weißen waren fruchtig, hatten schöne Aromen, nichts störte. Der Spätburgunder aus dem Fass mit Kastanienholz wich am deutlichsten von den anderen Kaiserstühlern ab, das Holz war diskreter, dafür kamen Rosmarin und getrocknetes Basilikum in den Aromen vor.

Stimmte das, oder war er betrunken? Er meinte, dass Franks Bewegungen wieder langsamer geworden waren, der anfängliche Enthusiasmus fehlte, es war immerhin drei Uhr nachts, er hatte mindestens anderthalb Flaschen Wein intus, aber er gab nicht auf. Dieser verdammte Neureuther, er und seine Feigheit.

Neben den Kisten von Kalkbödele standen die Weine von Johner. Nein, er verkniff es sich, sie jetzt zu probieren, sie waren zu gut, er würde die Unterschiede nicht mehr schmecken, er wusste ja kaum noch, was er trank, und stimmte lieber Frank zu, denn er war auch der Ansicht, dass Neureuther ihnen das eingebrockt hatte. »Hätte er die wilde Rebecca mitsamt ihrer Kanone heute Morgen verhaftet, säßen wir hier nicht fest«, schimpfte er und betrachtete das Elend unter den Pappen. »Auch Brunner hätte er die Schmerzen erspart. Der regt sich nicht mehr. Der ist hinüber.«

»Neureuther hat möglicherweise auf Befehl gehandelt, er kann auch nicht machen, was ich will.«

»Was du willst?« Henry sah Frank zum Tisch gehen, sich an der Kante festhaltend und schwer atmend. Die Augen hielt er mühsam offen, aber er zwang sich zum Wachbleiben, ruderte mit den Armen nach dem Gleichgewicht und suchte die Regale ab.

»Da muss doch irgendwo in diesem verdammten Keller noch ein guter Tropfen aufzutreiben sein.«

Frank schlingerte, stützte sich an einem Regal ab und überspielte den unsicheren Schritt. »Ich bin müde, weißt du. Es ist nicht so, wie du denkst, es hat nichts mit dem Wein zu tun …«

Die Flasche in Franks Hand interessierte Henry nicht mehr, er merkte, wie ihm der Kopf auf die Brust rutschte. Sollte er sich nicht an den Tisch setzen, bevor er hier vom Stuhl fiel, und den Kopf auf den Tisch legen? Frank entkorkte die Flasche: Weinvernichtung, fiel Henry dazu ein, Vandalismus vor dem endgültigen Untergang, die ultimative Weinprobe. »Willst du das noch probieren oder nur die Flasche aufmachen?«

»Ich – will – mich – fortbilden«, sagte der Fotograf mit schwerer Zunge. »Ich … mache jetzt die … Vergleichsprobe zwischen Kaiserstühler Spätburgunder und burgundischem Pinot Noir.«

»Du weißt doch gar nicht mehr, was du trinkst, Frank! Setz dich her, wir erwarten gemeinsam den neuen Tag, die Sonne geht gleich auf, und alles wird gut.«

Frank kam mit einer zweiten Flasche zurück, knallte sie vor sich hin und setzte sich und starrte sie an.

Henry beugte sich zu ihm. »Rebecca stecken wir in die Klapsmühle, nur was wird mit dem da unter der Pappe?« Das Letzte, was Henry von Frank sah, war, dass er die Augen schloss und den Kopf auf die Arme legte, den Korkenzieher in der Hand …

Es donnerte. Es donnerte wieder, und Henry brauchte eine Weile, um das fürchterliche Donnern zu lokalisieren. Es kam von der Kellertür. Die beiden Jockeys fuhren mit einem riesigen schwarzen BMW dagegen. Henry hatte das Gefühl, dass sie gleichzeitig von innen gegen seine Schädeldecke fuhren. Die beiden waren schwarz gekleidet, schwarze Seide, hauteng, glänzend, Helme, jeder hielt eine Reitpeitsche zwischen den Zähnen wie Piraten ein Messer. Einer von beiden sah Hecklers Kettenhund verdammt ähnlich, er war genauso ausgemergelt. Er würde seinen Job in Spanien übernehmen. Das passte den Jockeys nicht, sie fuhren aus Protest weiter gegen seine Schädeldecke und brachten sein Gehirn, wenn er noch eines hatte, vollkommen durcheinander. Wieso sollte Koch seine Arbeit in Spanien fortsetzen? War nicht irgendetwas an dieser Geschichte unlogisch? Es krachte wieder. Nein, die Geschichte stimmte hinten und vorne nicht. Jockeys fuhren keinen BMW, sie ritten, und Pferde machten keinen Krach, sie trabten oder galoppierten, kantapper, kantapper in den Wald hinein, und man konnte dabei viel Geld gewinnen, aber das Wummern – nein, es war nicht in seinem Kopf, es war an der Tür, da war jemand, oh, er brauchte Wasser, seine Zunge fühlte sich an wie ein Scheuerlappen. Jetzt ein Gläschen Champagner – der würde helfen. Wo stand der noch?

Henry sah sich mit verkniffenem Gesicht um, die Augen schmale Schlitze, und durch diese Schlitze sah er einen Berg aus Wellpappe. Da lag jemand. War das Brunner? Wie ging es ihm, wie ging es seiner Wunde? Und ihm gegenüber auf der Tischplatte lag der Kopf des Fotografen aus der Toskana, er röchelte mehr, als dass er schnarchte. Verdammt, es krachte wieder, es war wirklich an der Tür, die Steinmauer zitterte nur, da wollte jemand die Tür aufbrechen, und zwischen jedem Krachen wurde etwas gerufen. Sein Name? Henrique? Henrique! Tatsächlich, sein Name. Die Stimme war die einer Frau, er bekam einen Schreck, es war eine Frau, die er sehr gut kannte. Sie hatte es wahr gemacht, sie war wirklich hier, diese Frau war phänomenal. Sein Verhalten zu erklären würde nicht einfach sein. Sie hatte ihn gewarnt. Jetzt war er nüchtern.

Er rüttelte Frank an der Schulter, doch der brummte nur und wehrte sich gegen jede Mitarbeit beim Abtragen der Mauer. Sie war stabil, Deutsche bauten gute Mauern. Henry sah sich nach einer Flasche um, es waren zu viele, um sich zu entscheiden, welche er nehmen sollte. Mit einem bösen Grinsen nahm er den Pingus, die teuerste, die er kriegen konnte, und gab damit die Klopfzeichen drei kurz, drei lang, drei kurz – SOS. Ihm wurde geantwortet, auf die dumpfen Rufe jenseits der dicken Tür konnte er nicht antworten, mehr als ein Krächzen brachte er nicht heraus.

»Hier, trink das.« Er rüttelte Frank an der Schulter und stellte ihm ein Glas Champagner hin.

»*Vai a fare in culo.*« Der Fotograf versuchte, seine entgleisten Gesichtszüge zu sortieren. Seine Stimme glich dem Geräusch einer Eisensäge, aber dann ließ er sich doch vom Champagner überzeugen.

»Wer ist da draußen?« Franks Grabesstimme schien einem anderen zu gehören.

»Ich glaube, es ist meine Frau.« Auch Henry meinte, dass aus ihm eine fremde Stimme sprach.

»*Non dire stronzate*! Oh, mein Gott, was bin ich betrunken. Wie spät ist es? Wer ist da an der Tür? Deine Frau? Wo kommt die denn her? *Porca miseria*, das verspricht Ärger.«

»Hör auf mit dem Ausländisch. Das versteht kein Mensch. Da sind Leute an der Tür.«

»Was du nicht sagst. Von der 'Ndrangheta?«

»Nein, ich glaube, es ist Isabella.«

»Ist das nicht der Name eines Autos? Borgward Isabella?«

»Red keinen Stuss, fass an, allein kriege ich die Steine nicht weg.«

»Und wenn sie schießen?«

»Die schießen nicht. Und wenn, dann haben wir Pech gehabt.«

»Wer ist da?«, rief Frank durch den Spalt der Tür, als sie einen Teil der Hohlsteinmauer abgetragen hatten.

»Die Polizei!«, antwortete eine Stimme, von der Henry meinte, dass sie Neureuther gehörte.

»Haben Sie Kaffee dabei? Wenn nicht, dann machen wir nicht auf. Holen Sie erst Kaffee.«

»Wer ist da drinnen, sind Sie das, Meyenbeeker? Sind Sie unversehrt? Ist Gatow bei Ihnen? Wo ist Brunner? Seine Frau ist …«

»Wir brauchen dringend einen Arzt und Kaffee und Wasser. Brunner ist angeschossen.«

»Wasser, da ist Wasser.« Frank zeigte auf den Ausguss. »Weißt du, worüber ich mich maßlos ärgere und was mir erst jetzt in den Sinn kommt?« Frank hatte sich wieder gesetzt und stützte den Kopf in beide Hände. Sie hatten gerade so viele Steine stehen lassen, dass die Tür verrammelt blieb. »Dass wir hier keinen Spiegel haben. Wenn ich dich sehe, wie du aussiehst, und wenn ich mir vorstelle, dass ich ähnlich kaputt aussehe, dann werden sie gleich schießen, wenn sie reinkommen. Wir bleiben hier.« Da sah er den schlafenden Koch. »Ist er tot? Immer noch nicht? Köche sind zäh. Wir müssen trotzdem aufmachen.«

Als Erstes sah Henry schwarze Helme, schwarze Visiere. Der Strahl einer Blendlaterne stieß ihn zurück, und die Männer Darth Vaders überrannten ihn und schwärmten im Weinkeller aus. Frank riss im Angesicht der schussbereiten Waffen die Arme hoch und streckte auch die Beine von sich. Ein Darth Vader richtete die Waffe auf den am Boden liegenden Brunner.

»Der hat bereits gestern die Kugel gekriegt«, sagte Frank ganz sanft und versuchte ein Lächeln, »seine Frau hat auf ihn geschossen. Ein Arzt wäre dringend angeraten, sonst verblutet er womöglich.«

Henry lag noch immer rücklings am Boden, er wagte nicht, sich zu bewegen, als sich zwei Arme um seinen Nacken legten. Er wusste, zu wem sie gehörten, er kannte den Griff.

»Ich nehme an, du hast sie hierhergehetzt«, flüsterte er und sah Isabellas Gesicht ganz dicht vor sich und wusste, dass er in Sicherheit war. Er zog ihr Ohr an seinen Mund. »Ruf die Nummer an, die ich dir gegeben habe. Jürgen Templin soll die Datei öffnen, die ich ihm geschickt habe. Es ist der Verteiler für den Newsletter.«

»Und warum das?«

»Da steht die ganze Geschichte drin, falls sie Nachrichtensperre verhängen und das alles hier vertuschen wollen. Das werden sie, wenn einer ihrer Politiker mit drinhängt, was ich glaube. Aber du musst oben telefonieren, hier unten gibt es kein Signal. Geh! Und lösch sofort danach Templins Nummer.«

»Du solltest dir die Zähne putzen«, sagte sie, verzog das Gesicht und schlich sich in dem Tohuwabohu unbemerkt nach oben. Neureuther hatte es nicht bemerkt. Er half Henry auf, der sich schwankend am Regal mit den italienischen Weinen festhielt.

»Wo ist die *bruja*, die Hexe vom Hotel?«

»*Strega* heißt das auf Italienisch«, mischte sich Frank ein.

»Von mir aus auch *strega*«, sagte Henry, »sie ist ja Italienerin. Wo sind die Italo-Killer? Sie sind uns eine Erklärung schuldig, Neureuther.«

»Die Sicherheitsbehörden sind Ihnen gar nichts schuldig, nicht einmal ich.« Neureuther wirkte übernächtigt und als unterdrücke er seine Wut nur mühsam.

»Dass sich Menschen derart irren können, Herr Kommissar.« Henry wurde so laut, dass ihn jeder hören konnte. »Wollen Sie das genauso vertuschen wie die Morde der Neonazis? Sie und Ihre Angst und Ihre Karrieregeilheit haben uns diese ganze Scheiße eingebrockt, Ihre Angst vor Ihren Vorgesetzten und den Politikern, wenn es um organisiertes Verbrechen geht. Wären Sie gestern mit der Mannschaft angerückt, wäre uns das alles erspart geblieben, dann wäre Ihr zukünftiger Kronzeuge nicht angeschossen worden. Brunner will aussagen. Was ist denn nun mit dem Doktor?«

»Der kümmert sich mit zwei Helfern bereits um Frau Brunner. Wir haben sie mit einem Kopfschuss auf der Treppe hier gefunden. Aber sie lebt. Hubschrauber und Rettungswagen sind unterwegs.«

»Kopfschuss? Wie bei Amber? Noch ein Opfer mehr auf Ihrem Konto.«

»Sie werden schweigen, Herr Meyenbeeker! Es gibt eine Nachrichtensperre – um die Ermittlungen nicht zu gefährden. Ich kann Sie festnehmen lassen.«

»An Ausreden kein Mangel. Aber zu spät, lieber Kommissar. In ein oder zwei Stunden werden die gesamte Presse und die Auslandskorrespondenten anrücken. Alles, was bis gestern Abend geschah, geht diesen Moment auf zweihundert Rechnern ein, Weinhändler, Geschäftsfreunde, Presseagenturen, ich habe einen großen Verteiler. Auf unsere Demokratie müssen wir selbst aufpassen. Wenn man das dem Staat überlässt, ist man verlassen.«

»Das ist Ihre Sicht der Dinge.«

»Welche könnte ich sonst haben?«

Neureuther sah sich um, es war klar, dass er Isabella suchte. Und er begriff. »Holen Sie mir die Spanierin!«, rief er seiner Assistentin zu. »Sofort!«

Die Müller-Wipperfürth rannte los, und Henry grinste nur. »Zu spät, ich sagte es bereits, Herr Neureuther. Ich gehe jetzt mit meiner Frau und Herrn Gatow in die Küche, wir machen uns einen schönen Kaffee und frühstücken. Die Kombüse dieses untergehenden Schiffes wird wohl noch nicht unter Wasser stehen. Komm, Frank! Ich möchte dir den wichtigsten Menschen in meinem Leben vorstellen.«

Der Fotograf ließ die Hände, die er noch immer in die Luft gereckt hielt, herunterfallen und folgte Henry und wünschte allen Darth Vaders einen schönen Tag. Zwei Sanitäter mit einer Trage kamen ihnen entgegen.

»Guck mal, die Jungs von der ’Ndrangheta verstehen ihren Job«, meinte Henry, als sie an Brunners Büro vorüberkamen, »gestern standen hier jede Menge Aktenordner. Sie haben vorsichtshalber sämtliche Belege und auch die Rechner mitgenommen.«

»Da wird sich aber einer ärgern«, sagte Frank laut und wandte sich zu Neureuther um, der ihnen gefolgt war. »Wollen Sie auch Kaffee? In Zimmer Nummer dreizehn haben sie gewohnt, die Mörder von Alan Amber. Geben Sie sich keiner falschen Hoffnung hin, Herr Kommissar, Sie werden nicht eine einzige Hautschuppe finden. Das hier ist ein gutes Hotel, die verstehen ihren Job, die machen jeden Tag richtig sauber.«

21

Die Wahrheit?

Gemächlich und leicht, als wäre eine große Last von seinen Schultern genommen und er selbst fünf Jahre jünger geworden, nahm Henry die Stufen zur Terrasse der Probst'schen Weinstube in Achkarren. Jürgen Templin kam schwerfällig hinterher, die Last auf seinen Schultern war nur geringfügig leichter geworden. Er wird Zeit brauchen, auch bis er den aufrechten Gang wieder beherrscht, dachte Henry, als er sich kurz nach ihm umdrehte. Aber leichtfüßig wie vor dem grässlichen Unfall wird er nie wieder gehen.

Unter einem Sonnenschirm warteten Isabella und Frank in Ferienstimmung. Beide hatten das Mittagessen beendet, das Geschirr war noch nicht abgeräumt, sie hatten es mit der Probe von Reiner Probsts Weinen verbunden. Für Isabella waren Kaiserstühler Burgunder etwas Neues, die aus dem Burgund waren ihr so wenig vertraut wie die meisten internationalen Weine, in deren Genuss sie nur dank Henrys Aktivitäten gelangte, und natürlich durch die Merlots und Cabernet Sauvignons ihres Onkels aus Chile und seines Carmaniere, einst aus dem Médoc in Südamerika eingeführt.

»Du hast lange gebraucht«, sagte sie zur Begrüßung und umarmte Henry. »Wird er es schaffen?« Laut, dass Templin sie verstand, fragte sie auf Englisch, ob die Mühe gelohnt habe.

Es sei ein schwieriger Angang gewesen, erzählte Henry

mit Blick auf den zerknirschten Winzer, erst auf Deutsch, dann für Isabella auf Spanisch, was ihn fast ein wenig Heimweh empfinden ließ. Er fühlte sich in dieser Sprache anders, als wenn er Deutsch sprach, in der Intimität mit Isabella wurde es ihm besonders deutlich. Sie brachte Saiten in ihm zum Klingen, die es in seinem deutschen Leben nicht gab. Also war auch die Sprache eine Form des Seins?

Das Eis, auf dem Templin und er sich bei ihrem ersten Schlichtungsgespräch mit Johansen und ihren Anwälten bewegt hatten, war dünn gewesen.

»Sie korrigieren mich, wenn ich falsch berichte«, meinte er zu Templin, der noch am Erlebten kaute und daher nichts essen wollte. Nur Wasser war ihm genehm, nicht einmal Wein. »Die Spannung zwischen uns, Johansen hatte gleich zwei Anwälte dabei, war extrem. Ob sie von der Erpressung wussten, haben sie nicht durchblicken lassen, es wurde um den heißen Brei herumgeredet.«

Henry hatte Johansen angemerkt, dass er sich dem Willen seiner glorreichen Gesellen gefügt hatte, die ihre Westen und Geschäfte sauber halten wollten. Templin und der Möchtegernwinzer hatten sich belauert, jeder hatte auf einen Fehler, einen Versprecher des anderen gewartet, wobei Johansen sich nun vor Templin fürchtete. Er hatte ihn bislang für nicht zurechnungsfähig gehalten.

Templin schaute verkniffen in die Runde, die Spannung war noch nicht gewichen. »Mir haben die baulichen Veränderungen fürchterlich zu schaffen gemacht, sie haben mein Weingut vollkommen verschandelt, ihm jeden Charakter genommen«, presste er zwischen den Zähnen hervor, »ich werde das alles rückgängig machen.«

»Oder was Neues schaffen. Sie stehen längst nicht mehr da, wo Sie vor fünf Jahren waren.«

»Wenn ich wüsste, wo ich stehe, wäre mir wohler.«

An die Weine seines Nachfolgers hatte er sich gar nicht erst herangewagt, nicht einen probiert, »um mir nicht jede

Illusion zu nehmen. Ich will nicht wissen, was für Plörre man in meinem Weinberg keltern kann oder wie man ihn im Keller versauen kann.« Es gab Urteile von Dritten, von denen jedes vernichtender war als das andere. Das schmerzte Templin noch immer. »Gewisse Leute trinken alles. Man muss ihnen nur erzählen, dass es Weine von einem erfolgreichen Chefredakteur sind, von einem ausgestiegenen Investmentbanker, einem Fernsehstar, bei denen der Weinberg längst die Segeljacht abgelöst hat, damit gibt man heute an.«

Es würde eine Weile dauern, schätzte Henry, »vielleicht sogar Jahre«, bis Templin seinen Ruf zurückgewann – und seine ehemaligen Kunden. »Wenn ich kann, werde ich ihm zumindest dabei ein wenig helfen.«

»Wolltest du nicht bei uns einsteigen?«, warf Isabella vorsichtig ein und schmollte. »Wo willst du die Zeit dafür hernehmen? Bodegas Peñasco steckt genau wie Spanien in der schlimmsten Krise.« Das hatte sie auf Spanisch gesagt, es ging sonst niemanden etwas an.

Beide hatten bis spät in die Nacht diskutiert, wann, wie und mit welchen Kompetenzen Henry ins Familienunternehmen integriert werden könnte. Stimmrecht besaßen nur Anteilseigner, und die trugen alle den Namen Peñasco. Der Abschied von seinem unsteten Leben würde ihm schwerfallen, aber der wurde ihm durch die Verwüstung seines Büros in Barcelona leicht gemacht.

»*Anything goes, everything is possible*«, meinte Frank, sie waren längst wieder ins Englische gewechselt, um die Sprachverwirrung zu vermeiden, »irgendwie geht alles. Ich habe mich ja auch bei den Vanzettis erfolgreich eingeschlichen.«

»Aber das Neueste wisst ihr noch gar nicht«, meinte Henry hämisch und schämte sich nicht für seine Schadenfreude. »Neureuther ist gänzlich von dem Fall abgezogen worden, ihn haben sie geopfert. Der wird jetzt Verkehrspolizist in Titisee oben im Schwarzwald, oder er darf auf der Autobahn nach Temposündern fahnden. Er hat zu viele Fehler gemacht, aber ich glaube, dass seine Vorgesetzten letztlich froh darüber sind. In den Geschäftsunterlagen vom ›Il Calice‹ hätten sich womöglich Hinweise auf lokale Politiker gefunden. Jedenfalls ist er suspendiert, offiziell der Versäumnisse wegen. Jetzt gibt es nur noch Brunners Aussagen zur 'Ndrangheta. Um die zu untermauern, fehlen die Beweise. Der Lieferwagen vom Hotel, in dem das Begleitkommando die Akten abtransportiert hat, wurde ausgebrannt drüben in Frankreich gefunden. Der BMW war geliehen, mit falschen Papieren natürlich, und Frau Brunner wird, wenn sie nach der Gehirnoperation überhaupt jemals wieder wird sprechen können, kein Sterbenswörtchen sagen.«

»Das verbietet ihr die Familienehre«, sagte Frank, »oder sie wird auch noch ausgeschaltet. Und wie geht es mit unserem Sternekoch jetzt weiter?«

»Aus dem Gefängnishospital wurde er entlassen. Dem werden sie wohl eine neue Identität verpassen. Er lässt sich das Haar wachsen und kann, wenn er zwanzig Kilo abnimmt, unerkannt in Dänemark in einer Frittenbude Pölser aufwärmen. Aber was ist mit dem Wein? Deshalb sind wir schließlich hier.«

Henry stand der Mordfall Amber bis zum Hals. Er war der Weine wegen hier, genau wie alle anderen am Tisch. Der Wein war ihr Leben, und das ging weiter. Ob er später zu einem Prozess nach Deutschland reisen müsste, war offen, aber wen wollte man vor Gericht stellen? Frank hielt es für absolut ausgeschlossen, dass in Italien einer der 'Ndrangheta-Leute gefasst werden würde. Henry wiederum kannte drei Kandidaten, die sich bereits jetzt als mögliche Nachfolger für Alan Amber in Position gebracht hatten, das waren genau die, die am lautesten seinen Tod bejammerten …

Isabella riss ihn mit dem diskreten Tippen auf den Fuß aus seinen Gedanken. Der Winzer war an ihren Tisch getreten.

Wenn man den Weinbau nach industrieller Produktion, handwerklicher Fertigung und künstlerischer Arbeit einteilen wollte, befand sich Reiner Probst zwischen den beiden letzteren Kategorien – »*de cierta manera*«, in gewisser Weise, wie Isabella in ihrer leisen Art bemerkte. Probst hatte beim verstorbenen Salwey in Oberrotweil gelernt, einen besseren Lehrmeister hätte er kaum finden können. Dann war er in der Pfalz gewesen und hatte schließlich mit zweiundzwanzig Jahren den elterlichen Hof übernommen. Mit fünf Hektar hatte er begonnen, bei neun Hektar war er jetzt angekommen – und da würde er kaum stehen bleiben. Seine Weine hätte er unter der Bezeichnung »Vulkanfelsen Kaiserstuhl« anbieten können, in der Literflasche ohne Lagenbezeichnung, Trauben gab es überall zu kaufen, aber Probsts Lagen waren der Schlossberg mit Resten alter Mauern und Wälle, von Efeu überwuchert, Hang- und Steillagen und einige Terrassen, hauptsächlich Vulkanverwitterungsböden. Der große Kalkanteil dieser Lage machte seine Weine zu etwas Besonderem.

Aber interessierte der Kalkanteil den Weintrinker? War es ihm wichtig, ob er die Lage, den Boden oder dies oder jenes aus dem Terroir herausschmecken konnte? Henry beantwortete diese Frage für sich selbst mit einem klaren Ja, als er den Spätburgunder als Kabinett und den aus dem Vorjahr als Spätlese probierte. Es waren gute, klare Weine, rund und kräftig, nicht aufgemotzt, keine überflüssige Süße, die sich einschmeicheln wollte.

Wichtig war, dass der Wein gefiel, dass er schmeckte, dass er zum Essen passte, zu dem man ihn einschenkte – und auch, dass man als Gastgeber womöglich den Freunden eine kleine Geschichte zum Weingut erzählen konnte.

Vom Schlossberg stammten auch die Trauben für den Grauburgunder – frische, grüne Weine, die bei späteren Lesezeiten als Spätlese klar an Dichte und Intensität gewannen. Je mehr Extrakt sie mitbrachten, desto besser gestaltete sich auch der im Barrique ausgebaute Wein. Hier war es immer heikel, die richtige Balance zu finden, denn wer trank schon gerne nach Holz schmeckenden Weißwein? Das war auch beim Roten nicht gefragt, es musste eingebunden sein, wie es hieß. Probsts Weißburgunder kamen hauptsächlich vom Castellberg mit Löss-Lehm-Boden und führten mehr in die herbe Richtung.

Der Winzer gesellte sich für eine Weile zu ihnen, ansonsten war er in dieser Jahreszeit mit Laubarbeiten beschäftigt. Für die Teilung der Trauben war es viel zu früh, dafür, ihnen die Spitzen und Schultern zu kappen, um einmal die Erträge zu reduzieren und gänzlich durchreifte Trauben zu erhalten. Seine Einladung zur Besichtigung des Kellers schlugen Henry und Frank höflich aus, von unterirdischen Verliesen und der Kälte alter Gemäuer hatten sie genug, die Erinnerung war doch noch recht warm.

Das Syrah-Experiment, von dem der Winzer sprach, interessierte Henry wirklich. Die Rebsorte gehörte in den Süden, Syrah war typisch für die farbintensiven Weine der Provence oder Australiens. Die Trauben mussten ausreifen, sonst waren sie nur grasig, sauer und beschädigten die Mundschleimhaut. Frank kannte einige Versuche aus der Toskana. Auch in Spanien wurde damit experimentiert. In Deutschland hatte Syrah bisher kaum zu nennenswerten Ergebnissen geführt. Dieser hier hatte zwar nicht die Stoffigkeit der südfranzösischen Brüder oder Schwestern, dafür Eleganz statt Wucht, der Wein war lebendig und frisch, von Rauheit durch harte Tannine keine Spur, und er hatte eine Note im Geschmack, die Henry als typisch für den Kaiserstuhl empfand. War das der Vulkan? Jedenfalls war es ein Wein, der sich zu trinken lohnte.

Henry hob das Glas erneut zum Mund – und erstarrte, über den Rand seines Glases hinweg beobachtete er die Straße. Isabella bemerkte sofort, dass ihn etwas beunruhigte, und blickte fragend zu Frank hin. Auch er hatte die Augen hinter seiner runden Brille zusammengekniffen, als blende ihn etwas, und er schien auf dem Sprung. Gegenüber schob sich langsam ein schwarzer Audi um die Ecke – und hielt. Als Koch ausstieg, atmeten die beiden Männer auf.

»Wie hat er uns gefunden?« Henry stellte missmutig sein Glas auf den Tisch. »Will er uns am letzten Tag noch die Laune verderben?«

Koch winkte vom Fuß der Treppe, als würde er alte Freunde wiedertreffen. Sein Selbstbewusstsein, wie falsch es auch immer sein mochte, schien ungebrochen, aber beim Näherkommen wirkte er übernächtigt, seine Müdigkeit konnte er schlecht überspielen, die Augen lagen tiefer in den Höhlen als sonst, und die Schatten seines Bartwuchses verstärkten den Eindruck, dass er überarbeitet war.

»Für einen arbeitslosen Journalisten machen Sie einen ziemlich überarbeiteten Eindruck«, sagte Henry. Die Begegnung war ihm unangenehm, sie konfrontierte ihn mit seinem schlechten Gewissen Koch gegenüber. Der Hackerangriff saß ihm in den Knochen; das war nicht korrekt gewesen, illegal, aber die üblen Methoden seines ehemaligen Chefs hätten sich kaum mit Freundlichkeit bekämpfen lassen.

»Wie haben Sie uns gefunden, Herr Koch?« Frank blieb sitzen und streckte nicht einmal die Hand aus.

Koch zog sich, ohne eingeladen zu sein, einen Stuhl heran und fläzte sich breitbeinig darauf. »Sie wissen, dass auch ich Journalist bin. Man braucht nur der Polizei zu folgen, die führt einen zu Ihnen.«

»Das hatte ich ganz vergessen«, meinte Henry, »das mit dem Journalisten«, und fragte sich, ob Koch die Ironie überhaupt bemerkte.

Der hatte mehr Augen für Isabella. »Oh«, sagte er nur und riss die dunklen Augen auf, starrte sie an und schaute von einem zum anderen, um zu ergründen, zu wem sie gehörte.

»Sie können hier und heute Ihre Spanischkenntnisse unter Beweis stellen.« Henry lächelte maliziös. »Das ist meine Frau, Señora Peñasco – Teilhaberin von Bodegas Peñasco, wenn Ihnen das etwas sagt.«

Koch war ernstlich verblüfft. Es schien, als bäte er im Stillen, dass Henry sich weiterer Kommentare enthielt. »Aber sie war doch nicht … war sie in Baden-Baden … bei unserem Wettbewerb?«

»Was heißt bei *unserem* Wettbewerb. Sitzen Sie wieder mit Heckler in einem Boot – oder?«

Kettenhund bleibt Kettenhund, sagte sich Henry. Koch blieb bissig, darauf konnte man vertrauen, und er fühlte sein Urteil bestätigt, was sein schlechtes Gewissen beruhigte. Auch Templin blieb auf seine Weise, was er war, das Schicksal hatte ihn vom Weg abgebracht, ihn geschwächt, auch er fand zurück – das jedenfalls hoffte Henry. Sollte er ihn mitnehmen, für einige Wochen mit den Leuten von Lagar zusammenbringen? Sie würden sich vertragen, sie waren vom selben Holz – vom Rebholz.

»Heckler hat mir ein gutes Angebot gemacht, aber zuerst soll ich Ambers Geschichte aufschreiben, und dazu möchte ich Sie um ein Interview bitten.«

»Mich?« Henry lachte laut auf. »Das glauben Sie doch selbst nicht. Was soll ich Ihnen erzählen? Wie es wirklich war? Das wird nie und nimmer gedruckt. Für mich ist der Fall Amber erledigt, Herr Koch. Wir sind hier, wie Sie unschwer an den Gläsern und Flaschen sehen, um diese wunderbaren Burgunder zu probieren, in all ihren Spielarten. Bitte, lassen Sie mich gefälligst mit Ihren Mordgeschichten in Ruhe.«

»Ich will die Wahrheit schreiben …«

»Die Wahrheit, Herr Koch? Mit der kämen Sie doch nicht zurecht, und außerdem – hat nicht jeder seine eigene Sicht der Dinge?«

Danksagung

Bei der Recherche zu einem neuen Roman sind neue Begegnungen immer wieder spannend. Anders als zu meiner Zeit als Journalist sind diese Begegnungen in der Weinwelt meistens angenehm. Dabei tauchen Menschen auf, die gewollt oder ungewollt als Wegweiser dienen.

Einer von ihnen ist der Buchhändler Werner Bürk aus Kenzingen. So wie er öffneten mir auch Christina und Werner Weinzierl und Hans-Jürgen Truöl aus Riegel den Weg zum Kaiserstuhl. Selten war der Empfang in einem anderen Weinbaugebiet so herzlich wie hier. Zu den Winzern, die zum Gelingen des Romans beigetragen haben, gehören in Oberrotweil die Winzer Konrad Salwey und der Freiherr Johannes von Gleichenstein. In Achkarren waren es Reiner Probst, in Malterdingen Bernhard Huber und in Bischoffingen Patrick Johner. Ihringen erfreut sich seiner südlichen Ausrichtung und wohl auch seines offen zutage tretenden Vulkanverwitterungsbodens wegen besonderer Traubenkünstler wie Joachim Heger, den Eheleuten Stigler sowie Helga und Reinhold Pix. Oberhalb von Ihringen mit Blick auf die Vogesen betreut ein zweiter Bernhard Huber auf dem Blankenhornsberg seine Reben. Auf dem Weingut Kalkbödele geht Martin Schärli dieser Tätigkeit nach, und in Endingen sind es die Schätzles, Vater und Sohn. Wie gut Genossenschaften arbeiten können, erfuhr ich von Thomas Langenbacher in Sasbach und von Waldemar Isele in Achkarren.

All den oben Genannten verdanke ich eine gute Zeit, informative Gespräche und unvergessliche Burgunder. Meine letzten waren es gewiss nicht …

Paul Grote

Paul Grote im dtv

»Wer spannende Krimis und gute Weine liebt,
kommt bei Grote voll auf seine Kosten.«
Sonntagsblitz

Ein Riesling zum Abschied
Kriminalroman

ISBN 978-3-423-**21319**-6
ISBN 978-3-423-**40822**-6
(eBook)

Entsetzen in Geisenheim. Wer hat die Weinbau-Studentin Alexandra erschlagen? Bestimmt nicht Manuel, der wegen belastender Indizien in U-Haft sitzt, findet Thomas Achenbach, Manuels Freund und Mitstudent. Zusammen mit Öko-Dozentin Johanna Breitenbach stellt er Nachforschungen an. Ein Riesling bringt sie auf die richtige Spur …

Sein letzter Burgunder
Kriminalroman

ISBN 978-3-423-**21391**-2
ISBN 978-3-423-**41373**-2
(eBook)

Weinjournalist Henry Meyenbeeker liebt Kaiserstühler Burgunder. Da kommt die Einladung zur Baden-Baden Wine Challenge wie gerufen. Doch als der Starverkoster Alan Amber ermordet wird, ändert sich für Henry alles. Er wird erpresst: Findet er den Mörder nicht vor der Polizei, steht seine berufliche Existenz auf dem Spiel. Das Wettrennen beginnt …

Bitte besuchen Sie uns im Internet: www.dtv.de

Paul Grote im dtv

Der Mensch, der Wein – und das Böse.
Große europäische Weinkrimis.

Rioja für den Matador
Kriminalroman

ISBN 978-3-423-20930-4
ISBN 978-3-423-40153-1 (eBook)

Eine Reportage über eine junge Winzergenossenschaft führt Henry Meyenbeeker in die Rioja. Kaum ist der Journalist dort eingetroffen, verunglückt der Önologe der Genossenschaft tödlich …

Verschwörung beim Heurigen
Kriminalroman

ISBN 978-3-423-21018-8
ISBN 978-3-423-40011-4 (eBook)

Eine Lüge, eine zerrüttete Ehe und der tödliche Unfall der Winzerin Maria – oder war es Mord? Kein guter Start für Carl Breitenbachs Urlaub am Neusiedler See. Als er ins Visier der Polizei gerät, begreift er, dass er den Fall selbst lösen muss.

Der Wein des KGB
Kriminalroman

ISBN 978-3-423-21160-4
ISBN 978-3-423-40172-2 (eBook)

Für einen dubiosen französischen Investor soll Martin Bongers in Rumänien ein Weingut kaufen. Bereits in Bukarest gerät der Winzer zwischen die Fronten aus korrupten Beamten und ehemaligen Securitate-Agenten.

Der Portwein-Erbe
Kriminalroman

ISBN 978-3-423-21082-9
ISBN 978-3-423-40080-0 (eBook)

Der Architekt Nicolas Hollmann hat von seinem Onkel ein Weingut am Rio Douro geerbt. Wie gefährlich seine Reise nach Portugal wird, ahnt er noch nicht …

Der Champagner-Fonds
Kriminalroman

ISBN 978-3-423-21237-3
ISBN 978-3-423-40302-3 (eBook)

Als Philipp Achenbach, Einkäufer in einem Kölner Weingroßhandel, in der Champagne einem umfangreichen Betrug auf die Schliche kommt, bestätigen sich seine Zweifel an dem geplanten Champagner-Fonds. Er ermittelt auf eigene Faust.

Ein Riesling zum Abschied
Kriminalroman

ISBN 978-3-423-21319-6
ISBN 978-3-423-40822-6 (eBook)

Wer hat Alexandra, Weinbau-Studentin in Geisenheim, erschlagen? Bestimmt nicht Manuel, der deswegen in U-Haft sitzt, findet sein Freund und Mitstudent Thomas Achenbach. Ein Riesling bringt ihn auf die richtige Spur …